红 柯

本名杨宏科,1962年生于陕西关中农村,1985年大学毕业,先居新疆奎屯,后居小城宝鸡,曾执教于陕西师范大学。漫游天山十年,主要作品有"天山系列"长篇小说《西去的骑手》《大河》《乌尔禾》《生命树》等,中短篇小说集《美丽奴羊》《跃马天山》《黄金草原》《太阳发芽》《莫合烟》《额尔齐斯河波浪》等,另有幽默荒诞小说《阿斗》《家》《好人难做》等。曾获冯牧文学奖、鲁迅文学奖、庄重文文学奖、中国小说学会奖长篇小说奖、陕西省文艺大奖等。

生命树

红柯——著

上海文艺出版社

最美丽的树

红柯

我曾经是新疆伊犁州技工学校的一名教师，伊犁州真正算得上中亚腹地的一个好地方。有一首歌曲《我们新疆好地方》，不客气地说，新疆的好地方全在伊犁，伊犁州包括整个西天山的伊犁河谷，南北走向的塔尔巴哈台山脉，中亚与北亚大草原分界处的阿尔泰山脉，即行政划分的伊犁地区、塔城地区、阿勒泰地区，几乎全是草原森林河流湖泊粮仓的集中地，伊犁河谷被称为"塞外江南"，跟法国普罗旺斯一样生长着蓝色梦幻般的薰衣草，阿尔泰即是金子与宝石之地，塔城是有名的中亚粮仓。笔者当年刚刚落脚新疆，领导特批一方木料，来自天山西部大森林的白松木，在陕西老家哪见过这么好的木料，散发着伊犁河谷特有的浓烈的清香，一个假期就干透了，很快就打成家具。我在天山脚下总算安营扎寨有家了。

从我居住的小城奎屯去伊犁有两条路：一条即乌伊公路，沿天山西行过果子沟；另一条向南走独库公路翻越天山达坂，在崇山峻岭中的乔儿马向西进入伊犁河上源喀什河谷、巩乃斯河谷，途经唐布拉草原、那拉提草原，也是天山最茂密的原始森林带，长有云杉、白桦红桦、野核桃、野苹果等等，其中一棵云杉即雪松变成我屋里的家具。途中休息时，我走进阴凉的林中，抚摸一个粗壮的树桩，可以坐两三个人，有很深的裂缝，可以插进一只手，可以感受到来自大地深处的力量。后来我写过一个短篇《树桩》，小说的主人公坐在树桩上下不来了，树桩冒出了树液，人跟树合在一起，长在一起。这条路一年只有七八两个月份可以通行，凶险至极，又奇妙无比。唐布拉草原与那拉提草原，是地球四大最美丽的草原之一，唐布拉即蒙古语印章，那拉提即蒙古语阳光。蒙古兵征服世界后翻越西天山，冻得直跳，进入那拉提草原，迎来温暖的阳光，就高呼那拉提。在草原之外，西天山的悬崖陡壁，深沟大壑，常常令人晕眩、惊叹，盘羊、大头羊、北山羊、岩羊，傲然立于悬崖绝壁，要不是那一声声鸣叫，会误认为岩石的一部分，而岩嘴上的孤树给人最初的印象完全是一只展翅欲飞的苍鹰，真正的苍鹰悬于空中一动不动，俨然一棵傲然挺立的树。奎屯河的上源乔儿马是这种奇观异景最集中的地方。我专门写过短篇小说《乔儿马》与《雪鸟》，写那些身处绝域的水工团职工。每一次过天山达坂都有一种有去无回的悲壮。2009年夏天刚刚给长篇《生命树》画上句号，突然有一个机会来新疆，从伊犁过那拉提草原、唐布拉草原，可以看见乔儿马水文站的雪山了，遥望乔儿马，我百感交集。乔儿马有烈士陵园，那里躺着为修建独库公路牺牲的工程兵烈士，在从乔儿马开始的奎屯河上源，先后有七十多位水工团职工殉职。水工团就在我们隔壁，朝夕相处，我生活的奎屯绿洲就靠这条河滋养。

　　与天赋神境的伊犁阿尔泰不同，奎屯石河子这些垦区都是军垦战士们的杰作，先在绿洲边上建林带，挡住风沙，才能让庄稼长起来。执教于技工学校就有机会走遍天山南北。新疆更多的是戈壁沙漠，一上路就是七八个小时十几个小时，树就很容易成为一种梦想，成为一种精神性的东西。也就很容易理解古代的波斯诗人把他们的经典之作命名为《蔷薇园》《果园》《真境花园》。维吾尔人的祖先回鹘人最先居住在蒙古大漠，那个时期的回鹘人在他们的神话传说里，把自己的祖先当做树之子，树窟里诞生了生命，就是他们的祖先。据北亚大漠时期的《乌古斯传》，乌古斯在树洞里发现一位美丽的少女，乌古斯娶少女为妻，生下四个英雄儿子。在哈萨克、柯尔克孜等草原民族的英雄史诗里，英雄的诞生都有一个共同的开始：老汗王无子，王后去森林祈祷，在林中怀孕，然后生下树一般高大雄壮的儿子。我们就可以理解成吉思汗成为汗王之前，就在三河之地的不儿罕山下看中了一棵树，当时就告诉左右，死后以此树安葬自己。蒙古人的汗王其陵墓也堪称人间一绝，绝不会跟汉人帝王那样大兴土木，费那么大劲安葬自己，蒙古人仅仅用几丈白布，一根圆木掏空，掘土而葬，简简单单，明明白白，一如辽阔平坦的大地。生命没那么复杂，复杂不等于丰富，更多的是苍白是虚张声势。1998年我写中篇《金色的阿尔泰》时忍不住写到了树，写到了哈斯·哈吉甫的《福乐智慧》，那一刻我才明白从1983年发表处女作用"红柯"这个笔名，到1998年写《金色的阿尔泰》，红柯就是一棵树，树上的一根小小的树枝。那时就有写《生命树》的想法。我还是认为那时我的功力写一根树枝尚可，写完整的一棵树远远不够。

我还记得我在天山脚下第一次听"生命树"传说的情景。这是哈萨克人对宇宙起源的解释，哈萨克人没有说这是一棵什么树，只说是一棵生命树，长在地心，每片叶子都有灵魂。从那一刻起，大地上的树就在我的世界里不存在了，包括给我做家具的天山云杉，阿尔泰白桦树，山岳般的榆树，房前屋后的杨树，大漠深处千年不死千年不倒千年不烂的胡杨树，都不符合哈萨克人传说中的"生命树"。从地心长出来这么一棵树，地球算什么？我曾在一篇文章中写到：地球是一只长翅膀的鸟，栖居在生命树上。地球有生命，有呼吸，有血液，有心跳，我相信古老的夸父追赶太阳至大漠，毛发化为草木，血流化为河流，筋肉化为泥土，骨头成为山脉；我相信周穆王一次次地到西域昆仑会西王母，因为周人来自塔里木盆地，用他们在大漠绿洲的种植技术，开发了我的陕西老家岐山，岐山成为周的龙兴之地和宗庙所在。周人的伟大母亲姜嫄踩巨人脚印怀孕，生下农业神后稷，培育五谷。作为周人之后，在天山脚下遥想《穆天子传》《山海经》这些汉民族古老的神话传说，很容易融入准噶尔大地厄鲁特蒙古人的大公牛传说、哈萨克人的生命树传说、维吾尔人的少妇麦西莱甫。尤其是生命树，哈萨克人以此来结构宇宙；西北黄土高原的汉族剪纸艺术又以生命树来糅合松鼠仙鹤鹿猴于一体，包容了整个宇宙天地。那一刻我才明白，先秦那个大时代，也就是《穆天子传》与《山海经》的世界，西域与中原是一体化的，共同的想象力直达宇宙的本源，以至于地球的另一端地中海岸边的古犹太人也有卡巴拉生命树的传说，与东方的生命树惊人的一致：即人在自然中的位置。传说中的生命树就成了我的小说《生命树》的基本框架。丝绸之路东起长安沿秦岭祁连山天山而行是有道理的：那也是黄河流经之地，山河、山海不就是大地的基本结构吗？不就是宇宙天地的精神吗？山河、山海是经，是生命经典，超过三坟五典。理论是灰色的，生命之树长青。海涅总结莎士比亚戏剧时说：莎士比亚有他的三一律（时间地点情节）：同一地点就是整个世界，同一时间就是永远，同一情节就是人类的活动。丝绸之路不单单是商道，还是灵魂之旅精神之旅神话之旅，抒写人性的目的是探索人性的顶点即神性，没有人性内在的光芒，地球就是一堆垃圾。

我现在居住的西安南郊大雁塔专门为高僧玄奘而建，在大雁塔南边还有王宝钏住过的寒窑，在西凉招了驸马的薛平贵，回长安探望王宝钏，还要耍小心眼儿反复试探守身如玉的王宝钏。长安当地人另一个传说：薛平贵压根就没有回长安，王宝钏最终在寒窑化成灰。老百姓不忍王家三小姐有如此悲凉的结局，运用民间想象力让那个负心汉薛平贵衣锦还乡回长安探寒窑。王宝钏野菜度日十八年，"十八年老了王宝钏"。陕西方言老了即死了。《生命树》里的伊犁女子李爱琴，到小说结尾时的悲壮与凄凉不由得让我想起寒窑里的王宝钏。2006 年刚写完《乌尔禾》，我就得到一次回新疆的机会。2009 年夏天写完《生命树》，以伊犁女子李爱琴结尾，一周后我就来到伊犁河畔，看着汹涌的伊犁河波涛，我再次想起李爱琴与丈夫在伊犁的生活，一切如同梦幻。天山—祁连山—秦岭一脉相承，丝绸之路基本沿山而行。连清真寺也是唐代的长安化觉寺，清代的乌鲁木齐陕西大寺，伊犁伊宁市的陕西大寺。清末陕西回民义军败退中亚，又形成陕西方言为主的东干人，即黄河东岸子，中原人的意思。陕西方言给整个大西北以至中亚打上了强烈的底色。西域本来就是《乌古斯传》《江格尔》《玛拉斯》这些史诗流传的地方。《生命树》中的乌苏与奎屯以奎屯河为界,乌苏是西域古城,又是蒙古人的草场,乌苏蒙古人演唱的《江格尔》别具一格,这就是我把《生命树》的主要场地放在乌苏的原因。生命树应该长在亦农亦牧的地方。修改这部书时我不得不把生命树最终确定为胡杨树,维吾尔人把胡杨叫托克拉克,意即最美丽的树。大地上最高的不是山,是树。

卷一

马来新沿着四棵树河往下走，穿过大片大片的玉米地、甜菜地、苜蓿地、林带。林带外边的沙土地里全是洋芋。马来新蹲下去，手插进松软的沙土里，马来新就摸到肥头大耳的洋芋。

洋芋还在长，长着长着叶子就干了，秆茎就倒了，就把地撑破了，太阳都照进去了，全是红皮洋芋。

马来新是村子里第一批富起来的人。那时土地还能给农民带来一点点财富，大包干了嘛，生产队解散了嘛，马来新就承包了靠近沙漠的两百亩废地种洋芋，马来新就把洋芋卖到乌苏城里。马来新当过兵见过世面，知道咋跟城里人打交道。洋芋没运出村就叫洋芋，洋芋进了城卖给工人就叫土豆，卖给有文化有知识的人就叫马铃薯。马来新还一遍一遍地告诉村里人，一定要分清楚，洋芋是洋芋，土豆是土豆，马铃薯是马铃薯。村里人在路上都很清楚，进了城就糊涂了。反正不如人家马来新卖的价钱好。马来新拉完自家的，就收别人家的。马来新有胶轮大车有两匹好马，每车都装得满满的，顶得上一辆汽车。拉到城里，直接卖给菜贩子，马来新不用沿街叫卖。偶尔碰到大单位管灶的师傅，马来新就一律叫土豆。乌苏城里有自治区第三运输总公司，有啤酒厂，有奶粉厂，给这些单位送上一回，能轻松好几天。

马来新的眼界越来越高，不但把洋芋弄到城里，还把女儿马燕红办到城里去念高中，准备考大学。

那时乌苏还不是市，还是个农业大县。马燕红很快就适应了县城中学的教学进度。像马燕红这样从乡下进城读书的学生有好几百，不少人适应不了，能勉强混到毕业就不错了。马来新不像个乡下父亲，跟城里父亲一样，隔三差五跟老师沟通了解孩子的学习情况。孩子表现不错，成绩遥遥领先，父亲就没必要刻意地巴结老师，父亲不亢不卑，给老师递一根烟，边抽烟边聊天，有时候在教研室，有许多老师，父亲给男老师递烟，给女老师跟前放一袋油葵，年轻一点的老师还要给父亲把火点上。父亲完全是个大人物。马燕红在楼道里见过这一幕，她的同学也见过，就问她："你爸在哪个单位上班？""大单位。""县委？""太小啦。""县政府？""太小啦。""三运司？""太小啦。""你就吹吧，能吹到乌鲁木齐？"同学生气了，不理她了。同学很快就打听到了马燕红的底细。"牛什么啊？农村来的嘛。""你这傻瓜你才明白呀，上边是天，下边是地，没有围墙，世界上哪有那么大的单位？"马燕红哈哈大笑，同学先一愣，也跟着笑起来。

父亲马来新每次来学校总是给女儿拾块贰拾块的，当时已经是很不小的一笔钱了。马燕红过得一点也不比城里孩子差。学习好、性格开朗，就有人缘。男生们还记得马燕红入校的那一天，开学已经半个月了，大家正在上自习，班主任进来告诉大家来了一位新同学，叫马燕红，马燕红进来吧。马燕红就进来了。大家跟着班主任一起鼓掌欢迎新同学。新同学相貌平平，却有一股让人眼睛一亮的气息，这是男生们小声议论出来的。新同学，嘿，新同学就是新。不知哪一个调皮鬼说的，大家一下子就接受了。相当长一段时间，大家不叫马燕红就叫她新同学，一学期过去了，大家还是这么叫，马燕红抗议过几回，没用，马燕红自己都犯嘀咕，"我真有这么新吗？"她问过最要好的同学，同学也不明白，同学只能告诉她，是男生这么叫的。女同学也是这种感觉，女同学后退几步，上下打量："你比别人精神。"两个少女脑袋并在一起咬耳朵嘀嘀咕咕，又一下子分开，砸对方的肩膀、胸脯，小脸通红通红，捂着肚子吃吃笑，大概为一个敏感的话题。好多年以后马燕红还清清楚楚地记得她们当时涉及的是一个形容女性魅力的词：水灵。她们祖祖辈辈生活的这个叫乌苏的中亚腹地的绿洲，其原始含义就是水，库库喀喇乌苏，蒙古语，清澈以至发黑的水。

两个少女的嬉戏打闹让全校男生目瞪口呆。周末，她们受到男生的邀请。1985年乌苏县城还相当闭塞，这些男生都是县里有冒险精神的先行者，他们以过生日的名义邀请了四五个女生，这些女生在全校男生中口碑极好，至少不是以貌取人，能请到她们是极有面子的事情。孩子们玩到天黑就散伙了，又不是半夜三更，天刚刚黑下来，街上行人挺多。男生把女生送到家门口，就离开了。说是家门口，其实还有一段距离，也就是街口、巷口，女生绝对不会让人家送到自家院子跟前的。马燕红住亲戚家，就不好意思了，到巷口就把男生打发走了。

事情就出在小巷子里。拐角的地方路灯照不到，一个男人在这里蹲了大半天，专等女人，谁碰上谁倒霉。马燕红倒霉了。跟一场噩梦一样，一下子就懵了。她只记得她在拼命厮打、喊叫，其实根本就没有声音，声音在身体里没有喊出来，厮打倒是真的，她手里攥着两撮头发，左手一撮，右手一撮。她清醒后的第一感觉就是手里的头发，跟猪毛一样，她感到恶心，丢开，整好衣服，又蹲在地上，抱着脑袋，蹲了很久。奇怪的是巷子里一直没有人，她怎么回去的她都不知道，亲戚还跟她说话，亲戚在房子里隔着窗户，要是出来会吓坏的，月亮很亮，跟吊着盏大灯似的，中亚腹地的天山明月，亮得让人发毛。她进屋就睡，她跟一个壮汉拼死搏斗，她败了，败得很惨，浑身散了架，还有巨大的屈辱与恶心，她甚至听见亲戚在窗外小声说话："娃用功用的，叫娃睡，美美地睡。"她就合上眼，在噩梦中又睡了很久，反正是星期天，睡到下午她醒来，整个世界都变了，脸色太吓人了，她怎么洗都没用。吃饭时亲戚劝她："不要太劳累。"她声音很小回答人家："我不累。"亲戚就笑："念书用的是心劲，用心是很累人的，跟体力活不一样。"

更大的噩梦还在后头，几个月后，马燕红有了身孕。那个坏蛋也在这个时候落网，法院的布告贴在大街小巷。父亲马来新一字一句地看布告，公判了七个犯人，那个强奸杀人犯名列首位，被判处死刑。"这是个牲口么，枪毙了活该。"马来新发现了女儿的眼泪，马来新很快也发现了女儿有身孕这个现实。马来新整个人都软了，那么高大的汉子跟中弹的狗熊一样蜷在地上，抱着脑袋，马燕红就站在他跟前，马燕红脑子里马上闪出她被糟蹋后的情形，跟父亲现在的情形一模一样，也是抱着脑袋蜷在地上。父亲到底是父亲，父亲马来新又站起来了，头也不是垂下的,又跟以前的马来新一样昂起头,"娃,不要怕!有爸,不要怕!"

父亲马来新带女儿去了县医院,当天晚上就把女儿送到离县城一百多里、离他们村子更遥远的靠近戈壁的一个小村庄去了。那里有马来新最好的一个朋友,女儿可以在那里安心养身子,养上一年,明年咱再去考。马来新把学习用品全带来了。马来新还去学校办了休学手续,给女儿保留着学籍。

马燕红的班主任是个年轻的女教师,具体地说是个正在实习的应届毕业生。女教师还想安慰马来新,马来新把女儿的事情安排得井井有条,滴水不漏,女教师自己都感动了,"你真是个好父亲。""谁的父亲都一样,就是好法不一样。"女老师一愣,就笑了。女老师一直把马来新送到校门口。

卷二

　　女教师送走学生的父亲，回屋里对付自己的父亲。实习教师两个人一个宿舍。来了客人，另一个人就到别处去待一阵子。父亲从伊犁赶来，还是个工人呢，脾气火爆，说话像打炮，女老师不停地劝父亲声音小点小点，父亲声音已经很小了，女老师还是惊慌不安，要父亲声音再小一点再小一点。父亲为女儿的婚姻大事来的。父亲的声音小不下来。

　　女儿从中学开始就成了男生们围剿的对象，谁叫女儿长得那么好呢。父亲为女儿感到自豪的同时也为女儿操碎了心。女儿确实长得俊俏疼人，也很乖。这么多人娇惯着她，她的学习一点也没落下，更让父母放心的是女儿不但在伊犁长大，还在伊犁上了大学。在家门口上大学，父母亲眼目睹了女儿的追求者们如何精心表演。伊犁本来就是个迷人的地方，女儿的追求者各个民族都有，甚至包括俄罗斯族，伊犁一直生活着俄罗斯族，有俄罗斯中学。女儿总算度过了幸福的大学生活，实习的地方在千里之外的乌苏县城。乌苏在北疆是个富裕的地方，可在伊犁人眼里，伊犁是大地上的天堂。更要命的是父亲得到可靠消息，女儿可能要留在乌苏县城，提供消息的人还暗示父亲，女儿跟乌苏县城中学的一位男同事走得比较近。父亲就坐不住了。父亲只想见见那个男教师。女儿不承认有这回事。女儿跟那个男同事还没有最后敲定，哪个长舌男把消息漏出去了。跟女儿一起实习的有十几个，大多是男生，大多也都虎视眈眈，透消息的人肯定是某个男生。

女儿知道怎么对付父亲。父亲声音小下来，女儿就不紧张了，女儿从中学谈起。女儿什么时候缺少过异性骚扰啊！女儿把男生们给的求爱信往父亲跟前一放，好像父亲是纪检委书记，女儿是个大贪官，这些求爱信就是广大人民群众的检举信。群众的眼睛是雪亮的，可你女儿生活在雪亮雪亮的眼睛关照下一点也不好受。这个小妖精把父亲给噎住了。这个小妖精还没完呢。她跟打开折扇一样把那些求爱信哗一下子摊开，"哪个浑小子给你打小报告的？哪个？哪个？"她一连打开五六张折扇，父亲的眼睛都看花了。但父亲有一点没花眼，就是那些信件一封也没拆开。女儿傲着呐，女儿鼻子里笑一下："这些浑小子想当你女婿做梦吧。"女儿也不忘记刺父亲一下："在单位你也就管俩徒弟，连个小组长都没当过，想做你女婿的浑小子有一个团，你就过过当团长的瘾吧。""王蓝蓝，你咋跟爸说话？"父亲的嗓门又大起来了，把女儿的名字都喊出来了。我们也就知道漂亮的女老师叫王蓝蓝。王蓝蓝笑嘻嘻的，一副没心没肺的样子，等父亲吼叫完了，跟哄小孩子一样："咱吃饭去吧。"

王蓝蓝老师把气哼哼的父亲叫到馆子里，要了两个父亲爱吃的菜，炒羊肝、凉拌牛蹄筋，要了啤酒。一瓶啤酒下肚，父亲气全消了，脸上有了笑容，也不叫女儿王蓝蓝了，就叫蓝蓝。最初的名字叫王蓝，父亲太喜欢女儿了，坚持用蓝蓝，王蓝这个名字在小学只用了两年，从三年级开始就成了王蓝蓝。

王蓝蓝知道父亲不会很快离开乌苏，就找一家旅馆安顿父亲住下，第二天就带父亲吃学校食堂。表面的理由是单位食堂干净卫生、实惠，王蓝蓝知道父亲想干什么。那些年轻的男同事父亲一个也不放过。王蓝蓝同样也不放过父亲，父亲意识不到罢了。王蓝蓝跟女同事聊着天，眼神一刻也没离开父亲。父亲在校园里晃荡了两天，一无所获，回伊犁去了，上班车的时候，父亲说了一句庸俗透顶的话："男怕入错行，女怕嫁错郎，你可要记住啊。""记住啦，我还要写在日记里。"王蓝蓝跟哄小孩一样把父亲哄上车，车子没影了，父亲的话也没影了，她还朝车子招手呢。

1985年春天，实习生王蓝蓝成熟、自信，完全一副大人模样。送走父亲，在校门口碰到一个女学生，就是在校园里跟马燕红打闹、跟马燕红一起去参加周末聚会的那个女生，女生打听马燕红的下落，王蓝蓝老师告诉她：马燕红同学休学半年，还会回来的。马燕红的事情只有校长和班主任王蓝蓝知道，严格保密，避免给受害人造成更大的伤害。这个女生好像意识到什么，完全没有以往的活泼劲儿，怯生生的，声音小小的："老师，我想去看马燕红。"王蓝蓝心里一惊，但还是很镇静："班车最远通到镇上，离村子还有几十里地，你没法去呀。""她会不会出啥事了？"王蓝蓝老师没法再镇静了，王蓝蓝愣了好半天，抱住这个小女生的肩膀，王蓝蓝老师的好记性帮了她，她叫出这个女生的名字："徐莉莉，你不要想那么多，你是城里的孩子，你不知道农村有多艰苦，大人忙不过来，孩子就上不了学，马燕红休学半年还要来上学的，学籍还保留着。"老师说得跟真的一样，这个叫徐莉莉的同学完全相信了。这个叫徐莉莉的同学走了十几步又回头看老师，那眼睛里的忧伤又蜇了王蓝蓝老师一下。

王蓝蓝老师进办公室，那是个集体办公的大房子，每人一张桌子，堆满了作业本。王蓝蓝批了一半就批不下去了。

王蓝蓝老师是少数几个了解案情的人，也是这几个人当中最年轻的女性，比高中生大不了几岁，当她从校长那里了解到整个案件的过程时，她都哆嗦起来了。当时在校长办公室里，有公安局的两个警察，校方就校长和班主任，据警察介绍，歹徒是个惯犯，在马燕红出事后的一个礼拜，又出来作案，并杀害了受害者。王蓝蓝就哆嗦起来了，警察走的时候，她都坐着没动。校长送走警察，让她放松，递给她一杯水。"到底是个丫头，我这个大男人刚工作的时候也碰到班上的女生被坏人糟蹋了，我脸都白了。""后来呢？那个女生后来怎么样？""早早嫁人，嫁到很远的地方，一辈子基本上给毁了。"王蓝蓝老师当时的样子很狼狈，浑身发冷，双手紧紧攥着水杯，水都晃出来了。校长让她先喝水，喝点水。她就像老头喝酒，一小口一小口地喝掉一杯，校长又给续上。王蓝蓝老师问校长这种事碰到过多少。校长五十多岁了，校长只能告诉她："当教师的会经常碰到这种事，你要有这个思想准备，多关心学生，尤其是女学生。"校长还告诉她：你这个样子不行，过两天学生家长要来，你千万不能感情用事，对家长以外的人要严格保密，要从容大方。

王蓝蓝老师一夜未眠，同屋的老师以为她跟心上人闹别扭了。她跟那个男的还处于秘密状态,再秘密也瞒不过同宿舍的人。人家就拿这事逗她,她没反应。她在想那个叫马燕红的女学生,她甚至问了人家一个愚蠢的问题:女人为什么这么倒霉,会被男人强奸?人家就笑,那是男人太着急,太爱你了,你们已经快成功了。"这些强奸犯应该统统枪毙!"王蓝蓝呼一下坐起来。人家也坐起来,"王蓝蓝你太可爱了,我要是男人我非把你强奸了不可。""啊——"王蓝蓝尖叫一声,钻进被窝,又很沉闷地尖叫几声,就没动静了。

同屋的老师越发觉得王蓝蓝可爱。她们是同学,一起来实习,她也有男朋友,男朋友一年前就对她动手动脚,她也是半推半就,慌乱中有甜蜜,后悔中有期待,不久前她把一切都交给男朋友了,她一点也没有王蓝蓝这么激烈的反应。她跟王蓝蓝没法比,她是个平平常常的姑娘,大学三年级才有男生追她,凭女性的直觉,也就一个男生,连挑选的余地都没有,也没法耍小脾气使小性子。传说中的美女如烈马,男人没有好身手很难驯服的。据说王蓝蓝上中学时追求者就一大群,上大学更不得了,差不多有一个团。那个边远地区的大学也就三千多人,除掉女生,大半男生加入了追求王蓝蓝的行列,快毕业了,那些人都急了。她知道男人情急之下如狼如虎豹的可怕样子。让她难以理解的是王蓝蓝用什么手段在漫长的被异性的围追堵截中一直保持纯真到现在,上千人呐,都没有上手。两个大姑娘都难以入眠,各想各的心事。

在马燕红事件发生以前,王蓝蓝面对男生的冲动多少有一点莫名其妙的兴奋与甜蜜,现在全变味了。也是一点一点变的。她知道同宿舍的姑娘不了解真相,在胡说八道,她就大叫,她都没想到她会叫。在警察的谈话中,她知道马燕红誓死搏斗,歹徒落网时,脑袋上还秃着两块疤呢,据歹徒交待这个烈性丫头撕了他的头发抓了他的脸,还喊叫了两声,两声之后就喊不出来了。王蓝蓝刚刚也是两声尖叫,被窝里的叫声就很含糊了。现在她还把自己捂在被子里,她在设身处地想象自己如果处在马燕红的情况下能坚持多久。警察甚至说出这样的话:"马燕红没有惨遭毒手也是不幸中的万幸。"这什么狗屁话。但也得承认,在警察说出歹徒杀害了另一个姑娘时,王蓝蓝心里很震撼。这个受害者离她这么近,近到呼吸心跳微笑每一个举动都一一闪现。王蓝蓝再也不敢往下想了。这当然是自己骗自己。她的脑子就没停下来,她感觉她脑子不转动了，其实是转得更快了，是高速运转，超出速度以外了。

脑海里竟然浮现出高中时那个在林带里对她动手动脚的男生，全校最帅的男生，最优秀的篮球中锋，在运动场上左突右冲，掌声不断，带着她去伊犁河边去斯大林大街，当着她的面把街头的小混混打得满地找牙。在展示小男子汉的雄风之后，这个大男孩开始笨手笨脚地往更深处摸索，那笨拙中带着傻气也带着少年无限美好的祈盼，从他单纯清澈而炽热的眼睛里可以感觉到，他颤巍巍的手在王蓝蓝的肩膀上摸一下，王蓝蓝嘴巴一噘就跳开了，王蓝蓝假装生气，心里乐呀。这个大男孩在无意当中拉过她的手，也把手不经意间放在她的肩膀上。可在林带里，在一片幽静中，两个人望着对方望了好半天，连气都不敢出了，这个大男孩自己都没有想到自己的手会伸出，就像突然长出来的一样，就像微风中轻轻晃动的桦树的树枝，就像带着茸毛的鹿茸，那勃勃的生命还会长出来、不断地长出来，王蓝蓝一下子就慌了，就跳开了。他们回去的时候，就显得不自然，但王蓝蓝不反感，当天夜里她就梦见大片大片的白桦树。鸟群一样飞翔的树枝，还有潮水般涌过来的梅花鹿，皇冠一样的鹿角，七叉八叉甚至有十二叉，每个叉头都是圆浑浑、毛茸茸的，这些鹿角碰到她的小腿，碰到她的脖子、肩膀，都碰到她的胸脯了，她还傻站着，满脸幸福的样子。她就这样醒过来。她咬住被角，她在钻牛角尖，她在走火入魔，那些跟她接触过的男生多么无辜啊，当这一切变成电影镜头浮现在王蓝蓝的脑海里时，就显得漏洞百出做作生硬显然是不怀好意处心积虑费尽心机。王蓝蓝诈尸一样坐起倒下好几次。

客观地讲，这次来乌苏实习的四个女生除外，那十个男生都是千方百计挤进来的，都是王蓝蓝的追求者。临近毕业，王蓝蓝还没有最后敲定，大家着急，但也意味着机会，这十个男生挤到一个实习小组，就明争暗斗，好戏不断。更让他们受不了的是这所中学里也有几位身手不凡的单身汉，那可都是些大漠老狼啊，人家也是大学毕业，七七级、七八级、七九级、八〇级，都是恢复高考制度以后的幸运儿，更重要的是人家有阅历，人家能把狼子野心包藏得严严实实，惊涛骇浪的上面水波不兴，幽静如天鹅湖一般。瞧这帮老江湖老狐狸，跟大美人王蓝蓝说话慢条斯理不温不火，保持着距离又显示着关切，稳重自如不动声色。有时甚至一个微笑，一个轻微的点头示意，突然放慢脚步，或者走着走着停下来，侧一下身子，完全是四两拨千斤呀。实习小组这些小男生的牛力气就显得笨拙无比，一点风度都没有，一点艺术性都没有。那些厚道的老教师就指点这帮后生，不能用力过猛，要艺术。后生们懵懵懂懂。老教师就告诉他们：所谓艺术啊，就是不费力气无为而无不为，就是四两拨千斤，就是什么都不做却把什么都做了，就是付出与收获极端地不成比例，有时候呀就是空手套白狼。谈到最后，老教师们也不忘叮咛后生们一句，重要的是实践。这些宏大理论不但帮不了忙，反而让他们变得笨手笨脚，加重了他们的心理负担。他们眼睁睁看着最厉害的角色，老狼中的佼佼者，一位三十多岁的化学教师出现在王蓝蓝身边。

这个化学教师还是他们的校友，七七级的。化学老师在那些老狐狸老狼中并不显山露水，相当长一段时间压根就不理王蓝蓝，跟实习小组的男生也很少接触，除非是教学上的公务，也是匆匆来匆匆去。就是这短暂的一来一去，大家都能留下些印象。这些印象不深也不浅。当他突然出现在王蓝蓝身边时，整个实习小组的人都已经跟这所中学很熟悉了，大家一点也不意外，也正因为如此，化学老师的出现一下子让那帮老狐狸老狼显得幼稚可笑。化学教师也是老狐狸之一，也是老狼之一。大家开玩笑：这才叫化学反应，量变到一定程度就发生质变。就在质变之际，王蓝蓝所在班级的女生马燕红出事了，这是一个极其隐秘的伤害事件，知情者极少，但化学老师还是有所察觉，不知出于关心还是尊重，就很少来打扰王蓝蓝。

出事那天上午，王蓝蓝没课，前前后后有五六个男同学来王蓝蓝的住处聊天，带些小玩意，目的性极强。王蓝蓝开始把目光投向校园，跟人家说话三心二意。她希望在校园里看到化学老师的影子。她越着急，那影子越不出现。有那么一阵子王蓝蓝眼睛都看花了，明明看见化学老师在教学二楼楼道间晃了一下，怎么就没出来呢？王蓝蓝的脖子跟鹅一样伸老长。楼道里什么都没有，大家都在上课。可她的情绪坏了，跟身边的男同学说话恶声恶气，有意抬杠，把那个男同学弄得很狼狈，匆匆离开。王蓝蓝知道他们还会来的，王蓝蓝已经让男生们惯坏了，坏得不像样子了，这是同宿舍的女同学说的。

在这个女同学的眼里，王蓝蓝的追求者都是棒小伙子。"你跟他们当中随便一个人结婚都是幸福的。""哈哈，你以为我是白菜豆腐呀，随便可以跟任何菜配啊，我告诉你吧，世界上男男女女这么多，真正适合的是唯一的一个，你明白吗？唯一的一个，就是独一无二的'这一个'。"王蓝蓝把"这一个"咬得很重，我们也就知道王蓝蓝是学中文的。1985年前后，文艺界讲得最起劲的一个词就是黑格尔说的"这一个"，理所当然也就是大学文艺理论老师的热门话题。同宿舍的同学不怎么相信这些大理论，也说不出反驳的话，她的男朋友很一般，但还是给她带来了幸福和快乐。"你该相信我也能幸福是不是？""这个我相信。"王蓝蓝见过那个男生，在昭苏实习，还是千方百计搭便车来看望女朋友，带来的马肠子酥油，王蓝蓝也没少吃。男朋友走后，这个女同学就掰指头计算，昭苏到伊犁就几百里路，从伊犁到乌苏一千里路，我的妈呀，他跑了多少路呀！王蓝蓝也很感动，她甚至产生过随便一个男人都能给她带来幸福这么一个可怕的念头，也仅仅是一个闪念，比草原上的闪电还要迅猛还要快，一闪即逝，吓得她一哆嗦，她马上意识到这都是受这个太过平凡的女同学的影响。说老实话，王蓝蓝任何一个追求者都比这个女同学的男朋友强，他们在她眼里个个都是帅哥，都是白马王子。她劝王蓝蓝是真心实意的。马燕红出事的那一天，王蓝蓝还真的听了女同学的劝告，认认真真地考虑了实习小组的那十个男同学。看到王蓝蓝进入哲学家一样的沉思状态，女同学给她削了苹果，泡了茶水，轻手轻脚，在她自言自语逐个对比每一个男同学的时候，女同学也不忘加上一把火，"应该对人家负责任，人家喜欢你没有错呀，你不认真考虑，人家会恨你一辈子的，考虑了，自己心安呐。"

马燕红事件把一切都改变了。女同学不了解底细，瞎猜。王蓝蓝噩梦之后，对任何缺乏艺术性的直杵杵的追求方式厌恶之极，那些男同学失败得莫名其妙毫无道理。王蓝蓝的父亲从伊犁赶到乌苏，王蓝蓝三言两语从父亲嘴里套出秘密，王蓝蓝一下子轻松了，把人家的求爱信拿出来调侃开玩笑。王蓝蓝进入游戏状态，王蓝蓝接待了马燕红的父亲，这才是真正的父亲。王蓝蓝就把马燕红的事情告诉了同宿舍的女同学，女同学也吓坏了。这一吓不要紧，女同学第二天就请了假，赶到昭苏。恰好男朋友的姐姐也来看弟弟，男朋友就把女朋友介绍给姐姐。这个姐姐在伊犁开个店，见过世面，马上就意识到弟弟跟这个洋学生生米煮成熟饭，心里有数了，不着急了。婚礼办得勉勉强强，婚后女同学一直觉得婆婆家有某种莫名其妙的心理优势，究竟优势在哪儿，又说不清楚，总觉得不对劲。两口子和和美美，美满中总是搀杂着一些让人难以忍受的东西。这是后话。我们还是回到王蓝蓝这边。

王蓝蓝不想回宿舍，同宿舍的女同学去昭苏还没回来，坐办公室批作业没精神，刚刚碰到了那个叫徐莉莉的女同学。王蓝蓝真的有点喜欢这个徐莉莉，在这个时候马燕红有同学的挂念可是太珍贵了，王蓝蓝猜测一定有喜欢马燕红的男生。王蓝蓝这么想的时候，也在期待这个男生的出现，期待他跟徐莉莉一样挂念马燕红。

还真有那么一个小男生出现在王蓝蓝面前，王蓝蓝端起架子：哪个班的？王蓝蓝给三个班上语文课，这个陌生的男孩肯定不是她带班主任那个班的，这个男孩肯定不是马燕红的同班同学，这个小男孩带着作文本，说是作文落下了，补交作文，这是一个很好的借口。交了作文，小男孩不想走，王蓝蓝声音很轻："还有什么事吗？"小男孩瞥老师一眼，脑袋垂下又侧起一点点，脖子都红了，"马燕红，马燕红同学，她，她……""她家里有点事她休学啦。""她没事吧……""她不会有事，她下学期就回来了。"小男孩不紧张了，满脸感激。王蓝蓝老师都告诉他马燕红遇到了困难，有人关心她，她会很高兴的。"她能听到吗？""听不到的关心含金量更高，你说是不是？""谢谢老师。"小男孩离开的时候大大方方，还真有点男子气，好像已经成大人了。

卷三

马燕红是在漆黑的夜晚离开乌苏县城的。她不知道父亲要把她送到什么地方。父亲有很多朋友，父亲说的亲戚绝对是朋友，在父亲眼里朋友与亲戚没什么区别。要区别的话，朋友更可靠。这是父亲亲口对女儿说的。她们家的亲戚并不多，也不太远，最远的亲戚就是乌苏县城的这一家了，其实也不是亲戚，是马来新的战友，常走动，越走越近，就成了亲戚。出事后这家人不停地埋怨自己没照顾好马燕红，父亲马来新大手一挥："给你们添麻烦了，这种灾祸防不胜防，不要再说了。"父亲跟这家掌柜的喝了酒，大家都明白，这件事要保密，传出去对女儿会造成更大的伤害。男人们喝着酒，发了誓。父亲放心了。父亲连夜送女儿出城。

胶轮大车，两匹马拉着，车厢里铺了干草，垫着毡，裹着大皮袄，只露出一双眼睛，在颠晃中，马燕红睡着了。马燕红睡得那么死，连梦都没有。马燕红好几个月都没睡安心觉了。马燕红后来告诉徐莉莉：我压根就不想醒来，我压根就不想让车子停下来，一直跑，一直跑，跑到天外边去，跑到没有星星的地方去。

后来，她听到哗哗的流水声。河水是从大峡谷里奔出来的，就像群山吐出来的舌头，在舔准噶尔大地。这是马燕红后来告诉徐莉莉的。徐莉莉已经是一名记者了，听到老同学用舌头来形容一条河，就忍不住亲一下老同学，其实是在老同学额头上舔一下。徐莉莉当时正处于情感危机，双方都受到了伤害，伤痕累累。马燕红给她讲述四棵树河上源跟舌头一样的流水时，徐莉莉马上就意识到那是一个舔伤口的好地方。

车子跑了整整一个晚上，路并不远，车子故意延拖奔跑的时间，马燕红需要这种摇篮式的睡眠。

第二天中午到了一个小村庄，一家三口，两口子都是壮劳力，有一个上小学的女儿，家境不错，显然不是什么亲戚，是父亲当年的战友，男人来过马燕红家，吃过马燕红做的拉条子揪片子。马燕红的神情让男主人吃惊。父亲马来新就告诉男主人，都是用功用成这样子了。女主人马上责备男人，"看你还逼不逼娃娃，娃娃少考一分你都大喊大叫。"女主人是个老实本分的乡村妇女，一直怕男人，这下给逮住机会了，理直气壮地当着客人面指责男人，男人毫无还手之力。女主人就把马燕红抱在怀里："这么俊的丫头，都是考试给害的，咱不考试，咱散散心，好好散散心。"女主人把马燕红安顿在一间小房子里，就是紧挨厨房的那间房子，专门让客人住的。马燕红几乎是让女主人抱上床的，女主人还用热毛巾给马燕红擦了脸，把马燕红按到枕头上，马燕红就听从女主人摆布。马燕红完全成小孩子了。女主人在厨房里，叮叮咣咣地忙开了。

男主人跟马来新喝酒，五五新镇产的启明大曲，那个时候能喝上启明大曲就很不错了，还有牛蹄筋，还有花生米，还有黄瓜。马来新喝得很拘谨，主人也就不客气了，"不要胡思乱想了，早早睡吧。"马来新躺下，熄了灯，还听见主人跟老婆的说话声："这个老马，几年不见，心事这么重，以前不是这样子呀。"女人说："人家心疼女儿，哪像你，啥都不当回事。"

父亲马来新吃过饭就走了。男主人第二天也走了。地里没什么活，牲畜有女人照料，男主人到伊犁贩羊去了，骑着马，到巩乃斯大草原上弄一群羊，贩到独山子贩到克拉玛依。男主人是乡村少有的能人，在村子里很有威望。大家都很尊重他，住在他家的马燕红理所当然地分享了这种尊重。

马燕红晚上给孩子辅导作业，白天孩子上学，女主人忙家务不让她插手，她的主要任务是散心。"你浪去，随便浪，放开浪，不要浪到山里去就成。"山看着近，其实相当远，除非骑着大马。马燕红不可能浪那么远。马燕红这阵子看什么东西都是个大概，她只看到水，看到地，这已经是个奇迹了。后来她给徐莉莉描述当时的情形，那简直就是一个梦游症患者，"我就像在飘，在空气里跟一根羽毛一样，飘来飘去，走路没有声音。""那是虚脱。""我天天吃羊肉，一只大肥羊快让我吃完了，我一点也不虚，我告诉你呀，我还没有睡醒，我在睡觉。""是做梦吧。""不，不是梦，我已经没有梦了。""一定是夜游症，从黑夜游到白天，太可怕了。"

马燕红一点也感觉不到害怕，大白天怕啥呢？她还能跟人说话，她还能给小孩辅导作业，她能吃能睡，也不睡过头觉，天亮就醒来，刷牙洗脸，喝一大碗牛奶，离开村庄，穿过田野到石头滩上去了。村里的人已经习惯了，都知道这个念书太用功的丫头伤了身体，到石头滩上小块庄稼地散心。念书苦啊，劳神费心，村里人也不过分地强迫自己的孩子了。马燕红就是榜样，人都快傻了，都快成苕子了。手指细的泉眼老看不够。

马燕红都看一个多月了，终于看出了一些名堂。马燕红返回村子，拿了一个白瓷缸子，是男主人当兵时部队发的，上边还有红漆喷的"我为祖国守边疆"和毛主席头像。掉了几块漆，露出黑色的铁皮，但字和图像完好无损。马燕红用缸子舀水喝，喝了满满一缸子泉水。泉眼的四周有一层细沙，再远一点就是一圈碎石，泉水从碎石缝里蹿出来，冲到大石头外的草丛就算是溪流了，就自由自在地在大地上奔流了。初升的太阳一点也不刺眼，毛茸茸的，笨头笨脑的，刚刚诞生一样。马燕红身上有了热量，还有淡淡的清香。马燕红告诉徐莉莉："我又活过来了，都是那缸子泉水。"哈萨克人把美好的泉水叫长命泉，不但能让人死而复生，还能让人长生不老。徐莉莉告诉她："你大概喝了长命泉的水。"

马燕红开始帮女主人干家务，马燕红在家里就是妈妈的好帮手，洗衣、做饭、挤牛奶、剪羊毛、给母羊接羔，她也能帮上手。女主人看她那么熟练地挤牛奶，就知道她缓过劲来了。

要彻底恢复还得一段时间。父亲马来新来过几次，马燕红都没有感觉，这次就不同了，马来新看见女儿动作麻利地挤牛奶，马来新就放心了。马来新吃了女儿做的拉条子，一点也不比女主人的手艺差。男主人也赞不绝口，"女人的本事就在锅灶上，谁娶了这丫头就是谁的福气。"马来新好几个月都没来过了，马来新笑着对女儿说："你这姨姨呀手艺高着呢,你好好跟她学吧。"

当天夜里马燕红就有梦了,都是噩梦,幸好没叫起来,自己把自己弄醒了。后来她对徐莉莉讲这个可怕的夜晚时,徐莉莉告诉她:"这就是活着的标志。""太可怕了,那恶心的场面咋就抹不掉呢,抠脑门都抠不掉,每天晚上都要过一遍。""痛苦给人的记忆最深也最漫长。幸亏你在那么一个僻静的地方,你要感谢你父亲。"事情发展的结果大大出乎父亲马来新的预料,马来新后悔死了。马燕红不后悔。

村子里忙起来了,开始收洋芋了。离村子近的大块大块的地里都是种麦子、种玉米、种萝卜辣子茄子白菜,再远一点的地里种葵花,再远一点鸡零狗碎的沙石地,几乎没有土壤,都种的是洋芋。马燕红生长在农村,知道种洋芋的都不是好地,但也没有见过尽是石头的洋芋地,洋芋嫩白嫩白的,就像熟睡的少女,竟然生长在这么粗糙的地方。马燕红再也不忍心用铁锹了,她用手扒,往袋子里装的时候也是小心翼翼。村里的小伙子来帮忙,抓起袋子,嘿一抢,扑通一下搁肩膀上。马燕红大叫,接着怒吼,把小伙子弄懵了,听了好半天才明白自己太粗犷。小伙子又轻轻地把洋芋袋子放下来,又轻轻地举起来,轻轻地搁在肩上,小声问丫头:"这样子行吗?"丫头鼻子里哼一下,小伙子走得轻手轻脚。

小伙子还偷看了马燕红挖洋芋的过程,小伙子在自家地里试一下,惊呆了,年年岁岁收洋芋,从来没发现,沙土里的洋芋这么好看。扒开碎石,扒开沙子,再剥开细土,洋芋圆浑浑、红彤彤蜷缩在一起,肉乎乎的,大地的新娘。小伙子跪下了,又扒出一个洋芋,这是白生生的一个少女,不是从大地里出来的,是从天而降,天鹅落下来啦。从北亚草原迁徙到天山的天鹅每年都要穿越准噶尔盆地,都要从村子上空啊啊呀呀欢叫着飞过去。她们能降落到草原为什么不能降落在村庄周围呢?小伙子再也不相信洋芋是自己种下的了,小伙子记得清清楚楚,洋芋的秧是把整块的洋芋切碎,一个洋芋至少要碎成十五六块,埋在乱石堆里,就不用管了,刮风下雨,一切听其自然,简直就是野生野长,不像麦子玉米葵花,更不像辣子茄子豆角白菜萝卜西红柿,这些爷们可得小心侍候着,水呀肥呀农药呀,打个杈呀支个架呀刮一场风就得去忙一阵子,把它们扶起来。那些哈萨克人蒙古人死活不肯下马种庄稼,他们看着汉人兄弟跟侍候王爷一样侍候这些"草",他们就暗暗叫苦,当然,他们会这样挖苦汉人兄弟:"我们只侍候一个王爷,你们要侍候这么多王爷,你们真不容易呀。"王爷没有了,牧人就说他们侍候老天爷,老天爷更少,全世界就一个。过日子是很艰难的,牧人有牧人的过法,汉人有汉人的过法。汉人也养一些牲畜,享受一下驰骋大地的感觉。牧人也有种地的,种地有种地的乐趣。相比较而言,种地要劳累得多,庄稼汉基本上忘记了洋芋,好像寄养别人家的孩子,长成大小伙子了,长成大姑娘了,才发现这个意外的收获。七手八脚,也不知道爱惜,扬起铁锹就像对待牲畜,洋芋在沙石滩都没有受伤,却往往被收获它的主人弄得遍体鳞伤,擦掉皮是常有的,甚至掉一块,残缺不齐的洋芋真不好看,拿到市场上去就得降价处理,用民间粗俗的说法,就像被糟蹋的姑娘,就不那么好嫁人了。小伙子不知道马燕红的秘密,小伙子就毫无忌讳地胡思乱想。

小伙子就做了一把木铲子,跟种菜用的铁铲子一个形状。打麦场上的农具都是纯木头的,连枷、木叉、扬场的木锨、晒场用的木耙子,凡是跟收到场上的成熟的庄稼颗粒打交道都用木器,怕伤了麦子玉米菜籽。也不能伤着洋芋。小伙子做了好几把木铲,也给了马燕红一把,马燕红一脸惊喜,试一下,嘿,真不错。马燕红好几个月都没笑了,马燕红深深地看一眼小伙子,埋头干活。扛袋子的时候小伙子才过来。

小伙子再给马燕红献殷勤马燕红就没有感觉了。小伙子管女主人叫嫂子,叫嫂子给他帮忙。嫂子嘴一撇:"你就别做梦啦,人家丫头要考大学,要飞到天上去。"小伙子就蔫了,见了马燕红就像见了太阳,无限敬仰,老远就站住,远远地望着,天地间好像弥漫了一层神圣的光芒。大学离村庄可是太遥远了,尤其是戈壁上的小村庄。小伙子在村子里很优秀,也只上到初中,当然庄稼活是没法说的,跟上大学的姑娘就没法比了。

小伙子彻底断了念头,反而轻松了,见了马燕红也不再慌里慌张,只是话少了,几乎不说话,大家聊天,他坐在角落里,静静地听着,微微地笑着,他喜欢这种气氛。更多的时候,他并不在场。他知道马燕红在村子里住着就心满意足了。再也听不到他大声嚷嚷了,再也听不到他跟人家争高低了,再也听不到他唱歌了。新疆是个歌唱的地方,种地的时候有种地的曲子。他们的祖先都来自陕西、甘肃,他们祖祖辈辈唱秦腔，一两句或一大段，或者把秦腔曲子改了腔，改成了哈密曲子、沙湾曲子、乌苏曲子。骑上大马放牲畜的时候就唱草原曲子、哈萨克民歌、蒙古长调。小伙子有一副好嗓子。这些都成多余的东西了，小伙子安静下来了。做什么事都不慌不忙，胸有成竹，举止稳重从容。

有一天，在村子里他又跟马燕红碰上了，他对马燕红说："你会成功的。"他跟圣徒一样双手抚胸，声音很轻。马燕红说："你说啥？"他还是那么诚心诚意声音很轻："你一定能考上一所好大学。""谢谢你。"马燕红显然已经把大学给忘了。

父亲马来新又来看女儿。那正是黄昏，女主人在厨房里做饭，男主人把牲畜赶回来就没事了，院门以内是女人们的事情，男主人喝茶抽烟听收音机。马来新走进院子，女儿马燕红正挤牛奶呢。马来新无数次见过女儿挤牛奶的场景，从来没有今天这么让他感到震撼。还是那么熟练的动作，手指在牛奶头上将着，一道道白线滋滋地喷到桶里，黑白相间的大花奶牛一动不动，牛眼睛那么清澈，那么亮，牛尾巴也不甩一下。在马来新的记忆里，牛尾巴从来就没有安静过，它必须一刻不停地左右抽打，打蚊蝇打牛虻，即使没有飞虫，它也左右甩摆，跟舞蹈一样有节奏有旋律，常言说得好，能让牛尾巴静下来，除非你是牛祖宗。据说牛祖宗在地球的心脏里，那是一头大公牛。大公牛的尾巴轻轻晃一下，全世界的奶牛都得流奶水，地球会被淹没。

马来新悄悄走开，去找男主人。马来新把他的想法告诉男主人，要带女儿走。男主人说："我知道你想啥呢，我刚看到丫头的样子，那么认真地挤牛奶，那种神态就是牛祖宗！她在找她的魂呢！大哥你急啥呢？让丫头完全恢复过来，结结实实健健康康回去不好吗？""她妈想她都想疯了。""女人要哄嘛，你继续哄嘛。""我都绷不住了。""绷不住也得绷，你知道绷不住的后果吗？"

两个男人没有话了，只能听见抽烟喝茶的声音。后来，他们一同看院子里的马燕红。马燕红已经在喂牲畜了。给马喝了清洁的泉水，喂了豌豆，给羊圈撒上草料。喂牛也是那么精细，跟马一样是清洁的泉水，牛吃的不是草，不是豆子。两个男人都不敢相信自己的眼睛了，他们看见马燕红把苹果塞进牛嘴里，苹果响一下，是那种带水的声音，还带着芳香。吃了三个苹果后，又吃了三个洋芋，沙地的洋芋没有多少水分，牛嘴巴粘了面粉一样，散出来的也是醇厚绵长的奶香味，接近牛奶的味道了。生了牛犊的大母牛也不用这么精心护养。牛太好养了，所有的家畜里，最不用操心的就是牛。

"看到了吧，丫头把牛喂得这么好，你能带她走吗？"

马来新走的时候心情很复杂。值得庆幸的是女儿脸色好多了，眼睛里也有神了。马来新心里说："要定下神来，千万要定下来。"马来新现在想的是女儿的健康，其他一切都不重要了。

男主人忙完地里的活，就谋算着把大半洋芋卖掉，他听了马燕红的建议，给牛留了一份。他感到好奇，就问马燕红："你咋不关心马和羊呢？""它们很健康呀。""牛有病吗？""牛身上缺个东西。"男主人仔细检查一遍，牛好好的，能吃能睡能干活，男主人突然反应过来了，必须顺着丫头的思路，"幸亏有你的照料，不然牛要吃大亏呢。"

那个跟马燕红一起收过洋芋的小伙子其实是个规矩人，收完洋芋后就很少跟马燕红接触了，甚至连照面都不打，远远躲开，远远地看着马燕红。男主人比狗还警觉，男主人一下子觉察到小伙子遥远的目光里有某种意思，男主人就走到小伙子跟前："也不看你长个啥眼睛，你就这么看人。""我，我，我莫有。""莫有，明明你胡骚情哩。""我莫有莫有。""你敢胡骚情！"男主人劈手夺下小伙子手里的苹果，小伙子还没来得及吃那个苹果，小伙子远远地看马燕红走过来，目光是沉静的，没有任何杂念，就是专注了一些，哪个妇女让男人这么看都不会难为情的。男主人不行，男主人也不听小伙子申辩，劈手夺下小伙子手里的苹果，咔嚓一声就捏碎了，捏成渣子甩在地上，男主人恶狠狠地说："敢胡骚情，你爷我捏碎你的洋芋疙瘩。"农村人把男人的卵蛋叫洋芋疙瘩，"捏洋芋疙瘩"是很恶的一句话，把苹果捏碎也是要有牛力气的。

男主人撇下这么狠的话走了。跟前还有村里不少人，大家都莫名其妙，没觉得小伙子胡骚情嘛，也有人这么分析："你娃眼睛里没胡骚情，心里头胡骚情哩。王更发是谁？王更发是个歪人，厉害人，看到你娃心里头去啦。"我们也就知道男主人的名字叫王更发，大家都把他的名字叫出来了嘛。小伙子一个劲地辩白，"莫有，真的莫有"。有人说："都看见你帮丫头收洋芋咪，还看见你弄了个木铲铲送给人家丫头，丫头都笑了嘛，丫头到咱村 个多月都没笑过，王更发和他老婆侍候丫头吃，侍候丫头喝，丫头都莫给王更发和他老婆笑一哈（下），单单给你笑了一哈（下），不容易！周幽王贵为天子，博美人一笑把江山都丢尿了，你狗日的就凭了一把木铲铲，你狗日的不简单！"小伙子没办法辩了，干脆闭上嘴。闭上嘴，还真有人给他出好主意。"王更发不是要捏碎你的洋芋疙瘩么，咱叫他捏不成！""他把苹果都捏碎了。""可他捏不了牛卵子。""牛卵子？""回去好好看看你家的牛卵子。"

谁家没几头牛几头羊呢，家境好一点的还养着高头大马。小伙子家没有马，牛羊是齐全的。有一头耕牛，一头奶牛。两头牛他都看了，牛卵子还真像洋芋疙瘩，不是剁开的洋芋，是那种红皮洋芋，圆浑浑一整个。他还真有点担心王更发会把牛卵子给撅下来，根本不用捏，王更发那么大力气，连牛腿都能掰下来。村里人都亲眼见过王更发把牛脖子一拐，整个牛轰一下倒地上四蹄乱蹬，谁不知道王更发是个歪人，谁就不是人养的。小伙子开始犯傻，他现在查看的是黑白花牛的大卵子，他竟然攥住牛卵子想着怎么保护这个宝贝，牛蹄子就飞起来了，一下子踢到小伙子小肚子上，小伙子几乎没叫出声，喉咙里哎的一下，声音就闷在肚子里了，肚子蔫下去了嘛。

小伙子额头冒汗，不停地呻唤。送到医院，伤得不轻，关键是踢的地方要命得很，小伙子的卵蛋缩进肚子里了。"那可咋办呀，娃还没娶媳妇哩。"他爸他妈还有他哥他嫂子全都急了，围着医生。医生说："卵蛋缩进去了嘛，还在自己身上嘛，没丢嘛，咱把它哄出来。""能哄出来吗？""有些难度。"医生擦擦眼镜，又戴上，不敢让这家人这么急抓挠脑团团转了。医生说："这号病也能治，医院用药，病人呢，放松，全面放松，从生理到心理全面放松，全身心松开，卵蛋也就出来了。"家里人松口气。

小伙子吃药打针，缓解了一些，能说话了，又不好意思说。他哥就说："你给我说，咱是亲兄弟，咱有啥不能说的。"

小伙子就说："不知咋弄的，我以前真莫想过那个丫头。"

"你现在想啦。"

"牛蹄子踢我的时候我才想的，以前莫有，真的莫有，哥，我不骗你。"

"你娃凉得响哩，睡哈（下）长哩。"

"哥，你都不相信我。"

"想就想，想了又咋了？哥是过来人，哥还不知道男人想女人是咋回事，兄弟，听哥的，都到这分上了，你不想才瓜呢，你想，使劲想，放开胆子想，医生说了，全身心放开，想女人的时候放得最开，放开了，你的卵蛋就出来了，咱也不用吃药了，药贵的。"

"那我就想呀！"

"兄弟，你想，你给咱好好想。吃好喝好才能想好，兄弟你想吃啥，你给哥说，哥给你弄去。"

"我想吃揪片子，羊肉的，带些肥的，汤要宽。"

"哈，兄弟你有救了，肥羊肉肥羊肉，男人馋肥羊肉的时候就想要女人了。"

卷四

马燕红挤牛奶就感到舒服。

村里的女人来串门,奶牛舒坦的叫唤声让她们感到惊奇,她们就说:"这不叫挤牛奶,这叫吃奶。"

这些娘儿们都是农村的壮劳力,手脚勤快,吃苦耐劳,脑子灵活,还能生养娃娃,她们从牛眼睛里看到了菩萨看到了观音娘娘。离村子不远有蒙古人的喇嘛庙,方圆几百里各民族都去朝拜,香火很旺,女人们一年要上好几回香,她们压根没想到佛就在她们身边,就在牛眼睛里。有人嘀咕:"这么挤下去怕考不成大学了。"从远古就有一个传统,念书的娃娃,不能抓麻雀,抓过麻雀的手就不会写字了。这个习俗在农村里根深蒂固。这些养过娃娃的娘儿们从这古老的习俗联想到牛奶头,麻雀与牛奶头一定有某种关联。"你看她把牛奶头挤成啥了?蹲在牛跟前就跟跪在佛爷跟前一样,你看她的眉呀眼呀,你看她脸上的表情,那是敬神哩那不是做活路,我的爷爷。"

女主人把这些话告诉丈夫。丈夫反而放心了。丈夫操心马燕红的病,病好了,啥都好说。丈夫听女人叨叨,丈夫听得很认真,女人边叨叨边看丈夫的脸。毛驴子日下的,平常总嫌我叨叨,说不到两句话就吼我就叫我闭上臭嘴,就说他脑仁疼,都是我这臭婆娘这张叨叨嘴叨叨下的,今儿个驴日的脑仁不疼了,我好好地叨叨呀。女人来了劲,满脸通红就像下蛋的花豹鸡咕咕个不停,车轱辘话来回倒,驴日下的一点也不恼，耳朵忽扇忽扇跟兔一样，鼻孔张那么大出气那么粗，还不停地拍她脊背："娃他娘慢慢说，慢慢说，在咱屋里又不是在廖天地里。"女人嗯嗯囔囔说了两个多钟头，男人全听明白了，男人也放心了，从来没见男人这么高兴过，男人美美地咂一口烟："娃他娘，还是老样子，原先咋挤奶还叫她咋挤，千万别打扰。""娃不念书啦？""人比书要紧，你个傻婆娘。""把人家女子当长工使？""咋说话哩？那是治病不是干活，我眼睛又没瞎，我看过两回，挤得那么认真，跟敬神一样，神态专一，这是健康的兆头，好兆头啊。"男人拍拍手，把烟掐灭，"独山子南边，天山深处有个巴音沟疗养站，油田的劳动模范在那里疗养，自己挤奶自己宰羊自己煮肉，把人养得肥肥的，再到油田上去拼命。"男人啊哈吼了几声曲子，话特别多："给老马有个交待了，娃好了，一点疤疤都没落下，照这样子再坚持上一个月，巩固一下，小心旧病复发二返长安。"

男人从来没有给女人说过这么多话，也从来没有给过女人这么好的脸子。女人的那点小心事，男人一眼就看出来了，男人不是个一般农民，种地放牧跑生意见过世面，男人必须鼓励一下自己的女人，男人那双手，就是被女人称之为熊爪爪的手，其中一只熊爪子落在女人的狗蛋上，女人一紧张不敢动了。

驴日下的刚订婚时就没安好心，就想占她便宜。她可不是个傻姑娘，她找嫂子商量，嫂子出的主意让她大吃一惊："你不是把我往狼口里塞吗？""瓜女子，你不把他喂成狼，他往后咋给你当男人呀。"嫂子又给她嘀咕几句，这回她信了，不能把驴日下的喂饱，闻个味儿就要打住。到底是个姑娘，喂狼呢又不是喂狗，跟割身上肉一样，浑身不自在。驴日下的臭男人很会挑地方，不挑脸蛋不挑狗蛋，就瞅着她的奶头，那时候的臭男人可是一个好身手啊，那时候的臭男人长的可不是熊爪爪，是鹰爪爪，是鹞子，比闪电还要快还要猛，嗖地一下就在她奶头上抓了一下，疼得她叫唤了一下，整个人都麻了，电击了一样，浑身冒烟呢，驴日下的蹿得没影了。她的奶头疼了整整一个月。嫂子说："你疼他更难受。""他难受个屁，他占了便宜他还难受呀。"嫂子的眼睛眯得细细的，脸上似笑非笑："姑娘的奶头可是金奶头啊，抓了金奶头他那双手就软得跟棉花一样了。""嫂子你编神话故事安慰我哩。"嫂子鼻子里笑:"那我就给你再说严重点,小伙子身上的力气顺着大腿根跑了。""大腿根,大腿根。"她看自己的大腿根,左看右看看不明白,嫂子笑得喘不过气:"瓜女子,你咋这么瓜,你结了婚可别笑嫂子多嘴多舌。"

下次未婚夫来走亲戚,又干又黄,跟鬼捏了一样。嫂子做饭,她往里端饭,她爸陪未婚夫吃饭,小伙子瘦成这样子,未来的老岳父心疼呀:"给自家干活也不能那样子干嘛,光个身子,一个人干几个人的活,汗淌得哗哗哩,跟河里发大水一样,你娃有多大力气?"她打断父亲的话,气呼呼地说:"他的力气全顺大腿根跑啦。"就这一句话,所有的人都愣了,父亲手里的酒盅在饭桌上翻滚,厨房里哗啦响了一下,盘子掉地上了,未婚夫脸红得跟剥了皮一样。母亲从里边的屋子里出来打圆场:"娃乖着哩,你看娃脸红的,精神的。"母亲指示女儿把酒斟上。她再笨也知道自己闯了祸,赶紧斟上酒,都不知道咋出去的,头大得跟斗一样,站在后院的树林子里大口喘气,再瓜的女子也从未婚夫尴尬的神态上猜出了个大概。她开始心疼这个驴日下的。她刚有了这么一丝怜悯心,她的奶头就胀了一下,她气都不敢出,紧接着奶头又胀一下,一下接一下,好像在鼓劲,有使不完的劲,远远超过她的力气,她不可能有这么大的力气,她的头又噔地大了一圈,她想起抓她奶头的那只手,驴日下的怪不得那么瘦,驴日下的把身上的力气全塞到我身上啦。我的妈呀!男人太可怕啦。怪不得把女人看得这么紧,从小小一点点,从小丫头到大姑娘,看得紧紧的,看得死死的,驴日下的男人稍微一碰就成这样子了。幸亏是自己的男人,婚都订了就等着往进娶哩。她一下子原谅了这个驴日下的。她甚至担心这驴日下的变了心不娶她咋办。她再次见到这个驴日下的就有点怕,就怯生生地望着他一点点走出村子,那么干那么瘦,她心里涌起一股子热流,涌到脸上就成了泪,她哭哩。

过年的时候她就嫁过去了,一嫁过去,啥都明白了。新媳妇回娘家见了嫂子,她就吼了一声:"嫂子!"嫂子头都没抬。她自己问自己我这么吼嫂子想吼出个啥?啥也吼不出来,也没啥可吼的,再瓜的女子结了婚过了那一夜,心也就平了气也就和了,世界就没有秘密了,她一下子想通了,她又叫声嫂子,声音不大不小刚合适。嫂子马上抬起头:"新媳妇就该这么叫嫂子。"

驴日下的臭男人再也不干不瘦了，新媳妇娶进门不到一个月就壮得跟牛一样，不到半年就跟大黑熊一样，走起路来，一摇一晃，腾楞腾楞，地动山摇，力气大得没边边，力气再大也不顺大腿根跑了，往女人身上使一份力气，就能得到十倍百倍甚至上万倍的回报。她一下就明白了女人的秘密。她就担心马燕红这个瓜女子这么认真地抓牛奶头，牛又不是你男人。她就委婉地劝马燕红："你还要考学哩不要把力气使完。""我没使多少力气。"马燕红伸出手，她抓一下，手上有劲哩。马燕红还是个瓜女子，她可不瓜，她知道这是用的心劲，不是手上的劲，手上的劲再大也大不过一头牛。

挤完牛奶，马燕红就辅导主人家的女儿做作业。自从马燕红来到这里，孩子的学习越来越好。马燕红的字很漂亮，练过庞中华的硬笔书法。一手好字就让孩子喜欢得不得了，"比我老师的字好，我老师的字就像狗刨下的。"作业本上有老师的字，红笔写的，跟医院处方上的字差不多。马燕红可不能附和孩子向老师叫板，马燕红告诉孩子："老师带这么多娃娃，老师太累，手上没劲字就写不好。"孩子不信："黑板上的字也是这样子。""老师课多呀，从这个教室上到那个教室，老师一天要写多少字呀。"孩子眼睛眨啊眨反应不过来，马燕红说："我只教你一个人，又省心又省力，写出来的字就好看。"孩子全都明白了。孩子也有迷惑的时候，有些老师的字就挺好看，马燕红就告诉孩子：这些老师课少呀。孩子又反应不过来了，想了好半天，好像想明白了，轻轻点点头，开始写作业。

孩子上小学三年级，所有的课马燕红都能教，马燕红甚至教到老师前边了，孩子在学校里就很牛皮，学习一点也不吃力，考分越来越高，进入前五名了，带回许多小红花。女主人高兴啊。女主人就提醒马燕红不要耽误自己的学业，"你还要考大学呢。"马燕红好像没多大反应，女主人就有意识地整理马燕红的小房间，把马燕红的书本摆桌上。女主人在院子里一边晾衣服，一边偷偷看，马燕红终于拿起了高中课本。女主人就放心地去河边洗衣服了，把大门都拉上了。孩子上学去了，男人贩土豆去了。长着老榆树葡萄树和白杨树的院落静悄悄的。

马燕红翻着课本还有复习资料，呵欠眼泪都下来了，老走神，神都走光了，就是看不进去，眼皮越来越沉，就歪到被子上睡着了。从准噶尔盆地飞往天山的老鹰发出一声声啸叫，最悠扬的那一声已经接近蒙古长调了。村庄的西边就是蒙古人的牧场，牧场里还真有人唱起长调与天空的老鹰遥相呼应。马燕红一下子就醒来了。课本落在地上，捡起来，再用心去看，已经很陌生了。在她的意识里，这是多么可怕的事情！可她一点也不害怕。她那么平静，她只是摸了摸书的封皮，她就把书放下了。她还摸了摸笔记本，上边密匝匝记录了老师讲课的内容，字迹秀美优雅，在中学生里绝对是少有的好书法。各门课的老师都喜欢她的字，有些老师甚至不忍心在她做错的作业上打叉，打对号划红圈写评语则是一种享受。她的课堂笔记甚至比老师的教案还要赏心悦目。老师建议马燕红考上大学就把她的课堂笔记留下来教育后边的学生。这么珍贵的课堂笔记马燕红也只是翻了几页，摸摸封皮，封皮是用牛皮纸做的，又结实又好看。马燕红把这些学习用品收起来，手支着下巴，望着静悄悄的院子。再也听不到草原上的蒙古长调了，再也听不到老鹰的长啸了。麻雀在墙头屋顶唧唧喳喳，树叶儿哗哗喧响，阳光大片大片地落下来，堆满了院子，一直堆到窗台上了，堆到房顶了，阳光还在不停地落着。真奇怪，阳光落到房顶那个高度就高不上去了，阳光还在落，阳光下的房子那么温暖。

马燕红后来把这一切告诉老同学徐莉莉，徐莉莉说："这就是你放弃考大学的原因呀？"马燕红说："我当时最大的愿望就是有栋自己的房子。""你不是有家吗？回到家里去呀。""丫头不可能在娘家住一辈子，娘家再好也不是自己的家。""真让人难以置信，这就是太阳对你的启示？""这样不好吗？不是一条光明大道吗？"徐莉莉还记得她当时来回走动的样子，徐莉莉心里憋得慌就是说不出来，还伸了几次手，指着马燕红的鼻子，马燕红很平静地看着她急抓挠脑的样子，马燕红就说："汤圆刚传到咱们新疆的时候，大家都不会吃，煮熟了要晾一会儿，要咬开一个小角，把里边的热气放出来，咱们新疆人以为是吃饺子，就一口吞，吞下去就是你现在这样子，来回走，说不出话，你现在是不是说不出话？"徐莉莉接过缸子喝了一气，徐莉莉就告辞了。

徐莉莉整整一个礼拜都没有说话，跟演哑剧一样。那个礼拜，她的采访路线从天山大峡谷到四棵树煤矿到塔布勒特合蒙古族牧场一直到古尔班通古特沙漠腹地的四棵树林管站，随行的实习生跑前跑后，她懒得说话。不等于她闲着。她一路上认认真真地观察了天山大峡谷，到山前的砾石滩，到沙石混杂的半荒漠地带，到沙丘环绕的牧场和庄稼地。她的背囊里有山上的岩石，有戈壁上的卵石，有荒漠地带的棱角分明的尖石，有豆粒大的粗沙子，有面粉一样的干净的细沙子，最后她采集了沙土混合的荒漠土和农田里散发着植物和肥料气息的熟土。农民把生长庄稼的土叫熟土。农民不会用熟土盖房子的，那太奢侈了。起房子用的都是与农田相邻的荒漠土，含着沙子的生土。野草长在生土地带，包括杂树灌木。徐莉莉还记得她把手伸进土地里的情景，刚刚翻开的麦茬子地，刚养了一茬麦子，土地彻底地放松了，农民就像对待自己刚生了孩子的妻子一样，让产妇放开手脚仰躺在太阳底下，蓝天、白云、黑黝黝的大地，太阳万分亲切。太阳不是在晒土地，太阳是在给土地加能量，刷刷刷奶水一样的汁液让大地吸个够。土地松蓬蓬的，带着酸味的潮气，吸足了阳光，酸中带甜。徐莉莉抓到手里的就是这种泥土。徐莉莉不像个记者，像一个地质工作者，像一个农艺师，她的行囊里装着整个大地。

当车子往回返的时候，司机指一下路边的村庄，马燕红的家就在这个村子里。乡间沙土路坑坑洼洼，徐莉莉只能看个大概。车子拐上公路往乌苏县城奔去，车子也稳当了。这些天她一直没有离开过四棵树河，乌苏境内的主要河流之一，从天山大峡谷到准噶尔盆地，四棵树河在沙漠腹地与奎屯河相汇掉头向西，到博尔塔拉大草原上去了。那地方叫艾比湖，传说中艾比湖有月光一样的湖水。徐莉莉不止一次去过艾比湖，传说中辽阔的水域已经退缩了，已经缩进芦苇丛中，大片大片的湖正成为白花花的碱滩，月光下像湖水，阳光下就很可怕了。徐莉莉不知道马燕红怎么挺过来的，更不知道她以后的生活。徐莉莉还记得马燕红告诉她放弃考大学时那种从容那种平静。徐莉莉把脖子上的丝巾扒开了，凉风一下子蹿进内衣，整个人就像挂在大气球上，随风飘逝。对，就是随风飘逝。马燕红就是这个神态，随风飘逝的神态。

马燕红就这么痴迷瞪瞪地看着院子里的阳光，太阳也不走了，停在村子上空，给人的感觉好像在不停地脱衣服，外套内衣一层又一层，太阳都赤身露体了，太阳都冒汗了，落到地面的是太阳雨。太阳雨发出刷刷的声音，树木全都油汪汪的，戈壁滩的石头也起了一层黑皮，那是石头身上渗出来的油质。草叶也厚了许多。数不清的小虫子闪闪发亮,它们背上的坚甲涂了油了。在马燕红痴迷瞪瞪的目光里,太阳雨下了整整三天,大地被洗刷得干干净净,空气也香喷喷的,洼地里还有太阳雨流淌的声音。

马燕红就到了野外,离村庄已经很远了,这里是四棵树河的上源,有许多细如蜘蛛网的小溪以及星星点点的泉眼。最大的支流在天山深处,出了山就呼朋唤友一样唤醒了山前荒漠数不清的溪流和泉眼。太阳雨跟这些细流混在一起。马燕红生活在四棵树河的下游,马燕红刚懂事的时候就问父亲:河边这么多树为啥叫四棵树河?父亲告诉她:河出生的地方树很少,最多两三棵,四棵树已经很不错了。她放羊的时候站在沙丘上手搭额头遥望四棵树河的流向,静静的准噶尔大地无边无际,天空跟大地交合在一起,四棵树河就消失在天地相交的地方,她把这个景象写进作文,写得高兴就发挥一下,"四棵树河流到天上去了"。老师表扬了她,她给全班同学读了那篇作文。老师鼓励她,说她是有出息的孩子。"有一天你会到大地方去生活,去干一番事业。"

老师在城里念过书,知道外边的世界。当老师讲到大地方时,老师的眼睛都湿了,新疆大多数河流都消失在沙漠里,额尔齐斯河是个例外,竟然穿越好几个国家,流到北冰洋去了。老师讲到额尔齐斯河流入北冰洋时,马燕红的脑子里闪出的是天空,那是流到天空的河。马燕红相当懂事了,马燕红没有把这个想法写进作文。马燕红已经懂得守住秘密的好处。应该说不是秘密是梦想,一个乡村少女的无限向往与期待,梦想太脆弱了,甚至经不起别人的嘲笑或一句风凉话,一个轻蔑的眼神,都可能是致命的一击。

初中是在四棵树镇上的,离乌苏县城不远了,站在四棵树镇上,抬头就能看见天山。老师告诉大家,不能再向南了,应该向东,沿着乌伊公路向东,到乌苏到奎屯到石河子到昌吉到乌鲁木齐,老师停顿一下,扫大家一眼又咳嗽两下,哪个同学能从乌鲁木齐出发到口里到兰州到西安到北京上海去,那可真是给老师争光啦。同学们的眼睛全都亮起来了,跟星星一样,单纯而富于思想的初中生,眼睛那么亮,那么容易相信老师的话。那一刻,连太阳都暗下去了,大地最明亮的地方不是天空,是教室,一颗颗亮晶晶的眼睛,跟星星一样,跟河源地带的泉眼一样。马燕红没想到好多年以后她会站在四棵树河的上源，站在星星般的泉眼中间，后来她告诉徐莉莉她当时真实的感受。

"我从来没有见过这么清的水，我在树丛后边在自然光里看到这么清的水，我才明白处子是什么意思。"

马燕红说出"处子"这个词时那么自然那么坦诚，受到震撼的反而是徐莉莉。徐莉莉以为马燕红失去贞操一定会反感"处子"这个词。马燕红不但说了，而且还告诉徐莉莉：我看到这些处子般的溪水时我才明白父亲为什么要送我到这里来。我知道父亲不是这个意思，叔叔阿姨父亲，他们真正的目的是让我养好身体，回到学校考上大学，离开那个伤心的地方。永远离开。最好是考到口里，永远不要再回到新疆。说实话，我喜欢这个小村子，我刚到这里我就发现我长这么大都在四棵树河边，我只是到了河的上源。我这辈子都不会离开这条河了。那些处子般的溪水和泉眼让我想到我曾经是一个姑娘。做一个姑娘多好啊。徐莉莉在流泪，马燕红没有，一点也没有，还用热毛巾擦徐莉莉的眼泪。徐莉莉还听到了一个很特别的词：太阳雨。乡村长大的马燕红更容易受到大自然的启示，更容易感受到天地万物的秘密。这是徐莉莉后来才体会到的。当时徐莉莉感兴趣的就是马燕红提到的太阳雨，四棵树上源的太阳雨医治了马燕红的创伤。

在以后漫长的生活中，徐莉莉都在体会这个神秘的太阳雨，记者身份给她提供了各种可能，她走遍了天山南北，她甚至不要遮阳伞不要防晒霜，晒得跟非洲黑人一样，她却很难从烈日里体验到雨的感觉。直到失去丈夫，办完杜玉浦的丧事，回到乌苏老家，带着儿子杜波去四棵树河下游，去沙漠腹地甘家湖梭梭林，她终于看到了大汗淋漓的太阳在沙浪里缓缓地起伏，那一刻，沙子也是湿漉漉的，沙子跟草叶一样挂满露珠。她可以回答儿子追问过千遍万遍的问题了：妈妈，沙漠里为什么有生命？

孩子，妈妈告诉你，沙子有呼吸，沙子的呼吸就是风，大风起自沙漠，沙漠里的生命都是了不起的生命。

儿子很聪明：爸爸带我来甘家湖，就是为了让我长大。

甘家湖没有湖，甘家湖全是沙漠，全是面粉一样的细沙子，沙子不能再细了，沙子里长出一丛丛梭梭，梭梭没有叶子，直接用枝条吸收阳光,用枝条吸收空气里的水分。甘家湖之行是丈夫生前的安排,儿子理所当然把这一切归功于父亲杜玉浦。奇怪的是杜玉浦为什么对甘家湖了解得这么深。林管站的人介绍最了不起的一种梭梭,根须与枝条都有吸收水分的功能,三伏天,空气都燃烧起来了,梭梭的枝条也成了红的,跟烧红的铁棒一样吱吱叫着从烈日里榨取水分。

"太阳是有水分的。"林管站的人不说太阳雨,说的是科学术语,"太阳的水分"。林管站的人还扒开沙子让梭梭的根露出来,再从梭梭的头摸到脚。"看到没有,根就是枝叶,枝叶就是根,阴阳相通,没有界限。"

杜玉浦就这样复活了。徐莉莉没有眼泪,徐莉莉只是下意识地擦擦眼睛,眼睛出奇的平静,心里湿漉漉的。徐莉莉回想起好几年前在乌苏街头、在人声嘈杂的集市上马燕红跟她讲述太阳雨的那一幕,马燕红告诉她:"太阳雨落到丫头身上,丫头就要嫁人了。"

马燕红湿漉漉地从外边回来了。村里的人都远远地看着这个姑娘。村里人还远远地闻到一股芳香。等马燕红走到大家跟前时,有人闻出来了,这是黄花闺女的女儿香。那些养过孩子的娘儿们、那些上年纪的老婆婆们太熟悉这种气味了。她们的鼻子跟狗鼻子一样。她们还摸了马燕红的脸蛋和胳膊,她们嘀嘀咕咕声音不大,可马燕红听见了,马燕红听见人家叫她姑娘叫她女子叫她丫头叫她黄花闺女,马燕红心里就哭了,脸上没有哭,马燕红不是小孩子了,马燕红是大姑娘了,马燕红相当懂事了,受委屈也好激动也好,都是在心里哭不在脸上哭,脸上平平静静,心里哭啊哭,就有一种罕见的潮润,就让人觉得她是一朵初开的葵花。

葵花在新疆从来都是大片大片生长的,几百亩几千亩几万亩地连成一片,就像太阳的海洋,人们有理由认为马燕红是从那金色海洋里出来的。乌苏没有那么大的河流,可乌苏的原始含义就是水,是很清很清的水,逐水草而居的蒙古人跑遍了亚欧大陆,在天山北麓找到最好的草地,也找到最清最甜的水源,水清到极至就发黑,就呈现出泥土的底色,泉眼也好,河床也好,都是大地最健康的颜色,水土相连,蒙古人用"库库喀喇乌苏"称呼这块土地。种地的汉人简略为"乌苏","乌"在汉语里就是黑的意思,就是清水的意思。不管放牧的还是种地的都崇尚黑色。在黑土地里种出庄稼，葵花是油料作物，是最好的庄稼，人们有理由认为马燕红是从葵花地里出来的。那几乎是人们一个美好的愿望，马燕红记得清清楚楚，当时已经到了收获的季节，葵花熟透了，秆茎发黄叶子发黑，葵花籽更黑，葵花全都沉甸甸地垂着脑袋，有些葵花已经被收到家里了，装进麻袋准备往榨油厂送。大片大片的葵花地里全是葵花秆。芳香倒是真的。从地头走过去，就能闻到葵花籽的芳香。用当地农民的说法，生长过油料的泥土都是香喷喷的。马燕红从河边回来，必须穿过大片大片的葵花地，薰也薰成一个芳香四溢的大姑娘了。马燕红只想做一个好姑娘，考大学已经不重要了。

马燕红告诉徐莉莉：我做梦都没想到我还能成为一个姑娘。

马燕红告诉徐莉莉：这就是我出嫁的地方。

马燕红把主人家的奶牛赶到小伙子家里。马燕红问人家：这里是不是有个病牛？马燕红来到病人跟前，从手绢里取出洋芋。洋芋已经不烫了，小伙子接到手里，先不急着吃，对着窗户看，家里人推开窗户，让他好好地看。小伙子看着看着就笑了："对着哩，对着哩，这就是王更发捏碎的洋芋。"家里人说："王更发捏了一个么，别弄错了。"小伙子说："洋芋碎了，就不是两个三个，就是无数个。"

小伙子一口气把两个热洋芋咽到肚子里，喝了半缸子水，长长出口气，脸上的颜色正了，可以舒舒服服睡个安稳觉了。家里人告诉马燕红：小伙子可怜得很，在床上躺了几十天，哼哼唧唧，半死不活，这下好了。马燕红还想问那个公牛，就听到公牛在圈里长一声短一声地叫唤。马燕红吆来的母牛早都进去了。公牛给母牛打羔哩。

天黑的时候，马燕红把母牛吆回主人家。马燕红把她的决定告诉女主人。女主人不信，去了小伙子家大半天。男主人王更发在外地贩牲口，接到信，立马回来，没进家门，直接去了小伙子家，去的时候还带了刀子。出来的时候一个劲抽烟。在家里吃了饭，没歇，连夜去给马来新报信。马来新差点爆炸。两个男人往回赶的时候，王更发一直提防着马来新，怕马来新想不开胡来。赶到半路的时候，马来新冷静下来了，马来新叹了口气："我这女子，太懂事啦，懂事懂得过了头啦。"王更发一个劲地给他点烟，基本上都是半截子烟，咂两口就掐火。王更发包里装了一条天池烟，那时候能抽上天池烟很不错了。马来新糟蹋了七八盒烟，就不糟蹋了，彻底想明白了。见到女儿时，心里还是抽了几下，呼吸都困难。女儿那么冷静，那么理智，马来新就像跟一个长者在交谈。女儿说完话，还拍拍父亲的背，"想开点啊。"

接下来的事情就是给老婆得有一个交待。当初是他马来新把女儿送到乌苏县城来念书的。女儿在乡中学念得好好的，是全校的尖子生，校长指望马燕红填补空白呢。乡中学属于"文革"时的新生事物。四棵树河下游方圆几百里开天辟地以来就没学校，连小学都没有，新疆建省是清朝末年的事情，私塾有不少，认认字，不睁眼瞎就可以了，好一点的去做买卖能记个账就是大本事了。解放后，有了小学，中学在县城里，"文化大革命"建起了中学，历史上第一个呀。1977年恢复高考，全校师生齐心协力，几年下来出了几个中专生，就已经了不起了，校长受到老乡的称赞，上级表彰是肯定的，校长心里有本账，一定要出大学生，哪怕一个，只要出了，这块土地就有标志性的人物了。应该说校长是好样的，全校前几名学生校长亲自掌握。

马来新把女儿马燕红送到县中学等于挖了校长的心头肉，校长说不动马来新，就骑自行车到家里来做马来新老婆的工作。先说学校的宏伟计划，再说马燕红有多么优秀，学校多么重视，也暗示老师们的辛苦与培养，最后来一句古老的俗语，宁做鸡头不做凤尾。校长就把当时流行的带拉链的人造革黑皮包拉开了，就像飞行员随身带的那种，一本杂志那么大，还有一个袋子，里边详细记录着全校前十名学生的情况：年龄，性别，班级，家庭住址，父母，每一次摸底考试的成绩和排名，每个学生后边都有好几个老师专门侍候。校长没空手来，带了一罐那时候十分金贵的铁筒麦乳精。马来新老婆要客气，校长就说："不是给你的，是给马燕红同学加强营养的，学习费脑子。"女人给感动的，一个劲地说："当家的回来，我好好给说说。"

校长走时心里七上八下，农村跟城市不一样，女人不当家。女人不当家不是说女人不重要，在家庭内部女人的作用更大。女人用自己的方式把校长的话演绎一遍，有条有理头头是道。马来新吃惊不小，不停地打量老婆，老婆不像个农村娘儿们，倒像个女干部。老婆知道男人想啥呢，老婆不客气地说："我可是念过高中的，你把眼睛睁大。"马来新眼睛眯得细细的，一根莫合烟都咂完了，都快要烧到嘴唇了，那双眯眯眼还眯着，马来新从来没有这么长久这么专心这么细致地打量过自己的老婆。

在这样的目光里，老婆慢慢地收拾着屋子，轻手轻脚一点声响都没有，整座房子就像听话的大黄狗，女主人早就把它的毛捋顺了，女主人知道男人眯着眼打量那才是他重视你，他的眼眯得越细他心里那双眼睛就瞪得越大，女主人太了解男人了，都生了一女一儿两个娃娃了嘛，男人呐就跟他们嘴上咬的莫合烟一样，一头大一头小，眼睛小的时候心就大了，心小的时候就瞪牛眼睛。千万别让男人的牛眼睛给吓着了，男人瞪牛眼睛大吼大叫往往是他们最无能最失败的时候，男人眯眼睛那是他自信的表现，他的能量他的光芒全聚在一起了。男人发狠的时候也眯眼睛，那是面对强大的对手，不是对女人，尤其是自己心爱的女人。马来新眯眼打量，打量了又打量，就笑了，笑的时候眼睛就没了，那些凝聚起来的光到了极限一下子就散开了，到脸上去了，就像太阳升起来，万道光芒照耀大地，男人朗声笑啊，开心地笑啊，眼睛里抖出了泪花乐开了花。马来新就给自己的女人笑了这么一阵子，烟头丢地下踩灭，站起来："你说得不错，我好好地考虑一下。"

马来新大概是村子里第一个见过世面的人，高中毕业，当过兵，去过伊犁乌鲁木齐。老婆记得清清楚楚，马来新复员回乡当牧业组长这些年从来没有眯过眼睛，都是大睁眼睛不假思索当机立断，一看就是当兵出身。这几年搞承包，生产队散伙，大家都以为马来新会吃上大马套上车跑运输，马来新原本就是队上的牧业组长，牛马羊他都有一手，骑上大马赶上畜群威风了那么多年，生产队散伙的时候，马来新却走下马背到土里刨食去了。不是说马来新没有马，仅有的十几匹好马马来新就分了一匹，马来新还弄了辆车。马来新却到地里去了。不是分给他家的那些好地，好地都围在林带里。老婆看见马来新的眼睛眯起来了，马来新坐在屋顶抽着烟，坐在房顶上可以看见远方的沙丘，沙丘上长着茇茇草，再远就是梭梭，再远就是骆驼刺，再远就是厚毡一样的杂草，再远就没有草了，但还是固定的沙丘，跟乌龟一样一身黑甲，剥破甲壳就流出细沙，跟水一样——那已经是大地的心窝窝了……男人眯上眼睛差不多就是一只鹰。女人小时候见过自己父亲这么眯过眼睛。女人也见过那些放牧的哈萨克人、蒙古人这么眯着眼睛，牧民骑着大马寻找草地，逐水草而居，都有一双鹰眼，一年四季眼睛都眯着。种地的汉人在关键时候才眯上眼睛，他的目光要穿过院子穿过村庄面对这个世界了。女人看见自己的丈夫到房顶上去了，女人就不打扰丈夫。院子里静悄悄的，丈夫的目光很远很远，终于从大漠深处收回来了。女人听见丈夫在哼一首曲子，女人就把饭端到房顶上。丈夫的眼睛那么亮，好像清水洗过的一样，女人忍不住问丈夫："看见啥啦这么高兴？"

"看见牛卵子啦。"当地人都知道地底下卧着一头神牛，牛尾巴一摇就山崩地裂发生大地震，牛眼睛睁开太阳就亮了，牛眼睛闭上月亮就亮了，两只牛犄角就等于两根大梁，整个地球就靠这两根大梁撑着呢，那得多大力气？一年四季就这么撑着，几十年上百年都不动一下，脚都不换一下，实在撑不住就摇一下尾巴，地上的万物就得满地打滚，头破血流。这么壮一头牛，没有卵子。老人们说那是牛太专心了，卵子就是心，心就是卵子。从古传到今，就有这种说法，看见牛卵子就等于把世界都看透了。

丈夫拿定主意承包两百亩荒地，也就是挨着沙漠的那片废地，以前种过葵花，长的葵花还没手片大，就不种了，野草就起来了，也长不了多高，刚到脚腕子。引不来水，种啥都白搭，大家等着看马来新的笑话。谁也没想到马来新能在那里种洋芋。马来新还真折腾出了名堂，洋芋长起来，白色的洋芋花散发的香味让人迷醉，花落了，枝叶也败了，地却撑起来了，大家眼睁睁看着几百亩废地吹气球似的膨胀起来了，吃了酵母似的。

女人们见了马来新的老婆就说："你老汉的锤子肯定是个蒜锤。""对着哩对着哩。""你老汉给你的都是稠嘟嘟的糨糊。""你说啥就是啥。""你个挨屄你去地里看一看，干板板地都发面似的发起来了，这些年啊你老汉把你给发美了。""想发让人家发么，人家是我老汉我也没办法么。"一群婆娘把马来新婆娘围在中间，又是捏胳膊又是捏腿，再捏捏狗子，男人豪壮，就能把女人发起来。地里的洋芋长着长着就把地撑破了，都能听见嘭嘭的响声，顺着响声慢慢地传来了绵软厚醇的洋芋的气息，带一点点土腥味。细细闻，还能闻到动物内脏的鲜味。上年纪的人就嚷嚷："这小子把牛卵子给攥住了。"

马来新还记得收洋芋那天早晨，他把铁锨往地头一插，单腿跪下，手顺着土地裂开的口子伸进去，那道口子就像一张嘴，几百亩地全都张开了嘴，每一棵洋芋的根部都张开了嘴，露出象牙色的洋芋。那些红皮洋芋也露出来了，跟鲜肉一样。马来新摸到的第一颗就是红皮洋芋，马来新清楚地记得那是一个牛卵子，抓到手里停了好半天，都热起来了，他才用力撅出来。

马来新放牧那些年，天天吃洋芋。把畜群赶出去就是半个月，带的粮食大半是洋芋，弄一堆火，把洋芋烤熟，蘸着盐吃。吃遍了天下所有的洋芋。准噶尔盆地许许多多的绿洲有各种各样的洋芋，走到哪儿就地换洋芋。马来新总是把剩下的洋芋埋起来。第二年就能碰到长起来的新洋芋。马来新干这营生完全是受战友牛禄喜的影响，当兵三年就交了这么一个铁杆兄弟，捡牛粪接羊羔接牛犊接马驹子，哪是当兵呀，都成佛了。战友们笑牛禄喜和马来新这两个难兄难弟，说他俩是庙里的佛爷。昭苏大草原本来就是信奉喇嘛教的蒙古人的家园。复员回乡的马来新积习难改，吃剩的洋芋属于歪瓜裂枣，随便一扔就行了，马来新一定要埋起来。埋起来的洋芋就有可能复生，就有可能长出一大片。马来新就用心地给这些洋芋找安身的地方，得让它们活下来，长大。有时候会碰上好几年前埋下的洋芋，自生自灭，复生，再蔓延，再与马来新相遇。等到马来新承包那块废地时，他已经相当有经验了，他知道怎么在沙子里让洋芋茁壮成长。

他的洋芋不会在镇上出手。他一车一车拉到县城，连洋芋的名字都改了叫土豆，城里人一愣，知道这家伙不是个简单的农民，农民张口闭口全是洋芋，城里人、吃公家饭的人、下乡知青都叫土豆，那些戴眼镜的知识分子还叫马铃薯。大家相信有一天马来新会把洋芋叫成马铃薯的。目前还不会，刚刚往县城发展嘛。第二年，大家都种了洋芋，都听马来新的，把洋芋拉到城里去卖，一路上还洋芋洋芋地叫着，进了城就马上改口叫土豆。叫土豆就能卖好价钱。一样的东西改个口就不一样了，就他妈怪。不用说马来新的价最高。马来新不小气，把这些重要环节毫不保留全给大家公开了，不服人家马来新不行。

马来新把洋芋弄到乌苏城里，马来新谋算着还要把女儿马燕红弄到城里去。乡中学的校长就急了，就做马来新老婆的工作。马来新把老婆的话认认真真地考虑了三天，马来新告诉老婆："我算了一下，县城的几个中学每年都要考上四五十个大学生，县城以外的乡中学考上的都是中专生，最高也是个大专，咱娃要上大学就得去县城上高中。你不要急嘛，你听我说嘛，校长确实是个好人，可这个学校还没有考上一个大学生，想拿咱娃做实验哩，你咋就不明白哩，女娃不像男娃，经不起折腾。""在县城上学就不算折腾了？""县城机会多嘛。""县城我更不放心。"女人再不放心还是放女儿去县城。马来新送女儿去县城时这样安慰老婆："咱娃考上大学，至少也是个乌鲁木齐，说不定还要去兰州去西安去广州去武汉，再往大处就是去北京上海了，你还不放心呀，你不放心也没办法。"马来新吆上高头大马拉上车往县城奔去。

现在这辆车回来了，走得慢腾腾的。咋给老婆解释呀？离开女儿他就盯着县城一动不动，他的眼睛眯得细细的，也只能看见县城的大致轮廓。过了县城他转过身，面朝县城背对着马，由着马跑吧，马认识路，马会把他拉到家的。他还是一动不动眯着眼看这座边陲小城，比伊宁市小多啦，跟乌鲁木齐没法子比，相邻的奎屯石河子都比它大，可它毕竟是县城，让他这个农民琢磨不透，他还记得他送女儿去县中学报到的时候太兴奋了，他把老习惯都丢了，出发前应该坐在房顶上，跟当年承包沙地种洋芋一样眯着眼睛看一看天山脚下那座小小的县城。现在不行，现在急火攻心看什么都是模糊的。

眼睛模糊了，脑子里却有了主意。他转过身咳嗽一声，马就扬蹄快跑，一会儿就到村子到家门口。马来新吃饱喝足点一根烟，抽上一口，得给老婆一个交待了。打进门那刻起，老婆忙这忙那，嘴上不说，可他能感觉出来老婆浑身上下都在惦记着女儿。马来新开始编谎，连马来新自己都暗暗吃惊，他这个从不编谎的人编起谎这么不要脸，跟真的一样，连眼睛都不眨，把老婆哄得一愣一愣的。

马来新是这么编的："咱女子书念得好好的，念到半学期不知咋搞的，跟一个男同学谈起对象了。老师给我介绍情况时说：他们俩跟其他早恋的学生不一样，其他学生都是看电影电视看不健康的小说给看坏了，他们俩都是好学生，不捣蛋也不看那些乱七八糟的东西，是在认认真真地谈对象，唯一不好的地方就是没心思学习了。你不要紧张，你听我慢慢说。我原以为老师在编谎，我跟那个小伙子接触了几次，跟老师说的一样,是个好娃娃。"

"我女子哩?我女子哩?"老婆连哭带叫就认一个理:我要我女子。马来新继续编谎:"咱娃吓坏了,见了我都发抖哩,就更不敢见你了。""死女子,都大半年不回家,你还编那么大个谎说娃学习忙,连放屁的工夫都没有,把女婿都寻下啦就不知道回家看她娘。你现在还在编谎,你就编,看你能编到啥时候?""咱的女子么,咱了解么,迟早得嫁人,迟早的问题么,还能编出个啥?用得着胡编乱造吗?你这她娘,唉,把人活活地神死了。"

这句话厉害,把老婆噎得半天说不出话。整整两天不说话,第三天,熬不住了,说话了:"我看我女子去呀,我要好好看看我女子,看看她的心咋就这么硬,寻下个啥女婿嘛,大学都不考啦,把她娘都忘了。"老婆很快就看到了女儿和女婿。女儿女婿往她跟前一站,满肚子的怨气就没影儿了。

半年后女儿出嫁。村子里说啥话的都有。嫁人么,费那么大劲进县中学,把考大学的劲都用上啦。这些话说到马来新面上,马来新笑笑不吭声。说到马来新老婆面上,老婆嘴不饶人:"我女子能么,本事大么,我女子喜欢么,我女子又没把谁家的娃娃掐死,说这号屁话给谁听哩,小心老娘拿鞋底扇你的皮嘴,小心老娘给你嘴上抹屎给你皮窝窝里塞辣子面面。"

说这话的女人满脸通红一溜烟跑了。马来新老婆把鞋提手里了,立马就扇皮嘴呀不跑咋办呀,剩下的人不敢吭声。马来新老婆又不走人,转脸一笑,让大家吃瓜子,边吃边骂。马来新老婆嫁到这个村子十多年了,撒泼抖威风的机会不多,大概就两三次吧,大家都淡忘了,马来新老婆就有必要再抖抖威风,让大家伙儿见识一下狼是麻的。不能老让大家看着你绵软和善,隔上十年八年得把大家的皮松一松。这么一松,马来新老婆展畅多了。

马来新还记得女儿结婚一个月后,他带老婆去看望女儿,老婆是第一次去女儿家。老婆一直嚷嚷着要去那个遥远的天山脚下的村子看看,老婆去过最远的地方就是乌苏县城,在公社中学上学时,学工学农,老师带他们去县城最大的单位自治区第二运输公司参观。再一次就是马来新复员回来那天,她在汽车站等了整整一天。

马来新告诉她过了县城还有一大半路呢。过了县城,过了乌伊公路,三拐两拐又拐到河边了。贴着河边的是一条新疆大地常见的很简陋的沙石大路,几乎是戈壁滩上被车压出来的两道白印子。贴着河的那边长一些杂草和灌木,也都是茇茇草骆驼刺之类,比较茂盛罢了。老婆很快就认出这条河,"这不是四棵树河嘛。""就是嘛。""咱村子就在下游嘛。""就是嘛。""咱女子嫁到了上游。""就是嘛。""上游水清啊。""就是嘛。""上游地不好。"老婆念过高中,种过地,老婆对一条河的状况还是了解的,大地上所有的河流都富在下游,有肥沃的冲积平原,他们村子就在四棵树河拐弯的地方,拐出一大片良田,靠近沙漠却不缺少土地。越往上游土地越少,放牧的人越多。马来新就贴着老婆的耳朵小声说:"粮食少了,肉多了,不缺你女子的。"

小两口有三头牛,四五十只羊。大半地种的是洋芋。老婆就有点急:"咋还是洋芋?""好地种粮食,沙土地不种洋芋种啥呀?"女婿不吭声,女儿马燕红出面对付老婆子,老婆不老,典型的中年妇女大婆娘,女儿有对付老婆的法子,女儿把女婿往后一拨拉,女儿说:"这里人种洋芋顶多种在沙土地里,我家的沙土地往外扩了十几米,沙窝窝里都把洋芋长出来了。"

马来新种洋芋的那几百亩地,是当年知青们的杰作。这些城里来的洋学生豪情万丈组成青年突击队向沙漠进军,要征服沙漠,向沙漠要良田。孩子们先栽树,清一色榆树挡住风沙,在林带后边再开出几百亩地种葵花,朵朵葵花向太阳,他们是公社新社员,社员都是向阳花,向阳花就是葵花。当时上了报纸,许多积极分子火线入党入团,提干的也不少。三年后,葵花成了野草。荒了的葵花地成了村民们放牧口的地方。也只能应个急,没多少草,大牲畜来不了,羊可以啃上一阵子。草皮底下全是沙子,草根上带一点点土。知青返城前这块地就荒了,如果没有那些榆树挡着,就很容易变成沙漠,准噶尔的沙漠就是这么一层黑痂,呆滞僵硬,麻木冷漠,垂头丧气,返城前的知青就这副样子。马来新请他们喝过酒,吃过手抓羊肉,吃过大馅饺子,马来新跟这些知青关系不错,马来新甚至把自己的秘密都告诉了他们:沙地种不成葵花可以种洋芋。知青们对什么都不感兴趣了,林彪爆炸都两年了,幻想破灭,他们再也没有造反破四旧斗老干部打老师搞大串联的劲头了。他们在想着法子病退，走后门招工，集体请愿胜利大逃亡，他们对土地一点兴趣都没有了，别说种洋芋，就是种金子他们也懒得去瞅上一眼。

马来新当过兵见过世面不小气，给他们酒喝给他们肉吃，他们就有必要开导开导这个农民，毛主席不是说了嘛："重要的是教育农民。"包括像马来新这样有文化的新式农民。知青们告诉马来新："我们不种土豆，你最好也别种。你就不想想，你种得再好，也就是戴个大红花，发个奖状上上报纸，你们生产队的队长、大队书记、公社书记就有升官的资本了，你给人家当枪使。陈永贵干得再好也是个拿工分的副总理，是新生事物，咱不可能干到人家陈永贵的分上是不是，树立这么一个典型很费劲的，不可能再有第二个，咱就是把准噶尔盆地全变成良田，种上全国人民都吃不完的土豆，顶多就给咱一个'新疆陈永贵'，咱还是挣工分你明白吗？"

这几桶冷水泼得马来新蔫了好几天回不过劲。知青们不忍心看着一个地道的农民垂头丧气两眼呆滞神情冷漠，这种状态属于知青不属于农民，知青就有必要再校正一下，知青就告诉马来新："大哥呀，啥时候土地跟你个人的利益挂钩，你啥时候再露你的秘密武器。"知青们还进一步揭露马来新的秘密武器："人家都说你是个能人，我们跟踪过你，你在沙漠里种洋芋的一举一动我们都拍下来了，都研究过了，我们不想让葵花地的戏再演第二回了，换句话说我们不想再糟蹋土豆啦，土豆多朴实啊，跟它的创造者印第安人一样朴实可靠，养活了全世界的人。全世界人却要坑他们，创造了土豆玉米西红柿的印第安人过的什么日子嘛。"知青越说越愤怒，快咆哮起来了，马来新就走开了。马来新不想惹麻烦，可马来新觉得知青的话有道理。他守着自己的秘密，也就是他在沙漠里辛辛苦苦锻炼出来的绝活。

"四人帮"粉碎了，新时期了，生产队散伙了，可以承包土地了，马来新分到了良田，马来新又不动声色以最低款额包下了那几百亩葵花地。那块板结的废地，在他手里有了活力。他还记得他带一帮人治理这块沙地的情景，除了他没人对这地抱有希望。他雇人家，人家拿钱干活，老婆和女儿送饭送水。不拖欠工钱，伙食不错，大家干活很卖力，就是不相信这是一块庄稼地。基本上是沙子，沙子扬起来的时候才能看见土，土飘起来了，跟一股白烟一样。大家不敢扬沙子，翻整沙地的时候腰弯得很低，前边用洋镐挖，后边用铁锨翻，压上厚厚的一层草木灰，浇上水。大家还是不相信能长洋芋。有人建议栽树，树能扎下根。马来新头都不抬，也不接话。马来新闷头干活，他每天守在地里。

他还记得种上洋芋的日子里，做梦都是洋芋发芽，梦见了雷电和大雨，迅猛异常，猛禽一般扫荡空气里的尘埃，带着泥浆的大雨被当地人称作豪雨，泥浆过后，就是人们盼望的白雨，清爽干净的白雨。那天夜里，马来新梦见所有的洋芋都发芽了，几百亩沙地被嫩芽顶开了。

马来新大清早来到地头就惊呆了。跟他梦见的一模一样，幼芽白嫩白嫩的。几天工夫就长起来了，把沙土遮起来了，在大口大口地痛饮阳光呢。太阳就像一头奶牛，马来新就唱起了《劝奶歌》。

女儿马燕红第一次听父亲唱歌，马来新的歌有声音没词，反复不断就一个奶字，奶既是词也是声音，就这么无边无际地奶下去……洋芋长起来了，开花了，马来新还在奶奶奶地唱啊，无边无际的草原长调，洋芋的茎枯萎了、花朵憔悴了，歪歪扭扭地倒下去了，根部膨胀起来了，撑开了地皮，愣头愣脑地出来了。每一窝洋芋的四周都跟女人的骨盆一样温暖潮润。

女儿马燕红是在收洋芋那天唱起《劝奶歌》的，这种母性十足的曲子还真该女子来唱，悠扬圆润，唱到最后，全是汩汩流淌的奶水了。中亚各民族的古歌里对天堂的描绘就是：流奶淌蜜的地方。女儿马燕红就把自己嫁到那里去了。马来新一板一眼地告诉老婆："咱女子看上的地方就是天堂。""你这么想？""就得这么想，这是咱女子看上的地方。"老婆告诉马来新："我想明白了，婚姻是缘分，都是缘分。"

几年后的一个晚上，老婆说梦话，所有的心事全都说出来了，老婆啥都知道。见到女儿老婆就知道女儿遭罪了，女人最倒霉的事情让女儿摊上了。马来新下去解手时碰到这一幕，马来新吓坏了，马来新从来没见过人如此滔滔不绝地说梦话。马来新怕老婆发生意外，摇了几下喊了几下，不顶用，因为那梦话太吓人了，跟真的一样，连女儿种洋芋挤牛奶摸牛卵子这些细节都说出来了。更可怕的是老婆在梦快结束的时候唱起了《劝奶歌》，女人那种带着泪带着哭腔的唱法一下子把马来新击垮了，马来新点上烟，烟压根就没到嘴上，就在手上兀自燃烧，把手指都烫了，他都没感觉。他两眼发呆，望着窗外，准噶尔盆地的上空蓝汪汪的，平坦坦的，那是天上的草原啊，月亮又白又大，就像没有妈妈的羊羔，谁见过这么大的羊羔？都到天上去了，还找不到妈妈，找不到奶。老婆在梦中越唱越难受，带着哭腔的草原长调跌宕起伏，每一声奶都奶到了永远，没有尽头的奶奶奶奶奶水一样，从泉到溪到河到海到大洋，到天上，到整个天地相连的地方，还是一个劲地奔腾不断……

有一年秋天，马来新去看女儿。马来新一直寻到地里。离村庄很远，离林带很远，都看不到土了，女儿就在这个地方种洋芋。洋芋长起来，那么大一片，稍一扒拉就胎儿一样圆浑浑粉嘟嘟地出来了……看见洋芋地的时候，就听见女儿的歌声——接近原始状态的《劝奶歌》，怎么会有泪水？马来新凝固在树丛里，树枝一下子弹起来，树丛飞起来，都发出长长的啸音，一只鹰正在飞越天山——那是一只刚刚成熟的雄鹰，竟然听懂了《劝奶歌》，一下子越过天山峰顶，穿过云层，到天上去了……女儿跪在地上高举着双臂，手上的洋芋飞起来，落下去——洋芋肯定要回到地上。

"爸爸你也来一次。"

"爸爸已经不会玩了。"

"我也能在沙地里种出洋芋，长得一点也不比你的差，老鹰在老天爷的供桌上献一献，又还给我了，这些洋芋呀，肯定能卖出好价钱。"

村里人都学马燕红的样子在沙漠里种洋芋，长出的洋芋跟乒乓球那么大，味道不错，粉粉的，甜丝丝的，可以留着自己吃，没法卖呀，也对不起花的力气，更不用说成本了，就没人干这营生了，还是乖乖地往后撤，回到原来的沙土地带，回到熟地里去。

马燕红两口子种洋芋，再把洋芋卖到乌苏城里，还收购大家的洋芋，往城里贩，挣的都是辛苦钱。

卷五

《劝奶歌》最早来自昭苏草原，来自马来新与战友牛禄喜的友谊。

他们都是1967年的兵，马来新从乌苏农村来到伊犁。训练完就到昭苏大草原上。正好是冬天，烧的全是牛粪。哨所只有一个姓牛的，这个牛姓新兵偏偏对牛粪产生极大的兴趣。在陕西老家牛粪是真正的肥料。据说也有用牛粪烧炕的。炕上肯定躺着一位老人。这位老人九十多岁了，还保持着劳动的习惯。那时候还是生产队。老人可以不下地，但老人闲不住。农村有许多这样的老人，不干活就难受，只好任其自然。九十高龄的老爷爷，游走于大地，常常误入其他生产队的地里，也没人拦他。他那么认真，那么投入，他所做的工作其实是在修补，用庄稼人的话说是在返工。老人眼里揉不进沙子，任何一点纰漏都逃不过他的眼睛，必须纠正过来。那时每个生产队都有二溜子，都有下乡知青，他们干的庄稼活可以说是惨不忍睹，这就给爷爷这样的老人提供了大显身手的机会。爷爷毫无怨言，喜出望外，跟娃娃占了小便宜一样。爷爷另一个壮举就是拾粪。沿着乡村的大路小路，收集各种牲畜的粪便，秃头铁锨上挑一个笼子，常常是满载而归。猪粪鸡粪就当肥料了，牛羊马骡驴粪晒干后堆起来烧炕。当然是爷爷自己烧。整整一年呐，冬天来临，爷爷那间屋子的山墙脚早早堆起晒干的牛粪，牛粪大且多，遮住了羊马骡驴的粪便，这些粪便颜色灰暗，甚至发紫发黑，远远不如金灿灿的牛粪那么抢眼。给人感觉，爷爷的炕洞里全是牛粪在燃烧。

不能再叫牛姓新兵了,他的全名叫牛禄喜。这会儿牛禄喜在昭苏大草原上正给战友马来新讲他的爷爷。

牛禄喜参军的那年冬天,刚刚入冬,堆得跟小山一样的牛粪才烧了一个礼拜,爷爷就去世了,九十八岁高龄,去世当天还捡了一次牛粪,天亮前回家,全是热气腾腾的新鲜牛粪,出村子不远就碰上了,跟着了火似的在大路上冒着热气,爷爷那个兴奋。爷爷哼着《周仁回府》回到家里,牛粪还有余热,还有呛人的气味。爷爷吃过早饭,太阳已经很暖和了,已经把老头们全都吸引到村子背风向阳的角落里,老头们被太阳晒得眯上眼拉家常。爷爷也唠叨了一阵,就眯上眼,人家叫他的时候他已经升天了,脸上笑眯眯的。

那年冬天,牛禄喜十七岁,牛禄喜参军来到新疆。牛禄喜在昭苏大草原见到了牛粪和牛粪火。一个月后,牛禄喜有了第一个哥们,新疆人马来新,牛禄喜就给马来新讲爷爷跟牛粪。马来新祖祖辈辈生活在新疆,马来新无法想象内地人的生活。但马来新能体会到陕西人牛禄喜对牛粪的感情。马来新大手一挥:"算你来对了地方,告诉你吧,草原有多大,牛粪就有多大。"

马来新已经看过牛禄喜的日记了,到哨所的第一天,新兵们就记下了这个激动人心的日子。马来新记的是手把羊肉,那时候的新疆农村,大块吃肉的日子少得可怜。牛禄喜跟所有的农村兵都不一样,竟然死盯着牛粪火,还试着往火里扔了几块干牛粪,还把干牛粪掂来掂去看了又看。当天的日记里就有这样一段话:"哈,新疆的牛粪跟锅盔一样,我爷要是活着,得吆上大车拾牛粪。"两个好朋友聊天的时候,理所当然地交换了日记,有肝胆相照的意思。

新疆人马来新没去过口里,连乌鲁木齐都没去过,乌苏县四棵树河下游的土著子弟么,马来新自以为是地把陕西人牛禄喜笔下的锅盔当成锅盖了:"哈,牛粪像锅盖,牛粪像锅盖吗?"牛禄喜告诉马来新:锅盔是锅盔,锅盖是锅盖,锅盖是木头的,锅盔是麦面的,是陕西人最爱吃的一种食品。牛禄喜比画了半天,马来新明白了,锅盔相当于新疆的馕,比馕大好几倍,厚敦敦的有砖头那么厚,不是在土制馕坑里烤,是在大铁锅里用文火慢慢烙出来的,牛禄喜还专门强调一下:"要用麦草火。"农民子弟马来新对麦草太熟悉了,一点就通。牛禄喜无限神往地给马来新描述关中老家的麦面锅盔："又酥又香,金黄金黄的,有清油有小茴香有芝麻,男人出远门,女人就给男人的褡裢里满满地装上锅盔。"牛禄喜的眼睛都湿了,都唱起来了:

走着走着走远了,
褡裢里的锅盔轻哈(下)了,
日他娘哩给少哈(下)了,
少哈(下)了。

牛禄喜的声音太难听了,就像牛叫唤,是那歌子好,打动了马来新。马来新说:"卖狗子牛禄喜,算你来对了地方,新疆就是唱歌的地方,往后呀,唱歌的机会多得很。"

几天后马来新弄来了馕让牛禄喜品尝,牛禄喜算是开了眼,在陕西锅盔以外还有另一种好吃的食物。牛禄喜在当天的日记里又写下这么一段:"新疆锅盔——馕好吃!更接近牛粪。"在大地隆起的丘陵与山坡上,雪很薄,牛粪裸露在地面上,还真像烤熟的馍馍。牛禄喜已经相当老练了,拖着爬犁,带几条麻袋,穿行在茫茫雪原,什么地方高就往什么地方走。哨所的栅栏后边很快就堆起一座小山。可以放开手脚烧火了,可以不动用木柴了,也不需要再送煤了。牛禄喜受到嘉奖,这是牛禄喜没有想到的。战友们也捡牛粪,最多不超过五公里,牛禄喜一抬脚就是几十公里,都跑到人家牧民的冬窝子去了,跟牧民们混熟了。那些放牧的蒙古人哈萨克人都知道有个姓牛的解放军是专门捡牛粪的。还有牧民专门来营地打听过,那年月大家警惕性高,边境地区嘛,常常有特务出现。牛禄喜完全是利用业余时间,完全是个活雷锋,受到嘉奖了。

跟牧民交往久了,牛禄喜就有了牧人的经验,从春天开始捡牛粪,一直捡到冬天来临。最好的牛粪在秋天,全都干透了,跟剥皮子一样从地上嗞啦啦一下,一个牛粪饼就到手了。捧的是一团火呀。牛禄喜不知不觉地学起了牛叫,哞——哞——旷野中,有时声音很大,完全是大吼大叫。叫到哨所,大家听了都捂耳朵皱眉头。马来新听过牛禄喜唱歌,牛禄喜唱到最动情最委婉的地方也有牛吼的成分,马来新都习惯了。马来新就给大家解释:"人家牛禄喜唱歌呢,男人的嗓子么，又不是太监。""明明是牛叫唤么，你俩关系好，你就把牛叫唤说成百灵鸟。""牛叫唤咋咧？牛叫唤又不是狼叫唤，鲁迅都学牛叫唤哩，都挤奶哩。"马来新上过高中，肚子里有两点墨水，引经据典把大家给镇住了。牛禄喜多少有点自知之明，离开哨所，步入荒原才放纵自己。大家还是能听见粗犷悲壮的牛氏哀歌。也许是距离的缘故，听着就像一个男人在哭、在嚎。好多年以后马来新得知牛禄喜所遭受的种种不幸就后悔不迭。

当初有人已经听出来了，哨所最高首长也就是排长专门跟牛禄喜谈过话："你家里有什么困难吗？""没有呀。""你遭遇过不幸吗？""报告首长，我生在新社会长在红旗下，我很幸福。""是不是你爷爷的去世影响了你？""我爷爷活了九十八岁，我爷爷是喜丧，去世的时候没有受一点罪。"天衣无缝，排长无话可说，牛禄喜怕排长不放心，又加一道保险："我爷爷捡牛粪几十年不间断，去世前一天还在捡牛粪。"排长若有所悟："噢，这是你们家的传统呀。这是劳动人民的本色。"排长肃然起敬："好同志啊，好好干吧。"再也没人怀疑牛禄喜捡牛粪学牛叫的动机了。牛禄喜还是很低调的，总是把牛粪带回来，把牛叫唤留在茫茫旷野。

牛禄喜不再满足于捡干牛粪，他喜欢看那些冒着热气的新鲜牛粪，不是内地那些单个的牛，是大群大群的牛一起吃草，一起排泄，牛粪落地的声音都是沉甸甸的，就像用铁锨铲泥，大块大块的泥土抛出去，又落下来，就是这种沉重潮湿的声音。泥土落地就不再有任何动静了，牛粪还热着呐，趴在地上大口地呼吸，冒出热气，散发的气味有草的味道有牛内脏的味道。有的时候牛禄喜会产生幻觉，会把这些热腾腾的牛粪看成揭开蒸笼的馍馍。牛禄喜这么想的时候，已经离热牛粪很近了，不仅仅是情感上，他本人就蹲在牛粪跟前，伸了几次手又缩回去了。这不是蒸，是烤，是用头顶上的太阳。牛禄喜望一眼草原上空又圆又大的太阳，就往后退，不能挡住阳光。阳光下的牛粪开始膨胀，在膨胀中起了一层痂，还闪着亮光。牛禄喜已经相当有经验了，这时候不能动，牛粪只干一层皮，还没干透。草原上的干热风一阵一阵，还有辽阔的大地，地也是热的。中亚细亚腹地，昼夜温差大，戈壁如此，草原荒漠也一样。晚上寒气会让牛粪干得更快。牛粪很快就蓄满了阳光，蓄满了风的气息，蓄满了地气。让牛粪干透的最后一道工序是大地本身。牛粪就躺在地上。牛禄喜从地上揭下干牛粪的时候，牛粪已经跟大地贴在一起了，那嗞啦声就跟撕开布料撕开皮子一样，地皮给揭下来了。农民的儿子牛禄喜还是把干牛粪归结到食物上。他对尾随而来的马来新说："牛粪湿的时候是太阳在烤，牛粪干了，就等于锅盔烙好了，实实在在是烙出来的。"马来新就笑："上个星期还给我说是蒸哈（下）的。"在牛禄喜眼里牛粪应该有三道工序，在牛肚子里蒸一遍，在太阳底下烤一遍，再让土地烙一遍，就可以往回拉了。

　　春天的干牛粪还保持着一片金黄，总有捡不完的干牛粪，度过夏天，一直到秋末，跟树皮没什么区别，黑乎乎的，又干又硬，有点扎手。牛禄喜能辨认出不同季节的干牛粪。也有度过冬天的干牛粪，第二年春天让牛禄喜碰上了，捏一下全成了粉末，不会有火焰了，快化成肥料融入大地了。牛禄喜捏碎它们的时候，听见自己的叹息声在旷野旋上旋下，牛禄喜就唱起来了。

　　牛禄喜在老家是吼过秦腔的，牛禄喜能唱许多秦腔戏，古典的有《下河东》《周仁回府》《包公赔情》《李陵碑》《金沙滩》《三滴血》《游龟山》，现代的有《梁秋燕》《三世仇》，最爱唱的竟然是老杨业无限悲愤的《舍子》。陕西关中的农民，人前人后是不一样的，独处一隅的时候，会在不经意间火山爆发似的晴空霹雳似的大坝决堤似的吼上那么一段秦腔，一折子下来会吐血，嘴巴红红的像咬了老虎尿。赶紧把血擦净，从头到脚拍打一遍，不是打尘土，是打自己身上的老虎，这个过程起码得一顿饭工夫。身上的老虎万万不能带回去，大吼大叫的时候整个人抡圆了，都胀起来了，日天呀卷毡呀，浑身的邪劲大得没边边，这个样子出现在众人面前，除非你不想过日子。过日子就得蔫蔫的。吼就吼了，叫就叫了，必须在吼叫过的地方恢复原状，办法就是拍打自己，从头到脚，细细地拍打，放松，好像啥事都没发生过，没事人一样往回走。越走越清醒，发誓再也不吼叫了。好长时间连戏都不听。戏唱到家门口，也会躲出去，捂上耳朵，不停地呻吟，用土话讲就像谁日你狗子哩。过上半年一年，又会出现在戏台子底下。那年月，老戏没有了，都是新戏，但那锣鼓那旋律还能勾起对老戏的回忆，老戏在人们心里默默地流传。

在伊犁河谷，在昭苏大草原上，牛禄喜让马来新见识了老杨业无限悲壮的《舍子》。马来新第一个反应就是："你遭过啥罪嘛，这么苦大仇深？"牛禄喜若无其事："没啥原因，就是喜欢。""在没人的地方乱吼叫？""对着哩。""也没人劝你？""没人的地方吼叫么，没人知道么。""我知道了，我以战友加朋友的名义，郑重地劝告你，不要再吼秦腔了，特别是那个《舍子》。""怕啥哩？我都不怕你怕啥哩？""我真的害怕，你不知道你大吼大叫时的样子，跟真的一样，有一天变成真的你娃可就惨到家啦。""我陕西人都这么唱嘛。""我新疆人也唱秦腔，也在没人的地方自得其乐，但绝对不吐血。"马来新就给牛禄喜来了一段《包公赔情》，唱得声泪俱下，却有一股温暖。马来新拍拍地上的干牛粪："冰天雪地的地方瀚海茫茫的地方，有好东西嘛。"

牛禄喜不急着捡干牛粪，牛禄喜唱起来了。牛禄喜不知道马来新在远处看着自己，牛禄喜走着走着就唱起来了，再也不是秦腔里的折子戏了，也不再大吼大叫了，是低沉沙哑的没有词儿的牛叫。牛禄喜已经把牛叫改造成介于秦腔与牛叫之间的一种独特的声音，似牛非牛，嗡声大，发自胸腔，大地都在动。

马来新再也不劝牛禄喜了。马来新躺在草地上仰望蓝天，马来新不时盯着远处的牛禄喜。牛群的出现让歌唱中的牛禄喜欣喜若狂，牛禄喜不捡牛粪了，牛禄喜把牛粪一个个翻过来，牛粪的背面还湿着呢，那湿气乘着牛禄喜牛味十足的歌声盘旋而上，从天上撕下一片片金黄金黄的太阳，跟镀金一样涂抹在牛粪潮湿的地方。沉浸在歌声里的牛群在百米以外停下来，那么多大大的眼睛望着另一头唱歌的牛。翻牛粪的那个家伙肯定是牛的同伙。牛就这么看牛禄喜。

马来新告诉牛禄喜："羊粪也能烧火。"牛禄喜就看到了羊粪火。春末正好是接羔的季节。要在羊圈里垫上厚厚一层干羊粪，都是一年前就干透的黑得发青的羊粪，跟核桃一样克嘟嘟地响。马来新带牛禄喜进去的时候，差一点让干羊粪绊倒。解放军帮助老百姓天经地义呀，问候两句该干啥就干啥。牛禄喜很快就熟悉了。牛禄喜本来就是干农活的好手。叫他放牧他不一定会，羊圈里的活一看就会。垫起的羊粪有一米厚。累了，大家就盘腿坐在厚厚的羊粪上喝茶。主人说："对不起呀，不能让你们抽烟。"干羊粪等于一堆干柴禾，遇火就着。马来新当兵前是乌苏县农民，新疆农村大半都是半农半牧，马来新太熟悉这些了，马来新哈哈一笑："咱们就坐在火堆上嘛。"牛禄喜马上感觉到屁股底下热起来了。马来新说："这可是羊妈妈坐月子的地方。"马来新就躺下了，牛禄喜也躺下了，这么厚的干羊粪，让人感到大地都是温暖的。牛禄喜的眼睛都湿了。牛禄喜每月都给家里写信，问候最多的是他妈。他爸的问候在最前边，谁一看都是礼节性的。姐姐弟弟也都是几句话。他妈要占整整两页。他爸不会怪他的，这个他知道。陕西人嘛，父子间话不多。牛禄喜觉得写那么多信还不如一堆干羊粪，让人在暖流中回到童年，回到妈妈的怀抱，回到又甜又香的奶水里。干羊粪里升起来的就是这种奶水般的温暖，水与火融在一起的温暖。不需要燃烧，躺上去就行。羊妈妈就在这里下羔。

　　牛禄喜很快就看到接羔的场面。牛禄喜插不上手，牛禄喜紧跟着马来新。基本上是女人们在忙。垫了干羊粪的羊圈很快就响声一片，全是滚圆闪亮的小羊羔。女人们不忍心放走那些体弱的羊羔，女人们解开袍子揽在怀里。哺乳期的女人两只大奶头一边喂娃娃一边喂羊羔。有些羊羔被带进帐篷，捂在被窝里，捂在皮袍子里，捂在毡毯里。牛禄喜看得眼花缭乱。他也没闲着，提热水，抱小羊羔到羊圈里，搬干牛粪羊粪砖。

　　接羔季节好几十天呢。他们还要到哨所去站岗去巡逻，每周能挤出两三天去牧民家帮帮忙。那些天，牛禄喜跟娃娃一样兴奋得不得了，天天盼着去牧场接羔。马来新就告诉他牧人的另一种本领，辨认牲畜，几百只上千只羊羔与它们的羊妈妈记得清清楚楚。接着是唱《劝奶歌》。必须训练那些不认羊羔的羊妈妈，唤起它们的母爱。女人们把母乳涂在羊羔的尾巴与头顶上，摁住母羊的脑袋让母羊去舔。女人们个个像菩萨像观音娘娘像王母娘娘，从颤动的胸腔里散出来的歌声，只有一个字，奶—奶—奶—奶—奶，绵延不绝江河一般的奶，浩瀚无边茫茫海洋一般的奶，时不时地夹杂着咩咩的羊叫，人畜融为一体，女人们的手情不自禁地在醇厚芳香的奶歌里拍打母羊，直到母羊也加入合唱，边唱边喂自己的羊羔，母子相亲了，母羊成为母亲，吮吸着母乳的羊羔成为朵朵莲花……这个圣洁无比的场面还要延续很久。牛禄喜再次意识到自己的时候正缩在羊圈外边的暗处,满脸喜悦的泪水,不停地哽咽,那么热的泪。回哨所的路上他们没有说话。记得马来新只说过一句:"我也是第一次听奶歌。"

马来新还记得牛禄喜一直走在前边,一直往高处走。牛禄喜不断地望天空,春天草原的天空,堆满了云朵,灰的白的,暗青色的,太阳周围平坦坦的,太阳好像在辽阔平原的洼地里,天空和太阳离人那么近,抬脚就能走上去。牛禄喜有一种天马行空的感觉。不断地望着天空,牛禄喜的眼睛就有了一种遥远的东西,有了一种向往。

战友们看见牛禄喜就问:"洗澡去啦?"牛禄喜纠正大家:"正确的说法是沐浴。"牛禄喜咋看都不是原来的牛禄喜了,大家就说牛禄喜成佛了,至少也是佛爷的卵子。陕西人特有的红红的大脸盘,圆浑浑厚敦敦,腰长腿短,又有草原牧民的特点,游牧民族腿短且弯,这就是牛禄喜的形象。牛禄喜盖上被子呼呼大睡的时候,整个脑袋都是红扑扑的,还冒着热气。有人嘀咕不是佛爷卵子,是牛卵子。大家刚要笑,马来新扑上去跟那个说牛卵子的人拼命,人家一边反抗一边嚷嚷:你自己看呀,你看像不像?马来新骑在人家背上已经搋了五六拳了,人家还在吃吃地笑,还扭着脑袋看睡眠中的红扑扑圆浑浑的牛禄喜:"你自己看么,又不是我编的。"被子上边压着军大衣,军大衣的毛领外边露一颗红通通的大脑袋,脑袋刚理过发,发很短,加上熟睡,还有厚嘟嘟的红嘴唇,不是牛卵子是什么?大家都不睡觉,都看身边的牛卵子。有个蒙古族战友瓮声瓮气地说:"能做牛卵子的都是好人,好男人,巴特尔,明白吗?"马来新还不明白,蒙古族战友就说:"我们蒙古族传说里,牛没有卵子,入不了兽籍,牛从其他动物身上搜集卵子皮,拼凑出一个大卵子。"大家摸摸自己的卵子,再想想牛卵子,蒙古族战友就告诉大家:"知道我们蒙古人怎么比喻牛卵子吗?那是挂在大腿根的太阳啊。"蒙古族战友拍拍自己的大腿根:"这里的太阳有吗?"战友拍拍马来新的后背:"用牛卵子赞美你的朋友,你肚子还胀吗?"牛禄喜醒来就成了真正的牛卵子。牛禄喜听到人家叫他牛卵子他就说:"那可是好东西呀,牛全靠它呀。"牛禄喜再次学牛叫的时候那声音就不难听了。

接羔已经接近尾声。给马接生,也给牛接生。比接羊羔简单多了,马还娇贵一些，有精饲料，还有干草垫着，牛随便有块空地就下犊子了。牛马也有不认犊不认驹的，女人们依然用古老的《劝奶歌》，唱给母马的歌声悠扬高亢，唱给乳牛的歌声低沉粗犷。男人们更接近大牲畜，就很自然地接过了唱给牛马的奶歌，越唱越远。准噶尔的蒙古人就唱出了他们的史诗《江格尔》，那些民间歌手江格尔齐无论演义多少英雄故事，基调总是那么粗犷，柯尔克孜人的英雄史诗《玛纳斯》更接近马的嘶鸣，高亢悲壮。

1968年春天的昭苏草原，牛禄喜和马来新还听不到完整的《江格尔》和《玛纳斯》，幸运的是伊犁河谷有哈萨克人，有蒙古人，也有柯尔克孜人，牧民中间有许多阿肯歌手，有许多江格尔齐玛纳斯齐，这些民间歌手在劳动中总是不经意地从奶歌过渡到大海般的英雄史诗。有时候就两三句，就足以显示那无穷无尽的瀚海与宇宙。这就是边疆的好处。1968年，"文化大革命"热火朝天，包括乌鲁木齐，过了果子沟就微弱多了，从伊宁到特克斯草原到巩乃斯草原到昭苏草原，人们从报纸广播里知道国家发生的那些遥远的大事情。民间歌手们依然在旷野上歌唱，牧人们要不停地转场。哨所却是固定的。牛禄喜听到的歌谣越来越多。

牛禄喜就问马来新："牛和马都有史诗，羊咋没有？""有哩，得好好听，慢慢听。"牛禄喜当兵的第三年，也就是1969年，九大召开前夕，边境形势格外紧张，大战一触即发，靠近哨所的草场好久没有牧人的身影了，牧草都荒了，骑上马跑大半天才能见到羊群与牧人。不用说是放羊人的歌声把牛禄喜吸引过去的。望山跑死马。牛禄喜望见的是羊群，牛禄喜快马加鞭跑呀跑呀就是到不了羊群身边。牧歌时断时续，最后变成了奶歌，还是到不了羊群身边。不能再跑啦，掉转马头的时候牛禄喜眼睛一亮，突然发现那个遥远的牧羊人是个女的，她把红头巾扎上了。还是原来的歌声，地地道道的女人的声音。牛禄喜回到军营时已经明白了，羊是属于女人的。

那一段时间，牛禄喜的日记里除了记一些国内大事外，大部分内容就是赞美母亲。从奶歌到牧歌到英雄史诗再到母亲，反反复复啰里啰嗦就是这些内容。马来新看这些日记都有些吃力。

"想你妈就想你妈么，咋跟接羊羔接马驹接牛犊扯上了。你妈生你的时候是不是难产？不是，我想也不会是。难产的娃娃哪有你这么壮。

奶歌，把奶歌都记上了。没词，我知道没词，你狗东西真能想法子，画个牛、画个马，再画个吃奶的羊羔牛犊马驹子。下边还是你妈，你妈没奶是不是？不是，就不用劝奶么，你妈把你奶得好好的你还记这么多奶歌。"

牛禄喜就说："我妈伟大么。"牛禄喜赶紧把这句话写上。好多年后，马来新回忆那天的情景，马来新才意识到，牛禄喜在日记本上写下"我妈伟大"这句话的时候，他妈已经成了神。牛禄喜双臂伸向苍穹的样子跟草原上的牧民一模一样，牧民们是信神的，心中有佛爷有胡达，有苍天腾格里，汉人牛禄喜在九大召开前成了有信仰的人。牛禄喜的眼神就变得深沉起来，话越来越少，神态越来越庄严。当时他的战友误以为他在追求进步。他入了党，当了班长，已经相当了不起了。据说当班长前，组织上检查了他的日记。都是农民兵，包括下层主管，跟土地关系太密切了，不但没有找出破绽，反而被牛禄喜日记中巨大的母爱给感动了。这种母爱是在子弟兵帮助牧民的劳动中产生的，是实实在在的。日记里还有时事政治，还有心得体会。这样的好同志应该进步。

马来新也在进步，马来新入了党。当兵三年成为党员，马来新可以高高兴兴地复员回乡了。

乌苏县四棵树河下游，有个姑娘等着他。他们是中学同学，书信不断。女同学早早赶到汽车站等马来新。都约定好了，在车站见面。车子过了古尔图河，准噶尔辽阔的天空，云朵都成了牛羊，都叫起来了。更要命的是马来新听到了奶歌。从古尔图到乌苏县城，马来新的耳朵里一直盘旋着大河一般越来越汹涌越来越宽阔的歌声。马来新胸膛起伏着，扩张着。实际情形是他不断扩张的胸膛弄得身边的旅客很不自在，都快发火了，可马来新的神情太庄重了，太真挚了，胸腔和喉咙里哼哼着十分感人的音乐，跟岩浆一样炽热。人家就容忍了他。车子刚到城郊，有马群嘶鸣，马来新就喊了一声，司机停车，马来新拎着行囊朝马群奔去。是他们村子的马。马来新骑上大马回村子去了，村子在县城北边百里以外的四棵树河下游。司机和车上人还记得清清楚楚，这个疯狂的家伙嘴里大叫着"娘！娘！"跑下车。

女同学在车站白等　天。再见面的时候，女同学还准备发火呢，还在想象着马来新的狼狈样呢。马来新牛皮哄哄地过来了,女同学已经处在爆炸的边缘了,连女同学自己都害怕起来,她在担心马来新的惨状,马来新对她看都不看,马来新望着远方。

"我一路都在想你,过古尔图的时候都在想着你,快到车站的时候就不行了,我想妈了,怪得很,刚想了一下,就来了一群马,我也不知道咋弄的,骑上马跑回家了,我最想念的人不是你是我妈,我就这么没出息,你看着办,我走呀。"马来新打个响指,一匹马奔过来,跟仆人一样往地上一趴,几乎是贴着地面钻到马来新胯下的,马来新只叉开腿,原地不动,就被马驮走了。

后来的故事就很简单了。一个礼拜后,女同学主动约见马来新。再后来,女同学嫁给马来新做老婆。再后来,老婆成了远近闻名的好老婆。用当地人的说法,老人丈夫孩子,三代人受惠。那是"文革"闹得最凶的时候,马来新的老婆古风犹存,太少见了。细心的人会发现,马来新宁可吃亏也要当牧业组的组长,常常把生产队的牲畜赶到自己家里,让老婆侍候。老婆顺着他,精心侍候那些病弱的牲畜。

没有人知道马来新在荒野上唱歌。老婆都不知道。如果说有什么蛛丝马迹的话,是马来新的信件多,复员回乡的又不是他一个,别人偶尔来一封信,马来新的信每月都有,比大队书记的信都多。都是从伊犁寄来的。村里人好奇,就拆开了,是牛禄喜寄来的,牛禄喜当排长了,给马来新报喜的同时,也告诉马来新他有对象了。这个叫牛禄喜的排长双喜临门,太高兴了就提到了昭苏大草原上蒙古族牧民的《劝奶歌》。乌苏四棵树河下游的汉族农民半农半牧,但对奶歌却是陌生的。他们知道了马来新的秘密,他们跟踪马来新。马来新的牧业组有十来个人,马来新总是一个人把羊群赶到沙漠深处。准噶尔盆地基本上是固定沙丘,沙丘深处总能找到好草。马来新找到好草,马来新就唱开了。跟踪的人听到的不是汉族人唱的曲子,也不是牧民唱的民歌,而是一种非常古老非常原始的、没有词儿的、接近羊叫的、时断时续的"奶——奶——奶——奶——",马来新在不断汹涌的河水般的歌声里变成一只羊。跟踪的人浑身发软,匍匐在地上,也跟羊一样叫起来。什么时候离开的他自己都不知道,人家问他,他就学羊叫,就这样把马来新的秘密给简单化了。四棵树河两岸的农民,种庄稼放牧,谁没听过羊叫唤。听两声羊叫就能让女人贤惠？哄鬼去吧。谁知道马来新给女人灌了啥迷魂汤把女人给麻住了。

有人怀疑马来新爱钻沙窝窝，舍着命一钻就是几百里。沙窝窝里有地精有锁阳，都是男人的大补。马来新当兵的地方在边防线上，人烟稀少，巡逻的时候寻下大宝了，复员回家的路上吃了几根，跟对象一见面，一个回合就把女人降住了。在老人们的讲述中，上好的地精锁阳都是百年不遇的大宝，谁遇上就是谁的福气。有人就说：马来新太贪心啦，已经遇上了大宝，还那么拼命地钻沙窝窝，还想再遇上一回。上年纪的人就笑："那是福不是祸，我还想遇上十回八回呢，问题是咱遇不上么。"

大地深处有宝贝。

准噶尔盆地的卫拉特蒙古草原上有一个古老的传说。起初，天神是个女的，有无限的生育能力，女天神创造地球的时候，吸收了宇宙中的空气和尘土，然后使劲一吐，就从嘴里滚出一个大球，这就是地球。女天神当初就有预言：没有内在的光辉，宇宙不过是一团灰尘。地球被吐出以后就从天上往下落，因为它特别大，特别重，所以落得特别快，离天越来越远了。女天神怕地球落得太远，连自己也找不到了，便想把地球固定住。她就命令大公牛用角顶住地球，止住了地球继续沉落。女天神又派一只巨大的乌龟从天降落下来，趴在用她呼出的气变成的水上面，让大公牛站在乌龟背上顶着地球。地球刚开始是死的，女天神在地球上创造了无数的生命，地球就活了，地球就动起来，地球的重量千倍万倍增加，而地球上的生命远远超出女天神的预料，凶猛地繁衍，而且越来越贪婪。当初大公牛用一只角可以顶住地球，顶上十年百年，就把地球从这只角换到另一只角上，还能喘喘气。换角的时候，乌龟也可以伸出脑袋透口气。

大公牛跟乌龟配合得非常好，大公牛总是把换角的时间拉长，让地球慢慢地从脑袋上滚过去，滚慢一点，乌龟就能多呼吸一点新鲜空气。大公牛这样做也是因为体谅地球上的生命，因为每换一次角就会发生一次地震。如果图省事，大公牛完全可以抛绣球一样让地球从这一只角飞到另 只角上，眨眼的工夫啊，这样一来，地球的生命就要毁掉大半，地球的重量就轻多了，乌龟可就惨了，连伸脑袋的时间都没有，不要说透口气了。更让地球感动的是，大公牛完全可以三五年换一次角，大公牛心太善，几十年上百年换一次。大公牛多累呀。地球上的生命长势凶猛，而且他们习惯了大公牛善良的脾性，地球的重量变得不可思议，乌龟都受不了。乌龟和大公牛一起沉下去，沉到水底，地球依然压着它们，它们干脆进入大地深处，一直到地心才稳住脚跟。穿越地层的时候，女天神给它们镀了金身，否则它们会死在半道。乌龟成了金龟，大公牛成了金牛。金龟几乎不能动，金牛幅度最大的动作就是摇摇尾巴，舒展一下筋骨，那也是几十年上百年才舒展一下，身体不动，只动一下尾巴，动一下，地球就发生一次地震。

　　地球上的生命更加凶猛，也更聪明更智慧了，他们不但了解大公牛善良的脾性，也了解大公牛的神力，他们就想借用这种世所罕见的善与力，因为在大地上善与力是冲突的，善就意味着没有力量，既然大地的心脏有这么一个兼备了善与力的神牛，为什么不让它到地面上来呢？他们祈求上苍，虔诚到了极点，他们对有用的东西都是如此。成年累月的祈祷，奉献贡品，以至于疯狂，杀牲献金银珠宝，连他们珍爱的女人也成了祭品，他们忘了创造地球的天神就是女性，是大母神。母神不同于男神，母神的威力就在于无限的创造力与慈悲，这也是女天神倚重大公牛的原因。牛天性仁厚。女天神受不了大地之子的苦苦哀求，更受不了他们残酷的祈祷仪式，就答应了他们的请求，让大公牛出来，让人类借用大公牛的力量。

　　女天神告诉大公牛，只能借你的力，不要答应人类其他要求，人类有懒惰的毛病，更要命的是他们很贪婪，贪得无厌，你千万不能加入兽籍，你记住了。牛把这些话重复一次，一字不落，牛勤奋，脑子也不笨，可女天神还是不放心呐。女天神就让乌龟咬掉公牛的卵蛋，没有卵蛋就不能加入兽籍，公牛在地上的日子就会轻松一些。

　　乌龟多聪明啊，不但领会了女天神的好意，还作了超常发挥，乌龟跟公牛是好朋友呀，不能让好朋友吃亏呀。乌龟告诉公牛："人类不但让你耕地拉车，还要喝你的奶吃你的肉，连骨头都不放过，连皮子都要做靴子穿，一句话你身上的东西他们都要。"牛多老实多善良啊，乌龟把话说到这分上了，它也不急不躁，也不问该怎么办，就瞪着它那双大眼睛，好像已经承受了未来的苦难。乌龟叹口气，只好说:"你不要加入兽籍，谁也拿你没办法。""不加入兽籍怎么在地上待呀？""你不是兽，你是神，你比人还高贵，你爱怎么待就怎么待，要么你干脆不动，谁也拿你没办法。""人家让我帮忙。""又没说帮多少，你不要太傻。"乌龟后来也上去了，到大地上跟人类生活在一起，乌龟什么都不干，能躲就躲，躲在污泥里，躲在人类很难找到的地方，一躲就是几十年上百年甚至上千年，人类反而把乌龟视为神物，供奉太庙，作为吉祥物。

乌龟告诉老朋友公牛:"千万不要丧失神性，千万不要加入兽籍。"公牛说:"到时候看吧。"乌龟只好来硬的:"朋友对不起了，我不能看着你吃大亏，为了阻止你加入兽籍，你得留下一样东西。"公牛还没反应过来，乌龟就把它的卵蛋咬掉了，公牛疼得乱跳，可想而知那一阵子地震有多么强烈。乌龟冷笑:"你再跳几下，大地上的生命就没有了。"公牛马上就不动了，胯裆间血淋淋的，一双大眼睛扑簌簌流泪，公牛只能出粗气，乌龟就说:"现在你可以走了，你上去吧。"公牛还在犯倔脾气，乌龟就说:"你的卵蛋留在地心用处更大，这也是地球的蛋呀，这也是地球的命根子呀，有这么好的蛋，大地上的生命才有希望。"这句话把公牛打动了。公牛一瘸一拐到大地上去了。

刚开始公牛帮助人类拉车耕地。牛力多大呀，大地上还没有谁有这么大力气，马驴这些大牲畜不用说了，它们没法跟牛比，最重的活都是牛来干。就连那些猛兽也不是牛的对手，狼虎豹熊狮子，在公牛发怒的时候就会落荒而逃。按男天神的意志，人类必须受到惩罚，男人要在土里刨食把指甲磨秃，女人必须忍受分娩的痛苦。人类从女天神那里借到了神牛，一下子从重轭下解放出来。首先是男人，男人不用拉犁，不要拉车，吆上牛就可以了。女人羡慕男人的好福气，女人就打牛的主意，能不能让牛产奶，代她们喂养孩子。女人把这个革命性的建议告诉男人，男人直摇头，人类当初对女天神有承诺，只用牛的力，没有涉及牛的奶，再说那也是头公牛，不产奶。女人不依不饶，让牛繁殖呀，有公就有母，女人可以想象出母牛产奶的情景。公牛都这么能干，母牛还用说吗？生活的前景太美妙了。男人经不起女人的鼓噪。男人就告诉女人:公牛没有入兽籍，还不算兽。女人就笑男人傻：那么死板，你说它是兽它就是兽，人嘴两张皮就看你咋说了。男人就告诉女人：公牛上来的时候把卵蛋留在地心，没有卵蛋是入不了兽籍的。女人又笑了，女人有的是办法。

在中亚细亚草原，母亲生下男孩就叫狼，生下女孩就叫狐。狐狸聪明美丽是智慧的象征，就如同狼给男人以力量和勇气。女人找狐狸想办法。兽籍归狐狸管，牛在兽籍之外，狐狸就不高兴，女人找狐狸一鼓捣，狐狸就更着急了。狐狸有一副好脑子，只要狐狸转动脑子，就能想出绝招。狐狸首先拿公牛的卵蛋做文章。

公牛来到大地没多久，好多动物都不认识公牛，大家听说公牛没有卵蛋就很好奇，成群结队来看公牛，这一看啊，岂止没卵蛋，装卵蛋的阴囊都没有。公牛没有任何防备，不知道发生什么事，狐狸躲在后边阴阳怪气说怪话，大家就起哄，弄得公牛很不好意思，像熊呀虎豹呀，这些直肠子动物就把话挑明了，省得公牛这么难受。熊就告诉公牛："你老弟没卵蛋呀？"这是一头公熊，抬腿让公牛看自己的卵蛋，跟黑茄子一样一大串。公牛难受得抬不起头。熊就问它："你的卵蛋哪去了？"公牛不能告诉熊它的卵蛋让乌龟给吃了，乌龟还在地底下待着呢，说了大家也不信，公牛就默默不语。熊就说："我明白了，老天爷造你的时候你就没长卵蛋。"熊很仗义："大家不要为难公牛，这又不是它的错。"大地上的动物陆陆续续来参观没有卵蛋的公牛，动物们因为自己多了一样器官，就洋洋得意，尤其是雄性动物自豪得不得了，雌性动物也有优越感，用它们的话说："我们是雌性，可我们器官是完备的。"

又过了一段时间，狐狸给兽王老虎提议，召开动物大会。好久没开会了，最近大家情绪不错，正是开会的好时候，老虎正好想抖抖威风，当然乐意开大会了。狐狸把老虎的心思摸得很准。趁老虎高兴，狐狸就建议把大会地点放在公牛耕地的地方，那里有树林有草地，公牛耕完地，会到树林里吃草，老虎不知道狐狸的诡计，老虎就同意在公牛干活的地方开会。

大会开得很成功，老虎出席的大会谁敢不来呢。公牛可以不来，可会场就在它吃草的树林里，一下子来了这么多动物，有些动物很同情没有卵蛋的公牛。比如鸟类，比如鹿、兔子，家畜就更不用说了，驴、马、羊、驼，跟牛一起干活的这些兄弟也都来了。它们一起干活的时候还没注意公牛的生殖器官,它们比其他动物更同情公牛。公牛就没有走开。老虎讲完话,最后又宣布一件事,让负责兽籍的狐狸检查大家的器官,看看大家能否取得真正的兽籍,凡是器官完备的,就算取得兽籍,而器官残缺不全者,就没有兽籍,不能取得兽籍的,必须在大家伙儿面前说个明白。

大家都知道公牛没有卵蛋,属于器官不全的,那些仗义的动物不管公牛愿意不愿意,把公牛围起来,你凑一点它凑一点,纷纷从自己的卵蛋上取下一点凑起来,然后让蜜蜂、蜘蛛这些纺织高手将七零八碎的卵蛋拼补连缀,缝合在公牛身上。公牛就不好拒绝了,大家关心它,它很感动,就把女天神和乌龟的忠告给忘了,上了狐狸的当。狐狸得寸进尺,过来一检查,"也算是个卵蛋吧,我先给你登记上,你呢,还要加把劲,把卵蛋弄整齐些,疙里疙瘩不正规呀,我还要检查的。"

牛就这样从神变成了动物。毕竟是神变的,比其他动物力气大、善良。

有了卵蛋就有了母牛,果然如女人所料,牛奶产量很高,是女人的好多倍,不但喂养孩子,大人也喝,成了人类主要的食物之一。牛还要把自己的肉供出去,把筋骨皮子总之一切全都供出去了。就是这样,狐狸还要经常来敲打它,因为它的卵蛋还是疙里疙瘩,"你的兽籍有问题",这话跟咒语一样让牛没有安生过。牛太老实了,人家这样说,它就拼命干活,时间不长,所有的动物都落在后边,牛赢得勤劳的美名,名声不要紧,它确实勤劳,劳动已经成为习惯,只要眼睛睁开它就停不下来,别说偷懒,连玩的工夫都没有,渐渐地不会玩了,它所有的运动就是干活。野兽不用说了,那些家畜、驴、马、羊、骡子、骆驼都没有这么干活的,都有悠闲的时光,它们就劝牛不要把自己弄得太累。牛固执听不进去,牛只有一个念头,我待人类这么好,人类也会待我好的。

牛的劳动不是没有报偿,那种报偿就是人类对牛的依赖。人类太喜欢牛了。不论在草原牧区还是种庄稼的农业区,常常可以看到这种情景,那些刚生下来的体弱的牛崽会被牧民老妈妈抱在怀里,牛妈妈奶不够,牛崽就吃牧民老妈妈的奶,还要躺在被窝里,跟人类的孩子一起睡觉。其他家畜都有这种经历,但牛受到的感动要大得多。在农民那里,耕牛等于一个家庭的支柱,也是一个农民傲然独立的标志,有牛的农民，他可以不仰仗任何人，自己的地，加上一头牛，就可以独立生活了，说话口气就粗了，腰杆就硬了，一头牛在农民家相当于马和羊加在一起，有牛的农民才是真正的农民，农民形容一个人厉害就说这个人很牛。农民对牛的照料，那种细心，比他对待女人还要上心。农民是不忍心杀牛的，就像牧民不忍心杀马，它们与主人荣辱与共，血肉相连，彼此忠诚。常常会见到，衰老的牛死后，那个陪了它一辈子的老汉会伤心得号啕大哭，过不了多久，也会伤心而死。马和牧民也是如此，主人死了，马也会死去。相比较而言，牛受的感动要强烈，牛更老实更善良，更能体谅主人的难处。

牛是在大地非常沉重的时候来的，大地上已经有了太多的生命，弱肉强食，没有攻击性就活不下去，牛这么老实这么善良，几乎没有任何攻击力，女天神创造它的时候，它就没有兽性。可以想象牛刚来到大地的狼狈相，它根本找不到吃的，人类把它用完就不管了，草料是为冬天准备的，其他三个季节，牲畜们自己找食吃。大地上的生物链已经固定下来了，每个生命都有自己的食物圈，牛要活下去只能来横的。牛压根就不会耍横。只有在生死攸关的时候，出于本能出于自卫，牛横一下，横过去了，也就忘了自己还有攻击力。大家都见识过牛的攻击力，狼虫虎豹贪恋牛那身香喷喷的肉，牛肉对谁都是美味呀。人家要吃它，它不能不急，愤怒的牛跟一团烈火一样，奋起的蹄子、锋利的角都是让对方胆战心惊的武器。大家见识过老虎豹子苍狼黑熊被愤怒的牛追得满山跑，跑得比兔子还快。人类在战争中也利用火牛阵来破敌，在牛尾巴上点起火，牛只能奋力向前，敌人的马队只有逃命的分儿，连狡猾的大蟒蛇都逃不过可怕的牛蹄子。可老实忠厚的牛就是不会利用它的武器，它的令所有生命胆寒的武器仅仅局限在自己生命受到威胁的时候才用一下，它压根就不想用这种武器来生存。它甚至没有竞争意识，连小兔子小松鼠蜘蛛蚂蚁这些弱小的动物它都不去伤害，不去跟这些小玩意争吃争喝。我们可以想象牛吃什么东西，它不可能成为肉食动物，它只能吃草，吃最差的草，它那种不挑食的习惯让动物们吃惊。它可是女天神派到大地上来的，它有很好的挑选余地，大家都害怕，这么壮一个新手，得夺走多少动物的食物呀，结果大家虚惊一场，以至于大家不好意思面对这个结果。牛一点也不挑剔，能咽下去的东西它都能满足，也不感到委屈，天性如此，性格决定命运，牛就是吃苦受累的命，大家有了一个合理的解释，大家就心安理得了。有那样的吃，就有那样的喝，涝坝水、泥水都能喝下去。病了，伤了，生孩子，主人给一点豆料麸皮什么的，那双大眼睛一下子就涌出感激的泪水。人类不喜欢它是不行的，万万不行的，连狐狸都不再找它的茬了，它的名声太好了，已经不是名声的问题了，牛是不要什么劳什子名声的，牛是心甘情愿的，很自然的。

牛的遭遇女天神全都看到了，谁能逃过女天神的眼睛呢？女天神就问牛："你在大地上过得怎么样？"牛平静地回答道："我过得很好。"女天神还想给牛一次上天入地的机会，牛告诉女天神："人类已经离不开我了，我也离不开人类了。"女天神就说："这可是你重返神位的最后一次机会。"牛就告诉女天神："我从来就没有丧失过神性，跟在神位上不同的是我蒙了尘土，神的光芒却更纯粹了。"牛一点也不笨，牛脑子清得跟水一样。

有一年，也就是徐莉莉大三的时候，去搞社会调查，在准噶尔盆地，古尔班通古特沙漠腹地的一个小绿洲村庄里，竟然听到这样一个民间传说。相传最初人间没有善，没有仁爱，到处是争斗、战争，孔夫子带着弟子赶着牛车周游天下，最后在牛身上领悟了人间的大道。根本不是老师在课堂上讲的，孔子见老子求道，老子不语，分手时老子张开嘴巴让孔子看，老头子的嘴里空荡荡的，牙齿全掉光了，只有一条柔软的舌头完好无损，老头子还把舌头卷了卷，孔子马上明白了以柔克刚的道理。老师这样讲，史书上也这样记，好几千年了，一点也不新鲜了。准噶尔大地种地的农民却把孔子悟道归因于拉车的牛，牛长年累月地陪着孔子四处奔波，朝夕相处，在农民眼里，牛是大善，孔夫子这样的大贤遇到大善，怎么能没反应呢？徐莉莉马上把这个传说记下来，润色一番，投出去，很快就在《新疆日报》上发表，也为她毕业以后当记者打下了基础。

毕业后不久，徐莉莉去牧区采访，正是春天产羔的繁忙季节。妇女们一边劳作一边唱《奶歌》，没有词，像蒙古长调又不是长调，全是牛崽羊崽吃奶的声音，夹杂着母畜呼唤幼崽吃奶的声音，一个苍老慈爱，一个天真烂漫，那一刻徐莉莉仿佛来到大国，来到人们传说中流奶流蜜的圣地，天地万物甚至灰尘都闪烁着生命的灵光。在徐莉莉对未来生活的设计中，如此圣洁的气氛只有在婚礼上，在她做新娘的时候，穿着洁白的婚纱，心上人挽着她的手臂，只有在这种气氛中才有可能走进幸福的殿堂。可现在这种幸福、这种巨大而强烈的喜悦从这些草原妇女的歌声里渗透出来了，从她们的脸上眼睛里流露出来了。

徐莉莉刚刚下车，就是那种草绿色的军用120越野吉普，无论是吉普还是人，全都蓬头垢面，沙尘把所有的东西都打磨一通，还没来得及洗刷，就沉浸在《奶歌》里了，就开始拿未来的婚礼做对比了。幸福与喜悦总是让人防不胜防，总是不期而至从天而降。《奶歌》的产生更让人觉得不可思议。《奶歌》也叫《劝奶歌》，不同地区有不同的说法，最古老的一种是针对母羊的，母羊产下羊羔还不适应做妈妈，不认羊羔，接羔的妇女就让羊羔先吃自己的奶，当着母羊的面让羊羔吃奶，边吃边奶奶奶奶地哼唱，唱到兴奋的时候，就把奶汁抹到母羊的奶头上，把羊羔抱过去，母羊就不再拒绝羊羔了，母羊的亲情和母性被唤醒了，母羊成为真正的母亲。

古老的《劝奶歌》里没有母牛，因为母牛不用劝，连公牛都那么和善，可以猜想母牛的母性有多么强大。在草原古老的传说里，宝木巴圣地是人类最终要到达的至真至善至美的幸福之地，人们把宝木巴圣地形容为流奶流蜜的地方，那奶就是牛奶。在草原古老的传说里，银河里流的都是牛奶。事情就是这样的，公牛有了睾丸，可以繁衍更多的后代，第二代有了母牛，母牛的善良远远超出公牛，差不多接近造物主女天神了。母性都是细心的，母牛来到世间不久，就发现人类有弃婴现象，母牛就喂养这些孩子。据说当时连著名的周的祖先后稷都被母亲姜嫄抛弃过。有一次母牛拾到一个死婴，怎么弄都活不过来，母牛就哭号着寻找婴儿的魂魄，母牛走啊走啊，走遍了四面八方，走到天尽头了，母牛还在哀号，还在奔走……母牛没有意识到，从它开始为弃婴哀号那一刻起，它的奶水就流出来了，走了一路，奶水流了一路，走得越远，奶水流得越多，等它走到天尽头的时候，它走过的地方成了一条奶路，奶水越来越多，汩汩声、哗哗声，好像婴儿活过来了，这时候，奶水的路就成为一条大河，一下子流到天上，银光闪闪，芳香四溢，就是现在的银河。

银河为什么到了天上,不在地上,因为人类残害生命的行为一天都没有中止过,因为母牛捡到的弃婴越来越多。牛是不会唱歌的,牛的声音不好听,只能哞哞地吼叫,母牛就用无字的声音很低沉很悲伤地劝人类,善待孩子善待生命,母牛唱到最兴奋的时候,就有了带泪的喜悦,中亚腹地许多古歌都保持这种先悲后喜的结构,这是从母牛的歌声里受到的启示。

徐莉莉就沉浸在这古老的《劝奶歌》里,徐莉莉刚刚工作,还是个姑娘,还不太明白歌声丰富的内涵,仅仅凭借女性的本能,她就意识到这种单纯而复杂的旋律所具有的魅力,她甚至放弃了写文章的冲动,她平生第一次没了表现欲,她开始收敛,也就是往心里藏一些美好东西。她不采访,她一下子对那个先进工作者失去了兴趣,一连数日,她跟那些接羔的妇女待在一起,弄得一身膻腥羊粪味,裤角上都粘了几粒羊粪蛋。她笨手笨脚,可她还是乐意插上几手,妇女们唱起来的时候,她就安静了,她就沉醉在歌声里,没有词,甚至没有节奏,没有旋律,只有纯粹的声音,夹带着纯净的母爱,缓缓地流淌在天地间……一切噪音全都消失了,沙丘、沙梁、沙海全都呈现出柔和的曲线,全都放松下来,敞开了,土房子、树木、庄稼、鸡狗、牲畜都没有声音了,蓝天一动不动,那么辽阔高远,云朵如同飘动的灵魂,谁也不知道这些灵魂源自谁的生命……徐莉莉放下笔,文章成了第二位。

她刚当记者的时候给自己确立了一个很高的目标,她要做中国的法拉奇。当时中国新闻界流行一本书,意大利女记者法拉奇的《风云人物采访录》,新华出版社出版,徐莉莉大概是新疆新闻界第一个拥有这本书的人,在她枕边放了半年后,同事们开始神秘兮兮地传阅这本书,越传越多,时间不长,大家人手一册,唯独漏了徐莉莉,几位男同事争相给她介绍这本书,她心不在焉地听着。总编不耐烦了,告诉他们:"徐莉莉半年前就用法拉奇的笔法写人物专访了,你们这些笨蛋。"徐莉莉最早接触法拉奇不是《风云人物采访录》,是法拉奇写自己与希腊自由战士的传奇婚姻的《男子汉》,那时候徐莉莉就暗下决心要做中国的法拉奇。正如总编所言,她的行文方式地道的法拉奇风格,文笔泼辣,提问尖刻,又饱含宽容和同情,当时就在报社有第一支笔的评价。领导开始把社论言论交给她来写。这是一个提拔重用的讯号。采访任务明显少下来了，即使有，她还有挑选的余地。这次来沙漠小镇也是她心情好，随便一个念头，想离开乌鲁木齐出去透透气，如果是伊犁阿尔泰或阿克苏她都会去，新疆这么大，去野外透气的地方太多了。临走前她写的那篇社论，一次就通过了，总编只改了几句话："火药味太浓，年轻人也应该有点火气。"

出了乌鲁木齐过了石河子，快到沙湾时往北一拐，她才意识到要去大沙漠，她问了那个小镇的位置，至少得五六个小时。进沙漠前他们在石河子一家饭店好好吃了一顿。她不明白大家为什么吃这么狠，记者什么都缺就是不缺饭局，一年四季几乎不在家里吃饭。她问人家，人家以为她明知故问，就应付两句，埋头狠吃。拐进沙漠，要找吃饭的地方就难了。北疆的沙漠都是固定的，沙包上长着梭梭，洼地里有红柳。春天，梭梭条子柔软起来了，红柳粉红粉红的，散发出浓浓的带着中药味的芳香。车子上下颠晃。春天风大，越走越荒凉，很快就有了沙尘。他们赶到瀚海里的小镇时已经成了土人。按计划应该先去镇中学，去采访一位老师，电话已经通知了，镇书记镇长都去了中学，都准备好了，先休息、吃饭，再采访。沙漠里跑了五六个小时，突然进入绿洲，有农田有草地，有树有房子，给人一种进天堂的感觉。车过草地时，他们听到了《奶歌》。男人们听一会儿就不想听了，徐莉莉陷进去了，陷得那么深，大家劝几次，没用，整个世界都消失了，泪都下来了。男人们真不明白女人们的心事。

到了镇中学，洗刷一新，歇口气，吃饭，书记镇长校长，热热闹闹，人家镇上把这次采访当做头号大事来抓，高规格接待。礼品特别丰盛，都是很实惠的土特产。采访对象是个女老师，大漠风把女老师吹得红膛膛的，跟那些接羔的女牧民差不了多少，唯一不同的是斯斯文文，戴副眼镜，起身倒水的时候举止优雅，跟咋咋呼呼的镇干部坐在一起就显得瘦弱文静。按徐莉莉的脾性，她应该跟这个女教师一见如故，她应该喜欢这个采访对象。这个女老师很低调，都是校长教务长和她的同事在介绍她的事迹，她本人只是点点头，有夸大的地方，她马上纠正，绝不含糊，这在许许多多先进模范身上是看不到的，有了成绩，领导就想夸大一些，只要不太离谱，也就上报了，大家都不容易呀，领导也想出政绩。眼前这个女老师一是一，二是二，每件事都落到了实处。镇领导们也就哈哈一笑，不再计较，反正是干出来的成绩，反正要上自治区首府的报纸，对这个偏僻小镇来说是几十年都没有的大喜事。领导高兴，又喝了酒，关键还有大报的美女记者在座，领导就很大度。整个采访过程都是几个助手在忙活，徐莉莉只是出于礼貌跟女老师聊了几句，也聊得心不在焉。

就是在饭桌上，徐莉莉也专吃土豆，土豆烧牛肉，羊肉炖土豆，对那些让大都市文明人眼馋的野味，比如野兔子肉、黄羊肉，土鸡肉，农民家养的猪肉，人家再怎么介绍再怎么劝，即使夹到她跟前的小碟子里，她都无动于衷，她只认土豆。女人喜欢青菜，女人不喜欢土豆。连她的同事都感到吃惊。镇领导忍不住问徐莉莉："我们这里的土豆好吃吗？""好吃，很好吃。""谢谢大记者的赞美，你是第一个夸奖我们土豆的文人，我们的农民有希望了，再也不愁土豆卖不出去了。"就有了喝酒的理由，就为土豆干杯。徐莉莉的话更让人吃惊："土豆有牛奶的味道。"大家怎么也不会把土豆跟牛奶联系起来。女人的心理很难捉摸，大家谁也不想捉摸徐莉莉复杂的心理。

徐莉莉的心理并不复杂。她在《奶歌》的歌声里忽然想到了她的中学同学马燕红。马燕红没有考大学，马燕红在乡下结婚，跟丈夫一起往城里贩洋芋。上了大学的徐莉莉假期跟母亲一起逛菜市场的时候逛到了马燕红的摊位上，买了土豆，给钱的时候人家不收钱，徐莉莉才认出了马燕红，马燕红坚决不收，还往塑料袋里放了几个大土豆。徐莉莉都懵了，都不知道咋回家的。好长时间她都若有所思，魂不守舍。

再一次碰到马燕红的时候是她坐班车返回乌鲁木齐。班车出了县城在乌伊公路上奔驰，路上一辆拉土豆的牛车慢腾腾地迎面走来，一个脸色黢黑的男人赶着车，车辕的另一边坐着裹红头巾的马燕红。马燕红靠着装土豆的麻袋，另一个麻袋口绷开了，土豆快滚出来了，马燕红跟牵牲口一样牢牢地攥着麻袋口，土豆圆浑浑的跟小动物一样一个劲地往外挤，车子颠晃土豆就活了，它们要挤出去也不容易，马燕红手上有劲。徐莉莉隔着车窗一下子就记住了马燕红的手和手底下的新鲜无比的土豆。后来，徐莉莉就只能看见那头拉车的牛了。后来牛也不见了。乌伊公路沿着天山，沿着准噶尔盆地的边缘向前伸展，不停地伸展，一下子就伸到天山里边去了……

乌鲁木齐被天山三面围着，已经是个中亚大城了，徐莉莉总觉得不真实，徐莉莉刻苦学习，老师们对她评价很高，她有希望留在乌鲁木齐，父母对她的最大期望也是留在乌鲁木齐。徐莉莉留在了乌鲁木齐，但徐莉莉没有如愿以偿的感觉，徐莉莉常常会在梦中见到马燕红。徐莉莉要见马燕红太容易了，回乌苏看父母的时候就能在菜市场见到马燕红，可徐莉莉再也没有去过菜市场。工作越来越忙，结婚，跟丈夫的关系时好时坏，自己的事业也时起时伏，马燕红在她的视野里消失是很正常的。

有一段时间她还真去了菜市场，她还有意识地东逛逛西逛逛，县城的蔬菜要比大都市好得多，就是不买也让人赏心悦目。她没碰见马燕红。她母亲也说很久没碰到马燕红了，她母亲倒是跟马燕红混熟了。母亲说你这同学人挺好，经常给家里送菜，人也很能干。最后母亲说：有丈夫有孩子，一家三口快快乐乐，好人有好生活，女人还需要啥呢。那一刻徐莉莉听见自己心里有一件东西放下来了，然后就静下来了。那天不知是母亲的手艺好，还是她胃口好，她吃完了一大盘拉条子，还加了两次。

有一年秋天，她去巴音布鲁克草原采访，那里不通车，牧民们就准备了一辆马车，车厢里垫了干草铺了毡，给她裹了大皮袍子。两匹大马拉着整整跑了一夜，比软卧车厢还舒服，睡了醒，醒了睡，满天的星斗带着哨音忽大忽小，直到太阳跃上天山峰顶。那里太艰苦，人家只能用土豆和牛奶招待她，烤土豆，剥了皮，蘸盐，饿坏了，吃得急就噎，就喝牛奶，就觉得那是世界上最美味的佳肴。也就是在这一刻，在寒风呼啸的蒙古包里，徐莉莉一下子想起了马燕红，当时，她手里端着一碗奶，嘴里含着滚烫的土豆，马燕红一下子就从脑子里冒出来了，好像她吃的是马燕红家的土豆。她流泪了，人家以为她为这些倒毙的牲畜伤心呢，那些牧民都在为牲畜流泪。谁能想到徐莉莉会在好多年以后，在沙漠小镇上再次想到马燕红，幸好她没流泪，否则人家镇领导会以为女老师的事迹把她感动坏了。

那篇报道她几乎没动笔，助手写，她匆匆浏览签上字就发稿了。见报后就有电话找她，三个作者，她排在前边，外界以为是她的功劳，就打电话找她，打电话的大都是乌苏县出来的。这个女老师原来在县中学教书，她的许多学生在乌鲁木齐上学、工作。老师的事迹上了报纸，学生们就打电话赞扬徐莉莉为老师做了一件好事。这时候徐莉莉才知道她是人家的学生。徐莉莉找来报纸看一遍，这个老师叫王蓝蓝，确确实实是她的老师，而且是她的班主任。

卷六

　　化学老师陈辉是王蓝蓝的校友，他们应该在校园里见过，西北边疆小城的大学，当时也就三千多学生，七七级的学生毕业前王蓝蓝就已经入学了。王蓝蓝学的是中文，他们可能在校园里碰见过，不认识罢了。在陈辉这届大学生眼里，王蓝蓝这一批校友纯粹是些小孩。我们也就明白了，刚开始陈辉对王蓝蓝保持距离不是老谋深算，不是工于心计，不是耍大牌，陈辉确实把王蓝蓝当孩子。都来自伊犁那个大学，陈辉刚开始必须帮助这些小师弟小师妹，住宿吃饭，跟后勤部门打交道，老三届这帮人有经验，都工作好几年了，上大学前就在伊犁一家皮革厂当工人，生活经验几乎是教授级，在这帮孩子眼里，陈辉就显得老练精干，给人的感觉特别可靠，王蓝蓝一下子迷上陈辉是有道理的。

　　陈辉对王蓝蓝的关心也是专业指导。王蓝蓝发现这个化学老师语文水平比学校指定的专业语文老师还要高，这也是老三届大学生中特有的现象，不管什么专业的，都读过大量的文学名著，都有出色的表达能力。陈辉显然比那些人更出色。学校教学任务紧的时候，校长就让陈辉临时带一阵子语文课。陈辉指点王蓝蓝分析课文、备写教案、设计板书，总能抓到点子上。实习生上课，教案必须有指导老师的签名，王蓝蓝一次就通过了。这些都是教学上的事情。陈辉做得很讲策略。

　　最私人化的交往也只是请王蓝蓝去看了一场电影，《叶塞尼亚》，一星期后，陈辉又送一盒歌带，有《叶塞尼亚》的插曲。陈辉自己有一台当时流行的双卡录音机，借给王蓝蓝。真实的情况是，王蓝蓝让《叶塞尼亚》给震翻了，自己又去看了三场，白天两场，晚上一场。她陶醉在《叶塞尼亚》的电影音乐里，久久不能清醒。这种情况下，陈辉又送来了录音机和磁带，王蓝蓝就更难以自拔了。王蓝蓝总是把声音放很低，低音的倾听效果是致命的，好像来自远方。

那段时间陈辉好像消失了。陈辉的家在伊犁霍城清水河子，从伊犁皮革厂考上大学后，就很少去老单位了，父母在清水河子，他节假日就回清水河子。这次父亲病了，陈辉请了假，回去一个礼拜。这个礼拜，王蓝蓝就不能光听音乐了，来她屋里串门的老师多起来。大家似乎都关心这个伊犁河边长大的漂亮丫头。在闲聊中多多少少谈一些陈辉的情况，每个人都谈一点点，点点滴滴拼凑起一个完整的故事。不，不是一个故事，是一个人的几个故事。当然都是属于陈辉的。你得承认，这些闲聊的人都是讲故事的高手，他们只对故事感兴趣，对陈辉不加任何评论，也就是说讲述的语调客观冷静，不带任何感情色彩。至少你无法判断讲述者跟陈辉的关系，更像一个司法人员在陈述案例。但效果是明显的，王蓝蓝听得惊心动魄，直吸冷气，不停地嚷嚷："我的妈呀！""咋会这样子？"这也证实了王蓝蓝是个很认真的倾听者。这种激烈的反应一下子激起了讲述者的倾诉欲望。一个倾诉，一个倾听，形成良好的互动。

好多年以后，王蓝蓝给她的学生徐莉莉讲述这些往事时，几乎照搬了讲述人的内容，连动作口气都摹仿得惟妙惟肖。徐莉莉惊叹于她的母校有如此精彩的故事，有如此优秀的民间艺人。徐莉莉把这些中学老师统统归于民间艺人的行列是有道理的，徐莉莉已经是乌鲁木齐的大牌记者，已经走遍了天山南北。徐莉莉采访过许多闻名世界的民间艺人，比如著名的《玛纳斯》传人玛玛依，木卡姆传人吐尔迪阿洪，《江格尔》传人布·敖其尔，哈萨克的阿肯歌手就更多了。不久前徐莉莉又发现她的家乡乌苏县的蒙古族也有江格尔齐。徐莉莉就把玛拉斯齐与江格尔齐的表演方式作了对比，柯尔克孜族人的玛拉斯齐慷慨激昂语调高亢，带有许多动作，卫拉特蒙古人的"江格尔齐"则悲壮低沉、朴实冷静，更加写实。乌苏县这些中学老师就接近江格尔齐的表达方式，以至于好多年后，王蓝蓝给她的学生讲述自己的故事，也那么客观那么冷静那么超脱,就仿佛在讲另外一个人,完全跟她自己不相干的人,她的丈夫陈辉就更客观更冷静更超脱了。那一刻,徐莉莉感觉到这个世界上有两个王蓝蓝有两个陈辉,他们分别生活在现实与传说中。进入传说并不可怕,但相当悲壮。

当初,实习生王蓝蓝相当聪明,她很快就把那些零散的片断整理出来了,她脑子好使,稍一运转就排列组合出三个故事,叫归纳总结也行。陈辉的故事大概三个,在特克斯县当知青,在皮革厂当工人,在大学求学。在特克斯当知青时因为手风琴拉得好,跟五个女知青有过瓜葛,"瓜葛"这个词相当中性,你去想吧,咋想都行,似有似无,空间大呀。在皮革厂当工人,属"文革"后期,爱钻研爱看书,与他有瓜葛的女人只有一个,工人阶级,咋说都比知识青年有经验,没结果的事不干,这个女工就嫁给过陈辉,且生有一子。重头戏在大学,大三还是大四的时候,学校跟州歌舞团联合排节目,陈辉的手风琴一下子压住了歌舞团的专业演员,重要的是引起了一位女演员的注意,两人坠入情网,陈辉与结发妻子离婚。女方家里极有势力,送女儿去内地学习深造,陈辉远离家乡,到千里之外的乌苏县当一名中学教师。他们是否藕断丝连就不好说了。前妻已经再婚,带走了儿子。陈辉定期回伊犁,先看父母,再看儿子。陈辉与女演员的故事曾在伊犁轰动一时,王蓝蓝还在上中学,两耳不闻窗外事,埋头苦干,一门心思考大学,中学生都这样,高考以外的事情他们不感兴趣,家长老师也不许他们对这些杂事产生兴趣。

我们可以理解王蓝蓝听这些陈年往事时的惊讶与感叹。她甚至都这样喊了:"真看不出来呀,真看不出来是陈辉老师呀。"人家就淡淡一笑:"人不可貌相,海水不可斗量。"还有一位老教师说得更智慧,简直是个哲学家,他的口气好像很欣赏陈辉的作为:"咱们这里呀干旱缺水,那是水太深,流出来不容易。"这话说的,王蓝蓝当天晚上就记本子上了。王蓝蓝的神志也一绝。对这些故事,有人喜欢有人不喜欢。王蓝蓝的兴奋和喜悦是明显的,那双眼睛时而精光四射时而湿润柔和,尤其是后者,你想去吧,你一下子会想到羊眼睛想到骆驼眼睛,新疆人对羊眼骆驼眼可是太熟悉了,这些故事无疑是烈火烹油。有人就不喜欢了,他们想浇灭王蓝蓝的爱情之火,泼出去的水变成了油,这是谁也没想到的。喜欢的人更具有戏剧精神,边陲小城,太安静了,太灰色了,让大戈壁大沙漠这么一陪衬,简直让人难以忍受。当初陈辉来到这里,也带来了他的传奇经历,真让人兴奋了那么一阵子,大家就期待着陈辉像在伊犁一样也在乌苏火一把,陈辉相当低调,深居简出,本分极了,本分得让人怀疑那些故事是不是有人给他栽赃。陈辉沉默好几年了,大家对他不抱希望了。王蓝蓝从天而降,陈辉开始动作了,尽管动作很隐秘,很微弱,但那苗头是很明显的,前景不可估量。大家就有必要加以引导。王蓝蓝听到的故事就不那么单调了,就不是众口一词了,而是多声部,是交响乐,看起来各唱各的调,看起来杂乱零散,却有一个内在的旋律,那就是陈辉是一个很有活力的人,换句话说叫魅力。聪明的王蓝蓝一下子抓住了问题的关键。

  实习也快结束了。王蓝蓝大概受到陈辉的影响,也可能在实习中成熟了,王蓝蓝买了许多小礼物,对实习组的那帮男生一一给予安慰,再送上小礼物,这些小男生基本上喜出望外。不成眷属友情在嘛。大家都在王蓝蓝漂亮的日记本上留下几句话,留下联系方式。只有一个叫宋乐的男生例外。

  王蓝蓝必须跟宋乐单独谈谈。如果说王蓝蓝有初恋的话,应该从宋乐算起,在众多追求者当中,只有宋乐走进了王蓝蓝的情感世界。相比而言,中学时男女同学的交往就有点过家家的意思了。王蓝蓝一直不明白怎么不留神就让宋乐走这么近?宋乐在众多追求者当中显得一般,最多也只居中游,宋乐不是那种性格外向、多才多艺的才俊,宋乐也有个性,情急之下也跟王蓝蓝争吵,王蓝蓝能让他火冒三丈,方寸大乱,他也能一语中的让王蓝蓝哭鼻子。应该是大三最后一个学期,在大雪纷飞的校园里,下晚自习,两人在图书馆后边的林带里,积雪吱吱响,宋乐把王蓝蓝按在白桦树上吻了一家伙,让人不可思议的是王蓝蓝也吻了人家。王蓝蓝吓坏了,她记得清清楚楚她往外猛推宋乐这个坏蛋,她还拿手套在宋乐脸上打了两下,她做梦都没想到手套落在宋乐脸上了,她的嘴唇也落在那儿了,她可真给吓坏了。没有风,伊犁的雪花又大又软,飞蛾扑火一般往这两个火辣辣的年轻的面孔飞扑过来了,伊犁河谷是中亚最湿润的地方,雪花往往埋掉大峡谷,埋掉草场和马群,马群跟游泳健将一样在枳雪中奔驰。大雪一直下着。第二天,还是这个地方,两个人就从容多了。

　　第二年春天，大四第一学期，宋乐拥抱了王蓝蓝。王蓝蓝在日记里把拥抱定义为他们之间最后一道防线。上个世纪八十年代初的大学生恋爱到极致也就这样了，发乎情止乎亲吻，止于拥抱。放弃阵地者都是那些过于平常的姑娘。能称得上班花系花校花的姑娘，阵地是相当牢固的，男生们把那种高度戏称为喜马拉雅山。宋乐在毕业前夕已经胜利在望了，已经快到山顶了。他理所当然争取到乌苏实习。他还问了王蓝蓝说也想去乌苏，王蓝蓝说你随便。宋乐可不敢随便，还没有最后敲定，不能大意失荆州。宋乐的注意力放在实习组那九个男生身上，那九个男生也把宋乐视为头号劲敌。各种迹象表明，宋乐已经跟王蓝蓝走得非常近了，宋乐已经把大家远远地扔到后面了。他们谁也没有注意陈辉。连王蓝蓝都没有注意陈辉这个成熟的男人。

　　王蓝蓝开始注意陈辉的时候，宋乐的一切就相当模糊了。宋乐近在眼前，就在窗外跟另一个同学打羽毛球，王蓝蓝让自己脑子里的念头吓了一跳。她刚刚下课，她用了陈辉教给她的方案，效果极好。指导老师与带队老师当场就说："这丫头长得漂亮课也讲得漂亮，几天工夫就发生质的飞跃，照这水准讲下去，拿优没问题。"十四个学生，只有两个优秀指标，王蓝蓝兴奋异常。走出教室她首先想到的是去感谢陈辉，走到半道又觉不妥，她想起陈辉那么平静那么不喜张扬那么低调，她也一下子低调了，平静了，一次精彩的课，仅此而已，值得那么声张吗？值得那么兴奋吗？她回到宿舍，喝了一杯水，同宿舍的那个女生马上要去讲课，有点紧张，她就安慰人家：没什么大不了，不就是上课吗？要上十几节呢，讲好一次就可以了。那个女生放松多了，去上课了。王蓝蓝拿起当时流行的小说《第二次握手》，昨天看得很兴奋，今天怎么也读不下去。她又翻开课本，陈辉把板书设计写在课本上，一目了然，要讲授的四篇课文全写上了板书设计，现在王蓝蓝注意的不是板书设计的内容，是那手漂亮潇洒的钢笔字，是陈辉的举止言谈，连他端着水杯喝水的样子都出来了，连他水杯上的红色套子都栩栩如生。当时流行的水杯都是药店里装口服液的玻璃瓶，有个塑料盖，可以拧下。讲究一点的人就用塑料绳编织一个套子套上。陈辉就端这么一个水杯，可以装一斤水，杯不离手，就显得亲和，呼吸都带着清香。这是一个爱干净的人。

王蓝蓝坐在陈辉跟前就感到安全可靠。以前还是下意识的话，现在太清晰了。陈辉不在她跟前，她还是强烈地感觉到陈辉的存在。

同时有个声音在她心里呐喊宋乐，只有声音没有人。宋乐就在外面打羽毛球，王蓝蓝站起好几次，都坐下了，王蓝蓝看见宋乐把羽毛球拍摔在地上，跟人家吵起来了，还像个孩子。王蓝蓝想到宋乐还是个大男孩，王蓝蓝一下子就解脱了，就可以站起来了，她就走出去，去劝宋乐，宋乐那么愤怒，根本不听她劝，那个男生很快消了气，反过来给宋乐道歉，宋乐不依不饶，声音越来越高。好多年以后，王蓝蓝回忆这一幕时就有点同情宋乐，宋乐一定在冥冥中感觉到他的失败。就在刚才，就在他打羽毛球的时候，王蓝蓝已经在心里把他放弃了，他就莫名其妙地发火，那个陪他打球的男生成了牺牲品，王蓝蓝劝他的神态更让他冒火，拿他当小孩，好像他们之间什么事都没发生过。更让宋乐受不了的是王蓝蓝的眼睛告诉他，她不在乎他们之间发生的事情。宋乐急火攻心，脑子一黑，反而不闹了。因为王蓝蓝话中有话地告诉他，她没有给谁承诺过什么。聪明的王蓝蓝把这种承诺放在实习期间，也就是说，在实习时准备给宋乐吃定心丸，公开他们的关系。一旦公开，就尘埃落定，别人只能放弃，只能退出去了。那九个男生把这次实习看作最后的机会，他们不惜一切进入最后的决战，也是背水一战。就在宋乐发脾气的第二天，大家都得到了王蓝蓝的礼物，大家如释重负，一致认为自己虽败犹荣，王蓝蓝比他们成熟，尊重了他们的感情。

第三天，宋乐才有机会跟王蓝蓝单独相处。宋乐已经知道那九个男生的情况，宋乐也看了王蓝蓝给大家的留言和照片，每个人的留言都不一样，王蓝蓝就像一个优秀班主任，给她的学生写鉴定，但不程式化，风趣幽默，完全是站在未来回忆大学美好的时光。这一手太厉害了。宋乐一下子也站在未来，站在二十年后回顾往事。宋乐的眼泪都下来了。宋乐脾气好得一塌糊涂，别人怎么劝他都听，人家给水他就喝水，人家给烟他就抽烟，人家替他从食堂打来饭，他就吃饭，吃饱喝足，他才感觉到累，这么累，就像爬了很高的山，爬了很久很久，快到山顶，他就微笑着倒下了。他在梦中有一张床，他感到无限的幸福，瞌睡遇到热枕头，甚至遇到床遇到被子，这不是幸福是什么？甚至比这还要幸福，他是大家抬到床上去的。这家伙喝完汤，嘴一抹，倒头就睡，睡在身边男生的怀里，死沉，呼噜声响起来，大家七手八脚把这台轰响的机器搬到床上，垫上枕头，拉上被子，扒下鞋子。正是黄昏，带队老师来检查，听说宋乐吵架发脾气，老师就得过问一下，那个男生说得轻描淡写，为争一个球。老师反复问：与王蓝蓝有没有关系？"她又没打球，与她有啥关系？"老师知道王蓝蓝是是非的中心，老师不会这么简单放过任何与王蓝蓝有关的事情，老师就到宋乐的屋子，宋乐四脚朝天，鼾声如雷，那种放松状态，只有在乡下麦垛、草垛下仰天而睡的庄稼汉和草原汉子身上才能看到。带队老师每天睡前要吃安定，对宋乐的睡眠状态羡慕得要死："能吃能睡，年轻好啊。"

宋乐一直睡到第二天下午，狗日的好福气，第二天全天没课，可以放心地睡觉，睡到下午下班，打哈欠伸脚，坐在床上抽一支烟，仿佛刚刚来到这个世界上，仿佛出了大牢洗心革面重新做人，洗刷一新，刮了胡子，肚子咕咕叫仿佛养了一河滩的青蛙，他就到街上一家饭馆吃了两大盘拌面，两大碗揪片子，就像打足气的轮胎，精神饱满回到校园。正好王蓝蓝找他，在他桌子上留了条子。宋乐就准备好本子、笔和照片，无非就是留几句话留张照片，每届大学生毕业都是这一套，他也没等到晚上，他也没必要在小树林里见面，他直接到王蓝蓝宿舍。王蓝蓝正在备课，他的提前行动让王蓝蓝吃惊，只惊那么一下，同宿舍的女生说："宋乐好精神哟。"这个女生就躲出去了。

宋乐的精神状态也让王蓝蓝吃惊，王蓝蓝还记得宋乐跟人家无理取闹时那种沮丧的样子，王蓝蓝分批交谈，把宋乐放在最后，特别对待，就是担心宋乐胡闹，更要命的是她担心宋乐崩溃的样子，他们毕竟走得那么近，任何一个男生还没有那么和她亲近过。

就在她做出决定的当天下午，校长找她谈话，警察也在场，马燕红的案件让她彻夜难眠，她又不敢对同宿舍的女生说这件事。"强奸"这个词对她一直是一个抽象的概念，写在法院的布告上，写在小说里，都是那么遥远，现在却这么近，一下子到了眼皮底下。一个少女就在她的班上，一下子给摧残了。并不是案发当天破的案，是在两个月后，马燕红已经有身孕了。罪犯也落网了。马燕红的父亲替女儿办了休学手续，马燕红就没有出现过。

王蓝蓝努力回忆马燕红在这两个月里的情形，她还记得马燕红在课堂上回答提问的样子，答非所问，神情恍惚，她也没怎么在意。女孩子心理复杂，情绪多变，又是青春期。王蓝蓝最多把这些异常归结为心理现象。有一次在校园里王蓝蓝碰到马燕红，马燕红迎面走来，那么憔悴，就跟霜打了一样，失魂落魄，连跟老师打招呼都忘了，听到老师叫她就"啊"了一声站在那里，不知所措，两眼黑洞洞的。王蓝蓝问她："马燕红你病了吗？""没，没有，老师没有啊。""明年才高考，你不要太紧张，也不要太累。""谢谢老师。"马燕红匆匆离开。这就是马燕红给她的最后印象。直到罪犯落网，王蓝蓝才明白马燕红的异常，既不是青春期心理现象，也不是因为高考压力。

王蓝蓝彻夜难眠，问同宿舍的女生："你有没有被坏男人骚扰过？"这个女生很老实地告诉王蓝蓝，男朋友骚扰过她。"可讨厌了，没完没了，我算明白了，男人讨好女孩子就是为了干这事。""干什么事？""难道你没有吗？还来问我。""我没有才问你咪。""他总是硬来。""硬来？这不是犯罪吗？""那就看你喜欢不喜欢他了，要是真心喜欢就不要太反对。"王蓝蓝瞪着天花板，样子很可怕。这个女生就问她："你男朋友对你动手动脚是不是太晚了，都快毕业了，你把人家熬到现在，熬鹰熬到现在都熬成麻雀了。"王蓝蓝已经听不见同学的抱怨了。王蓝蓝设身处地地推测马燕红受到的伤害，王蓝蓝莫名其妙地对那个女同学说："男人在伤害你，你还乐，乐个屁！""他是我男朋友，什么男人男人的，难听死了。""男朋友咋啦？违背女性意愿的就是犯罪！""嘻嘻，你男朋友不是开始对你动手动脚了吗？不是开始对你犯罪了吗？""我不跟你说了。"女人的思维就这么奇怪，宋乐对她的亲热就这么毫无道理地跟马燕红案件联系在一起。那天晚上，王蓝蓝脑子里只有他们第一次在大雪纷飞的校园里的那一幕，她被宋乐按在白桦树上，宋乐的力气大得吓人，王蓝蓝的脑子里就这一幕，她的回吻没了，他们后来的许多次接吻许多次拥抱都没有了，都被马燕红案件给冲淡了，真正要命的是王蓝蓝与同宿舍女生的这次革命性交谈，彻底地击毁了宋乐。

宋乐精神饱满地来到王蓝蓝宿舍，王蓝蓝很吃惊。王蓝蓝马上镇静下来，拿出她给宋乐织的毛衣："我是个懒人，打了半年才打完，也不知道合不合身，做个纪念吧。""那就不客气了。"宋乐这么爽快，又让王蓝蓝没有想到。在王蓝蓝计划里，他们应该在夜晚、在小树林里说上几个小时,再把毛衣交给他,再跟他一刀两断,王蓝蓝把了断的话都想好了。一切都乱了套。她怎么都没想到宋乐性格里还有这么爽快的一面。在王蓝蓝的计划里没有写毕业留言这一个过程,应该把宋乐与其他追求者区别对待,宋乐在她心目中有一个挺高的位置。已经不容她多想了,宋乐摊开本子拔开钢笔,"给老同学写几句吧。"王蓝蓝写了几句勉励的话,因为没有准备,写得言不由衷,连她自己都想不起来她写了什么,她都忘了拿出自己的本子,宋乐问她要她才从抽屉里取,宋乐只写一句话:"生活万岁!与王蓝蓝同学共勉,宋乐。"宋乐就走了。

正是吃晚饭的时候,校园喇叭里放着当时很流行的歌曲,王蓝蓝把那几句歌词给记住了,"再过二十年,我们再相会……属于你,属于我,属于我们八十年代新一辈。"王蓝蓝没有想到会这么结束,她更没有想到她会愣这么久,好久好久回不过神来,同宿舍的女生吃过饭回来了,她还发愣。人家问:"还没吃饭?""吃过了。""哈,有人请你吃饭。"王蓝蓝竟然不饿,长这么大还从来没有缺过一顿饭,竟然不饿,仔细想想这么结束也挺好。

王蓝蓝可以问心无愧地面对陈辉了。他们单独在一起了嘛,再有一个礼拜实习就结束了,王蓝蓝去给陈辉还录音机。陈辉收下了录音机,取出磁带给她:"这是送你的。""你还记着《叶塞尼亚》?""嗨当兵的!""你不讲信用。"电影里的台词让他们如此开心,两个人都笑起来。他们心照不宣,不用点破这层关系,这是最让王蓝蓝感动的。王蓝蓝一个微小的念头,陈辉马上就有相应的反应,而且那么贴切,那么合她的心意。她深切体会到成熟男人的魅力,简直妙不可言,那些追求过她的小男生大男孩,太嫩太幼稚太不懂事太毛糙太鲁莽,毫不客气地讲,还是一堆原料,把人硌得慌,就像赤裸大地,不,是赤裸戈壁。王蓝蓝走近陈辉就像小马驹走进青草地走进白桦林。

学校为了欢送实习生,专门组织全校老师去甘家湖风景区游览。那时照相机还是很稀罕的东西,公家才有这玩意。学校的照相机由陈辉保管。陈辉的摄影技术最好。给谁照,照多少,选景,单照、合影、集体合影、自由选择合影,陈辉安排得合情合理,滴水不漏。王蓝蓝跟那十个追求者分组合影,两三个人一组,跟带队老师指导老师分别合影,陈辉也算指导过她,她专门强调了这一点,细心一点还是能从他们站在一起的神态上看出某种迹象。这个时候,那十个追求者瞪大眼睛,伸长脖子,又彼此看一眼。野餐的时候大家喝酒唱歌、跳舞。陈辉跟女同事女实习生跳舞,跟王蓝蓝没跳,他把照相机交给王蓝蓝。王蓝蓝唱了一首《万水千山总是情》,当时流行这首歌。

剩下的时间很紧张,做实习鉴定、评估、评优秀打分。王蓝蓝带着陈辉回一趟伊犁,坐夜班车,第二天早晨到达,一天之内办了三件事,去舅舅家、姨姨家、姐姐家,绕开了父母。这几家亲戚对陈辉特别满意。王蓝蓝有意展示陈辉的魅力。陈辉心领神会,从礼物到言谈举止接人待物,恰到好处。返回乌苏前仅有一个多小时,他们才回家看望父母。父母不知道这两个家伙已经对他们形成包围之势,舅舅家在汉宾乡,姨姨家在察布查尔,姐姐家在毛纺厂,他们当然不会告诉这一切,他们只告诉父母他们出差,办完公事顺便看望父母,连夜得赶回去。饭都来不及吃,喝几口水,他们就赶车去了。临走时,王蓝蓝偷偷问母亲:"这个人咋样?"母亲满心欢喜,就是埋怨女儿太马虎,应该在家里待一整天,好好招待新女婿。女儿就说:"你还担心这个,以后天天吃你。"老两口送到巷口,母亲给父亲嘀咕了两句,父亲就拍大腿:"这丫头,毛毛躁躁的。"女儿跟那个男人已经钻进出租车跟他们招手,奔汽车站了。那个年代,出租车太奢侈,没急事不会招出租。老父亲不生气了,都打出租了嘛,班车不等人呀。老太太问老头子:"那人咋样?""一看就是个知识分子,肯定也是个大学毕业,跟咱蓝蓝挺般配。"

王蓝蓝的姐姐连夜赶到父母家,王蓝蓝是他们的心肝宝贝,整个家族就出这么一个大学生,王蓝蓝的婚事,就是整个家族的头号大事。姐姐对陈辉的满意程度远远高于父母。后来几天,舅舅家姨姨家都来人谈了,对陈辉的印象好得不得了。父母就放心了。姐姐还算了一下,人家是去特克斯出差,先去察布查尔,再去汉宾乡,再去毛纺厂,父母家离汽车站近,最后看父母,公事私事两不误。姐姐就抱怨自己的工人丈夫,做事没章法没计划,乱七八糟,脾气还大得不得了。王蓝蓝的弟弟上中学,没有发言权,小屁孩对这种事也不感兴趣。

半年后毕业,王蓝蓝分配到乌苏,在她原来实习的那所中学。她应该把陈辉的一切告诉家里。她不让陈辉出面,陈辉就不再坚持。上次他们回伊犁也是王蓝蓝一手安排的。王蓝蓝知道等待她的是什么。她奇怪的是在她跟陈辉的关系公开后这半年，竟然没有人给她家里传小道消息。她刚来乌苏实习的时候，父亲接到匿名举报从遥远的伊犁赶到乌苏，进行火力侦察。现在王蓝蓝希望有人给父亲透漏一些内情，整整半年，一点动静都没有。

王蓝蓝决定从姐姐身上找突破口。从遥远的乌苏赶到伊犁，乘周五的夜班车，周六早晨赶到伊犁。那时候没有双休日，周六还要上班，她费好大劲把课排到周六以前，空出这珍贵的一天，也就等于双周日了。也只能维持本学期，下学期就不一定了，她必须在本学期解决问题。姐姐就没有这么幸运了，工厂请假调班的可能性很小，姐姐一直熬到下班才回家。

王蓝蓝中午就到姐姐家，洗衣服做饭，把姐姐积攒一个礼拜的家务全干了，早早接回小外甥女，辅导孩子做作业。姐姐姐夫一回家就有好心情。晚上就住姐姐家。姐姐听了陈辉的背景就站起来了，站在四五米以外，瞪大眼睛望着妹妹，"不用想姐姐，也不用想舅舅姨姨，想想咱爸咱妈，你想过他们吗？你对得起他们吗？你咋对他们说得出口？"姐姐气坏了，端着大缸子咕咚喝水。喝完水又说："我问你，是不是那个男人勾引你？""他是单身，我是单身，我们是互相吸引，不是勾引。""你才踏上社会傻妹子，他已经工作好多年了，结过婚，离婚，还有儿子，你这是当填房你懂不懂，你这死丫头气死我了。"姐姐不喝水了，抓一个苹果，皮也不削，咔咔几下啃完。"我的妹子呀，你的条件多好，大学毕业，又聪明又漂亮，生活对你来说有许多许多可能，你倒好，口里来的盲流才做你这种打算，你干吗把自己降这么低呀！"姐姐呜呜哭起来。

姐夫在外面跺脚咳嗽。姐姐收敛了一些，又压低嗓门哭起来，一边哭一边小声说："你知道咱们家对你有多大期望吗？不要说咱爸咱妈，亲戚朋友街坊邻居都觉得脸上有光，你给我们大家争了气，我们不图你升官发财干什么惊天动地的大事，我们只希望你生活得体面，让人尊重。"姐姐平静下来了，脸上的泪痕还在，"你从小学到大学一直念书，你没有踏上社会，你不知道生活的艰难，你至少工作上一段时间，了解了解社会再决定也不迟呀。""好多同学毕业前就做决定了。""不用问人家找的都是同学，不是去给人当填房。"姐姐又难受起来，不再哭了,只是抹眼泪。

沉默了好久,她们想的是同样一件事。王蓝蓝在家门口上大学,她那些追求者没少打扰过他们家,托亲戚朋友熟人拐弯抹角介绍过来,姐姐就见过好几位,那时家里对王蓝蓝很信任也很宽容,一切由女儿做主。姐姐有点后悔,姐姐见过的几位小伙子都不错,随便一个都比现在给人家当填房强。

姐妹俩睡一个屋,都没睡着。第二天姐夫骑自行车送王蓝蓝去汽车站。

王蓝蓝第二次回伊犁是在一个月以后,还是去姐姐家,她就一个想法,拿下姐姐就成功一大半。周六姐姐姐夫轮休在家,姐姐都懒得理她,看她一眼低头洗衣服,姐夫把她接进屋子。两口子一个单位上班,独家小院,院子里种着蔬菜种着花,从厨房接出水龙头,在院子里洗衣服,很方便。姐夫是个修理工,脾气不好,但勤快顾家。姐夫把小姨子接进屋,吐一口烟,说:"你这事情给弄的。"王蓝蓝小声问:"我爸我妈还好吧?""还告诉你爸你妈呀?还不把他们气死。"王蓝蓝就放心了。

王蓝蓝高兴得太早了。她太小看姐姐姐夫了,上次她回去以后,姐姐姐夫把事情的前前后后仔细分析一遍,他们发现陈辉是伊犁口音,说话重叠词多,姐夫一拍大腿,就是咱伊宁市人。陈辉上次来他们家的时候说过他也是大学毕业,七七级的,跟王蓝蓝是校友。这是陈辉最全面的资料了。姐夫去了一趟伊犁那所大学,根本不用费事儿,在校园就打听清楚了。姐夫不找那些学生娃娃,年轻人也不找,就找那些戴眼镜的中年人,肯定是老师了,果然知道陈辉,而且不是一般的知道。姐夫递上天池烟,那人也不问姐夫干吗要打听陈辉,姐夫刚开始也以为这人跟陈辉有什么瓜葛,听着听着就不是这么回事了,陈辉在这所大学里是个人人皆知的名人,他的传奇经历经久不衰。很快又来了几位老教师,大家各表一段,足足讲了两三个小时,姐夫两包烟都搭上了。姐夫就像听评书听传奇故事,听得惊心动魄。回来路上,自行车骑得慢慢的,不停摇头,这个陈辉戴个眼镜,斯斯文文,还真看不出来,这个小姨子可是太不懂事了,常言道戏好看不好演,戏中人活受罪。

回到家里,他只给老婆一句话:"你那妹子啊,当初就该报考戏剧学院。""放什么狗屁啊,你快说。""别急别急让我想想。"姐夫的口才肯定比不上大学老师,姐夫已经超常发挥了,从陈辉下乡拉手风琴,到皮革厂结婚生子,再到大学里追求名演员,这位工人大哥讲得唾沫四溅,眉飞色舞。老婆刚开始还板着脸,想着她妹子,听着听着也陷进去了,又是拍手又是拍大腿,听完了,静了半天,愣过神来了。"狗日的,看我们家热闹是不是?幸灾乐祸是不是?""你咋乱咬呀你,我要带录音机就好了,知识分子讲得比我好,我啥水平呀。""你看你那种兴奋那种得意,脑门上的汗都出来了,啊呸!"

姐夫甩上门到院子里去了。姐姐跟姐夫吵架总是拿姐夫家人说事,姐夫的哥哥弟弟都蹲过大牢,姐姐剑锋所指,姐夫就心惊肉跳,等姐姐亮出妹妹这个大学生王牌,姐夫只能暴跳如雷大吼大叫摔东西了。姐夫发火从来不损坏家具,连水杯都不碰,他会从床下拨出西瓜,朝院子里咚一声发射炮弹一样摔出去,像踢足球一样踢出去,其他的发泄对象有西红柿洋芋皮芽子南瓜萝卜,这些都是他伸手可触的东西,摔得再烂,也可以喂鸡喂羊,不浪费,姐姐也能忍受。这回姐夫没有摔东西,冲到院子,手里还攥一个苹果,也没摔,咔咔几口啃下去。工人大哥是有良心的,毕竟是小姨子嘛,自己言语间多多少少有点一吐为快的意思,他也不糊涂,这件事本身就有戏剧性,本身就好玩,吸引人,谁听谁兴奋。这么一想,工人大哥良心安稳了。估计老婆的气也消了,他就回去了。老婆一见他就哭。"我还以为咱妹子当填房就填一次,中间还有一个不明不白的女演员,咱妹子不是做小妾了吗?""蓝蓝这事弄的,蓝蓝太年轻,没经验。"

两口子就认为家里太娇惯蓝蓝了。姐夫常年给丈母娘家当小长工,蓝蓝的弟弟上初中,学习不错,将来也是个上大学的料,乱七八糟的杂活又落到姐夫头上了。姐夫的话说得很巧妙:"咱妹子不知道生活的艰难,缺少锻炼,锻炼应该从小抓起,现在来不及了,上小学那会儿就应该让她洗衣服做饭,上中学那会儿就应该让她买蜂窝煤务菜园子买米买面粉。"姐姐就说:"就是呀,那时候这些活都让你干了呀,你这王八蛋就你积极,你是不是存心害我妹,让她早早成了四体不勤五谷不分的大白痴。"姐夫早就领教过老婆的蛮不讲理,当初是老婆逼他干这些杂活,现在又不认账了,跟女人打交道一定要注意呀,女人不讲理不讲逻辑，只讲眼前，这就是女人！姐夫有气先压着，话应该这么说："知识分子呀，还是要劳动锻炼的，还是毛主席他老人家英明。"两口子都下过乡，在察布查尔，在家门口，跟没下一样，又不一样，毕竟干了几年农活，知道生活的艰难。"那个狗日的陈辉下过乡呀，又上大学，又勾引女演员，这回又是咱妹子，狗日的好事都让他占了呀。""咱不骂陈辉了，咱要总结教训。""啥教训？""让咱兄弟别犯蓝蓝的错误，前车之鉴呐。""你狗日的是不是想偷懒，撇下我们家不管？""你想歪了，你应该知道必要的锻炼是很重要的，反正是你弟你看着办，我还怕干那点活吗？都下过乡的人还怕那个，哼！""你说的也对呀，我得跟老两口合计合计。"王蓝蓝的弟弟礼拜天干家务的事情就这么定了。头疼的还是王蓝蓝。王蓝蓝一个月没回来，姐姐相信妹妹还得找她。

姐姐没理王蓝蓝。看见王蓝蓝，姐姐就想起地主的小老婆小妾，姐姐强压住怒火，问妹妹知道不知道那个女演员，妹妹说知道。"知道你还插一杠子。""他们没有结婚，早就分手了。""那是她比你聪明，知道该分手的时候分手。""她失去了一个好男人。""人家那是解脱，傻瓜，你又钻进去了。"

晚上两姐妹睡一个屋，姐姐问妹妹："老实告诉我，你们过了那个杠没有？"妹妹愣住了，听不明白哪个杠，姐姐再说一遍她明白了："我告诉你吧，他连我的手都没碰一下，他是个规矩人。""规矩人，鬼才信呢，有老婆孩子了，漂亮女演员都勾上手了，他规矩吗？""那叫吸引力那叫魅力。""你现在还没吃亏，回头还来得及，等你吃了亏谁也救不了你。""那我回去赶快把这个亏吃了，一了百了。""你这死丫头你气死我呀。"姐姐见过厂子里那些吃过亏的丫头，眉心绽开了，脸上润润的光消失了，只有亮光没有那种晨雾般的生机勃勃又朦朦胧胧的光，姐姐把妹妹抱在怀里，"妹子呀，你要吃了亏可咋办呀。""是一个好男人，又不是狼，我怕什么呀。""你是昏了头啦。"

临走时姐姐告诉妹妹："你别指望咱爸咱妈，我要把实话告诉他们，他们非气死不可。"妹妹也告诉姐姐："我们本来打算领了结婚证，不举行婚礼也行，去口里旅行一趟又简单又省事；陈辉不答应，一定要让家里同意，一定要体体面面，我是照顾陈辉的面子才一趟一趟往回跑呢。"

妹妹一走，姐夫就说："这可是你们家的叛徒。"姐姐说："都是那个陈辉教的，骗谁呢。"姐夫说："蓝蓝说的绝对是实话，他越这么说，蓝蓝把他贴得越紧，这叫欲擒故纵。""什么鸡巴欲擒故纵，老娘听不明白。"姐姐脑子都乱了。姐夫循循善诱："见过抓鸟没有？手一伸，鸟儿就飞，扑上去更不行，鸟再笨也比人快，撒些粮食，把鸟引进笼子里，一拉绳子还能捕几只。最聪明的办法是不用浪费粮食也不用费力气，在林子里学鸟叫，鸟儿自己来了，落你身上了，就落手上，舒舒服服，鸟儿也乐呀，它把人当鸟儿了。陈辉就是学鸟叫的人，你妹子自己往上飞，人家一点也没强迫她，人家越尊重她，她越来劲。"姐姐就告诉姐夫："两个人好到这种程度，他连蓝蓝的手都没摸，我还以为蓝蓝骗我，看来是真的。有这样勾引丫头的吗？""还是女人的心眼小，他这不摸胜过上床，他把蓝蓝的心拿走了，剩下的就不在话下，还能给人好印象，这人不简单，蓝蓝是跟高人打交道，我还有点佩服这小丫头了。""你是佩服陈辉那个王八蛋吧！"姐夫头上挨了一扫把。

姐夫听从老婆的安排，去皮革厂暗访陈辉的前妻。前妻再婚好几年了，没有再要孩子，跟第二任丈夫感情很好。这个丈夫是个汽车司机，跑长途拉货，经常带孩子出去，把养子养得比亲儿子还亲。姐夫站在人家小院外边看了一会儿。伊犁河谷普通工人家庭的独家小院，围墙都是小土块垒的，半人高，站外边就能看进去，花卉蔬菜，几株向日葵，高大的白杨树，汽车停在门口，孩子跟父亲一起玩得高兴，女人在厨房里叮叮咣咣做饭，烟囱里的青烟直上云端。女人出来倒水的时候问姐夫："你找谁？找我们家老头子吗？""我随便转。"女人笑笑就进去了。一看就知道是个过日子的实在人。

姐夫回来给老婆如实汇报，姐姐一听就来气："那么好的女人他不要，你说他是东西吗？"姐夫说："我不这么看，他前妻过得很好，一眼就能看出来这个女人遇到的都是好人，如果陈辉是个王八蛋，女人再婚一百次找的还是王八蛋。""你小子咋回事？你小子变得我越来越不认识了，你出息了呀你？"姐夫一点也不理老婆，姐夫点根烟，有点领导架势了："我在人家门口站了一会儿，亲眼所见，还跟那女人说了两句，我脑子里一咯噔就冒出这么一个念头，这个女人遇到的尽是好人，生活没有毁掉她。""哎呀我以后还不敢在你跟前乱嚷嚷了，你小子还真出息了。"姐夫笑笑，抽烟不说话。

后边的事情就由姐夫一手安排了。周末，姐夫带上一只羊腿两瓶伊犁特曲加上老婆孩子，浩浩荡荡到丈母娘家去了。一辆天津产的飞鸽加重自行车，后边驮着胖老婆，前边大梁上坐着乖女儿，乖女儿手里拿两瓶贴着红标签的晶光闪闪的伊犁特曲，羊腿装塑料袋里提在老婆手上，刚从菜市场肉摊上买的羊腿，半小时前还是一只活羊，摊主当场宰杀，往架子上一挂，任你挑选，看上哪块砍哪块，血淋淋的羊腿还热着呢。上个世纪八十年代初，边陲小城伊宁的普通家庭也就这样子了。大家羡慕地瞧着这一家子，姐夫的头昂得很高，快到蓝天上去了，跟他并行的六棍棍弹簧马车上载着一家人，有男有女有老有少，也是喜气洋洋走亲戚，驾车的高头大马也高高地扬着头，跟姐夫比高低呢，他们并行了好几公里，在巷口分开了。自行车在巷子里窜了一刻钟就到丈母娘家了，孩子举着伊犁特曲窜进去了，院子里一阵热闹，都是孩子闹的。说一会话，老婆跟丈母娘去厨房做饭，说悄悄话，厨房基本上是她们交流的地方，肉呀菜呀都是道具。两个大男人围桌而坐，两包烟就可以了。孩子在院子里跟狗玩，外婆家的大黑狗跟小丫头混得很熟，小丫头怎么欺负它都能忍着，大人跟她开玩笑，"这么喜欢大黑狗啊，长大了嫁给它吧。""它就是我的新郎。"小丫头抱着狗脖子，狗舔她的脸。大人笑弯了腰。

姐夫陪着老丈人抽烟喝茶，聊天，天南海北胡乱扯。工夫不大，菜上来了，一盘猪耳朵，一盘马肠子，还有羊肉炒辣子。可以喝酒了。喝到第六杯，老丈人脸红脖子粗，还好，老头不是太老，五十多岁，还没退休呢，身体还硬朗着呢，这点酒算是热热身，但情绪上来了，翁婿的界限就不太明显了，也是说心里话的时候了。姐夫可是做了充分的准备。在姐夫的故事里，有一个相当了不起的知识分子。姐夫把知识分子这几个字咬得很重。"工人哭，农民笑，知识分子坐花轿"，全国其他地方不得而知，天山南北确实流行这么一段顺口溜。当时工人兄弟已经开始下岗，风光不再，当时农村一片兴旺，不像现在这么艰难，知识分子确实令人羡慕，现在还羡慕。大学生当时算是准知识分子，老丈人家跟知识分子沾边，有关知识分子的话题老丈人就爱听。何况女婿讲的是一个凄惨的故事。这也是当时比较流行的故事模式，电影电视小说广播里都有许多知识分子坎坷经历的故事,女婿怎么讲老丈人都相信。

在女婿的故事里,那个相当了不起的知识分子下乡插队,浑身的才华呀无处发挥,唯一给他带来安慰的就是一架手风琴,经常拉的曲子就是一首俄罗斯民歌。女婿还唱了几句:"茫茫大草原,路途多遥远,有位马车夫,将死在草原。"伊犁河边生活着十几个民族,其中就有俄罗斯族,老丈人对这些歌曲一点也不陌生。老丈人同情那个快要死的马车夫,老丈人把烟头都摁灭了,头都垂下去了。这么可怜的马车夫,也就是这个倒霉的下乡锻炼的知识分子,赢得了一个又一个姑娘的同情与帮助,我们新疆人好啊,尤其是我们的姑娘,总是在男人们受难的时候挖心挖肺地关怀、照顾,不顾一切。从古到今,民歌里都是这么唱的。这些都是真的,编不出来的,我们身边这样的事情还少吗?女婿已经不像一个工人了,女婿已经进入了角色,女婿已经成了一个玛纳斯齐、江格尔齐,成了一个阿肯歌手,在传唱绵延千年万年的经久不衰的故事。

在女婿的故事里,这五个姑娘不是同时出现的,是前仆后继一个接一个上去的。她们一个个先后离开小伙子,招工走了,留下了爱情,带走了痛苦,一次又一次呀,分摊下来,每个姑娘是一次,加在小伙子身上是五次,跟死了五次一个样子嘛。至于这五个姑娘跟小伙子发展到什么程度,谁伤害了谁,女婿没挑明,女婿去过皮革厂,没进小伙子前妻的门,却进过皮革厂朋友家的门,新闻人物嘛,很快就知道了小伙子在特克斯县下乡的那段经历。女婿就大胆地进行了删节,留主干去枝叶,老丈人是听不出来的。

在女婿滔滔不绝的叙述里,那架手风琴又出现在伊宁市一家工厂,小伙子被招工了嘛,生活好了一点嘛,你得感谢生活,工厂就是工厂,农村就是农村,在农村在牧场咱就是农村牧场的调调子,在工厂在城市就得换个调调是不是?女婿已经不自觉地学会了提问、反问,这都是领导讲话的口头语,已经不是民间歌手的风格了。老丈人也不至于糊涂到这种程度,老丈人咳嗽一下,女婿马上回到民间歌手的位置。在女婿调整后的故事里,那架手风琴弹奏出来的曲子不再那么凄惨了,也不再是外国歌曲,俄罗斯虽然跟伊犁水土相连,但那毕竟是外国是异域,回到城里回到大工厂就不能这样啦,下乡插队,把广阔天地当异域没有根没有家园意识是可以理解的,回到城里,不是家也是家呀,读书干吗呀,不就是在城里过好日子吗？手风琴里就响起了《草原之夜》，歌里的可可达拉就在伊犁，可可达拉草原已经是肥沃的庄稼地了。不用想象就知道小伙子找到了好媳妇，连厂门都不用出，厂里的姑娘又不傻，那年月知识分子不吃香，但也不赖，斯斯文文，干干净净，不喝酒不抽烟，还能拉手风琴，工资也不少。日子好了，好事就多，包括媳妇，包括孩子，要儿子就有儿子。

好事只要开了头，就没完没了。"四人帮"倒台了，可以考大学了，小伙子考了一次就成功了，1977年呀，大学生呀，知识分子呀，五六百万人报考才收二三十万呐，是骡子是马这回全出来啦，以前自命为知识分子，这回可是公家公开发了录取通知书的知识分子呀。老丈人品尝过大学录取通知书发到他们家时那种高兴的滋味，街坊邻居整个街道都喜气洋洋。中状元啦，大家见面就这么祝贺。1977年的录取通知书跟1981年女儿王蓝蓝的录取通知书相比，多少有点区别。女婿这么说是有道理的。这个1977年入学的知识分子在大学里太出色了，出色到什么程度？校园里盛不下啦，传到社会上去啦，歌舞团的女演员都动心啦，演员她们要动起心来，良家妇女是没法比的，知识分子更受不了啦，英雄难过美人关嘛，知识分子跟英雄还是有点距离的，就更难招架了。

老丈人突然想起伊犁发生的类似的一件往事，"不是这样子嘛，好像那个大学生那个知识分子也追人家啦。""错！你绝对错啦！"女婿口气这么强硬是以前从来没有过的，女婿从来就不违背老丈人的意志，更多的时候是迁就，老丈人错了他就跟着瞎跑一阵，老丈人还笑过他："没必要瞎起哄嘛，我又不是皇帝。"女婿这么坚决，老丈人没有任何还手之力，女婿还要挺进一步，让老丈人彻底死心。女婿告诉老丈人："我有朋友在大学里头，好几个呢，都是这种说法。"就按这种说法，女演员跟大学生轰轰烈烈好了一把，大学生把婚都离了，妻离子散了，女演员戏也演够了，卸妆了，要演新戏了，知识分子大学生没戏了。女婿喝一口茶水，就是新疆劳动人民常喝的那种茯砖煮的中药似的廉价茶水，"演员啊，一辈子都在演戏，正常人啊，不管皇帝状元知识分子平民百姓，只有一出戏，戏完玩完。"女婿这么精辟，让老丈人刮目相看，精辟还在继续："多少皇帝为此丢了江山，不要说咱边疆这个没毕业的知识分了，可怜呐，那么优秀的高材生啊，本来要留校的，那么一折腾，只能去县城教中学喽。"女婿停顿了那么一会儿,让老丈人有时间体会主人公的悲惨命运。

女婿抽烟喝茶,等老丈人的反应,等了很久。老丈人说:"戏子靠不住,谁娶戏子做老婆呀,戏子离开他不是害他是他的造化呀。"老丈人说得慢条斯理,一点也不像劳动人民,一点也不像体力劳动者,跟知识分子一样又深刻又深沉。女婿摸不清老丈人的深浅,最好不接话,让老头自己说。老头就说:"他应该复婚呀,结发妻子嘛,还有儿子呢,自己的亲儿子呀。""好女人不可能没人要,刚离婚就拥上去一大群男人。""拥上去一大群男人?这是你说的话吗?""反正人家再婚了,带着儿子嫁过去了,丈夫待娘儿俩好得不得了。""你咋知道这么清楚?伊犁到处都是你的朋友?以前咋就没看出来呢?""我不是给你讲故事吗?一传十,十传百,都在伊犁,顺手一指,看见没有,那女人的前夫是个知识分子,戴眼镜,再一指,那个男人是她后夫,儿子是前夫的,跟养父放风筝,玩得那么开心,跟亲生儿子一样。""我咋碰不到呢?""你年纪大了嘛,又不乱逛。""你就逛出这些事情来?""很感动人的故事嘛,我又不是石头。"女婿一下子把老丈人给噎住了,女婿展展腰,口气还是很温和的:"你就不问问那个知识分子,那个单身汉?"老丈人闭目抽烟。女婿就放开胆子,但声音还是不高不低,听不出感情色彩:"虽然说离过婚,年龄呢三十出头,老三届大学生,知识分子,条件还是挺好的,娶个大姑娘是没问题。"老丈人还在闭目抽烟,看不出任何表情。女婿必须把话说完:"这是个勇敢的姑娘,真心实意跟他过日子。"

老丈人眼睛睁开了,烟也抽完了,"过日子可不容易啊。"老丈人站起来,理都不理女婿,到院子里进厕所解手去了,跟一匹马一样,哗哗哗那么响。吃饭的时候两个男人不说话,都是女人唧唧喳喳,孩子饿坏了,埋头吃饭,抓饭,有骨头,孩子啃了骨头,又丢给狗,狗一直跟在孩子后边。

回去的路上,老婆问丈夫:"你狗日的跟我爸吵架啦?带了个羊腿你就受不了啦。""聊天聊累了,你想到哪去了。"前脚进家门,老丈人后脚就进来了,两口子措手不及。女婿马上反应过来了,但也没想到老丈人这么直接,"那个陈辉跟好几个女人都有过瓜葛,靠得住吗?""再大的林子，烧过几次火，不就是木炭了吗？"老丈人还在犹豫，女婿又加了一句："那不是炉子里放的，是放在盆子里放在床上的，跟热水袋差不多，你老人家还不放心啊。"老丈人一跺脚，走了。

　　姐姐叫起来："蓝蓝的事情就这么定啦？"姐夫说："你没看见你妹子铁了心，不如顺了她。""不是你妹子疼不到你心里。"姐姐咬住衣角，样子很吓人，姐夫就不敢乱说，女人在这个时候特别危险，姐夫连气也不敢出，姐夫也有怕女人的时候，姐夫平时发脾气也看在啥时候。姐姐发一阵狠，慢慢泄气了："你说蓝蓝咋这么傻呀！"姐夫小心翼翼地说："我估计蓝蓝吃过亏。""你说啥呢？你说清楚一点。""那么多同学追她，追了那么久，总有马失前蹄的时候。"姐姐愣住了，不嚷嚷了，姐夫再加一句："那可都是初生牛犊都是儿马啊，生猛暴烈的愣头青二毛狗啊。"姐姐还在发呆，姐夫又加一句："我估计蓝蓝都烦这些二毛狗，纯粹一堆剥了皮的生肉，伤脾胃，没安全感。"姐姐带着哭腔说话了："蓝蓝又不是老太太，怎么找个老男人啊。""三十出头嘛，咋是老男人？""我还是咽不下这口气，找个同班同学，找个同龄人，少年夫妻，人生多完美。"

卷七

　　徐莉莉的美是被大家慢慢琢磨出来的。徐莉莉自己浑然不觉，男生给她的绰号她一年后才知道。她独来独往，消息极不灵通。传到她耳朵里的任何事情都属于历史。同班同学也是半学期以后才发现有一个叫徐莉莉的同学，新生报到没人注意这个来自乌苏的女生，班长点名只能听到一个很微弱的女孩的声音在人群后答："到！"有好多次，大家掉头寻找这个徐莉莉时，徐莉莉已经悄悄地挪到另一个位置，埋头翻看一本书，根本意识不到大家在干什么。

　　这种状态不可能延续很久。徐莉莉有几门课比较出色。中文系的课作业少，基本上是小文章，老师讲完一个作家、一部作品，就给学生布置一次作业，学生们戏称读后感。中学时经常写，大学的读后感规模要大一些。认真完成作业的人总是极少数，徐莉莉属于这极少数之一。但也不是最早被老师注意的，老师注意了好几个同学后才注意她的。上课就要请她回答问题，她的好几次作业已经给老师留下好印象了。她站起来的时候，老师跟同学都很吃惊，似乎才发现世界上还有这么一个人。如果记得不错的话，无论是老师还是学生也都惊了那么一下，就恢复正常了。站起来的这个女生可是太平常了，不知道是衣着太朴素还是本人相貌不太出众，绝不是让人眼睛一亮的女孩子。但又不是大家想象的那种胆怯羞涩的姑娘，她声音不高，却清晰自然大方，出乎大家的意料。也是在那一天，来自南疆和田的男生杜玉浦注意到了徐莉莉，给徐莉莉起了一个绰号:"羊脂玉"。

和田产羊脂玉,来自和田绿洲的杜玉浦给徐莉莉起这么一个绰号是有道理的。那时候大学生七个人住一个宿舍,同宿舍的人对杜玉浦的说法不以为然。杜玉浦也不示弱:"你们慢慢琢磨吧,美需要发现,懂不懂?"杜玉浦喜欢画画,穿着比较讲究。关键是杜玉浦发布头号新闻的第二天,文艺理论老师在课堂也讲到了如何发现美,在平凡中发现不平凡,在尘埃中淘出金子。"生活中不缺少美,缺少的是发现美的眼睛。"老师在黑板上写了安格尔这个法国大画家说的话。同宿舍的那几个同学掉头看杜玉浦,杜玉浦一脸得意的样子,眨眨眼睛,告诉大家这就是发现美的眼睛。接着这七个男生刷地一下,把目光投向徐莉莉。徐莉莉浑然不觉,认真听讲,认真做笔记,还低头偷看小说。老师讲课不吸引人的时候,学生的小动作就开始了,看小说的学生还是对老师比较尊重的,至少没有唧唧喳喳。老师使出吃奶的劲讲出水平,教室里就安静了,这个时间,徐莉莉也就把目光从抽屉的小说上移到讲台,老师不讲理论了,老师在分析《巴黎圣母院》,徐莉莉正看《巴黎圣母院》。老师分析的这一个片断徐莉莉刚读完,读后的感觉跟老师分析的差不多,徐莉莉露出会心的一笑。这一笑让那七个暗中注意她的男生全看到了。这七个坏小子互相看一眼,那种惊讶,因彼此的共鸣又在扩大。露出笑容的徐莉莉那么生动,眼睛那么亮,那正是早晨第一节课,从天山博格达峰而来的阳光覆盖了整个乌鲁木齐,也照进这座静静的教室,徐莉莉就在这早晨的清凉无比的阳光里露出会心的一笑,让七个偷看她的小男生无限向往与惊讶。

从那一刻起,徐莉莉出现在众人的目光里。刚开始是七个男生,很快蔓延到全班的男生,整个中文系都知道有个绰号叫"羊脂玉"的女生。客观地讲,徐莉莉不是那种白嫩水灵的姑娘,皮肤光滑带点棕色,慢慢看仔细看会看到她身上有一团亮光;远看在身上,近看在脸上,再近一点,你自己身上都亮堂堂的。杜玉浦所说的羊脂玉大概指的就是徐莉莉身上的光。徐莉莉属于那种耐看的姑娘。

随着"羊脂玉"这个叫法被越来越多的人所接受,有些不和谐的声音也就出现了,就有了戏谑的成分。人家以为徐莉莉不像传说中的那么震撼人心,人家就很容易在杜玉浦面前说刺耳的话,杜玉浦又没法争辩，审美是不能强迫的。人家听到"羊脂玉"，便先入为主地以为徐莉莉很白，徐莉莉不白，人家就挖苦杜玉浦。杜玉浦很难受。他无法让所有的人都喜欢徐莉莉。他这种心态还带一点小孩心理。杜玉浦难受了好长时间。随着时间的推移，他的心理发生了变化，他再也不跟大家谈论徐莉莉了。宿舍里面再也听不到他发布徐莉莉的最新消息。大家还有点不习惯，就问杜玉浦，杜玉浦躲躲闪闪，很不自然。年龄较大的那位说："还不明白啊，杜玉浦爱上徐莉莉啦。"杜玉浦没有反击，这等于默认。这个年龄比大家长几岁的家伙又说话了："原来呀玉浦希望欣赏徐莉莉的人越多越好，现在玉浦希望欣赏徐莉莉的人越少越好。"

徐莉莉从来不主动跟人结交。自从杜玉浦以羊脂玉称呼她以后，引来了许多热心的男生。大家发现这个女生读那么多书，都是世界名著，讲得头头是道，还带着感情，身上还有一股淡淡的幽香，那是少女特有的体香。绝不是一只书虫，跟她交谈过的男生都有这种印象。徐莉莉不是一个古板的人。她纯粹是喜欢读书。敏感的男生发现徐莉莉太痴迷了，徐莉莉不是跟同学跟大活人交谈，是书里的人物复活了，借尸还魂，这些敏感的男生吓坏了，又不敢乱叫，不能在女生跟前丢失男子汉的风度，再恐慌也得撑着，但已经很狼狈了。

失魂落魄的还有另一种情况，这个相貌平平的女生沉醉在文字世界里，那种情绪的感染给她平添了许多光彩，她原本的丽质被悄然唤醒，越发光彩照人。近在咫尺的是一个敏感的男生啊，这个男生又不傻，这个男生清楚地记得他们刚坐在一起时，还有点生分，徐莉莉还是一只丑小鸭，随着话题的深入，这个男生亲眼目睹了丑小鸭向白天鹅那奇妙无比的过渡。这个男生就有点激动，甚至冲动，贼心与贼胆比例严重失调，造成的后果就是呼吸变粗，心跳过快，极不自然，巨大的罪恶感基本上摧毁了这个大男孩。徐莉莉浑然不觉，还伸手摸一下水深火热中的大男孩，问他是不是病了。可以想象这个男生落荒而逃的狼狈相。徐莉莉丝毫体会不到男生的痛苦，并非她心肠硬，她陷入书中，与现实世界不搭边，当然无从理解男生的苦恼。

何况只是一部分男生，相当多的男生就很稳重，很大方，很随意，即使脸上有狡猾的坏笑，也能让人接受。这都是一些高年级男生，都是久经沙场的老战士，在中学阶段就早恋不断，伤过无数女孩的心，上大学就更加疯狂了,像科学家攻克科研项目一样,他们要见识一下这个被传说得神乎其神的神秘女生。这可真是个人物,侥幸遇到了挑战。有一段时间,他们中的个别人凭直觉几乎接近事情的真相:这个女生受过某种刺激,躲进文学世界舔伤口。这种书虫他们不是没有见过,这种女孩都是童话人物,太容易得手了,男人只需要扮演某种对路的角色,几乎是四两拨千斤,几乎不需要任何成本。用他们的话讲,一包瓜子都不用买就能解决问题。可你得背台词,得做秀,跟演一场电影差不多。这一套在徐莉莉身上没用,她不喜欢台词,更不喜欢戏剧性情节,她会不留情面地点破所有的花招,会怪声怪气地背出下一半台词,让人下不了台。在你略显尴尬时,又缩回小说里去了,仿佛跟小说里的人物对话,你也没尴尬到底,还有一点点小面子,也不至于恨这个小妖精。徐莉莉的人缘就不那么差,只能说这女孩有点怪,人嘛,还不错。仔细看,慢慢地看,徐莉莉还是很漂亮的。接近她,会一点一点感受到她的漂亮。

在杜玉浦眼里,那不是漂亮,那是一种美。杜玉浦已经不再造舆论,嚷嚷什么羊脂玉了,杜玉浦陷入沉思状态,更确切地说是失语状态。话很少,沉默是金。同宿舍的人挖苦他,说他把人家徐莉莉说成玉,自己无耻地变为金,用心险恶呀。杜玉浦不反击,依然沉默。

"羊脂玉"这个绰号后来传到徐莉莉的耳朵里。乌鲁木齐的冬天寒风呼啸,积雪都干成沙子了,都发黑了。去大教室上课的路上,人很少,杜玉浦看见路灯下边徐莉莉一边跺脚一边望着他,他心里一惊往身后看看,离他最近的人也有二三十米,都是些黑乎乎的影子,寒风在高空啸叫,地面静悄悄的气氛比较恐怖。路灯下的徐莉莉像个警察:"看什么看,找的就是你,你是不是杜玉浦?"杜玉浦很窝囊地点点头,气都不敢出,徐莉莉向前走两步:"你毛病不少啊,给人起外号。""我又没什么恶意。""你以为那是好意?我咋看不出来啊!""不好意思,让你生气了。""你应该早一点向我道歉。"他们的交谈就这么简短。那天晚上有一场学术报告,一位才华横溢的老教授讲托尔斯泰,最精彩的部分当然是讲《安娜·卡列尼娜》了。杜玉浦心情很恶劣。他设计过跟徐莉莉相识的种种方案,唯独没有寒风呼啸的夜晚。

杜玉浦瘦了一圈,跟机器一样,很机械地上课吃饭睡觉。宿舍里的老大就帮杜玉浦分析天下人势。老大到底是老大。老大是从民办教师考入大学的，见过一些世面，而且单刀相会，会了一次徐莉莉，老大就有底了。老大跟诸葛亮一样微微一笑，开导这个傻徒弟："玉浦啊，你目前的情况相当好啊。"老大喝一口水，玉浦的眼珠子动了动，老大继续说："你傻，你的心上人比你还傻。""她傻吗？"玉浦的声音很微弱，但毕竟有声音了，宿舍里一阵响动，大家纷纷伸长脖子看老大的本领，老大还真的妙手回春了，让杜玉浦说话了。杜玉浦说："她简直是个妖精。"老大嘿嘿笑："那也是个傻妖精，妖精可恶，傻妖精就可爱了。"杜玉浦闭上眼睛，又失望了。老大喝口水，一点也不着急："这个傻丫头眼睛里只有书没有人，没有人你明白吗？"杜玉浦睁开眼，嘴巴也开了："目中无人嘛。""目中有人你还有戏呀？"杜玉浦坐起来了，直勾勾看着老大，老大单刀直入，一句话解决问题："目中无人说明她是一张白纸，可以画最新最美的图画。"杜玉浦身体软和了，可以下床了，大家赶快让这个大傻瓜先喝点热水。

老大又说了几句话，属于加强巩固，但也很关键。老大是这么说的："你目前的形势相当好，不是一般的好。"杜玉浦瞪大眼睛望着老大，杜玉浦为伊消得人憔悴，脸上就剩下眼睛了，跟孩子似的望着老大，老大说什么他听什么。老大说得很诚恳："喜欢小说不可怕，可怕的是讲课的老师太优秀，就变成文学的替身，直接的后果就是师生恋。"大家都不吭声了，都竖起耳朵听老大深刻无比的分析："你们发现没有，给咱们上课的都是老头老太太。"大家面面相觑，继而恍然大悟。八十年代初，大学校园里的教学骨干基本上是落实政策后的老知识分子，要么就是经验不足的青年教师，中年老师极少，所谓师资断层。老大太偏颇，系上有几个青年教师，但水平太一般，吭吭巴巴能讲完一堂课就不错了，哪有风度去吸引女学生？老大语重心长地告诉大家："安全呀同学们。"杜玉浦脸上有了笑容。杜玉浦去刷牙洗脸刮胡子。我们可以想象这段时间杜玉浦过的啥日子。杜玉浦收拾一新，进门就嚷嚷饿，把大家吃剩的馒头全干掉了，脸色红润了，眼睛也亮了。

徐莉莉知道自己绰号那天起，就感觉到有一双眼睛盯着她。她质问了杜玉浦，那双眼睛就熄灭了。也仅仅半个月，那双眼睛又亮了。确切地说是大白天亮的。她不由自主地放慢了脚步，她还清楚地记得她心里涌起一股甜蜜的热流，她甚至想停下来，等待那双眼睛出现在她眼前。

她被这个可怕的念头吓坏了。她就加快步子，有点慌乱。等她坐在教室里，她已经平静了，她已经有了一个大胆的决定，只要那双眼睛一出现，她就横眉冷对。连她自己都奇怪自己的情绪会瞬息万变。遗憾的是她没有等到那双热辣辣的眼睛。整整两个小时，包括十分钟课间休息，那双眼睛都没有投向她。这个家伙在认真听课，暂时中断了对她的关注。她松一口气，这正是她所希望的。是她的愿望吗？她脑子里马上做出另一种反应，让她防不胜防。她一下子挺起腰杆，随着人流走出教学大楼，大片片的阳光跟雪片搅在一起，飞旋而下，扑在脸上头上身上，都是被太阳镶了金边的散发着清香的雪花啊。她长长吸一口气。她忍不住再吸一口，再吸一口，吸下去的全是雪花散发的清香，从苍穹深处，从天山之顶飘飘而来的雪花荡涤了她的脏腑，她身轻如燕，脚步又轻又快。她一点感觉都没有。她身边的同学受不了啦，大声问她："你这么高兴这么兴奋，有啥好事情啦？""我高兴吗？"她眼睛晶光闪闪，她还问人家，"我还会有好事？"她甚至得寸进尺，"我生气都来不及呢。"同学们都愤怒了："有你这么欺负人的吗？啊？"她那种虚假的愤怒一下子失去力量，她又不是傻瓜，她已察觉到那种莫名其妙的兴奋与喜悦，她搂着同学的肩膀，几句话把人家哄高兴，回宿舍去了。

　　她有点犯困，瞌睡上来了，窗户亮晃晃的，有人拉上窗帘，还是遮不住外面的亮光。那么亮。大雪天，太阳也不消停，阳光与雪色齐射，亮得一塌糊涂。瞌睡最终让亮光暗下去了。窗帘后边开始升起一双眼睛。不是火辣辣的眼睛，是一双清澈的眼睛。她不喜欢火辣辣的眼睛，她喜欢清澈的眼睛。她睡得那么熟，她还清楚地记得那双眼睛一直注视着她，跟湖水一样，接近天空的颜色了。她彻底放心了。她的睡眠更酣畅更浓烈了，都睡死了，还在睡，还响起一点轻微的呼噜声，不仔细听以为是呼吸，近乎小夜曲。全宿舍的人都睡不着了，都眼巴巴听她一个人那么悠闲地拉她的小夜曲。午睡，也睡不了什么正经觉，大家任凭她折腾。直到她睁开眼睛，笑眯眯地望望这个又看看那个，大家全都呵欠连天，她还问人家为什么不好好睡午觉。大家就说："我们集体欣赏你打呼噜。""造谣！造谣！我从来不打呼噜。"大家就说："不是大呼噜是小呼噜，跟说悄悄话一样。""我有那么坏吗？""你才知道呀，打呼噜就打呼噜，还偷着笑。"她摸摸脸，脸上的笑容还没褪干净。

下午基本上是自习，教室图书馆都可以自习。她先去教室，中途又去图书馆。她穿过校园的时候想明白了，她再也不躲避那双眼睛了。她迎着杜玉浦走过去，她还跟他打了招呼。她认出他了，他叫杜玉浦，他们一个班的，她朝他点点头。她看得清清楚楚，这双长久地注视过她的眼睛是很清澈的，跟梦中出现的一样。她怀疑她身后的火辣辣的眼睛是否真实，是不是她的错觉。

不是她的错觉，杜玉浦从开始就是一双火辣辣的眼睛，整整一年，看久了，沉淀了，就变清了。后来他们确定了关系，他如实相告，徐莉莉很吃惊："就死死地盯着我看，看了那么久？""你是一个耐看的丫头。"她声音很小："也不能那么看，都看傻了。"那时，她已经是一个记者了，她已经走遍天山南北了。她清楚地记得草原上的牧人总是长久地站在那里，望着远方，直到骑马的人从地平线上消失。有时候是等待，久久地望着远方地平线上的人从一个小黑点慢慢地晃动着，种子发芽一样长高长大，一下子出现在眼前……那时候她就想起杜玉浦在校园里那么长久地看她。

她从来就没有意识到自己是一个漂亮的姑娘。但她是一个自信的姑娘，她迎接了杜玉浦的目光，那目光如她所愿并不烫人。她就有了很大的空间。这个空间里没有其他人，杜玉浦也很少进入。我们可以想象那里面都是古今中外文学经典的主人公，再加上一些电影。徐莉莉让他们变成活人。我们可以想象他们约会时的情景。本来约会就很少，一切由徐莉莉定夺。徐莉莉只是把大地上的约会当作阅读生活的一种调剂。激情中的杜玉浦一点也意识不到他有那么多潜在的情敌，不是渥伦斯基，就是英沙诺夫，最糟糕的是被怀疑成包法利先生或者软弱的哈姆莱特。杜玉浦不知不觉地扮演了跟风车大战的唐吉诃德，他必须把人类几千年欢聚一堂的文学巨人形象一一击倒。有时候杜玉浦望着徐莉莉的小脑袋暗暗叫苦："他娘的，这小脑袋里装了多少妖魔鬼怪呀！"杜玉浦都绝望了。

常常他们拥抱亲吻到佳境时，徐莉莉一个激灵一下子清醒了，不知又是哪个文学形象从天而降，横插一杆，尘世里的庸常至极的杜玉浦根本就没有还手之力。又不敢点破，那会伤徐莉莉的自尊。徐莉莉也不会承认，甚至会反咬一口。有一次，杜玉浦脸色太好了，嘀咕一句："该死的渥伦斯基。"徐莉莉一下子反应过来了，而且是典型的女性式的本末倒置思维："你是跟我约会，我不是安娜，你不要否认，瞧你兴奋的小眼睛，瞧你满脸幸福的样子，心里还嘀嘀咕咕什么狗屁渥伦斯基，你不要辩解，你不要否认，你骂他该死其实是掩饰你对这个坏蛋的崇拜，他害死了安娜，他是个凶手！凶手！你明白吗！"徐莉莉声嘶力竭的样子把她自己都吓坏了，她脸发白手发抖，眼睛里的怒火如同岩浆喷射，就像一幅灵与肉激烈搏斗的油画，有一种罕见的美！杜玉浦惊呆了，任何语言都是多余的，杜玉浦默默地看着愤怒的徐莉莉，杜玉浦反而平静了，杜玉浦面前站着一个大义凛然的冰雪美人，正是这种罕见的愤怒之美震撼了杜玉浦，让杜玉浦领略了徐莉莉的另一面。

  杜玉浦过于陶醉于这种美了，内心的激荡与外表的沉静形成极大的反差，再次严重地误导了徐莉莉，徐莉莉的小脑袋贴近他的耳朵，糯米牙咬得咯咯响："怎么样？点到你的死穴了，击中你的要害了，揭穿你的狼子野心了，啊呸！无耻的臭男人！"徐莉莉一跺脚，扬长而去。那身影苗条、挺拔，就像寂静峡谷里的一匹小马。杜玉浦完全是一种欣赏的眼光，正是这种眼光让徐莉莉更加愤怒。愤怒得毫无道理，又妙不可言。相当长一段时间，杜玉浦都在回忆这惊心动魄的一幕，杜玉浦甚至忘记了自己挨骂的狼狈相，杜玉浦脑子里只剩下徐莉莉的一个个眼神，一个个表情，一个个手势，一个个侧影，还有黑亮茂密的长发，还有那鼻子、耳朵，这一切都形成了画面，更重要的是贯注了一股蓬勃的生气。

  他们不欢而散不到两小时，又在教室相见了。确切地说是杜玉浦那双侦探式的眼睛，在教室极为隐蔽的角落里一闪一闪。出现在教室门口的徐莉莉不但让杜玉浦吃惊，让所有的人都感到吃惊，他们看到了一个全新的徐莉莉，还是原来的衣着打扮，但是整个人变了，步态身影，脸上的表情，还有她挟带而来的气氛，让人刮目相看。已经大二了，大家都很熟悉了，大家把徐莉莉的变化理解为成长，长大了一岁嘛。更重要的是完全摆脱了中学生毛毛糙糙的样子，有了一种罕见的气质，连她拉开凳子放下书包坐下来的动作都那么优雅干练自信。连上课的老师都朝她看了好几次。她平静地迎着老师的目光，这种姿态让大家由衷地钦佩。再也不需要掉头看她了，所有的钦佩都在心里，剔除了一切外在的东西，完全是纯粹的心理活动。下课的时候，大家都能以平常心对待徐莉莉了。这正是徐莉莉所希望的。根本没有出现杜玉浦所担心的情况。杜玉浦很难想象刚刚吵过架、刚刚愤怒过的人能以如此形象出现在众人面前。

　　那是杜玉浦的初恋，杜玉浦没有跟异性交往的经验，在以后的好多年里，当杜玉浦回忆这段经历时，他也知道在当时，徐莉莉也是个懵懂少女，无论生气还是喜悦，毫无逻辑，毫无章法，一切都出自天然。让人沮丧让人心碎让人欲罢不能的初恋，在当时，在大学二年级快结束的那个冬天，杜玉浦百感交集。看到徐莉莉没事人似的，杜玉浦不敢放松警惕，再次犯傻。下午上课的时候，他从徐莉莉桌边经过，悄悄地递一张条子，上边写着："我喜欢安娜不喜欢渥伦斯基。"杜玉浦很快接到徐莉莉的条子，条子夹在书里，书夹在杜玉浦的腋窝里，杜玉浦一点感觉都没有，唯一的解释是他夹了好几本书，其中一本是精装本《死魂灵》，徐莉莉在途中与他擦肩而过的时候插进去的。他当时觉得后背一热，他本能地放慢脚步，那股热流从后背转到前胸，又从胸口飞走了，一阵晕眩。他清醒时，徐莉莉已经远远把他抛在后边，徐莉莉的鞋跟不高也不尖，不会发出那种咯噔咯噔女纳粹一样极为恐怖的声音，徐莉莉的鞋跟又轻又快，皮鞋在她脚上跟布鞋一样，水泥板路面跟沙地一样，徐莉莉走过去的声音是刷刷刷风过草地的声音，还有衣服的窸窣声，还有淡淡的清香。

　　乌鲁木齐的冬天寒冷而温暖。回到宿舍，他本能地查看那些书，果然有张纸条夹在精装本《死魂灵》里，上边写着："那是文学形象，不是现实，傻瓜！"杜玉浦不相信自己的眼睛，走到窗前，对着太阳看，没错，是徐莉莉写的，她的字越来越好看了。她的作业被老师评讲过，老师对她的字一点也不敢恭维，要不是内容优秀老师不会看如此潦草的字，而且是一个女孩子的字，老师善意地批评了徐莉莉。不出一个月徐莉莉的字就让老师折服了，用老师的话讲：这才叫形式与内容的完美统一。杜玉浦收到的纸条上，就是徐莉莉的一手好字。练一手好字是需要时间的，这种奇迹只能是精神巨变的结果。这也是杜玉浦好多年以后回忆起这一幕时做出的判断。当时可不是这样，当时的杜玉浦心里冷笑：她反而冷静了，我倒成了二百五。

俄罗斯文学时代就这样结束了。新疆与前苏联接壤,老师讲俄罗斯文学就特别投入。最投入的应该是徐莉莉,她是读书最多的学生,男生都难望其项背,女生就更不用说了,徐莉莉得到高分是理所当然的。徐莉莉用托尔斯泰欺负杜玉浦就显得理直气壮,又冷静得让人不可思议。

英国文学课开始了。杜玉浦开始蠢蠢欲动,一般情况下,喜欢苏俄文学的就不怎么喜欢欧美文学。完全两种味道。客观地讲,老师也不怎么用心。杜玉浦误以为他的灾难过去了。跟徐莉莉约会时徐莉莉搬出一套套的莎士比亚,一下子让他绝望了。"你对戏剧也有兴趣呀?""傻瓜,在欧洲戏剧比小说地位高多了,英国有莎士比亚,还有萧伯纳,还有现代戏剧。"

杜玉浦闭着眼睛咬紧牙关,准备迎接英国文学的集束炸弹。应该感谢伟大的英国文学,竟然没有类似于托尔斯泰那样的作品,也就谈不上安娜·卡列尼娜那样的文学形象了。简·奥斯汀也好,勃朗特三姐妹也好,都是与男主人公分庭抗礼并且屡屡获胜的妇女形象,男主人公又是那么绅士,很少有伤害女人的行为。杜玉浦逃过一劫。那段时间应该是他们最幸福的时光了。后来杜玉浦备受折磨的时候,回忆起这一段美好的时光,他就原谅徐莉莉,彻底地原谅了。

那可真是一段好时光啊。徐莉莉破天荒地主动约会,在他们的交往史上具有革命性的意义。杜玉浦这个大傻瓜,喜极而泣,整个宿舍都爆炸了。你还是新疆男人吗?啊!你还是儿子娃娃吗?啊!老大说:"卖狗子是和田人,和田出这号货,没办法。"杜玉浦平时爱卖弄和田玉,玉出昆仑,好像他就是玉,大家就认定都是玉把杜玉浦害成这个样子,玉好是好,玉太软,玉不硬气,玉没血性,第一次见人家徐莉莉就以羊脂玉相称,太没出息了。杜玉浦不理这帮鸟人,杜玉浦收拾一新,仿佛地球上就他一个人,他要去约会的地方是另一个星球,不是金星就是火星。

那次约会自始至终洋溢着祥和的气氛,徐莉莉不但给杜玉浦好脸色,还带来了乌苏产的油葵。徐莉莉读了《傲慢与偏见》,达西与伊丽莎白那种针尖对麦芒似的恋爱方式让徐莉莉大开眼界,好多年以后,杜玉浦重读这本小说的时候,甚至怀疑徐莉莉从中是否读出了欧洲古老的民主公平与平等意识。那次约会,徐莉莉只透一个信息: 她在读《傲慢与偏见》。一听这个书名杜玉浦就哆嗦。徐莉莉用手套打他一下："傻瓜，我不傲慢，也不偏见，你怕什么呀。"杜玉浦嘴上说不怕，心里就对奥斯汀有了偏见，就有了抵触情绪。他读了《简·爱》读了《呼啸山庄》，就是不读奥斯汀。好多年以后他备受折磨，奄奄一息，打开《傲慢与偏见》就再也没有放下，他后悔大学时没读这本书。从书的前言中了解到，奥斯汀有六部长篇，他已经没有时间读那五部长篇了。冬天，博格达峰不再那么冰冷，太阳都把博格达当鸟窝了。他回忆起大二快结束的那个温暖的冬天，徐莉莉说出《傲慢与偏见》时，他已经很满足了，他就丧失了继续追求的勇气，他完全可以敞开交谈，让徐莉莉把奥斯汀的所有小说都搬出来。他一点也没有意识到他失去了一生中最好的一次校正徐莉莉心态的机会。如此平和的约会太少了，杜玉浦太珍惜了，就不敢扩大战果。他们只让奥斯汀出现了一次就扯到其他事情上去了。

也不能说徐莉莉有多么懵懂，徐莉莉再厉害也是女人呀，徐莉莉也许有某种期待，在更广阔的畅读中更多地袒露自己。徐莉莉后来也在反思自己，也在回忆那次难得的约会，她那么开朗，这是很少见的，相比之下，杜玉浦倒有点拘谨。尽管杜玉浦显得很随意，嗑油葵比徐莉莉还利索，剩下的全带回宿舍，让那帮鸟人也享受一下他们心中的妖精徐莉莉带来的油葵。乌苏是个肥沃的地方，乌苏生产的小麦油葵闻名天山南北，大家再见到徐莉莉的时候就舒服多了，这丫头人不错嘛，平时太傲，不搭理人，杜玉浦能把这个制高点拿下来，也算立了大功。杜玉浦总算在宿舍里抬起头了。

那个冬天太值得回忆了。杜玉浦跟徐莉莉一起去碾子沟长途汽车站，徐莉莉回乌苏，杜玉浦回和田。去乌苏的车天黑就到。去和田就不那么容易了，得翻越天山，沿着沙漠的边跑几天几夜，中途住两三天，差不多一个星期后才能到达。

那个假期杜玉浦是在舅舅上班的工艺美术厂度过的。名义上是找份工作挣学费，真正的目的是接触昆仑山的玉，各种各样的玉，从原料到成品的玉，舅舅也乐意教他。没人知道他心里的秘密，会把玉跟一个丫头联系起来。舅舅也很奇怪，这个懵懵懂懂的外甥怎么一下子灵光起来了开窍了。杜玉浦的父亲是从团场转到地方工作的小职员，对现状很满足，最大的愿望是喝点酒，喝高了就呼呼大睡，也不闹人，整天睡不醒的样子，脏兮兮的。舅舅还记得杜玉浦第一次到工艺美术厂来玩的情景，小家伙五六岁，到舅舅的工作室惊呆了，不敢乱动了，舅舅不停地给他打气、鼓励，他才敢伸手摸一件正在加工的玉器，像摸到火一样，小家伙还哟了一声，把手指含在嘴里。舅舅放心了，小家伙不会损坏东西的。舅舅的两个儿子，在这里都闯过祸，挨过打，舅舅再也不带儿子来了。舅舅也有过把手艺传给外甥的想法，教了几年没有起色，用行家的话讲，没有慧根。但又爱在这里玩，给舅舅打下手，递个工具端个茶水手脚麻利，都不是正经事，舅舅就由着他去。他考上大学，舅舅就认定这小子是读书的料，大学生再来厂里，舅舅只当是对他的尊重，是礼节性的，人家不再是娃娃了嘛。

玻璃柜里还是那些摆设，有玉雕的观音，有奔月的嫦娥，有白菜等形状大大小小的玉佩。都是看过十遍八遍的东西。这回杜玉浦动心了，问舅舅能不能摸。舅舅打开柜子，舅舅就吃惊。这个傻小子再也不傻了，五六十件玉器摸了一遍，摸出最好的一件，就是那个嫦娥奔月。舅舅心里一咯噔，这小子有心上人啦，心里的那双眼睛开了，有灵气了，整个人就变了。舅舅头发都白了，舅舅有过极为浪漫的经历，不在这个故事之内就不多说了，但舅舅绝对知道男人的心让女人打开是怎么回事。舅舅凭着他一生的阅历，让外甥再摸摸玉佩，这个傻小子又不开窍了，对玉佩不感兴趣，瞧他摸玉佩的样子。话又说回来了，能对每件玉器做出鉴定那是大师，就不是芸芸众生了。大学生外甥也不例外。外甥脖子正戴着舅舅送的玉佩，是外甥考上大学时舅舅送的。舅舅有意识地推荐上品玉佩给外甥，外甥还在摸嫦娥奔月，对舅舅的举动没反应。舅舅又不能点破，舅舅咳嗽了两下，这个傻小子望舅舅一眼，还是对嫦娥奔月爱不释手。舅舅急了，"傻小子，嫦娥是要上天的，嫦娥是要离开丈夫的，后羿那么优秀的丈夫她都要离开，你能守得住吗？"

此时此刻，徐莉莉正在天山北麓的小城乌苏家里帮妈妈包饺子，要包好多饺子，冻起来，吃好几个月。徐莉莉忍不住打了好几个喷嚏，她妈就说有人念叨她。在遥远的和田绿洲，在昆仑山下，杜玉浦把她想象成奔月的嫦娥，舅舅很有策略地告诉他："玉佩是戴在身上的，嫦娥奔月只能当摆设。"杜玉浦接过玉佩摸了摸："玉佩戴着方便，嫦娥奔月不方便，可两件玉器的感觉是不一样的。"杜玉浦放下玉佩举着双手："嫦娥奔月就在手上，摸一遍就可以了，买都不用买，它的灵气在我手上了，我很满足了。"杜玉浦这个举动太意外了，也太叫人吃惊了。舅舅在昆仑山上见过许多民间高人，他们采下玉，交出去的时候就很坦然地告诉购玉的人："玉的灵气留在手上啦，知足啦。"购玉的生意人不明白，这是忍痛割爱。

　　杜玉浦必须提前一个礼拜上路，他很看重这种巧合。一个从和田走，另一个从乌苏走，同时出现在乌鲁木齐碾子沟长途汽车站可不是一件容易的事。他一路沉默寡言，旅客大多是维吾尔人，歌声不断笑声不断。他也不像别的汉族人，车子一动就埋头大睡，他在想心思。在维吾尔人看来，不睡觉就唱歌。他无法融入别人的快乐，他也对别人的悲伤无动于衷。一个中年汉子在唱十二木卡姆里的最让人伤心落泪的曲子，后来杜玉浦回忆这一幕时还清楚地记得那个中年汉子唱的是"巴亚宛木卡姆"，是专门在戈壁滩上唱的。从和田到乌鲁木齐要穿越辽阔的戈壁沙漠，现在有汽车，过去靠骆驼，甚至靠一双脚，为了排遣寂寞和孤独就大声喊叫成为歌曲。据说最原始的木卡姆没有配乐，纯粹是喊唱。这个汉子怀抱艾捷克，却不用乐器，用纯粹的嗓音喊唱，杜玉浦还记得那歌词。

　　　　你像那白玉般的苹果枝，答应吧，白玉般的少女。
　　　　啊，我的美人，我的心肝。
　　　　我心中的忧和愁，你可知道，白玉般的少女。
　　　　啊，我的美人，我的心肝。

　　歌手在喊出歌词之前用肺腑之音笼罩整个天地，完全是喊声，一腔悲声从天而降，车子外边，茫茫戈壁上的石头都裂开了，闪电一样的裂痕直贯大漠，每一粒沙子都在颤动。那声音深沉、忧伤、悲痛、宽广、雄壮……杜玉浦眼泪都下来了，再也没有人打扰他了，他自己也意识不到泪水一直流到下巴，都干了，也不擦一下。他的泪赢得了大家的尊重，用当地人的话讲，男人的泪来自歌声，绝不来自恐惧。一路上他很少睡觉，即使睡也是迷迷糊糊的。中途休息吃饭，都很被动，都要别人叫他才动口,到了终点站,大家呼啸而下,他也是司机叫下来的。拎着包懵懵懂懂,站了很久,直到一辆车在他跟前用大喇叭大叫,他才知道让路,他才看见那辆愤怒的车子有乌苏到乌市的牌子,司机怎么骂他都不在乎,他看见徐莉莉向他招手。他的手脚就从麻木中活过来了,人一下子利索了。徐莉莉站在他跟前了。

"你傻呀?不怕冻死你呀?干吗等我?学校见不行吗?"徐莉莉嘴上抱怨,却紧紧地抓着杜玉浦的手,那是刚从手套里抽出来的热乎乎的姑娘的手。"你这个傻瓜咋不戴手套呀,你的手跟冰棍一样。"徐莉莉的热手粘在他的手上了。如果记得不错的话,那是他们第一次亲密接触。他能把这个高傲的小妖精约出来就不错了,他的宏伟蓝图里摸手还相当遥远。幸福突如其来,而且是人家主动,又是抓又是嚷又是跳,在乱哄哄的车站,在众目睽睽之下,这一幕就永远定格在杜玉浦的脑子里了。

杜玉浦清楚地记得他的手在徐莉莉的反复抓摸下热起来,他的手就不老实了,开始有反应了,开始主动进攻了。当时在车站,在人群当中,所有的不老实只能局限在手上。两双手抓摸到最后基本是杜玉浦在使劲。松开得很自然,过来一辆三轮车,大声嚷嚷,蹬三轮车的小伙子满脸歉意,这就让人很舒服,手松开的时候,杜玉浦脑子里冒出在和田玉雕厂ठ舅舅说过的话,她的灵气在我手上了,我很满足了。他的手就成了和田玉与徐莉莉重合的地方。

春天就这样到了。乌鲁木齐的春天,确切地说中亚腹地的春天,总是旋风一般旋起旋伏,眨眼即逝。今年的春天不一样,一下子被拉长了。后来杜玉浦回忆这个难忘的春天,如此漫长,如此刻骨铭心,最大的原因还是冬天,那股暖流在冬天就开始了,在和田老家过寒假的时候就开始了,再遥远一点,寒假的第一天,在乌鲁木齐碾子沟长途汽车站坐上长途汽车,他们互相招手致意的时候就开始了。那个寒冷的早晨,两个年轻人扒下手套,紧握着寒风,伸到车窗外边,招来广大乘客愤怒的责骂,攥在手心里的寒气全都化掉了,跟攥着电线一样麻丝丝的,跟攥着刀刃一样血把锋刃化开了,火烧火燎。在遥远的和田绿洲上,男娃娃打群架拼刀子最勇敢的举动就是冲上去,攥住对方的刀刃,让对方发抖,缩回去,血融化了刀子……跟许多男娃娃一样,杜玉浦上初中的时候就经过这种锤炼了。这些记忆全都在那个冬天的早晨,被寒风唤醒了。

那正是乌鲁木齐短暂的春天，乌鲁木齐是一座大城，是蒙古人心目中优美的金牧场，强大的青春活力激荡着这个大三的小伙子。他是小伙子了，他心里装着一个美丽的姑娘，他就有一万条理由凿通时间的隧道，把古老传说中的金牧场与他心仪的姑娘融合在一起，徐莉莉的形象压倒乌鲁木齐，更要命的是在心理时间上把整个春天拉长了。

杜玉浦挤上1路公共汽车直到终点站，与一位姑娘同行，还替她拎一个包，还不停地用胳膊用背用腿隔开拥来拥去的乘客，包括那些趁机想占便宜的混混子。徐莉莉没有座位，但很安全，处于杜玉浦严密的保护之下，嘴角和眼睛里有一种说不出的得意。她一直望着窗户，车窗外层结了冰，什么也看不见，只透着稀薄的亮光，在拥挤中隔出这么一小块安静的地方，让人感到温暖。车速相当慢，乌鲁木齐三面环山，坡多且长，车子不停地颠晃，有好几次，他们的身体碰在一起，徐莉莉笑着望他一眼。他就站在徐莉莉的侧面，徐莉莉的耳朵离他的脸不到一指宽，耳朵那么薄，又红又亮，车子再次晃动，徐莉莉的头发就扫在他脸上。车子又晃一下，徐莉莉侧一下身子，后脑勺对着他，确切地说，还包括浓密的黑发所簇拥的后脑勺下边白净的脖颈。这么美好的生命近在咫尺，杜玉浦不敢相信这是真的，他的眼睛睁大眯细好几次，杜玉浦只有一个念头，她千万不要转过脸来，就保持目前这种状态。从脖颈到后脑勺，从肉体的光芒到浓密而芳香的头发，这就够了，已经很美妙了，不能再多了。徐莉莉问他春节过得怎么样。他清清嗓子、咳嗽一下，告诉徐莉莉他过得很好。徐莉莉说："你是个热爱家的人。""说不上。""你明明说过得好嘛，说明还是家乡好。""你不热爱家乡吗？""我不喜欢乌苏，我喜欢乌鲁木齐，我一定要留在乌鲁木齐。"就这样到了学校，在宿舍楼前分手的时候，徐莉莉说："你应该目光放远一点，和田就那么好吗？能好过乌鲁木齐吗？"

从那一刻起乌鲁木齐就不是一座城市了，徐莉莉把这一切都改变了。徐莉莉似乎在暗示杜玉浦，都大三了，应该考虑前途考虑毕业的去向，确切地说应该把乌鲁木齐作为首要的选择。选择乌鲁木齐就是选择徐莉莉。这种简单的换算关系转动一下脑子就有了答案。还有更大的信息，就是徐莉莉给他说的是体己话。徐莉莉说这话的时候跟前有其他同学，人家就变了眼光，等于他们的关系公开了。下次约会的时间地点都定好了。

回宿舍，躺床上，徐莉莉脸上还热乎着，心里突然感到一种莫名其妙的委屈。她自己都感到吃惊。她捂住脸，泪就下来了，好像手抓破的，手指是湿的。她的脑子慢慢清楚了。假期老同学相遇，说到马燕红，马燕红真的出事了，不上学了，去了什么地方都不知道。让徐莉莉痛苦不堪的是马燕红被强奸这个事实。那天晚上她们就在一起，也是最后分手的。灾难落在马燕红头上，她却躲过去了。当时只是一种猜测，只是一种不祥的预感。这下都证实了。整个假期她都在家里待着，连亲戚都不走，借口学习紧，在房子里看书。她带了许多书，她暂时忘了马燕红的不幸。接着是春节，家里比往常热闹，自从她考上大学，父母把春节当作大事来办。她以为她彻底地忘了马燕红。那个阴影忽隐忽现，忽大忽小，现在大起来了，也就更清晰了，已经不是委屈了，演化成一种刻骨铭心的屈辱。不迟不早这个时候让她有了这种可怕的感觉，她忽然举起手，她怀疑是手惹的祸，她清楚地记得在碾子沟车站她的手主动地抓住了杜玉浦的手，这个坏小子才有胆量得寸进尺，肆意妄为。

可以肯定的是下次约会被无情地推迟了，杜玉浦一脸茫然。杜玉浦再次发出信号，遭到拒绝。每个礼拜都有信号，也都有相应的拒绝。如是者三。已经到五月份了，春暖花开万木苏醒，天气真正的变暖了，杜玉浦的脸上不再是一片茫然，杜玉浦有了痛苦。这种苦恼与春天一点也不协调，而且显得格外醒目。

约会不能无限期推迟，杜玉浦继续发出信号。徐莉莉竟然答应了。杜玉浦感到意外，每个礼拜的约会信号已经成为一种惯性，一种无望的期待，不一定非有结果不可，用同宿舍人的话讲，杜玉浦已经进入柏拉图式的恋爱阶段了，形而上了。这种情况下他去约会，恐慌大于喜悦，更不敢轻举妄动，他只朝徐莉莉的小手瞟了一眼，以前的成果化为乌有，不知何时能收复失地。最好别动，不要惹这个姑奶奶。杜玉浦很老实。

徐莉莉问他："最近忙什么呢？""上课、吃饭、睡觉。""你还很幽默，生我气啦。""我做错什么啦？""你没有错，你真有错我还能理你吗？"徐莉莉瞟他的手，手很老实，徐莉莉的目光轻轻一扫，好像溅了开水，那双手就抄进袖子里了。"你冷吗？""不冷呀，春天了，谁冷谁就是神经病。"徐莉莉的眼睛不朝他手上看了，他的手就出来了，攥住头顶轻轻晃动的树枝，刚长出嫩叶的树枝汁液饱满肤色发青，杜玉浦脸上有了生气。徐莉莉从包里取出一本书，陀思妥耶夫斯基的《被侮辱与被损害的》。

"我竟然忽略了这么伟大的一位俄罗斯作家。"老师已经讲到美国文学，讲到马克·吐温，徐莉莉又杀一个回马枪，回到俄罗斯捡起高度变态的陀思妥耶夫斯基。杜玉浦看过《罪与罚》，杜玉浦就嘀咕："我犯了什么罪，要受这种惩罚。""你嘀咕啥呢？""我说这是一部伟大的书。""才知道啊，好好读吧。"

杜玉浦已经相当聪明了，他马上意识到这本书里隐藏着徐莉莉某种秘密。《被侮辱和被损害的》就这样成为一种密码书。杜玉浦边看边做笔记，还写下大量的感悟。下次约会，杜玉浦不等徐莉莉说话，抢先拿出陀思妥耶夫斯基的《穷人》，也不等徐莉莉做出反应，杜玉浦就滔滔不绝地讲起《穷人》，人到中年的单身汉马卡尔·杰武什金在单位是个受气包，一生最大的希望就是呵护困境中的少女瓦尔瓦拉·阿历克赛耶芙娜，她是马卡尔·杰武什金的精神支柱，最后被仪表堂堂年轻富有的贝科雷夫娶走了，到草原上去了。徐莉莉正想发作，又觉不妥，杜玉浦又没说自己是那个可怜的小老头马卡尔·杰武什金，可又明明暗示了什么，徐莉莉就叫起来了："你这个坏小子变得这么狡猾。""那你希望我变成傻瓜呀。""你承认你是个老狐狸我可得小心一点。"这是杜玉浦唯一一次占上风。

他那微弱的优势很快就化为乌有。徐莉莉不放过《穷人》中的任何一个可疑之处，少女瓦尔瓦拉·阿历克赛耶芙娜最终离开关心她爱护她的马卡尔·杰武什金，嫁给了贝科雷夫，这等于暗示徐莉莉，杜玉浦会离开她。徐莉莉的忧伤一下子超过杜玉浦。杜玉浦当天早晨就看出来了，前来上课的徐莉莉一夜未眠，神情恍惚，两眼呆滞，别人跟她说话也答非所问，杜玉浦相信徐莉莉有过不幸的经历。杜玉浦同时也知道他在徐莉莉的伤口上撒了一把盐还使劲搓了搓。杜玉浦越想越邪乎。古典文论课讲《文心雕龙》的神思，老师不知有意还是无意，手指杜玉浦：

"这就是神思，这就是形在江海之上，心存魏阙之下。"老师还在黑板上写出白话翻译："身在天涯，心在朝廷。"大家都窃笑。下课就有人叫徐莉莉朝廷。徐莉莉就当着同学面给杜玉浦一个很大的难堪，杜玉浦就用一句我不跟你计较对付过去了。当时常见的男女兵法应该是我不跟你玩了，杜玉浦巧妙地借用了这个句式。但已经超出大家的想象了，也超出正常的承受能力。有几个女生替杜玉浦鸣不平，责怪徐莉莉："你不要这样考验杜玉浦，你这一手也太绝了，把一个人的耐心压到极限。你的自由度可就大了，天高任鸟飞，海阔任鱼跃。"这是公开的说法，私下里女生们议论：真是小看徐莉莉了，她肯定谈过七八次恋爱，那么有经验。

更要命的是杜玉浦请徐莉莉看电影《苔丝》，这是徐莉莉最阳光的一次。小手又回到他手里，而且趁热打铁亲了徐莉莉，不是嘴唇是后颈窝，从后面抱住，徐莉莉就不动了，都僵硬了，但也不反抗，杜玉浦不知道哪来的胆量，也可能是徐莉莉浓发下的后颈窝太白了，又白又亮，电影院黑乎乎的，银幕的幽光一闪，那颈窝里的白鱼就跃出水面，他都晕了。那双手总让他想到和田的玉，应该说手是玉的矿苗，美好的一切刚刚开始，美好的生活、青春、生命刚刚开始。电影演到苔丝姑娘受辱，杜玉浦都绝望了，杜玉浦没读过哈代的原著，大家议论最近来了一部好电影，他就买了票。他没想到陀思妥耶夫斯基那些"被侮辱与被损害的"少女们又出现在英国人哈代笔下，让波兰斯基搬上了银幕，更形象更生动。这回他给徐莉莉的伤口撒的不是盐，是用手直接撕开了伤口。杜玉浦都傻了，电影结束了，大家纷纷离开，徐莉莉抓住杜玉浦的胳膊摇半天，杜玉浦才有了反应。

"这么投入这么认真，都看傻了。"徐莉莉脸上有一种说不出的满足与喜悦。杜玉浦心里说：女人太不可思议了，女人太不好琢磨了，简直是个妖精，是个魔鬼。这个可爱的妖精在黑暗中用脸蛋贴他的肩膀，他为之一振，没等他反应过来，已经走到路灯下边了，那美妙的身子闪开了。经过悲剧洗礼的女人如此美妙。"你怎么这样看我？""我不知道该怎么恭维你。""我知道你想说什么，算你聪明，赞美的话装在心里，这才是最大的赞美。"徐莉莉更加神秘，杜玉浦猜不出徐莉莉受过什么样的伤害，竟然能增加她的光彩？她完全是个姑娘，甚至没完全发育好，还有点瘦弱，甚至有点娇惯，跟林子里的小白杨树小白桦树没有什么两样，不可能有如此庞杂邪恶的力量摧毁过她。徐莉莉生活在乌苏县城，父亲还是个不大不小的干部，有哥哥姐姐，她是家中老小，备受呵护。

大三第二学期，也是大学生活最疲惫不堪的阶段，杜玉浦都绝望了。有一段时间他甚至产生分手的念头，他甚至怀疑他要跟这个妖精生活在一起能否活下去。他吓出一身冷汗。宿舍里的人就说："这就是男人的德性，追女人追到最后，兄弟不认了，同学不认了，最后亲人也不认了，自己都不认自己了，这才是纯粹的爱情，你小子遇到高人啦，用你们和田人的说法，挖到玉啦，还得雕出来，好玉还得巧手雕啊，不是你雕她，就是她雕你，坚持呀兄弟，坚持就是胜利！"

再次见到徐莉莉，徐莉莉比他好不了多少，黑了，瘦了，让杜玉浦感动的是徐莉莉的瘦脸上有了笑容，小手还在他脸上摸一下。他们坐在石凳子上，有点凉就垫上书，一本是《红与黑》，一本是《飘》（下卷）。杜玉浦还清楚地记得徐莉莉把这两本书摆上石凳时，笑着望他一眼，那意思是说你自己选择吧。杜玉浦不喜欢白瑞德身上的江湖气，就一屁股坐在《飘》（下卷）上，徐莉莉坐在《红与黑》上，杜玉浦还记得徐莉莉这样评价于连·索黑尔："我喜欢于连的野心勃勃，更喜欢他的优雅风度，包括他苍白的脸色，一个木匠的儿子竟然能用拉丁语背诵《圣经》中的任何一个片断。"那正是乌鲁木齐的深秋季节，树叶一片金黄，在头顶哗哗喧响，有些树叶已经落下来了，在路面上翻滚，像一只只狡兔，飞翔在空中的树叶理所当然地有了鸟儿的风采，中亚腹地的天空飞翔的都是大鸟，都是鹰和天鹅。

杜玉浦还记得徐莉莉问他："你看什么呢？目光那么遥远？"杜玉浦的目光并非遥不可及，在中亚腹地，在山城乌鲁木齐，再遥远的目光也无法越过博格达峰，海拔五千多米，积雪常年不化，有巨大的冰川，乌鲁木齐河就发源于冰川。杜玉浦还记得自从摸了徐莉莉的手以后，他每年春天就要摸一下乌鲁木齐河的冰水，那水即使夏天也让人骨头发抖。杜玉浦就告诉徐莉莉：我看到了神灵。"博格达"在蒙古语里就是神灵的意思。杜玉浦没想到徐莉莉笑了，"这么悲壮？跟革命先烈一样，见到神灵应该虔诚。"徐莉莉刮一下他的鼻子，"那么深情地望着天山，你的神灵一定是骏马，是雄鹰，是白天鹅，别再摇头啦，巴音布鲁克草原上有天鹅湖，你还挺浪漫的，本丫头努力向天鹅看齐。"

徐莉莉就这么没心没肺地谈论他的神灵，她甚至抬出一头牛，刚开始杜玉浦以为这个小妖精在戏弄自己，听着听着，还真像回事。在徐莉莉的叙述里，真有这么一头神牛，居住在地球的心脏里，用神力支撑大地。

"这是一头公牛。"徐莉莉特意强调一下牛的性别，徐莉莉还要强调造物主是女的，不是男的，女造物主心肠好，地球形成的时候混杂了太多的灰尘，有沉沦的危险，女造物主就命令公牛用神力支撑大地。"真是一头不错的公牛，心肠比女造物主还要好，大地上的众生就利用它的好心肠把它请到地面上来了，代价是失去睾丸。"徐莉莉说睾丸时满脸通红，声音发颤，不仅是害羞，还有恐惧，还有愤怒，还有更隐秘的厌恶。这是蒙古族的神话故事，人人皆知，可在徐莉莉的叙述中有了更多的含义，杜玉浦还记得他当时的狼狈相，他的睾丸抽了两下，跟兔子一样跑掉了。那正是乌鲁木齐的深秋季节，博格达峰的雪冠闪闪发亮，树叶在空中如雄鹰一般飞翔，而地面的树叶个个像狡兔，有那么一只蹿到这一对少男少女的脚下，又蹿出去了，无踪无影了，杜玉浦就怀疑他的睾丸混在树叶中跑掉了，他两腿间空荡荡的，他都不敢抬头了。

幸好徐莉莉沉浸在对公牛的叙述里，杜玉浦的脸剥了皮一样红得可怕，徐莉莉已经讲到公牛在大地上的种种善举，徐莉莉已经把公牛描述成佛了。蒙古人信佛，蒙古人神话里的公牛理所当然有佛性，甚至在佛出现以前就先验地有了原始佛性。"牛比佛更古老，更有善意。"徐莉莉自己都不知道自己的声音了，那么轻，简直在自言自语，"比人类还要古老，地球还是尘埃的时候就有了，地球还是小土丘的时候就有了。没有伤害，一切都是柔软的，连造物主都是柔软的。"

徐莉莉就这样讲到孔子周游列国在牛身上悟道的传说。暑假搞社会调查，杜玉浦在和田绿洲沉醉于羊脂玉，徐莉莉在乌苏县北边古尔班通古特沙漠腹地的小村庄里听到当地农民讲述的关于孔子悟道的故事。

"不是跟老子学的，是跟给他驾车的牛，天长日久，孔子感应到牛身上非凡的力量，孔子感应到大地有一颗巨大的心，孔子感应到大地形成之前有多么微弱。比空气还要轻的尘埃，尘埃形成的小土丘就是大地最后的模样，孔子就是一个老头跟一个少女在旷野的土丘上创造的奇迹，跟耶稣诞生在马槽没什么区别，神灵出现的地方都是简陋的。"在秋天的阳光下，徐莉莉已经接近观音菩萨了，徐莉莉已经接近神话传说里的女娲了，她用那样的口气谈论孔子和耶稣，"谁也不能怀疑他们的善行和仁爱之心。"

几天后，徐莉莉搜集整理的民间传说在《新疆日报》副刊上发表了。文笔带有女性的哀愁与忧伤，简直是一首哀歌，在新疆近几十年的民间文化搜集整理过程中还是破天荒的第一例。学校广播了这个重要新闻，系上也很重视，老师们用这个例子教育新生：要好好读书呀，多读好书，就能写出好文章。徐莉莉走在校园里多少有点明星的意思了。当大家知道还有一个叫杜玉浦的男生好几年前，确切地说大一入校那天就发现了徐莉莉，就用老家和田的羊脂玉来形容徐莉莉了，大家就钦佩人家杜玉浦的目光那么遥远、那么深邃。

同宿舍的几位男生，跟女朋友合了分，分了合，比《三国演义》还要热闹。不管热闹的还是不热闹的，都花费不少，他们就很庸俗地理解杜玉浦。他们给杜玉浦算了一笔账，"你这小子，从大一开始追求徐莉莉，追到大二才有动静，基本上没花一分钱，追到以后呢，也不带人家逛街，顶多逛个红山、鲤鱼山、水磨沟、动物园，一半门票还是人家买的。看电影也是你买票人家买饮料，饮料比电影票还要贵。下馆子就吃凉皮子，最贵的也是个炒面拌面，一年也去不了几回。校园里约会嘛，都是人家带的油葵花生米，你小子就带两张垫屁股的报纸，我们盯着呢，你们在校园里活动最多。这么算下来，你小子基本上没花钱呀。这个傻丫头就一个心眼，读小说，你这狗东西呢，就投其所好，帮人家还书借书，好多书你不看让人家看。看的是学校图书馆的书，又不是你的书。"杜玉浦给徐莉莉送过书，大概三四本吧，徐莉莉坚决反对，他就不送了。用徐莉莉的话说："我就是一头牛，也把图书馆的书吃不完。"面对同宿舍人的攻击，杜玉浦用一句话就对付过去了："徐莉莉不是个俗人。"

大家就想起徐莉莉发表在《新疆日报》上的文章，让孔子开窍的不是老子是牛。大家就嚷嚷杜玉浦的父母原来在团场放牛，杜玉浦是牛背上长大的。杜玉浦上小学的时候他们家就离开团场了，记得有一年去团场亲戚家，看见苹果园他都很好奇，亲手摘了一个苹果，果子上有一层果霜，亲戚家的孩子比他有见识，告诉他不要擦，这是果霜，是甜的。他在荒野上见过牛，见过羊，见过马，见过骆驼，和田又不是大都市，很偏远的小城嘛，和田街道上都能见到牛马羊驼。随大家怎么说，杜玉浦都认了。杜玉浦甚至做好打算，你们说牛是我祖宗我也不反对，牛又不是恶物，牛吃的是草挤的是奶，鲁迅先生都要做牛呢。他不屑于跟大家计较，大家都感觉到了。

"杜玉浦成圣人了，我们不喜欢圣人，你当了圣人，我们就不理你了。"杜玉浦不知是计，满口答应，大家又杀个回马枪："杜玉浦，我们不让你当圣人是爱护你，保护你。你当圣人徐莉莉咋办呀，总不能让徐莉莉当尼姑吧？""男人不能当圣人，要当就当西门庆。""贾宝玉，当贾宝玉。""贾宝玉比圣人还可恶，林妹妹、宝姐姐都让这狗日的给耽误了，你还想在徐莉莉以外再连累上一个美女？你这不是祸害人嘛。"大家嚷嚷半天，一致同意让杜玉浦做圣人的卵子。"卵子，可是雄性的象征，玉浦啊，你可不要嫌卵子不好听，不好听可管用呢，顶着个圣人名头不实惠，你得让人家徐莉莉幸福。没有卵子就没有世俗生活。《红楼梦》对世俗生活是否定的，这是个危险的苗头，你要注意呢，贾宝玉卵子太小，西门庆卵子太大，咱们中庸一下，就是圣人的卵子。"大家一定要杜玉浦点头，杜玉浦就点了头。

快毕业了，古典文学也讲到《红楼梦》了。漫长的中国古典文学，从大一《诗经》、屈原开始，到大四曹雪芹的《红楼梦》结束。沉迷于外国文学的徐莉莉，与其说是课程安排到了《红楼梦》，不如说她的阅读兴趣到了《红楼梦》。杜玉浦就去书店选了一套人民文学出版社的《红楼梦》，签上名，还抄了李商隐两句诗，"青鸟不传云外信，丁香空结雨中愁"，送给徐莉莉。正中徐莉莉下怀。

杜玉浦另借一套《红楼梦》细心研读。这关系他一生的幸福，毛主席说过《红楼梦》至少得读五遍，他打算离校前读完第四遍。他真读进去了，他也明白了林黛玉要的是爱情，薛宝钗要的是婚姻。他跟徐莉莉的未来生活是林黛玉式的还是薛宝钗式的？不能问徐莉莉，女人的话不可信又不能不信，杜玉浦对女人已经有了相当的了解，这也是需要他反复研读的地方。他苦读的这段时间，毕业分配方案改了又改。几乎所有的人都在为毕业分配而奔走，不惜使用阴谋手段甚至陷害他人。徐莉莉和杜玉浦反而被大家给遗忘了，他们不再见面，可谓心有灵犀，怀抱《红楼梦》不知有秦汉，不知今夕何夕，甚至不知在反反复复的分配方案中，他俩已经在天山南北的大小城镇游走数遍。各种力量角逐到最后，徐莉莉去了自治区一家报社，杜玉浦去了自治区一家文化单位，反正都在乌鲁木齐，人人向往的地方。

杜玉浦没有大家想象的那么高兴，他还陷在林黛玉与薛宝钗的迷宫里，整个人迷瞪瞪的，就有人嘀咕，弄不好他一辈子就这样了。这也是随便说说，谁也没有在意，说了就完了。但这句话跟咒语一样，概括了杜玉浦的一生。

大概是十年以后，大家在社会上站稳当了，可以聚会了，见到了杜玉浦与徐莉莉两口子，大家都惊呆了，他们两口子出现的时候，大家都静下来了，正在热烈交谈的人都把舌头空在唇齿间无法缩回。杜玉浦与徐莉莉，当年大学校园里一道美不胜收的景致，仅仅过了十年，徐莉莉还是那么年轻那么光彩照人，杜玉浦一下变老了，有了白头发，额头荒凉，脸色枯黄，只有那双眼睛，炭火一样火辣辣地亮。大家都有了一些阅历，有了一些沧桑，所有的沧桑加起来也顶不过杜玉浦一个，大家都傻了，都惊呆了，那种不约而同的表情当然逃不过徐莉莉的眼睛。当杜玉浦与同班同学甚至同宿舍同学站在一起时，徐莉莉一下子明白了大家那种惊讶是什么意思，她的心就沉下去了。

有一天，电话响起来了。如果记得不错的话，是在他们同学聚会半年以后的某天下午，不用说是周末下午，孩子在少年宫学雅玛哈电子琴，徐莉莉没有看电视，徐莉莉看一本小说，不是外国小说，是中国当代某个作家的获奖作品，没有宣传的那么好，但也能读下去。电话就响了，好像电话比小说更有吸引力，徐莉莉兴冲冲地提起话筒，满怀深情地说一句："喂，哪位？"电话是医院打来的，杜玉浦住院了。杜玉浦送孩子到少年宫，杜玉浦一个人在公园散心。这半年杜玉浦改了以往的习惯，送孩子到少年宫然后去散心，逛到哪算哪，好几个小时呢，时间一到，接孩子回家。以前可不是这样，中间这段时间必须返回家里，干家务、陪老婆。同学聚会以后，杜玉浦长胆子了，可以自由支配这几个小时，徐莉莉没反对，他就有了这几个小时的自由。这天下午，他还没走到西大桥，就恶心头晕，他在林带里坐一会儿，眼前发黑，过路的人就问他是不是病了。他说话都困难,脸色已经很难看了,人家就拦一辆车送他到医院,然后家里的电话就响了,不用说是医生打来的。

徐莉莉这次看到的杜玉浦可真是苍老了,不但面容,那双自信而热忱的炭火般的眼睛一下子失去了神采,黑洞洞的。徐莉莉抓住杜玉浦的手,杜玉浦的手那么软,一丁点力气都没有了,整个人全都散架了,像戈壁滩上的一堆干柴禾。都到这个时候了,杜玉浦还有那么一点点笑容,还很幸福地对妻子说: 放暑假带孩子去乌苏外婆家玩,去看乌苏甘家湖梭梭林。"乌苏真是个好地方啊,北疆比南疆好啊,沙漠都是固定的,沙丘上长着梭梭长着红柳,再不行也有骆驼刺,有茇茇草,真是好地方啊。"

杜玉浦在病床上躺了半个月,就闭上了眼睛。徐莉莉天天送饭,还要接送孩子。杜玉浦临终前的最后一句话是: 给你的生日礼物在床底下。杜玉浦说完话就很满足地睡着了,再也没有醒来。

办完丧事,徐莉莉从床底取出一个纸盒子,是当时流行的女式内衣。下个月就是她的生日,丈夫大概预感到自己将不久于人世,提前买好了礼物。也可以这么理解,同学聚会后这半年他们夫妻互相猜忌,杜玉浦也没闲着,一个商场一个商场地逛,终于在新开张的华侨商厦买到真正的法国名牌内衣。徐莉莉一件一件打开,抚摸,又折好装起来。

失去丈夫后的这个暑假,她送孩子到乌苏娘家,碰到了中学时的老同学马燕红。马燕红一边卖土豆一边卖粉条,粉条是马燕红自己家做的,也是土豆粉。马燕红有了做粉条的手艺,日子就好多了。两个老同学聊了一会,徐莉莉突然问马燕红:"你好像一直在经营土豆,你跟土豆有缘分。"马燕红一拍脑袋:"就是嘛,就是土豆,我还真离不开土豆,土豆比男人都可靠。"相邻的几家生意人都笑,都说马燕红说的是大实话。徐莉莉走远了,还听见马燕红的声音:"我那同学书念得好,上了大学,当了大记者,是个知识分子,一句话就把我给总结了,我这一辈子就靠土豆啦。""是洋芋。""是马铃薯。"大家拿马燕红开玩笑,这是马燕红的生意经,不同的买主就有不同的叫法。徐莉莉篮子里有土豆有粉条,乌鲁木齐没有这么好的土豆也没有这么好的粉条。徐莉莉每次回娘家都要装一些家乡特产回乌鲁木齐,徐莉莉从来没有考虑过洋芋土豆马铃薯的区别,徐莉莉走着走着就拿起一个土豆,这个土豆好像有什么秘密。到家了,母亲就笑她:提个篮子还掂一个,你傻呀你。她只是笑笑,洗土豆的时候,她看了又看,新鲜土豆,离开土地不到三天,切成细丝,切得那么细。母亲又笑了:"莉莉出息了,比我切的还细,快成头发丝了。"开饭的时候,母亲问她想啥呢,心事重重。孩子快人快语:"想我爸呀。"还真让孩子给说中了。土豆都切成丝了,都吃下去了,有没有秘密都不重要。现在她可以告诉丈夫杜玉浦,这个天大的秘密。

所有的一切都开始于1985年那个春天,那个叫马燕红的丫头被人强暴了,与马燕红一起出来的还有徐莉莉,徐莉莉是好几个月后才知道真相的。从那个时候开始徐莉莉进入小说世界,差不多两三天读完一本小说。上课偷看小说,被老师抓住。那个叫王蓝蓝的老师批评她:"不要再看课外书了,这样下去别说考大学,中学毕业都成问题。"她梗着脖子,嘴唇抿得紧紧的,一肚子的不服气。那个叫王蓝蓝的老师可真是个好老师,一下子就洞察了学生的心思,王蓝蓝老师告诉她:"你不是爱看小说吗?你知道大学里的图书馆有多少书吗?全乌苏县的书加起来都比不上。"徐莉莉的小嘴唇有了微笑,王蓝蓝老师循循善诱:"我说的是伊犁的大学,你要到乌鲁木齐上大学,那里的大学图书馆,全自治区的书都比不上,你要是考到北京上海就更了不得了。"徐莉莉考大学的目的就这么单纯,有了动力一下子就考到了乌鲁木齐。徐莉莉入学那天就直奔图书馆,办借书证还得一段时间,她就天天围着图书大楼转,对男生们虎视眈眈的目光无动于衷,直到那些目光暗淡下去。在徐莉莉的脑子里,压根就没有交男朋友这根弦,徐莉莉要读完乌鲁木齐的书,考研究生考到北京上海,再读那里的书。杜玉浦横插一杠,打乱了徐莉莉的计划,杜玉浦至死也不明白妻子爱看书的原因。

卷八

牛太累了，比在地底下用大角顶地球还累啊，这么劳累下去可不是个办法。

女天神一直惦记着，女天神就打发乌龟到大地上，去开导开导牛。乌龟沉默了很久，问女天神：我走了，地球怎么办？女天神懒洋洋地说："让它往深渊里落吧，落下去吧。"看来女天神真的有点烦了。乌龟心想："我还是到地上去好，地球要落下去了。"乌龟慢腾腾地往上爬，一副垂头丧气的样子。乌龟到了地上也不急着找老伙计，地上到处是牛，找牛太容易了。乌龟待的地方别说牛，地球上所有的活物都找不到它。乌龟就躲在泥里，大地上最隐秘阴气最足的地方，连蛇都很少去。乌龟一年四季就一个心思，闷头睡觉。这是一种绝望的表现，没有过去，没有现在，更没有未来。绝望就会懒惰，懒成一堆烂泥。

据说乌龟来到世间数万年后，人类才发现这种奇怪的家伙，还真把它当成烂泥了，带着一股子腥味，软不拉叽的，甲壳很硬，沾一层污泥，很容易被看成石头，石头底下的那团肉也是黑乎乎一团沾满了污泥，怎么看都是石头在泥里待太久长毛了，也就随手扔掉了。

人们疏通河流，挖掘沼泽湖汊，在那些旮旯里掏来掏去，寻找大地上的秘密。连矿石都找出来了嘛。一句话，人类越来越聪明，人类相信地球上藏了数不尽的宝贝，人类要把这些宝贝全掏出来。乌龟就在人类眼皮子底下，乌龟暴露只是个时间问题。乌龟应该急得团团转才对呀。

女天神都急了呀，乌龟就让女天神看它的背，龟背上的淤泥纷纷脱落，就像磨盘在旋转，泥土石块，大地上的万物全被这磨盘磨成粉末，簌簌脱落，这正是女天神看到的速朽的世界。尘世跟神灵完全是两种时辰，神灵一眨眼，尘世已万年。乌龟依然保持着它的灵气。乌龟背朝苍穹，不用说话，看看它背上的盾甲就会明白一颗万分焦灼的心如何超越尘世的时间，甚至超越日月星辰的光芒，把时间死死抓住，并且凝固起来，形成一个又一个清晰的环纹。龟甲上的一个环纹就是尘世间的一年，年代越久远纹路越清晰。乌龟有大智慧，而且超出女天神的想象。太阳的光芒都弱下去了，都迷乱了。乌龟的盾甲发出一种幽暗的亮光，那一刻，整个天地就跟洞穴一样，太阳成了一粒小小的萤火虫，飞来飞去，抖啊抖啊，找不到方向，再看那些星星，跟池塘里的蝌蚪一样乱窜。水下的淤泥是不动的，淤泥里的乌龟是不动的。

给女天神展示过盾甲的乌龟已经回到了河床底下，跟地底下没什么区别，连脑袋都缩进甲壳里去了。女天神无话可说。乌龟更无话可说，跟这个世界没话。连声音都没有。大地上的生命，包括植物都有各自特定的语言。乌龟没有，同类间招呼都不打。女天神知道它们在用生命彼此感应，也就是后世人们所说的神交，超越任何手段和工具。乌龟跟牛的交流就是这样。

乌龟刚来到地上，牛就知道了，牛高兴坏了，牛知道乌龟的神力，牛加上乌龟，那能干多少活啊。牛那么忙那么累，这下好了，女天神垂怜这个速朽的世界，让乌龟帮忙来了。乌龟没有违背女天神的意志，乌龟告诉牛："我是来劝诫你的，不是来干苦力的。"牛就发呆了。乌龟就告诉牛："不要再干活了，地上的活是干不完的，人类给你一顶高帽子顶什么用呢？那是要累死你呀。"牛就说："我活得好好的。"乌龟就笑："也不在水边照照自己，都累得变形了，想想在地底下，顶那么大个地球，还有歇气的工夫，从这个角换到那个角，一次只用一个角，现在怎么样？四脚并用，尾巴都不能闲着。我们是神灵，神灵不可以这样劳累。"牛晃着两只大角，来了脾气："你不干活你跑到地上来干什么？"乌龟很平静："我是来给你做榜样的，你好好学吧你。"牛不会闲着，喷着粗气，越想越气，就甩尾巴抽自己。乌龟冷笑："哼，忙成这样子，连吃饭的时间都没有，连睡觉的时候都在吃东西，还长四个胃，做梦都在反刍，都在消化那些难以下咽难以消化的草根树叶子。"

人类刚刚睁开那双慧眼，就从乌龟盾甲的环纹上发现了时光流转变化的秘密，探寻过去，把握现在，预测未来。人们有一个梦想，把自己对这个世界的理解纳入龟甲上的环纹，人们试图进入神灵的时间，神灵的时间才是真正的时间，那是永恒的时间，都是千年万年，时间一下子就垮掉了。

有一天，乌龟跟牛又进行了一次不愉快的交谈。大老远牛就朝乌龟发火，"你懒就懒吧，你把人变懒干什么？"乌龟很平静："我又没教他们。""他们吃了你的肉，你就是一堆懒肉。"乌龟还是那么平静："我没有教他们吃我，吃我都成我的罪过，什么道理吗？"牛火气越来越大："你知道人懒成什么样子了吗？他们跟女人睡觉都偷工减料，都打空炮，能不消耗就不消耗。女人呢，越懒活得越好，都是你惹的祸。"牛发火的时候，乌龟脖子伸得长长的，乌龟不能不尊重牛啊，乌龟还是老乌龟，牛已经是多少代以后的牛了，牛的生命就几十年嘛，第一个发火的牛早就做古了，可一代一代的牛总是说同样的话，乌龟呢，也是以不变应万变。乌龟很忠诚地告诫牛，其实是很晚辈的牛了，乌龟这样说："你的火气那么大，说明你太辛苦太劳累啦，歇歇吧，你别瞪你那牛眼睛，从你热爱人类的样子看，没有我们想象的那么糟，有懒的就有勤快的，我也学学你的样子，关心一下那些勤快的人。"牛也不客气："不要让人吃你的懒肉啦，想想法子吧，治治人类的懒病。"牛真是笨得可以，牛压根就没听见乌龟心里的怪笑。

那是五六千年以后的一个下午。乌龟从四棵树河下游上岸，畜群和人都回到了村庄，野外静悄悄的。沙土又松又软，还保持着太阳的芳香和热量。乌龟开始用后腿交替挖沙子，挖了大约一拃宽一拃深的小坑，乌龟就蹲上去产卵，又忙活一阵子，扒沙子盖住产卵的小坑，把沙子压平。乌龟边走边看，看不出一点痕迹。

马来新两口子种完洋芋，马来新老婆手里还有一块，就随手一扔，洋芋块落在十几米外的沙地。那里正处在两个沙丘之间，沙丘上长着梭梭，梭梭绿油油的，马来新老婆的目光从梭梭移到沙地，落在沙地上的洋芋种子显得那么新鲜，好像马上要发芽了。马来新老婆就奔过去，扒开沙子把洋芋种子埋上,还压了压。她不知道洋芋种子跟龟卵挤在一个窝里。

收获季节,马来新老婆先扒开这窝洋芋,五个,碗那么大,红皮,又光又亮,满满装一篮子。马来新老婆就像得了宝贝。马来新说:"你加了肥料?""莫有莫有。"

马来新勘察了老婆挖洋芋的地方。马来新第一感觉是准噶尔腹地的黄羊或者野驴把精液射到这里了。雄性动物发情期找不到伙伴,就寻找隐蔽松软环境优美的地方,在地上刨个坑,大地就是它的情侣,就仰天长啸,把生命注入大地,再轻轻地盖上细沙,用尾巴抚平。马来新当时就心里笑,这个死婆娘,真会找地方。完全是随心所欲随手乱扔,歪打正着扔对了地方,浇多少水施多少肥料都比不上一股子生命的激情,收获季节,就长出大块头洋芋。老婆说:"不吃也不卖,留下当种子用。"

五个大洋芋可以做一堆种子。马来新的老婆还在老地方种这些宝贝洋芋。马来新老婆压根就不知道乌龟已经在这里产好多卵了,乌龟每年产卵三四次,每次产卵六七个,几十个卵跟地雷一样埋起来了。女人有好多大洋芋种子,又是一个干农活的好手,铁铲子轻轻刨几下就是一个坑。大半卵没有损坏,铁铲子离它们还有那么一点点距离,洋芋种子紧挨着龟卵,亲如兄弟,血肉相连融为一体。还有相当多的龟卵被铁铲子划破了,卵液黏糊糊跟撕开的棉絮一样,在阳光下有很细很密的绒毛,带着一股子腥味,土地里的秘密太多了,地上有飞禽走兽草木虫鱼,地下边也热闹非凡,那是动物们的家。洋芋种子下到这里算找对地方了。女人嘀咕一声:我的乖乖好好睡觉。女人拍了拍洋芋种子,掩上细沙就像给宝宝盖上被子一样。这些幸运的洋芋种子一下子成了女人的孩子,它们全都躺在乌龟产卵的地方了,两三天之内就会被不断上升的生命洪流席卷而去。女人把这看成是上天的照顾。

女人跟丈夫说话的口气都变了:"老天爷照顾咱,今年还是大丰收。"马来新说:"话不要说得太早,八字还没一撇呢,苗都没长出来就谈大丰收,小心人家笑话咱。"女人口气还是那么硬:"我说是大丰收就是大丰收,没问题。""你又不是老天爷,你不要胡说。"让马来新放心的是女人没给外人说。村里人都看见马来新老婆在野地里刨来刨去,就问马来新老婆:"不好好种地,乱刨啥呢?想刨出金子来?"马来新老婆就顺嘴胡说:"就是刨金子哩,马蹄金狗头金,一刨一大堆。"

大家就议论纷纷:"这两口子手细,舍不得钱,宁肯少交承包款也不愿意包好地肥地。"村干部就不好意思收马来新的承包款。马来新就不高兴:"原先是废地现在是好地了嘛。"村干部就说:"那是你两口子下的牛马力。"马来新说:"是下了力气,主要还是老天爷照顾,种啥啥成嘛。"村干部还要坚持,马来新就黑下脸:"你这是看不起我嘛。"村干部就没话说了,都走开了,走着走着又转回来,小声问马来新:"村里有地么,你老婆还在野地里种洋芋?""种不成吗?""你种你种,你想咋种就咋种,我也把话撂这,野地不算地,村里不收承包款,你爱种多少就种多少,野地大得没边边,你本事大种到天尽头,种到俄罗斯去,反正村上不收野地的承包款,我怕人家骂我。"村干部气咻咻地走了。

又是一个大丰收,野地里的几百窝洋芋都是红皮的,都是碗那么大,摸着跟玉石一样。这么种下去,野地也会成熟地。村里的熟地肥地轮流承包,谁好意思包马来新两口子的沙子地?马来新两口子的几十亩肥地被换来换去,改造过来的沙子地几乎成了他们的不动产。

马来新就问老婆:"你给洋芋喂奶了嘛,洋芋种一窝子成一窝子?"老婆牛皮哄哄:"这下你知道我们女人的厉害了吧,我们奶娃娃奶洋芋啥都奶哩。"马来新就拍老婆一下:"老实回答不要胡吹冒聊。""老天爷照顾,动物们都把蛋下到地里了,比一座大水库还管用。""你就吹吧,狗婆娘。"马来新马上想到四脚蛇红蚂蚁这些沙漠动物。马来新曾怀疑过野驴和黄羊,马来新甚至在动物发情的季节观察过一阵子,从动物们的叫声中可以判断出那地方有多么遥远,骑上快马跑上一天一夜,也未必能赶到。村庄周围静悄悄的。男人还是太粗心了,男人不会想到地底下的这些小动物们的巢穴。马来新两口子的想法已经逼近龟卵了。

马来新选好日子,就守在野地里。黄昏时分,乌龟出现了。马来新大吃一惊,准噶尔盆地没有见过这个怪物呀。马来新在伊犁见过,伊犁河谷的霍城有四爪陆龟,属于珍奇动物。伊犁河谷是天山里的一块宝地,有塞外江南的美誉。四棵树河是不能跟伊犁河相比的,四棵树河两岸最多一些草场庄稼地,跑一些黄羊野兔什么的,连草都是黄的,最高长到膝盖。河水里有一些小鱼,乌龟可是头 次见到。

马来新目睹了乌龟产卵的整个过程。

马来新回家告诉老婆："我看见老天爷了。"老婆忙着缝被子，被针扎了一下："你神经病啊。"马来新说了三遍老婆都没听明白。马来新就蹲地上抽烟。后来天黑了，吃过饭了，马来新还在想那只缓慢移动的乌龟。老婆打开电视，他们刚买了电视。马来新头一次发现电视太闹人了，马来新就到院子里去抽烟。老婆说："你生气啦？你想看哪个台你自己来弄。""你们看吧，我静一会儿。"

马来新的老娘爱看戏，都是新疆老辈子人爱看的秦腔戏，当地人叫秦剧。儿子在另一个房子做作业。马来新老婆爱看电视连续剧，爱看口里大城市的洋女人生活，常常跟婆婆闹别扭。马来新可以劝老太太，老婆不敢，老太太什么事都听儿子的。马来新到院子里去了，电视里就响起秦腔戏，是伊犁州秦剧团演的《铡美案》，老太太百看不厌。马来新老婆沉着脸边嗑瓜子边听锣鼓喧天黑脸包公大声吼叫。院子里静悄悄的，天空四周黑起来，天空中央亮堂堂的，跟人的额头一样。马来新就看着这片明堂堂的天空，抽着莫合烟。后来星星一颗连着一颗升上天空，天空就大起来，天空的四角都布满了星星，跟个大帐篷一样，天空反而显得更黑了。电视也不闹了。

马来新进屋上床，还是那句话："老天爷真的照顾咱。"老婆说："你一整天就想这事？""我在地里碰见老天爷了。""我碰见好几回了，我都不想给人说了，你才碰上一回就到处嚷嚷。""你不要小看这一回，这一回是真的。""难道我碰上的是鬼？""你碰上的都是动物的蛋，蛋都是一样的。"马来新就捅破这个秘密。女人跟瓷锤一样硬橛橛的，说出话却是软塌塌的："你这个鬼你说实话，你到底碰上了啥？"马来新就拿黄羊来应付，马来新巧妙地保护了乌龟。"老天爷打发一群黄羊，整个过程我全看下了。""黄羊没叫唤？""没叫唤。""我不信。"大漠女人从小听惯了牛马羊驼这些家畜发情时的啸叫，也听惯了无边无际的旷野上野兽们的情歌。真是黄羊的话，全村人都会听见的。马来新就说："老天爷发了话，就是老虎豹子也不敢胡叫唤。"马来新又轻轻来一句："那是给老天爷缴公粮，乖乖的，绵绵的，看起来都不像野兽，跟人一样，跟个绅士一样。""缴公粮"是农村人过夫妻生活的暗语。马来新就像个语言大师，一句"缴公粮"就让老婆安静下来了。

马来新老婆的少女时代是在秋天一个中午结束的,是在一片茂盛的芨芨草丛里。刚开始他们在芨芨草的一侧吃午饭,就他们俩,复转军人马来新刚当上生产队的牧业组长,带几个壮小伙骑着大马赶着畜群在准噶尔大地游荡,就有了自由的空间,就可以抽空到几十里外的四棵树河东岸跟女朋友幽会。女高中生给男朋友带了拌面,还带了一件亲手打的毛衣,大漠里放羊晚上冷得要命,牧业组长马来新有军大衣,但还得有一件贴身的毛衣。马来新吃了有羊肉的拌面,喝了有羊肉汤的揪片子。那时的农村吃肉机会很少,这已经是过年才有的享受了。马来新吃得那么香,女高中生第一次发现一个人这么能吃饭,女人绝对吃不出这种气派,好饭还要好男人。女高中生默默地递这递那,那情形就不像在吃饭,就像在做一项十分重要的工作,一个主攻一个辅助,配合默契,男人吃得酣畅淋漓,拉条子下去了,羊肉片片洋芋片片下去了,揪片子咕噜噜下去了,那么光滑那么顺溜。接着是热茶,女高中生拧开塑料盖子,热茶装在装过咳嗽糖浆的药瓶子里,那是个物资十分贫乏的年代,吊针瓶子糖浆瓶子全都成了家中生活用品。讲究的一点还要用彩色塑料绳编织个套套套在上边,女高中生心灵手巧,用红绳子织套套用绿绳子织蝴蝶,漂亮极了,跟工艺品一样。女高中生就用这么好的瓶子装上茶,拧开盖子,在马来新喝完油汪汪的揪片子羊肉汤后,及时地递上热茶。喝了热茶,神清气爽,马来新都叫起来了:"哈,跟过年一样。"

"你说啥?你说跟过年一样?"女高中生被这种新奇的想法打动了,声音都颤起来了。"跟过年一样。"马来新得寸进尺,越说越具体,"就是大年三十的年夜饭,把人香得啊——"马来新闭上眼睛回味无穷,胳膊就被女高中生抓住了,抓得死死的,指甲都掐进肉里头了。"咋了,你咋了?"马来新扶住女高中生,高中生身子是软的,手劲却大得出奇,跟害了大病一样呻唤着说:"你你你咋不过初一哩。"女高中生满脸羞红带着喜悦,尤其是眼睛里的光,就是石头也会烧起来的。马来新手忙脚乱,抱着女高中生钻进茂密的芨芨草丛,马来新忙乱中也没忘记把军大衣铺在下边。女高中生就这样心甘情愿地让马来新过了一个大年。女高中生还记得马来新的样子,最激烈的时候连衬衫都脱掉了,衣服全都扒下来了,精赤着身子沐浴着秋天的太阳,在蓝天白云下,在茂盛得像火焰样的芨芨草丛里,把女高中生从少女变成了女人。

准噶尔大地有数不清的高大茂盛的芨芨草,远远看上去就像一栋房子,芨芨草总是从绿变黄,到秋天就开始发白,就是古诗中说的白草。在白草丛中让心爱的男人过年。多少年后女高中生都在回忆这美妙的瞬间。女高中生还记得他们坐在白草丛中,他们已经穿戴整齐了,不想马上离开草丛,他们嘴里咬着一截子白草,白的只是一层皮,里边的杆茎还青着,还有汁液,苦涩中有股子清香。女高中生记得她亲手把织好的毛衣套在马来新身上。他们谁也不说话,时不时地掐对方一下,腿上胳膊上腮上,语言已经多余了,表达不了此时此刻的心情了。

在这美妙无比的寂静中,一只野兔急速穿越准噶尔大地,野兔是从天山脚下出发的,准噶尔大地是有坡度的,从南到北低下去,低到四棵树河下游又开始回升,越过大戈壁就能看见阿尔泰山了,这只野兔跟一支利箭一样穿过一丛丛芨芨草,直扑阿尔泰山。马来新和女高中生半跪在草丛里,野兔从他们头顶蹿过去时,他们就站起来了,也只有芨芨草一半高,他们又跪下了。

后来他们听见了牧民的歌声。一个放羊的哈萨克汉子,五十多岁了,身材高大,喝了点酒,走得很慢很稳,是走马的那种碎步,唱出的歌子是古老的《金色原野》,反反复复两句:"金色原野,我的故乡,啊,金色原野我的故乡……"马来新和女高中生就出来了,他们望着牧民的背影,一匹马一群羊,游荡在大漠里。女高中生小声对马来新说:"放羊很孤单,你就唱唱歌。"那个年代都是政治歌曲,很偏僻的地方才能听到《金色原野》这样的歌曲。女高中生说:"你就唱这种歌,太好听了。"

马来新离开的时候唱了歌,就是在昭苏草原上学到的《劝奶歌》,那么苍凉那么悲壮,连词都没有,只有源源不断的奶奶奶奶……牛羊马驼的声音交替出现,牛羊的声音贯穿始终,时高时低,时远时近。女高中生双手捂胸,一下子抓住了自己的奶头,怕奶头掉了似的,紧紧地捂着,还是有股力气从指间流出去了,快要把身上的力量抽光了,整个身体全都空了,一片空旷。等她走近村庄,回头遥望无边无际的秋天的原野时,她的眼泪下来了。一堆堆的芨芨草丛就像牧民的帐篷,在那里她成了一个幸福的女人。

出嫁前她很快学会用芨芨草编门帘编篮子编席子。做了新娘她就在婆家用芨芨草编一大堆家什，没人能比得上她的手艺。街坊邻居亲戚朋友都喜欢用她编织的东西。芨芨草到处都有，有多少沙子就有多少芨芨草。女人们一起说私房话的时候，她知道她有多么幸运，大多数女人的第一次是很粗暴的，人家让她坦白她就顺嘴胡说，给丈夫马来新加上几笔粗野的动作，这样就接近大家的经历了。她太了解世道人心了，美好的东西是脆弱的，也是让人无法忍受的，鹤立鸡群就会成为众矢之的。她也就更加珍惜她的第一次。这种幸运不是每个女人都有的。

她是村里仅有的几个念到高中的姑娘，她相信知识能给女人的幸福带来保障，她跟丈夫合力支持女儿上学。女儿的遭遇对她打击太大了。当丈夫告诉她黄羊像个绅士一样给大地缴公粮时，她就想到女儿的不幸。她愣了好大一会儿，都喘不过气了。他们两口子这几年做的所有努力就是让女儿幸福，她不想破坏眼前的气氛，她更加坚信这些大洋芋是老天爷对他们家的照顾。连黄羊这样的畜生都成绅士了，伤害女儿的那个畜生连动物都不如。女人一下子就安静了。女人还是那句话："大洋芋不卖也不吃，就当种子用。"马来新说："大洋芋是你的，没人打你的瞎主意。"

可给沙漠打瞎主意的人越来越多。沙漠里有甘草有贝母，都是值钱的药材，人们为了钱成群结队地来挖药材。这样挖下去瀚海也会枯竭的。在古老的传说和地理词典里，瀚海已经是大地最干旱的地方了，瀚海是石头和沙子的世界，生长在这里的动植物最能忍耐干旱了，人们挖药材一直挖到沙石底下，跟老鼠打洞一样，瀚海的元气给放光了，瀚海在失去生机。胡杨不到三千年的天寿就倒下去了。梭梭再也不吐芽了，成了一次性柴禾，烧掉了就永远没有了，连根一起烧掉的。沙枣红柳介于人类与荒漠之间，村庄里边是杨树榆树。环境稍好一点，杨树榆树就延伸到路边，一直到田野上，再远点，杨树就去不了啦，榆树可以蔓延到沙漠的边缘，榆树能抗风沙，榆树跟沙枣红柳长在一起，跟芨芨草长在一起，跟骆驼刺长在一起。榆树去不了的地方就靠胡杨树，胡杨可以到瀚海深处，跟岛屿一样。条件差的地方，沙枣和红柳就冲到村子里来了，房前屋后，沙枣红柳跟榆树杨树长在一起。从窗户里可以看见黄沙梁，稍吹点风，沙子哗啦一下就跟抖开的床单一样，整个村庄，连同村庄周围的庄稼地，整个绿洲全都覆盖住了。风停以后，先忙着从沙尘编织的床单下钻出来，从鼻孔里耳朵里挖沙子。

马来新两口子当初就是冒着被风沙裹走的危险种洋芋的。那时候挖甘草挖贝母的都是些学生，挣个学费，算不上破坏。甘草贝母没那么娇气，自我恢复功能很发达。马燕红带着弟弟挖过甘草贝母。后来就不是学生了，成群结队的大人，大多都是外地人，跟牧民转场一样，开着车带着铺盖和食物，到瀚海深处安营扎寨，长年累月地挖甘草贝母。学生娃反而不敢去了，孩子们去不了那么远，孩子们能去的地方早就没甘草贝母了。孩子都用小铁铲，挖不深。大人们分工明确挖运结合，几出几进，跟翻肠子一样从石头沙子里挤油水。后来就挤不出多少油水了，更多的时候空手而归。

他们从马来新的洋芋地边走过去，正好是收洋芋的时候。马来新老婆也不忙着收她的大洋芋。他们两口子先收大田里的洋芋，五六十亩呢，他们雇了几个人。挖药材的人进去的时候买他们的洋芋，出来的时候也买他们的洋芋。就在不远处点火烧洋芋。马来新家的地挨着沙漠，都在林带外边了，人家要烤洋芋也很方便。这些人边烧洋芋边抱怨，甚至咒骂早进去的人心黑，挖那么干净，连毛都没留下。"全是坑坑，跟炸弹炸下的一样，狗日的，心黑得很。"马来新就笑："人家瞎主意打得早。""问题的关键就在这里。""人要心黑哩，瞎主意要早哩。"这些人七嘴八舌，吃着香喷喷的烤洋芋，嘴里说的黑心话，还一个劲地问马来新："你又近又方便，你咋不挖药？""想不起也想不到。""你干脆说你心不黑心不瞎，你干脆说我们是瞎熊，你是好熊。""这是你说的不是我说的。""你就这意思么，明摆是这意思么。""你要这么想谁也没办法。""嗨嗨，成我的不是了，我就这么想唻你把我头割了。""我不想割你的头，我想看你的头。""看么看么你看么。"那个无赖把头伸过来。

马来新不怵火，真的，一点也不怵火。这伙外地人有五六十个，都是精壮小伙，马来新他们村的男人加起来就这么多，精壮小伙还不到二十个。马来新不知哪来的胆量，马来新正儿八经看了看那个无赖的脑瓜子，马来新说："这么聪明的一个脑瓜子，咋就想不到种洋芋。""嗨嗨他叫我种洋芋，他叫我种洋芋。"大家都笑了，"他就是种洋芋的，种不下去了跑出来了嘛。"马来新说:"洋芋种好好的为啥不种了?"马来新停顿一下,那个无赖脖子伸长长的:"为啥?你说为啥?"马来新就轻轻地告诉他:"你的地少我的地多,你一看就是个五六亩的主儿。"大家就笑:"他就是五六亩,就是五六亩。"马来新说:"五六亩是个耍耍,不算啥。种上五六十亩,种上一二百亩,才有点意思。"马来新的洋芋地有五六十亩,原先有二百亩。

那一伙人就嚷嚷:"你种这么多洋芋你还想种?你想把全新疆都种了?"马来新说:"就是这么个意思。""你想把地球都种了?""就是这么个意思。""哈哈,还有这种地的。""有呢,在你跟前站着呢。""你又不是地球的球长,希特勒想当地球的球长没当得成,这个大家伙都知道么。""他要种洋芋他就当上了,他光想打仗光想毁灭地球,大家伙儿就把他消灭了。""嗨嗨,你不简单啊。"这伙子人跟唱戏一样吼叫,"你拐着弯骂人哩。"马来新哈哈一笑:"听出来了?听出来就好!"这伙子人都不吃东西了,都在舔手指头,洋芋烤熟了就滑腻腻的跟羊脂一样,手上沾满羊脂别说打人了,连铁锹把都攥不住。这伙子人把手指头舔干净,还在衣襟上裤腰上擦擦,手指头糙糙的,又干又糙跟锯下的新新的木头茬口一样,吹一股子风都能划破,这伙子人想打锤。

马来新又是哈哈一笑:"黑着个脸瘪着个嘴,想打锤!一看就知道想打锤!"这伙子人当中有个年纪稍大的,五十多岁,卸下草帽,轻轻扇两下,声音轻轻的:"你听出来了?""我又不是瓜子。""人挨了骂人就得打人对不对?""对着哩。""有你这话我就没亏欠了。""你亏欠大着哩。"马来新往地上一蹲,捡那些吃了一半的白拉拉的还冒着热气的烤洋芋,马来新也不嫌上边沾了沙子,马来新就吃了一口,沙子在嘴里叫唤了两声就没声了。马来新有声,马来新说:"又不是吃脂油长大的,又不是吃鸡蛋黄黄长大的,又不是王母娘娘奶大的,把他娘给日的,把他娘给日的没尻啦。"那伙子人袖子都绾起来了,锤头都炸起来了,都炸到马来新的后脑勺上了,马来新的老婆在二十几米外的洋芋堆堆跟前,马来新老婆快要喊叫起来了,马来新老婆知道丈夫有多么厉害她还是害怕得不行,她还算没给丈夫丢脸,她硬鼓着没乱叫唤。她硬鼓着。

马来新蹲在地上,跟个蔫老汉一样慢慢地往前挪,一边捡地上吃剩的半苤子烤洋芋："打锤就打锤，吃饱了打么，我又不跑，人家不跑，吃个半饱。"马来新站起来展一下腰又蹲下，往前挪，嘴也不闲着："不吃不喝，争的松多。娃娃们不吃有人吃。"这伙子人互相看一下，以为耳朵听错了，再听，马来新嘴里没有别的就一句："娃娃不吃有人吃。"马来新吃不下了，马来新把捡下的半苤子烤洋芋兜在衣襟里，马来新跟传说中的王八咬屎一样咬住不放了，马来新就咬这一句话，马来新发现这句话跟刀子一样攮这伙子人的心窝窝，马来新就兴奋，嗓门就高起来了："娃娃、娃娃，吃的喝的万万不敢糟蹋，娃娃、娃娃，吃的喝的万万不敢糟蹋。"这伙子人脸都歪了，手腕都软下来了，马来新就来了最后一刀子，攮得那么深，马来新攮这一刀子时声音并不大，马来新跟说悄悄话一样嘟囔了一声："本事大把地球戳破，戳个窟窿。"

那个年纪稍大的、五十来岁的中年汉子，手里的草帽不摇了，草帽往上一翻就是个篮子，中年汉子另一只手轻轻一挥，马来新衣襟里的热洋芋全都滚到草帽窝窝里，中年汉子往嘴里塞一个，这伙子人都往嘴里塞。这伙子人离开时，中年汉子捶马来新一捶头："狗日的，活了大半辈子没看过谁的眉高眼低，今儿叫你狗日的结结实实日橛了一回。"马来新就问："狗子眼眼淌血哩？要紧不要紧？""淌哩淌得叭叭哩。"这伙子人走了。

这伙子人不来了，还有人来。一大群一大群，也不在马来新洋芋地边停，马来新招呼人家人家也不停。人家得到消息啦，都知道这个地方有个咬屎的大王，日狗子不眨眼睛。大群的人进到沙漠里，半年过去了也不见出来。一打听，从克拉玛依从阿尔泰那边出去了。也就是说他们穿越了准噶尔盆地，盆地最隐秘的地方被糟蹋了。

听到这个消息，马来新坐在沙梁上连烟都不抽了，一动不动地望着大漠深处，在那遥远的远方，沙丘连着沙丘，苍穹跟大地连在一起，白云就像呵出来的一口气，一口气连着一口气，那么白那干净的云朵……谁都不知道大漠深处，戈壁滩上有许多人迹罕至的仙境，其实都是面积不大的青草地，几个泉眼，一段忽然冒出地面的河流，又消失在砾石下边，这些地方也是药材生长的好地方。那些本领高强的牧人从阿尔泰山转场到天山的途中，会把疲惫不堪的畜群带到大漠深处的青草地上，牲畜跟人一样有一种绝地重生的生命的大喜悦。马来新当牧业组长的那些年找到过不少这样的绝域仙境。正因为有这些仙境，女儿出事后他都能撑住。他在乌苏县医院找医生给女儿做手术，然后沿四棵树河往南向着天山一直走到天亮。那时候他沉着冷静，就像传说中的大漠豪杰，只要有一口气在，就能绝处逢生。女儿有了不错的归宿，可那些让他心醉神迷的人间仙境全被糟蹋了，他就像当年听到女儿噩耗一样，整个人都木了。他就像倒下的胡杨一样，胡杨一千年不死，一千年不倒，一千年不烂。倒下去的胡杨等着腐烂，那是一种什么滋味？马来新在沙梁上坐了很久，快让太阳晒晕了，老婆骂他他才下来。老婆问他，发啥神经呢？人家要挖就让人家挖去，人家要造罪就让人家造去，反正咱不造这个罪。

死婆娘最后一句"不造这个罪"把马来新给提醒了。马来新想起了乌龟。马来新脸上的肉不跳了。老婆连拍带打，拍打马来新身上的沙土，边拍打边嚷嚷："我还以为哪个干妹妹把我老汉的龙涎给倒光了，把我老汉的牛奶给唾干了，把我吓的。"马来新不会还嘴的，马来新任由老婆摆布。

老婆告诉他："大洋芋少了两个。"

马来新马上想到那些挖药的人。马来新细细地查看地头的脚印，都是他两口子的。再远就不好查了。马来新当过牧业组长，有"打踪"的本领，别说是人，就是跑失的牲畜，过上半年，马来新也能找回来。最厉害的是丢失三四年的大牲畜，比如牛跟马，混在几百里外的畜群里，早让人家私吞了。尤其是马，毛色都变了，马来新凭着马的骨骼让对方无话可说，再叽里咕噜上那么几句，牛吼马嘶，撑脱栅栏冲到老主人跟前，对方只好认栽。

马来新查看了大洋芋地，一直查到沙梁上，查到沙枣林和芨芨草丛里，所有的迹象表明，那些到大漠腹地去挖药的人没挖大洋芋，挖大洋芋的人走的是另一个方向。马来新告诉老婆："给咱帮工的人干的。"老婆就说："算了，权当管人家一顿饭。"

五个帮工年年来帮他们两口子，管吃管住，工钱也不低，马来新两口子就是不让人家靠近大洋芋。都是洋芋嘛，大的小的，有啥关系嘛。老婆想起两天前结完账，按老习惯要好好招待上一顿，人家收下工钱急着走了，不吃饭了，劝都劝不住。老婆当时没多想，给带头的硬塞两百元，不想屋里吃下馆子去。人家不要钱。"狗日的，大洋芋又不是人参，顶吃嘛顶喝。"马来新告诉老婆，"当个心，事情没有这么简单。"

五个帮工果然闹了笑话。他们偷了两个大洋芋，吃了一个。两个身体最棒的小伙子先吃。这两个愣小子刚刚二十岁，未婚，连对象都没有。吃了这么厉害的东西，下身发热膨胀，一团烈火在腹内旋转，力气大得不得了，稍一用劲，一辆牛车就举到头顶，一匹烈马都摔倒在地。他们的兄长，那三个年纪稍大的，就认定大洋芋属于地精锁阳一类，用他们的话讲：给男人填充弹药的。两个童子鸡本来就瓢满籽实，硬塞几块大洋芋还不成了原子弹。他们的大哥告诫两个小老弟："赶快回家，不要接近女人。"他们穿越乌苏奎屯的时候还能提高警惕，还能把握住自己，过石河子的时候出事了。

没进市区，在北郊一条叫老街的地方住了一宿，价格很便宜的私人小店，大哥他们吃揪片子，给两个火烧火燎的兄弟吃凉拌黄瓜、稀饭馒头。两个烧包基本没事，三个兄长就放松警惕，就呼呼大睡，一路上都是轮流睡，跟看牲口一样看着两个烧包小老弟。太累了，三个兄长就同时睡着了。两个烧包小兄弟先睡下，而且打起呼噜，这种情况也是三个大哥放松警惕的原因之一。大白天他们就呼呼大睡，有点像黑社会。睡到下午，太阳西斜，两个小兄弟醒了，三个大哥睡得正香。两个小兄弟坐在椅子上望着吵吵闹闹的大街发呆。

外边的大街其实是乌伊公路的一段，饭馆旅店小摊挤成一堆，加上车辆，跟过庙会一样。老板打牌去了，老板娘指挥两个女店员打扫卫生。三个女人都是少妇，三十多岁，天热、衣单、干活出汗，女人的气息全都出来了，跟团团蒸汽一样，很快就把两个小兄弟笼罩起来了，他们做了可怜的抵抗，越抵抗越可怕，他们自己反而怕起来。他们就站起来，心情沉重地走过去，走到女人们身边时突然下手，连他们自己都不认识自己了，那么大劲，一人一个胖女人。女人们来不及喊，另外一个女人目瞪口呆。

事情太突然，大白天，汽车喇叭大响，手扶拖拉机突突突，还有马嘶牛叫，当着另一个女人的面，两个莽汉抱着老板娘和女店员在地上滚来滚去。无论是旁观的女人还是被恶魔缠身的女人，都没有喊叫，都在大声出气，特别是那两个滚动的女人，快被憋死了，她们最大的愿望就是伸长脖子透一口气。她们力气大着呢，她们的挣扎有了效果，总算把脑袋从臭男人怀里挣脱出来了，她们长长地出气，她们攥着臭男人的头发闭上眼睛，脸上没有表情，她们知道男人在干坏事就让男人干吧。两个臭男人显然小看了女人，这是两个婆娘，生养过娃娃的大婆娘。两个大婆娘的裙子被揭开了，裤衩被撕破了，可臭男人自己忙活半天，自己的家伙没出来，始终没有出来。他们各自腰上扎着又宽又厚又毛糙的自制的牛皮皮带，蓝涤卡大裤子，最激烈的时候，愤怒的鸡鸡把裤裆都要顶破了，但始终没有顶破，宽大的裤裆顶成了帐篷。

　　刚开始两个大婆娘有些害怕，很快她们发现臭男人生着哩，她们就不害怕了，她们挣脱出脑袋透透气，她们常年干农活挤牛奶拖地板干家务，力气一点也不弱于男人，她们只需抓紧臭男人猪棕一样的头发，并且把两颗臭烘烘的脑袋死死地摁在胸口上，她们各自的胸脯都有两座喜马拉雅山，臭男人的脑袋被摁在深深的山谷里。她们的膝盖稍屈起一点，顶住男人的大腿就行，就任凭男人折腾吧，她们随男人起伏，就像电影里的日本相扑，起伏翻滚，基本的框架没有改变，臭男人显然是生手，女人精着呢。

　　她们等待男人大爆炸，两个蠢货果然大声呼吸，吸的也是女人胸口上的湿漉漉的衣服，彼此都大汗淋漓，男人在十分困难的搏斗中终于可以侧过脑袋露出半个嘴巴连呼带吸了，相当多的女人衣服衔在嘴里吐都吐不掉，他们的生命之水就喷射出来了，他们的裆部离人家女人的裆部至少有三四寸的距离，但在感觉上却是无边无际深不可测。两个臭男人在如此近距离与女人接触之前，就听过许许多多有关女人的故事，包括女人的下身，都是经验丰富的男人充当讲解员的大任。高潮已近尾声，压根就没有传说中的神仙般的感觉，快感中有一种说不出的难受，从他们龇牙咧嘴的表情上可以看出来。

　　他们松开手，女人也松开手，他们另一半脸差不多让女人胸脯给压扁了，他们两个大笨蛋始终抓着女人的肩膀，把女人死死按在地上。他们松开手时才发现女人在他们的压迫下没有他们想象的那么痛，反而是他们的脑袋被揪下好几撮头发，脑袋个别部位都露出白苍苍的头皮，跟开个口子一样相当恐怖，大腿根发麻，站立都困难，人家女人的膝盖没有白顶他们的大腿根。再看看他们的裤裆，湿了一大片，都湿到膝盖了，都渗出来了，跟树胶一样明晃晃腥不拉叽的。那个旁观的女人捂着嘴，靠着墙都笑不出声，两个刚刚结束战斗的女人满脸鄙夷，从鼻子到眼睛得意洋洋，极端轻蔑地打量两个臭男人，一直打量到他们湿漉漉的裤裆。大泄之后身体就软了，再往裤裆处看，再抬头去迎女人的目光，两个男人一下子就被打蔫了，还咬着牙恶狠狠地。三个女人手里早有了家伙，有菜刀有斧头。

老板娘把三个年纪大的男子喝醒，叫他们来看他们的兄弟。三个男人打着呵欠揉着眼睛到走廊上，看看自己狼狈不堪的兄弟，再看看愤怒而得意的女人，其中两个女人衣服零乱，还湿了几处，空气里全是河泥般的腥臊味。三个中年男人冲上去扇兄弟的脸，并且吐了唾沫。老板娘又喝一声："行啦行啦，苦肉计嘛，老娘不稀罕！说说该咋办？"三个大婆娘手持利刃，五个男人又不是本地人，只要老板娘再吆喝一声，左邻右舍立马会来几十几百人，老板娘就站在大门口，已经有人朝这边张望。老板娘敲一下门框："大老爷们，给个说法。"男人们中的老大声音小小一点："私了，私了。"老板娘说："知道犯法就好，就有话说。"

老板打完牌回来了，老板也笑，"狗日的，我们是正当买卖，不是卖肉的。"商议的结果，拿钱，身上所有的钱全拿出来。他们中的老大有个小小的要求："让我们兄弟洗干净再走，这个样子出不了门呀。"老板很大度，挥挥手："后院有水，洗去吧。"洗了衣服，晾在后院，也洗了澡，换了衣服，两个恶棍有了人模样。老板就问他们的大哥："你们的兄弟挺壮实嘛，泄那么厉害，有病啊。"大哥一口咬定：没病！大哥理由很简单："有病还出来揽活？他们可是壮劳力。"老板怪笑："我觉得他俩有病，按理说我不该说这话，他俩要没病我的女人我的帮工吃大亏遭大罪呢。你没看见他俩的裤裆，跟打一锅糨糊一样嘛。"老大吸了一口凉气，回过头死死地盯着两个兄弟，越看越不对劲，心里就嘀咕："日他妈，钱没挣下落一身病，麻烦可就大了。"老大赶紧去跟老二老三商量："你看咱兄弟有啥不对劲。"老二老三说好着哩好着哩，跟高角牲口一样，能吃能睡能干活，吃了五谷想六谷还想日女人哩。老大就冷笑："日女人，日上了吗？"老二老三也是连吸几口冷气："就是呀，没日成么，哪有这么日女人的，都顺大腿根淌光了，连女人毛都没挨上。"三个中年男人一齐打量他们的兄弟,两兄弟在屋里收拾行李,动作明显不如以前那么利索那么有力,脸色红扑扑的,年轻嘛,二十出头的样子。老二老三很快看出问题:"身体弱的人才早泄呀,咱兄弟不弱呀,泄这么早,这么多。"

老板就过来了:"看出问题了吧,肯定有问题。"三个大男人一下子愁上心头,老板给他们烟,他们不抽,老板硬塞他们嘴上,打火机蹿出火苗,他们就点上烟,长长吸一口,还是个愁呀。老二说:"得找偏方,偏方治怪病,咱兄弟得的是怪病。"老大不甘心:"好好的嘛,一直好好的嘛,到了石河子就成这熊样子。"老三说:"石河子这地方邪了。"老板说:"你们兄弟在犯法,不是我们石河子地方邪。"晾在铁丝上的裤子被风吹得哗啦啦响,隐隐约约还能看见精斑绘成的地图。老板一脸怪笑:"比盐碱地还要厉害,盐碱泛上来房倒屋塌。"三个大男人满脸悲戚,垂下头,不吭声,头快垂到裤裆里了。静了好大一会儿。两个小兄弟扎好了行李,可怜巴巴地望着三位兄长。

老板哈哈一笑:"干啥呢,地球要爆炸了吗?"老三瓮声瓮气地说:"差不多吧。"老板说:"没那么严重。"老大缓缓站起来,就像从地底下钻出来一样,缓缓升起,升到老板跟前,给人家老板递上一根烟:"对我们兄弟来说比地球爆炸还要害怕。"老板说:"石河子这地方就是怪,还真有个看怪病的江湖高人。"五兄弟哗就围上来了,房子里那两个跟飞出来的一样,用嘴用眼睛可怜巴巴地望着人家老板。老板就一板一眼地告诉他们:"兵团的老底子是从石河子打下的,基础好功能齐全,每年都有口里的罪犯来劳动改造,这些人当中能人不少,当年国民党的大特务、抓获过川岛芳子的大军统都改造过来了,那人厉害呀,能开矿,南山煤矿就是他设计施工的。"老板卖个关子,开始介绍农场刚刚出现的江湖高人张万银,"看病的,狗日的,什么怪病都能看,手到病除,绝啦,专治怪病,这会儿不在石河子了,到南疆农二师去了,那个地方在和静县,翻过天山就能看见。每年一万人的规模,比原来牛皮多了。"五兄弟面有喜色,老大张罗着打工挣钱,给兄弟治病。老板大发善心,退了他们的赔款,没全退,人情是人情,话得说清楚:你们兄弟那是强奸未遂,人没吃亏衣服毁了,衣服一定要赔。就扣除了两百块衣服钱,剩余部分塞给老大。

按照老板指点，五兄弟赶到南疆和静县农二师某农场。还真有一个叫张万银的高手，前来看病的人很多，排队抓号，第三天才挤到跟前。张大师果然名不虚传，不用号脉，看看两兄弟的气色就知道他们吃了不该吃的东西。确切地说张大师只看了两兄弟中的一个，另一个没到桌子跟前来，张大师瞅了一眼，只看跟前这一个，张张嘴吐吐舌头，就让他退后几步，上下打量，把小伙子都看毛了，这么厉害的眼睛，都看到小伙子的五脏六腑里去了，小伙子的卵蛋跳了两下，往小肚子里缩。小伙子快撑不住了，张大师见好就收，收回了那刀子似的目光，一边在纸上写字一边问他吃了啥怪东西，也不急着让他回答就挥挥手招呼下一个病人。几服中药，药很简单，全是芒硝大黄，全是泻药。

刚吃下头一服，就拉得山呼海啸。新疆茅坑大，下边是深沟大壑般的深坑，抱着肚子蹿进去，就炮声隆隆，出来第一句就是："哥，我把茅坑都拉满了，我都不敢拉了。"老大就笑："那是你的幻觉，狗子再大能大过茅房？你放大胆子拉。"每天都要拉五六回，每回都像放原子弹，臭气熏天，太阳都躲开了，给人感觉茅房上空升起了蘑菇云。老二说："这么看病我也会，干脆吃巴豆，不就是拉稀屎嘛。"老大说："你先吃上两颗试试。""我没病我吃个屁。""找高人看病心要诚，中医就讲个心诚，你心不诚还能弄个啥？幸亏是你说这话，咱吃药的兄弟说这话，麻烦就大了。"老三说："我观察了一下，大多人开的都是泻药，不是芒硝就是大黄，就怪了么，咋都是泄药。"老大说："老先人说了嘛，好吃难克化，吃了屙不下，屙不下就往下打了，芒硝打大黄打，一物降一物。"老二说："就不像拉稀屎就像女人堕胎。"老大说："女人受的罪男人也逃脱不了。"三个大男人都是有女人的人，都能掂出这话的分量。

关键是病，两服药之后，病情明显好转，两兄弟摸摸小腹，里边不难受了。张大师就笑："泄了一点点没泄光，泄光就麻烦了，就成太监了。"张大师只笑了这么一下，马上收住笑容，"我还是那句话，你俩吃了不该吃的东西。"就撇下他们招呼下一个病人。还是芒硝大黄，两兄弟说话都有了哭腔："再拉就把肠子拉出来了。"老二说："他要咱的大洋芋。"老大说："祸从口出病从口入，高人再高也高不到管人家吃喝。"老二说："不信你去看看。"吃第三服药，病基本上好了，能吃能喝能睡,闭上眼睛也能感觉出浑身上下有多么轻松。还是老大精明,老大问两兄弟:"他最后说了些啥?"老大进不了房子,老大看见兄弟在里边,人家每次打单子时头也不抬,可嘴里在嘀里咕噜说些与病不相干的话,老大忽然觉得这些话里有玄机,老大就起了疑心。兄弟说得很轻松,人家张大师说了:"该换挡就换挡,该刹车就刹车,速度要掌握好,慢了不行,快了更不行。""还说了些啥?""叫我俩不要吃不该吃的东西。"老二叫起来:"他给大洋芋打主意呢。"老大点上烟,大口大口地吸,吸了一半就决定献出一颗大洋芋。人家张万银头都不抬:"药要放在医生跟前,放你跟前算个啥呢?打算吃上一辈子?"老大汗都出来了,赶快去献出剩下的大洋芋。张万银这才抬起头,口气淡淡的:"这不是洋芋,这是药,药呢就得放在医生跟前。"张万银给他们开了最后一服药。

张万银后来名声更响,新疆容不下了,就沿着天山向东向内地发展,一下子发展到西安南郊终南山下,就不再是新疆时的万人规模了,动辄十万人朝圣,各大媒体纷纷报道,誉为"盖世华佗",著名作家不惜笔墨甚至把张大师纳入《黄帝内经》序列。有人就怀疑张大师在天山深处练就了人间罕见的气功。当是时也,金庸的系列武侠小说风靡全国,且风靡全球华人世界,凡是有海水的地方都有金大侠的笔墨在卷起万丈波涛。数学家华罗庚都说话了,金庸的武侠是成年人的童话。张万银大师就给我们创造神话。金大侠的小说主人公都有天山昆仑山蒙古大漠草原的奇特经历,大家这样猜测张万银张大师是有道理的。张大师确实吃了那颗大洋芋,功力备增,比武林秘籍比什么内经大法有用得多。

在诸多人物专访专题报道与长篇巨著之外,乌鲁木齐著名记者徐莉莉在本地一家不甚有名的娱乐报纸的不甚醒目的位置发表一篇文章,《芒硝与发财梦》,内容就不说了,大家不喜欢这种与时尚相抗衡的狗屁文章,狗屁文章是徐莉莉自己说的,徐莉莉供职的报社发不出,徐莉莉就给另一家报社的熟人打电话:"有一篇狗屁文章要不要?"人家就说:"欢迎徐大记者来臭臭我们。"人家完全看朋友面子,把这篇狗屁文章放在不显眼的位置,戏称"厕所",给排泄出去了。

且说兄弟俩治好了病,过了两年娶了媳妇,新婚那几天还是闹了笑话。因为吃过亏,就心有余悸如同惊弓之鸟,都第三天了,新娘都急了，不顾羞了，主动引导，才把男人引上正轨，还是射到人家新娘身上了。新娘贤惠，不计较，耐心相助，吭哧半夜，勉强到位，再过一天，就正常了，兄弟俩长长出一口气。他们的大嫂受大哥指示，在新媳妇嘴里套话，大哥也放心了。大嫂心细，对男人说："那是江湖骗子，把咱骗了，咱兄弟好好的，就是缺媳妇，媳妇一进门屁事没有。"老大不吭声，老二老三都不吭声，女人们知道兄弟俩看过病，不知道兄弟俩强奸未遂的事情。

老大心气高，容不得人欺他，老大就专门去一次和静县。已经找不到张万银张大师了，张大师名声更响了，小地方待不住了，人家虽然服刑，那是高人，是神医，不但患者如云，作家记者也来捧场抬轿，张大师就沿着丝绸之路到西安南郊终南山下当年汉武帝待过的太乙宫行医，可以想象那场面有多么热闹。当地人告诉老大："那是你运气好，放现在连门都找不着。"老大还去了石河子那家小旅店，门面比原来大一倍，员工也多了，老板说："我没骗你吧，两年啦，仅仅过了两年，人家老张到西安去了，我给你介绍那会儿，老张刚刚有点名气，那时候花费少，容易呀，现在别说你，我都没门。日他奶奶的，一个劳改犯，日他奶奶的，硬成了大师，你说邪乎不邪乎？"

老大把这些见闻传说带回村里，大家将信将疑，尤其是两个新媳妇，她们见识过自家男人的狼狈相。老大毕竟是老大，老大不但带回传闻，还带了报刊和书，都是有关张大师的，尤其是那本书，好几十万字，大家对知识对文字有一种古老的敬畏，都不吭声了，都在传阅，都在议论，再次抬头看两个新媳妇时都是很羡慕的目光了。新媳妇自己也在翻阅书刊，已经相当激动了，再也不敢小看丈夫了，再也不敢把男人不当男人了，再让大家这么一羡慕，一下子就牛起来了。确切地说，她们已经有了身孕。我的妈呀，好好想一想，张大师医治过的男人的种子开始发芽。两个新媳妇带走了所有的报刊和书，老大俨然一个长者，很大度很慷慨地挥挥手："都是给你们买的，拿走拿走全拿走。"

差不多大半年时间，两个新媳妇把张大师的宣传资料看了又看，然后就一门心思想肚子里的胎儿。两个小娘儿们虔诚呀，跟圣徒一样，不是看书就是望天空。天空又蓝又亮，飘过来的白云咋看都像是横卧的胎儿，脑袋那么大，差不多跟身体一样大。在她们执著而热忱的目光里，太阳月亮星星都呈现出胎儿的模样，都是静悄悄地横卧着，偶尔动两下子，让她们万分惊喜。更惊喜的是几个月后诞生的两个婴儿，一个月内先后出生，都是儿子娃，都是胖乎乎的，最明显的特征是头大，有道是头大有宝，还大得不同凡响，怎么看那头都是方的，就像戴顶博士帽。这个新名词是过满月时家族里上大学的堂侄说的，暑假过满月，让大学生赶上了，大学生就联想到博士帽。老人们还谋划着把这方脑袋给捏圆了。婴儿头骨是软的，可以捏圆溜。大学生的说法老太太们不会听的，头要圆嘛，圆头实脑多乖呀。

  酒席吃到一半，有道人从村口过，当地人的习惯，一定要邀请道人入席。道人吃好喝好，就看了宅子，神情诡秘，问主人能否看看婴儿。两家的婴儿都让道士过目，道士竟然也称赞这方型脑袋。为何？道士捋着长髯，说得有板有眼：老祖宗崇尚圆头，欧美国家崇尚方头，这两个娃娃将来会上大学上博士漂洋过海干大事。老太太们面露喜色，道士一边摸婴儿的方头一边说：娃娃小嘛，再大一些，就方中有圆，圆中有方，就鼓起来了。人群中有嘴尖的笑出声："那不成冬瓜了嘛。"道士乐呵呵的一点也不生气，道士告诉大家："不是冬瓜是洋芋。"男人们吃惊了，确切地说就是知道大洋芋秘密的五个男人，老大老二老三和两个刚当了爹的老四老五。道士又来了一句："洋芋——养育呀，好好养吧，都是养育，人家这才叫养育，有盼头啊。"最后这句话太厉害了，大家全都服了。

  全家人的喜气不用再说了，单说这老大。老大跟老二老三聚在一起，大家抽烟，嘴都抽麻了，就咳嗽吐痰，又静一会儿，老大跟做祈祷一样双手从下巴抹到额头，长长叹口气说："我记得清清楚楚咱都吃了大洋芋么，咱几个咋就没啥反应，啥反应都没有。"老二说："这都是天意，没办法的事情。"

  第二年，两个新媳妇乘胜追击一鼓作气又生了女儿，女儿的头就不如哥哥们那么气派了。长到一岁的哥哥头骨长齐了，如道士所言，真像颗大洋芋。他们的父亲伯伯们太清楚大洋芋是怎么回事了，谁也忘不了，红皮大洋芋。

  老大不甘心。老大又去了一趟四棵树河下游找马来新。他已经没有机会了。他把他们兄弟的遭遇一五一十讲给马来新，从早晨讲到大黑，一边干活一边讲，马来新也不打断他，马来新不停地给他点烟，给他递水。马来新甚至让他看了菜窖里的大洋芋。谈话是在菜窖里结束的，从早晨到晚上，马来新只说一句话："这是种子，我没办法给你。"

　　老大又待了一天。这一天，老大也没说话。老大待在地里。马来新两口子跟沙漠较上了劲，除过棉花就是大洋芋。原来的沙地全种上了棉花，棉花地外边就是大洋芋。大洋芋从一小片扩展到十几亩，可那都是大洋芋自己的功劳。老大自己都激动起来了："老马你好好想想，吃了大洋芋的男人和女人将要生养多少人才，那都是状元那都是博士，他们都要漂洋过海去外国留学，吃洋面包喝洋墨水在外国人的地盘上耍大娃娃，他们都会感念你的好处，你想想吧。"马来新听都不想听，马来新往手心吐口唾沫，搓一搓，掂上铁锨翻干土，细黄细黄的干土装在车子里，拉进菜窖，盖在大洋芋上。马来新连看都不看他。马来新也不是有意冷落他，他不说话的时候，马来新就给他烟给他茶水。马来新完全把他当客人。他们兄弟五个给马来新帮工帮过好些年，人家记他的好呢。实在没办法了，老大就替人家马来新瞎操心，"不给外人吃可得给自家人吃，儿子，女儿，里孙子外孙子，将来都是方头大耳朵，前途无量。"马来新笑笑没吭声。老大走的时候唉声叹气。

　　几年前马来新就起了疑心，双管猎枪都背上了，还养了一只狗。没人敢偷他的大洋芋。可有人给乌龟打瞎主意，这是他没想到的。

　　乌龟产卵几天后马来新两口子才下洋芋种子。不可能在乌龟前边整地么，那样的话乌龟就会躲开。沙地只种大洋芋，不种别的，基本上属于半休耕地，地不累。一年一茬子大洋芋，地气很足。乌龟就放心地来产卵。大概是五个帮工窃走两个大洋芋不久，从石河子那边来了高手。他们不偷大洋芋，他们怕打草惊蛇，先侦察一番，甚至挖出了大洋芋，又掩埋上。认下地方，第二年，乌龟刚产完卵，当天夜里他们就跟鬼子偷地雷一样小心翼翼地收卵，然后人工孵化，各种高科技手段综合运用，人工养殖，大批量生产，市场上很快就出现了一种新型的乌龟。不但上了大宾馆大饭店的桌面，小饭馆里都能见到，达官贵人享用的佳肴，进入寻常百姓家，完全大众化了，差不多成粗茶淡饭了。

　　马来新在乌苏县城的小饭馆里见到清蒸甲鱼，当然在别人的餐桌上,他的神态太吓人了,服务员就说:"大叔来一份,就一百来块钱嘛。""一百块?""一百块钱已经不算钱啦,你还怀念一个鸡蛋五分钱的年代呀。"马来新要了甲鱼。他不吃,他要活的,人家就给他活的,红塑料绳扎住后腿,拎上,出了城,在半道下车。

他蹲在四棵树河边的红柳丛里,四下无人,他可以仔仔细细地观察这只人工养殖的速成乌龟了。龟甲上的环纹似有似无,若隐若现,马来新还擦了擦,用河水冲洗干净,环纹还是不清楚,马来新倒吸一口冷气,手一松,放走了乌龟。乌龟对他理都不理,闷头往河里走,才走出几步,就模糊了。

几天后,马来新在四棵树河的下游,见到了他放生的乌龟。乌龟已经干了,失去了光彩,跟刷了绿漆的木片一样。这种人工养殖的速成乌龟完全丧失了野外生存的能力,放生等于送死。马来新在河左岸的沙地上掩埋了乌龟。他尽量显得轻松一些,老婆还是发现他不对劲,连连追问,越问马来新脑子越清楚。老婆告诉马来新,应该关心关心咱们的儿子,儿子上高中了,要考大学了。

儿子一直在镇上念书,高中也在镇上念。马燕红的遭遇就像一场噩梦,盘绕在马来新两口子的脑子里。弟弟不知道姐姐的遭遇。他是个孩子嘛,又是个粗粗拉拉的儿子娃娃。村里有人甚至挑拨这个懵懂少年:"你爸爱你姐不爱你,你爸送你姐到城里念书,把你瓜熊送到镇上念书。"少年快人快语:"我爸叫我念书哩又没叫我戳牛狗子。"那人循循善诱:"瓜熊,咋不长脑子,镇中学就没考上一个大学生。"少年头一昂:"那刚好么,我正想破这个纪录呢。"那人就有点气急败坏了:"瓜熊,你爸你妈就不想让你这瓜熊远走高飞,要把你娃娃拴在屋里养老呢。"少年快人快语:"那我就告诉你,我爸我妈还有我姐我姐夫,天天围着我嗡嗡嗡,就一个声音,狗娃好好念书,念到北京去念到上海去。盼着我远走高飞呢。"那人一拍大腿:"哎呀,那是给你戴木头眼镜哩。"少年就推推鼻梁上的眼镜:"看清楚了,这可不是木头的。"娃刚上高中就戴上了白框框眼镜,姐姐马燕红专门把弟弟叫到县城一家最好的眼镜店配的,还去医院做了视力校正。少年卸下眼镜擦擦镜片,对着太阳瞧瞧又戴上。那人更阴险,嘿嘿一笑:"到底是个娃娃,娃娃听叔给你说:你以为木头眼镜是木头做的?要透过现象看本质哩,喧住了?

噎住了就好，叔叔再说上一句，还是个中学生哩，念书念到肚子里去了。"那人把草帽往头上一扣，背着手，慢悠悠走了。

中学生心里咋想的就没人知道了。中学生回家吃饭，吃得很慢，父亲马来新就问："你要是嫌镇中学不好，爸给你想办法？"中学生说好着哩好着哩。马来新点一支烟，抽一口："有话给爸说。"中学生说："校长对我期待很大，指望我考大学破纪录哩。"马来新又抽一口烟，咽下去，没往出吐："咱不管人家校长，咱自己管自己，你自己说，想不想破这个纪录？"中学生低下头，咽下拉条子，长长出一口气，慢慢抬起头，迎着父亲老鹰一样的目光，一板一眼地告诉父亲："咋不想破？除非我不是儿子娃娃。"马来新老鹰一样的眼睛一点一点圆起来，圆成了骆驼眼睛，目光柔柔的长了绒毛一样，马来新转身去柜子里取酒的时候，儿子都能感觉到满屋子飘飞的绒毛。父亲马来新取出一瓶伊犁特曲，咬掉瓶盖："咱爷父俩喝一哈（下）。"马来新跟吹喇叭一样对着酒瓶咕咕嘟嘟灌两口，儿子扬脖子跟号兵吹号一样跟小公鸡打鸣一样也是咕嘟嘟两口。马来新把儿子揽到怀里，儿子的肩膀顶着他胸口，他用劲顶一下，又放开了。

"上初中那些年，家长们都给老师提胡麻油扛大肥羊，你爸莫有，你爸不弄那事情，你妈骂我哩，叫她骂去，骂够了，我就给你妈说一句话，你生下的是儿子娃，是长屩的儿子娃。你真格把咱娃当儿子娃咱就不弄那事情，就是夹在石头缝里，撒在戈壁滩上，只要娃命大，只要娃裤裆里崛的不是木头楔子娃就能弄，就能把事情弄成，咱谁也莫找，就上了高中。高一的时候，你班上有同学作文中大奖，你妈又得到小道消息，说是家长私下运作，有些娃念中学都出书了，你妈眼热得不行。不管真的假的，反正我娃没给我说过，一个字都没说过，娃，你说对不对？咱爷父们莫说过那号杂皮事。娃呀，儿子娃娃是有骨头的，到你这年龄，裤裆里的家伙一天起来一回，稍有点悟性就知道那家伙不是肉疙瘩，那家伙是骨头是铁，要么为啥叫锤子呢？咱爷父们今儿喝了二两酒，把该说的话都说了，咱往后就不说这号话了，这号话不好听，一生最多听一回。"

女儿马燕红快要生孩子了。小两口真能沉得住气，七八个月了、肚子挺起来了才告诉娘家。马来新连声说好好。老婆叫个没完：死丫头，嫁出去了，就把娘家人不当娘家人了，到时候叫她婆婆侍候她坐月子去，反正我不去。马来新光抽烟没反应。老婆拿抹布在马来新跟前叭抽一下，就像甩一个响鞭："到时候你要提醒我，我不去侍候她。"马来新声音小小的："你精得跟猴儿一样还用我提醒吗？""我怕我到时候没皮没脸求爷爷告奶奶硬往人家跟前偎。"马来新就轻轻来一句："嫁出的女泼出的水，水里头长东西哩，长多长少都是人家婆家的不是娘家的，你把事弄清楚。"老婆好好想了半天，老婆想明白了："死丫头心偏啦，把心全贴在女婿身上啦，我估计婆家知道她怀娃的消息不会比咱早多少，死丫头就是想忙死忙活多干活，连身子都不顾了，早给婆家说，人家不会让她干重活，死丫头心疼女婿不心疼自己，咱咋养下这么个货。"马来新又不吭声了，这个时候最好不吭声，让女人闹去，闹够了就安静了。其实也没闹几分钟，老婆突然一拍手："上回见她没动静，哈，是个儿子娃，怀上儿子娃不显身形，怀上女子娃扑刺耶海棉花包一样，哈，死丫头怀的是儿子娃。"老婆双手一拍，还跳了两下。马来新说："你看你真像个猴。""随你说，你爱说我是啥就是个啥，你这时节吐到我脸上把屎抹我脸上我都高兴。"

老婆好多年没有这么高兴过了，老婆翻箱倒柜，心劲大得不得了，几年前就给外孙子做了好几套宝宝服，老虎枕头老虎鞋，百锁、尿布、围肚，两大包袱。女儿出嫁那一年冬天，她一边哭一边做针线，说实话，给自己的两个娃娃都没用过这么大的心劲。用的是心上的劲啊。飞针走线，咬牙切齿，咬线头时常常咬到手指头上，这么心强的女人，针都扎不了手指头，活做完了，咬线头时却把手指头咬得血糊流拉，心里在念叨苦命的女儿，鬼迷心窍不好好念书，早早嫁人把自己嫁那么远，嫁到山根脚了。丈夫给她的解释是女儿跟同学谈了对象，没心思念书。凭女人的直觉，她知道女儿肯定是吃亏了，吃大亏了，她都不敢追问下去，她从丈夫黑沉沉的脸上就能感觉出来女儿吃的亏有多么大，她再闹一下，这个家就塌火了。她就强忍着，半夜三更一针一线做娃娃衣服，她相信女儿会有娃娃的，女儿吃再大的亏也得生娃娃，有了娃娃就能在婆婆家扎下根。她见过许多吃过亏的姑娘出嫁后的悲惨遭遇，想到这里，她就抓心口，她的指甲跟老鹰爪子一样把胸口的衣服抓烂了，抓到皮肉上，抓到扑通扑通跳动的心脏上，她使劲地捏，连掐带捏带着哭腔。丈夫看在眼里，丈夫束手无策。丈夫头发白了一层，脸色黑中带青。她后悔自己没耐心，她就揪头发……

还是丈夫救了她。丈夫砌了土地爷，贴了神像，上了香，丈夫告诉她：咱女子会过日子，种的洋芋比咱的好。丈夫从女儿那里带回一袋子洋芋。从那天起她又恢复了正常针线活，她再也不歇斯底里胡折腾了。她的针线活越做越好，满满做了两大包袱。现在她可以一件一件拿出来展示了，死女子生个屎屎娃。

她撇下满床的小衣服赶到院子里给土地爷上香。这还不算，还跑到前院两个老人家那里去。她的公公婆婆九十多岁了，吃好喝好百事不问，晚辈对他们也是报喜不报忧，天大的灾祸也传不到他们耳朵里，芝麻大一点喜事，会详详细细讲给他们听。他们听个开头就嚷嚷开了，四世同堂啊，老人家高兴坏了，也跟着上香。老太太信佛，桌上有观音菩萨，有香炉。老人家还看了娃娃的小衣服，老人家问儿媳："你喝过墨水念过洋书，你会针线活？"当年女高中生嫁过来的时候婆婆用针线活折腾过，这是一招。第二招是锅灶，这一关也不好过，女高中生让老太太折腾得够呛，所以故事的相当部分没有让老人家露脸。儿媳大声告诉老太太："我一针一线做哈（下）的，不是机器上轧出来的。"老太太眼睛一闭："给你女做哩你不吃亏。"老太太攥根长杆烟锅，跟猎枪一样。老公公喂一只山羊，可以挤奶，老公公为人厚道，老公公说："新社会了嘛做啥针线活哩，到商店买去，商店要啥有啥，咱的孙子么，把商店包哈（下），咱孙子随便挑，爱挑多少挑多少，你千万甭听她胡说，她胡说了一辈子，我就不听她的。"老两口吵起来了，马来新的老婆赶快抽身。

乌龟也没想到自己的卵能少一半，赝品越来越多，时间失效了，也就意味着无限寿命的结束。乌龟还是有办法延长自己的寿命，首先放慢呼吸，接着是心脏的跳动，再接着是血液，全都慢下来，几乎接近静止状态。这种寂静状态的自我调节功能，直接影响了第一代读书人，他们从龟息受到启发，修身养性，自我调节能力与乌龟不相上下。更壮观的是减弱生殖能力，以不变应万变。

让乌龟感到欣慰的是马来新夫妇的洋芋，一颗种子消失了，却生长出五个大洋芋，每个洋芋都是种子的几倍，乌龟的生命呈几何级数增长。全球都在蔓延赝品，都在损耗，只有马来新夫妇的沙子地在扩张。乌龟的生命再次穿越时空。乌龟就及时地预测了马来新女儿马燕红的身孕，马来新老婆梦见了蛇，马来新老婆眼睛都直了。女婿催她上车，女婿开了一辆摩托改装的蹦蹦车，马来新老婆拎上两个大包袱侍候女儿坐月子去了，连河里的乌龟都能听见马来新老婆的大嗓门："老汉，老汉，你把大洋芋给我看好，你把大洋芋丢一颗，我把你锤子撅哈（下）。"

马来新扛着猎枪守在地里。人家问他干啥哩？他就说打野兔。他总能打到野兔。准噶尔大地善跑的戈壁兔一口气可以跑上百公里，可以跟黄羊野驴骏马比高低。马来新只打一只，捡几根干梭梭，守在洋芋地边架一堆火烤野兔，很快就芳香四溢了。

镇中学的校长陪县上几位下基层观摩教学的同行欣赏大漠风光，看了大片的芨芨草胡杨林，不想坐越野吉普，想下来走走，就走到马来新烤野兔的地方。马来新认识镇中学校长，公社改乡又改镇，校长还是这个校长。马来新就招呼大家品尝野味。马来新有刀子，一只野兔划开，每人一块，五六个大男人，就品尝一下嘛，没人想在这里搞午餐。让他们吃惊的是手里的肉还没吃完，马来新就从沙梁上转出来了，拎着三条戈壁兔，大家还没反应过来，马来新就剥下皮，让大家帮忙。大家一片欢呼，血淋淋的戈壁兔撒上盐，架在火上叭叭叭吱吱吱兔子在叫，很快就烧出一层闪闪发亮的油光。车上有啤酒，可以美餐一顿了。

热闹了一个多小时，县上的客人高兴啊，镇中学校长对马来新说："你给咱长脸了，我做梦都没想到有这么好的效果。"校长就得寸进尺，向客人提要求，校长先绕个弯子："四棵树人够意思吧？""够意思够意思。"客人边擦嘴边竖大拇指头，客人们纷纷表示：好多年没有这么开心过了。校长就露出了狼面目："好！好！开心就好！咱就把心开到底，让我们四棵树广大人民群众也开心上一回，咋样？"客人们还没有觉察到校长的险恶用心，客人们纷纷表示：好么好么，就是不知道咋让四棵树人民开心呀？"简单得很！"校长摸一下大背头，"请化学大王陈老师做两场高考辅导报告,上午一场下午一场。"客人中的陈老师是县中学的王牌老师,是县中学的镇校之宝,大家都看陈老师。镇中学校长压低嗓门来这么一句:"陈老师为难就算了,权当我没说。"

陈老师说话了:"这有啥犯难的,不就是两场报告嘛。"陈老师卸下眼镜擦一擦戴上,陈老师说:"我不是冲你校长,我是冲着四棵树的戈壁兔,我还是头一回吃这么筋道的野兔,我在伊犁下乡当知青也是个打野兔的好把式,伊犁那地方植被太好,兔子太肥,油太大,比不上戈壁兔,全是腱子肉。这位老乡太牛皮了,一根烟的工夫打了三只野兔,一看就知道是个高人,佩服佩服啊。"斯斯文文的陈老师恭恭敬敬地给马来新递上一支带过滤嘴的红雪莲,打火点上。校长太会点眼药了,校长说:"老马的儿子就在咱学校。"陈老师这会儿就不是个老师了,完完全全成了一个大将军,很慷慨地扬起手臂:"讲课费不要了,一分都不要,走,讲课去。"一行人钻进越野吉普车走了。校长最后一个上车,校长上车前拍了一下绿皮吉普的车门:"嘿,今年高考有希望啦!"

周末儿子回家高兴得不得了。老婆去侍候女儿坐月子了,马来新自己做饭。儿子边吃边说,马来新静静地听着。这个陈老师不简单,做了两场报告,还专门给儿子开小灶划重点。儿子不知道父亲马来新的那几只戈壁兔,儿子把这些功劳全划到校长身上。校长指望儿子实现零的突破。有关陈老师,真真假假传说很多。

据说陈老师当年下乡插队的地方在伊犁特克斯县,特克斯县城是历史上有名的八卦城,是盛世才的岳父邱宗濬按照八卦图建造的。据说陈老师下乡插队五六年,天天都在琢磨八卦,从1982年大学毕业当教师那年起,陈老师就露了一手,接二连三,从来没有失过手。有次酒后漏了一句当年在特克斯插队的时候如何如何,大家才恍然大悟。高中化学难学难教,师生都有体会,像陈老师这样参透了中国古老哲学观念的化学老师还真是凤毛麟角,这是自治区一位教育界的权威说的。陈老师就成了大熊猫,暗中攻击他为神汉巫师的人也收口了。陈老师说就:八卦不光光是占卜,那是古代的科学,是预测学。后来时兴把风水叫做环境地理学,就证明了陈老师的先见之明。

马来新问儿子:"这位陈老师就没预测预测你?""预测啦,"儿子告诉父亲马来新,"他看了我的作业本,看了我好几个学期的考卷,他说我比他有出息，他只考了个伊犁师范，我至少能考到西安，他连西安的大学都想好了，上理工科就上西安交大或者西工大。""连学校都猜出来啦，这个陈老师太厉害啦。""陈老师说他好多年没碰上好学生了，好学生十年不遇，他不能伤校长的感情，都是同行，遇上个好苗子不容易，让我在镇上考，一样能考好学校，他每月给我寄资料。"马来新坐不住了，马来新来回走圈圈，边走圈圈边吆喝："娃呀，你遇上贵人了，娃呀，爸给你说过么，咱不用扛大肥羊，不用提胡麻油，贵人帮你，就图个喜欢，人家不图啥。哎呀我娃福大命大造化大，说到底是我娃肯努力肯用功，牲口要肯吃，学生娃要肯学，有这么好的前程等着我娃，娃你就给咱好好弄，给咱把事弄成弄大。"

马来新没给土地爷上香，也没给河里的神龟许愿，马来新上到沙梁上，望着天空圣徒念经一样心里叽里咕噜："老天爷呀，我女子把事莫弄成，我娃眼看着把事弄成了，你要襄助我娃，保佑我娃，我女子吃了大亏，我娃就不能吃亏，一点亏都不能吃；我娃遇上贵人了，啊呀陈老师呀陈老师，你是我娃的贵人，我向老天爷感谢你。"

卷九

　　新婚那几年，王蓝蓝唯一的感觉就是幸福。确切地说这种感觉从陈辉带她去乌鲁木齐采购结婚用品就开始了。她一路盘算，还带了乌鲁木齐的地图，划出有名的大商场。陈辉只作参谋不表态，一切以王蓝蓝女士为中心，一句话，陈辉很绅士，不像新疆男人，新疆男人霸道专横，陈辉倒像个上海人。他们单位就有上海人，乌苏县好多单位都有上海人，上海男人有绅士风度，天崩地裂都是斯斯文文春风化雨。

　　王蓝蓝还记得新婚之夜，他们是从亲吻开始的，她才体会出什么叫怜香惜玉。她有过初恋，那叫宋乐的大学生在白桦林里亲她的举动可是太粗鲁了，笨手笨脚跟狗熊一样，抓她就像老鹰抓小鸡，她当时差点叫起来。她记得她都反抗了，新疆丫头嘛，吃牛羊肉喝牛奶羊奶，吃大盘鸡吃拉条子，身上的牛力不比男人差呀，她记得她拿手套抽了宋乐两下。这个大狗熊还是蛮横地把她摁在树上，跟狼吃小羊一样连啃带咬，哪是亲吻呀，简单是跟日本鬼子拼刺刀。

　　新婚第一天早晨，新娘王蓝蓝起床做饭。洗漱的时候都还懵懂着，拿起菜刀，打开煤气灶，身上的感觉一下子就变了，眨眼间一桌早餐就好了。她尝了又尝，去卧室看了又看，丈夫睡得正香，她就被那睡眠中的芳香弄晕了，她拉上卧室的门。厨房在小院子的门口东侧，西侧的房子放煤放杂物，厨房也分开两部分，砖墙隔开，一半是小餐厅，坐五六个人没问题。一般人家就把这间房子全当厨房了。两间正房，一间卧室，一间客厅。新娘子王蓝蓝从卧室出来，还沉浸在巨大而猛烈的芳香里，院子里也是芳香四溢。一队天鹅咿咿呀呀飞越准噶尔上空，新娘王蓝蓝很容易把自己想象成天鹅。

男人们不怀好意地称陈辉为"好马吃嫩草"。陈辉同志三十多岁叫老马不合适，陈辉对新房对婚礼是熟悉的，就显得从容老练潇洒自如。王蓝蓝了解他的过去，更让他感动的是王蓝蓝欣赏他这段经历。男人们在一起抽烟喝酒含沙射影指桑骂槐的时候，陈辉完全一副胸有成竹的样子，那些挑拨离间的闲言碎语在王蓝蓝跟前往往适得其反，陈辉的形象更高大更完美了。

那时候流行吉他、电吉他、雅玛哈电子琴、俄罗斯风格的手风琴慢慢消失了。王蓝蓝弄来一架正宗俄罗斯手风琴。手风琴出现在丈夫陈辉的生日聚会上。到清水河子来聚会的有陈辉各个时期的朋友，中学的，大学的，下乡当知青时的，在皮革厂当工人时的，我们可以想象新娘王蓝蓝把手风琴作为生日礼物送给丈夫陈辉时的情景：大家都惊呆了，目光复杂起来了，全都集中在陈辉与王蓝蓝的脸上，跟探照灯一样在两人之间扫来扫去。王蓝蓝说："我也是伊犁长大的，从懂事那天起就喜欢听手风琴，跟在人家拉手风琴的大哥哥后边走过斯大林大街走过解放路走过人民公园走到伊犁河边了，人家就取笑，小丫头这么喜欢手风琴，长大以后要嫁给拉手风琴的人吗？我理直气壮地回答了人家，我就等着世界上最优秀的手风琴手，就这样等到了陈辉这个大坏蛋。"

王蓝蓝话音刚落，陈辉胸前的手风琴就响起来了，《山楂树》《小路》《莫斯科郊外的晚上》《茫茫大草原》《草原之夜》《伊犁河滚滚向前》，院子里的人都跟着旋律唱起来了，连那些白杨树老榆树葡萄啤酒花向日葵和五颜六色的成片的蔬菜也唱起来了，蝴蝶蜜蜂以及各种鸟儿都飞过来，远方传来鹰的长啸，接着是大群大群的马的嘶鸣，接着是跳舞，所有的男宾都受到女主人王蓝蓝的邀请，女宾们也同样接受陈辉的邀请，手风琴由另外一位男宾演奏。公公婆婆还有小侄儿小侄女们高兴得不得了，孩子们都嚷嚷开了："又做新郎了，又做新娘了。"两个老人也说："就像一场婚礼。"老太太说："等蓝蓝给咱们生下孙子，咱们就跟维族人一样热闹上一回。"老头子不干："咱们过满月一样热闹嘛。"老人太说："我就喜欢维族人的那种热闹。"

那天晚上王蓝蓝表达了做母亲的强烈愿望，陈辉说："你不是有言在先，五年之内不考虑生孩子的问题吗？""我现在改变主意了。"王蓝蓝那么疯狂，又是垫枕头又是挺小肚子，王蓝蓝的声音仿佛来自天际："有孩子我就有资格参加玖宛托依了。"王蓝蓝做姑娘的时候就知道维吾尔女人这种古老的庆典仪式，王蓝蓝连那庆典仪式的名称都想起来了，玖宛是少妇，托依是婚礼，合起来就是少妇的婚礼，不是所有生育过孩子的少妇都能参加这种庆典仪式，大家公认的贤妻良母才有资格受到邀请，是很荣耀的。

王蓝蓝很快就有了感觉，她告诉陈辉孩子这么大就这么大，王蓝蓝比划出来的孩子就玉米粒那么大。陈辉是二婚做过父亲，陈辉说："你不要老往医院跑，不要老让那些仪器对着你照，也不要老摸肚子，能摸出来吗？"陈辉把家务全包了。

陈辉本来就是个干家务的好手，这在新疆也很少见。没有人逼他，他喜欢干。他在皮革厂的时候刚上班就帮师傅打家具，师傅都惊叹不已，这个徒弟下乡几年不光放马种地拉手风琴，还会木匠活，还会做菜。师傅就问他跟谁学的，他就说我爸是养路工，我妈是小学老师，我们家孩子都会做饭。他第一次去师傅家就换下师母，掌勺烧菜，其他徒弟在院子里挖菜窖修水龙头整菜园子，师傅的女儿给他当下手。师傅的女儿当时就傻了，小丫头从来没见过一个男人有这么好手艺，跟耍杂技一样，小丫头端盘子出来时还在恍惚中，盘子落地碎了小丫头都不知道，陈辉马上换上一盘塞她手里，她一下子就活过来了，在父亲严厉的目光下把一切都掩饰过去了。菜烧得太好了，大家忙于对付一盘又一盘美味，就不计较小丫头的失误了。小丫头一次一次投去感激与钦佩的目光。

他们婚后陈辉一件一件自己打家具，女人当下手，心里惊叹丈夫的手艺，这个男人什么都会，好像这个世界对他没有什么秘密。星期天的时候这个男人会带她去人民公园或者伊犁河边拉手风琴唱俄罗斯歌曲，她也会跟上唱几句，客观地讲她唱得不好，她自己脸都红了。男人还是不断鼓励她，她唱完了一支歌。他们有了孩子，孩子的玩具都是丈夫亲手做的。后来丈夫上大学，别人很吃惊，她一点也不感到意外，只要这个世界上出现新事物，丈夫一定能掌握它们。丈夫上大学，跟歌舞团的女演员演了一场惊心动魄的人生大戏，她都坦然处之，她去劝公公婆婆，再劝娘家人，她把一切都揽到自己身上，吃惊的反倒是陈辉。

不久她又有了新家庭，丈夫是个司机，对她对孩子都很好，丈夫全家都善待她，她也觉得很正常，好像生活本来就是这样，没有什么奇怪的。司机丈夫竟然也是个能人，会过日子，还知道体贴人，不拉手风琴拉二胡，拉《江河水》拉《喜洋洋》拉《百鸟朝凤》也拉《二泉映月》。陈辉来看孩子的时候，司机丈夫就招呼炒两个菜，打开一瓶酒，跟陈辉喝两杯。那是陈辉头一回来前妻家，本想在房子外边接孩子出去，天黑再回来，联络联络父子感情。司机出来了，嗓门那么大："到家门口了进来坐坐，进来坐坐。"陈辉就进去了。新疆天大地大，许多城镇居民都有独家小院，土块围墙，红砖房子，院子里有花有树有菜园子有葡萄有自来水，跟陈辉原来的那个家一模一样。女人给他倒茶水，还有一盘水果，还有西瓜，陈辉好像回到从前那个家，这个女人好像从来没有离开过他。更要命的是这个新丈夫，这个比陈辉高出半头的壮汉正在院子里给孩子做玩具，一切按孩子的要求在做，兔娃小车、手枪、冲锋枪、弓箭，跟陈辉做出来的一样。陈辉把儿子的玩具装在包里带来了，陈辉相信没人做这种玩具了，而他的亲儿子跟继父待了不到一年就亲密无间……人家招待陈辉吃个饭，人家让孩子跟亲爸爸去玩，亲爸爸陈辉带儿子玩了一天，父子两个已经不像从前那么默契了。又去了一次，陈辉痛苦地感觉到这个男人已经成功地取代了自己。本来是他抛弃了妻儿，可这种被抛弃的感觉变戏法似的出现在他身上。他一个人喝了好几次闷酒。房子让弟弟住了，玩具送给小侄儿，小侄儿根本不喜欢这些木头玩具，全都弄坏了。他心情坏透了，很少回伊犁。他梦想着自己打家具，再做玩具。

王蓝蓝给了他机会。他叫了两个浙江师傅打下手，他自己设计，做出的家具让浙江师傅都惊叹不已。王蓝蓝整整欣赏了半个月，上了漆搬进新房，王蓝蓝还意犹未尽，看了又看摸了又摸。陈辉说："做了新娘你天天用它们，迟早一天你会烦它们的。""不会、不会，怎么会呢？我亲眼看见你怎么做出来的，狗日的陈辉你太了不起了，你告诉我你跟谁学的？""特克斯大草原，你该不会跟我去流浪吧？""这辈子我跟定你了，你到哪我到哪，你讨饭我都跟你去。""好好给我当老婆吧，不要胡思乱想了。"王蓝蓝如愿以偿做了陈辉老婆,还怀了陈辉的孩子,陈辉又忙起来了。王蓝蓝就喜欢陈辉忙出忙进的样子,怀孕两个月嘛,给谁说谁也不信,还是个大姑娘嘛。没显肚子王蓝蓝已经提前进入孕妇状态,走路那么迟缓,人家以为她病了,她打个呵欠,人家也不信呀,白白胖胖气色很好。

五四青年节,县城几个中学联合搞活动,三运司和当地驻军也一起参加,场面很大,县上几大班子的领导都来了。陈辉用那架有名的手风琴拉了《伏尔加船夫曲》,会场就有人喊再来一个再来一个,主持人就让陈辉再来一个,陈辉无意中成了这次活动的压轴戏,几个单位暗中较劲,陈辉的同事们全都兴奋起来了,可以想象王蓝蓝有多么激动。出人意料的是陈辉不再使用手风琴,陈辉把手风琴交给主持人,清清嗓子来了一个诗朗诵,《我是青年》。"哈,我是青年!"全场就静下来了,陈辉的同事们全都瞪大眼睛,连校长书记教务主任都好像不认识陈辉了,最惊讶的是新娘王蓝蓝。台上站的是陈辉吗?完全是慷慨激昂潇洒奔放的诗人形象。自从来到小城乌苏,陈辉一直内敛,谦和斯文。他的同班同学在另一所中学,这位同学悄声告诉左右:"这才是真正的陈辉,当年在大学校园里,就是这么一首《我是青年》打动了州歌舞团的女演员。"这位同学也只说了这么一句。全场的气氛太庄严太肃穆了,大家全都凝神屏息,朗诵已经结束好几分钟了,全场静悄悄的,没有欢呼没有掌声,后来有人站起来了,接着大家都站起来了,忽然响了一下,接着掌声哗地全响起来了。王蓝蓝完全沉浸在做母亲的喜悦中。她都听傻了。

从她有身孕那天起,陈辉就变着法子弄好吃的,手里捧着各种菜谱,骑上车子到处采购,甚至托朋友托学生,那架势要弄来天地间所有的好东西来加强孕妇的营养,还美其名曰: 得天地之精华养育之。录音机里全是优美甜蜜的曲子,陈辉自己都成艺术家了,善解人意,妙语连珠,又美其名曰: 孕妇要有好心情,情绪影响胎儿发育。陈辉轻手轻脚端上鱼汤,刺都剔掉了,就肉和汤,真香啊,又嫩又鲜,侍候她这位公主喝下去。她没用匙子,端起汤盆一口气喝个底朝天,长长出口气,笑眯眯地望一下扎着围裙的陈辉:"手艺不错,好好干,我散步去啦,为了我们的孩子,我还得呼吸些新鲜空气。"

下周放假，很长的暑假。陈辉建议回伊犁度假，王蓝蓝还没想到回伊犁的好处，陈辉就说："再过两个月，你就不方便动了，想回伊犁都不行了。""干吗回伊犁？伊犁就那么好吗？""看看清水河子，看看伊犁河，再看看老人家，也让他们高兴高兴。""你这狗东西，你是我肚子里的蛔虫呀，我想做什么你全知道。"

他们回到伊犁，在清水河子待几天，又在伊宁市娘家待几天，还去了姨姨家、姐姐家。姐夫在他们的婚事中前后奔走疏通，姐夫没想到自己还有相当出色的外交能力，重要的是练出了嘴皮子，嘴不笨了，谈起话来一套一套的，家里人没觉得什么了不起，单位里的人对姐夫刮目相看。竞选车间主任时，好多技术与他不相上下的哥儿们同行都说不了话，工人嘛，能练舌头呀？姐夫上去呱呱几下，就把大家震了，这小子埋藏得太深了。不管怎么说姐夫成了车间主任，管上百号人呢，大小成个人物了。

这个假期也是陈辉跟王蓝蓝整个家族结交的一个机会。从姐姐家开始到娘家结束，陈辉的出色表现赢得一片赞扬。街坊邻居也喜欢这个新女婿。人们的赞叹声从远到近，一波接一波传到岳父岳母的耳朵，接着是女儿女婿长时间地待在身边，朝夕相处，女儿已经说了，要待到八月底开学的时候才离开，细细算起来一个多月呢。我们相信陈辉的能力，我们可以想象两位老人有多么满意。对女婿的满意就是对女儿的满意，王蓝蓝很快就感觉到了。其实他们这次回娘家，几乎深居简出，除过娘家的亲戚，过去的同学朋友都没去联络。快收假的时候，那些老朋友老同学还是听到了消息。伊宁市说大也很大，说小也很小。人家是不会放过全伊犁州教育界的名师、高考猜题大王的，这些大学时代的同学连同他们的校长纷纷登门邀请，中学的毕业班都没有放假，高考班是没有假期的，陈辉自己单位是看在王蓝蓝有孕在身，专门给了陈辉方便。躲开了自己单位，却被人家堵在岳父家里。去讲一场就得一直讲下去，差不多一天去两三个学校。车接车送。那几天，岳父家的小巷子都是小汽车。这条平民小巷什么时候这么热闹过？他们两口子也是人家用小车送回乌苏的。

孩子过了满月，过了周岁，王蓝蓝就彻底解脱了，婆家娘家争着带这个人见人爱的小陈辉，儿子嘛，活脱脱一个小陈辉，职业女性王蓝蓝抽空回伊犁去跟儿子联络感情就可以了。她都想好了，在老人那里最多待四五年，五岁上幼儿园，六岁上学前班，七岁上小学，从幼儿园也就是从五岁开始，对不起老人家，王蓝蓝要亲自教育孩子。五岁以前，这四五年就做快乐的少妇吧。

事后想起来，这四五年还不如自己带孩子。这四五年里发生的故事可是太多了，连陈辉这样的预测高手都没有任何预感，当事人王蓝蓝就更莫名其妙了。哺乳期结束了，身体饱满挺拔结实辉煌，好像从身体里掉下去一块肉，生命就加倍地补偿女人，女人的一切都变得强烈而迅猛，蓬蓬勃勃精光四射，小生命唤醒了大生命。王蓝蓝更沉着更大胆，激情中已经有了一些理性的成分，应该说他们的性生活非常和谐。连王蓝蓝自己都不明白一次次奋不顾身死拼硬打追根刨底要干什么。

她那么贪婪那么好奇，好像有无穷的秘密，好像在勇攀科学高峰。王蓝蓝最尽情的时候，因为联想到科学高峰，自己把自己都逗笑了。陈辉误以为是自己的功劳，满脸得意。王蓝蓝心想：这回猜错了吧。各笑各的。王蓝蓝实在忍不住，就笑着对陈辉说："你永远不会知道我为什么要笑。"陈辉就犯浑了，后来陈辉每每回忆他们夫妻不合的原因都要追根溯源寻到这里，如果他一如既往再装一次傻就什么事都不会发生了，女人就是孩子嘛，陈辉又不是没跟女人打过交道，而是打过他妈太多的交道，相当了解女人相当有经验的老革命老前辈了。陈辉同志命中注定要栽在无名小辈手里，这绝不是歧视王蓝蓝，王蓝蓝从各个方面都是一张白纸，纯洁得如同一泓清水，当时比喻一个纯洁女子都这么说。陈辉这样的超级航母超级核潜艇超级无敌舰队横扫地球辽阔水域之后，在一泓清水里搁浅了。陈辉同志在高质量的性生活之后难免犯一点点浑，陈辉同志很从容很潇洒地点一根烟，吸一口，吞下去，声音低沉，富有磁性和穿透力："你在攀登科学高峰，而且很成功很勇敢地攀上去了。"

还有两句更美妙的句子，都冒上喉咙了，又咽下去了，陈辉永远忘不了王蓝蓝偏着脑袋含着讥笑的眼神，王蓝蓝在发抖，王蓝蓝每个细胞都渗透着沮丧与挫折，王蓝蓝真是个孩子，跟真正的孩子一样不能让世界让生活没有悬念没有奥秘，王蓝蓝的沮丧与挫折是实实在在的。王蓝蓝的脑袋又偏向另一边，不再看陈辉，她在看墙角，紧紧地攥着胸前的睡衣,死死地盯着墙角。陈辉多聪明啊,陈辉马上就明白了,他聪明过头了,他要付出代价的,他的预测功能首次出现偏差,他甚至猜测不出他需要付出什么样的代价。他紧张了一夜。

第二天王蓝蓝做好早餐,没事人似的哼着歌曲,还跑过去亲他搂他,王蓝蓝的手指跟梳子一样梳他的头发,可陈辉心里是冷静的,他清楚地意识到他们之间发生了什么。吃饭的时候,他不用抬头,他用心细细地反反复复地打量王蓝蓝,从王蓝蓝脸上眼睛里什么都看不出来,她还是原来那个没心没肺的样子,浑身上下都是喜洋洋的。难道这是假象?陈辉开始擦嘴了,擦了那么久。老实不客气地讲老革命真遇到了新问题。细细琢磨,王蓝蓝跟他以前接触过的女性都不一样,女知青、女工人、女演员,差不多跟他一个年龄段的,那几个女知青当中还有大他好几岁的大姐姐,女演员就小他好几岁了,但也没有小到王蓝蓝这样差十几岁,属于学校出学校进的学生娃,没有社会经验,没有生活的磨练。陈辉在心里把经验与磨练翻了好几遍,陈辉太清楚磨练的滋味了,陈辉可不想磨练细皮嫩肉的王蓝蓝,陈辉反复告诫自己:爱这个小妹妹,呵护这个小妹妹,哪怕无意识的伤害都不能有。陈辉可以坦然地面对王蓝蓝了,王蓝蓝跟个小妖精一样换一身米黄色的连衣裙,转来转去让他欣赏,天山北麓金子一样的阳光穿过林带穿过窗户,与王蓝蓝的裙子重合在一起。陈辉端着茶杯,笑眯眯地看了又看,就是看不够啊。他的王蓝蓝旋转够了,拎上包上课去了。陈辉的课在下午。

很快到了评职称的时候。王蓝蓝初级职称很顺利,全由陈辉出面,她也乐得轻松,陈辉不要说在本单位,在整个教育系统都很有面子的。初级竞争又不太激烈。中级就不同了,相当于大学里的副教授,中学的中级职称是一个标志性的台阶。

王蓝蓝交材料的时候以开玩笑的方式给办公室的人说:"不要给我特殊照顾。"人家办公室的人好像有准备似的:"陈辉他敢,他又没吃豹子胆。"王蓝蓝进家门前把要给陈辉说的话都想好了,家里没人,桌上有便条,大意是去乌鲁木齐开教研会,点名让他立即动身,迎接北京教育部的检查。自治区急忙抽调各地骨干教师火速赶往乌鲁木齐,县教育局来车直接把陈辉拉走了,去了整整一个月,中间连一个电话都没有。回去时职称刚刚评完,王蓝蓝凭实力顺利通过评审。兴奋期一过,王蓝蓝还是意识到陈辉暗中的力量。她又抓不住把柄，连问都没法问。陈辉把能做的全都提前做了。王蓝蓝已经相当精明了，从别人的眼神里看不出来呀？

开始发生故事了。我们后边还要讲这些故事。在这些故事发生后，王蓝蓝离开县城到偏远的乡村学校去教书了。王蓝蓝在那里遇到徐莉莉。她们第一次见面没认出来，徐莉莉把她的事迹登到报纸上，徐莉莉采访的时候三心二意，整个工作基本上是实习生搞的，她署个名就行了。王蓝蓝上了报纸，王蓝蓝的学生把功劳归到徐莉莉身上，打电话致谢，徐莉莉又去找王蓝蓝了。

这次不是采访不是公事，完全是私事。两个女人间的交流。王蓝蓝告诉徐莉莉，她自愿下乡支教并不是外边宣传的思想有多么高尚，真正的理由只有一个，就是不想跟丈夫待在一起。"你们可以离婚呀？""又没有到离婚那一步。""到底为什么？""他把我捉摸得太透了，我做的梦他都能猜个八九不离十。""那不是心心相印吗？那不是最佳的夫妻关系吗？""心心相印到那种程度，丝丝入扣，分毫不差，那种滋味你没有品尝过。"徐莉莉显然过的是另一种生活。从来没有人走进她的精神世界，更不要说梦境了。徐莉莉甚至羡慕这种梦境。

王蓝蓝就告诉她：梦见别人是一回事，梦被别人猜破又是另一回事。两个女人彼此羡慕对方的生活，就形成了有趣的画面，一边交谈一边打量对方，很快就谈到了问题的核心：马燕红。在徐莉莉的叙述里，好多年前那个夜晚，徐莉莉是最后与马燕红分手的女生，分手不到一刻钟马燕红就被人强暴了。她们的班主任、实习生王蓝蓝也是校方少数几个了解案情的人。无论警方还是校方都很简单地把受害者圈定在马燕红身上，没人往徐莉莉身上想，更不会波及她们年轻的班主任，实习生其实也是学生，比高中生大几岁罢了。徐莉莉告诉王蓝蓝："没有你的鼓励我不会上大学的。""我鼓励过你吗？""我上课看小说被你抓住了。"王蓝蓝在努力回忆。"你告诉我大学里的书比乌苏县所有的书都多，我就对大学动心啦。""好家伙，人人都在挤的独木桥你动心了，你把大学当什么了？""可以看小说呀，好多社会上没有的小说大学里全有。""你这么喜欢小说，你要当作家吗？""没想过，就是想读小说。""你在逃避生活。""事实证明小说里的生活挺不错。"

杜玉浦离开人世的那天徐莉莉就不再看小说了。她开始整理杜玉浦的遗物。书架上一半藏书是杜玉浦的,有他的私章,还写了购书的书店天气年月日,甚至写上几句杂感,简直就是一本本日记。这些书大部分在大学时读过,参加工作后如果不专门研究就没必要买它们。徐莉莉逛书店肯定买新书,这几年出版的好书几乎全是她买的,她的品位相当高,亲朋好友只要往书柜跟前一站,就知道女主人的精神世界有多么丰富,那钦佩的目光马上投向女主人,然后又很羡慕地望杜玉浦一眼。书香与佳人共一色,还有窗外轻轻喧哗的林带,还有林带里来自天山冰川清凉的雪水,还有南山牧场吹来的混杂着森林草原以及牛羊粪气息的空气,还有博格达雪峰折射过来的耀眼的阳光,杜玉浦正如大家期待的那样搂一下妻子的肩膀,笑得那么开心,有人抓拍了其中的一瞬……

漫长的婚后生活中总有这么美好的一瞬,甚至忘记了是哪一位亲友的杰作,人家洗出来送到他们手上,他们自己都不敢相信上边的人是他们自己,简直是一幅画嘛。那位朋友大概也搞艺术,知道克拉姆斯柯依知道托尔斯泰,那人可不是讨好徐莉莉,那人说:"什么时候给你单独来一张,就可以直逼克拉姆斯柯依的《佚名女士》。"据说克拉姆斯柯依的名画《佚名女士》就是托尔斯泰笔下的安娜·卡列尼娜,列宾不把它当肖像画,而是称作创作画,没有给装饰道具以多么大的注意,所有的注意力全都集中在女主人身上,她脸上流露出一种意识到自己迷人魅力的那种女性特有的矜持和骄傲,好多年以后,诗人勃洛克孜孜追求的充满神秘诗意的美妇人形象就来源于此。人家再说什么徐莉莉就听不见了,徐莉莉的目光全都集中在人家送来的放大了好几倍的大照片上,照片上的她矜持骄傲美不胜收,她忍不住咬住嘴唇,摸一下自己的脸,手就没有挪开,显然是一幅艺术照,因为是偷拍,就显得自然真实。她太投入,杜玉浦在她身边站一会也悄悄离开。最好是这样,在宁静中独自欣赏,不要有人来打扰,她甚至忘了去上班,单位也没有来电话,整个世界都安静下来了,她望着她的肖像,画上另一个投射出来的自我,想:我的矜持和我的骄傲什么时候滋长起来的?

杜玉浦就是文化部门一个小小的公务员,别说科长处长,弄个副主任科员主任科员都那么费劲,你想想,业务精湛踏实能干,好事总轮不到他头上,他一点也不着急,反而衣着整洁,优雅得跟绅士一般,越是不如意，他越是文雅，成心跟大家过不去。尤其是在单位里，一个混得不怎么样的人应该衣冠不整邋邋遢遢，这就比较符合你真实的生存状态，也符合大家对你的心理定位和预先想象，杜玉浦对这些浑然不觉，更想不到人家会报复他。亲戚们凭直觉觉得杜玉浦很绅士，不粗野，新疆有多少粗犷以至粗野的男人啊，女性亲戚们喜欢跟杜玉浦聊天，孩子们也喜欢跟这个教师模样的叔叔玩，说他像教师，他又没有教师那么古板，知识渊博，说话风趣。徐莉莉甚至跟他开玩笑："你调学校去吧，你喜欢当孩子王。"杜玉浦就说："我还真想当老师哩，跟孩子们打交道多有意思呀。"杜玉浦有绝活，能搞文物鉴定，可他不会来事，总是让别人得好处，他自己喝不了几口剩汤，徐莉莉就说："到学校呀兴许你连汤都喝不上。"徐莉莉也忘不了追加一句："也就是我跟你过日子，换个人试试？"这倒是真的，徐莉莉不怎么在乎物质享受，丈夫挣多挣少，她还真不在乎，在这个时代徐莉莉同志就显得相当了不起。这也是杜玉浦敬重徐莉莉的地方。

徐莉莉相当在乎姐妹们的忠告，杜玉浦有女人缘，可徐莉莉是矜持骄傲的，她不会使小人手段，更不会盘问丈夫，搜丈夫的衣服等等。她只是预感到某年某月会发生一些事情。理所当然首先发生在熟人圈里，不能透露太多，只能点明是一位异性朋友，常来他们家，交往好多年了，彼此都很熟悉了，那位女性的勇气徐莉莉至今都难以忘怀。杜玉浦水波不兴。那位女子主动坦白了，约徐莉莉到西公园，坐在林中长椅上，头顶黄金般的树叶闪闪发亮，没有风，不喧响只发光，是金子那种沉静的光芒，中亚细亚的秋天总是把草木冶炼成宝石和金子。两位女性的风衣与风衣下边的毛衣，还有她们的面孔还有她们的头发还有她们的眼睛，也在闪射奇异的光芒。谈话是从书开始的。这位女子竟然要求，不，不是要求，是含着泪恳求，声音有些颤抖："你不要再读小说啦。"

可以想象徐莉莉有多么吃惊！徐莉莉不是一般的吃惊，徐莉莉简直给气晕了，身子都晃了几下，她扶着金光闪闪的树，就像普希金童话诗《鲁斯兰与米德柳拉》中让猫走来走去的老橡树，那也是一棵金光闪闪的树啊。乌鲁木齐西公园林子里的树此时此刻成了一棵童话树。童话树下这位手扶树干的年轻女人有相当的气质，这气质也相当程度得之于读小说，这年轻女人也有相当的声望，这声望主要也得之于读小说。都什么年代了，都是上网聊天看DVD把手机当游戏机的年代了，都是轻浮得跟月球上走路一样一蹦几丈高的年代了，谁还读书读小说呀。单位领导批评新来的少男少女时就拿徐莉莉做例子。"孩子们啊，太嫩了，太肤浅了，你们羡慕莉莉大姐气质好有魅力，你们就去她家里瞧瞧，瞧瞧人家那个书房，书柜里那些书！你们就知道什么叫书香了。"这些刚出校门的娃娃们就来串门子，重点是参观书房，然后就无限敬仰地看着气质高雅气度不凡的徐莉莉。有心人进而联系到徐莉莉的文笔，报社一支笔可不是随便叫起来的，明白吗？这叫底蕴。

徐莉莉做梦都没想到这个世界上有人会说出这样的话，还含着泪，还颤抖着，还这么真挚，怎么看都不是随随便便说出来的。徐莉莉就更愤怒了。徐莉莉呻吟一下，换只手去扶那金光闪闪的童话树。事后发现还真是一棵橡树。天山阿尔泰山以及中亚细亚大地长出的橡树一点也不比欧洲的差，托尔斯泰在《战争与和平》里就写过橡树。徐莉莉扶橡树算扶对了，橡树给了她力量，她慢慢平静下来，脑子也不乱了，她就问这女子："小说怎么了，我就不能读小说？"那女子告诉她："小说已经成为你和丈夫之间的第三者。""那我也告诉你，读小说是我们夫妻的共同爱好，我再告诉你，上大学他追求我的时候就是从读小说开始的。""可你喜欢的是小说里的人物不是活生生的人，不是生活在你身边的丈夫。""那是我的精神生活，是我的私人空间，你还是个知识女性，我还以为你是乡下婆姨。"那女子就冷笑起来："你的精神生活你的私人空间就是你们家庭的全部，没有丈夫的位置还不如乡下婆姨。"也该徐莉莉生气了，话说到这份上了嘛，徐莉莉反而冷静了，说话的声音不紧不慢，不高不低，很平和地说出去了："你是不是爱上他了？"那女子的声音也相当平静，迎着她的目光，告诉她："可惜没有这个机会，也没有这种可能，如果有的话我会奋不顾身，我会把丈夫当一个人，我会把丈夫放在生命中很重要很重要的位置上，我会让他幸福，不会让他痛苦，你看看他的眼睛吧。"

两个人都不说话了，对视很久，呼吸也很急，后来就走开了，转过身的时候那棵高大的橡树上飘下两片金光闪闪的树叶，树叶落在她们头上，就像童话里那只充满智慧的猫在她们两人的头顶上跳来跳去。出了西公园，到了和平渠，这渠其实是来自冰川的乌鲁木齐河，上个世纪五十年代初王震带一帮兵用大石头把河圈起来了，河的气势反而更猛了，全是激流呀，挟带着冰雪的神力和一股子凉气穿城而过。两个女人靠近水边，猫不见了，树叶还在，一下子被吹起来，被激流卷走了。那个女子再也忍不住了，抱住水边一棵白杨树失声痛哭。行人都在看。在公园里不哭在这地方哭，有人看没有人劝，大家能听出来这是很压抑的哭声，哭吧好好哭吧。这一幕是徐莉莉在西大桥上看到的，徐莉莉不知道怎么回去的。

家里没人。徐莉莉打量她那些书，六个大书柜，她占了四个，杜玉浦占了两个，这两个书柜靠着边，放得太满，能塞进去的地方全塞上了。徐莉莉忙了整整一下午，天黑杜玉浦进门的时候徐莉莉已经忙完了。吃饭的时候杜玉浦发现家里有变化："书那么重，你要挪地方等我回来嘛。"杜玉浦的书占了三个书柜，跟妻子平分秋色了，杜玉浦不知道要发生什么事，杜玉浦就小心翼翼告诉妻子："我用不了那么多书柜。""我也想看那些书不行吗？什么你的我的，咱们两个人的。"说完徐莉莉就不好意思了，结婚时她定的规矩，财产夫妻共有共享，书属于精神，精神是独立的，属于精神世界的书各归各。杜玉浦是个君子，绝不乱翻妻子的精神世界。妻子也不会动他那些书，书脊朝外，看这些书名妻子就想笑："都是大学里读过的。"妻子马上收敛了，也可以理解成丈夫怀念旧日时光，珍惜他们的过去。想到这些，妻子又觉得丈夫挺不错。

现在，妻子徐莉莉得琢磨一下丈夫的眼睛了。她是从侧面，在丈夫不注意的时候观察的。眼镜底下确实是一双忧郁的眼睛。徐莉莉突然来一句："交桃花运了，有红颜知己了，坦白出来我会饶了你的，我很大气的，真的。""你真会开玩笑，你也开这种玩笑。"杜玉浦生气了，不理她了，过了一会儿杜玉浦说，"你怎么跟家庭妇女一样了，你再说这种话我可就小看你了。""那你就往小里看嘛。""说得轻巧，真把你小看了，伤心的就是我了。"话说这份上，再闹就没意思了。杜玉浦不是那种花心大萝卜，杜玉浦也很诚恳地给妻子解释过：工作太累，干活找他，干完活人家就很合理很巧妙地把他晾一边了。总有那种在领导与业务骨干之间拉皮条当老捐的人，他们活得比谁都滋润，杜玉浦也努力过，日他妈就是成不了，天生就不是那块料。不争不等于心里不明白，心里明白了就会郁结成一股气，就让你的眼睛失去光彩，精神不起来。杜玉浦就是给妻子这么解释的。杜玉浦还给妻子吟诵了一段鲁迅的名言：我吃的是草，挤的是牛奶是血。杜玉浦甚至回忆起徐莉莉的处女作，那篇有关牛的民间故事。杜玉浦从头至尾把那个故事背下来了，杜玉浦就笑了。徐莉莉抓紧丈夫的手，摸着丈夫的手背，徐莉莉放弃了盘查那个在西公园向她挑战的女子的情况。他们之间到底发生过什么已经不重要了。杜玉浦对她的感情没有变，始终如一没有变，这就够了。

至于徐莉莉受到的诱惑和骚扰，只有徐莉莉自己清楚。少女徐莉莉会变成少妇徐莉莉，还会变成中年妇女，还会变成老太太，但徐莉莉的矜持与骄傲是不变的是永恒的。面对骚扰可以不屑一顾，面对诱惑就比较复杂了。记者这个职业接触广泛，相当一部分都是各行各业的拔尖人物，其中不乏对女性有吸引力的男士。记者圈里跟采访对象发生恋情以致婚变以至喜结良缘的事情可是太多了。这种事情刚开始总是不自觉的，尤其是女性，总是不知不觉陷进去很深很深还浑然不觉，将要突破防线的时候女人们也不一定有觉察的能力，对方来个顺手牵羊循循善诱，这把火就算烧起来了。徐莉莉同志有那么几次已经到了深水区，到了大洋的中心，一股神秘的力量从天而降，彻底地摧毁了对方，那简直是片甲不留溃不成军。事后这几个男人回想起来后悔得要死，受挫的不仅仅是鸡鸡，更惨的是自信心是自尊是人格，总之，属于精神世界的那一部分基本上化为灰烬，更惨的是他们永远不知道摧毁他们的力量是何方神仙。

他们见过徐莉莉的丈夫杜玉浦，很普通的一个文化干部嘛。他们就犯经验主义的错误，他们的阅历与生活经验告诉他们，这个女人有过刻骨铭心的爱情，有情人没有成眷属，那个有情人往往是女人的初恋，初恋情人在关键时刻从女人心里苏醒打败了他们。那也太伤自尊了，有那么牛皮的初恋情人吗？有姿色的女子往往很早就开始初恋，少男少女，那少男能牛到哪里去？这些被摧毁的杰出人物百思不得其解。最后还是找到了可以平衡一下心理的合理解释：情人眼里出西施，这是对男性而言，女人动了情，眼中情人就是古今中外最最杰出的人物了，随你想去吧，一个乞丐一个下三滥都会成为国王成为上帝。这些男人又生气了。这什么世道嘛，让女人这么感情用事一点规矩都没有一点逻辑都没有一点理性都没有,我们再怎么努力也没有用呀,在这个世界上谁能把握女人的心理女人的情感逻辑呢?他们已经不是失败沮丧和毁灭感了,他们只有一个感觉,那就是绝望。他们做梦也想不到摧毁他们的是小说,是徐莉莉读过的小说主人公们在徐莉莉激情澎湃的时候冲天而起,彻底地摧毁了那股诱惑徐莉莉的力量。徐莉莉能保持贞操全都归功于那些小说,杜玉浦没有戴绿帽子也归功于那些小说。

徐莉莉一本一本整理丈夫的书。整着整着就读进去了,就进入遥远的大学时代,就掩卷长叹,就翻到扉页,摸杜玉浦的签名,还有题字,寥寥数语比如: 购于南门书店,首读于大二春天,又是一个春天,昨夜失眠……购于西北路书店,首读于大一冬天,心绪不佳……购于昌吉,首读于大二秋天,见一白发老者如此苍老不觉心酸……购于伊宁,首读于大三夏天,半夜醒来月光如水,如浴沧海茫茫无边……购于喀什,首读于大四春天,途中怆然涕下,久凝窗外大漠视线模糊……大多书中夹有树叶,有杨树的有桦树的。这些干树叶还散发着草木的气息。

徐莉莉还去了和田,看望公公婆婆,老人家要跟孩子待在一起,徐莉莉就把孩子留下来了。孩子在爷爷奶奶那里过了一个假期,开学的时候托熟人带回乌鲁木齐。那也是徐莉莉在和田待的时间最长的一次,差不多有半个月。

在杜玉浦的日记里,舅舅是个了不起的人,是个玉器行家。徐莉莉看望了好多亲戚,特意在舅舅家多待了两天。舅舅已退休好多年了,原先在私人公司干,后来也不干了。用舅舅的话说给私人老板干是造孽,把和田河的河床都挖空了,都挖到昆仑山上去了。大地伤痕累累,他参与了不少,他是行家,他能看出哪里有玉矿,全世界都在抢和田玉,都抢疯了。舅舅良心受折磨,孩子们娶媳妇出嫁都需要钱,有钱的老板提现金等舅舅出山,舅舅再也不干了。靠一点点退休金维持老两口的生活。孩子们指望不上他,就各奔东西自己打工挣钱。厂子也不景气,听说要改制,让私人老板承包。"幸亏我退得早,退休金从银行里取,私人老板永远别想雇用我。"老头子挥舞着拐杖好像要打那些破坏大地的坏蛋。舅舅愤怒啊,"地球是个蛋,蛋黄让他们掏光了。"老头子高兴起来了,就从胸口处摸出一枚手指肚大小的羊脂玉,跟透明的葡萄一样。"你摸一下摸一下。"

徐莉莉摸在手里，又滑又光软溜溜的跟凉粉一样，徐莉莉记得杜玉浦有一块同样的玉，挂在脖子上，他们相恋时甚至要当做定情礼物送给徐莉莉。徐莉莉说："你当我是乡下老太太，老太太喜欢玉镯子你咋不给我送玉镯子呢？"杜玉浦当时就红了脸，徐莉莉就说："你还有一次机会，结婚的时候再送定情礼物吧，好好想想该送什么。"这是他们相恋不久闹的笑话，等结婚的时候杜玉浦对徐莉莉太了解了，杜玉浦就买了白金项链白金戒指，送给徐莉莉时徐莉莉频频点头，非常满意。徐莉莉还有嘲笑杜玉浦的机会。杜玉浦一年四季戴着那玉坠坠子，洗澡的时候都不离身，更可气的是夫妻同房的时候那个玉坠坠子就悬在杜玉浦的下巴底下晃来晃去，有一次差点被徐莉莉扯下来扔掉。杜玉浦像丢了命根子一样夺过来，擦了又擦，还振振有词："玉要盘养，不能离身。"徐莉莉就笑："你以为你是贾宝玉，人家贾宝玉的玉可是娘胎里带的。"杜玉浦就告诉徐莉莉："这颗羊脂玉是我舅舅师傅的师傅传好几代传下来的，清朝乾隆年间从昆仑山掏出来，几代人经心盘养，给我的时候，舅舅还专门带上我，让老人家亲自见见我本人，老人家摸我的头摸我的手，说我心气纯正。舅舅说娃刚考上大学，老人家说跟考大学没关系，要紧的是心气要纯要正，才有资格盘养咱的羊脂玉，就从舅舅那块玉上分一半给我，还叮嘱我这玉不能再分了，最小了，只能盘养。"杜玉浦再次与徐莉莉同床时就把羊脂玉转到后背上，徐莉莉就像个顽皮的孩子把杜玉浦搂紧紧的，还滚来滚去，杜玉浦急中生智，把玉转到胳肢窝，一下子就安全了，随徐莉莉怎么折腾，再也伤不了羊脂玉了。后来羊脂玉就不见了，大概是在杜玉浦去世前不久吧，杜玉浦回了一趟和田老家，回来后就不见羊脂玉了，徐莉莉也没问，徐莉莉对玉不感兴趣。

现在同样的玉从舅舅身上掏出来，她还细心地摸在手里，她还情不自禁地连声称好。舅舅就更高兴了，把玉收回来拎得高高的，指给徐莉莉看。老头子说话口气都不一样了，跟大领导似的，字正腔圆，底气很足："上品啊孩子，温润生动内敛，不僵硬，不刺眼，不呆滞，经心盘养的结果啊。"徐莉莉又听到了"盘养"这个词。徐莉莉在返回乌鲁木齐的路上想起当年在节假日里走亲戚时，堂姐堂妹表姐表妹们说杜玉浦是一个能养女人的男人，徐莉莉现在明白了这个"养"的确切含义了。徐莉莉望着塔克拉玛干沙漠流下了泪。

徐莉莉回到家再次整理丈夫的遗物，包括抽屉各种杂物，包括从单位送回来的东西。男人们喜欢把最隐秘的东西放在办公室。徐莉莉整理丈夫办公室的东西时就格外细心，没有找到羊脂玉，从杜玉浦的日记上看，他的心境很凄凉很绝望，那块玉不留给妻子也应该留给孩子呀，一代一代往下盘养呀。他对孩子都不抱希望。徐莉莉扑通坐地板上，望着天花板跟个傻瓜一样。后来她在一个纸盒子里发现几封信，是口里某城市一位女士的信，从信的内容看，他们交往很深，基本上都是那位女士在开导杜玉浦，在诱导杜玉浦，杜玉浦还是没有勇气迈出实质性的一步。这是一个彻底绝望的人，看得徐莉莉脊背发凉。杜玉浦给对方的信中大概谈了许许多多的死亡，从女方的回信中可以看出来死亡对杜玉浦有多么大的诱惑。徐莉莉读一阵子，失神地望着窗外好半天。徐莉莉都不知道往后的日子怎么过，徐莉莉很清楚她在相当长时间里要陷入对杜玉浦的回忆中了。

在最后一个本子里，徐莉莉找到当年发表她的处女作的那张报纸，杜玉浦把那篇文章剪下来贴在日记本上，就贴在第一页，第二页杜玉浦又亲笔把那篇文章抄一遍，还有年月日，从日期上看，杜玉浦那个时候就对牛的传说感兴趣了。家里就她一个人，她可以安安静静怀念自己的丈夫了。她的膝盖上摊开杜玉浦珍藏的这个本子，她就听见牛的叫声从远方传来，很快就成了奶歌。

当年她收集了牛的传说，后来又在巴音布鲁克草原听到《劝奶歌》，她一直想把《劝奶歌》写成文章，她努力过好多次，都失败了。《劝奶歌》没有词，甚至没有旋律，就是用乐谱也没法记录。有音乐专家干脆录音，拿回去听了一遍又一遍，却无法演唱。那种原创性的声音太难掌握了，用牧民的话说有母爱有母性就能唱《劝奶歌》，牧民们感到吃惊，这些城里人没有母爱没有母性吗？牧民们指着专家里的女性，有女专家，有专家带来的女学生，牧民指着她们，当然也包括了前来采访的女记者徐莉莉，牧民就指着她们说："你们不是母的吗，母的就应该唱《劝奶歌》呀。"一个"母"字把大家给镇住了，牲畜才分公母，大家还在惊讶的时候，那些草原女人们就唱开了，那些母畜们也叫起来了，叫声歌声融合在一起，没有词没有旋律，随地势随河流的方向随风的方向起伏旋转，地老天荒一般。专家们坐车返回库尔勒，一路无话，但谁都能看出来每个人都在心里唱那支《劝奶歌》，一遍一遍地唱啊。

后来徐莉莉听牛禄喜唱《劝奶歌》，徐莉莉发现《劝奶歌》可以用文字表达，牛禄喜就有一本文图并茂的《劝奶歌》，更让人吃惊的是牛禄喜的情书就是用《劝奶歌》写的。

牛禄喜的对象在伊宁市某小学教书，叫李爱琴，李爱琴答应可以考虑牛禄喜。当天下午牛禄喜就写信告诉远在乌苏的战友马来新。信里写得清清楚楚，中午十点十五分，课间休息，李爱琴在操场边的林带答应了牛禄喜的请求。牛禄喜在电话里说了，十点半他要返回昭苏边防哨所，他们只有五分钟说话的时间。

牛禄喜奉命来军分区所在地伊宁市集训学习三个月，学习期间看上了小学教师李爱琴。集训结束，李爱琴必须给人家一个答复。单位就一部电话，在校长办公室，校长亲自叫李爱琴来接电话，还忘不了叮咛一句，是一位解放军同志，挺着急的。校长也没往私人感情上想，那是个严肃的年代。校长也不用回避，校长看《人民日报》呢。校长听见李爱琴拿起话筒喂了一声，第二声就是："你应该早告诉我嘛，这么紧。"停了两分钟李爱琴就说："十点一刻吧，我刚好下课。"李爱琴老师就上课去了。据李爱琴后来讲：那两节课讲得一塌糊涂，孩子们全乱了，李爱琴更乱，都不知道胡说八道些什么，孩子们笑啊，做鬼脸，怪声怪气模仿老师，笑得前仰后合，孩子们误以为老师逗他们玩呢，以为老师跟他们做游戏呢。李爱琴最终与孩子们浑然一体，沆瀣一气，淋漓尽致地发泄了一番。闹得太凶了，其他老师在教室外偷看，他们看到的李爱琴天真烂漫，不像胡闹，很执著很认真地跟孩子同乐，就摇摇头走开了。"文化大革命"期间，新生事物不断，这算不算新生事物？反正李爱琴离开教室时兴奋异常。

李爱琴没有回教研室。李爱琴到操场边的林带里去了。那里有一位解放军，李爱琴跟人家没说几句话就离开了。李爱琴朝教研室走来了，比刚才更兴奋。脸那么红，眼睛那么亮，步态那么轻盈，快要飞起来了。大家分不清是孩子们闹的，还是那位解放军同志闹的。孩子们闹了一节课，解放军同志只打个照面，四五分钟而且在众目睽睽之下，李爱琴咋就这么兴奋呢。

十点二十五分牛禄喜跟大家汇合。一小时后出发。牛禄喜四十分钟写完一封信,兴奋和激动溢于言表,而且画了只有马来新才能看懂的奶歌,羊羔牛犊马驹子与它们的妈妈,以大乳相连,乳汁丰沛,都流到地上了,都流成河了。这封文图并茂的信写在烟盒的背面,内外两层,交给军分区的乡党,还要叮咛一句马上发,从伊宁市发。信的结尾牛禄喜告诉马来新,他已经成为排级哨所首长。四个兜了,成干部了。他给自己买一支自来水笔,给李爱琴同志买一支上海产英雄牌钢笔,给战友们买一盒天池牌香烟,烟盒当信纸用,香烟装在白色搪瓷缸里。这是牛禄喜同志有生以来最大的一次开支。据军分区的乡党介绍,信当天中午十二点零五分就寄出去了。乡党一个电话从司令部打到哨所,哨所最高也是最新首长牛禄喜三天以后才赶到哨所。

那封从伊宁市发出的信也是三天后寄到乌苏县四棵河下游马来新手上的。马来新收到的信已经被老乡们拆开了,又糊上了,糊得太马虎,唬人都唬不住,就让马来新的堂弟来送,堂弟都不敢看马来新。马来新碰到过拆别人信件的事情,马来新没说对不对,马来新说这种行为叫人家城里人看不起,这种行为不文明,就跟在大街上精狗子撒尿一样。话说得很重。大家还是难以改变乡村习惯,背过马来新照拆不误。农民是不写信的,那些有亲人当兵当公家人的才频频写信。大家就有必要拆开看一看。

大家就看到了牛禄喜写在纸烟壳上的近似暗语的信件,半懂不懂。还是个排长写的,还画了羊羔牛犊马驹子。还有大奶头,奶水。信上说了,牛排长看上了一位叫李爱琴的姑娘。这只大奶还有流了一地的奶水大概是李爱琴的,这李爱琴大概要生娃了,养了羊还养了牛和马。这阵子,马来新的老婆肚子也大起来了。老婆正摸着肚子哼哼唧唧,老婆的预产期就在这两三天。马来新的脾气格外的好。马来新从怀里掏出一封信,哗啦抖一下:"牛禄喜的信。"马来新这么自信,马来新预感到这是一个喜讯。牛禄喜当上排长,升了官,有了对象,连父母都来不及告诉,先告诉了马来新。马来新确实是个人物,老婆看马来新的眼神都变了。马来新当着老婆的面给牛禄喜写回信,马来新在信上祝贺了战友双喜临门,同时告诉战友牛禄喜,要戒骄戒躁,争取更大的进步,当上排长才是万里长征的第一步,继续往上当,越大越好,同时也要努力把对象变成老婆,让老婆怀上娃娃,这才是正经事情。信的结尾,马来新自豪地告诉牛禄喜,我老婆肚子已经大了,跟喜马拉雅山一样,我都快要听见娃娃叫爸爸了。最感人的一句话是,兄弟呀我是靠着我老婆的肚子看完你的来信,又靠着我老婆的大肚子立马给你写了信。信后标明年月日以及几点几分,标准的军人信件。桌子上就放着农村很少见的闹钟,一天一夜上一次发条,还能定时叫人。

五年后牛禄喜结婚,带新娘回陕西老家见父母,路过乌苏顺便看望马来新,马来新的娃娃快五岁了。牛禄喜仍然守边防,家安在伊宁市某小学——媳妇单位,牛禄喜总算有了窝可以接待亲朋好友了,李爱琴去乌鲁木齐开会学习就要在乌苏停一下,拐到四棵树河下游马来新村子里住上几天。女人们话多,牛禄喜及其老婆李爱琴的故事马来新得从自己老婆嘴里掏,女人们交流的故事更生动更有吸引力,其中不乏女人虚构夸张的成分。

女人提供的情况大致还是真实的,就从牛禄喜缠人家李爱琴开始吧。牛禄喜当兵五年没有去过伊宁市,连昭苏县城都没去过,连三年一次的探亲假都没有,都把机会让给别人了。当了班长的牛禄喜还在捡牛粪。不再是一个人去捡,总有两三个人跟着,兵总是在换,牛禄喜雷打不动。已经很少有人倾听牛禄喜沙哑低沉的奶歌了。跟马来新这样的老战友的友情,就越发显得珍贵。每月总有一封来自乌苏的信。还有旷野上的牛粪。有人就问:牛班长,你当了排长连长还捡牛粪吗?牛禄喜当了总司令照样捡牛粪。从地上揭牛粪已经是一种习惯了。跟抓鸟一样先摁住,再猛一下拿起来,好像牛粪长着翅膀。牛禄喜就一直这么待着,待到第五年,接到通知,点名要班长牛禄喜去军分区集训学习,为期三个月。先到兵站搭顺车去昭苏县城,一站一站往伊宁市转,最后那辆车是去霍城的,没进军分区司令部的大院,在大院对面的大街边上停下来。车上还有几个人,人家告诉牛禄喜该你下车啦。人家指了一下司令部,有黑压压的林带,大门口有两个哨兵,就隔一条马路,路上车来车往。

牛禄喜这才发现他连马路都过不了。已经有人注意这个大狗熊似的解放军了。人家好意问他,他瓮声瓮气头都不抬,脸红脖子粗不搭理人家。其中包括小学老师李爱琴。李爱琴带着一帮小学生去参观,正好过马路，李爱琴看着牛禄喜笨拙而无助的样子，就想笑，她还是压住了嘲笑，她得帮这个可怜的家伙，可这家伙不领情，她就让学生去帮解放军叔叔。两个小女孩往牛禄喜跟前一站，牛禄喜就安静了。李爱琴第一次见到安静下来的壮汉，跟孩子一样，是那种清澈的眼神。这个大狗熊一样的壮汉跟在两个小女孩后边穿过了马路，竟然兴奋地举起了孩子，左手一个，右手一个，那种兴奋那种自豪就像横渡了太平洋，就像到了新大陆。孩子们都过来了，牛禄喜已经不再笨手笨脚了。牛禄喜把所有的孩子都抱在怀里看一看，再高高举起来，三十多个孩子，挺费劲。有些孩子还被抛起来，接住，再轻轻落地。所有落地的孩子全都聚在牛禄喜的身边，全都是一副温顺可爱的小羊羔的模样。他们的班主任李爱琴站在一边，很惊讶地看着这群小羊羔，跟这群唧唧喳喳的小家伙朝夕相处，怎么就没发现他们原来就是一群小羊羔呢？好多年以后，李爱琴给马来新的老婆讲述当时的心情，"我有一种想做母亲的念头。"

十九岁的大姑娘李爱琴被自己这个念头吓坏了，可她的下意识并不害怕，她的头扬起来，脖子显得更长了。那是一个提倡献身的年代，李爱琴也反复用过这个词，当这个词成为一种生命体验时，她才发现这是一种遥远而陌生的感觉。从那天起，她拥抱每个孩子，动作多于语言。连家长也发现他们的孩子变乖了，跟真正的天使一样了。

同事们也发现这个班的孩子可爱了，走进教室，马上让人想到银子般的小羊羔，想到咕咕叫的小鸽子，想到传说中美轮美奂的羊脂玉，就有一种抚摸的冲动，就走下讲台，在教室里转着圈讲课，声情并茂，拿着课本，另一只手摸孩子毛茸茸的小脑袋。有的老师连课本都不拿，老教师了，都背下来了，两只手同时落在孩子的小脑袋上，孩子在滋润着老师，老师走出教室还异常兴奋，给这个班上课是一种精神享受，这在"文革"时期极其少见。

后来李爱琴给马来新老婆讲这些孩子的时候，说："这些娃娃就像我生的一样，我真的很想生娃娃，生很多很多娃娃。"马来新老婆就笑她："你做牧民的洋缸子算了，你生羊羔牛犊马驹子算了。"这就是十九岁大姑娘的真实想法，说出这些可怕的想法之后，李爱琴还要问马来新老婆："我是不是神经病？"马来新老婆已经是两个孩子的妈妈了，相当有经验了，马来新老婆就告诉李爱琴：我们农村姑娘跟你们城里姑娘不一样,城里娃娃生在医院养在托儿所,我们的娃娃自己带,我们都要帮妈妈帮姐姐帮数不清的亲戚带孩子,孩子精着呢,通神灵呢,带好人家孩子就想有自己的孩子。你都参加工作了,当人民教师了,十九岁大姑娘了,才喜欢上孩子,有点晚。马来新老婆把李爱琴哄得一愣一愣的。李爱琴就回忆狗熊牛禄喜。

　　大狗熊牛禄喜已经练出胆来了,可以独自穿越马路了,还是那么笨手笨脚,穿过马路还要停下来擦擦汗喘喘气,还要回头看半天,比登一座高山艰难呀。汗擦完了,气喘匀了,抬头一看,跟前站着一个大姑娘,再看就认出来了。"哈你是老师?""我是老师。""你就在这教书?""我就在这教书。""你教的娃娃这么乖,乖得让人心疼。""你有娃娃吗?""莫有莫有,我连对象都没有,哪里有娃娃?""你为啥这么喜欢娃娃?""娃娃乖么,跟羊羔一样跟牛犊一样跟马驹子一样。""你是当兵的还是放牧的?""我在边防哨所么,见不上人么,见上一只狼都眼热得不得了,见上羊见上牛见上马就跟亲人一样。"牛禄喜说这话的时候完全沉浸在奶歌里,那种幸福的样子,让伊宁市的小学教师李爱琴终生难忘。后来他俩订了婚,牛禄喜可以放开胆子拥抱李爱琴了,李爱琴都要晕过去了,李爱琴还是用最后一点理智挣脱牛禄喜的怀抱。这可是抱过无数只小羊羔小牛犊小马驹子小孩子的怀抱啊,李爱琴的脑子里轰地一下,激起更凶猛的晕眩,李爱琴彻底地晕过去了,晕到海洋底下了,晕到大地脏腑里去了……

　　李爱琴还记得大狗熊牛禄喜在讲完他的哨所经历后,可怜巴巴地哀求李爱琴。"让我看一下娃娃伙,我心慌得很。""他们要上课。""不上课的时候,就一会会。""你就这么想孩子?你想你的羊羔子牛犊子马驹子吧。""一样都一样,都是叫人心疼的碎东西,人心慌得很。""你跟我来。"大狗熊牛禄喜跟着李爱琴转两个巷子就是小学校,李爱琴那三十五个孩子正上体育课,打球打累了,正在休息,看见牛禄喜孩子们呼啦一下围上去。最前边的那个男孩理所当然地被牛禄喜拥在怀里,丢到半空,接住又丢起来,再轻轻放地上,孩子那个乐呀,都乐开花了。接着是女孩,不用女孩提醒,肯定要丢两次,接两次,闻两次,再轻轻落地跟雪花一样。所有的孩子都得到了大狗熊叔叔的奖赏,孩子们把这种举动当做奖励,兴奋得不得了。体育老师都看呆了,问李爱琴这个当兵的是不是施魔法了,李爱琴很严肃地告诉这个年轻的小伙子,他是特种部队的有绝招。"是催眠术吗?""可能吧。""那些捣蛋鬼让他抱一抱摸一摸就变成小羊羔了,他妈太牛皮了。"体育老师无限敬仰地去跟大狗熊牛禄喜套近乎:"解放军同志你这功夫练了十年八年了吧。""没那么长,四五年。""很辛苦啊。""有一点点辛苦,还是快乐多。""高人,高人,高人都这么说。"

每个礼拜牛禄喜都要来两三次,范围在扩大,不再限于李爱琴班上的学生了,全校大半孩子得到大狗熊牛禄喜的奖赏。用体育老师的话说,是高人指点。被指点过的孩子乖得不得了,可爱得不得了。在林带隔开的那排砖房里,李爱琴遥望校门外林带里的牛禄喜,牛禄喜必须在体育课休息的时候进行他的奖赏活动,提前进校会影响教学秩序。李爱琴在想象这个大狗熊壮汉,他在荒原上把羊羔牛犊马驹当亲人,在闹嚷嚷的城市又把孩子当小羊羔小牛犊小马驹,李爱琴的眼泪下来了,用手擦,越擦越多,手绢都用上了,还是那么多,也就不擦了,让它流吧。教室就她一个人,正好是伊犁河谷秋天的下午,从群山和草原闪射而来的一道道金光,穿过玻璃窗,照在李爱琴的脸上,眼泪很快就干了,眼睛出神了,无限神往地看着操场上,牛禄喜很认真地把孩子们抛起来,接住闻一闻,轻轻放下。

那一天终于来了,校长叫她接电话,说是外边一位解放军同志。大狗熊牛禄喜在电话里只有一句话:"我要回哨所了我要见你。"反反复复就这句话,还强调一下,"就五分钟"。在李爱琴的设想里,他们应该有一次漫长的约会,在人民公园在斯大林大街在解放路,从黄昏到深夜,从深夜到黎明。她做梦都想不到会是五分钟。两节课后他们在校园外的林带里见了面,让李爱琴吃惊的是这一次见面不到两分钟,比那要命的五分钟少了一大半,而且是她李爱琴自己造成的。她先说话的,她说:"你有啥事你快说。"牛禄喜就说:"我瞅上你啦。"好多年以后李爱琴才知道这是典型的陕西话,是要娶你做老婆。在西天山伊犁河谷,瞅就是看的意思,李爱琴就笑了。"想看你就看吧。""你答应咯?""啊?"牛禄喜一跺脚,"嘿!"牛禄喜右拳砸左拳,兴奋得两眼放光,转身就跑,连跳带跑,这回他过马路利索极了,从车流中游鱼般过去的。三个月的城市生活,让李爱琴觉得三个月前他那大狗熊样是装出来的。

李爱琴还记得牛禄喜从哨所寄来的第一封信,都是生活琐事,还不忘致以革命的敬礼,开头肯定是尊敬的李爱琴同志。理所当然要问孩子,让李爱琴感动的是牛禄喜记住的不是孩子们的姓名而是他们的特征,非常传神,基本上与羊羔牛犊马驹子有关,包括孩子的眼耳鼻舌四肢头发等等,详细极了,连气味都写出来了。每个孩子都有不同的气味,用相近的植物来形容,伊犁河谷从远古就以植物花卉闻名,伊宁市就有花园城市的美名,伊犁姑娘李爱琴一下子闻到了孩子们的芳香,不是在教室是在家里,在她的小房里在灯光下读着牛禄喜的信,从字里行间散发出孩子所特有的带着奶味的芳香。李爱琴的感觉一下子被唤醒了,李爱琴渴望着被这个大狗熊一样的男人闻一闻,一个十九岁的大姑娘肯定有一种特殊的芳香。在信的后边画着羊羔与羊妈妈,牛犊与牛妈妈,马驹与母马,还有它们饱满的大乳,还有河流般的乳汁,全都画出来了,循环往复,忽大忽小忽高忽低,忽长忽短,几近于无……李爱琴一下子就明白了,这是一首草原长调,在群山与草原环绕的伊犁河谷长大的姑娘就有这种天赋。

李爱琴在回信中重点写了这首草原长调,李爱琴还猜测出这是母子间的感情交流,是一种巨大的母爱。李爱琴在信的结尾这样写道:我明白了你为什么这样爱孩子。李爱琴请求牛禄喜同志不断寄草原歌曲,李爱琴特别强调,我喜欢这些草原长调。我们可以猜想牛禄喜接到信的心情,在这个世界上能读懂牛禄喜这封图文书信的只有马来新和李爱琴,认识李爱琴刚刚三个月,见面不到三次,她就知道这些奇怪的符号是一首歌。

牛禄喜读着来信,读着读着就唱起来了,确切地说是大喊大叫起来了,小小的哨所,二十个兵来自五湖四海,大家听西北人唱歌就像大型轰炸机低空呼啸。大家都是捂上耳朵,牛禄喜吼的是秦腔版的草原长调,屋顶和地皮都在发抖,牛禄喜还是很体谅战友的耳膜,牛禄喜一点领导架子都没有,很谦虚地走进旷野,越走越远……拉开距离后,就有了旋律有了韵味,大家不但接受,而且伸长脖子,竖起耳朵。牛排长的最佳状态是他消失在地平线以后,歌声无限悲壮无比汹涌地从大地深处散出来了,雄伟苍凉悲怆,新兵们说,牛排长想他妈了。老兵说,以前是想妈，现在是想媳妇。

第二封信，李爱琴果然读到了妈。不是她的妈，是牛禄喜的妈。李爱琴的信写道：那些羊羔牛犊马驹子是你，那些母羊母马是你妈，你妈有那么多奶，都流成河了，我还没见过世界上有这么爱妈的男人……你是好人。李爱琴在回信中也用母羊母牛母马、羊羔牛犊马驹子画一首草原长调，李爱琴理所当然地画出了每个母亲的大乳以及河水般绵绵不绝的乳汁。李爱琴清楚地记得她画这些大乳时她自己的双乳跟波浪一样动起来了，李爱琴呀地一声放下笔，双手捂胸，鹰从天山顶上起飞，长啸着掠过灰蓝色的伊犁河谷，到昭苏大草原去了……鹰之歌是动人心魄的，人们说鹰有一双利眼，可以洞穿天地，那是宇宙间的神光，此时此刻，鹰的歌声彻底洗涤了激情中的李爱琴，李爱琴静下来了，李爱琴的双乳也静下来了，李爱琴可以从容地完成给牛禄喜的信。

接到信，牛禄喜才知道这些年来他画的牲畜母子图只是一些令人费解的符号，李爱琴画的才是画，是美术。城市姑娘李爱琴四岁上幼儿园，五岁上学前班，在学前班就能画出让老师满意让同学羡慕的图画，从小学开始就进少年宫美术班了，上中学时，她的画就参加市上的展览了，高中毕业就上师范学校，十七岁就毕业当了语文老师，在美术老师不在的情况下可以兼代美术课，课余还能画些水彩画，完全出于业余爱好。我们可以想象，李爱琴老师画出的羊羔牛犊马驹子，有多么可爱；那些母畜又是多么雍容华贵，美妙无比，乳汁所形成的河流完全是伊犁河的写照，穿过群山草原和大漠流到天上去了。牛禄喜接到这样的信和画，看啊看啊，反复地跟自己的画比较，鼻子上的汗都出来了。在第三封信中，他首先赞美李爱琴同志的高水平，接着检讨自己有多么粗糙，简直就是亵渎那些真正的羊羔牛犊马驹子以及它们伟大的母亲。人家李爱琴是多么善良的姑娘，人家李爱琴一针见血地指出：牛禄喜同志，你那不是画是歌，草原之歌，母亲之歌，你的笔端粗中有细，那种细是任何作家和画家表现不出来的。小学语文老师文字功夫是相当不错的，牛禄喜塌下去的腰板呼一下又直了。

就这样一封信又一封信，在互相倾诉中，许多微妙复杂的情感和奇思妙想被发掘出来了。最激烈的时候出现了停顿，不是中断，是停顿，没有话了，没有文字了，只剩下那首歌。母畜和它们的孩子连称呼都没有，好几张纸上全是称之为歌的画，直到他们见面，再也没有文字出现。歌与画这种状况持续了整整一年。

直到牛排长有机会来伊宁市执行军务，也就是来军分区司令部参加表彰大会，可以停留一天。白天正式去拜见李爱琴的父母，他们的关系算是确定下来了。黄昏在人民公园的密林里，如她所愿，牛禄喜捧住她的脑袋仔细闻了好几遍，她的香气就出来了，涨漫了整个林子。接着她就晕了，她实实在在地被这个大狗熊一样的男人笨手笨脚地抱在怀里了，可她感觉跟孩子一样被抛在空中，接住，轻轻放下，又抱起来，抛在空中，如此反复中她又成了那些小羊羔小牛犊小马驹了，她都咩咩叫起来了，其实是她幸福的呻吟。忽然她的脑子大起来，她身子一抖，整个人硬了那么一会，脸色都白了，大狗熊牛禄喜吓坏了，但牛禄喜没有松手，始终没有。这种僵持没有多久，这个大狗熊男人果然粗中有细，那只抚摸过无数小羔羊小牛犊小马驹小孩子的手轻轻地摸了一下她的耳垂，耳垂那么嫩那么软，她整个人就软了下来。她还记得她软下去的那一个瞬间，就像个溺水者，深情地瞥了一眼这个如此亲切的男人，也就像那些真正的溺水者一样，沉没汪洋的那一刻都要伸出手去捞救命稻草。伊犁河谷以及中亚细亚的姑娘不会去联想什么稻草，她会想到猫头鹰的羽毛，就是哈萨克姑娘帽子上白如雪轻如梦的猫头鹰羽毛，猫头鹰可是夜晚的神鸟啊，迅如闪电，轻如灵魂，爱情中的姑娘还是能抓住的。李爱琴整个人软了，可她的手比鹰还要迅猛，一下就攥住了牛禄喜的手，就是那只抚摸了李爱琴耳垂的手，还没收回去呢，就被李爱琴给攥住了，女人的力气大起来很可怕的。不但起了牛力，整个人都在大，李爱琴还清楚地记得那些如歌如画的大乳，此时此刻那些大乳聚于她的身上，再也不是小羔羊小牛犊小马驹了，全是它们的妈妈了，李爱琴开始主动了。

牛禄喜还记得他再次踏上归程时的情景。越野吉普离开市区，辽阔的原野迎面扑来，庄稼消失了，树木也越来越少，草都矮了，跟毡一样贴在地皮上。大地高起来，辽阔中隆起一个个圆浑浑的山丘，这就是古歌里反复吟唱的女性的大乳，北京越野吉普就像孩子一样扑上去，噙住那大乳咂吸好半天……远方又出现 只大乳，又扑上去，一个又一个人乳出现在大地上……在那些草原古歌里：英雄乌古斯汗出生四十天就吃成一个壮汉；英雄玛纳斯出生一个月就吃下一只整羊；英雄江格尔出生三十天就吃掉一条牛腿。驾驶员是个蒙古族战士，很容易就唱起了长调，很容易就把吉普车开成了骏马，开成了雄鹰，直奔传说里的英雄豪杰，直奔传说中无比壮丽的生命树和大公牛。

牛禄喜从副连升到正连的时候就不再是指挥员了，成了后勤部门的财会人员，连他自己都觉得自己是个非战斗人员。从当兵那天起就迷上了草原的干牛粪，就自觉地加入到后勤行列了。从哨所后撤一百多公里，在昭苏县城附近的团部里，跟算盘和各种报表打交道，手下不到五个人，两三个月可以回一次伊宁市。

春节他们结婚，家就安在李爱琴的小学校。牛禄喜走进校园，见了孩子就抱，就举到头顶，就丢到了半空。一年后，有了自己的孩子，还要举别人的孩子，这家伙是真喜欢孩子。大家就不明白他为什么要闻一闻孩子，再举起来，这可不是汉人的习惯，这是草原牧民的习惯，也是母畜认自己孩子的习惯。大家就认定李爱琴的丈夫在部队放过羊。李爱琴就说除过违法事，他什么都干过。大家猜牛禄喜受过特种训练。

1978年，牛禄喜升到正营职，就到了伊犁军分区一个下属单位。在家门口了，联系战友也就方便了。马来新来过好几回，给生产队弄化肥，弄紧俏物资。李爱琴一年有两个假期，就带上孩子去乌苏马来新家待上半个月，女人们闲聊的时候，马来新就躺在葡萄架下抽烟喝茶。孩子在林子里疯跑。

马来新觉得日子就应该这么过。马来新就把这个发现写信告诉牛禄喜。牛禄喜来信告诉马来新，好是好，我可没那福气，你忘了我还是个军人，屁大个闲工夫都没有，闲时间都撒在哨所上了，离后方越近越忙，一年到头也不知忙个啥。马来新知道这位老兄怀念捡牛粪接羊羔牛犊接马驹的日子，马来新就出主意让他转业，转到伊宁市，随便哪个机关，只要是地方单位，最好是嫂子的学校，跟嫂子在一起。一个好女人顶得上满满一草原的羊群马群和牛群，跟自己的女人待在一起，你好好美吧。马来新写得兴起，马来新就赤裸裸地告诉牛禄喜，狗日的你就学牛叫唤，狗日的你就把那首秦腔版的蒙古奶歌唱给嫂子吧，人家李爱琴都成你老婆了,你还等个屁!战友加兄弟,眼睛雪亮雪亮,千里之外就看得清清楚楚。牛禄喜立马打了转业报告,两个月后就带着老婆孩子昂首阔步走在伊宁市的大街上了。

卷十

牛禄喜转业到地方,全家团聚,在郊区租了房子,骑车去市里上班。安静的日子过了半年,李爱琴听见牛禄喜在院子里劈柴的时候唱起牛吼般的《劝奶歌》。李爱琴对牛禄喜说:"把妈接过来我们一起过。"牛禄喜以为是接岳母过来,老家陕西把岳父岳母叫姨父姨姨不叫爸爸妈妈,牛禄喜一直不习惯这么叫,李爱琴跟他吵,他就很艰难地叫岳父爸爸叫岳母妈妈,脸上的肉都是歪的,不管怎么说,叫出来了,就是李爱琴的胜利。李爱琴说把妈接过来一起过,他认为接岳母过来,他就说:"把你爸撩哈(下),把人家老夫老妻分开?""陕西老家那个妈,听明白了没有?""啊呀,你看我这耳朵,简直是个木头耳朵,这天大的喜讯我咋就听不见哩?"

李爱琴把婆婆接过来是有道理的。李爱琴结婚时回过一次老家,有了儿子后又回去过一次。第二次回去探亲待了一个假期,时间比较长。当时牛禄喜的弟弟刚结婚,弟媳刚过门就跟婆婆闹别扭。用时髦的话讲是婚姻磨合期,用当地农村的习惯讲法是婆媳较劲,谁胜谁负直接关系到新媳妇在婆家一辈子的生活,用《孙子兵法》的说法:"兵者国之大事,死生之地,存亡之道,不可不察也。"婆婆有些大意。大儿子大儿媳都在城里工作,二儿子二儿媳远在新疆,两个在外的儿媳不可能在家里长住,关系就很好处,小儿子守家守老人应该是养老送终的,小儿媳要跟老太太守一辈子。老太太因为有前边两个懂事的媳妇,没把这个小媳妇太当回事，就毫无准备地立家法立规矩。老太太平时看着别人家婆媳闹矛盾就去劝解，讲起道理来一套一套的，而且处理得很好，大家还服她。这就更滋长了老太太的虚荣心。都什么年代了，这些小媳妇进门前就把丈夫抓在手里，进门头件大事就是全面接管，老人靠边，做家务带孩子，劳累到死，儿子儿媳只要把葬礼办好就一好遮百丑。老太太走出家门就是个明白人，老太太甚至知道什么咱们啊在不该做媳妇的时候做了媳妇，在不该做婆婆的时候做了婆婆。就这么一个明白事理的老太太进了自己的家门，事情摊到自己身上，她就犯浑了。

还跟往常一样一老一少暗中较劲，老太太没料到新媳妇会突然袭击来一个漂亮的闪电战。小夫妻昨晚刚看了《瓦尔特保卫萨拉热窝》，看完电影出来的时候观众还在热烈议论这部电影，谈到斯大林谈到希特勒，谈到闪电战，新媳妇当时就心里一咯噔，有办法了。新媳妇上过高中，考过大学，没考上，补习两年也没考上，最后一次上补习班就不为考大学了，就专门谈对象。换了几个，比较比较从各方面条件看牛禄喜的弟弟牛禄棋最合适，两个哥哥在外边工作，老三牛禄棋在家，守着老娘，有房子有地，还有哥哥嫂子每月寄的钱，农村有这种条件相当好了。一般来说女性对战争对历史不感兴趣，甚至厌恶。那都是理念，具体在生活中就这么现实，跟婆婆对抗不是战争是什么？电影《瓦尔特保卫萨拉热窝》一下子让她联想到战争，联想到闪电战，联想到高中历史课上老师眉飞色舞讲第二次世界大战，新媳妇甚至想到了老师讲过的偷袭珍珠港，新媳妇第一次发现她的脑子这么好使，她都后悔上补习班时怎么就没脑子呢。那时候有这么一副好脑子多好啊，上不了北大清华至少也上个西北大学陕西师大吧。新媳妇的潜力被开发出来了，没有依靠别人，自己是自己的救世主，新媳妇从历史联想到哲学，联想到理论联系实际，跟婆婆的战斗就是最最要紧的实际。新媳妇长长出一口气，丈夫问她怎么啦，她看丈夫的目光已经变了，跟大人看小孩似的。"你咋这么看我？""那你就告诉我应该咋样看你。"丈夫一下子噎住了，"你说话咋这么噎人？""你有本事也给我说上几句噎人的话，说，现在就说。"一下子就把牛禄棋给镇住了，牛禄棋眼睛瞪那么大，好像不认识新媳妇了，牛禄棋都擦自己眼窝了，新媳妇马上来一句："把眼窝擦亮再跟我说话。""都是电影看的，冉不看这号狗屁电影了。"牛禄棋边走边踢石头，一直踢到家门口。上床背对背，一夜无话。

早晨起来，新媳妇脸上怪怪的，但也看不出个啥。新媳妇扫院，牛禄棋搅水，然后下地干活，干一会儿再回来吃早饭。陕西农村早饭都在十点左右，男人下地女人做饭。新媳妇谋划好了，进攻放在饭前，新媳妇在桌上摆好饭，先去请老太太，请的时候故意不按刚过门时老太太交待的规矩办，老太太就数落新媳妇。这种情况又不是一回两回了，每一回新媳妇都是马上认错，改过来，老太太也就算了，老太太要的是一家之主的面子。老太太一点也没想到新媳妇会挑起战端，婆媳俩暗中较劲总有大爆发的时候，没想到会这么快，更没想到的是没有退路，因为新媳妇骂了一句很难听的话，老太太只能进攻无法后退，如果退缩，开此先例，就会永远受辱。老太太不知是计，扬手就是一巴掌，新媳妇的脸就肿了，新媳妇捂着脸连跳带骂，跑到院子里骂，都是不堪入耳的骂人话，老太太到不了院子，手扶房门气得浑身发抖。儿子去叫人来劝架，外人一来新媳妇马上住口，一个劲地哭，号啕大哭，让大家看脸上的红印子。左右邻居听见新媳妇骂人了，是新媳妇挨打以后跑到院子里的骂声，在老太太房子里咋骂的，各说各的，反正只有婆媳两个，儿子都没在跟前。老太太接着犯了第二个错误。也不能说是错误，事情闹到这种地步，家族的长辈要出来说话，新媳妇要给老太太认错，公开认错。

牛禄喜一家就是这个时候回家探亲的。他们回来第二天就举行了家庭会议，家族的长辈都来了。李爱琴不了解老家风俗，就给婆婆建议不要弄那么大动静，自己家里，弟媳单独给婆婆认个错算了。李爱琴甚至自作聪明，对婆婆说："就你们两个，其他人就不要在场了，家庭矛盾嘛范围越小越好。"婆婆就告诉李爱琴："骂我那些话就不敢想，想起来身上的肉都颤哩。在屋子里骂也就算了，跑到院子里连跳带骂，左邻右舍都听见了，满村子都知道了，悄悄地认错，没人相信么，你以为我想把事情弄大吗？没办法么。"李爱琴又去做弟媳的工作，弟媳说："婆婆是长辈，咱们小辈可不敢不敬她老人家，小辈糊涂不会做人，这也是给小辈做人的机会，我可不想错过这么一个机会。你在外地又不在村子里，我可要在村子里活人哩，犯了错悄悄地解决，那是日弄爷爷，那事弄不成，没人知道等于没认错，我一定得认这个错。"李爱琴知道弟媳妇不简单。

李爱琴提心吊胆目睹了整个过程。长辈们到齐,村干部也来了,新媳妇给大家倒茶点烟,辈分最高的老汉讲话,也只开个头,主要看新媳妇的,新媳妇亲手给婆婆倒上茶,双手敬上,大声认错,发誓,说着说着呜呜哭起来,边哭边给婆婆鞠躬,婆婆见好就收,接过茶,喝一口,算是原谅媳妇了。长辈们就说:"年轻人嘛,有错就改,禄棋他妈,媳妇好着呢,茶你喝了,娃给你认错了,娃服你了,我看就这。"婆婆说:"我没有啥说的,娃娃们把日子过好,我没啥说的。"大家点上烟,牛禄喜从新疆带回来的红雪莲,大家抽了耳朵上再夹上一支,大家站起来准备走呀,新媳妇突然说:"我妈那一巴掌把我打的,我头有点晕,我想去医院看看。"辈分高的那个老汉就说:"娃不轻松就让娃去看看。"村干部也招呼牛禄喜的弟弟牛禄棋:"禄棋带你媳妇看病去。"牛禄棋臊烘烘的:"她要看病她自己看去,我不去,谁叫她骂我娘哩,我娘是她骂的吗?狗识的我现在就把你做了。"牛禄棋操起板凳往媳妇跟前冲,媳妇捂住脸呜呜大哭,大家把牛禄棋劝住了,把手里的板凳夺下了,大家都往老太太这边看,老太太得说句话。老太太也没往别处想,老太太骂儿子禄棋:"禄棋你是土匪吗,带你媳妇看病去,赶快去,别耽搁。"村干部说:"禄棋媳妇别哭啦,婆婆对你好着哩,婆婆说了嘛,跟你男人看病去。"新媳妇不言不语跟在牛禄棋后边看病去了。村里马上传开了,禄棋媳妇骂婆婆,挨了婆婆一巴掌,给婆婆认错赔不是又是鞠躬又是磕头,吼吼地哭跟老牛一样,把嘴都哭歪了。

李爱琴对牛禄喜说:"你兄弟咋跟土匪一样,拿板凳打媳妇哩,还不把人打死,人家说口里人封建,讲究多,咱们这里这么多讲究啊。"牛禄喜就告诉李爱琴:"咱们这里可是周文王周武王的老家,中国传统文化最古老的经经道道可都是从咱们这里兴起来的。"李爱琴有些不相信:"你就吹吧。"牛禄喜说:"你还当教师哩,你没听过凤鸣岐山,你没听过周公制礼?孔子梦周公,孔子周游列国,老汉可怜兮兮就是进不了潼关,就是不能亲眼看看岐山看看周原,老汉到死都念叨哩,闭不上眼睛么,学牛叫唤,叫了一晚夕就是闭不上眼睛。还好,咽气前梦见了周公,老汉心太诚了,感动了周公在天之灵,周公就在梦里头认了老汉的学问。"李爱琴问牛禄喜:"牛就这么厉害?"牛禄喜就说:"咱们这里人老了,就跟牛待在一起,过去家穷,老年人就天黑黑的出去拾牛粪，我爷爷拾的牛粪能堆一座山。""怪不得你当兵都捡牛粪哩，你爷爷肯定捡到了传说中的大公牛的牛粪了。""牛通神哩，牛粪就是宝贝。""你爷没给你托梦？""我经常梦见我爷哩，在边防上梦见我爷我就醒来了，就看见远处有一群狼。昨天我给我爷上坟，大白天么，我就看见我爷在地头上坐着抽烟哩，抽的不是旱烟是纸烟，就是咱带的红雪莲，烟没拆开么，我爷就抽上了。我爷脸上愁的，不知愁啥哩，我怕你害怕没敢给你说，不知道出啥事呀。""想你爷想的，不会出啥事。"

事情还是出了。新媳妇到医院挂上号，先一个挨着一个做检查，划价划了七八百，牛禄棋在街上找熟人借钱，给媳妇检查么，医院有的是好设备，你不往那些设备上想，医生还一个劲推荐呢。小两口回来带一把借据，新媳妇满村子给人说我娘那一巴掌把我打的，我头晕得我想吐，当着大家的面就脖子伸长长地吐了一大摊，吐到粪堆上，回家直奔自己房子，裹上被子哎哟哎哟跟挑了卵蛋的碎猪娃一样。老三牛禄棋拿上借据去找老太太。老太太看了几张，差点跳起来："看中医么，为啥不看中医？咱家又没开银行，我的爷爷七八百，去偷去抢也弄不来七八百。"那时候钱还比较值钱，七八百是个大钱，牛禄喜探亲，带了一千元，交给老太太了。老太太在柜子里翻啊翻啊翻了半个小时，布包包一层一层打开，手抖得厉害，半天解不开，解开了，又一张一张数，数一张手抖一下，心里抽一下，脸上的肉跳一下。老家人手细，宁让人吃亏也不让钱吃亏，老太太把钱交给老三，老太太背过脸不敢看那一沓子新铮铮的人民币，"咱家盖房花了一千块，安埋你婆花了二百，安埋你爷花了三百，安埋你爸花了四百，打了你媳妇一巴掌就七八百，我老婆子揣老虎狗子啦，啊？"老太太软塌塌倒在炕上，蜷成一团。

小两口就去看中医。中医的检查项目没有西医多，开药的时候新媳妇自己先报上许多药，医生就问："你哪单位的你能报销？""你别管我有没有单位，反正我能报销。"医生就绾起袖子刷刷刷开满满一大张，还问够不够，大多都是补药。粗粗一算也是五六百。老太太的钱匣匣空了，牛禄喜两口子把路费都贴上了，路费准备借战友的，还差两三百。在西安的老大一家人回来与老二团聚，老大也只能补上一百多，工薪阶层，娃在上学，花费大，也拿不出多少钱，兄弟妯娌们关系不好处，只能睁一只眼闭一只眼。新媳妇还是不依不饶，躺床上不起来。这段时间都是李爱琴做饭，侍候老太太，侍候弟媳妇。儿子跟上村里的娃娃满世界胡跑，不关心大人的屁事，开心得不得了。老大一家只待了三天就返回西安，老大和大嫂临走时狠狠地盯新媳妇半天，新媳妇一点也不怯火，迎着大哥大嫂的目光，大大方方地一声连着一声地叫着大哥叫着大嫂，大大方方地把大哥大嫂的孩子抱在怀里亲了又亲，一路走好，注意安全，天热了，保重身体。大哥大嫂的眼睛就眯起来了，这碎女子进门不到半年就把老太太缠住了，当初咋一点都没看出来呢？订婚的时候，结婚的时候，大哥大嫂都在场呀，一个农村高中生，手段这么老辣！在西安生活了半辈子的大哥大嫂在单位在官场上才能领略一二的手段竟然让这碎女子玩得这么老练。小两口送到大门口，牛禄喜李爱琴送到村口，老大就对牛禄喜说："咱娘往后受罪呀。""大哥你想多了，没那么严重，咱家好得跟啥一样，人家都羡慕死了。"

新媳妇还是不依不饶。老太太都气晕了，已经欠了三百多元的债了，打的借据。新媳妇再闹下去债务会更多，老太太都乱方寸了。来看望老太太的街坊邻居就提醒道："你还不明白吗，他姨，逼着你交钥匙哩，这一回看起来你不交是没办法了，他姨别生气想开些，狠是麻的，啥时候都是麻的。你不交，人家就躺下不动弹，你再不交，人家又往医院跑，再跑上一两回他姨你就把摊子打折了，你能撑住吗？"老太太把老三牛禄棋叫过来，从身上解下钥匙往老三牛禄棋手里一塞，"有话就说，有屁就放，用得着拐这么多弯弯吗？"邻居赶紧捂上老太太的嘴，让老三快走，"别给你媳妇说，别添乱。"老三转过身就跑。邻居劝老太太："你还想惹事吗？你不清楚你跟啥人打交道哩你？"

老太太心口疼，老太太收拾收拾去两个女儿家住上几天。邻居就说："给女不要说，女再插上一竿子，一搅和，你就想去，女把事惹下往自己家里一躲，你老婆子就可怜啦，你千万不要给女说。""我不给女说，说了也白说，老先人吃了狗屎了，给咱摊上这么个货。""现在都时兴这种货，你还叫娃打光棍呀。"

"人家媳妇曲里拐弯耍小心眼就图占点便宜得点好处，日些是非，为一把钥匙，你看我屋里这货，真不知道她娘的皮咋掰出来的，掰的时候加上辣子面面啦加上花椒啦加上蝎子尾巴啦，掰出的女又毒又辣又狠，她娘的皮到底是个啥皮？"老太太骂这些话的时候已经走到半路了，路上都是些生人，人家不知道老太太骂谁哩，人家都怪怪地看她。跟她年纪差不多的老年人就说："肯定是骂媳妇哩。"人家就给老太太出主意："他姨，路上骂人不顶啥，到周公庙骂去，到玉石爷跟前骂去。"

这确实是个好法子。老太太上了香，功德箱里捐了十块钱，去石洞里摸了玉石爷。摸玉石爷的都是年轻女人，年轻女人摸摸玉石爷就能怀上娃娃，几千年的老习惯了。老太太摸玉石爷都是心里有事，吐心里的恶气。老太太在玉石爷跟前待了两个小时，洞里凉，老太太都打喷嚏了，老太太总算把心里话讲给玉石爷了。按老家的习俗，当天夜里，媳妇娘家不得安然，媳妇的父母会脸发烧，跟烙铁烫的一样。父母下世了，父母的亡魂也会在墓堂学牛叫唤，用老家的说法，这是教她先人学善哩，学仁义道德学礼义廉耻学做人哩，牛教你先人哩，你娃再不好好做人，连牲畜都不如了。

老太太高高兴兴回来了。新媳妇大大方方上去搀老太太，老太太还是抖了一下，新媳妇就笑："咱妈还生我气哩，妈耶，你再生气媳妇就给你跪下啦。"老太太脸都白了，赶紧扶住媳妇，心里说"我给你下跪"，脸上还是有了些笑容。这就对了。老太太进自己屋里时还回过头看新媳妇。老太太出去这几天，村子里都重新看待新媳妇了，新媳妇从炕上爬起来，从丈夫手里接过钥匙，洗头洗脸，面目一新出现在大家跟前。大家已经纷纷扬扬谈论新媳妇非凡的手段。老家文化底蕴丰厚，寻常百姓张口刘邦闭口李渊李世民，遇上厉害女人就是武则天了。新媳妇获得了武则天的美名，基本上毁誉参半，诋毁她的人就背地里叫她麻狼。她的成功是显而易见的，她把媳妇们的战术水平提高了一个档次。媳妇们见了她首先是钦佩，转过身骂她麻狼，转过来就会学她。

新媳妇回了一趟娘家，带回去的补药把老爹老娘吓一跳，这都是城里老干部吃的，老农民见都没见过。女儿的威名和事迹传到娘家，娘心疼女儿看女儿的脸蛋："不要紧吧，老东西，伤人不伤脸，能狠下心打新媳妇的脸。"爹侧着身："娃，弄啥事不吃亏就行，但也不能把事情弄得不好收拾。"女儿就说："你女子不想一辈子翻不起身，叫人欺负。"爹还是不转身："我脸上烧得跟烙铁烫一样，我老远听见咱家墓地牛叫唤哩，娃娃要好好做人哩。"娘把爹推到另一间屋子："去去去，哪里凉快哪里歇着去，我娃有啥错？我娃做得对做得好！人要歪哩，歪人鬼都怕哩。"不过娘还得提醒女儿:"你爹脸上发烧肯定是你婆婆在庙上日弄爷爷哩。"女儿就笑:"谁还信那些老古董,她想去她天天去,她一年四季住周公庙我都不怕,我要怕这些我就不捻弄她了。"娘还是不放心:"娃娃,周公神得很,一个周公庙都不够,原先毁了的庙院全都修起来啦。""知道知道,我眼睛又没瞎,那都是给你们这些迷信罐罐提供的娱乐场所,叫你们这些老年人玩哩耍哩,过上几十年我老了我也去庙上耍去。"娘就埋怨:"娃娃你咋成这样子了,啥都不在乎了。"

还是很在乎的。新媳妇回家就对老太太说:"以后去庙上要注意哩,路面不好,车子一摇三晃把几个老年人摇死了,还有几个老汉老婆狗子撅高高的一个劲磕头,气血上不来,当场就没气了。玉石爷跟前少去,里边凉,又光又滑,弄不好把胯骨摔断成了瘫子不好侍候。"老太太咬住被角,浑身发抖,眼睁睁让媳妇拐弯抹角日撅一顿,这么骂人比较策略,不好反驳,只能硬挨。

前前后后李爱琴全都看在眼里,李爱琴越看越糊涂,但有一点她不糊涂,那就是她远远不是弟媳妇的对手,她最怕惹是非,她惹不起是非。她实在忍不住了就对牛禄喜说:"老家人吃得不如新疆好,为啥这么聪明,眼睛一眨就是一个点子。"牛禄喜没听出来话里的意思,就一本正经地告诉李爱琴:"咱们这里农民下地干活,随便一镢头下去都是一件文物,娃娃们蹲野地拉屎,随便捡上东西擦狗子,不是青铜器就是汉朝的瓦当。"李爱琴就笑:"屁股都受教育哩,厉害,确实厉害。"

李爱琴跟上牛禄喜到处走亲戚。夏末秋初一段农闲,庙会多,就赶庙会,看戏,李爱琴竟然看进去了,《铡美案》《周仁回府》《下河东》《游龟山》,一个接一个,有些戏在伊犁看过,伊犁有秦剧团,跟秦腔差不多。李爱琴就不明白新疆人也看秦剧,新疆人咋就这么笨。那些堂兄堂弟叔叔伯伯来找牛禄喜聊天,抽着牛禄喜的红雪莲烟,李爱琴端上茶水,李爱琴就进里屋去,能听见外边的说话声,说的都是家庭琐事,都用曹操刘备孙权诸葛亮李世民朱元璋康熙爷乾隆爷光绪爷来打比方。李爱琴算是明白了,新疆看戏是看热闹,老家人看戏是看门道。

回到新疆,李爱琴就动员牛禄喜赶快转业,牛禄喜还要奔好前程呢,老家的亲朋好友指望他干大事呢,当上营长就能当上团长师长,至少也弄个军长军区司令,老家人甚至拿薛仁贵激牛禄喜,薛仁贵刚开始就是个伙头军嘛，都封王了，老家人对牛禄喜期待很大。李爱琴的话牛禄喜听都不听，李爱琴就去一趟乌苏，让马来新劝牛禄喜，马来新有办法，马来新用《劝奶歌》打动牛禄喜，牛禄喜就放弃美好的前程，转业到地方上。李爱琴在郊区租一个独家小院，将来有了钱就买下来。李爱琴不想说婆婆会被弟媳妇活活气死，那种是非话李爱琴不会说，李爱琴只告诉牛禄喜把老人接过来一起过。牛禄喜高兴得不得了，托回家探亲的战友护送老太太来新疆。一个月后，老太太就跟他们住在一起。

独家小院，有火墙有自来水，有菜园子。老太太也不闲着，喂了一大群鸡，屋顶上用汽油筒做一个热水器，整个夏天天天有洗澡水。冬天火墙边那个火炉热水不断。李爱琴就带婆婆去澡堂洗澡，婆媳互相搓背，就像自己的闺女一样。老太太很快跟村子里的老乡混熟了。这是一个多民族杂居的村庄，大家都喜欢这个口里来的老太太。当大家知道老太太的儿子当过营长是个干部时，老太太就成了贵宾，比较重要的活动邀请老太太去参加。老太太很快就交了一帮子朋友，老太太做陕西菜，做各种小吃，做过冬的咸萝卜辣子酱豆瓣酱，老太太做老虎枕头老虎鞋，铰出各种各样的剪纸。在大家眼里这个陕西老家来的老太太简直是个高人，不但老人们喜欢，女人们喜欢，孩子们也围着老太太转。老太太手不闲着，到吃饭的时间人家不会放她走，有时候一整天待在村子里，晚上才回来。老太太成了人物了，家长里短各种纠纷也请老太太去评判，刚开始老太太死活不干，外乡人嘛，这点规矩她不能破，老人有老人的原则，后来就招架不住了。只要她在场，争论的双方就说老人家都看到了吵什么吵啊，最先援引老太太的那方一下子就有理了，另一方也就认了。老太太问李爱琴，这么干行吗？李爱琴就说："人家把你当自己人，你就不要见外，太见外反而不好。"牛禄喜发现老太太有派头了，气度不凡了。李爱琴说：你才发现呀，你这个儿子当的。

有一天老太太从一个维吾尔族人家里回来，半天不说话，李爱琴问她哪儿不舒服，老太太看李爱琴半天："维吾尔人，婆婆把媳妇当女儿，婆婆跟媳妇比亲生女儿还要亲。"老太太擦眼泪，老太太想起伤心的往事。李爱琴把手巾递上去，李爱琴坐婆婆身边尽量找有趣的话题："人家那种活法自己不吃亏，女儿是人家的，媳妇要在家待一辈子，还有媳妇的孩子，几辈子下去了，女儿哪能比呀。"老太太就开始讲周文王:"周文王反纣王,你猜用啥法子?纣王兵多将广,周文王比不过,周文王就养娃娃,整整养了一百个,纣王才养四五个,纣王干瞪眼没办法,还没打仗哩在气势上周文王压了一阵。天下人都知道周文王能生养,一百个娃娃,福大命大,纣王把周文王关在地牢里,杀了周文王的儿子伯邑考,都没把周文王的气势压下去。不单单是一百个娃娃的气势,关键是一家逢年过节吃臊子面,一锅汤轮回转,越转人气越旺。臊子面就是周文王发明的。"婆婆隔三差五做臊子面,这是婆婆的绝活,牛禄喜老远闻见臊子面的香味就淌涎水,就吃得圆滚滚的跟个桶一样。"吃过一锅汤,就成兄弟成姐妹啦,臊子面越吃人越亲,再生的人吃上一顿成熟人,再吃上一顿就成亲人了。"李爱琴就问:"周文王有多少个老婆,能生那么多娃娃?""有个娃娃是野地里捡的,叫雷震子。""周文王心好,收养的娃娃也算自己的娃娃。"

　　老太太把周文王的故事讲到村子里去了,奇怪的是大家都相信这个离奇的故事。大家不但相信,还加上一条,这个老人家来自生养过一百个儿子的地方。老太太就不单单是生养了干部的老人家了,还跟生养一百个儿子的传说连在一起。李爱琴下班回来,老远看见大家对她指指点点,李爱琴还听见人家的议论,"她们是一家人,来自生养过一百个儿子的地方,噢哟,世界上还有这么神奇的地方。"都传到李爱琴单位了,同事们就开玩笑:"李老师,领导同意了,给你不搞计划生育,你可以放开来生,生他一百个娃娃。"李爱琴就正儿八经拥护婆婆的家乡:"我回去过,当地真有这个传说。"老教师证实了李爱琴的说法:"《封神演义》里有,《东周列国志》也有。"大家去看老太太,吃了老太太做的臊子面,大家全都信了。

　　开始有百岁老人拜访李爱琴的婆婆,还带两个孩子,是她的重孙子,第四代传人。李爱琴给老人家上茶,上果盘,上馓子,还上了一盘蜂蜜。百岁老太太问婆婆:"那是你的孙子?"婆婆愣住了,李爱琴用手指一下自己,再点点头,婆婆就明白了,"是我的孙子,是个教师。"李爱琴就知道该自己出场了,李爱琴给老人深深鞠躬,老人就摸李爱琴的头,从头顶摸到耳朵还揪了揪揉了揉就像揉一枚树叶子。正好是夏天,所有的树叶都那么旺盛,汁液饱满香气扑鼻熠熠生辉,老人一边揉啊一边看着头顶的葡萄藤,还有院里的大叶杨,还有院墙外油亮的榆树,那么高大的榆树跟砌了琉璃瓦一样，老人揉了差不多十几分钟，李爱琴身上的香气全都出来了。老人把脸贴上去，就贴在李爱琴的头发上，老人就闻这么好的一头美发，老人就告诉婆婆："是你的孙子，跟你的气味是一样的。"老人松开手之前说了祝福的话："做女人好啊孩子，好好活吧。"秋天的时候婆婆和李爱琴回访了百岁老人。老人用院子的石榴招待她们，走的时候还送了两个，婆婆一个李爱琴一个，这两个大石榴有碗那么大，裂开了，籽儿跟红宝石一样。百岁老人说："一百个儿子都有呢，一百个籽也有呢。"

人家全都把李爱琴的婆婆当成百岁老人了，婆婆就急了，大声告诉人家："我五十八，我才五十八。"人家就告诉婆婆："一百五十八，噢哟，你能活到一百五十八，可以的。"婆婆再辩解没用。大家很快都知道了李爱琴的婆婆有无限的寿命，人们见到婆婆肃然起敬。当地人的习惯，老者走过来，年轻人都要让到路边，更不敢当着老者的面抽烟喧闹，人们敬仰生命，理所当然敬仰这些百岁老人。婆婆得到的礼遇越来越多。婆婆就一个劲问李爱琴："咋能把我的寿数说那么大嘛，我咋能有那么大寿数嘛？"李爱琴就告诉婆婆："一百岁是个满数，到了一百岁就重新开始起数。""年龄还能来两次？""百岁以后重新开始，生命是无限的。""就这么活呀？""这么活不好吗？周文王不是有一百个儿子吗？姜子牙八十多了还跟小伙子一样领兵打仗，这些你都知道呀。""你把我给问住了。""不是问住了，是这个道理，关键是你要对自己有个指望。""我的爷爷，咱们那里活人是受罪哩，谁想活那么大寿数？人家把你眼黑死了。"

李爱琴趁热打铁带婆婆去走那些远房亲戚，去察布查尔，去尼勒克大草原，还专门让婆婆看那些上千年的老树。有一棵号称核桃王的大树，有一千五百年的高寿，有一座山那么大。至于八九百年的老榆树随处可见。在乌苏马来新家，在四棵树河的下游，大漠深处，他们见到了三千年高龄的胡杨树。

马来新的父亲母亲跟李爱琴的婆婆年龄不相上下，看上去像婆婆的子女，咋看都不是一辈人。马燕红亲自挤牛奶给老太太喝。这是老太太第一次近距离看人家挤牛奶，老太太就想起那个送奶的哈萨克老汉喉咙里翻滚的歌声，绝对是歌声，不是叫唤，是唱歌；老太太也明白了那歌声里反反复复咏叹不息的奶……哺乳期的女人跟奶牛有啥区别呢？老太太问李爱琴："禄喜跟谁学哈（下）的？""在边防上，有放牧的人，禄喜就像你现在这样子，看人家挤奶，看着看着想妈了，正好有羊妈妈认羊羔，牛妈妈认牛犊子，母马认马驹子，这些妈妈们爱它们的孩子，就长一声短一声地叫唤，把禄喜给感动了，禄喜就更想妈了，禄喜就学牛叫唤学羊叫唤学马叫唤，草原上的人都会这种母亲认孩子的奶歌。"

整个假期牛禄喜一个人待在伊犁，有黑白电视，有双卡单相收录机。牛禄喜看完电视就听收音机，就放磁带，就听到了《草原之夜》，就听到了新疆本地那些哈萨克歌手蒙古歌手更多的草原歌曲，就听到了长调就听到了瓮声很大的呼麦，牛禄喜自己就唱开了，就是那支牛吼似的《劝奶歌》。牛禄喜就想起母亲，牛禄喜就打开相册，都是李爱琴用130海鸥相机拍摄的，有老太太喂鸡的场景，有老太太喂羊喂狗的场景，更多的是老太太参加村子里各种喜庆活动的场景，更多的是老太太跟李爱琴家的亲戚在一起的场景，更多的是老太太跟那些百岁老人们在一起的场景，更多的是老太太跟核桃王、榆树王在一起的情景……牛禄喜知道这次去乌苏肯定会带回来许多照片，牛禄喜似乎都见到了马来新那个花儿一样的女儿和宝贝儿子，还有马来新的父母，还有那只大奶牛，还有沙子地里的洋芋。牛禄喜会忽然望一下窗外，院墙外是那棵黑乎乎的老榆树，跟琉璃瓦砌起来的富丽堂皇的宫殿似的老榆树，有一千五百年寿命的老榆树。这一天是星期日，天气晴朗万里无云，伊犁河谷本来就围在天山中间，天山从来没有这么清晰这么近，一下子矗立在老榆树的后面，一下子挨上土块围起来的院墙。

此时此刻在乌苏四棵树河下游大漠腹地，老太太正在观赏有三千年寿命的胡杨树，老太太凝神屏息，那么专注那么投入。李爱琴告诉老太太："这叫胡杨也叫胡桐梧桐，活了三千年了。"老太太声音很小，几乎是在自言自语："那就是树王啊。""胡杨没有王，它们自己给自己做王，每棵胡杨都有三千多年的寿命，只要是胡杨就一定能活到这个寿命。"这是一位老者对另一位老者的访问，婆婆双手合十，在老家她就是这样到寺庙上香敬神的，她就是这样在灶王爷跟前在观音菩萨的神像跟前祈求平安的。现在两位神灵相遇了，婆婆双手举到胸前，胡杨的叶子就喧响起来了，千万人鼓掌似的。

牛禄喜正在翻相册，牛禄喜就推想老家兄弟姐妹们想母亲，牛禄喜就挑出一些相片，一沓子呢，挂号寄回去了。有底片可以再洗，牛禄喜就重新洗了，李爱琴带婆婆带孩子回来时，相片已经洗出来了，装进相册了。李爱琴听到这个消息愣了一下，又说不出什么。李爱琴讲了母亲与胡杨树。相片洗出来，连老太太自己都感到吃惊。李爱琴告诉牛禄喜这些照片就不要往老家寄，咱们自己留着。那张老太太与胡杨树对视的照片放大后装在相框里，跟一幅画一样。

老太太每天都要对着照片看大半天，老太太要确信那个跟胡杨树对视的老人是她本人，老太太才开始一天的活动。有一天老太太认出了胡杨树，确切地说应该是胡杨树唤醒了老人的记忆。在陕甘一带，周人发祥的黄土高原，古老的剪纸艺术里就有生命树。老人立马动手忙了整整一个上午，李爱琴下班回来，走到老人身边老人都没有察觉。老人埋头铰红贴纸，老人把整个世界都铰进去了：一棵大树，枝干参天，花叶茂盛，树两侧一对猴子捧着鲜桃，树梢上卧着仙鹤，松鼠在树杈上蹿动，树顶长着人面鹿角，象征不断萌动的生命力。

好多年以后徐莉莉拜访李爱琴时，没有发现这张"生命树"剪纸。徐莉莉走进伊宁市郊区那个简陋的小院子，看了每一扇窗户看了每一个角落，徐莉莉甚至看见了墙上悬挂的老人与胡杨树的合影，徐莉莉甚至脱口而出："胡杨就是生命树嘛。"李爱琴默默地沏茶、切哈密瓜切西瓜，一声不吭。来伊犁之前，牛禄喜给徐莉莉描述了这个院子的里里外外，包括墙上老人与胡杨树的合影，包括老人亲手剪的那幅"生命树"。在牛禄喜的描述中，那张剪纸原打算要贴在窗户上的，李爱琴都出去买胶水去了，同时也带回了老家的来信。这张陕甘黄土高原风格的"生命树"剪纸最终没有贴到窗户上。

李爱琴担心的事情还是发生了。老家来信，弟媳生了个儿子，要过满月，邀请哥哥嫂子带上母亲回来过满月。李爱琴就说："路太远回不去，咱多寄上些钱。"寄的钱能办场婚礼，老太太心疼那些钱，老太太抱怨："行个情就行啦，钱又不是狗屙哈（下）的。"李爱琴就说："咱人没回去么，多寄些钱村子里也好看。"

过了一段时间，来信说家里人手不够，叫老太太回去抱孙子。李爱琴就跟牛禄喜说："千万不能让咱妈回去，咱妈在咱这享福哩，回去受罪呢。咋办呀？咱只能勒紧裤腰带多寄些钱，让他们雇保姆，咱出钱，替老太太出钱，信上就这么写，面子上好看。"牛禄喜遇上这种事情就像个傻瓜，完全听媳妇的。媳妇还叮咛牛禄喜，千万不要告诉老太太寄钱雇保姆的事情。果然，老太太听到信上要她回去带孩子，老太太就说："我生养了两儿两女，就没麻烦过两个老人，她生一个娃娃就想缠老人的腿，她想得美。"老太太吃着饭吃着吃着就把碗放下了："那个碎妖精想啥哩我知道，看着我老婆子吃香的喝辣的，她鼻子眼窝不受活。"牛禄喜就说："人家又没来咱这，你就别胡思乱想啦。"老太太看电视去了，李爱琴就对牛禄喜说："你还是老太太养下的，你比老太太差远了，老太太简直像个哲学家，一针见血，一眼就把对方看透了，你是个木头。"

安静了一段时间，舅舅来了一封信，弟弟病了，都住院了，家里全都乱了，还附了一张弟弟打吊针的相片。老太太当时就不吭声了。李爱琴就说："你是哥你请假回去。"牛禄喜说："我回去最多待一个月，要是个慢性病半年都打不住。"信上又没说是啥病，光说呕吐发烧说胡话，喊着想他娘，要见他娘。舅舅写了一大段，弟弟还在信后边歪歪扭扭写了一句：娘，儿想你，儿死呀，儿见不上你老人家啦！老太太乱了方寸。天下老人爱小儿，小儿子来这么一下，一下就把老太太击垮了。

平静了两天。老太太打奶的时候又听到哈萨克老头唱《劝奶歌》，老太太已经能听懂这首歌的含义了，那是牲畜抚养孩子的圣歌，女人听了都能流泪。吃饭的时候老太太说："收拾一下我回去。"屋子里静悄悄的，老太太说完，回自己屋里半天不出来。老太太甚至把她的结局都想好了。李爱琴进去抓住老太太的手，李爱琴不知道她该说啥。老太太就说："我想了两天我想通了，我斗不过那个碎妖精，我得回去，这是命，没办法，咱不能让村里人笑话。"李爱琴后背发凉，凉气很快遍布全身，身上的血都凝固了，就感到彻骨的冷。李爱琴送婆婆去乌鲁木齐，卧铺票，火车开动的时候，车窗里的老人和站台上的媳妇都哭了，车轮越来越响，谁也听不见她们的哭声。

老家来信，不再提及弟弟的病，而是特别强调母亲病了，李爱琴就交给牛禄喜一笔钱，去寄吧。一年总有三四回，差不多每个季度一回，好像老太太回家以后一直在病中。这种情况延续了两年。李爱琴最担心的事情发生了,大哥大姐二姐舅舅加上弟弟联名来信,要牛禄喜全家调回去,老人老啦,需要儿女们轮流赡养。信上还说你们在外地太清闲啦,该回来给老人尽尽孝了,不能光知道寄钱,要给老人端屎端尿哩,要给老人做饭烧炕洗脚哩,要讲人情世故哩,该走的亲戚要走哩,零零碎碎一大摊。

开始联系调动。跨省区调动跟登天一样。调动的事都是大哥大嫂经办的,人家跑路,他两口子出钱。又这么过了两年,花去不少的钱。牛禄喜回去了一趟,问题比他们想象的复杂得多。

老太太回去后,不要说家里人,村里人都吃一惊,都认不得了,不知哪里来的这么洋气的老太太。两年没回来,换了个人似的。老太太走亲访友。媳妇把孙子往老太太怀里一塞,老太太该干啥就给人家干啥,老太太一路上把这些都想到了,老太太很坦然,碎妖精一招连一招,老太太还是那么坦然。老太太回来不到半年,眼见往下瘦,眼睛里亮亮的光暗下去了,跟断电的灯泡一样。村里就有人把话说到老三媳妇面上:麻狼就是厉害,老人家从新疆回来就像头大象,麻狼三锤两棒子把大象拾掇成老鼠。麻狼就跟人家说:几千里路坐火车哩,把老太太累日塌哟,甘肃麦客子都跑不了那么远,老人家去给老二带娃娃不容易啊。麻狼三言两语就把话岔开了。麻狼回来就跟老三商量办法,就让老三去西安一趟。不能这么糟蹋么,就把各路亲戚发动起来,就有了调老二全家回来这件事情。

李爱琴就说:"当初你往老家寄照片我就感觉不好,老人家这么个大活人再一回去,不是事都是事了,老人家在咱这过的啥日子,回去又过的啥日子,你知道老人家在车站咋离开我的。"李爱琴说不下去了,哭了一阵子,哽哽咽咽地说:"老人家哭了,跟牛叫一样。"牛禄喜也哭了,牛禄喜蹲地上抱住头哭,一边哭一边砸头,"我知道我知道,我回去,我见老人家喋,人都蔫啦,蔫得一塌糊涂,你要是见了你都不敢认了。"牛禄喜边哭边砸头。儿子牛超回来了,小学快毕业了,自己骑个车子自己回家,反而把大人救了,大人不敢乱喊乱叫了。一连好几天,两口子耳朵里全是牛叫唤,梦里都是牛叫唤,一声长一声短,然后是苍凉悲壮的《劝奶歌》: 奶——奶——奶——奶——

李爱琴说:"咱俩离婚吧。"把牛禄喜吓一跳。李爱琴说:"再不离婚牛就把喉咙挣断啦，你想听牛断气的声音吗？"这句话把牛禄喜镇住了，牛禄喜都傻了："咱过咱的，他们过他们的，咱不理识他。"李爱琴就看着牛禄喜，夫妻两个一个看着一个，李爱琴说："那不是我要过的日子，也不是你要过的日子。"牛禄喜说一句，李爱琴截一句，每一回都能让李爱琴截住，截得死死的，就僵持了那么几个月。李爱琴就说："你这个傻瓜你就不想想，娘只有一个，媳妇就不止一个了。""你咋办呀？你咋办呀？""我好办。"李爱琴不知道她怎么说出来的，李爱琴还是说了，李爱琴说的时候，看着窗户外边，看着院墙外的老榆树，那么大的树，活了一千五百年还活得好好的活得那么旺，跟砌了琉璃瓦一样跟宫殿一样。"我给老人家发过誓一定要她活一百岁，我侍候不成了，你去侍候，能遇上个好女人你就把我忘了，遇不上也别强求，我等着你，给老人家送了终你再调回来咱们复婚，往新疆好调，往陕西不好调，调你一个容易些。"李爱琴越说越认真，把她自己都镇住了。

好多年以后，李爱琴告诉徐莉莉，她只能痛下决心，她总以为老家人会顾惜牛禄喜，会对牛禄喜手下留情，"我看清楚了，婆婆在我这生活好就成了我的罪过，我要跟大嫂跟弟媳一样我做不到，也做不了，怎么办？只能放牛禄喜回去。""你就这么放心呀？""唉，男人都是那么粗心，他就不想想老人家回老家能活一百岁吗？新疆到处是百岁老人，老家有几个呀？老人家给我说过，老家村子里寿数最大活到八十岁，都是几十年才那么一个。"李爱琴跟徐莉莉谈话的时候，老人家已经去世了，活了六十二岁，马马虎虎算进入老年行列。

下边的事情就简单了。这种方式的离婚不可能扯皮，静悄悄地就把事情办了。娃娃归李爱琴，存款全让牛禄喜带走，牛禄喜转业时部队有一笔不少的安置费，八十年代了嘛，加上平时积累好几十万呢，在当时算不小的一笔财产，李爱琴原打算单位集资盖房时用，还有儿子的教育费用全在里头。他们租房子原是为了住在单位附近，住在市中心，住在功能齐全的新楼上，没想到临时租的平房成了他们永久的家园。牛禄喜坚决不带这么多钱，李爱琴就说："养老养老要拿钱养哩，你还指望你那些兄弟姐妹？"后来李爱琴告诉徐莉莉她真实的想法，万一牛禄喜遇上合适的女人，就得成家，口里花费大。徐莉莉都叫起来了："赡养老人能用这么多钱吗？他自己算不出来吗？"李爱琴苦笑："平时都是我管家，家里有多少钱花费多少，他一个大男人从来不操心这个。""你忍心让他在口里成家，背叛你？""有不少女人追求他呢，他给我说过，他当上排长的时候就收到求爱信啦。""你心就这么大？"李爱琴没给徐莉莉说过，她在没人的地方失声痛哭，半夜常常惊醒，大把大把地吃安定吃安眠片，内分泌失调吃中药，吃的中药能喂一头牛。这些痛苦全都淤在心里，李爱琴不会说出来的，牛禄喜再回到她身边她也不会说出来。

牛禄喜离开之前，李爱琴就告诉他："千万不要给人讲你带了多少钱，你就往我身上推，就说你把财产全留给老婆娃了，你是净身出户，你千万要记住。"直到牛禄喜说了三遍我记住啦，李爱琴才松手，李爱琴说话的时候自己都不知道自己跟豹子一样扑上去攥住牛禄喜的领子，牛禄喜上半截身子往后倾斜，就像狂风呼啸中的树一样。李爱琴在牛禄喜下过保证后松开手，"你走，赶快走，赶不上车了。"牛禄喜抬腿出去，身后的大门就关上了，牛禄喜在门外站半天，还拍了两下，里边静静的，牛禄喜就走了，一走三回头，还偏着脑袋听。静悄悄的，村子，树，田野，远处的庄稼，果园，城市，全都静悄悄的，整个伊犁河谷整个西天山全都静悄悄的，牛禄喜就走了。牛禄喜走远以后，房子里才有了哭声。李爱琴捂上被子，还压了一个枕头，吼吼地哭，像牛叫一样。牛禄喜听不见，谁都听不见。

牛禄喜过乌苏的时候跟战友们聚了一下，大家听到他离婚的消息都很吃惊，更让大家吃惊的是他们离婚复婚的计划。牛禄喜就说："都是为了老人，只能这么弄。"马来新就说："能这么弄事吗？明明欺负人家李爱琴嘛。"牛禄喜就说："老人的事情一完我还回来嘛。"马来新一个劲地问，牛禄喜就不敢说了，再说就把钱的事情说出来了，牛禄喜给李爱琴下过保证，千万不要扯到钱上，牛禄喜就不接话茬。大家就说算了算了老马你就别认真了，夫妻俩的事情外人说不清也说不成，喝酒喝酒。喝完酒，送牛禄喜去乌鲁木齐，马来新肚子胀，马来新就没去。

后来马来新总是把女儿的不幸往牛禄喜离婚的事情上想，越想越觉得有关系，但又说不出来，就是让人肚子胀。

马来新想把自己家里的马送给女儿，女儿不答应，女儿告诉父亲："不要小看我们家的牛，我们家的牛顶得上十匹马。"马来新以为女儿开玩笑，但有好几次他搭乘女儿的牛车，他发现这牛不但力大无比，而且跟主人配合默契，那种默契简直达到出神入化的地步。女儿不会告诉父亲牛卵子的故事，女儿也不会告诉父亲牛卵子与洋芋的关系，女儿更不会告诉父亲牛与丈夫的关系。马来新一点一点琢磨出来的。马来新亲眼目睹女婿王怀礼怎样给牛饮水喂草料用铁刮子清理牛身上的灰尘，这些活谁都会做，却不像女婿王怀礼做得这么顺手这么认真这么好。有时在半道上王怀礼给它加一次料，它就会重新雄起，车子再次滚动时车上的人能感觉出牛是什么样的力气，那一起一落的蹄子，就像大地的胸口在怦怦跳动。

马燕红拉完自己家的洋芋就挨家挨户收购村子里的洋芋，一个村庄又一个村庄。通往县城的那条沙石大道两旁分布着许多村庄，离县城越近蔬菜的种类越多，皮芽子大葱萝卜白菜洋柿子黄瓜莲花白茄子辣子豆角全都收购往城里运。马来新建议让女婿王怀礼采购，女人家守摊子比较合适。女儿就告诉父亲："采购舒服。"

小两口的日子好起来了，就换一辆车，比原来的车大一倍多，跟卡车车厢差不多。马来新去的时候新车刚做出来，车板有四五寸厚，用锤敲都是咚咚咚，跟鼓一样瓮声很大，胶轮，钢轴。马来新问女婿王怀礼："牛能拉吗？"女婿就看牛，牛吃草呢，吃得很慢，跟石磨一样，一下，一下，不急不躁，压根就不看这辆车。

新车出去了，马燕红就牵着牛，孩子骑牛背上，孩子一手扶着牛背，一手拿着望远镜。孩子要上小学了，外公马来新给孩子买了一架军用望远镜，可以调焦距，可以判断距离，孩子就很容易地从镜头上读出县城的距离，孩子一会儿报一次数字。路边那些远远近近的村庄也在孩子的观察范围之内。他们要去收购蔬菜，直到堆积成山，比一辆大卡车拉得还多。有了望远镜，孩子可以早早通知妈妈该去谁家地头。孩子甚至能判断出谁家的菜好。在望远镜里，大地是赤裸裸的，毫无秘密可言，不要说蔬菜，虫子都历历在目。有时也让人难堪，孩子的镜头前会出现尿尿的人，裤子一拉，就哗哗喷射出水柱，或者扒下裤子往地上蹲，白晃晃的大白狗子，用农民的话说是给土地施肥。孩子也把大地当厕所，现在孩子不这样了，学前班已经把这种习惯改变了。

孩子一个月前得到这架望远镜就往天上看，一下子就把老鹰拉到眼前，老鹰那么大，比大人还大，平展着翅膀，羽毛哗哗翻卷，爪子跟挖掘机一样在天空挖一条蓝色轨道，老鹰就沿着这轨道吱地划过去了，蓝天就冒火花。孩子把望远镜倒过来，牛一下子就到了很远很远的地方，牛变小了，让牛再远点再远点，牛就到地底去了，牛还在退，牛就噢地叫起来。孩子马上明白公牛的心事，孩子就把望远镜架在牛眼睛上，牛一下子就凝固了。孩子懂牛的心事，爸爸妈妈也懂，可爸爸妈妈太忙了，他们越来越忙，整天忙着种地，种完地就贩洋芋。他们翻修了旧房子，换了新车，他们打算过几年在城里买房子，让孩子在城里上学。妈妈说让孩子在城里上学时，把孩子搂在怀里都哭了，孩子不明白妈妈哭什么，孩子已经在城里上学前班了嘛。大人们就更忙了，孩子成了公牛唯一的好朋友。

公牛一趟一趟地往市场上拉货，公牛在人群里穿来穿去，公牛还知道菜贩子之间稍不如意就大打出手，打得头破血流，其实都是为一点点利益。公牛的主人没跟人打过架，但吵过，错不在主人，是相邻的摊主太霸道了，主人的生意好是因为主人待人诚实回头客多，左右邻居就合起来欺负主人，主人一让再让，让不下去了就吵起来了。眼看要动家伙了，人家是两家，一家明来另一家暗助，拉偏架，火上加油，颠倒黑白，主人就要吃大亏了。公牛在菜市场的角落里吃烂菜叶子，公牛离那么远，公牛还是觉察到主人的危险，公牛就一晃一晃地过去了。公牛在人群里很碍事，不断有人踢它打它，跟挠痒痒一样，公牛三绕两绕绕到争吵的地方，吼了一声，就一声，双方都愣住了，那一声牛吼太有威慑力了。挑起事端的那个家伙不服气，手掂着秤锤过来了，菜贩子闹事秤锤等于重磅炸弹，一般人也就随手抓茄子黄瓜萝卜皮芽子洋芋之类，牛的主人王怀礼就攥一颗洋芋。牛看见王怀礼拿着洋芋与人家的秤锤抗衡，牛就过来了，就吼开了。那人丢下王怀礼，掂着秤锤大步向牛走来，王怀礼拦不住，王怀礼两口子被拉偏架使暗力的另一家缠住了，那个家伙蹿到牛侧面，抡起秤锤就要砸牛脑门，围观的人都叫起来了："嗨嗨不敢这么弄，就把牛砸死啦。"那个家伙也叫起来了："就要往死里砸，不敢砸人还不敢砸牛吗？砸牛又不偿命。"围观的人就叫："不偿命偿钱哩。"那家伙就叫："偿钱就偿钱我不心痛钱，撕破卵子淌黄水我豁出去啦。"

那个家伙身子一纵就跃到最佳位置上，再一纵，一只腿抬起，金鸡独立一般，身体的重心全压在右臂上，狠狠地对准牛的脑门砸下去——那个家伙是个把式，知道牛脾气，牛不拐弯，侧击不会失手。可这头牛偏偏拐弯了，确切地说只偏了一下脑袋，又低下去往前一挺往上一扬，一个连续动作，快如闪电，牛角连同牛头就穿进壮汉的裤裆，壮汉整个人趴在牛背上，牛原地打夯上下颠荡，壮汉就不停地哎哟，围观的人哄然大笑。马燕红两口子都笑起来了。结了婚的人都会联想到男女同床到高潮女人失声叫床的情景，还有那么一个又弯又长的牛角，牛角尖还从壮汉的狗渠里露出一截子。大家又笑又叫："日狗子哩，把狗子日破啦，哈哈。"好多人笑弯了腰，壮汉的老婆都忍不住捂住嘴笑开了。王怀礼上去牵住牛缰绳，把手里攥的洋芋塞进牛嘴里，牛就不颠晃了，壮汉就哧溜滑下来，抱住肚子，脸上笑不是笑哭不是哭龇牙咧嘴很难看。王怀礼就说："要砸你就砸我不要砸我的牛，牛是我的命根子。"

市场上没人再敢欺负马燕红两口子了。两口子本本分分做生意又不招惹谁，孩子能上学前班两口子认为离天堂不远了。孩子的外公心疼孩子给孩子买一架望远镜，孩子就从租住的郊区农民的房顶看，往南看可以看见奶奶，朝北看可以看见外公外婆和舅舅。其实孩子看到的都是陌生人，孩子相信那是真的那肯定是真的，孩子都看到地球的心脏里去了，孩子都看到公牛的心里去了。

公牛还真有这个想法，想见识一下人类的高科技，八十倍的军用望远镜在小孩手里算是很重要的科技产品了，这么大的孩子玩的都是六倍七倍的玩具望远镜，这么贵重的高倍军用望远镜大人都很稀罕，孩子的舅舅，那个正在考大学的高中生马亮亮都没有这么珍贵的东西，孩子理所当然要让他的好朋友公牛享受一下。孩子就把望远镜架在牛眼睛上，牛一下子就兴奋起来了，牛看到了天山大峡谷的一片草地，草丛里生长着世上罕见的灵芝草，肥大鲜嫩像生长在海底，像宝石一样像珊瑚一样。天山谷地森林草原的隐秘处，连空气都是透明的，长出那么好的灵芝草一点也不奇怪。牛还是忍不住地颤了一下，孩子就说："看见好吃的啦。"马燕红就说："牛没有你那么嘴馋。"孩子不依不饶："牛这回嘴馋啦，要吃好东西啦。"这已经是很明显的信号了，马燕红两口子一点警惕性都没有。孩子不知道灵芝草与牛的关系，大人知道，牛吃了灵芝草会慢慢死去，灵芝草会在牛胃里长出牛黄，那是很贵重的中药。

马燕红要是过去摸摸牛脑袋，马燕红就会知道牛的心思。马燕红忙着跟人结账呢，马燕红听见孩子乱喊，马燕红就随口说了一句牛没有你嘴馋，孩子不依不饶跑到马燕红跟前，郑重其事地告诉妈妈："牛也会嘴馋的。"马燕红不能不重视小家伙的意见了，马燕红就摸一下孩子的脑袋，笑着对结账的人说："他爸像木头，我这儿子鬼精灵，自己嘴馋就说牛嘴馋。""我不理你了。"孩子生气了，回到牛身边，又把望远镜架在牛眼睛上，牛眼睛间的距离太宽，只能架在一只眼睛上。孩子跟牛可不是一般的交情。外公每次来看他都要带好吃的，面包饼干巧克力，牛都能分享一半，大人不会知道的。尤其是巧克力，吃下去牛兴奋得直跺蹄子，更多的时候是馕烤包子油条，大人都舍不得吃，专给孩子的，孩子也让牛分享一半。马燕红要是看见这一幕会气个半死，不是马燕红不喜欢牛，那就不是牛吃的东西。马燕红只是奇怪孩子饭量咋这么大，给多少吃多少，大人肯定多给，总怕孩子吃不饱，孩子全收下毫不客气。马燕红只是纳闷。

马燕红侍候丈夫孩子睡下，还要喂牲口。给草料里加了豆子，往牛嘴里塞洋芋，贴着牛耳朵小声说："明天就让你回家，就让你去山里好好吃一顿。"空车回家又轻又快，出了城，马燕红就告诉孩子，明天跟大伯去山里放牲口，孩子高兴坏了，在车上翻跟头，把这个喜讯大声喊给牛听。牛高兴啊，迈开大步，车子起伏但绝不颠晃。九月份孩子就上小学了，学校都联系好了。大人跑了不少路，费了不少事，没有城里户口，就得熟人托熟人，马来新的战友，战友再找朋友，曲里拐弯往教育部门拐。马燕红还找了王蓝蓝，王蓝蓝从中学往小学那边拐，两面夹击，就把事情办成了。每一步都不容易，两口子都要谋划半天，都要等房东休息了，孩子睡熟了，小声地商量盘算。夜深人静，吃夜草的牛可是听得一清二楚。在另一些晚上，公牛看见主人两口子拎着礼品出去，有时是男主人出去，有时是女主人出去，有时两人一起去。回来以后也是有喜有忧。从七月学前班放假，到八月才有了眉目。

两口子刚刚松一口气，又开始谋划孩子的以后。小学六年中学六年大学四年，细细算下来得二十多万呐。最好是在孩子上大学前变成城市户口，高考以及毕业后分配城市户口是不一样的。他们看中了新盖的商品楼，据说购房者可以连带办户口。据说乌苏马上要变市了，就不叫乌苏县了，叫乌苏市。把买房子的钱算下来那可是个天文数字呀，他们胆子真大，竟然给算出来了。牛在墙角的草棚里都能听见主人有多么惊讶，惊讶中带着叹息，希望里有绝望，绝望里又有那么一点点萤火虫一样随时都能熄灭的希望。就是在这样的时候，两口子又开始他们不着边际的谋划。在他们未来的建设蓝图里，他们买到一户商品房，三室一厅，老人一间，他们两口子一间，孩子一间。他们都想到牛了，牛就待在老家看老宅子。偶尔还回老宅子住上一段时间。这也合牛的脾气，牛待在城里算什么呀，牛应该待在乡下待在山脚下，要是考虑到女主人当年的遭遇，就能理解这些设想的合理性。

牛知道它在人世的时间不多了，牛就看见了灵芝草。牛来到大地上没有吃过什么好东西，吃到嘴里的都是难以下咽的粗糙不堪的食料，大多数都算不上食料，牛就多了一个胃，进行深加工。灵芝草来到世上就是来寻找牛的，在牛身上灵芝草总是从神奇进入更高的神奇，灵芝草把牛的胃合起来了，灵芝草还要在牛身上生长成熟。那些吃了灵芝草的牛总是给主人带来一笔财富，牛黄是贵重药材。

第二天，孩子跟伯父一起进山放牧。马燕红两口子做生意，马燕红的羊就让大哥代牧。大人总是照顾孩子，把好草让给孩子。牛就很容易吃到了灵芝草。牛回来后就瘦下去了。马燕红找兽医来看，兽医开的都是治胃病的药。给大牲口喂药要用童子尿，孩子有的是尿，牛也喜欢孩子的尿，用牛角一样的木槽子灌药料，灌了好几副，不见好。牛还往下瘦。有经验的人就看出来了，这牛吃了灵芝草，牛肚子里长牛黄了。人家还不忘加上一句："王怀礼要发财啦。"

马燕红抱住牛脖子就哭了。"你吃那东西干啥呀？啊！你咋不吃屎哩，我宁愿你去吃屎也不愿你吃灵芝草。"牛不吭声，牛肯定不吭声，连气都不出，眼睛睁得大大的，好像啥事都没发生一样。兽医都感到奇怪："吃了灵芝草，耗身上的精气呢。眼神就暗下去啦，这牛怪得很，眼睛这么亮，肉往下掉哩，精神见长哩。可见吃的不是一般的灵芝草，灵芝草也分等哩，吃了上等灵啦，娃他妈，别哭啦，你老先人上几辈子把德给你修哈（下）啦，给你上的都是磨盘那么粗的香，你要发了，发人了。别人烧香磕头抢都抢不哈（下）这么好的事，你还哭哩，哭啥哩？有啥哭的？"女人们把马燕红连搀带扶搬到屋里，放在床上垫上枕头，马燕红整个人是瓷的。

越传越远，越传越神，都知道四棵树河上游出了个大牛黄，有脸盆那么大，牛大么，牛黄就小不了，拉的车跟汽车一样，在市场上跟耍猴一样把个壮汉耍来耍去，这么猛的牛吃了天山里的上等灵芝，你想去，你好好地想。大家越想越兴奋，正好电视上放一个节目，内容是口里某地一头吃了灵芝草的牛，身上长出脸盆那么大一个牛黄。口里的牛跟新疆牛没法比，口里长灵芝草的山跟天山就更没法比了，跟土堆堆一样。乌苏以及乌苏附近奎屯石河子克拉玛依独山子的媒体记者全都跑来了，他们肯定吃闭门羹，记者有办法，不用死缠硬磨，给当地政府打个招呼，盯着点就行了。乡政府的通讯员说了："那么大牛黄等于小金库嘛，急啥呢，他王怀礼总要杀牛嘛，就是不杀，牛总要断气嘛，他总要找上几个人剥皮剔骨把牛黄从牛肚子里弄出来嘛，到时候赶到现场就行了嘛。爱照多少相就照多少相，现场直播也可以呀，王怀礼马燕红不愿意采访，可以采访乡领导村领导嘛，我们本地的重大新闻事件我们有能力说清楚嘛，新闻重要的是事实嘛，有事实就可以了嘛。"这个通讯员挺厉害，把各路记者说得一愣一愣，大家纷纷递上名片留下联系方式。

马来新也来了一趟，弯下身子仔细瞅瞅，马来新也说："这牛吃的不是一般的灵芝草，长出来的牛黄肯定不一般，你俩啥打算？"两口子就说："没往钱上想，只想着把牛咋安置好呀？"马来新连声说好好，我和你妈支持你俩。

那么多人盯两口子还是没盯住。牛一直在院子里，打有了牛黄，牛就没离开过院子。大家就盯着院子，谁也没注意出出进进的人。就两口子加上一个娃一个老人，偶尔几个亲戚几个熟人。马燕红暂时把生意放下了，要收秋了嘛。王怀礼早出晚归，扛一把铁锹，有时是镢头。有一天，大概是两口子又想做生意了，装了半车洋芋，没别的菜全都是洋芋，套上牛。牛走得慢慢腾腾，有了牛黄就跟女人怀了娃一样就不利索了。关键是回来的时候，牛不见了，回来一个空车，洋芋不见了，牛也不见了，王怀礼驾着车，马燕红拽根绳子在一边帮着拉。"哈！狗日的，把牛卖啦。"躲在暗处的人再也不躲了，都炸开了。"狗日的真会日弄人，还等着牛断气哩。"大家围上去，好像吃人呀，两口子随你乱咋唬就是不说话。就有人激两口子："卖了个啥价钱？说一下么。"两口子就说："你想多少就是多少。"

黑道上的人很清楚，没人敢接这个货。当初也没人敢去动活牛。牛在市场上把一条大汉当猴耍大家不是没见过，见过牛的人都怯火哩，牛蹄子牛尾巴牛犄角，随便一样出来，黑社会再黑也受不了。大家都等着牛断气那一天。看来等不成了，就找到门上来了。两口子就胡扯蛋，拖时间。

王怀礼在野地里挖了一个大坑，把牛连同十几麻袋洋芋全倒进去，埋了。在中亚各民族的史诗里，那些江格尔玛纳斯乌古斯汗们都是几天长成人，几个月有神力。公牛有这个神力，公牛就告诉马燕红："我不会死，我会变成一棵大树，从我身上长出的树，就叫生命树，就长在地心里，树上的每片叶子都有灵魂，那些灵魂会出现在大地上，成为有灵魂的生命。"马燕红就想起她被强暴后父亲马来新在黑夜里护送她离开县城、沿着四棵树河向天山脚下奔驰的情景，马燕红一路上听着父亲马来新在心里默默地为她祈求：我女儿是个姑娘，我女儿是个姑娘……生命树从大地深处开始生根发芽。

丈夫被这伙人截住了，丈夫被折磨得不成样子，就带这伙人去戈壁深处，好叫他们死了这条心。找到地方挖开，好几个月过去了，牛早都腐烂了，牛黄也烂了，十几麻袋洋芋有足够的水分供牛和牛黄使用。这伙人全都傻了。丈夫王怀礼就给他们讲蒙古人的神话讲哈萨克人的神话，讲牛卵子讲生命树，这些人人皆知的民间故事都听过，耳朵都听烂了，谁把这些东西当真呢？也许有过那么一个时期，人们傻乎乎的，天真得跟小孩一样，信这个信那个，树上长灵魂都有人信。可牛和牛黄确确实实不见了，钻到地底下去了。再待下去也没啥意思，这伙人就蔫溜溜地往回走。丈夫王怀礼可不想跟这伙人一起走，丈夫王怀礼坐在大坑边上，伸长脖子望着蓝天，满脸的喜悦，事情成了，牛和牛黄到它们该去的地方去了。

那伙人走着走着，有几个人越想越生气，日他妈把人耗在牛身上，还不如去阿尔泰挖金子，还不如到奎屯河四棵树河的上游去挖金子，老老实实挖到现在也有几百克了，运气好的话还能碰到梅花金、狗头金，甚至能碰上牛腿金，啊呀，传说中的牛腿金几个大小伙了都搬不动，要拿杠子撬呢。大家宁愿相信金牛腿的传说，也不愿相信牛卵子和生命树的传说。可有一点很重要，总算把金子跟牛想在一块了。有人就皮儿皮儿骂开了，他娘的皮！脸盆那么大的牛黄，就相当于一条金牛腿，说没就没了，他娘的皮，还是个儿子娃娃哩，不能看着狗日的把钱不当钱，把钱不当钱活在世上有啥意思哩，啊？咱要捍卫金子哩，金子是有尊严的。几个捍卫金子尊严的人就抱上石头返回去，丈夫王怀礼还没反应过来就挨了几下，都是要命的地方，当场就断气了。那几个人还愤愤不平，吐了唾沫，还骂骂咧咧的：你叫牛不断气，咱叫你断气。

卷十一

马燕红还记得她生儿子那天晚上，丈夫王怀礼赶牛车送她去医院的情景。通往县城的沙石公路沿着四棵树河，那也是当年父亲马来新用马车送她的路，也是在晚上。婆婆和嫂子陪着，她们都奇怪马燕红不哼哼唧唧，孕妇临产都要闹的。马燕红抱着圆鼓鼓的肚子满脸幸福的样子。大哥要用拖拉机送，村里的人甚至要用小货车送，马燕红就要牛车。家里人见识过马燕红有多么喜欢这头牛，王怀礼也喜欢这头牛，他们两口子理所当然地要让新生儿得到公牛的保佑。大家明白了他们的意思，就铺上干草白毡毯子，还有被子还有枕头，一左一右有婆婆和大嫂。牛车慢悠悠也稳当。

天很快就黑了，升上天空的是星星，不会有月亮了；星星那么大，快要掉下来了，跟熟透的苹果一样。孕妇安安静静，婆婆和大嫂就不操那么多心了，很快就打起了呼噜。公牛迈开大步，走得稳当结实，蹄下很快溅起火星，那是马蹄才有的景象，丈夫兴奋地嗨了一声，马燕红和马燕红肚子里的胎儿也嗨了一声。马燕红就愣住了，她以为是幻觉，她静下心，她就感觉到胎儿的力量，她再次看那些一起一落的火星，她就认定她要生儿子了。王怀礼就说："儿子女儿都一样。"王怀礼说话的口气像个城里人，王怀礼没说出来的另一句话就是：城里人只能生一胎，咱们可以生两胎，咱们还可以再生。这已经让马燕红很满足了。马燕红就让丈夫把车赶快点，丈夫以为她要生了，后来发现不是，马燕红坐起来了,马燕红数那些一起一落的火星。牛跑起来颠得厉害,踏起的火星又大又亮,跟铁匠铺一样,王怀礼很紧张,反复提醒肚子肚子、肚子里的娃娃。马燕红不理他,马燕红跟巫婆一样两眼炯炯有神,嘴里念念有词,后来王怀礼才知道马燕红念叨的是将要出生的孩子的名字。当公牛踏起最大最亮的火星时,马燕红就把孩子的名字喊出来了,理所当然地是星火,"王怀礼听见没有,王星火,王星火是咱们的儿子。"王怀礼说:"是孩子,目前还是孩子,应该叫孩子。"

这是哈萨克人的习俗,哈萨克人给孩子取名的时候,父亲用燧石打,边打边默念孩子的名字,当火星出来时就把孩子的名字叫出来了。妻子给未出生的孩子起好名字,就安静了,就躺在两个呼呼大睡的女人中间,就很骄傲地讲叙草原上古老而庄严的命名仪式。王怀礼就不停地赞叹,进而赞美,最后夸奖王星火是个好名字。

马燕红还记得接生的医院就是当年给她刮宫的那家。后来母亲来了,父亲马来新也来了。马来新边走边看,走到产房时马来新惊讶得说不出话,马燕红明白父亲的心思,这个秘密只有她和父亲知道,她笑着告诉父亲:"我生了儿子,名字都起好了,星火,王星火。"女婿也说:"她一路上就念叨这个名字,这是个好名字,我都起不了。"马来新就笑起来,马燕红看见父亲如释重负的开心至极的笑。

当人们把丈夫的尸体抬回来时,马燕红没有号啕大哭,马燕红不知从哪里捡两块黑石头,在丈夫的身边一下一下击打,每一下都打出了火星。儿子王星火就跪在大人跟前,马燕红嘴里就喊着儿子王星火。死在外头的人不能进村,灵棚就搭在村口。医院给王怀礼整过容,大哥和村里的男人们给王怀礼擦洗身子,穿好衣服。他们见过王怀礼的伤口。公安人员给他们介绍过案情,尸体被发现时案犯早逃走了,立了案,能不能侦破不好说。但凶器很简单,就是石头,戈壁就是石头,从词的含义到形态都是石头。男人们抬尸体回来,看见马燕红拿着两块黑石头,男人们都惊呆了。马燕红就在男人们跟前,带着儿子王星火,一下一下拍击黑石头,每一下都能打出白煞煞的火光,太阳底下的火光从来都是白煞煞的,不细心看就看不出来。马燕红就在男人们跟前,男人们全都看见了石头打出来的火光,男人们就反应过来了,不再像木头人一样站着不动,就动弹开了,就把王怀礼抬进灵棚。马燕红和儿子王星火到灵棚里守灵。有棚子遮着，光线暗些，马燕红打出来的火光就亮多了，就像一盏灯。

男人们喝茶抽烟，等着吃饭，就悄悄议论："男人是石头砸死的，她还攥着石头跟敲锣一样，叫人头皮发麻。""她不知道凶器是石头，去给她说一哈（下）。"正要去给马燕红说一哈（下），马燕红的声音大起来，把石头的击打声压住了，全都是王星火王星火。男人们就愣住了。"她这是啥意思，她一个劲喊儿子王星火王星火，好像生娃呢好像不是死人。"抽烟的喝茶的全都扭过头伸长脖子朝灵棚那边看，全都看见马燕红手里捧着一盏灯。马燕红击打石头的幅度不大，用的是暗力，一张一合，打出的火却不是，黑石头多少含着铁，也可能就是铁矿石，马燕红在村口路上随便捡的，没想到打出的火光跟铁匠铺里一样，一张一合，哗一下就亮起来了，从外边往棚子里看就像是捧着一盏灯。嘴里喊着儿子王星火。儿子王星火就跪在大人跟前，一身孝，挂着泪，哭得都没嗓子了，眼睛迷迷糊糊看啥都是一片混沌。"娃哭憆了，哭迷瞪了，娃这么小小点，他爸就把娃丢下了，把娃吓坏了，喊叫喊叫就把魂喊回来了。""就要他妈喊哩，他妈喊才认哩，王怀礼才能走安生，要么不安生，墓堂就是天堂就是人最后安生的地方。"

人生就这么回事。

九月初，儿子王星火按时上了学，在县城某小学上一年级。奶奶守摊子。住不起砖房了，搬到土房子里，差不多到城外边了，都跟庄稼地连在一起了。好一点就是院子里有菜窖，可以拉车子进去。也用不起大板车了，就用架子车，也用不了大麻袋，就用蛇皮袋子。一个礼拜出去两三次，小毛驴驾车。王星火放学就赶快做作业，做完作业就跟奶奶一起守摊子。小家伙会算术，算账比大人快。

马燕红隔天出去。马燕红守摊子的时候，奶奶就跟王星火待家里。奶奶做饭，王星火给妈妈送饭。小毛驴在院子里吃草乱叫。小毛驴比牛差远了，马燕红原打算还用牛，看了几头，都看不上，大概是以前的大公牛太出色了，也可能见了牛想起伤心事，就买了小毛驴。其实驴很听话很能干，女主人完全把它当牲口看，不贴心，驴就很委屈。驴并不蠢，驴听见人家蠢驴蠢驴地议论它驴就愤怒了，长一声短一声叫起来，全是怨气啊。女主人就抽它："叫丧啊叫，你爹死了？你娘死了？"驴就噎住了，大瞪着圆眼，泪都要下来了。女主人没用鞭子，用苜蓿，抽完了，还把苜蓿切碎拌在木槽里叫它吃，它吃得下去吗？驴想告诉女主人驴并不蠢，驴从女主人的神情就可以看出来女主人对原来的牲畜有多么好，驴也可以推断出它的前任有多么优秀，驴一下子就正经起来，有了一种不可思议的期待。驴就叫起来了，不是那种发情的叫，而是长一声短一声的歌唱，常常有人停下来侧耳倾听。这些人都是外人，过路人，引起他们的注意相当重要，至少可以证明驴子不笨。已经有人称赞它了，当然是对女主人说的，"它要能说话它就能上台比赛。""能上电视。"女主人就瞅它一眼，"它当不了演员，它只能干活。"主人完全把它当劳力了，不过没指责它。驴在找理由，还有一点很重要，主人没阻止它唱歌。许多能歌善舞的牲畜在主人的皮鞭下丧失表演的天赋，沦为单纯的苦力。驴这么想就很知足了。

　　周末，小主人就带它到野外去吃草。它唱了，还打滚了。驴子的舞蹈就是满地打滚，驴子不像马那样只会在草地上滚，驴子可以到处打滚，沙地乱石滩，盖满浮土的路面，驴子多投入啊，不同的场合会滚动出不同的声音，显示出不同的角色。小主人乐坏了，乐完了也就忘了。小主人除了上学、帮大人干活，礼拜天的时候就端着望远镜到房顶上往远处看，看好长时间。平房顶上可以晒东西，堆杂物，夏天还能睡觉。院子靠墙的地方有梯子，王星火的业余时间就在房顶上度过。

　　王星火端着望远镜看南边的大戈壁。他不知道为啥要看戈壁。望远镜稍抬高一点就把天山收眼底了，还有四棵树河出山的那个大峡谷，峡谷的东侧是黑森林，西侧是草场，太阳一出来就照在那地方，大公牛就是在那里吃了灵芝草。王星火长大以后才知道灵芝草与牛的关系，目前他还不知道，他只知道公牛在那里发现了好吃的东西，不用说就是优质牧草，比如苜蓿比如燕麦比如羽毛草。这些草他都看到了，可他还是把镜头投向了茫茫大戈壁。准噶尔盆地是一圈一圈圈起来的，从山前浅草带到戈壁荒漠带，再到绿洲深草带，再往前就是茫茫沙漠了。他的家就在大峡谷的出口，四棵树河的西岸。镜头在村口停一下，就跳开了，一下子就投向了村庄与县城之间辽阔的大戈壁。他看到的全是石头，有白的有灰的有青的，有红的也有黑的。他的目光就停在黑戈壁上，他看到了一块块黑石头。妈妈就是拍着黑石头喊他的名字。他实在不明白黑石头有啥好看的，他就这么一遍一遍地看。

有时他会把望远镜对准太阳，太阳跟气球一样快速膨胀，立即爆炸，嘭！一下子就黑了，可以听见太阳的碎片跟打碎的瓦盆一样哗啦啦掉下来，掉了好长时间，他眼前才亮起来。太阳小多了，也跑远了，一个劲地晃，跑太快，就喘，就晃着身子喘气，再爆炸一两次太阳就炸没了。王星火就不再用望远镜看太阳。望远镜是高科技，给太阳使用高科技是欺负太阳呢，王星火不能再欺负太阳了。爸爸活着的时候教育过他，他端着鸡鸡对太阳尿尿，爸爸就训他："这样对太阳不礼貌，懂吗？"他不懂，也不服气，爸爸就吓唬他："太阳一发火就把你鸡鸡烧煳了。"他是儿子娃娃，他可不是吓大的，他鼓头鼓脑的，一点也不害怕。爸爸就变个法子："小鸡鸡不能在大鸡鸡跟前撒野，太阳就是天上的大鸡鸡，你仔细看，看看你的鸡鸡大，还是天上的鸡鸡大。"他就掏自己的鸡鸡，连卵蛋都摸出来了，他穿的开裆裤嘛，他就叫起来："太阳没有蛋蛋。"他已经让大人套住了，大人就语重心长地告诉他："好孩子你真聪明，你真懂事，你真是爸的乖儿子，你知道太阳应该有个蛋蛋，你就要有耐心，从天明看到天黑，再从天黑看到天明，明天你再告诉大人你看到了啥。"

王星火真是个听话的孩子，从天明看到天黑，看着太阳落下去，晚上大人睡觉他不睡，他趴被窝望着窗外。妈妈说什么他都不理妈妈，妈妈就问爸爸："你给娃灌啥洋米汤啦，娃瓷不瞪瞪像个瓷锤。""娃娃伙不瓷叫你瓷呀，你好像没做过娃娃伙，你好像一晚上长成个大婆娘。"爸爸头上挨了两鞋底，爸爸先睡了，妈妈也睡了。灯灭了，外边反而亮了。月亮出来了，王星火就盯着月亮。中间打过盹，也可能睡着了，没人知道，他把月亮盯得死死的，月亮也不敢含糊，月亮浑身上下紧绷绷的，直到天明往下落都那么圆那么紧，太阳紧跟月亮后边就上来了，跟压跷跷板一样，一头下去另一头上来。王星火同时看到了太阳和月亮，王星火就摸一下自己的卵蛋，王星火还是个娃娃，王星火一下子就明白太阳月亮是老天爷的两个卵蛋。

等大人醒来，王星火已经端来洗脸水，王星火早早把尿盆都倒了。大人只问他一句："看清楚啦？"他恭恭敬敬地答大人的话："看清楚啦

看清楚啦。"马燕红就喊叫:"大清早又给娃灌洋米汤哩。"王怀礼就说:"我管教我儿哩,我要他知道天有多高,地有多厚,水有多深,这都是做父亲的责任,女人家就不要乱喊叫了。"王怀礼说到这里,就一伸手,儿子王星火已经泡好了茶,把茶缸递上去,双手递的,王怀礼端上茶缸噗噗吃两口,瞅一下马燕红。就在王怀礼喝茶的工夫,马燕红发现今早该她做的事情全让儿子王星火给做了。王怀礼给儿子王星火递个眼色,儿子就给大人打个招呼退出去。不等王怀礼吭声,马燕红绷不住了:"我咋这么糊涂?你管娃哩,我还当你给娃灌洋米汤哩,我还拿鞋底抽你,你也抽我两下,拿大耳光子抽,使劲抽。"王怀礼就笑:"你看我是打老婆的人吗?赶紧做饭,我饿啦。"马燕红就去厨房做饭,边做边嘀咕: 狗日的王怀礼,以前咋没看出来哩?男人就是男人,男人就是厉害!这是没办法的事情。

  每年夏天都要把牲畜赶进山里放上几天。那些天,真是天堂一般的日子,那是王星火第一次跟大人进山。父亲、大伯,还有村里许多男人,当然包括一些孩子,要在山里待一个多月,让牲畜起一层厚膘,就可以在秋天使用,就可以度过漫长的冬天。常常会求助于夏牧场的蒙古族哈萨克族牧民,牲畜容易走混,容易生病,在天山深处,碰上谁都会倾力相助。然后煮肉喝酒热闹一番。一直闹到晚上,围着篝火,大人们讲各种离奇古怪的故事,远处有一声一声狼嗥,还能看见狼蓝幽幽的眼睛,一闪一闪。孩子们不但不害怕还很兴奋,这就增加了故事的气氛。有个哈萨克歌手边唱边讲,讲的是乌古斯汗,乌古斯汗吃了母亲的初乳就不再吃奶,就吃生肉吃饭喝麦子做的酒,就开始会说话了。四十天后,他就长大了,走路了,玩耍了。他放牧,骑马,打猎,他长成一个青年,他开始祈祷上天,直到夜晚,天上就降下一道蓝光,这光比太阳还灿烂,比月亮还明亮,这蓝光里独自坐着一个少女,乌古斯汗就娶了她。她就给乌古斯汗生了三个娃娃,都是顶天立地的儿子娃娃,老大就叫太阳,老二就叫月亮,老三就叫星星。又有一天,乌古斯汗去打猎,看见一棵树,树洞里独自坐着一位少女,乌古斯汗就娶了她,她就给乌古斯汗生了三个儿子娃娃,老大叫天,老二叫山,老三叫海……王星火就把这个故事跟父亲联系在一起。儿子王星火眼中的父亲形象就十分高大十分完美了。

那都是去年夏天的事情。才过了一年父亲就不在人世了，王星火已经是个小男子汉了。葬礼的第一天，他就没眼泪了。大人们都说这娃娃不知道顾惜自己，拼着命哭啊，一顿饭工夫就把嗓子哭哑了，就把眼泪哭干了。第七天下葬，他都没有泪没有声音。他听母亲用石头击打出来的他的名字。然后他就上学去了，他在同学中显得很孤单。

在市场上他就不这么孤僻，跟大人们又说又笑。奶奶年纪大，算账不行，他就算账。可奶奶招揽生意的本事比他大，奶奶嗓门不大，奶奶就晃着洋芋、皮芽子、胡萝卜、洋柿子，笑眯眯的，奶奶还叮咛孙子，不要吊个苦瓜脸，吊时间长了你就成苦瓜啦，就娶不下媳妇啦。奶奶叮咛孙子：要笑眯眯的，要么人家就不买咱的菜，你是碎娃你要嘴甜，大人就爱听。他嘴再甜也抵不上奶奶的动作。奶奶就说："你是个娃么，你不要急么，慢慢学，一点一点学，就学哈（下）啦。"

妈妈也奇怪，奶奶一辈子没进过城，一辈子待在山底下，都六十多岁了，妈妈还操心奶奶能不能帮上手。奶奶一定要去城里帮媳妇，谁都劝不住，儿子死啦，她不帮媳妇谁帮呀，又不是纸糊哈（下）的。奶奶就来了，往摊子上一坐，一会儿举着洋芋，一会儿举着皮芽子、洋柿子、黄瓜、胡萝卜，每一样菜她都要举起来，双手举着，就像庙里上供品。奶奶最大的业余爱好就是赶庙会，没庙会她也爱往庙里跑，把儿女们孝敬的好东西全转个手贡献给寺庙了。这也练就了一套精湛的上祭品的功夫，只要她老人家把菜往你跟前一举，你马上就有了一种轻飘飘的神仙般的感觉，你就想享用这人间的供品。那些从奶奶跟前经过的顾客都忍不住停下来，看着这老太太，多么慈祥的老人啊，多么真挚热忱的眼神啊，人家老太太压根就不喊叫，就让你看一眼，你就看上了，就买下了。马燕红都忍不住了："我好歹都在城里混好几年了，我咋就不如你了。"老太太就说："我是你婆婆，跟你亲娘一样，长一辈呀，吃的麦子比你吃的盐还多。"

老太太的打扮也有讲究，去参加红白喜事去逛公园大街，就穿上马燕红买的城里老太太流行的好衣服，一尘不染，很精干的一个老太太；出去摆摊有专用的工作服，这是马燕红开玩笑叫的，一个蓝布大褂，早该扔了，老太太死活不答应。刚开始马燕红也没在意。父亲马来新来看她，就在菜市场聊一会儿，给小外孙带些糖果饼干，亲家也聊一会儿，问个好。马燕红送父亲马来新走到市场外边，父亲马来新就教训女儿："你婆婆那么大年纪了，给你帮忙你就让老人穿那么差，你不害羞我可脸上发烧哩。"马燕红回去细细一看，婆婆那身蓝布大褂还真有意思，介于不干不净之间，就是旧，绝对是旧衣服不是脏衣服，马燕红记得她用洗衣粉洗过，再怎么洗就是洗不净，洗了跟没洗区别不大，她还是洗。父亲马来新一顿教训，更坚定了她的决心，她非扔掉这件蓝布褂子不可，她刚说两句，婆婆一句话就把她截住了："我穿个白大褂跟医生一样，我穿套礼服跟贵宾似的，像个卖菜的吗？娃娃你太嫩了，也别听你爸瞎嚷嚷，刚才他那眼神我看见了，男人懂啥呀，就知道使牛性子，跟这个世界隔了一层。"老太太把蓝布褂往身上一套："娃娃，我叫你洗你再洗，我不吭声你也别叫花子缴公粮假积极。"老太太摆摊去了，马燕红在后边跟着。

老太太有一整套的办法。老太太不让马燕红洗菜，不要洗，就带点土带点沙子，那些洋芋皮芽子胡萝卜洋柿子就土头土脑，那些绿叶叶菜的根上都带着泥，泥干了也不让剥，就沾在上边，也不给绿叶叶菜洒水。婆婆告诉马燕红："洗干干净净是哄娃娃伙，娃娃伙眼窝子浅，遇上眼窝子深的人你就哄不住了。"婆婆指的是那些中老年妇女，这伙人是买菜的主力，很挑剔，挑到婆婆跟前就算遇上对手啦。婆婆也不那么客气，依旧是那种寺庙里练就的贡献祭品的动作，但绝不啰嗦，一口价，任你说东道西，不干净啦，蔫啦，婆婆不接话，一双瘦骨嶙峋的裂开许多口子的手举着洋芋皮芽子胡萝卜洋柿子，一声不吭，举一举换一换，顾客离开了，老太太绝不恳求，老太太保持着原来的姿势，老太太知道顾客走不远就会返回来。马燕红还真没这本事。按她的风格，收上来的菜先拉到租住的地方，收拾干净，再拉到菜市场，还要扯嗓子叫喊，好话说尽，那个累呀，没法说。老太太把做生意当成逛庙会了，游戏化了。关键是不累，婆婆媳妇都不累。

又忙又累的应该是王星火。小学一年级已经相当累了，做不完的作业，做不完的练习册。王星火都能对付过去。王星火的业余时间就是到房顶上去看大戈壁，常常忘了吃饭，奶奶得扯嗓子喊他，奶奶卖菜也没这么喊过。奶奶爬梯子不行，奶奶爬到半截就有点晕，就搂住梯子大口喘气，再慢慢溜下来，在地上坐好半天，揉心口。奶奶再累也有原则，不给马燕红告黑状，马燕红不知道奶奶曾经有过的危险。驴子知道，驴子就叫，驴子最多叫三声就把孩子的注意力引过来了，驴子不但学电喇叭，还学电视。主人家没电视，往主人家走的时候要穿过许多小巷子，从楼房区到砖房区再到土坯房，驴子跟着主人从一家一家门前经过。夏天嘛就把电视摆在院子里，电视里有歌手在大喊大叫，还连蹦带跳，相当于驴打滚，那歌喉已经接近驴子了，驴子一下子就愣住了，就有了一种莫名其妙的兴奋与自信，就敢在老太太从木梯上滑落下来时采用刺耳的电喇叭声音引起小主人的注意。马燕红不反感，但也不理它。直到有一天，有个叫徐莉莉的老同学在菜市场碰到了马燕红，又是叫又是笑，还互相击打，看样子好多年没见面了。

徐莉莉先忙自己的事情，忙完后就直接去马燕红租住的地方。孩子还没放学，马燕红忙着去买些招待客人的东西，老太太也东家西家去借东西，门开着，院子里就一头驴，客人刚进去，驴子就一阵欢叫，徐莉莉就知道来对了地方。驴子还在叫，徐莉莉就礼节性地安慰一下驴子，徐莉莉就愣住了，徐莉莉从驴子的脸上看到了孤独与忧伤……灰扑扑的长脸，太长了，把整个面部拉成了苦瓜形，眼睛就显得特别大，像沉在盆地底部的即将干涸的湖水。记者徐莉莉走遍了天山南北，亲眼目睹濒临消失的艾比湖与玛拉斯湖，还有已经消失的罗布泊，徐莉莉读过俄罗斯作家普里什文的书，普里什文把湖比喻为大地的眼睛，这些眼睛全都干涸了。她的丈夫杜玉浦就出生在罗布泊南缘，杜玉浦就有这么一双失神的眼睛，厚厚的眼镜片都掩饰不住的忧伤与苦涩，一下子出现在灰扑扑的毛驴脸上。驴子感应到了，喷薄而出的是一声饱满的哭声，噢的一下，浑圆潮湿，跟热泪一起出来了。徐莉莉也哭出了声。幸亏跟前没人，就徐莉莉和驴子，一唱一和。徐莉莉就是从那个时候真正走进丈夫的心灵世界。杜玉浦刚刚去世，她在葬礼上哭得死去活来，葬后一个多月了，她还打不起精神，亲友们劝她赶快走出阴影，同事们劝她赶快振作起来，现代女性又不是封建时代，领导仁慈，给她放假，半年内不安排具体工作，一切随意。她就有条件随心所欲，云游四方就游到乌苏老家就遇到了老同学马燕红，马燕红几乎跟她同时丧夫，同病相怜，她们就走在一起了。她提前一小时赶来，这一小时太珍贵了，多少年后她想起来都感激不尽，她从驴子的苦瓜脸上看到了杜玉浦以及杜玉浦的灵魂，她就在驴子的陪伴下失声痛哭，没有一点准备，突如其来，这才是真正的伤痛。

离开马燕红家的时候，马燕红也感觉到徐莉莉对驴子不同寻常的感情，马燕红就说："你要喜欢你就牵走吧。""你让我骑着它？""骑上它就成阿凡提了，做阿凡提多好呀，谁敢惹您呀。""你留着吧，我会经常来，看看老同学，再看看亲爱的小毛驴，你可要好好待它。"那一刻驴的眼睛有了神光，马燕红叫起来："亮了，亮了，驴眼睛亮了。"驴眼睛不但亮了，眼瞳里还有个人影，一点一点浮现上来了，戴副眼镜，斯斯文文的，徐莉莉和马燕红互相看一眼，那不是杜玉浦吗？马燕红见过杜玉浦，徐莉莉回娘家的时候少不了杜玉浦，逛街的时候也一样，就逛到菜市场，就跟老同学马燕红聊上一会儿。男人杜玉浦跟马燕红打个招呼后，就躲到一边，就从地上抱起马燕红的儿子王星火，王星火还不会走路，在地上爬呢，捡到什么吃什么。杜玉浦就从孩子嘴里掏出菜帮子还有泥巴，甚至还有羊粪蛋，杜玉浦用矿泉水给孩子洗手洗脸洗嘴巴，给孩子买了拇指小饼干，送给马燕红的时候小泥猴王星火已经成了一个干干净净怀抱饼干盒的洋娃娃。马燕红一个劲地夸杜玉浦："你真是个好人，老同学你真有福气。"徐莉莉就说："就凭这个说他是好人？"马燕红就说："喜欢小孩喜欢小动物的男人就是好男人。"杜玉浦给马燕红一家人留下了好印象，马燕红家的毛驴见过杜玉浦都念杜玉浦的好。马燕红就给徐莉莉下保证："老同学你放心，我给你养好好的。"徐莉莉往出走的时候马燕红还撕住驴耳朵，左看右看："你这毛驴子也活出人样来了。"

门外边的徐莉莉已经捂上嘴在走路了，走出巷子就拦一辆出租车上去，就流下泪，就给司机说你随便开不要停下来。司机就在城外绕来绕去。司机是个下岗女工，知道女人的心事，也不打扰顾客，顾客可以尽情地哭尽情地悔恨。徐莉莉有一千个一万个理由来恨自己，杜玉浦生前常常挨骂的一句话就是毛驴子。新疆女人骂新疆男人毛驴子，等于说你是牲口，只知道往女人身上上，不知道往女人心上上，不顾及女人的心理感受。杜玉浦是这样的人吗？徐莉莉说一下毛驴子，杜玉浦就抽一下。"你抽筋呀你，你再抽还是个毛驴子。"

每次同床后，徐莉莉都会想起经典名著经典影片里的经典爱情故事，徐莉莉会把这种怨气持续一周，而毛驴子也是徐莉莉吵架中使用最多的武器，其实也是新疆很平常的骂人话，徐莉莉不会在同床的时候发作，那样子的话，杜玉浦就惨到家了，不阳痿也早泄了。徐莉莉一周后使用"毛驴子"这个词，给杜玉浦的直接影响就是无比的沮丧，杜玉浦的表情以至于神态，在这种心理暗示下慢慢起了变化，有了驴子的某些特征。徐莉莉就有了理论根据，"说你毛驴子你还不服气，你照照镜子，不用仔细瞧，打眼一看就是个毛驴子。"当着妻子的面，杜玉浦走到大镜子跟前，立柜的门上有面大镜子，椭圆形，半人高，杜玉浦都快崩溃了。电视里出现阿凡提的时候，徐莉莉就会说："让阿凡提骑上你算了，还能给大家带来快乐。"杜玉浦就大口大口地抽烟，把自己锁在团团烟雾里。

儿子王星火从望远镜里看到了一棵树。儿子站房顶朝马燕红招手，马燕红上去，马燕红就看到了那棵树。马燕红一只手端着望远镜，另一只手搂着儿子王星火，越搂越紧。儿子整整看了三年，风雨无阻雷打不动，那棵树就好像是儿子看出来的。马燕红揪住儿子的耳朵，两只耳朵都揪住了，左看右看，好像不认识儿子了，最终还是认出来了。"儿子你真了不起，那棵树让你给看出来了。"

儿子跟个小大人一样，脑子那么冷静，小家伙从地上拿起望远镜，朝大戈壁上看，边看边告诉马燕红："你就没好好看嘛，我能把树看出来吗？那是牛吃的好东西，从地底下长出来啦。"儿子王星火把望远镜往马燕红手里一塞："好好看，看仔细一点。"这回马燕红看清楚了，马燕红也硬了，一动不动，整整一下午，婆婆叫她都没动。儿子王星火告诉奶奶："妈妈不认真，我训了她两句她就认真啦，要在学校的话老师非罚她写作业写一百遍不可。"奶奶就带王星火去摆摊。马燕红天黑才下来。

第二天，奶奶在家休息，马燕红带上儿子王星火赶上毛驴车到大戈壁去了。一大早出发，下午两点多才赶到戈壁深处那个大坑。也就一人多深，当年丈夫挖的，马燕红来过。牛带着牛黄就从这里进入大地。坑被重新掘开，找不到牛和牛黄，丈夫王怀礼就被害死在这里。大戈壁上这么一个坑，其实没多么深，小孩都能爬上来，冬天可以积好多雪。大风从东刮到西，从北刮到南，在如此开阔的空间风速会越来越快，戈壁滩基本是平展展的，一点褶都不打，跟水泥地板一样，疾风那么顺，一泻千里地扫荡着，突然出现一个坑，风就被撕开一个口子，大地就号叫起来，大地被吹响了，所有刮过去的风再也不完整了。风之后是雪，雪留下来，风里的草籽树种也落下来，就生根发芽就慢慢地长，长起来，长到坑外边已经两三米高了，就出现在孩子的眼睛里，孩子看了整整三年，孩子关注了树成长的全过程。

儿子王星火相信树就是牛吃的那个好东西。牛在天山草原吃到灵芝草的那天，儿子王星火也从大人那里听到生命树的传说。

在那个古老的传说里，女天神创造了地球，地球太重，径直往下坠落，女天神就派公牛顶住地球，地球上就有了生命。生命太多，生活很辛苦很累，女天神就派公牛到地上来帮助这些生命，公牛就更累了，再累下去公牛就会死掉。公牛不怕死，公牛怕的是它死了以后地球上的生命可就惨了，公牛就祈求女天神开开恩，救救地球。女天神就说："那你就回来吧，不过你要想好了，回到地底下就会死掉，你的心脏会发芽长成一棵树，你的全身都会长成树，你可想好了。"公牛就想啊，迟早要累死，还不如死在地底下，还能救活整个地球。牛心善啊，牛就答应了女天神，女天神也怜惜公牛的善心，就答应给牛吃一样好东西，吃了那好东西，牛就不会死了，就会变成一棵生命树，树上全是生命，生命树上的叶子都有灵魂。

儿子王星火讲到这里就问马燕红："你知道女天神给公牛吃的是啥好东西？你不知道了吧，告诉你，那叫灵芝草，是一种有灵魂的草，比人还聪明还有灵气，牛吃了灵芝草就能上天入地。"儿子王星火指着大坑说："这是戈壁滩呀，牛都钻下去了，一直钻到地心里，牛累坏了，力气用完了，吃到肚子里的灵芝草就开始用劲，使劲地长呀长呀，就从地底下长出来了，就长成了一棵树。灵芝草长成了树太了不起了，这是一棵生命树，会越长越高的，我也会长高的。"马燕红把儿子王星火搂进怀里，边抹眼泪边说："你已经长高了。"

牛禄喜回到陕西老家，老母亲就说："儿呀，娘把你奶大不容易，你可要孝顺娘哩。"牛禄喜赶紧回答："我就是回来孝顺你的，我把婚都离了。"老人就生气了："你这就是不孝顺！爱琴是个乖娃娃，侍候我老婆子三年，你把人家离了你还有脸说你孝顺我。"老三牛禄棋说："二哥，这就是你的不对啦，二嫂好歹把咱妈经管过三年，咱是男人咱不管屋里事，屋里那些杂皮事也不好弄，尤其是经管老人，不容易，我两口子经管四五年啦，我两口子知道这里的轻重。其实我也没弄啥，基本是我媳妇春梅一个人侍候老人，我就推测，二嫂不容易，屋里要你回来经管老人是叫你一家子回来，你把我二嫂离了你一个空人跑回来啦，你不对，二哥，你不对。不是兄弟说你，按理说你是我哥，你抽我捶我兄弟都没话说，这件事上我要说话哩，我要替我二嫂说话哩，虽说离了婚不是咱家人啦，咱要占住理，你这么一弄咱占不上理啦，村里人要笑咱哩，你这么弄事你不对，没水平。"老三牛禄棋说着说着就哭了。

老母亲闭着眼不吭声，他舅他大伯，他二伯三伯，他二爸三爸四爸还有村干部，都说牛禄喜不对，不管弄啥事咱要把理占住哩，把理占住咱弄啥事呀就顺当了，旁人也不好说啥。老三牛禄棋越哭越厉害，都吼吼哭开了。大家就说："老三把声住了，跟牛叫唤一样难听死了，你二哥没言语么，说明你二哥理亏着哩。老二，老二，你说对不对？"老二牛禄喜赶紧点头。老三牛禄棋就把声止住了，到门外边抹了鼻涕。

开始说正事呀，他舅就说："今儿这事安排得好，有咱屋里人，也有村干部，这话么就好说，都是咱屋里人再有理也端不到桌面上，咱今儿说的都是能上桌面的话。老二禄喜你把事情没弄好，把人家媳妇离了，人家媳妇又没错，小错也许有，拿到桌面上的错没有，你挨尿的不是舅说你，媳妇要离你鬼大些你就不能离，至少不能现在离，节骨眼上弄下这事，咱被动得很。幸亏媳妇是新疆人，要是放咱这，把人就整死啦，我再是你舅也不敢接你这事情。"他舅喝口茶接上说："话又说回来了，你是咱牛家寨的人物，不论在村上还是咱亲戚里头，细算下来你干的事最大，当了营长，转业又是科长，你大哥虽说在西安，才是个副科长，副科长在县上算个人物，在西安就不算啥了。你回来啦，经管你娘的事情么也就简单啦。过几天你要去西安上班，好歹是公家人，挣大工资吃皇粮，总不能叫你娘喝西北风。好歹老三一家在屋里头，把你娘的事就管啦，你就少操些心，你出钱不出力，你专心干事业，西安天地宽，老三老三媳妇给你解决后顾之忧，你给咱把事往大弄，舅跟上你沾光哩。本来老大也该出一份钱，老大管过你爷你爸，为你一家子的调动把腿都跑断了，你回来前还为你媳妇跑单位哩，还为你娃娃跑学校哩，舅的意思，老大就算了，你目前不管咋说是咱牛家寨级别最高的，科长，放县上就是局长，人家当局长的别说养个老人，一大家子的事情都包揽了。当初你就不该早早地转业，当上团长再转么，转到地方上就是个县长，早早转业，早早跟媳妇过小日子，多少人眼巴巴指望你哩，总算把你指望回来了，你娘至少有人经管了。你要是认为舅说得对，你就铁板钉钉给上一句话，当了营长科长的人么，你给上一句话。"

牛禄喜就点了头。他舅就拍牛禄喜肩膀："姐，老二对着哩，点头啦，你就把心放肚子里。老二，你就每月把钱交到老三手上，老三你挨屎的可要把你娘经管好哩。"老三禄棋下了保证。大家都要散伙，这时候老太太睁开眼睛："禄喜，你把礼拿出来。"他舅就说："姐你弄啥哩？禄喜过两天要看我哩，你这是弄啥哩？"老太太很坚决，一定要大家把礼拿上。老太太说："爱琴离婚也不是不懂道理，不会让男人空手回来。"两个大旅行袋里装些啥牛禄喜也不知道，都是李爱琴准备好的。

牛禄喜打开两个大旅行袋，里边全是伊犁毛纺厂产的优质毛布，还有俄罗斯披肩、围巾，按亲戚的辈分一样一样夹上条子，写上名字，条子是红帖纸，大哥大嫂以及他们的孩子都备了礼，给老太太是小皮袄，羊羔皮的，轻轻的，还余出好几份，随时用，村干部就用上了。村干部就说："到底是公家人见过世面，行这么贵的礼。"村干部拿的是一块毛布，做一身衣裳用不完。老太太就说："老二媳妇啥人我知道。"老太太就把脸捂上了。把客人送走，走到没人处，村干部小声对牛禄喜说："还是你娘聪明，你拿回来这些东西过上一夜就没啦，你一家一家走亲戚就得另花钱。"

牛禄喜在家里待了三天，跟老太太住一个屋里，小侄儿不离左右，他没机会跟老太太单独说话，老太太实在不行就说些莫名其妙的话，也会引起小侄儿的警觉。牛禄喜就摸小侄儿的小脑袋，心里想："这小家伙战争年代能跑鸡毛信。"小家伙就把牛禄喜的手拨开了，"不要动我的头！"牛禄喜吓一跳，这鬼精灵能揣摸大人的心思。牛禄喜就抬头看他娘，他娘也无奈地看他，母子近在咫尺，就坐在院子里，四目相对。牛禄喜就想起他看管过的囚犯，他在昭苏县城那个兵站的时候，协助当地公安部门的工作，看管过囚犯。他娘目前的状态就像判了重刑的囚犯。

这两天，弟弟和弟媳在村子里宣传二哥有多么好多么好。牛禄喜带回来的土特产都不让孩子吃，差不多全送给村里人了，李爱琴送给弟媳的衣料，弟媳送给村干部的老婆，等于封上了村干部的嘴。大家习惯感恩直接送他们礼物的人，老三禄棋两口子等于拿牛禄喜的东西给自己谋人情。

牛禄喜第三天一大早就去西安上班。老大牛禄成带老二牛禄喜去单位报到。老大在银行系统，就把老二联系到银行系统，调动手续交给人事部门，等候具体安排。这个具体安排当时牛禄喜没注意。牛禄喜觉得大哥陪他跑来跑去不好意思，连领宿舍钥匙也跟上去，牛禄喜一个劲说你回你回我又不是碎娃，大哥又是搓手又是笑，还是陪他去了宿舍。单间宿舍，十来平方米，一个单人床一张桌子一把椅子，大哥帮他收拾。他在大哥家吃三天饭，第四天坚持去单位食堂，大哥大嫂劝不住，他说："吃下去就没完没了了，有个心意就行了。"大哥大嫂就不硬劝了。

回自己房子往床上一躺，跟做梦一样。回老家前一天晚上，李爱琴有意无意说一件事，大概是老太太给李爱琴说的，老太太说她去西安老大家住了半个月，大嫂用两个锅做饭，用两套碗筷吃饭，老太太原打算住一个月，就提前回去了，再也不到西安去了。李爱琴说这话时牛禄喜还以为是女人小心眼，搬是非，碗筷有可能弄两套，用两个锅就没必要啦，宾馆饭店食堂都是一锅饭人还不吃呀？李爱琴就说："你不懂女人。"李爱琴把存折缝在他的衬衣上，把现金缝在内裤上，兜里装的是应急的钱。两大包礼物当场分完，老三两口子的贼眼睛还不停在他身上扫来扫去，他舅也拿那种目光扫他。他睡老太太炕上，小侄儿就在他身上乱摸，他身屈如弓双手抱胸，小侄儿只能摸他的脊背，还说给伯伯挠痒痒哩，小手就往内衣兜兜摸，他双臂搂胸，小侄儿无能为力。他叹服弟媳如何把五六岁个碎娃训练得如此精明，他的儿子牛超上小学五年级啦还那么缺心眼，总是长不大。他就摸小侄儿的脑瓜子，这么碎个娃娃熟得这么早熟得这么透，不管咋说，反正以后不吃亏。

牛禄喜马上感觉到具体安排对他意味着什么。人事部门通知他到劳动服务公司上班，还给他一个职务，副经理。当初调动，手续直接落银行人事部，新疆老单位的同事还祝贺他本事大，从边陲小城调到大城市西安，还是金融部门，不当科长当个干事都成。牛禄喜跟人家辩几句，同时对这个副经理暗抱希望。但又咽不下这口气，打电话找大哥，大哥出差，半个月呢。

找战友。这时候才知道找战友。他们在一个茶社见面，战友告诉他：这个副经理可上可下，可大可小，正经理肯定是单位正式任命的，身份明确，副经理也可能身份明确，也可能不明确，仅仅是正经理提名的，这就很麻烦。你没办法问，你哥办的，别人不好说什么。战友问他，当初你哥办调动时你出多少钱？牛禄喜伸出一只手，转两下，战友就不说话了，眼睛瞪那么大。他又加一句：还有我老婆，两个人呢。"老婆呢？老婆咋安排的？""老婆没弄成，离啦。"战友就明白了，就怪笑，就替他往下说，说的竟然跟舅舅和兄弟的话一模一样，战友就说："每一个在外地工作的人回到家乡都会遇到这种情况。"他没说他回故乡的真正目的是给母亲养老尽孝。战友还是忠告他："你已经丢失了太多的阵地，你得给自己弄个窝，哪怕是个猫耳洞，离婚肯定分你一半财产，单位集资盖房你要抓紧，有了房就可以安身啦，你千万不要把新疆带回来的钱让你兄弟、让你娘给骗走了，把我这句话记住了。"最后那句话仿佛预告了他的一切不幸。他当时怎么一点感觉都没有，他甚至想歪了，李爱琴就说过类似的话，战友说得更露骨，他都觉得有些刺耳，对自己的亲娘亲兄弟都防一手，是不是太小人了。他还是控制住自己的情绪。

大哥半个月后回来，他已经没有兴师问罪的劲头了。他在西安大街吵吵闹闹的人群里挤来挤去，他忽然觉得大哥也不容易，一个中专毕业的农村娃在城里扎下根不容易，娶个西安媳妇，混大半辈子混个副科级能办多大的事？他一下子就把大哥原谅了。他就到小吃街上吃面皮喝鸡蛋醪糟。他就想离开伊犁前一天晚上，天都快亮了，李爱琴还不放心，李爱琴告诉他："你还有个毛病，爱原谅人，这个毛病不改你要吃大亏的。"他端在手里的醪糟就放下了，他就这么把大哥原谅了，他想改都来不及了。

大哥若无其事，而且言语间还有居功的意思。他明白他该说声感谢话，他刚说一半，大哥就望着他，他知道他的话不能太短，他就说下去了。他当天晚上请大哥一家去吃了一顿，还有大哥一个同事，总算给大哥一个交待，同事算是见证人。他是大哥调回来的，单位好坏咱不说，调回西安这个事情是实实在在的。话里话外就这个意思。

　　他还打问了一下，单位两年后盖房子，人家说：租房子也不贵，还方便。大家都知道他是个单身，当过兵还是个营长，还当过科长，还打问盖房子的事情，就猜想他存款不少。他确实有一笔不小的存款，他上班办了户口他就把钱转存银行了。给他介绍对象的不少，大嫂也介绍过。他心没往那里放。大哥还套过他的话，他完全按李爱琴的方法对付，果然很灵验。大哥就小声说："你媳妇精明，娃在她身边，你就不好意思多分家产，你多少应该分些么？"他就说："莫有么。"大哥就望他眼睛，老三禄棋也这么望过他的眼睛，他舅也这么望过，幸亏李爱琴考虑在先，就是神仙也休想在牛禄喜的眼睛里看出破绽。他就放弃了租房子的打算。他把单身宿舍收拾收拾，加进一个行军床，可以折叠，他置办了锅碗瓢盆案板炉子，就安顿在走道里，居家过日子呀。大家以为他有了对象，年轻人新婚都住这种单间小房子，把走廊当厨房，他那个走廊全是新婚青年，也有老婆娃在农村的中壮年职工住这种小单间，也是锅灶齐备，节假日老婆娃浩浩荡荡挤在一起。

　　牛禄喜在电话亭打长途打到李爱琴单位，还没下课，他第二次打过去他就听到李爱琴的声音，他还没来得及告诉他要去接娘，他才说到劳动服务公司，他就听见李爱琴在电话那头跟刀子扎一样。他马上解释他当副经理，李爱琴就叫了他一声牛经理，李爱琴就失态了，哐啷一下，把电话摔了。牛禄喜都闪了一下，好像李爱琴在他跟前摔电话，电话亭的老汉都听见了："女人这么歪，这还得了呀，跟经理这么说话。""是我老婆。""是两口子呀，还是个经理，肯定把瞎事做哈（下）啦。"牛禄喜走了一会儿忽然想起来，李爱琴已经不是他老婆了，李爱琴是他老婆的时候都没有这么凶过，都没有摔过东西，顶多拿筷子在他头上敲几下，也是轻轻地点到为止，不是我老婆了这么凶啥意思吗？牛禄喜还没意识到问题的严重性。公司三四十号人，一个正经理，四个副经理，牛禄喜分管内务，管七八个人。正经理单独办公，副经理们一起办公，每人一个大桌子，用隔板隔开，比在伊犁时管的人多，在伊犁他手下就两个人。大家都客客气气，一口一个牛经理，对他很尊重。他没感觉到有啥不好，他就觉得李爱琴有些过分。他就不想李爱琴了，先把他娘接到西安再说。

他把问题想得太简单了，老三牛禄棋头都不抬："好么好么，西安是个好地方，去西安好么。"当天晚上他舅他伯就过来了，牛禄喜以为是来串门子，抽了烟喝了茶，他舅喊老三过来，老三牛禄棋就来了。他舅就说："禄喜你答应过你兄弟禄棋两口子经管老人对不对？"牛禄喜就说："我带我娘去西安住上半年，天冷了没暖气再送回来。"他舅就说："老三禄棋经管老人的钱一月一月算哩，你这么弄账咋算呀？你还是个会计，是你算得精呢还是你把人往糊涂里搅哩？"牛禄喜还没想到里面的经济问题，每月三百元半年就是一千八，他不算这个账，人家老三两口子算这个账哩。老太太说话了，老太太说："我想到西安住上半年，禄喜你好歹是个经理，钱上就别细抠了。"这时院子里弟媳妇咳嗽了一声，老太太愣了一下，老太太还是说下去了："我在西安住半年住一年，禄喜你都不要少你兄弟的钱，按月给，亏不死你。"牛禄喜就说："成，成，按我娘说的办。"他舅他伯都说成。

老三牛禄棋站起来，叫大家不要急，再坐上一会儿。老三牛禄棋就坐到老太太跟前，拉住老太太的手："娘，都说天下老人爱的碎儿，你咋不爱你碎儿哩。"他舅他伯都很吃惊，都互相看。老三牛禄棋吼叫开了："我是你要哈（下）的娃娃吗？啊！我是你要哈（下）的娃娃吗？啊！"老太太就手乱抖，刚抖两下就让老三牛禄棋攥住了："娘，你到底是我的亲娘啊，你不爱我么，你爱我二哥，谁都知道你爱我二哥，你心这么偏你把我捏死算了，刚把我生下就捏死就塞尿盆里头么。"老三牛禄棋说着说着就哭开了，就吼吼地哭，跟老牛挨刀子一样连哭带说："你就这么偏心，你在新疆给我二哥带娃娃，心劲大的、苫的，一边带娃娃一边喂鸡，喂几百只鸡，还种菜，几百只鸡再下些蛋一年下来至少有一万元的收入，三年三万多元，一栋小洋楼都盖下啦。看咱屋里，住个大院子，全是小平房，娘，你咋把你碎儿不心疼一哈（下）？在新疆你心劲那么大那么苫，把活干的，跟一匹马一样跟一头大象一样，回到碎儿跟前你就没心劲了，你就不苫了，连两个碎孙子都不想带，好歹也是你的亲孙子，你不爱我你都不爱你孙子吗？"外边院子里两个碎娃挨刀子一样叫唤开了，不知弟媳妇掐娃娃的啥地方，娃娃是猛地一下尖叫起来的,就像刀子扎了,就像开水烫了。老三牛禄棋的哭声小下来,擦眼泪,边擦边说:"我说的是实话,我不会哄人。"

老三牛禄棋从兜兜里掏出三四张照片,给他舅给他伯,给大家伙看,屋子里突然静下来。牛禄棋哭喊的时候,大家都烦他了,他把照片往大家眼前一摆,照片是老二牛禄喜亲手寄回来的,寄了厚厚一沓子几十张呢。老三禄棋只提供四张,一张在花跟前,两张在菜地,还有一张喂鸡的,都是李爱琴用海鸥130照下的。老太太跟百岁老人照下的,在各种喜庆场所照下的,在乌苏马来新家那棵胡杨树跟前照下的,老三牛禄棋没往外拿,就拿这几张跟劳动有关的,大家看完了,看老三牛禄棋的目光也变了。牛禄喜得解释上两句:"那地方家家户户养鸡种菜养花,吃不完就送人,人家也给你送,到熟人家里一住就是几十天甚至一年,谁也不计较。"老三牛禄棋泪中带笑,带着兴奋,立马打断牛禄喜的话:"二哥,你连谎都不会编,天下的东西能随便吃随便拿吗?啊?娘做牛做马给你挣下的几万块钱我又没向你要么,你心虚啥哩?娘给我带几年娃娃你都发眼憋人哩。"老太太就说:"禄棋你别胡说,娘喂鸡唉娘可没卖钱,那地方不兴这个。"老三牛禄棋就说:"你爱我二哥你偏我二哥,我没意见,可你不能这么互相打掩护,你不想给我带娃娃,我把娃娃他外婆接过来,等娃娃上学了长大了,你再回来,娘,你看成不成?"老太太长叹一声:"禄喜,算啦,娘不去西安啦,你把你过好。"家庭会议就开到这里,往后再没开过。

牛禄喜把大家送到大门外边,临分手时再给每人敬上一根烟,点上,他舅就说:"我也想过上几天你娘在伊犁的日子。"他大伯二伯三伯都这么说。牛禄喜就说:"三十张相片哩,咋不全拿出来?"他舅他伯就说:"相片在老三手里,他当然选对他有利的,他只拿喂鸡种菜的跟你说,往大说,你还没脾气。挨尿的老三贼得很,你往后少回来些,把你自个过好,老三再贼,他不敢对你娘不好,退一步讲,老三两口子在咱村上对待老人还算好的,吃呀喝呀洗呀,一样一样没说的。当然想过人家大干部那种高级生活,咱农村没那条件。"

关上大门进来,老三牛禄棋就站在老二牛禄喜跟前,老三牛禄棋好像啥事都没发生一样跟他二哥打招呼:"二哥,你不要在娘屋里挤啦,给你把屋子收拾好啦,你早些休息。"大院子西边两间房子,老大一间老二一间。老二牛禄喜进了他那一间,里边收拾得干干净净,炕上都是新被褥,牛禄喜正看着,弟媳妇端一盆热水进来:"二哥,洗脚。"放下盆子就退出去,拉上门。

牛禄喜刚回西安就接到李爱琴的电话,李爱琴打到办公室,只有总经理有座机,全公司就一部电话,李爱琴在电话亭打的。李爱琴说:"你待在劳动服务公司想调我回去就调不成了。我还想将来跟你复婚哩,咱就慢慢熬吧,我不在你跟前,你自己把自己照管好。"牛禄喜就说:"我买了锅灶,我可以自己吃喝。"李爱琴就笑了。他就告诉李爱琴:"两年后单位集资盖房呀,我算了算,能弄一套六十平方米两室一厅的,有煤气有厨房有卫生间。"李爱琴就说:"那你要盯紧,房子可是大事,有房子才能安身。"李爱琴就把电话挂了。牛禄喜就等着两年以后盖房子。两年以后交一部分钱,房子就到自己名下了,就不用操心了,啥时候盖起都有他一套单元房。他算了算也就三四年,就能住上新房。

牛禄喜就自学大专财会专业,一次能过两三门,后来就过四门五门。牛禄喜在进步,可单位越来越不行了,能调走都调走了,副经理只剩下他一个人。经理不着急,对经理的说法很多,反正喂饱了,还喂了一些关系户,不愁没出路。下边工作人员都是临时性的,出出进进换了好几茬了,待业青年避风港嘛。牛禄喜大专文凭胜利在望,会计证也能乘胜获取,身边的危机时有察觉,很快又被一门一门功课的好成绩给冲淡了。

他每个月回去一次。老太太完全安静下来了,有一种气静神凝的感觉。牛禄喜愣了一下,老太太反而很镇静,好像把世上的事情全都看透了,好像心中的许多想法也都想通了,大彻大悟了。牛禄喜反而有点害怕,牛禄喜回到自己屋里还思索半天,坐不住,透过窗户往老太太屋里看,他再也看不明白了。他走的时候,去给老太太告别,老太太只说一句话:"把你自己过好,不要操心我。"

老太太还来过一趟西安。老三牛禄棋胆子真大,把老太太跟碎娃往班车上一放,就给牛禄喜打电话,两个半小时后去长途汽车站接人。牛禄喜都不敢相信老三牛禄棋,两口子把老太太管死死的,老太太就像个囚犯,屙屎尿尿都有人跟,怎么就放心让老太太出来?只跟个碎娃?

牛禄喜准时接到了老太太和孙子。老太太很淡，没有想象的那么兴奋。碎娃高兴得很，连跳带蹦，东张西望。牛禄喜请了几天假，白天带老太太和小侄儿逛街，兴庆公园动物园，钟鼓楼，大雁塔，南院门北院门，各种小吃，都是碎娃热火朝天，老太太也笑，但再也笑不到以前跟李爱琴跟那些百岁老人们在一起的程度了，恍如隔世一样。晚上老太太和孙子挤一张床，牛禄喜睡行军床。碎娃跑乏了倒头就睡。牛禄喜就跟老太太聊天，聊不下几句话，这就让牛禄喜吃惊。牛禄喜原以为老太太有好多话要给他说，老太太却无话可说。老太太很快就处于半醒半睡状态，啥时候真正睡着就不知道了。老太太在西安待了一个礼拜，临走前礼节性地去老大牛禄成家待半天，吃顿饺子，下午就回去了。

不久就接到老太太病重的消息，牛禄喜情急之下动用了秘密存款，牛禄喜从银行取钱的时候手都抖起来了。牛禄喜带了一万元。老太太在县医院，抢救过来了。关键要老二牛禄喜一句话，躺医院呀还是抬回去呀？牛禄喜就问了医生，医生就说至少得一个月才能出院，牛禄喜就问费用，医生估算一下，至少得一万多。而且医生还说："像你妈这病，我刚才仔细问老太太啦，从她描述的那种感觉，综合医院检查的结果，可能是周期性，半年或者一年就发作一回。老人也活不了几年啦，你们做儿女的不要怕花钱。"老二牛禄喜不可能在县上待一个月，就把钱交给老三牛禄棋。人家老三不接，他大伯就说："按咱这儿的规程，花大钱要找个人过钱哩，老三不好直接接钱，又不是经管老人哩，月月都有哩，红白事，住院做寿，都是花大钱呀，要有个经手的人哩，就有说法啦，外人看着哩。"牛禄喜就说："大伯，你是咱的长辈，你经手最合适。"他大伯就说："我就不推脱啦，救你娘要紧么，老三，你先拿一千去缴费，小心人家把药停了。"他大伯从牛禄喜交给他的牛皮纸信封袋里抽出一千元，让老三牛禄棋跑腿。

在村口碰上他二伯，牛禄喜给他二伯敬一根烟，点上，他二伯抽一口，就说："凉侄儿，听伯一句话，心要硬哩，心硬也是孝顺老人的一个办法。"牛禄喜听不明白，他二伯就不给他说了，啥话都不能说多，说多惹麻烦哩。

奇怪的是第二次取秘密存款时他手没抖。他接到老三牛禄棋的电话，老二牛禄棋还想多解释两句，他就把电话挂了。他只要老人人病了这句话，其他都是多余。他取了两万人家就用了两万，估计最多也就这个数了。牛禄棋知道还有许多次。大概是第三次，他就进病房。

他娘跟弟媳头对头嘀嘀咕咕，他以为走错了地方，病床上的其他病人咳嗽，咳嗽了三次才把他娘跟弟媳妇唤醒了，他也听见了他娘说的话。他娘说："我了解你二嫂，你二嫂不会让你二哥空手回来的，从老二嘴里套话是欺负咱老二哩。"老二牛禄喜就站在老太太跟前了，老太太一点也不慌张，老太太扬起脸问老二牛禄喜："娘说得对不对？"老二牛禄喜就说："对着哩。"弟媳妇就不慌张了，弟媳妇望着婆婆，弟媳妇的目光中第一次有了钦佩，也是这个碎妖精这只麻狼第一次正眼看自己的婆婆，牛禄喜多少有点感动。弟媳妇偎在老太太身边就像亲女儿，老太太还搂了弟媳一下，老太太就说："我去西安老二住的地方看一下，我就知道老二没空手回来，老二藏下的钱不少，我才拿定主意治病呀。"老太太又扬起脸问老二牛禄喜："娘说得对不对？"老二牛禄喜就说："对着哩。"老太太就说："我老二乖得很，我说啥我老二听啥，老大老三不如老二。"弟媳就说："不是老大老三不如我二哥，是老大老三没本事，孝顺老人呀还要有本事哩。"老太太就说："我老二凭的是真本事，攒的都是良心钱。"

病友们就学说对面高级病房里的老太太，那个老太太儿子在县上当局长，从早到晚来孝敬的人排队进哩都进不去。那个老太太还到大病房来过，还卖派他儿子有多孝顺。大家就说："你只一个儿么，来的那些人都不是你儿么。"那个老太太就说："抱着贡品献到我跟前的我把他们都当儿哩，周文王一百个儿子哩，孝敬我的才八十三个，还差十七个，本来今天出院哩，不出啦，再住上几天，凑够一百个再出院。"能听见走道里的声音，有三四个男人进去了，热辣辣的问候声里能听出来是来孝敬局长母亲的。这边大病房里有人算一下："算得准得很，刚念叨凑不够，眨眼就来了三四个，皮能得很，怪不得生县长哩。"又有人说："不是皮能，是皮大，大得跟蒲篮一样，跟涝池一样，能养下一百个儿，计划生育哩，咋把尺寸大小不计划计划，咱也想生个局长县长哩。"牛禄喜他娘就说："不能随便扯上周文王，周文王是圣人，嘴要留上一点。"牛禄喜他娘及时制止了大家的胡说八道，大家都觉得这话有道理："周文王是咱的老先人，咱要敬哩，说谁都不能说周文王。"

牛禄喜他娘就提起她在伊犁给边疆人讲周文王的往事，还讲到了臊子面。弟媳就说："你千万不要说臊子面是回锅汤，回锅汤不卫生，外地人不喜欢。"老太太就说："你说不喜欢人家就不喜欢了！我给他们直说，想吃原汁原味的臊子面就把汤倒回锅里烧开，我就告诉他们周文王就是凭的这锅汤把事弄成啦，一家人吃一锅汤，越吃越亲，几百人几千人几万人吃一锅汤，几十个大锅一起调，来回倒，就是一个口味，就把几百人几千人几万人吃成一家人啦，不是亲兄弟也成亲兄弟啦，不是父子也成父子啦。军师姜子牙老远一闻，西岐上空是酸辣香，端上碗往嘴里吸溜，薄、筋、光，臊子面不嚼往肚子里吸，一口一碗，一口气就是几十碗。姜子牙吸溜了八十三碗，就知道时辰到了，就把四万八千个臊子面吃大的西岐兵将放出去，就跟刮西北风一样一口气杀到朝歌把纣王给灭了。伊犁人听得大张嘴巴，嘴张得跟窑洞那么大，我就说，臊子面不叫吃也不叫吸，叫喝，喝汤哩，大嘴一张，就是一碗。人家就照我说的样子喝，都说我老婆子调的汤好。"

有人就说："你就这么大方？把手艺全公开了，没秘密了，不值钱了。"老太太哈哈一笑："人家待我是有啥端啥，咱就得拿出咱的好东西，咱不遮遮掩掩。"老太太突然杀个回马枪："我用我老二的钱看病呀，我老二就对我没遮掩，老二对不对？"老二牛禄喜就说："对着哩。"弟媳妇小声问老太太："新疆不吃大肉你拿啥做的汤吗？"老太太就说："娃娃到底是个娃娃，你把你婆婆当啥人哩？你婆婆那么大年纪啦不知道入乡随俗的道理吗？拿啥做汤，拿羊肉做嘛，羊肉臊子面，把他们吃的香的！你们就没见那场面，脸红得跟灯笼一样。那里的女人灵得很，一学就会，做了羊肉臊子面叫我去尝，我说不用尝，汤好不好老远一闻就知道了。人家还给臊子面起了个名字，叫周公面，说周公面里头有火，就把人吃成火啦。人家把火喜欢的，给娃娃起名字就用火镰打火，打出火，娃娃名字就出来了。拿牛粪羊粪烧火做饭，新媳妇进门要向火鞠躬，要从火上跳过去，要在火跟前守三天三夜，牲口都要从火上过，把长辈也叫火。你就想想咱的臊子面人家有多喜欢，吃上几碗人就成火啦，人人都想吃，都争着吃。"弟媳妇不再是个碎妖精不再是个麻狼，让母亲彻底地感化了，人家对婆婆佩服得五体投地，你还要人家咋样？

回到西安牛禄喜就给李爱琴打电话："老人家把弟媳妇感动啦,两个人好啦,好得跟娘俩一样。"李爱琴就说："我明白了,你的钱让人家哄得差不多了。"李爱琴就哐啷把电话挂了,就像咽下去一个东西,电话可是个硬东西。

没过半个小时老大牛禄成来找他,兄弟两个在茶社找个僻静地方。老大牛禄成问了些老人的情况,老二牛禄喜说得很详细。老大牛禄成不说话,光听老二牛禄喜说话,牛禄喜都把话说完了,牛禄成还不说话,就知道喝茶喝茶,好像这辈子没喝过茶。估计放下茶后就要走人了,老大牛禄成招呼人家再续些水,算是二茬茶了,喝出味道了,老大牛禄成就有精神说话了,老大牛禄成旧话重提,说当初调动的事。老二牛禄喜不明白大哥为啥提这事,老二牛禄喜就不吭声听大哥说,看他咋说。老大牛禄成就说当初说好好的安排老二牛禄喜在银行下边一个分行干会计,调令就这么发的,都定死的事情,谁知道报到的时候起了变化,另一个人硬塞进去,把老二牛禄喜给挤下来了。"你哥官小权轻,只能忍气吞声,只能硬挨,还得赔着笑脸,得罪不起啊,这个世界上你哥能得罪起谁?谁都不敢得罪,又给你没法解释,弄哈(下)这事情,我给谁都说不成,把我在心里噎的,想来想去还是给兄弟你说上一声。"老二牛禄喜就说:"哥你把心放开,放大,再别想这事情啦,我都不想啦你就不要再想,你看我好好的么,没有啥么,真地(的),没有啥。"

老大牛禄成就说到自己家里的事情,就说大嫂的种种不是。大嫂就是爱干净,好像有洁癖,西安女人么,都比较干净,脏兮兮的就不是西安女人了。大嫂回来一次就让村里的女人们惊惊咋咋半个月,这半个月,女人们就穷讲究,用洗洁剂洗碗筷洗锅,用盐水泡黄瓜泡洋柿子,厕所村里人也叫后院,都是冲两三遍,这都是新式厕所水泥浇铸的,老式厕所还用土压,会被人笑话,女人们也就忙半个月。老三牛禄棋的媳妇就坚持到底,老三媳妇把啥好都没学哈(下)把大嫂的卫生习惯全都学哈(下)啦,家里的卫生习惯有人家大嫂一份功劳。西安女人么,过年都回来过,哪怕待一天半天,人家总算回来过。屋里人去西安,大嫂都会留一顿饭,有工夫的话还陪着上街逛公园。三个娃娃抓得很紧,都上学出来了,都工作了,两个儿子,一个北京,一个广州,碎女子留西安，城市养女比养儿强，女留在娘跟前，大嫂会打算。去过大哥家里的人都这么说。大哥一个农村娃么，念个中专，留在西安，摊上大嫂这么个西安女人，已经很不错了，你还要咋？城市女人骚得很，就像裁缝养哈（下）的，没黑没明地加工绿帽子，跟流水线车间一样，丈夫整天提心吊胆，惶惶不安，扣在绿帽子下边了还以为住进帐篷里了。大嫂是个正经女人，是个过日子的女人，是个让丈夫放心安心宽心有尊严的女人，流氓阿飞见了这种女人不会嬉皮笑脸动手动脚，也不会让丈夫动辄跟流氓发生肢体冲突，大哥摊上这么一个女人大哥你还有啥说的？老二牛禄喜替大嫂说了两句公道话。

老大牛禄成就说："你说的都是事实，可女人就是目光短浅，只顾眼前利益只看见脚面那么大点地方，看不长远。当初我就打算把老太太接我这养老，最后一个老人么，鬼大人都抢哩。你还不信，我给你说，老人多了没人抢，最后一个就成宝啦，当初你两口子把老太太接到新疆是诚心诚意养老哩是让老太太过好日子哩，你两口子绝对没其他想法。老三两口子突然鬼大起来了，就想蔓蔓把老太太弄回来了，我听到这个消息出了一身汗呀兄弟，老三两口子鬼大起来了，把最后一个老人握在手里就等于把皇帝握在手里了，就能挟天子以令诸侯，你嫂子都急了，都后悔了，向我抱怨当初应该把老太太接到西安，你嫂子自己抽自己脸。"

老二牛禄喜就插了一句："上回老太太来过西安。"

老大牛禄成就说："那是老三给咱俩示威哩，你嫂子给老太太包了饺子，还塞了些零花钱，老太太一走，你嫂子就后悔了，女人心细，女人能看出男人看不出来的东西，我是亲儿我都没看出来。人家你嫂子只说了一句话：咱妈让老三两口子捏住了，捏得死死的，解都解不开。我身上的冷汗就出来了，你嫂子就抽开自己了，这个蠢婆娘。"

老二牛禄喜就说："老太太没有那么糊涂，脑子清楚着哩。"

老大牛禄成就说："老人到这个时候啥都不管了啥都不顾了，落谁手里就是谁，不用人家指示，连暗示都不用，都是心知肚明，知道自己该弄啥不该弄啥。还有死亡的恐惧，兄弟呀，人在恐惧当中还能顾及谁哩？人能变成自己完全料想不到的东西。"

老二牛禄喜就说："老人人又说又笑不像害怕的样子。"

老大牛禄成就说:"那是你没看出来,你要是能看出来,我就不跟你说这么一河滩的话了,你要是能看出来,你就成鬼大人了,兄弟你还不是鬼大人。"

老二牛禄喜就说:"我只有一个想法,老太太活好比啥都好。"老二牛禄喜还告诉老大牛禄成:"就在我回西安之前就在医院里,我亲眼看见弟媳妇跟娘和好了,跟亲亲的娘母俩一样,娘高兴地(的),娘话多地(的),讲了那么多故事,都成故事大王了。进医院时我都后悔过,我都想打退堂鼓,我都发誓再不吃亏啦,进去一看,我就是块石头都被那场面烧热了,娘把媳妇搂在怀里就跟搂亲女儿一样,她在伊犁就这么搂过我媳妇。我还有啥后悔的?我就一个感觉,值!值得!"

老大牛禄成就叫起来了:"世上还有你这样的人,世上还有你这样的人。"老二牛禄喜就说:"哥你别喊叫,这里是茶座,人家都看哩。"老大牛禄成就捂上嘴,可捂不上眼睛,眼神那么复杂那么惊讶,好多年以后老二牛禄喜都忘不了大哥那种眼神。

母亲的时间到了。远在西安的老二牛禄喜感觉不对劲,心里老惶惶,就慌慌张张回来了,见老太太才松了口气。老太太高兴地(的)话多地(的),旁人就走开了,让人家娘儿两个好好说。基本上是老太太一个人说,老二牛禄喜坐板凳上喝着热茶望着他娘,他娘说着说着就说到了周文王,这回老太太没说臊子面也没说周文王的一百个儿子,老太太专说周文王的长子伯邑考。

"相传周文王能掐会算,开天辟地以来所有的卦象都能推演出来,天下没有第二个人能算过周文王。纣王就害怕了。我的大大,生娃娃生不过周文王,废了贤惠的黄皇后,纳了骚狐狸妲己,还是生养不成,把纣王愁得,整天想着把皇家的香火弄旺,后人传说的酒池肉林,根子就在这上头,吃好喝好把人养好,抓儿呀养女呀就有本钱啦。人家周文王吃的是酸辣臊子面,汤里有火,越吃越旺,还不伤天害理,酒池肉林招人怨么,纣王就不如文王会做人。做人就要做这样的人,把事弄了,把好名声也落下来了,纣王啥事没弄哩名声就瞎了,瞎得没边边,还把自己气得吼吼地(的)。爱倒是非的申公豹就给纣王出瞎主意,周文王不是能算吗?咱就拿他大儿试上一家伙。纣王的两个忠臣就是这么遭殃的，忠臣的心不是红的吗？掏出来看看呀？忠臣就把心掏出来了，人也死了。纣王就用这法子对待周文王，把周文王的大儿子伯邑考杀了，烂成臊子，西岐人不是爱吃臊子面吗，咱就把你娃做成臊子，不让吃面，就让你吃臊子，吃臊子肉夹馍。就给周文王上了一盘肉夹馍。老汉饿日踏咧，人家故意吊老汉胃口，把老汉饿了两三天，人上年纪吃不了多少，可也经不住饿，人上年纪可怜得很，娃娃，就由不得自己啦。"老太太说到这里哇哭了一声，又压住了，咽下去了，又说开了。

"就说这伯邑考，明明知道去朝歌活不成，还是咬着牙去了。不去不成啊，他爸周文王在朝歌押着。娃乖得很，孝顺得很，就去替他爸送死。臊子面吃哈（下）的娃么，模样又好，心地又善良，跟纣王一比，高低上下就出来了。按说这纣王也是个能人，文武双全，做太子的时候，王宫大殿塌啦，纣王一个人就把柱子托住，让父王跟大臣们逃出来，这么大的力气，把老虎逮住当鞭子甩哩。肚子里的文才更了不得，只要一张口，谁也说不过他，能把瞎的说成好的，把黑的说成白的，把香的说成臭的。说是大得没边边，这么强横的男人，妲己都生外心哩，好男人谁都爱，好女人爱，瞎女人也爱，妲己对伯邑考动心思啦，伯邑考就遭大罪啦。死就死么，把人烂成臊子，叫周文王往下咽。老汉都饿疯了，就一口吞下去了，全咽下去了。周文王知道他吃的是啥东西，就是不懂八卦，不会掐算，就是一个平常人，父子连心，都能感觉到的。周文王能忍着就是想活着出去，就是想多活上几年。老人多活几年，跟树一样，给后人遮阴哩。老人并不怕死，老人就跟树一样，要把树股撑开，要把叶子长全，要把果子挂满，要把鸟儿招来垒上窝，要让太阳、月亮、星星盘绕在头顶上。"老太太说到这里就停下了，就望着窗外，望着院子上空的蓝天。

老太太描画的树此时此刻已经从地心长出来了，已经出现在马燕红的儿子王星火的望远镜里，老太太在伊犁跟那些百岁老人聊天时就知道有一棵生命树，每个人的灵魂都长在生命树上。

这棵生命树长出来了。

老太太的手就从老二牛禄喜手里抽出来，在自己身上掏啊掏啊掏好半天，从贴心口的地方掏出一枚杨树叶子大的银发夹。"这是我在伊犁逛街时买下的,送给你媳妇,别忘了拿上九个白面糕子一手帕花生枣儿,咱是汉人咱不拿馕,咱不拿苹果,咱拿白面大糕子花生枣儿。"

老太太的时间就到了,就把眼睛闭上了。孝子们就哭开了,吼吼地哭,跟牛叫唤一样,老太太就听不见了。

卷十二

徐莉莉在天山与乌苏之间的戈壁滩看见一棵孤零零的树，徐莉莉就想起她的第二个丈夫刘润生。她的惊讶是可以理解的，好长时间她都忽略了这段短暂的婚姻，她甚至怀疑是否有过这么一段婚姻！世界上真有这么一个叫刘润生的男人跟她生活过？

回到乌鲁木齐，她在电脑上输入刘润生，从各大网站出现几十万个男性刘润生，也有个别女性，女性完全可以忽略不计。刘姓当中纯爷们就有几十万，都叫刘润生。

她就站起来了，她就在房间寻找刘润生的痕迹。结果可想而知，全是杜玉浦的东西。悬挂在卧室墙上的是她与杜玉浦的结婚照。书房显眼的地方全是杜玉浦的书，其实也是她的书，杜玉浦大多藏书都是她曾经喜欢过的，真正属于杜玉浦的就是契诃夫的所有资料，原先她没注意。在深情怀念杜玉浦的时候，她发现了这个秘密，她就把契诃夫的资料集中起来，放在书柜的第一层。从屋子的任何角度都能看到契诃夫。徐莉莉还搞了一幅契诃夫的照片，32K大小，装在镜框里，放在书柜的中央，也就是契诃夫专柜上。阳光透过窗帘斜照在契诃夫专柜上，斜照比正面照射效果要好，她就从书桌的一侧转过身，从众多的契诃夫中抽出一本纪念专集《同代人回忆契诃夫》。应该说这是一本晚到的书。

更远一些，整个大学时代，她的阅读书目中契诃夫出现得也较晚，她把更多的注意力放在托尔斯泰陀思妥耶夫斯基和屠格涅夫身上，甚至高尔基都比契诃夫出现得早,《俄罗斯浪游散记》与《猎人笔记》激起她对野外生活的兴趣,这也促成她大三实习时选择田野考察,写出《公牛的神话与传说》。最初的成功之后,她乘胜追击扩大对俄罗斯文学的阅读范围,契诃夫进入她的视野,也已经是次等角色了。杜玉浦给她推荐过契诃夫,都没引起她的注意,等她注意了,杜玉浦又热情过分,向她举荐契诃夫的中篇《草原》,她就杀个回马枪:"契诃夫不是短篇大师吗?你提他的中篇什么意思?""你看看就知道了。"

她偏不看,她偏要从短篇入手,差不多读了几十个短篇,《契诃夫小说选》中的《草原》先打个折,搁置下来。 读契诃夫的戏剧印象不错,特别是《万尼亚舅舅》和《樱桃园》,果然有一种淡淡的忧伤与哀怨,让她联想到柴可夫斯基的音乐,第六交响曲《悲怆》中的"如歌的行板"。她几乎是不知不觉地把注意力从戏剧又转移到小说,又翻到打折的《草原》上,那个叫叶果卢希卡的俄罗斯小孩一下子吸引了她,跟她一起迎接风暴闪电雄鹰旋风和雷声。她就想起那个叫乌苏的小城,她一次次地跑到城外,当她成为中学生的时候,她终于骑上车子到了真正的旷野,见到了沙枣红柳梭梭。最远的一次是马燕红带她们一帮县城的学生到四棵树河下游,到沙漠腹地,见到了胡杨。马燕红挖一堆自己家的洋芋,捡了干牛粪,跟草原人一样用牛粪火煮了砖茶,烤了洋芋。这是她阅读生活中仅有的几次把目光从书移到现实,她开始打量杜玉浦,尽管外边把她和杜玉浦的关系渲染得很厉害,好像是陷入情网很深的一对恋人,但真正开始交往是在两年以后,在她读了《草原》以后。她的目光凝聚在杜玉浦的身上了,以至于后来杜玉浦抚摸她,亲吻她,她将恋人与脑子里的文学形象进行残酷的对比,我们可怜的杜玉浦沦落为跟风车战斗的唐吉诃德,甚至比唐吉诃德更悲壮更绝望,但她还是接受了这个可怜的人。当时她就想,如果在田野考察之前读过《草原》的话,有关公牛的神话与传说的搜集整理工作会更深入更细致,取得的成绩会更大。那时她就有一种隐忧,美好的东西是有时令的,错过了,就再也无法弥补了。《草原》里有这么一句话: 幸福倒是有,可是没那个本事找着它。

好多年过去了,杜玉浦消失在时光中了,她把杜玉浦的心爱之物从偏僻的角落移到中心位置,依然是不经意地随手去抽,抽到契诃夫的纪念文集。只有对某一位作家达到痴迷的状态，才会在作品之外，在相关的评论研究文字之外，在详尽的传记文字之外，再读读纪念文字，那已经是相当边缘化的东西了。就是在这里，徐莉莉读到了让她震撼让她悲痛欲绝的文字。那是一位名叫阿维洛娃的女作家回忆自己与契诃夫的情感历程，那完全是精神世界的互相吸引，是一个已婚少妇极为丰富的内心世界，从灵魂到精神的全身心向往，那种甜蜜中的忧伤，那种灵魂颤惊中的辽阔的悲壮，生命美好而又绝望……简直就是徐莉莉自己的真实写照，她的全部都让这个俄罗斯女作家写出来了。她再一次做了可笑的推测，如果十年前二十年前，她还是个少女，甚至没有进入大学，还在那个叫乌苏的小县城里读中学，那时候她就读《同代人回忆契诃夫》，她会不会像王蓝蓝一样爱上自己的老师，实习生其实还是学生，实习生王蓝蓝跟青年教师陈辉在当时的乌苏县城算是一道亮丽的风景。

那时的徐莉莉已经进入无限辽阔无限诡谲的文学世界，对王蓝蓝是一脸的不屑，对那个化学教师陈辉更是嗤之以鼻，简直是井底之蛙，是鸽子笼里的生活，令人窒息。杜玉浦就向往这种生活，杜玉浦就需要这样一种非常具体的、实实在在又丰富多彩的夫妻生活。时光如此的变幻不定。徐莉莉开始怀恋那种时光，跟杜玉浦在一起的时光。时间再次证明，《同时代人回忆契诃夫》又是一部晚到的大书。她在悔恨中读下去，又从头读起，有时候会从后向前读，有时候会从中间往两边读，有时候会随便翻到一页读下去。大概就在她如痴如醉地读这些纪念文字的时候，她一点也没察觉到她无可救药地将时光打乱了，那个时候刘润生已经进入她的生活。

徐莉莉就站起来了，徐莉莉就放下心爱的契诃夫，开始寻找刘润生的痕迹。她相信只要这个人存在过，就一定会留下痕迹。古人都说了嘛，人过留名，雁过留声，刘润生的名字留下来了嘛，她脑子里有这个人的信息储备，尽管很少，少到三个字——刘润生，比甲骨文都简洁，都接近石鼓文了，都接近原始岩画了。她正跟自己开玩笑的时候，她的脑子里又蹦出刘润生的面部特征，很模糊，只是一个大致轮廓，这个轮廓只显示其性别特征，绝对是男性。脑仁都疼了，再想不起来了。她就求助于电脑，电脑最终告诉她：世界上确实有刘润生，几十万个男性中的　个，确确实实跟她生活过。屋子里不可能有刘润生的东西，否则她也不会那么放肆地回忆杜玉浦。她拍拍脑袋，脑瓜还是很灵的，她从大衣柜的顶上搬下一个皮箱，差点从椅子上掉下来，箱子不重却吓她一身汗。她定下神，打开箱子，在夹层里找到结婚证，上边清清楚楚写着刘润生的名字。从日期上看，是前夫杜玉浦去世两年后办理的。该坐下来好好想想这个人了，这个人的一切都在这个箱子里。她很容易找到相册，各种生活照，强烈地证明刘润生同志跟她生活过，而且游玩了不少地方，最多的是南山牧场，几乎年年都去，照片上也有日期，日期表明，他们仅仅在一起生活了两年，他就离开了人间。

徐莉莉又陷入沉思。阳光暗下去，又亮起来。她枯坐一夜，还真累了，就合衣倒在床上，盖了毛毯与皮箱同眠。一直睡到中午。醒来时一只胳膊在箱子里还抓了一件东西，是个工作笔记本，就是记者用的黑皮采访本，她在梦中都没闲着，采访本是最后一件抓在手里的东西。她就躺着翻看这个采访本，扉页清清楚楚写着刘润生三个字，笔迹潇洒飘逸，再翻一页，是重要人物的联系方式：第一位肯定是她徐莉莉，手机宅电办公室电话，具体的家庭住址一直到门牌号。第二位是父母，多了一条，单位。领导同事以及其他人的联系方式在第三页，都是常用的。这是个好习惯，如果出了意外，在专门的电话号码本之外，采访本就是重要线索之一，又不引人注意。徐莉莉的目光停留在刘润生父母的单位，新疆某大学，竟然是她的母校，竟然是她的老师。徐莉莉就慢慢坐起来了，跪在床上翻棕色皮箱。里边的东西还真不少，都是刘润生用过的东西。也肯定是徐莉莉自己装进去的，这个皮箱就是刘润生常用的，带着辘轳，带着活动拉杆。这个皮箱里里外外被她整理一遍，相册和采访本放在床头，箱子再次搬上大衣柜。

徐莉莉开始洗漱，做饭，她饿坏了。西红柿炒鸡蛋，下点挂面。吃饱喝足，再细细打扮。她好久没细心打扮过了。化妆品在手里有些生涩。衣服也是挑了又挑，对着镜子看了又看。

徐莉莉乘公共汽车去刘润生父母那里。车上人多，挤来挤去，有机会找到位子她也无动于衷。她这么去看公公婆婆目的很简单，要尽快加强对刘润生的记忆。她意识到某种危机，不是她的，是刘润生的，刘润生同志随时会从她的记忆中消失。保持记忆最佳的方法就是情绪记忆。那只大皮箱太好了，重新唤起她对刘润生的全部记忆，她竟然想到刘润生的亲人。从道理上讲也是她的亲人。刘润生是在丈夫任上去世的，到目前为止，跟她还存在着婚姻关系。大皮箱完成了它的使命，不能给刘润生再增加什么了。父母是最后的力量了。徐莉莉此时此刻的全部心思就在公公婆婆身上，这就对了。不能动不动就说刘润生的父母，刘润生的父母是谁啊？徐莉莉已经完全把角色改过来了。

　　车子在晃，她的脑子也在晃。她在质问自己为什么能遗忘了这两个老人，这些年他们生活得怎么样？忽然车窗外迎面扑来一栋百货大楼，她差点叫起来，她差点摔趴下，原来她空着手，就这样子去见公公婆婆？她在下一站下车，又往回走，到百货大楼买了礼品。又上了公共汽车。好像有意识地惩罚自己，坚持不打出租车。这点记忆她还有，记忆恢复了吗？去公公婆婆那里太远，她一直坚持坐公共汽车，刘润生就顺着她。有一天他们两口子刚从车上下来，正好碰见公公婆婆，老人才知道两口子一直坐公共汽车。公公当场赞扬了儿媳妇，婆婆也夸了她，角度不同。公公理解为大记者体验日常生活，婆婆则认为是会过日子。那个年代衡量女性是否真心跟男人过日子的标志就是节俭。恋爱期间女的不乱花钱就意味着她已经暗下决心要跟这个人过一辈子了，这也是刘润生敬重徐莉莉的地方。这种感觉又回到徐莉莉身上，仿佛与刘润生同行。车上再挤，也不影响她的情绪。有好几次人家提醒她有座位，她都只说声谢谢。她情愿在颠晃中赶路。乌鲁木齐坡多且长，三面环山，转弯也多，车子忽左忽右，已经接近飞机与轮船的状态了。有时还失重，下坠，让人心惊肉跳，跟荡秋千一样跟坐过山车一样，魂飞魄散，身心分离很久才重新整合。徐莉莉就是这种状态。她死死地抓住扶手，与车同颠同晃，就这样到站了，就这样落地了，站了一会儿才恢复正常。

　　老人当然感到意外，短暂的惊讶马上换成嘘寒问暖，让座倒茶端上各种水果。徐莉莉反而有些拘谨。公公婆婆都是退休的老教授，生活反而很简单，吃顿便饭，临走前送给她一个牛皮纸袋子，是单位常用的那种档案袋，用细绳扎着。婆婆送给她的，婆婆说："这是润生的东西，收拾房子时发现的，你带走吧。"公公说："没有打开。"老人恪守知识分子的方式，尊重儿子的隐私。从接到手里的那一刻徐莉莉就知道里边是日记本，她在家里没发现刘润生的日记本，纸袋子里硬硬的跟装了书一样。徐莉莉告诉老人她会常常来看他们的。

从家属区穿过校园差不多需要半个多小时，树木参天，林荫道转来转去，又是礼拜天，校园幽静清新。徐莉莉仿佛回到学生时代，那是她和杜玉浦的美好时光。客观地讲，那不是杜玉浦的好时光，几乎是折磨。这是杜玉浦去世后徐莉莉才体会到的。按时间推算，刘润生当时也在校园，专业不同，刘润生是学历史的，却搞了新闻。刘润生第一次与杜玉浦同时出现在徐莉莉的记忆里。刘润生不会被遗忘了，这也是徐莉莉值得欣慰的事情，徐莉莉就放慢了脚步。

这些年，她一直沉浸在对杜玉浦的追忆中。她常常利用一切机会去遥远的和田，每年假期都要送儿子去爷爷奶奶那里，开学再接回来。刘润生这个养父真是徒有虚名。刘润生几乎没有怨言，去买车票，去采购需要的东西。对刘润生来说不但不是真正的养父，丈夫这个角色也相当滑稽。这是徐莉莉走出校园，在大门外回头凝望时的真实想法。

徐莉莉又开始两个多小时的公共汽车的颠晃了。这次她没委屈自己，及时坐到位子上。车子开始摇晃，徐莉莉的各种想法进入回旋加速器，开始原子裂变。她脑子里的关键词就是丈夫，她马上意识到她为之刻骨铭心的杜玉浦与刘润生相比并没有本质的区别，仅仅是五十步笑百步罢了。她从来没有这么精辟地剖析过自己。杜玉浦留下了孩子，孩子需要爷爷奶奶，爷爷奶奶在和田，这些年她的精力就放在了和田。如果刘润生也给她留下一儿半女，刘润生就不会消失得这么干净。一棵戈壁上的孤树让刘润生复活了。就这么简单。

徐莉莉差不多也猜出了日记的内容，她急于赶回去看这几大本日记，就是想证实一下。作为这部书的叙述者，徐莉莉没有必要原文照搬，徐莉莉白天上班，晚上阅读，差不多用了一个礼拜，礼拜天上午读完最后一页。用一个通俗的词，掩卷长叹。这正是她从少女时代开始的阅读体验。不同的是这位主人公不是文学经典形象，是她的丈夫。没有加工提炼，没有任何想象，完全是实录，比写实更实在。连必要的剪裁都没有。当是时也，正流行原生态，这就是徐莉莉生命当中某一个阶段的原生态。但却如此接近真正的文学经典。阅读这些日记的时候，徐莉莉就倾注了自己的情感，复活了的刘润生是被徐莉莉创造出来的。徐莉莉在基层新闻人员培训班上讲课时，对文学与纪实进行了区别，她告诉学员：新闻来自土地，文学也来自土地，土地长出的庄稼打下的粮食甚至做出的饭都属于新闻，属于写实，而粮食加工成酒就是文学就是虚构了。这种经典性的讲解被广泛流传。同行们更钦佩她的文学素养，大家都期待着徐莉莉有朝一日写出一部小说，而不仅仅是新闻报道是人物专访是长篇通讯。一个把文学理解为酒的女人，生命中肯定酝酿着许多故事。徐莉莉真不想从刘润生开始文学生涯，但已经来不及了，刘润生的复活是那么突然，防不胜防，一下子就从大戈壁上出现了。紧接着是这几大本日记，读完最后一页，竟然跟她阅读《同代人回忆契诃夫》的感觉一样，那书就在书柜前边，她不用起身，坐椅子上抬一下胳膊，就能从书柜第一排众多的契诃夫资料中抽出那本翻过无数遍的《同代人回忆契诃夫》。这回她摸了摸契诃夫的书，她的手又回到日记本上。

她记得不错的话，他们是在南山牧场相识的，单位搞的集体郊游，住帐篷，野炊，爬山，骑马，玩了好几天，南山牧场一直是乌鲁木齐的后花园。其实在吃烤肉的时候，就有人暗中关照徐莉莉了，徐莉莉总是先吃到烤肉，人声嘈杂，她只说声谢谢。人家同时给许多人手里塞烤肉，她每次吃到的那串肉最好，每个肉疙瘩都是五花肉，肥瘦参半，孜然粉和盐很均匀。骑马的时候，她也分到最好的一匹骏马，另一匹马远远跟在后边。她已经意识到是一位男性在关照她。开始爬山时许多人都累了，到帐篷里休息去了，年轻人都嚷嚷着去冒险，她都犹豫了，有人就给她鼓励，"你这么年轻，干吗躲帐篷里，去做一次鹰吧。"她就看到了那双热忱的眼睛。她就换鞋子，她就跟小伙子们丫头们一起去爬山了。十几个人当中也有三四个她这种三十多岁不尴不尬介于青年与中年之间的人。那张热忱的面孔又不见了。大家都戴遮阳帽遮阳镜，都穿运动服，面孔就模糊了。爬到一半的时候，徐莉莉开始得到帮助，总有人拉她一下，她就从陡崖上去了，她就兴奋得大喊大叫，另一侧是万丈深渊，鹰在大峡谷里穿行，她只瞥一眼就把目光收回来了，她心跳得这么猛，咚咚，跟高射炮一样。

接着连爬三道陡崖，都是一面连坡，一面临深渊，都是从上边伸下一只热忱的手，没有声音，那只手在召唤她，她就把手递过去，她就身子一挺，上去了。就不再是匆匆一瞥，而是从容不迫的遥望，那只鹰已经从峡谷里跃上山顶，侧着身子左旋右转，跟冰上芭蕾一样，苍穹就像无边无际的蓝冰。深深地吸口气，再慢慢吐出来，向山顶的最后冲刺开始了，再也没有人在前方拉她的手了，她咬紧牙关自己给自己喊着号子拼命向前。效果不错，胜利在望。力气没有用完，反而在增加，她的动作越来越快，甚至有了某种节奏，她心里不再是喊号子加油，而是对自己的赞叹，甚至有一种甜美的旋律。就在这个时候，她得到了后边的力量，有人在后边使力，在推她，不是鼓励，不是帮助，而是在分享她的快乐，在给她鼓掌，她在凯歌声中登上山顶。她前边已经有人上去了，她后边还有大半人，大家都在欢呼。返回的路上她再也没有见到那张面孔。她沉浸在喜悦当中，她好久没有这种好心情了。

　　回到家里，她给自己做饭，真饿了，炒了好几样菜，打开一瓶红酒，打开音乐。自从两年前杜玉浦去世后，她几乎不做饭了，都是临时凑合。亲友们劝解不顶用。有人警告她这是自己折磨自己，反倒提醒了她，变本加厉了。唯一支撑她的就是孩子，每天从学校接孩子回来。孩子快上初中了，不需要接送了，放了假，去和田爷爷奶奶身边。她也喜欢去那个遥远的小城，仿佛重新回到杜玉浦身边能永久地保持一个人的生命。这是徐莉莉两年来第一次带着微笑回忆杜玉浦。

　　第二天上班，大家都惊叹她脸上的笑容，在大家的议论中她才知道她好几年没笑过了。大家就埋怨，这次郊游赢家只有她徐莉莉一个。别人都累坏了，第二天上班也是疲惫不堪。下班的时候，在楼梯口，那个人出现了，望着她笑，她愣一下，认出来了，是一起郊游的同行者。那人说："昨天玩得开心吧？"她点点头。那人就发出邀请，请她吃饭，她在犹豫，那人就做出登山的动作，她一下子想起攀崖时伸过来的手，她再次笑了，她就点头接受了他的邀请。

　　她记得不错的话是在十大字的一家餐厅。那是乌鲁木齐的商业区，热闹非凡，出租车开不进去，他就邀请她挤过去。他在前边开路，她尾随其后，就像在大海里乘风破浪，人群比海涛更汹涌，这就是乌鲁木齐的黄昏，各个民族的男男女女热热闹闹地聚上街头，又分流到各个餐馆，包括露天的小摊，五颜六色，灿烂辉煌，出一身汗又一身汗，你挤我我挤你，都是热乎乎的肉体，都是新衣服，都刻意打扮了的，人体的芳香与瓜果的芳香与烤肉的带了孜然与辣椒的芳香混合一起的带着巨大轰鸣的交响乐一样的香味，冲天而起，弥漫了整个乌鲁木齐，还夹杂着手鼓邦邦邦，还加夹着各种琴弦的跳动，还加夹着歌手们的呐喊。他们被冲散了，又找到了，最好的办法是手拉手，一下子就拉在一起了。又开始拥挤，甚至跟人家吵几句，又被另外一些人冲开了，跟谁吵都不知道，而且不生气，双方都是在欢笑中指责对方太莽撞，把人家的脚踩这么疼，把人家的肋骨都挤断啦，没等三个回合就找不到抨击对象了。就拼命往前挤，就突然进了一家西餐厅，这里人多，热闹，就随大流，跟洪水一样被泄洪闸拦截下来了，进入支渠道就安静了，有一种上了列车的感觉。

  还有包厢，相当于列车的软卧，桌子上还有火红的玫瑰，服务生介绍说是天山里的玫瑰，不是从云南空运的。乌鲁木齐有些大酒店从云南空运玫瑰，用新疆人的说法等于背着石头上山。中亚腹地不光光是戈壁沙漠，大漠瀚海里有岛屿似的绿洲，有珊瑚礁似的野玫瑰，甚至有几十万亩玫瑰园，古代的诗人们写下不朽的诗篇《果园》《蔷薇园》《真境花园》。这多少有点超出徐莉莉的阅读范围，徐莉莉就问他是学什么专业的，他说学历史，跟你同一级。越说越近，同一个大学毕业，进同一家报社工作，一个跑农牧区，一个跑文教卫生体育。他就说："我们俩应该调换一下。"领导不止一次要调换一下，徐莉莉已经深深地迷恋上野外生活，再说在这口上，徐莉莉太优秀了，领导主要从生活上考虑，让一个女同志长年累月跑农牧区，人家都三十多奔四十了，不人道呀。这是老话题了，算啦，分手的时候他们交换了名片，因为他先给了他的名片，直到分手她还没问人家名字呢，人家给她名片时，她赶紧道歉，他一句话就给她解了围："你不是有心机的人。""对对我不是故意的。"那一刻她就像个学生，他对她的没有心机印象很深。

  随着时间的河流继续追溯，大概是与他相识半年后，他们举办了一个简单的婚礼。奇怪的是日记里很少抱怨她什么，记录下来的都是美好的记忆。他有过短暂的婚姻。结婚不到两年，有一次半夜回家，就遇到了男人们很容易遇到的尴尬场面，卧室有另外一个男人，穿着他的睡衣，拿着他的雪茄，一边喝咖啡一边抽雪茄，这也是他的嗜好，刚刚进行完激烈的床上运动，需要补充体力，连吸烟喝咖啡的动作也跟他一模一样。妻子也穿着睡衣，刚刚整理完毕，显得优雅之极。最要命的是音乐也是拉威尔的大提琴曲子，刚才在楼道上他就听到美妙的音乐，他就热血沸腾，心里热乎乎的，他知道妻子在等他，他们倾心相爱，心心相印，心灵感应。他打开房门，音乐更加真切，几乎能触摸到，完全是玉的感觉，玉长了羽毛，在空气中滑动，不，不是滑动，是超低空飞翔。他轻轻放下行李包，他轻轻推开卧室，并不是电影或者小说里描述的那样大喊大叫，或者空气凝固浑身发抖气急败坏，抑或故意镇定，甚至像绅士一样来一句"你们忙你们忙，继续继续"，这些场景显然都不适合他。最初的几分钟他在欣赏，如此美妙的音乐，妻子刚刚整理了一下，刚刚从激情中出来，其美艳远胜浴后，那位陌生男士几乎是他的翻版，长相都如此相同，三个人含笑相视，妻子甚至上前几步，要介绍丈夫与陌生男子认识一下。到底是女人感觉好，反应快，最先收敛了笑容，一下子改变了有音乐有画面的世所罕见的场景，他这个叫刘润生的男人，转身跑掉了，跟一股风一样。后来他在日记里很沉痛地写道："就像跑掉了灵魂，把躯壳留下了。"妻子真会开玩笑，找一个跟丈夫一模一样的汉子做情人，真正成了丈夫的替身。那时正热播黑泽明的《影子武士》，妻子受到启发，来了灵感。这样的好处可是太大了，一对情人可以明目张胆出入公开场合，怪不得同事们都叫他好丈夫，记者忙死了，他还能挤时间陪老婆逛大街。

妻子最终没有跟情人一起生活，妻子离婚不到半年，又找了一个男人，很有分寸地举办了婚礼，生活得很好，就在一座城市里，经常碰见，就是不清楚她给第二任丈夫开不开那种玩笑。从她满脸幸福的样子来看长势喜人状态不错，一直不错，那件事情对她没什么影响。

这个叫刘润生的男人很长一段时间恢复不过来。这种状态如果放在小时候，放在偏远的农村，妈妈要牵着他，另一个婶婶或者姨姨躲在暗处，深更半夜漆黑一团，妈妈边走边喊："润生——回——来——"大人交待过了，润生不能吭声，只管跟着妈妈，暗处的人就回应："回来啦啊回来啦。"如此反反复复地喊着应着，穿过茫茫黑夜，回到屋里，回到热炕上，回到被窝里，算是圆浑浑地回来了。可惜这个叫刘润生的男人生在乌鲁木齐一个知识分子家里，从小就受到严格的教育，养成良好的生活习惯，而且多才多艺，学习好是没说的，球也打得好，别人打篮球的时候，他打乒乓球，别人打乒乓球的时候，他打羽毛球，别人打羽毛球的时候，他打网球，台球他是不打的，他又不是街头小混混。可以想象他在学校受女生们欢迎的程度。他是挑了又挑，拣了又拣，几乎用上了华罗庚的优选法,淘汰率高得吓人啊,如此这般采摘一朵玫瑰花,心情当然是愉快的,用朋友们话说:毛驴子刘润生,跟陶渊明采菊花一样采到了玫瑰花。后来证明菊花化了的玫瑰给了他毁灭性打击。

从日记里徐莉莉才知道,刘润生爱看电影,品位极高,都是大师级的,都是法斯宾德、塔可夫斯基、黑泽明、波兰斯基的作品,大概是乌鲁木齐最早拥有VCD、DVD的用户,当然包括高级音响。这些设备全留在前妻那儿了,他从家里出来就没再回去。他跟前妻在咖啡馆进行了最后的晚餐,就客客气气分手,几乎是净身出门,前妻把存款全给他,他也只拿一半,房产和设备全归妻子,等于给足了妻子面子。跟徐莉莉成家后,他基本上不看电影了,也不怎么看电视,所有的兴趣就是听收音机,烟盒大的德生短波收音机,一个CD播放机,也就一本书大小,去世后全装在皮箱子里了,包括一百多张CD盘,满满一大箱子,但没多少重量,徐莉莉站在椅子上就可以搬上搬下。

这个叫刘润生的男人从家里出来那天就找不着北了。他沿着和平渠走到天亮,他在小摊上喝了一大碗羊杂碎,他又活过来了,他就去上班了。刚进办公室就有他的电话,妻子打来的,他若无其事,只说很好很好。放下电话他的目光就变了。他在日记里用了这么一句话:"我的目光有了穿透力。"最先进入视线的是出出进进的女同事,个别有外遇的就显示出来了,她们就显得不太自然。她们不由自主地四下打量,她们很快感觉到在办公大楼的某一扇窗户后边,一双眼睛在盯着她们。读到这段文字时徐莉莉就想到了茨威格的《恐惧》,她还能想起小说的开头:"伊莲娜太太走下情人家的楼梯,那种莫名其妙的恐惧又向她袭来。"刘润生的目光给女同事们带来的恐惧一点也不亚于茨威格的小说。

徐莉莉也在那栋大楼里上班,徐莉莉坦然出入,心中没鬼。徐莉莉知道那些有情人的同事,她们快活得要死但又累得要命,主要是心累,同时爱上两个或两个以上的男人,心忙成一朵莲花,花开五瓣,供给不足就很麻烦,总会出现手忙脚乱的时候,就像列车调度员,几列火车同时进站,来不及岔出一条轨道,就很要命。这种恐惧已经接近面对原子弹了,又被一双可怕的具有穿透力的眼睛盯上,而且这双眼睛在暗处,是不确定的,跟空气一样无所不在,秘密就藏不住了。但女性有女性的方式，就变得火气很大，就互相折磨，转嫁痛苦，就像帝国主义列强为了转移国内矛盾频频发动对外战争一样。那一段时间，单位很不安静，没有利益上的冲突，都是鸡毛蒜皮的小事情闹得不可开交，领导焦头烂额，领导又不懂弗洛伊德，更不懂茨威格的小说，个别素质很高的领导也不会如此这般理论联系实际，学以致用。

在下一段日记里，刘润生已经达到了庄子笔下那种"以神遇而不以目视"的境界。也就是说刘润生关注的重点不再是那些动不动就跟人家上床的小贱人，而是女人的内心世界，女人的精神与灵魂。这些良家妇女的精神领袖都是社会上的成功人士，都是生活的强者，她们在日常生活中、在言谈之间无时无刻不在传达透露这种信息，网络影视报刊各种现代媒体的各种时尚在她们那里得到加工提炼，以个人化的方式进入千家万户，不但威慑丈夫而且祸及孩子。刘润生在日记中沉痛地写道："女人的名字叫弱者，换一个说法就是以阴阳互补的原则所产生的情感心灵灵魂与精神世界对强者的依附，甚至达到宗教般的虔诚与狂热。"此时此刻的刘润生让徐莉莉想起陀思妥耶夫斯基笔下的"地下人"，那个在绝望中呐喊的疯子。徐莉莉掩卷长叹。

徐莉莉已经意识到她马上要出现在这本日记里了，掩卷长叹后就是沉思。她给自己煮了咖啡，她拉开窗帘，把阳光全放进来，风也进来了，从博格达冰川刮来的冷风让人精神为之一振。博格达是蒙古语，译成汉语就是神灵。不知什么时候开始，徐莉莉有了遥望博格达峰的习惯。博格达峰就跟一棵大树一样遮掩着乌鲁木齐，树下蚂蚁般的尘世芸芸众生一般不会注意耸入云端的博格达冰峰，很费力，要把脑袋仰到肩窝里，整个面孔翻转过来，跟碗一样反扣在肩膀上，才能看到博格达峰。把人弄得跟小孩一样，孩子才会这么傻乎乎地仰着脑袋看一棵树看一只鹰看一朵云看一座山峰，甚至看冥想中的大英雄。甚至有朋友提醒过徐莉莉，那时徐莉莉在大街上，天气晴朗，中亚细亚本来就很晴朗，人们感觉到的晴朗都是天蓝得透亮，亮光跟水滴一样都滴到额头上了，这种天气博格达峰就显得清晰无比，跟白发老爷爷一样驾着白云慢慢地走过来了。风姿绰约气质高雅的美女记者当街扬起脑袋，傻乎乎地看着云头上的博格达峰，满脸孩子般的微笑，身边的朋友们误以为施瓦辛格、阿兰德龙、比尔盖茨、刘德华、童安格、濮存昕、陈道明们来到了乌鲁木齐，大家环顾四周，把这些女性心目中的英雄都小声嘀咕出来了，都泄密了。

好多年以后，有个兰州女子奋不顾身爱上了刘德华，父亲变卖家产，送女儿从遥远的大西北亲赴香港，比古代千里寻夫的孟姜女还要执著，徐莉莉就综合了各种信息，从另一个角度入手写一篇长文发表在乌鲁木齐一家生活杂志上。文章重点分析了这个狂热女子的家庭。其父属工薪阶层，退休后月收入一千多元，在兰州能维持温饱。其母一直责备丈夫没本事，不能干大事，不能飞黄腾达，几十年教龄啦，连个中学校长都当不上，连个教务主任都当不上，就守着死工资。其母失望之余，红杏出墙好几次，其父竟忍气吞声，且大度地宽忍妻子。如此家庭气氛，女孩念书很努力，上到中学见识愈广念书愈多，期待就愈高，就有了凌云之志，登皋兰山而小天下，兰州、甘肃，整个大西北都不存在了，女孩的目光投向大海，投向刘德华，情不自禁，以致成疾，如同《牡丹亭》里因情而丧命却又死而复生与情人神交的杜丽娘。徐莉莉不惜笔墨，纵横捭阖，旁征博引，甚至在文章结尾处发问：这个女子如何进入日常生活？很难想象婚后她的先生将遇到多么大的挑战，已经多少有点鲁迅《狂人日记》里救救孩子的意思了。如此泼辣的文章之后，徐莉莉还忘不了挖苦一下身边的女性："你们跟那个兰州女孩相比呀，是五十步笑一百步。"大家马上就不理她了，知识女性本来就尖刻，尖刻再加上锋芒，就容易伤人。大家根本没意识到徐莉莉的锋芒就起自多年前那个乌鲁木齐的上午，在南门广场，人家徐莉莉仰望博格达峰时，她们误以为施瓦辛格刘德华诸神降临乌鲁木齐，她们情不自禁地嘀嘀咕咕出来了。此时此刻，徐莉莉满脸孩子般的笑容，这笑容打动了人群后边冷眼旁观的刘润生。徐莉莉就是这样出现在刘润生的日记里。

刘润生旁听过徐莉莉的几次讲座。主持人热情洋溢地来一阵开场白，也就出去忙自己的事。各地来的通讯员一大半心思也放在私事上，乌鲁木齐是自治区的首府，是中亚腹地的一座大城，游玩的地方多，采购的东西多，交往的朋友更多。也只有徐莉莉这样的名记者，加上良好的文学素养才能吸引住学员。同事不会来旁听的。刘润生显然是被南门广场上的一幕所打动，混在学员中间，年龄相仿，又是最后一排，徐莉莉讲得眉飞色舞，不会注意后排边上那个脸色忧郁的男人。徐莉莉在新闻专业知识中夹杂许多文学经典，可以说是旁征博引，信手拈来，短训班大概两个礼拜，刘润生一天不落，于是就有了九月份南山牧场暗中相助的一幕。应该说刘润生是读过一些书的，书香门第么。刘润生在日记中这样描述徐莉莉：文学经典占据了她的精神世界，这就足以抵挡滚滚红尘和各种诱惑。刘润生在这里挪用了某一位当代作家的说法，称赞徐莉莉具有"清洁的精神"。

又该徐莉莉掩卷长叹进而沉思了。在徐莉莉看来，正是这些占据她精神世界的文学经典形象以及强大的清洁的精神造成了杜玉浦的悲剧，杜玉浦离开人世的那天起徐莉莉就开始自责，整整两年徐莉莉在懊悔与追忆中度过，徐莉莉做梦都没想到这种给杜玉浦造成致命一击的力量竟然给刘润生带来了希望。我们可以想象日记本的最后几页，在徐莉莉的世界里，文学经典形象所构筑的清洁的精神已经被复活了的杜玉浦代替了，在第二次婚姻的两年里，刘润生笼罩在杜玉浦巨大的阴影下，这实在不是徐莉莉所要过的生活，更不是她想要看到的结果。

不可能是书了，也不可能是音乐了，徐莉莉拼命工作，精心抚养孩子，孩子小学快毕业了，孩子越来越大了，她的空余时间越来越多了。曾经有几次在半夜三更，她从大衣柜顶上搬下那个大皮箱。她完全可以把箱子里的东西装在柜子里，取起来方便，她还是保持了爬上爬下的习惯，完全是出于对刘润生的尊重。她搬下大皮箱子，她把CD盘装进光碟机，她戴上了耳机，只要摁下按钮她就可以陶醉。她的手指从按钮上挪开了，重新收拾好这一切。她拉开窗帘，中亚腹地的夜空那么蓝，乌鲁木齐就仿佛成了海底世界，她听到许多活生生的生命在低声细语，她甚至听到远方牧场马嚼夜草的声音，她甚至听到天山深处婴儿啼哭一样的狼嗥。她清楚地记得刘润生在日记的最后一页这样写道："在你身边，我度过了两年安静的生活，这已经是多出来的两年，谢谢你莉莉。"

她回乌苏娘家待了几天，她去逛菜市场，她拣了几颗新鲜洋芋，许多洋芋摆在一起，大都是洗得干干净净的洋芋，她却看中了没有见水的、直接从沙土里刨出来的灰扑扑的洋芋。她拣到第三个时卖菜的就说："这才是行家。"她就认出了老同学马燕红。还碰到了王蓝蓝。受到邀请，徐莉莉和王蓝蓝去马燕红租住的地方做客，已经是下午五六点了,马燕红收摊了,跟婆婆一起忙出忙进招待客人。徐莉莉跟驴子有交情,又是摸驴耳朵又是给驴喂吃的。马燕红的儿子王星火跟客人打过招呼,就到房顶上玩望远镜去了,吃饭时也不见下来。徐莉莉和王蓝蓝说等等孩子,老太太说不用等,他忙着呢。王蓝蓝说:"孩子要抓紧啊,回来就让他做作业,晚上早早睡觉。"马燕红说:"我这娃,晚上忙作业,白天忙望远镜。"徐莉莉就说:"这孩子有出息,是个天文爱好者。"王蓝蓝就说:"大记者净说外行话,天文爱好者都是夜观天象,白天看啥呢?"王蓝蓝有人民教师的职业敏感,连连追问孩子的奶奶和妈妈:"他大白天看啥呢?""树,戈壁上的一棵树。"

最先反应过来的是徐莉莉,徐莉莉爬上房顶,轻手轻脚走到孩子身边,凑过去,小声对王星火同学说:"让阿姨分享一下。"徐莉莉就看到了天山北麓辽阔戈壁上的一棵孤零零的树。王蓝蓝也上来了,王蓝蓝看到这棵孤树时望远镜差点掉地上。王星火小同学就告诉大人:"这是生命树,是从地心长出来的。"王星火就给徐莉莉和王蓝蓝讲生命树的故事。这是哈萨克人的故事。在这个故事里,大地已经没有心脏了,公牛和乌龟都被女天神派到大地上拯救人类。它们用尽了力气,当它们意识到力量不能救治人类时,它们就用心,公牛吃了灵芝草重新回到地心,公牛把自己当做种子,种子发芽生长,长出生命树,长出茂密的有灵魂的树叶,树叶不是往下落而是往上飞,人类将重新获得灵魂。徐莉莉告诉王蓝蓝:"我见过这棵树,我以为再见不到了,没想到就在乌苏,就在我们出生成长的地方。"王蓝蓝就说:"我以为是海市蜃楼,我以为是场梦,我都不敢想梦醒后会怎么样。"

每年暑假都有外出开会的机会,前几天研讨教学问题,后几天主办方都会安排一些游玩的地方。新疆境内的大小城市都去过了,口里比较有名的地方也去过了。这些大大小小的会议上,王蓝蓝都会遇上漂亮女人常常遇到的情况,总有男士频频放电,有时很露骨。王蓝蓝都能巧妙地应付。王蓝蓝已经习惯了,压根就没有意识到危险就在眼前,大学时代的初恋情人宋乐会出现。

宋乐也是语文教师,他们相遇是迟早的事。报到那天王蓝蓝就发现了宋乐的名字,她笑了一下,她抬头环顾四周时在不远处发现了老同学宋乐，宋乐朝她招手呢，她签名领了资料就走过去。宋乐咧着大嘴，笑得那么大方，那么热烈，握手的时候她都嘟囔一声："你掐死我呀？用那么大劲。"宋乐就做一个吓人的动作："我在梦中掐死你好多次了。"该王蓝蓝吃惊了。王蓝蓝还记得当年宋乐得知她另有所爱时失魂落魄的样子，简直就像换了一个人，王蓝蓝就说："过得不错吗？""讽刺我了吧。"宋乐又做出一副痛苦不堪的样子，可他再也摹拟不出当年失恋时的神态了。大家都笑这个没心没肺的大坏蛋，女教师们甚至说："上大学时不好好追人家，老大不小啦还开这种玩笑。"男教师就上纲上线往理论高度上提升："这就是我们男人的毛病，好高骛远，总是对身边的美熟视无睹。"世事变幻到如此程度，好像他们之间什么都没有发生过。一连好几天宋乐消失得无踪无影，偶尔碰见，也只是远远招一下手。

也容不得王蓝蓝多想了，她又遇上了老问题，她想都想不到的男士纠缠过来了。还是一个愣头青，刚大学毕业，看样子很少接触异性，不要说谈恋爱，正常交往一下也不至于笨到这种程度，王蓝蓝如此成熟的少妇绞尽脑汁都摆脱不了，王蓝蓝都害怕起来了。有一个女老师一直陪着她都不行，那个小伙子完全一个赤子，一团烈火，一个原生态，王蓝蓝都不知道自己做了什么，只听见一声巨响，小伙子挨了一巴掌，还没清醒，王蓝蓝被同伴拉走了。走很远看见宋乐跟老公安审小毛贼一样又是拍人家肩膀又是给人家点烟，让人家先消除紧张情绪，一连好几天，宋乐跟那浑小子亲如兄弟，同出同进。同伴就对王蓝蓝说："你那老同学给人家教坏呢。"那个浑小子眼睛柔和一些了，宋乐就过来告诉王蓝蓝："看到了吧，我当年就是那副样子，在树林里笨手笨脚，挨了你一巴掌都没把我打醒。"王蓝蓝就怪怪地说："我能有多大力气呀。"宋乐就说："力气小就打鼻子，男人再强壮鼻子也不经打，我刚才就对那小子说，人家王老师要是给你鼻子上来一下，你就得流一摊子血，你人就丢大了。"王蓝蓝跟她的同伴打喷嚏一样捂住鼻子笑。宋乐一直跟那个小伙子在一起。会议结束的时候，小伙子完全正常了，给王蓝蓝道了歉，转身的时候差点摔倒，还那么笨手笨脚。有惊无险，一场花絮而已。

这种花絮太多了。一个漂亮女人经常会碰到突如其来的冒犯，在人群中在车上会有许多小动作。相比之下，校园里的小男生就可爱多了。结婚不久，王蓝蓝就感觉到宋乐的可爱，那只是短短的一瞬，有原谅与理解的意思。她再也不是少女了，教书开会，接触面越来越大，那种露骨的笨拙的冒犯毕竟是少数，更多的都是隐蔽的含蓄的，有某种理由与机会，而且进退自如，老奸巨猾，甚至男人的目光扫过胸部她都能觉察到。许多女人都暗中欢喜，甚至在私下议论：男人对女人最大的恭维就是产生邪念。王蓝蓝对异性的邪念如此反感，让同伴们大惑不解，久而久之她也觉得过分，她被人家问住了。人家就问她：你打扮得漂漂亮亮，不光光吸引丈夫吧，你美好的形象吸引了多少男性，你干脆蓬头垢面好了。她振振有词地反驳人家：应该唤起美好的感情而不是邪念，不是黏糊糊色迷迷的目光。"你连目光都要禁止，你是法西斯希特勒呀。"

大家都笑她，同时也就知道她的先生有多么优秀。这种解释让她兴奋。其实她明白都是因为好多年前她的同学马燕红的遭遇，她教语文，她太了解语言的内在逻辑了，她总是把冒犯与强暴连在一起，这种难以释怀的秘密她对丈夫陈辉也不曾透露。这也是她当初放弃宋乐选择陈辉的原因。从强暴推至冒犯再推演到粗暴，笨手笨脚直到内心的邪念，都让她反感让她恶心，与之对应的优雅和颜悦色都是让她心动让她兴奋的基本元素。

返回乌苏的班车上，她平生第一次对毛头小伙子的笨手笨脚产生了兴趣。她没有在长途班车上呼呼大睡，她听维吾尔人唱歌，她心里开始哼哼，那旋律没法让人不哼哼，而且越来越精神，就把目光投到窗外，投向路边飞驰而过的单调的结着黑痂的土地。猛然出现了石头、沙丘，大戈壁一下子出现了，已经不是维吾尔人在唱歌了，是一个中年哈萨克汉子在唱歌，唱戈壁上的白骆驼。其实没有骆驼，仅仅是一种期待和向往，否则就无法穿越戈壁。王蓝蓝对戈壁的印象都是在车上。长途车中间要休息，旅客要解手，男左女右，各自为阵。第一次出远门，王蓝蓝差点哭了。伊犁河谷长大的姑娘，第一次见识大戈壁是在大学毕业赴乌苏实习，不止她一个，同行的几个女生都不习惯。车子出了果子沟，过了赛里木湖，就是与伊犁河谷截然不同的地理环境了，就是书上讲的戈壁荒漠。接着就是尴尬之事。过了精河，大家得方便方便，就是男左女右，带队的女老师催她的学生，抓紧时间，司机等不及了。光秃秃的戈壁滩上，大姑娘们咬牙切齿解了手。老师就说："慢慢会习惯的，都是咱们伊犁太好啦，从小让你们生活在南疆，生活在天山南北其他地方，你们就不会这样娇气了。"

　　从乌苏往东到乌鲁木齐到口里，沿途的沙漠戈壁更多。工作以后经常去石河子昌吉乌鲁木齐，相比之下，回伊犁沿途植被最好，赛里木湖把荒漠全挡住了。乌苏奎屯独山子克拉玛依一带的人告诉王蓝蓝：总有一天你会喜欢沙漠喜欢大戈壁。王蓝蓝就说："等我进了坟墓再说吧。"那些集体墓地都设在戈壁滩，有几棵沙枣树，银叶金果黑乎乎的枝干。伊犁的沙枣树叶子灰中带绿，果子近于青枣，树皮要细腻得多。可人家还是告诉她：总有一天你会感受到沙漠戈壁的细腻。人家说这话的时候，微笑中有一点点湿润。

　　此时此刻，王蓝蓝的眼睛湿润起来了，她知道是因为那个哈萨克男人反复吟唱的白骆驼，人们称之为"沙漠之舟"是有道理的，石头和沙子在骆驼蹄下总是柔软的。家访的时候王蓝蓝去过一个学生的家，大概是离学校最远的一个学生，是个学习尖子，不堪重负，要退学，作为带课老师兼班主任王蓝蓝给学生争取了困难补助，又去了一趟那个沙漠腹地的村庄。方圆二三里的小块绿洲，随时都会被沙漠吞掉，可几千年来沙漠就是不能越雷池一步。十几户人家，家家都有骆驼。王蓝蓝进去的时候，兽医正给骆驼看病，看的就是骆驼的蹄掌，王蓝蓝先不急着喝茶休息，王蓝蓝被厚墩墩的骆驼蹄掌吸引住了，那么结实的肉。兽医就告诉年轻的女教师：这就是马与骆驼的不同，马钉铁掌，骆驼全靠自己的光脚。"骆驼踩什么都是软的，石头沙子跟水一样。"

　　坐院子里头就能看见沙丘。家长就在院子里招待老师和兽医。饭吃一半，骆驼就能行动了，就到沙漠里去了。出了院子就是沙漠，连骆驼蹄印都能看见，沙地上的一串圆坑，后来就被学生写进作文，标题就很有意思，《大地的吻》，《月亮上的湖》。这个学生后来考到南京大学天文系。这个学生把研究的目光投向茫茫宇宙。王蓝蓝在毕业留言册上写了这样一句话："飞翔的骆驼。"这应该是她对沙漠戈壁发生兴趣的开始。仅仅过了一年，她又有机会见到戈壁沙漠了。不需要真正的骆驼，一首歌唱骆驼的歌就够了。

　　回到乌苏，她的脸被大漠风吹得又红又黑，大家都说她是从沙漠上回来的。"去克拉玛依啦?""去吐鲁番啦?""去喀什啦?"她一一点头,她全都答应。丈夫陈辉接过行李包走到没有人的地方,眼睛含着笑,声音带着责备与爱怜:"怎么搞成这个样子?跟非洲人一样,在露天开会吗?""坐戈壁上开。""你真会开玩笑,不是说在阜康吗?阜康环境很好呀。""我跟人私奔了,什么地方荒凉就去什么地方。""你还能跑到月球上去?""还真让你说对了。"

如果到此为止,也不会发生后来的故事。王蓝蓝此时此刻正想到学生作文里写到的《月亮上的湖》,那个大漠深处的孩子把家乡的戈壁沙漠比喻为月亮上的湖,那是骆驼蹄子踩出来的,驼峰里有水,有盐,湖会长出树。这些句子都是王蓝蓝用红笔勾出来,在作文评讲时重点分析过的。王蓝蓝去过那地方,王蓝蓝亲眼目睹了骆驼一步一步走向黄沙梁,留下一个又一个又圆又深的脚窝。王蓝蓝跟丈夫陈辉穿过校园走进自己的独家小院时,丈夫情不自禁地搂她一下,丈夫甚至提到了月球,已经对上她的心思了,她就回抱丈夫一下,热身子贴上去,对暗号一样,彼此明白今天晚上将要发生多么激情多么浪漫多么幸福多么美妙多么甜蜜的事情。

洗澡吃饭看电视,月亮升上来,整个世界安静了,夫妻生活开始了,正如他们所期待的,都很满足。丈夫陈辉点根烟抽两口。妻子还要去一次卫生间。妻子在哼一首歌,唱什么白骆驼,妻子和她的白骆驼出来了,穿着白色睡裙的王蓝蓝春风满面。丈夫陈辉就问:"亲爱的,告诉我你到底去了哪里。""什么?你说我去了哪里,我怎么知道啊。"幸福中的女人不会想一毫米或一秒钟以外的任何事情。丈夫陈辉继续犯浑:"你不是出去开研讨会了吗?""我想想,噢,我记起来了,你一个劲地追问,没完没了地问,我不是告诉你我跟人私奔了吗?"陈辉意识到自己犯浑了,陈辉心里惊慌,脸上绝对没动静,脑子转得飞快,嘴上马上有了对应的词:"私奔就私奔吧,谁叫咱老婆有魅力呢!""没想到你还是个醋罐子。""我的父亲你的公公咱儿子的爷爷是醋坊老板,将来发展开全球连锁店,把肯德基比下去,就是董事长啦。"王蓝蓝就不吭气了。陈辉脑子完全转过来了,全是化学老师的活性元素,全是中和反应,跟变戏法一样,不但让王蓝蓝消了气,甚至重新把王蓝蓝调动起来了,整个过程从容不迫,老练娴熟,达到高潮如死如活的时候王蓝蓝心里都在想这个词：老练，他这么老练。不知道是钦佩还是怀疑。一夜无话。

隔天一次，一周三次夫妻生活。每次都很成功，一次比一次更加强烈地证实着这个词：老练。王蓝蓝就想到了那个笨手笨脚的小伙子，也就自然而然地想到了宋乐。他们热恋了那么久，宋乐还是笨手笨脚，挨了她一巴掌还是没长进，还是跟大狗熊一样跟摔跤一样把她摁在白桦树上。王蓝蓝还清楚地记得初吻以后，她看着白桦树，冬天雪地里的白桦树那么白净，节疤更像一双眼睛。她每天都要去看那棵白桦树。去教室，去图书馆，去食堂，她走的都不是直线，三绕两绕都会绕到树林子里去。白桦树从来都是一群一群地生长，跟少女一样总是挤成一堆，其中有一棵白桦树她永生难忘，在这棵树上她被人吻了，愤怒中有喜悦，少女与树，就像是一只鸟，她马上想到鸟，白桦树上应该有一只鸟，这只鸟兴奋得发抖，还打了那个坏小子一巴掌。她就咬住嘴角一个人笑，笑得浑身发抖。第三次见到白桦树时，远远地望着她就停下来，那正是早晨，太阳从天山大峡谷里一点一点升起，沐浴在朝阳里的白桦树那么年轻，轻轻地晃动着树枝，朝霞就像抹在树上的红晕，树皮底下汩汩流淌的树液都显得那么清晰，树液的芳香都能闻到，树的眼睛都睁开了，好像是第一双眼睛，好像刚刚长出来的婴儿一样的眼睛。树上有好多双眼睛，此时此刻全都聚在一起，就在一人高的地方，就在她被亲吻的地方，白桦树睁开了眼睛，刚刚苏醒似的，带着朦胧的梦幻般的眼神。那一刻王蓝蓝也是大梦初醒的样子，王蓝蓝在十几步以外与白桦树四目相对，无限惊讶，仿佛刚刚降临这个世界，陌生中有无限的好奇与兴奋。

后来她总是回味什么叫情窦初开，从初中被男生们穷追不舍一直到大学快毕业的时候，少女王蓝蓝才真正品尝到初恋的滋味。后来，已经成为少妇的王蓝蓝回想起少女时代，就自然而然地想到那些曾经追求过她的小男生，从初中到高中到大学，宋乐是他们中的最后一个，这些可爱的大男孩用他们的热血浇灌了王蓝蓝这朵鲜花，已经成为少妇的王蓝蓝不得不承认，青春的美好中所暗含的残酷。少妇王蓝蓝不由得抓紧了胸口的衣服，肯定把衣服抓皱了，眼睛肯定湿了，鼻子肯定酸了。此时此刻的乌苏小城，陷在天山北麓的凹地里，潮水般的鸟群从小城上空飞过去，更高处，九千米的高空一队队天鹅咿咿呀呀，就像女人的哭泣，边哭边唱,这种哭唱很接近少妇王蓝蓝的心境。她怎么就不明白已经开始的初恋会被自己亲手埋葬,确确实实是她拒绝了宋乐。好多年以后,已经成为少妇的王蓝蓝才明白初恋以及从初恋所开始的初吻意味着什么——那是一条河的入海口,从湿漉漉的嘴唇所开始的是一个辽阔遥远的生命世界,也就是歌曲里吟唱的"深深的海洋"。更形象的一种说法,初吻少女的嘴唇是生命之泉,一切生命一切生机蓬勃的气象都是从泉水开始的。在中亚细亚,人们总是把瀚海里小小的泉眼所带动的一小片清水称之为海,海子。泉眼里流淌出小河,小河越流越远成为大河,一条大河就具备了进入大海的资格,成为海洋成为宇宙生命的一部分。太晚了,一切都太晚了……好多年以后少妇王蓝蓝意识到这一点时,也就意识到她是一只搁浅的船,她已经到了海边,她已经沐浴在海风里,她的双脚都被海水打湿了,她自己却了断了自己的青春与无限的生命。从笨拙的初吻到神圣的新房与婚床,应该有一个大河一样丰富而遥远的流域,她一下子删掉了河道,直接到了老练成熟的陈辉身边。

陈辉多聪明呀,妻子王蓝蓝开会回来的第一周,两口子甜甜蜜蜜,跟上帝刚创造人类一样,整整一个礼拜。妻子刚刚陷入沉思,刚刚皱起眉头,他就很知趣地躲开了。这种状态的少妇,属于易燃物品,小心火烛,千万不要刺激她,更不能引爆,她会成为炸弹,甚至原子弹。陈辉轻手轻脚,如同鬼魅,做饭都没有声响。有一次把王蓝蓝吓得失声尖叫:"你咋跟鬼一样,没有声音。""我怕打扰你。""你有这么好的心鬼才信呢。"陈辉笑笑,一闪身又不见了。"你出来,你这个鬼,你吓死我呀。"又一闪,从花盆后边出来了,浇花呢,手拿着塑料喷壶,满脸温和的微笑。王蓝蓝拍拍脑袋:"对不起,我这是咋啦?难道是更年期到啦?"

王蓝蓝的肩膀上轻轻落下一只手,跟落叶一样一下一下地拍打土地,无论是泥土沙土还是砾石,在这种秋天熟透了的树叶拍打下全都会放松。那只手掌真的跟落叶一样贴在肩上了,手掌不动,手指动,一下,一下,轻轻地弹着,好像女人的肩头是乐器,在手指的弹挑拨捻下发出悦耳动人的曲子。女人的肩头越来越圆,已经圆润如玉了,那手指还在轻盈自如地一起一落,已经不是乐器上的音乐了,已经是天籁之音了,从苍穹落下来的雨滴一点一点敲在女人肩上。墙上有一幅字,一个书法家送的,是杜甫的诗:"随风潜入夜,润物细无声。"学生家长为了孩子什么好东西都拿出来了,陈辉不收俗物,书画还是受欢迎的,诸多书法作品,就选这幅悬于室中。大漠有细雨,石头也开花。女人已经晕了,开始配合男人的动作,女人都在心里叫"快点快点",男人一定要稳住,男人脑袋贴在女人的后颈窝,左转右转,慢慢地贴到女人的耳根上。男人的声音完全是低沉沙哑的胸音:"你这么年轻,你这么美,你千万不要胡思乱想。"女人自己都不知道自己说了什么,女人的声音跟蚊子一样在空气里颤动:"我感觉我都老了,跟木头一样。"还是那么低沉那么沙哑的男低音:"你这么年轻你这么青春,跟我第一次见到的一样。"女人就相信了,从女人狠狠抓住男人的手,抓得那么紧,使出那么大力气,就知道女人真的相信男人了。这个叫陈辉的男人才开始解女人的衣服。不是在床上,是在客厅的沙发上,也不知道什么时候拉上了窗帘,阳光被遮去大半,灯笼一样,花盆旁边的红塑料喷壶里的水才用了一半,花就很鲜艳了,其实不用洒水,光是把喷壶放在花跟前,花也是生机勃勃光艳照人的。这种美好的景象持续了好长时间。

这个叫陈辉的男人去拉窗帘,女人不让,女人坐沙发上发呆,女人已经整理好自己了,女人的脸色红扑扑的,眼睛又大又亮,可女人还是不相信眼前发生的一切。女人发什么神经呀,女人问这个叫陈辉的男人:"你咋知道我有这种需要?"陈辉很聪明,陈辉没吭声,陈辉拿起红塑料喷壶给花浇水,挂了水珠的花那么娇艳,其实陈辉把水都浇在根上了,会养花的人都往根上浇水,叶子连碰都不碰,陈辉都纳闷,花瓣上怎么会有水珠呢?陈辉让王蓝蓝看这奇景,王蓝蓝说:"你这么折腾花都出汗啦。""对呀对呀,我咋就没想到呢,教化学的就是不如教语文的。""你不要讨好我。""我在讨好花,我总算明白了,根吸足了水分,花瓣就水灵了,千万不敢直接往花瓣上洒水,就把花打残了。""野花不活啦?""雨水是天上落下来的,人的本事再大也学不到天的造化。""你还有自知之明呀。""不是现在有,很久很久以前,不认识你的时候我就有自知之明了,我从不强人所难。""那你就告诉我你什么时候具备了这么高贵的品质?大学时代?工人阶级领导一切的时代?上山下乡走向广阔天地的时代?高呼口号横扫一切牛鬼蛇神的红卫兵时代?""谢谢你这么了解我,真是我的好妻子。""这话应该反过来说,你太了解我，比我自己还了解我自己，你就像魔鬼一样。"王蓝蓝说这话的时候站起来了，走到窗户边把窗帘拉开，太阳像只大狮子一下子跳进来又蹦又跳。王蓝蓝若无其事，又说又笑，显然超出陈辉的预料。在陈辉的经验中，这应该是女人歇斯底里大发脾气的前奏，陈辉下意识里已经排列出最佳应对方案，根本不用动脑子，出自本能就可以把事情摆平。子弹上膛都顶上火了，目标给溜了，陈辉心里无限的惆怅与失落，接着是巨大的恐慌。大概要失控了。王蓝蓝出去时扫了陈辉一眼，眼神充满狡黠与神秘。

几年后王蓝蓝对徐莉莉谈起这段往事的时候自己嘲笑自己："我想出去淋一身雨，却落了一身泥巴。"新疆压根就没有古代诗人描写的那种润物细无声的毛毛雨，浇洒在王蓝蓝身上的是一场豪雨，另一种叫法是白雨。还是叫豪雨确切一点。白雨是在那些草原森林地带，植被状况好，从遥远的苍穹之顶大河决堤一般倾泻而下，落入草木丛中，雨水保持了清洁也保持了气势，理所当然被称之为白雨。沙漠戈壁以及荒漠地带，空气中弥漫着浮尘，黄土飞起来了，蝗虫一般，又比蝗虫小，细如微粒，太阳失去了光彩，跟裹在牛皮里一样，土头土脑。闷热了好久，雷声都是沉闷的，大雨降临前的凉风迟迟不来，有经验的人都知道凉风被浮尘粘住了，这就增加了雨的势头与力量。闷热又延续一天，正好赶上王蓝蓝与陈辉在客厅沙发上欢娱之后进行激烈的语言交锋，陈辉拎着红塑料喷壶给花浇水，一滴不漏全浇在根上了。此时此刻雨水已经接近地面了，空气被洗涤一新的同时雨水也成了泥浆，真正的北方雨水，缓缓地滚动着，笨手笨脚跟大狗熊一样。此时此刻刚刚进入狐狸状态的王蓝蓝以狡黠的目光刺疼丈夫陈辉之后，走出家门，走出校园，走到巷口就被大雨劈头盖脸打晕了，也不知道躲避，还长长出一口气，满脸兴奋和喜悦，身上全是泥水，奇怪的是脸上没有泥，全是水，雨中有泪水。

陈辉拎着伞又打开一把伞，到处乱窜，不管窜到哪里，伞完好无损，是那种英国绅士用的长柄大伞，黑丝布，又大又结实，跟小帐篷一样，他大声叫着蓝蓝，就像父亲在寻找女儿。这情景马上会传遍校园，传遍全城，学生们会在背地摹仿他们敬爱的化学老师："蓝蓝，蓝蓝，你在哪儿？你回来吧。"陈辉老师绝对找不到王蓝蓝。这才是陈辉最伤心的地方。陈辉老师太了解女人了，在陈辉老师的经验里，女人喜欢曲里拐弯，所以陈辉老师奔出校门以后没有直行，而是拐进小巷子里三拐两拐，差不多把乌苏县城拐遍了，乌苏县城都成八卦阵了，就像他当知青时在特克斯县见识的八卦城一样。他甚至都拐到当年马燕红被强暴的地方，不知被什么力量刺激了一下，陈辉老师停下来，望着那个旮旯，竟然小声地叫了一声："蓝蓝，你千万不要碰上坏人啊。"陈辉老师都要哭起来了，陈辉老师又开始赶路了，在中亚细亚的豪雨中，跟跟跄跄，差点摔倒，那种心力交瘁的样子还真像一个找亲生女儿的父亲。此时此刻王蓝蓝就站在离校门口不足十米的地方，正对着校门，雨太大，视线模糊，如果陈辉老师出校门直走，三秒钟就能找到妻子。陈辉老师差不多奔走了两小时，都到城外乌伊公路上了。

  雨早都停了，旋风似的，不到半小时。王蓝蓝回到家都洗过澡换上干净衣服了，把脏衣服都洗了，晾在院子里，阳光跟蜜蜂一样爬得满满的，晴空万里，真正的雨水洗过的中亚细亚天空，连一丝云都没有。王蓝蓝满心欢喜，在厨房里边做饭边唱歌，陈辉进门她都不知道，陈辉在厨房门口站半天她都不知道。陈辉拎着雨伞进了房子，两把伞都是干的，那把湿伞被陈辉洗干净了，城外就是水渠，在里边摇两分钟就干净了，撑开走十分钟就干透了，身上干干净净，鞋子也只湿鞋底，城里全是水泥路沥青路砖路，城外也是沙路。他放下雨伞看见大衣镜里的自己时，都不敢相信自己刚刚在暴雨中狂奔大喊嗓子都喊哑了。他就出去了，他穿过院子时都没注意晾在铁丝上的连衣裙，连衣裙洗得那么干净，都干透了，散出热乎乎的太阳的芳香，谁能相信两小时前被暴雨蹂躏过。也许陈辉注意到了，也仅仅限于王蓝蓝爱干净，从来不让衣服闲着，刚脱下的衣服都要洗一遍。陈辉就走到厨房门口，咳嗽一下，王蓝蓝就抬起头，陈辉说："那么大雨我找你半天。"根本不用王蓝蓝回答，陈辉自己都吓一跳，他的声音那么怪，已经不是低沉沙哑的男中音了，连低音都不是了，声音完全在自己喉咙里呜呜呜呜响，王蓝蓝听到的是刮大风似的呜呜声，听不清他说什么。王蓝蓝突然笑起来了，"莎士比亚莎士比亚。"

  陈辉听得清清楚楚，他成了莎士比亚，比莎士比亚更厉害，莎士比亚还有声音，他的声音已经沙哑到破裂的程度，他在心里呐喊："蓝蓝，王蓝蓝，我找你找了两个多小时嗓子都成莎士比亚了。"可惜王蓝蓝听不见，但王蓝蓝还是能看出丈夫陈辉发呆的眼神，陈辉什么时候呆滞过呀，陈辉从来都是机灵的，那双眼睛英气逼人，突然的呆滞让妻子王蓝蓝很吃惊，王蓝蓝知道丈夫很着急，心里在说话。王蓝蓝找出一堆药全是治嗓子的，有西瓜霜，有金嗓子喉宝，有胖大海。教师职业病费嗓子，这些备用药都很齐全。新疆气候干燥，女性全鼻窦炎，男性全都声带沙哑，戏称"莎士比亚"。王蓝蓝边喂丈夫吃药边给丈夫开心："我的莎士比亚，好好吃药，吃了就好好休息，休息上半个月，不要上课，我去请假，不要摇头要听话，已经莎士比亚了，还想哈姆莱特。今晚的舞会你就不要去了，我代表我们全家，他们将会看到我一点也不亚于陈辉同志。"

学校与三运司联合举办联欢晚会，会后又是舞会，国庆节嘛。有陈辉的节目，工会主席过来亲自检查，陈辉嗓子沙哑成这样子，肯定去不成了，王蓝蓝就说："上课太卖力，把自己弄成这样子。"陈辉又开始在心里呐喊："蓝蓝，蓝蓝，我就是大喊大叫蓝蓝喊成这样子的。"王蓝蓝听不见，工会主席也听不见，工会主席劝陈辉："病了就病了，好好养病，没你的事啦，有你老婆的事，待家里老老实实看电视吧，我们演电视去啦。"工会主席就拉上王蓝蓝走了。

我们只能说王蓝蓝是那天晚会最受欢迎的女性之一，王蓝蓝不可能成为主角。陈辉在的话主角非他莫属，而且相当含蓄相当低调，陈辉在任何场合都是含而不露，进行到一半的时候，很被动地被人家逼上场，也只是短短一两个小节目，那水平那格调一下子就把注意力引过来了，然后退到幕后，在他后边出场的人就不那么自信了。王蓝蓝到达会场时就是这种心境。工会主席甚至说："不要陈辉这个大屠夫，咱也能吃大肥肉。"就把王蓝蓝硬逼上去了。多少年来在乌苏城里，王蓝蓝是跟陈辉连在一起的，她也以此自豪呀，陈辉就是她的定语，他们之间一定有一个"的"，如此结构一下。陈辉最拿手的《我是青年》《伏尔加船夫曲》多少年来一直飘荡在县城上空无法撼动，王蓝蓝一直是小鸟依人，无限崇敬地默默地注视聚光灯下的无比优秀的丈夫陈辉。今天晚上有点像旧戏班子顶名角的意思。自古多少名角的暂时空缺给另一颗明星提供了冉冉升起的机会。王蓝蓝显然不属于那种有心的人，尽管她兴冲冲地跟工会主席来参加联欢会，在原来的计划里她跟丈夫陈辉一起来，中午那场大雨把一切都改变了。改变最大的应该是王蓝蓝，雨中半小时的洗涤冲刷，竟然使她感到一种空前的大解放，一种彻头彻尾的脱胎换骨。后来每每想起这一段，她都怀疑是否在大雨中得到了天地的真气。

王蓝蓝红杏出墙的势头是不可阻挡的。事先没有任何预兆，王蓝蓝自己也想不到。如果找苗头的话应该把故事回放到雨过天晴，陈辉回家跟王蓝蓝在厨房里的对话，其中有这么一段。王蓝蓝被这场豪雨激荡得神采飞扬，王蓝蓝不无得意地压低嗓门，带着嘻嘻的坏笑，告诉丈夫陈辉："太舒服了，太痛快了，相比之下你老先生就差太远啦。"陈辉就沉下脸，一脸坏笑的王蓝蓝不忍心把丈夫气坏了，就坦诚回答："不是某某人，是这场大雨，那么大的雨，怪不得叫豪雨，跟冲浪一样，跟在大海里一样，万丈波涛汹涌而来，太舒服了，太痛快了，那才叫淋漓尽致呀。"陈辉的脸色越来越沉，王蓝蓝就不敢放肆了："你跟雨吃醋呀？那你就慢慢吃，你老婆跟白雨跟豪雨放荡了一次你就受不了啦。"陈辉的脸色好了一点，王蓝蓝马上又放肆起来："在大雨中呀，我怎么成那样子，不说了不说了，羞死人了羞死人了。"事实证明，陈辉的担心是有道理的。

王蓝蓝朗诵的是舒婷一首很少被人注意的诗《啊母亲》。大家都静下来了，王蓝蓝朗诵用力太猛，反而不如平时给学生上课，但情感是真挚的，太真挚了，首先把自己感动得不知所措，也打动了观众。但很快被下一个诗朗诵给压住了。下一位也是一位女性，是三运司团委的一个年轻女干部，朗诵的还是舒婷的诗《致橡树》，可谓声情并茂，健康向上，气氛一下子就上去了，还未结束就掌声四起。王蓝蓝被冲刷得没影儿了。王蓝蓝一点也不遗憾，王蓝蓝笑眯眯地回味着《啊母亲》。有人给她一瓶饮料她也不谢谢人家，甚至连看都不看，打开就喝，边喝边回味《啊母亲》中让她激动不已的句子。比如："你苍白的指尖理着我的双鬓。""我依旧珍藏着那鲜红的围巾。""我的甜柔深谧的怀念，不是激流，不是瀑布，是花木掩映中唱不出歌声的古井。"尤其是最后一句"唱不出歌声的古井"，经过反复吟诵后她终于明白她就是这口唱不出歌声的古井。母亲只是铺垫。她的眼睛就湿了。她坐在后排，没有人注意她，她完全可以在黑暗中放肆地流上一阵子泪，黑夜太迷人了，女人对黑夜的迷恋是永生永世的，她的脸都贴在黑色的夜幕上了，她甚至把黑夜跟白天的豪雨相比较，两者有同工异曲之妙。她的泪就下来了，绝对是热泪，是滚烫滚烫的热泪，她有些口渴，她就伸手，跟童话一样有人在暗中相助，她及时喝到了葡萄汁哈密瓜汁，甚至喝到了酸奶，精力得到及时的补充泪就流得很畅快。

不知道从什么时候开始她喜欢上了这首诗，原来给学生讲解的是《致橡树》，由此引发了对舒婷诗歌的兴趣，就找到诗集，通读一遍，就陷在"花木掩映中唱不出歌声的古井"里了。就给学生讲解这首诗，最多理解到母子之情，但效果还是挺好的，每一届学生都能得到这首诗的滋养，受惠最多的肯定是王蓝蓝自己。她的"古井"意识越来越强烈，在联欢会上公开朗诵后，还意犹未尽，躲在黑暗中暗自流泪，悲伤压抑郁闷种种滋味应有尽有。流吧，尽情地流吧，还有人暗中相助，不断地提供饮料，还不止一种，不时地调换一下，联欢晚会所提供的各种饮料都品尝到了。但这些饮料不包括酸奶。事后证明，酸奶是这个好心人自己掏腰包买的。到联欢会结束的时候她都没感觉到那个好心人的存在。

她坐的地方太偏太黑，两家单位的工会主席到处找她找不到，就拿着话筒喊王蓝蓝同志到前台来。喊了十几遍，王蓝蓝才慌慌张张走出阴暗的角落，令人吃惊的是所有的泪痕全都消失了，仿佛刚刚走出浴室。工会主席就开玩笑："哪个小伙子把你给缠上了，我找陈辉告状去呀。""赶快说正经事，你再胡说八道我就走呀。"三运司工会邀请王蓝蓝辅导文艺节目，参加自治区比赛，王蓝蓝怎么也推不了，就答应试一试，不行就走人。

回来的路上，有女同事悄悄地告诉她："你刚才那样子呀就像刚刚离开情人的怀抱。"王蓝蓝哈哈笑两声，随手在黑暗中抓两下："这就是我的情人，我就在这里面躺着，让它捏让它掐让它咬让它揉。"人家以为她发疯了，人家就把她拉到路灯底下，路灯被黑夜重重包围，越围越紧，围在路灯下的都是女人，女人们全都像从黑色夜幕里爬出来的，夜幕里有一个高大威猛的男人，他拥抱了每一个女人，女人全都脸红心跳。该王蓝蓝说话了，王蓝蓝说的是大实话，而且很诚恳，"你们跟男人跳舞的时候，我就在黑处坐着，坐久了就感觉黑暗是有生命的，你看看我是不是比以前精神了；其实我离大家并不远，就在灯光照不到的地方。""你咋想到这么好一个地方。""我上台演了节目，太紧张就到暗处透透气，一下子就沉在夜幕里了，要不是大喇叭吼我，我会坐到天亮。"

王蓝蓝每天课后给陈辉做好饭，就去三运司忙两个小时。骑车子去，十五分钟就到很方便。大概是第六天，她竟然认出曾经暗中帮过她的那个好心人。他就是三运司工会的，是个一般工作人员，不是工会主席副主席，也不是团干部，她认出来之后，那个人就说："我是跑腿的，你喝点饮料。"给她的是葡萄汁，她说声谢谢，正要喝，女团委书记嚷嚷开了："果汁糖分太多，女同志长胖，喝这个，张海涛你长点记性，给王老师给这个。"这个被女书记训得不知所措的小伙子叫张海涛，这个张海涛太紧张了不去箱子里拿矿泉水，竟然从女书记手里夺下矿泉水，递给王蓝蓝。女书记又叫开了："哎呀这是我喝过的，你干吗从我手里抢呀。"张海涛同志就从箱子里取一瓶矿泉水，拧开，塞到女书记手里，女书记彻底绝望了，说不出话了。王蓝蓝的葡萄汁早已到了张海涛手里，王蓝蓝手里拿的是女书记喝过的矿泉水，王蓝蓝突然有了幽默感："我喜欢这种恭维女同志的方式，我这个小小老百姓沾一点点女书记的光，努力努力，争取做我们学校的团委书记。"

气氛一下子就热闹了。张海涛把王蓝蓝喝过的葡萄汁送给一个小女孩："你把它喝了，你将来就长得跟这个阿姨一样了。"小女孩呀叫一声，望着王蓝蓝，眼睛亮晶晶的，全是美好的愿望和梦幻，这个愿望和梦幻就近在眼前，小女孩惊喜万分，一边望着王蓝蓝，一边把嘴唇贴在淡绿色饮料包上。王蓝蓝弯下身子，小声说："喝吧，阿姨看着你喝。""我会长成你这个样子的。"小女孩捧着果汁离开了，边走边对自己说，"我要慢慢喝，喝到明天。"静了好大一会儿，大家开始忙起来。排练两小时，休息的时候还有人说："这个张海涛从来没有恭维过女人呀，大家想想这小子恭维过谁，巴结过谁，给谁献过殷勤？""他连领导都不会巴结他能巴结谁？"王蓝蓝再一次显示出她的大方和幽默："会巴结我说明这个同志开始要求进步了。"

张海涛就把矿泉水送到王蓝蓝手里，还愣头愣脑地警告王蓝蓝："只喝我给的，别人送的不能喝。"这个家伙说到做到，每天坚持给王蓝蓝亲自送矿泉水。还很固执,按时间而不是按王蓝蓝的要求。有次休息的时候王蓝蓝悄悄问他:"那天晚上在暗中给我送果汁的真是你吗?""你这么问的话肯定不是我。""我怎么越看越像你。""我是我你是你嘛,你要盯着你自己看半小时你连自己都认不出来了。"排练的地方有镜子,张海涛把镜子拿过来让王蓝蓝自己看自己,不用半小时,仅仅十分钟,镜子外的王蓝蓝就认不出镜子里的王蓝蓝了。"噢我的妈呀。"王蓝蓝差点摔了镜子,"我跑哪去了,我怎么不见啦。"张海涛就告诉她:"知道什么叫魂飞魄散了吧。"王蓝蓝惊魂未定,又不甘心:"平时化妆对着镜子描呀画呀一个多小时呢,怎么就好好的?""化妆品把你遮住了,等于给你戴个面罩,你看到的不是真正的你。""你是不是看见台上的我跟黑暗中的我不一样才给我水喝?""你一个劲地叨叨什么古井,在台上灯光下念了一遍还不够,还跑到台下没人的地方鬼念咒一样念无数遍,古井肯定是干的,我就不断往井里倒水。""你不是给我喝水,你是给井里倒水。"

  他们已经离开公司大院走到巷子里了。黑暗把他们淹没了,就像在水底下,王蓝蓝说:"你咋不拿一把喷壶?""喷壶是浇花的,饮料浇不成花。"王蓝蓝就靠在白桦树上,夜那么黑,白桦树竟然有隐隐的亮光,这个笨家伙需要王蓝蓝引导,王蓝蓝跟说梦话一样说了五遍喷壶浇花,饮料也能浇花,这个笨家伙似有所悟,就开始亲王蓝蓝。王蓝蓝另一双眼睛在黑暗中窥探这么热烈的场面,靠在白桦树上的王蓝蓝心跳加快血液流得更快,这个笨家伙就像一匹饿急的马刷刷啃吃树皮一样把王蓝蓝的脸蛋都要啃破了,胡子跟铁刷子一样,那一刻王蓝蓝也成了一匹马,一下子高昂起来,抱住这个笨家伙的腰。真是个笨家伙,把王蓝蓝紧紧搂在怀里,连白桦树也搂进去了,一会儿在猛撞王蓝蓝,一会儿在猛撞白桦树,完全是个愣头青。王蓝蓝在晕眩中还保持一点点知觉,几次想完整地进入张海涛的怀抱,最后发现不行,离开树会倒在地上,千万不能倒下去,就只好委屈一下了,脑子反而更清醒一些,一个声音告诉她,太快了,太快了,地方也不对,就坚决地挣开了。但还是很兴奋,互相搀扶着往灯光下走,彼此都看见了对方火红的面孔,迷离而明亮的眼神。

  王蓝蓝还是忍不住咬住张海涛的耳朵小声说:"我喜欢你这个大笨

熊。"王蓝蓝就跑开了，跑到二十多米远的地方回过头用手指打出胜利的标志，张海涛都傻了，张海涛也打出同样的手势。张海涛在大学时常常打这种手势。王蓝蓝应该是老大学生了，也喜欢打这种手势，而且打得这么熟练，就像一个刚刚出校门的女大学生，就像校园里那个牵引无数男生目光的校花。笨蛋张海涛别说校花、系花，就是班花也不会瞅他一眼。女朋友倒是交过一个，平平常常一个姑娘，却极端鄙视平平常常的张海涛，没办法才跟张海涛交往了一段时间，寻找到暂时的归属感。张海涛意识到这一点，张海涛没有像他那些同学一样委曲求全，勉强维持，张海涛连声招呼都不打就自己把自己解放了。

王蓝蓝记得她进门的时候，丈夫陈辉跟她打个招呼就专心批改作业。王蓝蓝走过去抱住丈夫的背，脸蛋在丈夫脑袋上蹭几下："我天天出去你不生气吧？""辅导节目比上课有意思，这么好的事情找都找不到。"陈辉开始上课了，身体也恢复了。陈辉把她的小手抓好大一会儿，始终没有回头看她，她去洗漱，她才发现她刚才对陈辉的亲热有多么虚假。她脸烧烘烘的，眼睛里的火焰还在燃烧，整个人都瘦了，脸都小了，都是这双害人的眼睛，她朝镜子洒一把水，面孔模糊了，可眼睛还是那么亮，一闪一闪，是一团火。

一连好几天，都感觉不到丈夫陈辉的存在。王蓝蓝有意识地正面与陈辉相逢，陈辉倦容满面，再仔细看，看不出任何表情。王蓝蓝反而镇静下来。整个世界都安静了。正好是中亚细亚的秋天，正好是初秋，大地一片金黄，金黄带着光芒，连沙子都有金属的光泽。王蓝蓝排练的时候再也不理张海涛了，甚至拒绝张海涛提供的矿泉水。张海涛想幽默一把，王蓝蓝反问一句："你觉得好玩是吗？"就把张海涛丢一边。张海涛又变法子去买饮料，肯定弄巧成拙。已经有人说闲话了。先说给张海涛听："折磨你哩，你小心点。"张海涛顾不了那么多了，张海涛已经相当委屈了。有人看见张海涛在没人的地方揪头发，哭，有人拿话刺王蓝蓝，王蓝蓝反而兴致勃勃，有经验的人知道要发生故事了。千百年来大地上男男女女的故事都差不多，而每一对男女都感觉他们这次才是真正的第一次。这种互相折磨持续一周后突然停止了。排练工作也接近尾声了。想看戏的人们眼巴巴看着王蓝蓝与张海涛渐入高潮就草草收场，就有些于心不忍。张海涛也平静了，从各方面情况看，他们并没有进入实质性阶段。张海涛缺少经验的话，王蓝蓝已经是个成熟的少妇了，可王蓝蓝给人家玩的全是学生娃的把戏。

事情过去了半个月，大家都忘了。张海涛也忘了。但张海涛提不起精神，不合群，一个人独来独往，抽莫合烟，完全成了大老粗，不像个大学毕业的知识分子。他们注定会碰面的。乌苏就是个小县城。王蓝蓝跟鬼一样从林带里闪出去，把张海涛吓一跳，没有惊喜，地地道道的惊讶非常纯粹的惊讶。王蓝蓝心里骂："王八蛋真把我忘了。"嘴上却说："我要喝水。"张海涛条件反射似的很机械地去买了饮料和矿泉水，不过递给王蓝蓝的时候开始动心眼了，两只手全伸出去，一手饮料一手矿泉水。王蓝蓝心里呐喊："他要给饮料就有戏。"王蓝蓝紧张死了，可脸上很镇定，口气淡淡的："我只要一样，你知道我要什么。"张海涛要是犹豫一下，王蓝蓝心里也能平衡一点，张海涛一下子就把矿泉水递过来了，王蓝蓝头就大了，王蓝蓝还是装模作样喝了两口。

王蓝蓝还能把握住自己。王蓝蓝就往林子深处走，应该说好天气弥补了种种不足，树叶如同火焰，而且是白桦树，一簇一簇的，简直就是大学时代校园白桦树的翻版，比冬天更有气氛，什么也比不上中亚细亚金色的秋天。王蓝蓝在心里喊一声："过来大笨熊。"大笨熊就笨手笨脚地过来了，而且很绅士地拉起王蓝蓝的手闻好半天，再开始亲，从手上开始亲，一直亲到脸上，亲到脖子上，亲到嘴上时，王蓝蓝一下子把大笨熊推开了，死死地望半天，又猛地扑上去，自己把自己的嘴唇贴上去就彻底地晕眩了，天地旋转，树也在旋转。大笨熊有了更多的要求，手伸进她衣服底下时，她都奇怪她这么坚决，一下子就把大笨熊制止了。她拍拍大笨熊："对不起，我来情况了。"她甚至给他解释半天，他才明白女人每月都有一次特殊情况。他们就回去了。跟地下工作者一样，分头离开林子。

王蓝蓝什么情况都没有，她一路都在问自己怎么了，你不是喜欢这个笨手笨脚的家伙吗？你不是做梦都在想让他进入你的生命吗？你连具体的细节都盘算好了你这是怎么啦？王蓝蓝才发现自己对自己的了解太有限了。她就停下来，仰望蓝天，从天空看到远方的山，那山甚至叫天山，与天相连的大山，山前的绿洲、戈壁、荒漠，都被秋天染上了辉煌的光彩。她又一次看到了路边的白桦树，白桦树亭亭玉立，就像一个个美妙如歌的少女，她慢慢往后退，退到几十米以外时，白桦树全都跳起舞来，她明明知道是风在吹动树梢，她还是相信它们是翩翩起舞的少女。一下子就到了家门口，她猛然回头，她看到的全是白桦树，校园里的榆树杨树柳树，此时此刻都成了白桦树，都在闪现她那令人心碎的少女时代。这个时候她才听见心灵真正的声音，她一下子变成了一个女人。她也清楚地知道她与张海涛的游戏如同鬼魅，在重现已经消失的美好时光。她呆呆地立在院子里，此时此刻她最担心丈夫突然回来。她甚至在心里一遍遍地乞求丈夫，给我一点时间，给我一点空间，让我一个人待着，我不是坏女人，我爱着你，你就让我静静地补上那已经消失的时光吧。

　　她哽哽泣泣的时候，丈夫陈辉回来了，掩上大门，伸手要抚摸她的背和肩，又把手收回去，悄悄进了房里。丈夫基本没有声音。王蓝蓝一边在心里感谢丈夫，一边沉迷于遥远而亲切的梦幻。后来天就黑了，王蓝蓝就睡下了。好像有预感似的，她在睡裙下边还加了衬衣衬裤。她知道陈辉的脾气，她如此打扮就是提醒丈夫不要打扰自己。在王蓝蓝的意识里，丈夫聪明绝顶，堪称心理大师，她这点小把戏丈夫用后脑勺都能看明白。她想她度过这场心理危机，她会重新爱上丈夫的。她就无限愧疚地看丈夫一眼，侧身躺下了。

　　她很快就睡着了。她很快就梦见了白桦树，而且是冬天雪地里的白桦树，还有树上的眼睛，那么高那么亮，就像天上的星星，从冬天到春天，从夏天到秋天，秋天，树眼睛就相当深沉了，即使在树顶上，也是带着淡淡的忧伤望着远方。她在梦中哭泣，不知道是激动还是怅惘，就是难受。她在梦中紧紧抱住胸部，她睡觉的姿势就是那种胎儿状态，都蜷成一团了，都成一个圆了。她刚刚想到抚摸，一双手就开始抚摸她，她在梦中抖一下，她的神经做出的反应表明，她所期待的抚摸应该是虚拟的，是对少女时代的怀念，最好是给她自由，她在梦中都担心货真价实的身体接触，可那双伸过来的手毫不犹豫地开始行动了。当然，这是一双灵巧老练的手，反复在她小腿上摸啊摸，很快就化解了她的颤抖，她放松下来，放松得那样无奈，那样委屈。那双手就摸到膝盖上了，身体再也不抽搐了，就继续向前，从容舒缓，有板有眼，身体就慢慢有了反应。梦中出现的肯定是那个笨手笨脚的家伙，她都说梦话了："你这个大笨熊。"那双实实在在的手就愣一下，马上反应过来了，马上笨起来了，一双熟练的手要继续熟练以至于老练，不是很困难，可要笨拙起来就相当滑稽，幸亏没有第三者在场，场面就是一个滑稽，没有旁观者，就可以肆无忌惮地滑稽下去，连本人都怀疑在娘肚子里就很老练了，不仅仅是手，整个身心都是老练的，从萌芽状态就成熟了。完全迎合王蓝蓝的梦境，王蓝蓝越来越热烈，但还是在进入生命的时候发出痛苦的尖叫，连丈夫陈辉都吃惊了，陈辉记得清清楚楚，新婚之夜妻子从姑娘变成女人时发出的尖叫，痛苦中有喜悦，还有热泪，此时此刻的尖叫相当恐怖，已经是挪威画家蒙克的名画《呐喊》的翻版了，就像真正的噩梦，王蓝蓝诈尸一般坐起来，双手抓心口，大声呻唤，然后轰然倒下。这是预测大师陈辉同志没有想到的。

　　整整一个礼拜，天天如此，当然是晚上。白天忙工作嘛。陈辉后来告诉徐莉莉他有多么痛苦，妻子在梦中喊另一个男人，还亲昵地称之为大笨熊，陈辉不知道这个大笨熊是谁，陈辉甚至想到当年跟王蓝蓝一起实习的那帮大学生。在陈辉这帮老知青眼里，这些大学生太嫩了，没经过风雨，没有历练，更不用说磨炼，个个都是大笨熊，还不停地追王蓝蓝。陈辉冷眼旁观，心中不停地叹息，真想去指点指点，他还真萌动了这个想法，他都快要开口了，却发现他自己也爱上了这个王蓝蓝。他理所当然记住了追求王蓝蓝的那些小男生，尤其是那个恶狠狠的宋乐。这家伙确实是个大笨熊。徐莉莉就问陈辉："你就摹仿宋乐？"陈辉都不好意思抬起头："我就这么没出息。""你太可怕了，不，不是可怕，你太了不起了。你竟然以假乱真混进女人的身体，女人在这上面可是很敏感的，世界上任何神经系统都不能与女人那种事情的直觉和敏锐相比，你竟然能闯过去，人类最出色的演员和特工都比不上你。""你就尽情地挖苦讽刺嘲笑吧。""我没有讽刺你的意思，我真的是万分的钦佩，我当记者这么多年见识了多少奇闻异事，你这种本领我还是第一次见到。"

　　他们是在乌鲁木齐光明路一家咖啡馆的雅座里长谈。陈辉来参加一个表彰会，教育系统的，陈辉又是特级教师又是劳模，接受专访，故人相遇，谈完公事，就谈到家庭生活，就一发不可收。陈辉基本上是一个倾诉者。关键是气氛很好，咖啡很纯，地道的南山咖啡，咖啡提神，更重要的是这种欧美饮料无意中也制造出一种忏悔意识，徐莉莉又是善于挖材料的职业记者。顺便说一句，徐莉莉已经不满足于"纪实"了，徐莉莉开始往小说上发展，开始有意识地搜集小说素材，陈辉不是正好吗？在徐莉莉的诱导下，老狐狸陈辉就从倾诉者变成了忏悔者。陈辉的头从膝盖间抬起一点点，就一点点，刚好看见对方的沙发，就这种高度："你把我这些举动称之为能力、本领，我得好好想想，我从什么时候具备这些本领的。"陈辉在得到徐莉莉允许后点上烟，抽了两根，烟加上咖啡，思想就敏锐起来，确切地说是尖锐，甚至具有了穿透力。"那不是摹拟，是迎合，从灵魂深处迎合时代，迎合社会，迎合生活，一直迎合到情感，迎合到夫妻最隐秘的性生活。"那一刻陈辉才意识到他对妻子王蓝蓝的伤害有多么重。

那是一个令人心碎的秋天，果香弥漫大地，鸟群掠过天空，土豆玉米葵花这些秋庄稼的香味冲天而起，与果香夹杂在一起。林中空地上还有鲜花怒放，草原全是菊花，跟小兽一样在草丛里窜来窜去。王蓝蓝竟然有一种春天般的感觉。她一点也没有意识到这是一种幻觉，也就持续了一个礼拜。每天晚上她都在梦中与那个想象中的大笨熊相亲相爱，甚至有液体留在身体里，她太迷恋于梦境，总是在大清早草草冲洗，还在心里骂自己不要脸，纯粹是梦啊，身体反应怎么这么厉害。有一次她怀疑到陈辉，丈夫与她同床而眠，乘虚而入不是没有可能，她甚至半夜醒来过，丈夫背对着她，反而是她的胳膊搭在丈夫脖子上。陈辉醒得比她早，天透明就去跑步，没有一个小时回不来。她在卫生间反复查看，看不出任何痕迹，都是她自己的。她都脸红了，就不管那么多了。一个礼拜就这么过去了。天天晚上有性生活，陈辉咬牙切齿，还要控制住情绪，摹拟他人无异于观摩妻子与别人通奸，但又明明白白地证实着这个人是他自己，他在行动。这么憋着还真难受。更令人气愤的是质量高得可怕，无论是梦中的妻子还是清醒状态的他，都达到了前所未有的高潮，其中有两次，陈辉很兴奋，换个角色，进入妻子的身体，完全是另一种感觉，估计别人没有这种本领。陈辉后来对徐莉莉倾诉忏悔时首先想到的是自己这一大优势，仿真能力超过真实的自我。如果说这种摹拟状态有什么好处的话，那就是增强了陈辉同志的性功能，连续作战达一个礼拜之久，完全是新婚时的水准。

一个礼拜后真正的大笨熊张海涛出差回来了。他们约好的，在城外树林里见面，秋天好几个月呢，又美好又漫长，冬天就很难幽会了。王蓝蓝在路上问自己：我们这也是幽会？梦里那种事，见了大活人只会搂搂抱抱亲亲嘴，跟中学生一样。据说现在的中学生都开始过线了，大学生就更多了。王蓝蓝就觉得太委屈大笨熊张海涛了。幸好是个大笨熊，稍机灵一点，早冲垮底线了。王蓝蓝心里又涌起一股热流，等见到大笨熊的时候，王蓝蓝不顾一切地奔过去，心里还提醒自己这回他要就给他。大笨熊也不收拾收拾自己，头发乱蓬蓬，胡子也没刮，还好洗了澡，能闻到香皂味儿。他这么憔悴全是为了我，真傻，大学时的宋乐就是这种失魂落魄的样子。我要让他精神起来。王蓝蓝就这样抱住了她可怜的大笨熊张海涛。令人吃惊的是就在他们缠绵到身体上时，她突然恶心起来，张海涛还没亲她呢，手也刚刚摸到胸口，刚摸到乳房她就恶心起来。她努力调整，不顶用，她的身体跟心灵打架，心往张海涛身上扑，身体却在抗拒人家，再努力都不行了。她就害怕了。

一连好几天，他们天天见面，已经在垂死挣扎了，大笨熊张海涛都在裤子里射了，却无法去抚摸怀里的王蓝蓝，就像狗熊上树一样死死抱着树，王蓝蓝肯定感觉到张海涛坚硬的东西疲软下去了。王蓝蓝都做了去医院检查的准备。应该是第七天，他们都疲惫不堪，再也提不起兴趣了，王蓝蓝的手机响了。不是陈辉打的，陈辉同志这点很好，妻子的心思他好像全知道，他绝不会在这个时候打手机，那时候乌苏县城私人手机非常罕见，陈辉就给妻子送了这么昂贵的生日礼物。王蓝蓝心里在骂陈辉不看时间乱打手机，仔细一看屏幕，提醒她手机没电了，她心里就咯噔一下，她从手机想到自己的身体，她的身体已经被丈夫陈辉充足了电、而她的灵魂又被梦中的情人充足了电。她回忆梦中的情景，根本不是梦，是真正的狂欢。

她再次启动曾经用过的谎言来应付情人的原型，现实中的大活人，我身上来情况了，也不管大活人张海涛的反应就匆匆分手。她连杀陈辉的念头都有。她奔回家，陈辉肯定不在家。去办公室她还是有顾虑的。她快爆炸了她怎么在家里待，她连学校都不想待，她就在外边乱逛，其实也不是乱逛，一股神秘的力量把她带进小巷子里，她很快就到了马燕红当年被强暴的地方，其实她并不知道具体的位置，巷子有一百多米，她一下子就奔到拐角的地方，她就明白了。那种屈辱的感觉，不止一次，而是整整一个礼拜。她曾经听说过"婚内强奸"这个词，她一直怀疑其真实性。据介绍都是一些素质很差的丈夫，不体贴妻子，霸王硬上弓，只图自己舒服。丈夫陈辉没有强迫过自己，更不可能对她动粗，可她那种被强奸的感觉那么清晰那么强烈。

她又去找张海涛。张海涛去下边车队了，而且是最艰苦的货运车队，跑南疆库车、和田。写信打电话都没用。想跟陈辉吵架，根本吵不起来，所有的挑衅都被陈辉所擅长的太极八卦掌化解掉了。再闹就成乡野泼妇了，教师这个身份也不能不有所顾忌。

陈辉去乌鲁木齐参加自治区劳模表彰大会期间，王蓝蓝跟啤酒厂一个技术员有了交往。这是一个风月高手，声名狼藉，王蓝蓝只是闷得慌，只是想倾诉一下，此时此刻丈夫陈辉正在乌鲁木齐光明路一家咖啡馆跟徐莉莉倾诉衷肠，徐莉莉只是不断地给陈辉加咖啡甚至点烟递纸巾，压根就没有邪念。王蓝蓝进的也是咖啡馆，乌苏县的咖啡馆比乌鲁木齐的差远了，再差也有雅座，气氛之热烈乌鲁木齐光明路的那家就没法比了。啤酒厂的技术员三下五除二就跟王蓝蓝进入实质阶段，王蓝蓝很吃惊，她以为男人都是宋乐张海涛，再不济也应该是陈辉那样的，王蓝蓝一下子冷静下来。在啤酒厂技术员突飞猛进正要破阵的关键时刻，王蓝蓝身上爆发出一股罕见的力量，就像大漠上空寒光般的闪电，一巴掌打过去，把技术员打晕了，接着又是一酒瓶子。技术员哄女人上钩之前总是一杯咖啡加一瓶啤酒，有点美酒加咖啡的意思。王蓝蓝一巴掌把人家打晕，急忙整理衣服，幸亏带了外套，衬衫包括胸罩全被撕开了，货真价实的强暴嘛。王蓝蓝顺手摸到啤酒瓶子就在巴掌之后补上一家伙，技术员就一声嚎叫满脸血污疯牛一般狂奔而出，还大叫着"杀人啦，救命呀"。全乌苏最牛皮的大流氓出这么大笑话，一下子就蔫了，就远走高飞了，去的也是南疆，也是一个小啤酒厂。据说警方也介入了，流氓同志不但奔出咖啡馆，奔上大街，还一直奔到派出所见了警察叔叔扑通跪下大喊救命救命。警察叔叔费好大劲让流氓同志安静，有话好好说，立刻找到衣衫不整的王蓝蓝。该处罚的是流氓同志，属于自首，从轻发落。具体细节就不讲了。

王蓝蓝也成为笑话之一，有人钦佩有人议论，钦佩者都是妇女同志，私下责备者也是妇女同志，跟流氓去喝咖啡不是羊羔缠恶狼吗？事情到此还没有完。从古到今，从中到外，流氓吃亏都是有限的，而且不会遭到灭顶之灾，甚至可能东山再起，成就一番大事业。若干年后，该流氓果然崛起于南疆某县，成为某联合酒业董事长，理所当然衣锦还乡回乌苏招摇一番，王蓝蓝到大漠深处乡村学校支教去了，没有见到那个热烈场面。要交待的反而是张海涛。王蓝蓝与技术员的故事被人们议论得热火朝天的时候，张海涛正搭着车队的大卡车回乌苏总公司办事，车子翻越天山达阪的时候跟鹰一样，飞进大峡谷，车毁人亡，亡了两个，司机与张海涛。据说司机正给大家讲王蓝蓝跟技术员的故事，张海涛就跟司机吵架，还要揍司机，还咒司机不得好死，司机就胡说八道："你搭我的车你还这么说，要死咱俩一块，谁怕死谁不是儿子娃娃。"吵架过程车队上的人都看见了，也劝了。车子开动的时候，两人已经不生气了。车队的人包括司机压根就不知道在乌苏总公司张海涛与王蓝蓝的故事。再说他们吃饭时吵的架，上车就和好了。新疆男人嘛，打完架就和好。出事的地点在几百公里以外的深山里，车上装的竟然也是啤酒，坠入大峡谷后，就是冲天而起的酒香，仿佛整个天山长满了啤酒花。

葬礼举行后当天下午，王蓝蓝拎个大皮箱找到马燕红住的地方。马燕红套上牛车送王蓝蓝到四棵树河下游，不是马燕红的家乡，而是河的东岸，一个更遥远更偏僻的镇中学，只有初中没有高中。校长观摩教学时听过王蓝蓝的课，邀请过好几次，哪怕去讲一次课，娃娃们都能记一辈子。那是个女校长，是当年的上海知青，因为感情受挫就不想离开大漠。用女校长的话说："我是第一个用普通话教语文的老师，学生家长竟然把我的声音比作天堂的声音，这么好听的声音肯定来自天堂。"女校长说："这所学校没出过大学生，连中专生都没有，顶多当个村干部，出了校门都种地去了，放羊去了，可他们有简单的文化，跟他们的父母不一样。有一年暑假，去天山八音沟玩，那里有个喇嘛庙，进去逛了逛，上香的时候我突然想起我待了大半辈子的很简陋的乡村学校不就是一所寺庙吗？牧民们歌里唱的佛寺的金顶是他们美好的愿望，学校就是孩子们的愿望。"王蓝蓝还记得女校长胖乎乎的样子，脸上还真有点佛相。

牛车很慢。马燕红不停地抱歉，左邻右舍很容易借到马车，"可我不会赶马车"。马燕红人很好，邻居家的男人愿意用小四轮拖拉机去送王蓝蓝，王蓝蓝很固执，王蓝蓝就喜欢牛车。王蓝蓝第一次来马燕红住的地方时就喜欢上这头公牛。城里到处流传王蓝蓝的闲话，马燕红就明白王蓝蓝不想见任何人。马燕红就在路上慢慢地讲述她当年受的罪，口气那么轻松，听得王蓝蓝心里一惊一惊，可马燕红从容道来，就像讲别人的往事。当年马燕红乘的是轻快的马车，由父亲马来新护送，往南一直到天山脚下。马燕红没有想到多少年后她用牛车朝相反的方向，向北，再向东，跨过了四棵树河，拉着她的老师，当年极少数了解马燕红被强暴内情的人。马燕红只谈自己的往事，一句也不问王蓝蓝遭的罪。此时此刻的马燕红完全就像王蓝蓝的人生导师，王蓝蓝自己也这么想，因为马燕红在讲土豆，一会儿土豆，一会儿洋芋，一会儿马铃薯，同样一种蔬菜在马燕红的讲述中不断变化，甚至从蔬菜变成粮食变成天地间一种非凡的生命气象……

想想看吧，洋芋本身就是种子，自己失去自己，一个洋芋切十几个小块，打上垅，撒灰，最好撒羊粪，控个小坑，埋上一小块，就能长一窝。一窝多少？四五个、七八个，一个洋芋就等于十几窝，就等于七八十个，满满装一筐。洋芋更了不起的是啥地方都能生长，土里、沙子里、石头里，随便一扔不用埋也能生长。还能治伤呢，洋芋捣烂抹在伤口上长好了连疤都没有，洋芋多光溜伤口长好后就有多光溜，跟没伤过一样。

王蓝蓝事先没打招呼，突然来到这个沙漠深处的学校。校长喜出望外，又没什么准备，锅里煮着洋芋，王蓝蓝就让校长不用忙了，就吃煮洋芋，醮着盐吃，饿坏了，吃什么都香，洋芋真香。

卷十三

那年秋天，马来新的儿子马亮亮考上西北工业大学航天动力系。

三年前女婿不幸身亡，接着老人去世，给这个家庭带来极大的伤痛。马来新的老婆躺了半年才缓过劲。还是马来新一句话激起来的。马来新说："咱还有儿子哩，你可不要把儿子耽搁了。"老婆呼一下就起来了。女儿灾祸不断，可不能让儿子有个闪失。老婆跟电击了一样跳到地上，趿上鞋到院子里到太阳底下晒一会儿，老婆就饿了，大半年都是喝米汤，不死不活跟个植物人一样。马来新忙里忙外，还要供儿子念书。儿子看母亲这样子都不想念书了，儿子理所当然地挨了一镢把，儿子没喊叫，儿子一瘸一拐拎上书包乖乖去念书了。马来新的目光太吓人了，马来新恶狠狠扫儿子一眼，比打十镢把都厉害，儿子不怕镢把怕马来新那双刀子般的眯眯眼。其实马来新没有那么厉害。马来新自己知道只能打儿子一镢把绝不能打第二下，第二下就有可能把儿子打残，父亲打儿子从来都是吓唬，儿子不拎上书包去念书马来新就没办法了。马来新扫儿子那一眼不是抖威风，是绝望，绝望的眼神从来都是冷飕飕的，渗到骨头缝里的一股子冷气扫到儿子身上，儿子就被镇住了，就拎上书包一瘸一拐去念书了。真是个好儿子。儿子走出大门那一瞬间马来新快要垮了，坐在石条上卷莫合烟，手抖得厉害，半天卷不出来，干脆拿纸一拧，点火狠抽，大口大口地抽，抽几口点一回火，咳嗽上几声，吸下去的一半是纸不是烟丝，反而把他给呛精神了。他得经管老婆。老婆憋着一口气，但老婆在儿子跟前不胡乱喊叫，儿子一走，老婆就拉着怪拉拉的腔道，长一声短一声地喊叫："我燕燕咋这么可怜，年纪轻轻地做了寡妇。"反反复复就这么一句，夹着哭腔，又拖得那么长，比牛吼叫还瘆人。老婆只喝米汤不吃别的，羊肉汤都不喝。马来新给老婆端了半碗米汤，就去喂牲口，就去锄草，就去地里忙活。

　　洋芋还种着。大洋芋没少一个，这多少是个安慰。马来新从来不给老婆讲地里的事情，老婆问过不少遍，马来新都是好着哩好着哩。这么熬了大半年，马来新打了儿子一镢把，马来新知道儿子走到没人的地方会哭的，不哭是假的。马来新想到这里，心里就抽了一下，就进屋里压低嗓门恫吓老婆，就拿儿子刺激她，果然见效，跟扎干针一样一下就扎到穴位了，老婆诈尸一样坐起来，跨下床，到院子里到太阳底下，老婆长长出一口气，到厨房里乒乒乓乓开始做饭。马来新到鸡圈里挑一只老母鸡，宰了、拔光，就不用他插手了。厨房里很快就吱喽吱喽响起来，烟囱里升起的烟团比以往大好几圈，就像电影里蒸汽火车开过来一样。大盘鸡拌大片面就上了桌子，夫妻俩美美吃一顿。老婆忙到天黑，整个家干净了，亮堂了，日子正常了。马来新只想睡觉，啥时候醒来的他都不知道。老婆能帮上手了，可那种伤痛的气氛消散不了。就这么熬了几年，盼来了儿子的大学录取通知书。

　　马来新家热闹了好几天，道喜的人源源不断。马来新摆了酒席，请了亲朋好友街坊邻居，还有校长带课老师班主任。马来新专程带上儿子马亮亮去县城看望了教学名师陈辉。这些年陈辉一直关照马亮亮。他们在一家饭馆吃了饭，陈辉送给马亮亮一支钢笔。马亮亮的校长和班主任也陪着。陈辉还当着大家面给马亮亮本子上题了几句话，陈辉夫妻关系紧张得不得了，陈辉开始反思自己的一生，陈辉就给马亮亮写了这么几句话："一年级读书，二年级找女朋友，三年级上升为爱情，四年级持续上升，直到把她娶进门，永远热爱你的妻子。"马亮亮肯定看不明白，陈辉就告诉他："你以后就明白了，提前告诉你是让你少走些弯路，这个比专业课重要。"陈辉说得那么沉痛，那么悲壮，大家愣了好半天，才嚷嚷着喝酒喝酒，酒就把气氛改变了。

　　马亮亮在西安上大学，就有机会去看望叔叔牛禄喜。牛禄喜成了病人，住进了精神病院，也就是俗话说的疯子。新疆人叫苕子。马亮亮无法接受这个现实。马亮亮印象里的牛叔叔最早是个军官，那时马亮亮才六七岁，牛叔叔给他手里塞一把水果糖，给他兜兜里塞二十块钱，那时候二十块是个不小的数目，牛叔叔还叮咛，装好，叔给你的，你自己花。后来牛叔叔转业成了干部，戴鸭舌帽穿蓝涤卡中山装，给小学二年级的马亮亮带上海产的书包文具盒自动铅笔彩色橡皮，还有带图案的作业本，还摸着他的脑袋夸他头大有宝能念书，能念到大学里去，他果然考上了大学。那时候的牛叔叔要多牛就有多牛。牛叔叔还有李阿姨，还有比他小的弟弟牛超，还有牛超的奶奶，来他们家做客，家里就热闹了，跟过节一样。

马亮亮跟父亲马来新一起看望牛叔叔。父亲马来新第一次来口里，在西安转了两天，第三天就带马亮亮去找牛叔叔，还指望牛叔叔关照马亮亮呢。单位的人说老牛精神分裂，在精神病院，马来新头就大了。儿子马亮亮牵着父亲马来新的手，坐公共汽车，换了好几次，跑了两个多小时才到精神病医院。儿子马亮亮搀着父亲马来新进去的时候，人家还以为又来了一位病人，上来二话不说先翻看马来新的眼睛，马亮亮就叫："我爸不是病人，我们是来看病人的。"工作人员还是不甘心："这位同志多少有点精神分裂，最好检查一下。""你欠揍呀。"马亮亮要动手，马来新赶快劝解说好话，好不容易见到牛禄喜。

牛禄喜不像个精神病人，又是拥抱又是握手，还在马亮亮脸上拧一下："我的爷爷，学的航天动力，造宇宙飞船呀，上月球去呀。"说着说着就不对劲了，一个劲地念叨他那二十万。"我复员费就二十万，我把二十万挣回来，我能搞传销，芦荟、螺旋藻都是好东西。"马来新就答应牛禄喜："我回去就告诉李爱琴，叫她来看你，叫她带上娃，叫她跟你复婚。"牛禄喜脑子又清楚了："你千万不能告诉她，你为我好，你还把我当战友，你还把我当兄弟，你就不要给我添乱，我单位的人都不给我添乱，老战友你就不要给我添乱。李爱琴把电话打到我单位，我单位就按我交待的话回答她，就说我辞职办公司去啦，下海去啦，水深得很，没有四五年六七年上不了岸，叫她不要找我。单位上就这样回答她。"马来新就说："你不要觉得对不起李爱琴，李爱琴不是求报答的人，你现在需要她照顾你，你不要顾及面子。"牛禄喜就说："这不是面子的问题，关键是李爱琴同志还是丫头，我牛禄喜还是碎娃，你把事情挑明有啥好处。"牛禄喜就胡说开了："我慢慢长呀，长成小伙子娶李爱琴呀，李爱琴又跑不了，急啥哩吗？"马来新就忍着性子听牛禄喜胡说。马亮亮不停地倒水。

牛禄喜进来好几年了，来看望的人最多待五分钟，说三两句，就匆匆离开，没人听他胡说八道。这一点上医生还不错，建议马来新父子多陪牛禄喜。工作人员把牛禄喜的车轱辘话都能背下。据说有几个年轻医生还做了笔录，进行病例分析。牛禄喜就说："我妈去世那天我才感觉我长大了，懂事了，别人哭，我不哭，碎娃爱哭大人不爱哭，我就没哭，在老人的事情上我前前后后花了二十来万，我心里安然就没啥哭的。大家都说我好，懂事。我就下决心赶快长，往大里长，不要叫人家李爱琴老等着咱。现在明显找不成人家李爱琴，现在去找人家笑话哩，你说我说得对着哩么？"马来新就说："对着哩对着哩。"牛禄喜就拍马来新的手背："还是老战友好，知道鼓励我，人要鼓励哩，人越鼓励进步越快，心劲越大越能出成绩，老战友你再把我鼓励一下。"马来新就说了一长串鼓励的话。

牛禄喜激动得眼泪汪汪，就唱起《劝奶歌》，医院的人都说是牛叫唤，牛禄喜每天都要学牛叫唤，一个人在角落里吼叫，就像钝刀子抹脖子，瘆人得很，但还是有人听出了眉目，有一个反复回旋的奶，牛禄喜就吼叫这个奶。大家就联想到牛禄喜在新疆当过兵工作过，吃过牛羊肉喝过牛奶，就吼叫奶，要喝奶，工作人员就弄一缸子牛奶，牛禄喜喝一半，另一半抹在头上脸上，一声连一声叫娘，想他娘了。大家基本上明白了，这是一首歌，里边有牛奶有娘，洋气一点就是母亲。马来新父子告诉大家这叫《劝奶歌》。牛禄喜唱完《劝奶歌》，还意犹未尽，还要告诉老战友："我娘爱我，我爱我娘，我娘把我爱大，把我交给媳妇，媳妇接着我娘爱我。"牛禄喜高兴就唱一首《肥壮的白马》，大概意思是一个草原汉子骑着肥壮的白马，备上雕花鞍鞯，穿上牛皮马靴，带上崭新的帐篷，撇下年老的亲娘，去远方接那美丽的姑娘。"我撇下白发苍苍的亲娘，我走向美丽的新娘。"歌声苍凉悲壮，含着热泪走向前方。医院的人第一次听牛禄喜唱这一首歌，乱跑乱闹的病人们都安静下来了。据说《劝奶歌》也是病例之一，被有心人录下来，分析研究。离开时工作人员叮咛马来新： 要顺着病人，不要节外生枝。

回到乌苏，马来新就没给老婆说实话，把他在西安买的陕西特产说成牛禄喜送的。就这么把老婆蒙在鼓里。马来新心里翻江倒海，马来新喂牲口，都把手塞进马嘴里了。这么不行，这么下去非让老婆看出破绽不可。儿子上大学，老婆高兴，等高兴劲儿过去了，事情就出来了。马来新转到村子外边，转到洋芋地里。洋芋已经收了，地松垮垮的，再往前走就是沙堆堆，他上了沙堆堆，坐在沙子上，往底下看，那片种大洋芋的沙地已经有泥土的气息了，都是一代一代洋芋滋养下的。沙子总会变成土的。洋芋吃沙子哩，咽到肚子里沙子就不是沙子了，沙子就成了肉。马来新从沙堆堆下来，走到洋芋地里，脱掉鞋子，太阳晒了一天，沙土热乎乎的，跟虫子一样咬他哩。咬了一大会儿，他心静下来了。他就不想牛禄喜了。他走时给儿子打过招呼，隔三差五去看看你牛叔叔。他就不想牛禄喜了。

老婆看他不开心，就打发他去女儿马燕红那里待上几天，还能帮上些忙。马来新就到县城帮女儿看摊子，把女儿的婆婆换下来，叫老太太歇上几天。外孙王星火放学回家先上房用望远镜看戈壁滩上的树，那棵树已经长高了，碗口那么粗，能抗风暴了。马来新看过好几回，这一回马来新看出了名堂。其实他只看了一眼，只看个大致轮廓，那棵孤零零兀立荒原的神树让他心头一震，他的手就去摸外孙的脑袋，外孙仰头看他，他发现孩子长得这么好，吃饭时女儿马燕红也让他刮目相看，他发现女儿是快乐的，跟婆婆就像亲母女。马来新就回去了。原来打算住三五天，他推说有事就早早回去了。进门他就告诉老婆："再不要操心女子了，再不要哭哭泣泣，人家好好的，婆婆健康，娃娃听话，一家子好得跟啥一样。"老婆说："我啥时候说女儿不好来了？"马来新就说："咱总把女儿当可怜人，你说是不是？"老婆细细一想就是这样子。马来新就说："咱大人还不如个碎娃，碎娃往野地里看，天长日久野地里真长出一棵树。"老婆就说："咱孙子这么神？"马来新就给老婆讲生命树的故事，地底下长出来的，树一露面就叫咱孙子逮住了。

马亮亮上到大二有了女朋友。女朋友来自江南小镇，天真单纯，小巧玲珑，跟来自新疆大漠高大威猛的马亮亮走在一起，就好像来自不同的星球。他们在新生联欢会上就认识了，仅限于眼睛，限于书上描写的以目传情。整个大一就不断地在图书馆在自习室在校园寻找相逢的机会，彼此故意不搭话，跟猜谜语一样，有一种游戏的乐趣。其实也简单，在校园网上查出课程安排，各种活动讲座，一一排查，范围就缩小了，剩下的全靠个人能力了。心诚则灵，心灵感应，心吸引心。于是他们出现在同一地点，一个眼神一个微笑就擦肩而过。每天都有这么美好的时刻，从出现到消失，大约半个小时。就像电影里的慢镜头，从林荫道或大楼的走廊，远远望见对方，就放慢脚步，就满心欢喜，按捺不住，近在咫尺时连对方的心跳和血液流动都听得见，在这美妙的擦肩而过的瞬间，大胆地抬起头望对方一眼，对方的目光正好迎过来，就如同茫茫宇宙间的两束光芒，互相碰撞激起更壮观的光和亮，他们消失在各自巨大而强烈的光芒中，走出很远还不时回过头，相视一笑。就这样度过了大一。大二开学不久，马亮亮率先出击，越过了底线，大胆发出邀请，女孩很矜持地想半天，"我考虑考虑。"马亮亮就留下自己的联系方式。三天后马亮亮接到回信，当然是短信了，马亮亮就立刻回信，定下时间、地点。他们就开始正式交往。

　　女孩问马亮亮："我都犹豫半天，担心死了，你为什么每次算那么准。"大一数百次的巧遇都是马亮亮先到。马亮亮就说："我是男人嘛，我不可能犹豫不决。"女孩不相信，这个工科大学女孩少得可怜，能进来的智商都不低。马亮亮就退后一步，搬出排查法。女孩多聪明，知道该表扬一下男朋友了，女孩就伸出小手刮一下马亮亮的鼻子："真聪明。"女孩继续赞美马亮亮："你是汉人吗？""你怎么怀疑我的人种？""近看你是黑头发黑眼睛黄皮肤，可老远着着你身上有一道金光。""啥，我又不是佛像，我告诉你吧，我们那地方在大漠中间，沙漠就是金光闪闪的，我在沙漠里长大，我身上散发的是大漠风光。"马亮亮就发出邀请，女孩这回好像没说考虑考虑，而是说："太远啦，跟去另一个星球一样，火车就得两天两夜，还要坐一天的长途汽车。"

　　下次见面马亮亮就频频攻击女孩的家乡，当然很艺术很委婉。女孩多聪明，女孩笑眯眯地吸着酸奶，欣赏大男孩的气急败坏。女孩该敲打敲打这个狂妄的家伙了："你跟我交往几天呀，就想拉我去让你爸你妈考察我。"女孩就把马亮亮晾那儿了。女孩也太小看马亮亮了，女孩以为马亮亮会追出来，谈恋爱不就这样吗？小说里电影里现实里都这样啊，都程式化了，都成游戏规则了。女孩不好意思返回去，又不忍心空荡荡离开，咬着牙，含着泪，远远地偷看这个没心没肺的家伙。女孩多聪明，女孩马上想起同宿舍女生也遇到类似的情况，女生负气离开小饭馆，男朋友没及时追出来，急着收拾剩饭剩菜，女生就返回去连讽带刺大大出了一口恶气，稍带送一个绰号，随你想吧，守财奴、吝啬鬼。女孩就不咬牙了，眼睛里也没有泪花了，满脸的狡黠，轻手轻脚跟个狐狸一样，也就十来步，就走不动了，透过玻璃可以看到马亮亮有多么得意，剩菜剩饭全撤了，不是口味清淡的南方菜了，新上了大红大绿的北方菜，还上了白酒，小瓶装的北京红星二锅头。狗日的独酌独饮，大嚼大咽，满面红光，还不停地用餐巾纸擦汗，眼睛那么亮，神光四射，怪不得人们说男人贪吃，见了美食就两眼发直。旁边餐桌上的顾客很羡慕地看着这个大快朵颐的家伙，尤其是女性顾客，就跟看世界杯足球赛一样，完全是对男性生命力的崇拜与欣赏，女顾客跟前的男士频频点头："这才叫吃饭，年轻就是好啊。"

女孩肚子里的阴谋诡计全都没了，嘟囔着嘴，沉着脸，往回走，走得那么慢，进了宿舍就像跳水运动员一样纵身一跃扑到床上，身体在被子上起伏，小拳头不停地砸被子砸枕头，边砸边哭。女生都劝，边劝边问："谁欺负你啦？""是不是马亮亮，我们去收拾他。"女孩抽抽咽咽地告诉大家："没人欺负我，我自己难受。"连问好几遍，都是这样的答复，看来真是她自己难受。女生不都这样吗？总是莫名其妙地生气，无中生有地哭泣。

女孩主动去找马亮亮。马亮亮一礼拜没露面，女孩就绷不住了，就主动找马亮亮，有缴械投降的意思。马亮亮很大度，新疆男孩嘛。女孩也有过重新掌控主动权的念头，力量积蓄差不多了。马亮亮好事不断，女孩只能一拖再拖。这是一所名牌大学，都是全国各地的尖子，大一还显不出来，大二就拉开距离，也就意味着竞争的激烈。马亮亮脱颖而出，让人不可思议，同等水平的人却在最后关头败在马亮亮手下。有人暗中观察，每到最后冲刺阶段，马亮亮就研究各种题型，这办法中学生都会，这不是猜题吗？更小儿科了，小学生都知道猜一把。可结果出来你不能不服。也有人请教过马亮亮，马亮亮很大方，和盘托出，别人就不灵了，只对马亮亮有用。马亮亮就成了系上的明星，有人甚至把德国纳粹元帅隆美尔的绰号"沙漠之狐"扣他头上，大家一致叫好，他就是西工大的"沙漠之狐"。

老想炮蹄子的女朋友也成为大家关注的目标。加上同宿舍女生的添油加醋，就近乎神话了，也让全校女生嫉妒呀。整整一年，天天见面，没有任何约定，也不知道对方名字，就能猜到对方出现的时间和地点，这他妈太神了。女朋友旧事重提："你真有这么神奇？"马亮亮就告诉她："我们乌苏县有个很厉害的化学老师叫陈辉，他是全国特级教师，自治区劳模，我就是他的关门弟子，我在镇中学，每个月他都要个别辅导我一次，我们陈老师的绝活就是猜高考题，我敢说全国像他那水平的没有几个，命中率之高能把出题专家活活气死。"女孩吃惊了，"高中几年月月如此？""所以说我是关门弟子，县长的公子他都不理，牛着呢。""你也太可怕了，别人拉屎撒尿你都能算出来，太可怕了。""那叫预测学。""预测得那么准，活人还有什么意思。""你放心，预测学对你们女孩没用，女人没逻辑没理性没规律，女人是最难把握的，我们老师就把握不住他老婆，刚结婚还可以，等有了孩子，太熟悉了，反而把握不住了。""我估计他老婆不爱他了，女人爱一个男人是喜欢让他掌握的，不爱了，就什么都不对劲了。"

马亮亮还拿出陈辉老师给他的赠言，女孩嗤地大笑起来："你老师真逗，这是给学生写的吗？"女孩念出来了："一年级读书，二年级找女朋友，三年级上升为爱情，四年级持续上升，直到把她娶进门，永远热爱你的妻子。"女孩合上本子就不再嘻嘻笑了，就告诉马亮亮："你老师很严肃的，说的都是大实话，关键是你能不能做到。"

马亮亮在中学接触过女孩子。他可不是主动者，他是校长手里一张王牌，校长班主任都盯着呢。这种特殊待遇本身就是一种信号，就很吸引女生们去冒险，女性胆小，但女性在感情上胆子从来都不小，总有女生奋勇向前，遭到校长与班主任严厉的制裁。受罚的肯定是女生，对马亮亮只是淡淡责备几句。马亮亮每月要去县城一次，去看看姐姐一家，再去陈辉老师那所学校，大概两小时左右带一套模拟题回去。可以在县城待半天，自由空间还是有的，心仪他的小女生就会出现在车站或者街上。前后大概有三个女生吧，她们不可能考上大学，她们也不可能跟马亮亮有什么实际结果，完全是中学生那种朦胧而美好的青春的吸引。一起去看电影，一起去上网。最疯狂的举动就是拉拉手，抱一抱，摸摸头发，甚至摸到了桃子一样的乳房，会开心地笑起来。小女生像大姐姐一样告诉马亮亮不要太累，小女生用自己积攒的钱买巧克力给马亮亮，条件好的还让马亮亮上咖啡馆开开洋荤。其中一位是县中学的女生，是城里孩子，经常在校园里碰到乡下来的马亮亮，就主动跟马亮亮交往，就邀请马亮亮吃麦当劳吃汉堡包。这个小女生后来上了中专，父母是干部，就在县城上班了，这个小女生在马亮亮考上大学后就送马亮亮一套皮尔·卡丹西装。"让口里人看看咱新疆有帅小伙，咱乌苏小地方也能吃到麦当劳肯德基。"马亮亮把这些记在心里，马亮亮不会告诉任何人，包括眼前这个女大学生，他名正言顺的女朋友。

女朋友开始对遥远的新疆感兴趣了，查了好多资料，跟马亮亮聊起来不至于闹笑话。马亮亮就再次向女孩发出邀请，暑假一起回新疆，女孩还装了一肚子小计策，如何把话题引过去，如何诱导如何铺垫，女孩没想到马亮亮这么直接，女孩连自己已经点头了都没意识到。"咱们一言为定。"马亮亮的大手就哗一下落在女孩的肩膀上，还拍了拍。

答应去家里，就表示关系进了一步。下次见面就不用急匆匆分手了，就在树林里大胆地把女孩搂在怀里，女孩早就有这种想法了，女孩连连追问是不是故意逗她，马亮亮就说："你不答应去看我父母，我就不好意思把你搂在怀里，男人的怀抱稀罕着呢。"娇小玲珑的江南女子就闭着眼睛让这个新疆小伙子紧紧地搂着，这么宽这么厚的胸脯很容易让人联想到大沙漠大戈壁大草原大峡谷大森林，女孩从文字以及图片上看过这些大地上最奇特的壮景，马亮亮的胸脯活生生地把这一切全袒露出来了。女孩在心里嘀咕："大笨蛋，什么时候亲我呀。"女孩估计这个新疆大笨蛋会在下一次约会时亲她。

他们约好了星期天去逛历史博物馆，大二快结束了还没去过历史博物馆已经是笑话了，外地学生来西安，第一学期就把西安的名胜古迹逛完了。女孩马上问马亮亮："逛博物馆以后呢？"马亮亮就告诉她："逛城墙。"女孩就乐了，但不能让这家伙看出来，女孩装作不高兴："古城墙打仗的地方，又高又长，累死啦。""那就逛回民街，人多热闹。""还是上城墙吧。"女孩及时改过来了，城墙三十多里长，有不少箭楼、箭垛，别说藏一个人，一匹马也能躲进去，那是激情男女最佳的幽会场所，女孩想起来就激动，脸上烧乎乎的。

女孩根本不知道，他们的关系已近尾声，马亮亮也没有意识到。那是在历史博物馆，为带女朋友参观，马亮亮专门雇了讲解员，效果就相当好，学工科的就要找人讲解。他们听得很认真，讲解员也是个小女孩，西北大学历史系的学生，实习锻炼的，讲解起来很轻松，都是历史专业的常识。从蓝田猿人讲到半坡遗址，很快就到了西周青铜器。周文王演八卦，还有甲骨文、石鼓文、金文，马亮亮就兴奋起来了，连连追问，讲解员就往细里讲，已经很专业了，一般听众听不懂了，学航天动力的马亮亮听得如痴如醉。马亮亮就告诉讲解员，创造甲骨文的大乌龟是从新疆四棵树河里爬上来的。讲解员就纠正他："正确的说法应该是河南洛阳，就是历史上有名的河洛出书，灵龟出河洛，龟背上有八卦图式，那是最早的汉字。"马亮亮说："乌龟从天山脚下四棵树河钻下去，从河南洛河里钻出来，知道乌龟最早是干什么的？"讲解员觉得这个大个子小伙又帅又傻，就逗他："不知道。"马亮亮说："乌龟公牛都是女天神派到地底下支撑地球的，地球老往下坠落，女天神就让乌龟驮着再让公牛顶着，地球就稳当了。地球稳当了，女天神就让公牛上来帮人类干活出蛮力，让乌龟上来给人类出智慧。"讲解员就笑："你真会编故事，博物馆不能讲的。"

马亮亮又讲一个故事："你不要不信，你打开地图仔细看啊，世界屋顶在新疆吧，那些大山都是地球的房梁，那些大河也来自屋顶，天山南北的河流钻到沙漠底下，又从青海钻出来，在地面流啊流啊流到地势低的地方，乌龟就顺势爬出来了，流到河洛的水，源头还在天山南北，在地球的屋顶上。"讲解员笑眯眯的："你的故事很生动，可惜没人相信。""你看我信不信？""你肯定相信了，你讲这么好。""那我告诉你，我以前也不相信这些传说，那都是我爸我妈我姐他们相信的东西，我上学的目的就是为了离开新疆到内地求发展，我连上天的想法都有。""你能上天的。""你咋知道我能上天？""你不是西工大的吗？西工大都是学航天航海航空的，都是不想在地球上待的，哪像我们学历史的，不是钻故纸堆，就是钻死人堆，能在太阳底下待着就不错了。""那你就该相信我的故事，我离开家乡，来到西安，看到这些古老的文物，我才相信那些神话传说是真的。"讲解员又大又亮的眼睛就眯起来了。

马亮亮就说:"那是人类流传了千年万年的真实想法,人类真实的心灵、灵魂和精神。"

他们走出博物馆的时候女朋友抱怨他:"你这么能说啊,你再多说一点,小姑娘就爱上你了。"马亮亮根本没听女朋友说什么,他完全沉浸在神龟、甲骨文和青铜器里。上了古城墙,边走边喝饮料,他又回到现代。女朋友还在抱怨:"谁把你的魂勾走了,你心不在焉的样子让人讨厌。"他就直直地盯着女朋友,女朋友叫起来:"你不要这样子看我。"女朋友不敢乱叫了,小声求他,他的目光柔和起来,女朋友就问:"你想啥呢,这么执著?你相信那些传说啦?"马亮亮总算开口说话了:"我以前的老师当知青的时候研究过八卦,那是真正的八卦,不是书上的,是盛世才他岳父在伊犁特克斯修的八卦城。我化学老师中学毕业下乡插队就在特克斯,有个高人指点迷津,他就天天在八卦城址上走八卦,他说他是用脚走出来的,不是用脑子研究出来的。现在我明白了他的预测能力为什么这么好。"

"你说这些我怎么听着害怕。"女孩缩在马亮亮怀里,他们拥着往前走,走到一个箭垛下边,天地间就剩下他们俩了,马亮亮就捧起女孩的脑袋咬住女孩的嘴,女孩也开始咬他的嘴,反复不断地咬啊咬啊,闭着眼睛,脑袋转来转去,所有的力量全都用在了嘴上。箭垛给他们强有力的支撑,一会儿马亮亮靠着厚砖,一会儿女孩靠着厚砖,这条明代古城墙砌的不是秦砖汉瓦,全是货真价实的仿制品,全是新砖新瓦。有好几次马亮亮把女孩的小脑袋摁在砖墙上,马亮亮浑身有使不完的劲,虎背熊腰,高大威猛,就像地宫里冲出来的周秦汉唐时代的古典武士,一下子把人家小姑娘捂住了,那么小巧玲珑的江南女子,仅仅露出衣服鲜艳的一角,在马亮亮的大身坯和古砖墙的夹缝里显得那么醒目。女孩都晕过去了,双目紧闭,呻吟不断,马亮亮捧着女孩的脑袋,看了很久很久,马亮亮的目光从来没有现在这么深邃,一下子就穿越了时空穿越了历史,一下子就看到搂在怀里的这个女子的未来。十年二十年以后,她会成为一个泼妇,一个懒婆娘,也可能会成为一个荡妇,这种可能性太大了,当那穿越性的目光收回来的时候马亮亮的心就凉了。女孩一下子就感觉到了,毛毛眼就睁开了:"你怎么啦?我不好吗?"马亮亮那种历史性目光此时此刻显得忧郁而伤感,理智告诉他这么对待人家女孩不公平。马亮亮紧紧把女孩抱在怀里，一边抚摸一边自责。女孩伏在他胸口跟小猫一样，细声细气地说："抱紧我抱紧我，我害怕，我害怕。"

他们又做过一次努力。女孩跟马亮亮不是一个专业，学发动机的，有机会去河南洛阳拖拉机厂实习，洛阳刚好举办牡丹节，女孩在电话里那么兴奋，马亮亮就请三天假赶到洛阳，观赏了唐朝风味的各种牡丹。马亮亮就开女朋友玩笑："这么肥壮的花，个个都像武则天，你这么瘦你应该喜欢梅花杜鹃花。"女孩就说："那你就跟我到南方去吧，你会喜欢那里的。"最后一天他们到洛河边上，他们亲密到最热烈的时候，河面果然出现了一只大乌龟，女孩背对着河，马亮亮看得清清楚楚。这回他没有捧起女孩的脑袋看人家的眼睛，他紧紧抱着女孩，他一动不动地看着河面，那只大龟穿越时空浮上水面，显露了神秘的图案和花纹后又沉下去了，好像在提醒马亮亮。马亮亮闭上眼睛，可脑海里还是闪现出女孩十年二十年后的情景，他和她的未来毫无秘密可言，哪怕隐藏上一点，给生命一点点自由的空间，没有，一点也没有，全都是准确推演过的，未来的生活就是那个样子。他的心彻底凉下来。女孩没有哭泣，没有说害怕，女孩一动不动在他怀里缩了很久，抬起头时突然是一副笑脸，把马亮亮吓得一哆嗦。

他们就这样结束了，结束得让人不可思议。他们还记得在城墙上那个箭垛下，两个人抱在一起，马亮亮的心凉下来的时候，女孩也不再动了，就这么一动不动，僵持了很久很久，好像身上的血流干了，一丝热气都没有了，唯一的努力就是松开手，就是转过身，背靠砖墙，面向太阳。古长安上空的太阳灰头灰脑，这座城市自汉唐以后一直是灰蒙蒙的。刚才在博物馆，那个西北大学历史专业的讲解员还给他们讲了一个小花絮：当年鲁迅先生来西安讲学，来的时候带了一肚子长篇小说的计划，要写一部《杨贵妃》，先生在西安待一个礼拜，伟大的长篇计划就没影儿了。此时此刻他俩都想到了女讲解员讲的故事。有关杨贵妃更多的故事已经不需要讲解员讲了，中学语文课本上有白居易的长诗《琵琶行》，白居易的艺术顶峰就是两首长诗，《长恨歌》与《琵琶行》，语文老师讲《琵琶行》就会讲到《长恨歌》，就会讲到唐明皇和杨贵妃的爱情故事，就会讲到"在天愿作比翼鸟，在地愿为连理枝"，当然也包括故事的悲惨结局。他们身后不远就是长生殿，就是大明宫，再远一点往南快到终南山下就是常宁宫，这些伟大的宫殿被毁坏又被重建，重建起来的时候已经不叫长安，叫西安了，它们跟这两个孩子一样恐慌不安。好在它们有历史积淀，而且积淀得很厚，比孩子们背靠的城墙还要厚，它们就发挥自己的特长，在太阳底下，在大白天，给孩子们制造出一种聊斋志异似的氛围。女孩成为仙狐，马亮亮成为渴望功名的书生，上京赶考，不停地考啊考，就是考不中，夜宿破庙，依然挑灯苦读，感动了荒草败垣中的仙狐，仙狐摇身一变，化为美丽女子。中亚细亚古老的传统，生男子为狼，生女子为狐，蒲松龄不知是否有蒙古血统，总是把美丽女子当做仙狐的化身，而且与落魄穷书生一见钟情，尽显风姿尽吐情怀，甚至不惜献出生命。马亮亮被感动得热血沸腾，再次把女孩抱在怀里，马亮亮发誓只亲嘴不睁开眼睛，但不行，就在他们的舌头互相缠绕你中有我我中有你如胶似漆的时候，他的脑子里再次出现十年后二十年后的各种预测，他甚至异想天开，试图改变这种预测，竭尽心力往好的方面发展。不是没有这种可能啊，女孩刚才不是以狐仙来证明她的魅力与风采了吗？可他脑子里的未来形象全是各种妖孽，他无法控制他那颗心，心在凉下去，女孩在他怀里等于受了二茬罪，没有哭泣没有抱怨，还嗔笑他跟大狗熊一样。"捂死我啦。"他们就手拉手走下古城墙。

谁都知道不会那么快结束的。他们定时见面，最大的亲昵动作就是手牵手跟真正的情侣一样穿过校园穿过大街小巷，到小摊上吃炒凉粉吃面皮喝油茶，在僻静处抱在一起，两颗脑袋抵着跟牛打架一样，就是不亲嘴。马亮亮听宿舍里的男生说过：妓女卖身但绝不亲嘴，老鸨会告诉新手这个底线千万要守住，亲嘴会产生感情，甚至会爱上一个男人，爱上嫖客等于一场灾难，这可是市场经济与商业精神的大忌，妓女上岗前的职业培训主要练的就是这一条。马亮亮就会想起女孩娇艳的红唇，马亮亮就会想起在古城墙上亲嘴时那种刻骨铭心的感觉。马亮亮在绝望中挣扎。他甚至打算跟宿舍里的男生交流一下，让大家替他想想办法，他很快放弃了这个愚蠢的念头。他不是宿舍最早谈女朋友的人。第一个找到女朋友的男生肯定是老江湖，不管是初中高中还是大学，每换一个地方都能闪电般抢先占领无名高地，即使有名高地也要插一脚，占领有名高地更有挑战性，更能树立男子汉的威信。更让男生眼界大开的是这些家伙会在宿舍里详细描述第一个猎物的乳房大腿小肚子，连胎记都能说出来。大家哈哈大笑，马亮亮笑不出来。马亮亮在校园碰到过那个被同宿舍男生迅速拿下并已解密的女生，马亮亮惊呆了，这个高傲漂亮的小女生要是知道她的男朋友跟人家炫耀她身上的零部件非气死不可。可这个女生跟这个混账男生爱得死去活来。马亮亮就放弃了与男生交流的打算，即使跟女孩分手也绝不暴露她们的隐私。这就是马亮亮跟女孩像牛打架一样脑袋顶着脑袋时所进行的激烈的思想斗争。斗争的结果是双方筋疲力尽，恢复原状，过往行人不再把他们当神经病。需要指出的是，他们的关系还没有了断，余温尚在，还能对世界熟视无睹，大地上的一切都不存在，就生长着他们这两棵庄稼，恋爱中的男女不都这样吗？

最让人受不了的事情发生了，如果发生在梦中还好办，梦总是要醒的，醒了也就完了，谁也不会当真。关键是在大白天，女孩不在身边的时候，马亮亮就会陷入激情难以自拔。明明在校园里，人来人往，他却身不由己地到僻静的地方。西工大是有名的园林式校园，绿化很好，有许多树木遮天花团锦簇的地方，马亮亮就来到这种地方，鲜花丛中果真出来一个美丽女子，与他相拥与他亲昵，那令人销魂的美妙时刻延续很久。分手后，那体香久久不散。再与女孩相见时他竟然一点也不感到愧疚，坦然相处。这种事情有了第一回就没完没了。为了验证不是幻境，他换了地方，只要僻静，没有花圃，那美丽女子就从树间闪出，不为别的，就是与他款款亲昵。有一次他跟体育教练一样定了时间，算了一下，他们亲嘴长达五十分零三秒，接近迪尼斯大全纪录，这次长吻弄得他头昏脑胀，大脑缺氧，身上的力气好像被抽光了。回到宿舍，倒头就睡，第二天误了上课，同宿舍的人根本叫不醒他，说他跟女朋友打炮去啦，炮弹打光就这熊样。"兄弟，节省弹药，日子长着呢。"他脸色很不好，女孩也说："功课太多，不要太累。"女孩带一堆营养品。他是女人功课两不误，陷入感情，但各门功课只升不降，女孩的功课已降至警戒线，已频频亮黄牌。他吃人家女孩的营养品，自己加强营养，提高伙食水准。但那种嗜好太诱惑人了，隔三差五总要偷偷去体验一回。因为是大白天，因为是僻静地方，神鬼不知。但身体撑不住了，脸色一天比一天难看。女孩强迫他去看校医，校医检查不出他的病，但绝对有病，西医看不了，非名老中医不可，校医就写个条子。

按上边写的地址去找，是个家传十几代的名医世家，天不亮去排队挂号，一天只挂 120 个号。医生并不老，是个中年人，儒雅敦厚，就像戴眼镜的兵马俑，人很好，不像公家医院的中医。大医院的中医早都不"望闻问切"了，但问还是问，老问病人哪里不舒服，得过啥病，差一点就要问你得的是啥病。然后给你开一沓单子，让你先挨个去光顾那些进口仪器，等检查结果出来，再开药，这就是中西医结合。早晨排队排了三小时，基本在听大家讲故事，不是编的，都是真的，都是老病号。这个中医世家古风犹存，中年医生让马亮亮坐下，伸出胳膊捏住手腕号脉，差不多有七八分钟，左手右手都号了脉，医生就说："你是个学生？学生也不能累成这样子呀，把元神都快耗光了，除过功课你还干了些啥？你不要紧张，你这双眼睛没邪光，你交女人也是正经女人，跟正经女人交往不是啥瞎事，你不要紧张，咱治病呀，咱得把咱弄哈（下）的事情讲出来，尤其是女人方面，与你的病有关系嘛。不要紧张，娃一看就是好娃，噢，还是个新疆娃，新疆娃实诚不油滑，你不要紧张，慢慢说，想好了再说。"马亮亮就放松了，就一五一十地讲了这些天发生的事情。

医生就说："你是叫唐朝女人缠上了，你别害怕，这都是些好鬼，不要提起鬼就发抖，鬼跟人一样，有好的，也有瞎的。你不要以为只有《聊斋志异》里有鬼，那都是清朝的鬼，清朝的鬼交往的都是落魄书生，连个举人都考不上，顶多拼个秀才，在荒山野岭碰上个狐狸摇身一变，变成女人把落魄书生安慰一下，仅此而已。唐朝的女子有狐狸精猿猴猪怪，也有真人，像红拂女、昆仑奴、聂隐娘、李娃、霍小玉、崔莺莺、后土夫人，大多都聚在长安城里，都给男人带来无限的前程和好运，像李靖、裴佃先、牛僧孺、韦安道、郭元振、元稹，都出相入将，名留史册。你这个新疆娃来长安求学来对了，你走的是丝绸之路嘛，这是康庄大道，这条路上来过许多波斯人、阿拉伯人，西域人就更多了，都发了财做了官，连那个大瞎熊安禄山都是在长安发达起来的，狗识的都做了皇帝了，大燕皇帝，眼睁睁把大唐帝国给弄日踏咧。唐玄宗眼睛瞎啦，安禄山捏了杨玉环的奶头都捏青了，杨玉环没办法就缝了个绸子兜兜把奶头罩住，要跳舞呢，不能叫唐明皇看见，奶罩就是这么弄出来的，瞎事变成了好事，这就是唐朝女人的本事。话又说回来了，奶罩确实是个好东西，女人戴上就是不一样，但你杨玉环得给唐明皇说实话，唐明皇好有个防备，你这么一掩饰，等于纵容了安禄山。你想吗，再老实的男人捏了你老婆的奶头，那手就不是原来的手了，手就成了鹞子成了马蹄子，要飞哩要踢跨踢跨跑哩，安禄山又不是一般男人，手里有兵哩，十几万精壮小伙子听安禄山调遣，安禄山捏了娘娘的奶头，等于十几万精壮小伙子捏了娘娘的奶头：安禄山不反也得反了，就杀到长安把大唐帝国给日踏了。你娃比安禄山厉害，你娃不光捏了人家女子的奶头，连人家女子的宝贝都尝了。啥宝贝？碎女子的宝贝么，千香万香香不过碎女子的舌头，蜜甜糖甜甜不过碎女子的嘴唇，千辣万辣辣不过碎女子使性子，你娃都尝了么。你还不满足，你还想吃人家女子的头茬面，吃头茬面要在领了本本娶进新房以后，贵贱不敢提前行动，提前行动贵的就变成了贱的，金镶玉就成了土瓦盆。不过如今都提前行动哩，如今兴的不是金镶玉，兴的是土瓦盆。你娃目光纯正没有邪气，你娃是个好娃，唐朝女子才钟情于你，你这种情况我以前只是听说，从那些传奇故事《柳毅传书》《莺莺传》《任氏传》《李娃传》《虬髯客传》《郭元振》里看下的，在你身上得到验证简直是个奇迹。"

医生很高兴，话就多，助手们都没见过医生这么健谈。医生就拿出绝活，都是秘方，出了单子，却配不齐药，只差一味药，也是最关键的药，刻有甲骨文字的龟甲。马亮亮差点叫起来，马亮亮想起家乡四棵树河里的那只神龟，父亲马来新带他偷偷地看过，那一圈圈幽光闪闪的环纹既是图案也是文字，不是刻上去的，是直接长出来的。马亮亮这些心理活动逃不过医生的法眼。医生就娓娓道来：

"甲骨文入药是清朝末年的事情，在河南安阳洹水南岸史书上记载的殷墟地方，埋藏了三千多年的甲骨被农民翻地翻出来了，跟瓦片石片一样，农民碰到这种东西都捡出来扔地头上。有剃头为生的生意人身上生了疥疮，就随手捡起甲骨片挠痒痒，一挠二挠不痒了，舒服了。剃头匠是个生意人，屙屎尿尿都想发财呢，所以说呀，利欲熏心的商人生意人心黑手辣但能弄成事，古人说杀手手段救人心，现代人就说恶是社会进步的杠杆。这个河南剃头匠就是一根又粗又壮的杠杆。剃头匠一口气捡了一大堆甲骨，剃头家什都不要了，全装上甲骨，挑到城里的药店去卖，说可以治疥疮。药店一试，果然有奇效。那年月的中国，让洋鬼子的鸦片害的，身体弱的，病多的，奇病怪病难病一股脑儿全出来了，那年月呀，天灾人祸，内忧外患，妖魔鬼怪商量好串通好来祸害中华呀，黄帝内经扁鹊妙方华佗妙方张仲景妙方，都不灵验了，剃头匠弄来的甲骨片片一时间成了救命良药，药店生意好了，关键能治病了，就给这救命的甲骨片片起名'龙骨'。药店也不知道这是老先人留下的文物，药店只管救人性命，医生嘛，职业所在嘛，鲁迅刚开始也没写文章，也学医哩，跑日本专门学医，没良医没良药，亡国亡种呀。药店就用刀子刮掉甲骨上的字，甲骨文嘛，专家都不好认，药店伙计就更认不得了，就刮掉甲骨上的符号。这也是老规矩，仓颉造字，神鬼不宁，古人不毁有字的纸，要埋掉不烧，怕触犯仓颉神灵，后代就别想识文断字图功名。不认识的符号也不敢贸然入药去煎去煮。

"甲骨成为龙骨入药，从河南传到京师，已经到1899年了，大清朝的国子监祭酒，相当于现在的教育部部长，天下学问最高的人，也是读书人的头头王懿荣，病了，王先生自己开处方派人去达仁堂抓药，有一味就是龙骨，这片龙骨上有字，伙计偷懒没刮净，就给王先生一个好机会。王先生大学问家呀，金石学造诣极高，一眼就认出这是比金文石鼓文更早的文字，王先生就出高价二两银子一块收购所有药店的'龙骨'，收了一千五百片，就把中国文化给救下了。大清朝打仗打不过洋人，搞改良搞洋务搞不过日本人，就剩这么一点点文化了，还当中药吃，眼睁睁要吃光弄净的时候，国子监祭酒教育部长出来把咱中国给救了。1900年狗日的八国联军进北京，西太后都跑咱西安念阿弥陀佛来了，王先生没跑，跑你娘个腿，咱都收一千五百块甲骨了，文明的火种咱有了，王先生就跟夫人一起投井殉国。从王先生开始许多人都收集整理甲骨文，收集了十万块，有一半让洋人收集了，洋人在中国抢金抢银抢宝贝，抢到甲骨文洋人也傻了，原来他们是野蛮人，是一伙禽兽，他们的先人是猴子的时候，中国人已经在龟甲兽骨上刻字创造文化了，不能吃肉喝汤丢骨头，要在骨头上刻些东西。

"话又说回来了，甲骨也就是龙骨，确实是治大病怪病难病的良药，现在中国强大得跟啥一样，没有亡国之忧了，吃上一两片没啥心理负担，关键是治病。这东西河南有，我们陕西也有，西府宝鸡的龟甲是周朝的，质量不亚于河南安阳的。我这里没有，你想要的话我可以托人去弄，这都是文物，犯法呢，冒险呢，你神秘兮兮的样子得是新疆老家有？不可能么，新疆都是牛羊马驼的地方，干旱少雨就不适合龟鳖生存。"

马亮亮就插一句："新疆曾经是海，有石油的地方都曾经是海。"一下把医生给截住了，医生半天说不出话，喝口茶水，笑了笑："你说得也有道理，看你自信的样子，估计问题不大，省得我托人弄国家文物，以前弄过，公安局叫去问过几次话，把人羞的，咱名老中医后人嘛，只为病人着想，就把国家法律给忘了，你既然有把握，我就不冒险啦。我给你开好方子，你回新疆老家再抓药，暑假天热正好，中药就要天热吃哩，天热汗多新陈代谢快，疗效好。你真能弄下千年龟甲的话，就不能用一般药罐，我这有专门制作的青铜器方鼎，你别怕，这是仿制品，公家不管，看上边字，是宝鸡扶风制，不是河南人制，质量没问题，新疆没这东西。"口径一尺五寸的小方鼎，检查后装纸箱封好扎了粗绳子，拎手上十几公斤跟一块石头一样。回宿舍就说是工艺品。

放假前女孩主动约马亮亮出来，女孩告诉马亮亮："其实我们的关系在登古城墙那天就结束了，你心好，你是个善良的人，你怕我受不了就一直陪着我，甚至赶到洛阳我实习的地方来陪我。女孩很脆弱的，跟她们结束感情的时候要慢一点，轻一点，有一个自由回旋的余地，感谢你从三四月一直延续到六七月。我太激动了，这段时间里你竟然在美好的想象中为我设计那么多角色，我在黑夜里全都梦见了你白天的世界，我去过你待过的地方，那些鲜花丛中、那些林荫道上都有我的气息。"女孩说不下去了，马亮亮也听不下去了，他们的手握在一起，脑袋跟脑袋像牛打架一样顶在一起。他们是在一家茶坊临窗的位置上，女孩是南方人，女孩做东请马亮亮喝茶，马亮亮第一次见识茶艺。女孩不用服务员插手，女孩亲自操作，服务小姐都连连称赞，两三道以后，马亮亮就会喝茶了，一个大西北牛饮了多少年的小伙子，开始文质彬彬地跟老汉喝酒一样端着小酒盅一样的茶具，慢慢品尝西湖龙井，淡淡的清香从腹内升起，弥漫天地。茶跟酒一样也能醉人。

卷十四

马亮亮三天后回到乌苏老家。家里期待他带女朋友回来。三月初他就给家里去信谈到了那个美丽的江南女子，还寄了照片。后来的几个月他没法给家里解释。他带着中药处方和青铜方鼎回来了。自从他上大学，每次回家，也是亲友们欢聚的喜庆日子。最尊贵的客人当然是恩师陈辉和校长了。

父亲马来新听了儿子马亮亮的病症，再看处方，看到龟甲时马来新就不吭气了，脸色就凝重起来了。化学老师与中学校长也在场，天地君亲师、恩师如父嘛，就没必要避开老师。其实震动最大的是陈辉。陈辉处变不惊，喝着茶抽着烟看不出心理变化。最悠闲的是中学校长，校长哈哈一笑："念书辛苦得很，念中学是为考大学，念大学是念前程呢，一辈子的幸福和不幸全在大学这四年里头。西工大是名牌大学，娃念的又是名牌专业，成绩排在全系前三名，不容易呀，应该吃点中药调理调理。"陈辉完全镇定下来了，陈辉说："处方给我，我找人给你配药。"陈辉立马打手机，直接找卫生局长，局长也是学生家长么，配几服药简单得跟啥一样。马来新转过了脸，赶快招呼大家抽烟抽烟喝茶喝茶。亲戚们在院子里吃，贵客在上屋，由马来新陪着，马亮亮给贵客敬了酒，就到院子里挨着敬亲戚。下午两三点，客人就走光了。马燕红一家要待好几天。

马来新送走客人就没回家，直接从村口到了洋芋地。人太阳照着，脊背跟着了火一样。他扑到地头，跟老鼠打洞一样三刨两刨就把地揭开了，就把手伸进去了，就像在冰天雪地冻僵了手伸进被窝里一样，马来新把手伸进沙土里，停了好半天，手被暖热了，有力气了，手开始摸索，摸到了洋芋，大洋芋，又停住不动了，就像逮住了一只矫兔。后背上还是那只大太阳，太阳本来不大，照到人身上，汗出来了，太阳就大了，跟一座山一样在背上越烧越旺，马来新的汗都流干了，身上燥烘烘的，跟干土没啥两样。太阳还是那么大，还不停地加码，使邪力，马来新都成了精瘦的干骨头了，骨头是不出汗的，骨头里全是盐，白花花的盐，一闪一闪，一下子把太阳的眼睛给刺疼了，太阳就小了，太阳就缩到天空的裤裆里去了。天地之间一下子大起来了，马来新就站起来了，大洋芋在马来新手里被摸来摸去都摸成大地的卵子了，马来新就松开手，卵子就缩进大地的裤裆，马来新就坦然了。

陈辉派人把药送来了，连龟甲都弄来了，肯定花了大价钱，马来新给人家钱，人家不收，卫生局长巴结陈辉都巴结不上呢，还敢收陈辉的药钱？陈辉不是自己用，给学生用，还是从乌苏考到名牌大学的学生，局长就更不能收钱了，家乡的人才么，给家乡作贡献么，局长理直气壮。人家这么一说马来新就不坚持了。

马来新看看龟甲，绝对是百年以上的上等品，但离西安中医名师要求的三千年四千年历史的龟甲相差太大了。马亮亮就急着要去找神龟，马来新说："不急不急坐哈（下）坐哈（下）。"马亮亮就挨着父亲马来新坐下。马来新卷一根莫合烟，抽两口，让儿子马亮亮抽，马亮亮不敢接，马亮亮在西安就买了好猫烟，父亲马来新用好猫烟招待客人，客人一走马来新就抽莫合烟，非让儿子马亮亮抽，马亮亮就抽一口，就咳嗽。老婆就说："老子教儿子学瞎哩。"马来新说："大小伙子，该抽烟了。"马来新拍着儿子的背叫儿子抽。儿子小时候父亲摸儿子的鸡鸡和卵蛋，儿子上学了就摸儿子的脑袋，儿子长大了出息了就摸儿子的背脊。父亲马来新告诉儿子："第一口烟一定要抽咱新疆烟，抽完这根莫合烟你爱抽啥就抽啥，只要不抽大烟。"马来新不会告诉儿子大地的秘密，秘密要靠自己去悟。儿子要去找神龟下药，马来新就说："我有办法。"马来新让老婆把中药收起来。开学临走前马来新从地里挖出大洋芋，马来新告诉儿子："这是上千年上万年的大洋芋，是我在沙漠里边找下的，只种不吃，为啥？这是种子，人类最早的种，农民宁肯饿死也不吃种子，治病就不一样，当药用哩，这一样就够了。"也不用方鼎，方鼎摆在供桌上，供桌上有马亮亮爷爷奶奶的灵位，上供品就不用碟碟碗碗了，就盛在鼎里头，有点钟鸣鼎食之家的气象了。马来新说："以后不要说是买的，就说是请的，从长安城里请哈（下）的，你爷你奶没白养你这个乖孙子。"马亮亮给爷爷奶奶上了香。

大洋芋就跟老母鸡一起炖在锅里。火就烧开了，锅里就咕嘟咕嘟翻腾开了。锅盖边边噗噗冒热气，热气越冒越高，锅盖都飘起来了。马燕红亲自给弟弟炖老母鸡煮大洋芋，马燕红跟抓鸟儿一样把锅盖逮住，压在锅上，喊儿子王星火，王星火就抱一块石头压在锅盖上。王星火十二岁了，上小学五年级了，十二岁的儿子娃娃相当有力气了，抱进来的石头都二十多斤重，抱了两块，锅盖一边压一块，就压死了，就听见老母鸡跟洋芋块块在锅里边踢哩呼隆跟搅拌机一样。此时此刻，四棵树河下游，沙漠腹地，升起一股沙暴。刚开始跟旋风一样直直升起来，旋转着升，跟钻井机一样钻到天顶上了，钻到天的眼窝里去了，把天眼戳瞎了，天地间就黑了。罕见的黑沙暴从沙漠中心向四周蔓延。乌苏以及周围的奎屯石河子独山子克拉玛依精河都被黑沙暴笼罩了。靠近沙漠的庄稼被毁掉了，林带也是伤痕累累。

没有人把这场黑沙暴跟大洋芋联系起来。马来新也意识不到。好多年前，给他打工的五兄弟偷了大洋芋，其中两个大病一场，反而因祸得福生了有出息的儿子。五兄弟中的老大还专门来过一次。五兄弟在石河子吃的大洋芋，当时石河子就起了黑沙暴，遮天蔽日，五兄弟去南疆和静找神医张万银，张大师要走大洋芋，当时和静库尔勒一带黑沙暴更厉害，把火车都吹翻了。此时此刻，黑沙暴的规模远远超过那两次，也超过历史上任何一次。一般都是半小时一小时，这次延续两小时。正好是炖老母鸡与大洋芋的时间。马燕红守着灶火，外边山呼海啸飞沙走石，万马奔腾，她一点不惊慌。父亲马来新就说："百年不遇的黑沙暴，你就不害怕？""比这可怕的事情我都经历过，我还能害怕？"马燕红脸上静静的。马来新去看牲口。牲口在圈里乱踢腾，惊恐万状。马来新给它们添料给它们刮身子，铁刮子刷啦刷啦跟拉大锯一样。这些都不如他手里的马灯，马灯让牲口们安静了。马来新把马灯挂在墙上，马来新就到正屋里去。

王星火给大家讲故事，外婆和大学生舅舅都给迷住了，外公马来新也被迷住了。在王星火的故事里，宇宙的创造者不是男神是女神。哈萨克人叫做女天神，维吾尔人、蒙古人都这么叫，汉人干脆叫女娲娘娘。这是舅舅马亮亮插的话。外甥王星火只管讲他在天山牧场听来的女天神创造世界的故事。刚开始，没有天也没有地，到处是飞沙走石到处都是灰尘，就像外边的沙尘暴。王星火特别强调一下越来越猛烈的沙尘暴，中午十一点半，天昏地暗，大家都躲在房子里，不敢开电视，不敢开收音机，电灯也不敢开，电会引来雷电，只能点蜡烛点油灯，就好像钻在地洞里，就好像到了洪荒年代。这种气氛特别适合讲天地之初世界被创造的故事。这么混乱不是个办法，女天神就出现了，女天神把飞沙走石灰尘杂物全吸进肚子里，跟怀小孩一样怀了一年。外婆插一句：怀孩子是十个月。一年不是十个月。王星火毫不客气纠正了大人的错误。因为女天神怀的不是小孩，是星球，十个月是长不全的。王星火同学马上上初中了，相当有知识了。王星火相当严肃。女天神在创造星球之前先把天造出来。女天神就挤她的奶，奶水流了好多年好多年，奶水比海水还要多，奶水摊开的地方就成了天空，一面白一面黑，黑的一面是空中的渣子。女天神开始从嘴里吐星球，先吐出太阳，第二个是月亮，第三个是地球，吐了整整一年，天上的星球全是女天神吐出来的。宇宙就这样被创造出来了。沙尘暴这么张狂，女天神还会出来的，女天神张开嘴就把它们吸进去了。

王星火说得不错，女天神真的出来了。公牛死了，变成了生命树，乌龟消失了，没有返回大地深处，女天神再也派不出谁可以去地球上了。生命树是女天神唯一的安慰。不能让黑沙暴把生命树给毁了，女天神就从生命树里出来了。这种奇迹只有王星火能觉察到。王星火就给大家讲女天神的故事。好多年以后马亮亮功成名就，娶了洋媳妇，令人烦恼的事情就出来了，妻子生产时大出血，不是一般的大出血，胎儿那么勇猛，根本不需要外力，自己带一身血肉一团混沌地冲出母亲的身体，那真是天崩地裂，在场的医生全都吓坏了。马亮亮后来听医生讲的，马亮亮简直在听神话故事，传说中的哪吒不是个肉球吗？母亲怀胎多年生不下来，生下来却是这般模样，父亲用剑切开，小哪吒才跳出来。哪吒后来杀了龙王的孩子，父母跟他断绝关系，心高气傲的哪吒还了父精母血，成为没有形体的混沌状态的生命，最终依托荷叶成形。马亮亮的儿子刚出生就做手术，小家伙很健康，他的母亲算是毁了，在病床上躺了半年离开人世。这种伤心事是谁也没有想到的。马亮亮肯定想到了这场黑沙暴，还有王星火讲的女天神。妻子垂危的时候，马亮亮不求天不求上帝不求佛爷，只求流传在故乡天山一带的女天神。妻子是在马亮亮反复讲述的女天神故事中离开人世的。妻子是意大利人，天主教徒，妻子在生命的最后时刻放弃了天主与上帝，相信了中国的女天神。

一点半，黑沙暴停了，天亮了。正好老母鸡与大洋芋也炖好了。虽然说是给马亮亮炖的药，外公外婆不顾马燕红的反对，给外孙王星火一条鸡腿，舅舅马亮亮也是这个意思。争了半天，找不见王星火了。黑沙暴刚停王星火就出去了，说要去看女天神。大人以为小孩发神经，没人理他。他就出去了，他到地头刨了一个大洋芋回来了。大人们都愣住了。王星火告诉大人："我不稀罕鸡腿，我要这个。"马来新就摸王星火的脑袋。"我不吃大洋芋，我要把它送给女天神。""这小子把故事当真啦，告诉大家女天神在啥地方？""在生命树上。"外孙是狗吃了就走，吃完饭王星火就嚷嚷着要回家。马燕红就带上王星火，驾着毛驴车到戈壁上去了。

生命树从地平线上出现的那一瞬间，王星火手里的大洋芋跟灯一样亮了。王星火熟悉乌古斯汗的传说，乌古斯汗祈祷上天的时候，天上降下一道蓝光，这光比太阳还光灿，比月亮还明亮，蓝光里就有一位美丽的少女。王星火就看到了这样的少女。王星火很快到生命树底下，王星火在树根旁挖一个坑，把大洋芋埋进去，埋好。王星火就祈祷生命树。"女天神啊！我给你送大洋芋来了，我每个礼拜都给你送大洋芋，直到你吃饱，直到你长高，直到你的枝叶覆盖地球。"

王星火每个周末都要去外公家，不要外人插手，亲自去地里刨大洋芋，一次一个。刮大风也不落下。外婆问他什么时候是个够，他很严肃地告诉外婆："女天神吃饱那天为止。"马来新陪外孙去过一次，马来新见识了蓝光里美丽的少女，也见识了树干上显示的美丽少女。马来新就告诉外孙："长大后就娶她做媳妇。"外孙王星火扬起脑袋告诉外公：

"那是女天神，能给人当老婆吗？你这不是害我吗？"

马来新就对老婆说："娃比他舅还厉害，他要刨大洋芋就叫他刨去，他干的是正经事。"马来新没有讲那个蓝幽幽的美丽女子，也没讲大洋芋闪射蓝光时显示出来的龟卵形状。这是他与大地的秘密，他给谁都不说。给儿子孙子都不说。人活着靠悟性，说破就没意思了。

马来新就眼睁睁看着他的大洋芋一天天少下去。

王星火上到初中二年级，生命树已经跟王星火的身体一样粗了，跟大人的腰一样粗了。在树开权的地方长出一个窟窿，再也不需要把大洋芋埋到树根底下了，直接塞进树窟窿，大洋芋的蓝光就从里边射出来，就能看见树窟窿里端坐的蓝色的美丽少女，已经吃了许多大洋芋，已经长成姑娘了。

十四岁的王星火跟猴子一样爬树，爬到树干开权的地方，大洋芋在书包里，就在背上，王星火把大洋芋取出来，塞进树窟窿。等王星火长到十八九岁二十岁，那时候王星火高中快毕业了，要考大学了，成大小伙子了，大小伙子就爬不了树了，王星火在心里默默地告诉女天神，到那时我会骑上高头大马，马是勇士的翅膀，我会让马飞起来。在王星火所期待的未来世界里，他纵马疾驰，手举着大洋芋就像举着火把，骏马靠近生命树的时候会纵身一跃，骏马都有这种本领，它们飞跃起来的时候就像一道彩虹划过苍穹，更像张开的弓，生命树就像搭在弦上的箭。猎物不是飞禽走兽，是天上的日月星辰，在那古老的传说里，英雄后羿射了日，又射月亮。在另一个传说里，被箭扎中的人会产生爱情。

中学生王星火已经不满足于草原的神话传说了，中学生王星火读过世界上许许多多的神话故事，中学生王星火读不大懂，但就是喜欢读，就是喜欢没有逻辑地把它们联系在一起。中学生王星火知道弓箭不仅仅打猎，打仗，弓箭还包含着对这个世界巨大的爱。这种爱不是娶媳妇，不是见了美丽的女子就想那种事。外公已经领教过他的厉害了，同学们品尝到的则是拳头。老师就说这是青春期少年美好的愿望，老师是以赞美的口气说的。王星火在大戈壁所看到的是未来的自己跨上骏马，彩虹般划过天空，生命树就像箭一样射出去了，王星火也射出去了，王星火与树窟窿里的美丽女子一起飞翔。这已经是十四岁少年的想象与情感的极限了。少女长大成人的那一天，生命树将高入云天，枝权遮盖整个大地，长满灵魂的叶子跟星星一样吸引人类，树窟窿有房子那么大，美丽女子自己从房子里走出来。那一天，她就不再吃大洋芋了，生命树也不吃了，荒漠变成花园了。

中学生王星火就这么自信。中学生王星火每个周末都去外公家拿大洋芋，然后直奔大戈壁，直奔生命树。这是他的必修功课。外公马来新眼见大洋芋一天天少下去，只减不增。他心里清楚，那不过挪个地方，在那一个地方的公牛吃了灵芝草长成了生命树，另一个支撑大地的神龟用卵养出大洋芋，大洋芋跟生命树合在一起了，跟它们当初一样来支撑大地。力气已经不够用了，力气顶啥用？总有耗光用尽的那一天。古歌里咋唱的："我放走了行云般的青春，我结束了疾风般的生活。我曾像白杨树般笔直的身腰，现在弯曲如弓。"公牛衰老的时候找到了救命的灵芝草，乌龟衰老的时候找到了大洋芋，没有力气了它们就用心用灵魂来支撑地球。

蓝色少女长大成人走出树窟窿那年，外孙王星火高中毕业参加了应届高考，儿子马亮亮博士毕业领着洋媳妇回乌苏见父母。

想当初马亮亮吃了老母鸡炖大洋芋返校的时候，大家的心都高高悬起来了。陈辉老师专门宴请了关门弟子马亮亮，在家里自己下厨做菜。这些年陈辉很辛苦，妻子王蓝蓝好多年前就到很远的乡村中学支教去了，当初那些纷纷扬扬的传说，慢慢地被淡忘了。从乡村中学传来的是王蓝蓝的成绩，那所学校史无前例地有学生考入县城重点中学，一个、两个，越来越多，有些学生就在陈辉的班上，这些学生后来上了中专、大专，个别优秀者上了石河子伊犁乌鲁木齐的大学，甚至有考到西安武汉重庆去的。陈辉也就理解王蓝蓝的苦心了。孩子先在王蓝蓝那里上学，小学快毕业时，孩子不停地生病，乡村条件到底不行，孩子就由陈辉带，王蓝蓝每月回来一两次。他们就维持着这种奇怪的夫妻关系。

确切地说，对妻子的理解是不久前马亮亮回家养病时开始的。马亮亮给父亲和老师介绍自己的病情，简直就是在讲传奇故事。跟人家姑娘亲热到最柔情蜜意的时候，脑子里就早早预测出人家未来十年二十年的生活前景，这种预测对人家姑娘太不公平了，说白了是一种人格上的侮辱。马亮亮年纪轻轻怎么有这种毛病，绝对是毛病，是大病，非用猛药医治不可。陈辉的心就是这个时候沉起来的。马亮亮不是他精心培养的吗？他几乎是马亮亮的精神父亲。不，不止一个马亮亮，整个乌苏县，还有伊犁州教育系统，还有附近的奎屯石河子独山子克拉玛依，每年都邀请他去做考前辅导，受过他恩惠的学生成千上万。他每年收到的学生贺卡信件不计其数，他的预测功能早就渗透到孩子们身上了，成为他们成长过程不可缺少的一部分。想到这里他头都大了。他有很好的自制力，他坚持到宴会结束。

另一个巨大的震撼就是妻子王蓝蓝，当马亮亮说到那个江南少女时，他就想到当初王蓝蓝来乌苏实习的情景，那么年轻那么青春那么美！面对预测大师，王蓝蓝身边那些追求者纷纷败下阵，败得莫名其妙。他不是有意为之，他几乎没动什么心思，他甚至在后撤，在躲避，却把少女王蓝蓝吸引过来了，他在大踏步后撤中发现自己爱上了这个少女，那时他就已经预测到王蓝蓝十年二十年后的生活。当他听他的学生马亮亮讲这一切时，他开始以旁观者的目光打量自己，他就开始慢慢地理解妻子王蓝蓝。

他特意把马亮亮请到家里，孩子去上辅导班了，家里很安静。已经从独家小院搬到楼上了，专门给高级技术人员建的，全县最有名望的工程师、农艺、特级教师都住在这里，也称高知楼，三室两厅，布置得也很有情调。马亮亮说西工大的名教授才能住上这样的房子。陈辉就说："那是西安，在咱们乌苏中级职称就了不起了。"师生两个人吃饭，那么大房子显得很空旷。马亮亮问到王蓝蓝老师，陈辉就告诉马亮亮："王老师下乡好多年了。"陈辉就劝马亮亮吃菜。陈辉手艺极好，当知青时就学了不少绝活。吃差不多了，开始喝汤。陈辉就很策略地告诉马亮亮："大学期间，早早地解决婚姻问题，这关系到一生的幸福，幸福是第一位，事业是第二位。"马亮亮就笑："你早给我说过。""我说过吗？""你不但说过，还写在我的本子上，我当作人生格言天天看哩。"马亮亮就背诵了一遍。陈辉自言自语："好像有这回事。""不是好像是真的，我的陈老师。"马亮亮双手举杯敬老师一下。

其实陈辉从妻子王蓝蓝下乡支教那天就开始反思自己了，陈辉不由自主地给马亮亮本子上写下："一年级读书，二年级交女朋友，三年级上升为爱情，四年级持续发展，把她娶进门，永远热爱你的妻子。"就仿佛在勉励自己,更像一种忏悔。好多年过去了,他该告诉他的学生马亮亮什么呢?他还是很诚恳地告诉马亮亮:"要真心实意地去爱一个姑娘,持久地永恒地爱下去,就像泉水变成溪流,溪流变成大河,大河汇入大海,就要这样子爱,把姑娘爱成妻子,毫不松懈地爱下去,到了大海、到了海洋的中心也不能松懈,海洋不是结束,海洋是另一种生命的开始。"陈辉有很好的嗓音,陈辉不再吟诵《我是青年》,陈辉在吟诵自己,在大段大段地独白。他的学生马亮亮刚开始还疯狂地记录,记几次以后,就不记了,就往心里去记。陈辉用一种很沉痛的声音告诉马亮亮:"我们新疆的河流是世界最自由的河流,都是无缰的野马状态,是没有岸的。沙漠构不成堤,构成不岸,构不成大坝,河流宁肯消失、宁肯干枯都乐意奔向瀚海,爱女人的时候想想瀚海,想想大漠里无缰野马一样的河流。"

　　马亮亮就这样带着陈辉老师的忠告返回学校。马亮亮身上有了静气。马亮亮返校的时候父亲马来新让他带一个大洋芋给牛禄喜。"去看一哈(下)你牛叔叔,让他把大洋芋吃了,要是病情稳定了就带他出来,去找一哈(下)神医张万银。张万银在咱新疆和静农场劳改时治好过几百万病人,都是疑难病症,报纸上说这个神医现在在西安,开了个终南医院,你就带你牛叔叔去看一哈(下),兴许能治好你牛叔叔,你牛叔叔要是能回来,李阿姨日子就好过了。"

　　马亮亮把大洋芋煮熟,再买些其他食品,混在一起去看望牛禄喜。还不等马亮亮使手脚,牛禄喜抓起大洋芋当场就吃开了。旁边的医生就说:"疯子就是疯子,肉夹馍不吃,香肠罐头不吃,吃洋芋蛋呢,跟甘肃人一样,损陕西人的德呢。"老碗那么大的洋芋,半天吃不完,吃得又急,就噎住了,就喝水,就抓胸部,半天喘不过气,脖子粗壮,眼睛血红,歇过劲来,吃得还是这么急,好像有人来抢。医生越看越生气:"饿死鬼掏肠子哩吗,啊?"马亮亮就说:"说明你这儿伙食好,肉多,病人都吃腻了,都想吃素食。""嗨嗨,你还想讽刺人,你是哪搭打杂剜烟锅的,说话这么没水平。"医生检查马亮亮的证件,想找些破绽,"西工大航天动力系,学工科的说话还这么难听,我还以为你是学文科的,文科都是难日头,你得是想当难日头。"马亮亮跟野马一样腾楞毛炸起来,眼睛瞪起来了,一抓夺过学生证,另一只手抓住医生的领子往墙上一按:"日日日,我日你妈。"医生脖子被勒着,医生叫不出来,马亮亮只用一只手,身体基本没动,从外边看,好像跟医生谈话哩。马亮亮低声说三遍日你妈,最后来一句:"我松开手你再胡闹我就真日你妈呀。"马亮亮松开手,医生很听话,没胡闹,只是呼吸有些困难。

过了一周去精神病院,牛禄喜安静多了。老大牛禄成也感到意外。马亮亮就说是从新疆带的秘方。病情暂时稳定了,还得找偏方治。马亮亮就说他认识神医张万银,他带牛禄喜去终南医院看病。老大牛禄成就办了出院手续,把牛禄喜交给马亮亮。

神医张万银已今非昔比,在新疆和静时还属草创阶段,自己亲自出诊,当时就从全国各地来了好几十万病人。新疆毕竟偏远,来往不方便,限制很大。终南山下就不一样了,依托十三朝古都,终南山又是唐代高人汇聚的地方,高人就高在不同常人,常人都是苦读诗书,一步一步按部就班,县试、乡试,三年后再赴长安参加全天下的大考。高人们不按常规出牌,而是打破常规,所有的考试一律不参加,天下的名山大川都不去,隐居就要隐出名堂隐出玄机隐出门道,就隐在长安附近,就隐在离皇帝不远的地方。不断制造新闻热点,热播于酒楼茶社,由边缘而主流,由民间而官方,春风细雨般洒落到朝堂,飘飞于皇宫,引起高层注意,便可一步登天。这条通天大道就是历史上有名的终南捷径。杜甫用美妙的诗句"随风潜入夜,润物细无声"形容过这种氛围,杜甫太老实,一到终南山就歪脚脖子,李白混进去了,又被轰出来了。

张大师一眼就看中这块风水宝地,把他的药铺子从天山搬过来,基本上沿着丝绸之路跑,终南山、祁连山、天山是连在一起的。他的事业果然兴旺发达,云集而来的病人每天有十万之众。马亮亮哪里见过这种场面。马亮亮请了假,找房子住下,十万大军在此,吃住很紧张,但也很热闹,当地服务业一下子就兴旺起来了,跟大型庙会一样。穷人富人贵人,各色人都有,步行者骑自行车者骑摩托车者,开小四轮的开手扶的开大卡车小面包的,也有各种小轿车,基本上是进口的,有车族都住西安城里正经旅店、大酒店,来往也就个把小时嘛。这些富人贵人混入其中就把医院的声誉抬上去了,也给广大的贫苦患者以某种安慰,多少有点众生平等的意思。

马亮亮等了整整一个礼拜,不过他运气很好,每次只让进去五个患者，马亮亮这一组都是有身份的人，而且是张大师亲自出马。马亮亮带牛禄喜来过六次，第一个疗程，每次都是张大师亲自出马。后来张大师出事了，报道里揭露说终南医院用的都是虎狼之药，治死过一百多人。只开药，不号脉，不望闻问切，见面就大把大把加芒硝。马亮亮还没有遇到这种情况。一起进去的都是有身份的人，其中三个是相当有影响的文人。

文人当中就有牛禄喜的老同学马奋棋，马奋棋已经是大文人了，名人了，还想大发展，心太急，反而弄出一身病。最初是大便困难，求遍名医没有效果，拉一次屎能把人折腾死，还不是便秘，是干硬干硬跟石头子一样的粪便，基本上接近羊粪蛋了。又没有羊那么结实的肛门。幸亏心脏功能好，再用力，还能撑住，就是要出几身汗。张大师就用虎狼之药，大把大把的芒硝，患者服下后立马上吐下泻，通了，不堵塞了。更让患者想不到的是写出的文章有文采了。马奋棋一直以思想锋芒引人注目，唯一的缺陷就是语言干涩生硬，吃了张大师的泻药，大便利索了，文章也飘逸洒脱了。尤其是"飘逸洒脱"这四字，苦恼了马奋棋一辈子，不知何年何月能让自己的文章飘逸洒脱起来。好多年了，马奋棋就想疯了。以至于后来读到人家那种飘逸洒脱的文章就恨上心来，就咬牙切齿，甚至有了生理反应，凡是这种文笔的文章著作，一律清理出书柜，堆在阳台上。案头书柜里都是文风干涩的著作。有点破罐破摔的意思了。幸亏有张大师张神医这种民间高手，不仅通了大便，还通了大脑，就像一通百通。

马奋棋显然品尝到甜头，他再次出现在张大师的跟前，张大师就哈哈一笑，老朋友了嘛，张大师句句都说到他心里头了："你们这些文人呀，鸟书鸟文章，基本上都是书本上的排泄物，枯燥干硬，就堵上了，就得通开。"张大师开始阐述他的医疗理念："人生百病都是因为水，病人就要用芒硝脱水。来我这里的病人基本分两类。一类是贪，欲望太多，就泻火，上吐下泻，把身体的污秽排光、排尽，身体干净了，心里的想法就少了，害人的心思就更不会有了。能来找我，说明还多少有一点良知，还有救，扁鹊还有个六不治，六不治的患者就不会找医生，死到临头才往医生跟前抬，早就是个死人了，扁鹊再世也不治。第二类是你这样的人，枯燥干硬，从精神到身体给堵塞了，淤泥太多了，都干了，硬了，成石头子了，就得加大用量用猛药。把上下内外打通，打通了人就舒服了。"

另外四个患者，都是一个病。牛禄喜就显得例外。张大师就把牛禄喜当典型，对文人马奋棋说："他的病属于第三类，心有郁结想不开，吃过大亏，是个大善人，被人耍了，耍大了，一口气噎在心里，比石头厉害，任何坚硬的物质都比不上，还不把人活活憋死。这个人当过兵，体质好，只是精神分裂了，一般人活不下来，干我这行当的遇上这种病人能推就推。我之所以愿意治他，是他眼睛里的光没暗下去，有好东西滋养着他。"牛禄喜服了芒硝，立即上吐下泻。主要是吐，苦胆都吐出来了，舌头吐得那么长，跟吊死鬼一样。一个疗程下来，牛禄喜康复了。到精神病医院复查了一下，医生就说："江湖骗子哄人钱哩。"不久，警方出动取缔了终南医院。再过一段时间，神医张万银被告上法庭。出了那么多人命，跑不掉的。张大师在法庭上振振有词："我看病，人家收钱。"这个人家不知道是谁。马亮亮看到这些报道吓一跳，他也弄不明白江湖骗子为什么偏偏治好了牛叔叔。

牛禄喜正常了，牛禄喜不想回新疆，牛禄喜告诉马亮亮："我挣上一笔钱我就回去，我挣不下钱我就不回去，我能借下钱我不想借，战友还有朋友白给我钱我不能用这种钱，我要自己去挣，我咋样离开老婆娃我就咋样回到老婆娃身边，我不想走终南捷径。"牛禄喜竟然知道终南捷径，牛禄喜在终南医院看病的时候是个疯子嘛。世界上的事情太不可思议了。康复后的牛禄喜以叔叔的身份告诫马亮亮："娃呀，心要诚哩，心不诚就是把事情弄成了弄大了弄到联合国去又能咋？"钱在牛禄喜眼里已经成为一种精神成为一个象征，还真把马亮亮给镇住了。牛禄喜所在的劳动服务公司早都不存在了，有大哥的关照，牛禄喜的编制最终落在银行系统，按提前病退处理，百分之八十工资。还住在原来的单人宿舍，很破旧的楼房。牛禄喜搞过产品推销，搞过传销，几年下来，基本把西安的亲朋好友得罪完了。又返回去搞产品推销，不知道什么时候是个头。反正念念不忘要挣够二十万。不管怎么说，马亮亮给父亲有了一个交待，牛叔叔康复出院了，生活正常了，具体就不多讲了。马来新又是电话又是长信，纠缠一个问题，就是动员牛禄喜回到老婆娃身边。马亮亮被逼到墙角了，马亮亮就不客气地在电话里问了一句："你要是牛叔叔你能这样轻轻松松回去吗？"电话那头就没有声音了，但还能听见很粗的出气声，跟牛一样，马亮亮一直拿着话筒，整整一分五十秒，父亲马来新把电话挂了，咯啷一下，就像咽下去一块石头。

马亮亮是一个念书好手，本科完了读硕士，硕士提前一年结束直接读博士。导师是工程院院士，经费很足，一个项目就是一个亿两个亿，学生每人配备笔记本电脑，导师自己有车，研究室还备有三部车，其中两部学生可以用。导师最喜欢的学生比如马亮亮，就可以敞开用。导师的几个学生从硕士到博士基本上都是外地人，导师就隔三差五带学生去春发生吃葫芦头，去德发长吃饺子宴，去五一饭店吃淮扬菜，去东亚饭店吃上海菜，去老孙家同盛祥吃羊肉泡馍。导师很有情调，学生就很舒服。马亮亮的心情就比较愉快，不再纠缠牛叔叔的事情，就更放松了，空闲时间就更多了。周末就开着研究室的小轿车在西安城里乱逛。路太堵，就往宽敞的地方跑，一跑两跑跑到大庆路，给人感觉就像到了外国，到了欧洲的城市。后来马亮亮去欧洲读书，每到一座城市他就会想起西安的大庆路，那么宽敞，树那么多，大街中间是林带和草坪，有各种体育器械有长椅。一打听果然是上个世纪五十年代苏联专家设计修建的，肯定是参照了莫斯科彼得堡某条大街。每逢雨季，西安其他大街总是积水，下水道常常堵塞，积水跟大湖一样，在桥洞里差点把出租司机淹死。只有大庆路是畅通的，大街的内脏功能一直很好。马亮亮在路边吃肉夹馍跟几个老汉闲谝，听了这么多议论，上车后，很快就到了"丝路群雕"的地方，拉着骆驼骑着马的唐人波斯人阿拉伯人让马亮亮眼前一亮，这才是真正的长安。

马亮亮的车子慢下来，比行人还慢，跟人家步行的漂亮女子并肩而行，几个西安女子跟一个外国女子就在车窗外边。外国洋女子的背包在车上擦一下，洋女子就对着车里的马亮亮说对不起，边说边打手势。马亮亮也打手势，马亮亮原来是打手势示好，打着打着就成了邀请人家上车的动作了，连他都不敢相信他会做这种手势，人家洋女子拉车门他才反应过来，从里边打开车门，洋女子就进来了。那几个西安女子跟洋女子不是一伙的，人家连车看都不看。洋女子汉语不太熟练，可性格开朗，很想说中国话，马亮亮就积极配合，马亮亮就说出了比老西安更地道更经典的长安话："美丽到这种地步，为什么要徒步行走？"洋女子笑道:"你有香车不知道借给我,我不徒步行走又能怎样?"马亮亮就说:"我这破车不配供佳人使用,如果你需要,尽管用好了。"马亮亮就下车走了。马亮亮听见喇叭响,回过身打个手势,洋女子在车里笑了,笑得那么开心那么自豪。好多年以后马亮亮都在回忆那个漂亮的手势,在大庆路的"丝路群雕"下边,他那么绅士地把车子让给一个陌生的洋人女子。

他步行回家,有出租车,有公交车,他步行两小时,他心情愉快是有道理的,那个洋女子是意大利留学生,在西北大学学考古,基本上是波提切利画中的人物,站在大海的波涛上,美得让人绝望。马亮亮当时就是这种感觉。直到周一下午下课的时候,洋女子才把车开过来,互相没有交换联系方式,这个洋女子就一路寻找过来了。这个工科大学女生特别少,美若天仙的女子就更罕见了,可以想象这个洋美人驾车缓缓穿越校园时的情景,正值下课时间,本科生、研究生以及他们的老师从大楼里涌向校园,校园出现这么一道风景,马亮亮就有点做梦的感觉。

他们的交往就这样开始了,直到出国继续发展,意大利女子才愿意跟马亮亮回乌苏看公婆。这个时候比亲吻更密切的关系都有了,马亮亮才想起当初跟江南女子亲吻时出现的预测噩梦,再也不会出现那种灾难了,轻舟已过万重山,回头望,屁事没有,都同居一年多了,都想不起那桩事了,快到乌苏老家的时候,脑子里才闪了这么一下,就彻底翻过去。

马亮亮带着洋媳妇回到乌苏老家那一天,女天神从树窟窿里下来了,父亲马来新听见了女天神的脚步声,脚步声就是一种回应。父亲马来新的目光落在沙地上,父亲马来新没有刨开沙土,父亲马来新起身回去了。这个秘密永远不会有人知道。有过各种推测,马来新听见女天神的脚步声就知道生命树长结实了,不用吃大洋芋了,地里应该有一颗大洋芋,马来新就很自信地起身回家。另一种推测,女天神答应了马来新的请求,给大地留一颗大洋芋,是给大地不是给他本人,他很自觉地起身回家。第三种推测就比较麻烦,马来新听到的脚步声是儿子马亮亮与洋媳妇的,马来新的第一个念头就是儿子的病好了,可以娶媳妇了,这比啥都重要。上不上硕士,上不上博士,出不出国,都不重要,甚至不上大学当一个农民,娶妻生子没啥不好,男人最要紧的是娶妻生子。关键时候马来新就露出农民本色，马来新越走越快。

儿子和洋媳妇在村口就被大家围住了，儿子与洋媳妇都是大个子，比大家高出半头，人再多也挡不住他们两个。马来新的脚步就放慢了。新疆既封闭又开放，民族众多，而且有俄罗斯人，马来新以为儿子引了个二转子或者俄罗斯女子。马来新越走越慢，那情形就像他走向沙地查看大洋芋一样，他的心又悬起来了，他惊喜交加，脑子一片空白。他还是走过去了。他先听见儿子马亮亮的声音，儿子马亮亮说这是他引回来的媳妇，儿子马亮亮说了个名字马来新没记下，但马来新听清楚了，儿媳是意大利人，来中国留学的，也是个博士。马来新就听见儿媳妇用中国话向他问候，马来新就松了一口气，会说中国话，这才是问题的关键，不会说中国话，待在家里要多别扭就有多别扭，听到中国话从洋媳妇嘴里吐出来，马来新就兴奋起来，就招呼洋媳妇回家回家。老伴没有马来新那么死脑筋，老婆抓住洋媳妇的手，左看右看，还上下看，看了还不行，还用手捏，从手捏到胳膊捏到人家媳妇脸上，喜欢得不得了，就问人家意大利那么远来中国念书想不想家。洋媳妇就说："西安罗马。"老婆念过高中，知道丝绸之路，老婆就噢噢点头，接着就问："中国饭能吃饱吗？"洋媳妇就说："马可波罗，面条，通心粉。"这回老婆只听明白了面条，洋媳妇爱吃面条，有这一条就能过日子，老婆就放心了。

马亮亮跟媳妇在老家举行了中国式婚礼，陈辉老师是贵客之一。陈辉老师给新郎新娘祝福时说："记住我说的话，生活第一，事业第二。"

马亮亮就跟上洋媳妇到欧洲去了。马亮亮留学的地方不是意大利，在欧洲另一个大国。

马亮亮的学业越来越好，毕业后就被欧洲一所著名大学的研究机构招走了。马亮亮经常回国讲学，北京上海以外就是母校所在地西安了。夫人有时随行，有时搞自己的事业走不开，马亮亮就单飞。这么有名的学者在地球上空飞来飞去，给家乡不做点什么好像说不过去。马亮亮就在乌鲁木齐几所大学讲学一周。马亮亮就见到了徐莉莉。

确切地说是徐莉莉采访马亮亮。采访属于公事，采访完毕就让助手去整理，徐莉莉可以跟马亮亮闲聊了，聊的当然是私人话题。徐莉莉是老记者了，见多识广，首先批判国内的研究机构包括大学，一天到晚就是争项目，跟包工头揽活一样，揽一个大项目，争取来经费，日子就好过了，大概统计一下，每篇科研论文的成本是六至十万元，到底有多少价值有多少创造性的东西就不好说了。徐莉莉慷慨陈词一番，言下之意，马亮亮的工作才是有价值的有意义的。马亮亮沉吟半天，就告诉徐莉莉："我一直把你当大姐姐，我可以在外边讲假话，不可以给你撒谎，实话给你说吧，外国的研究机构也就那么一回事。说到我自己，其实就是个高级雇员，做不了什么创造性的工作，谋一份薪水罢了。妻子搞人文科学研究清闲一点，要维持中产阶级的生活，主要靠我在全世界飞来飞去，得不停地赚钱，连喘气的工夫都没有。那些在国外一流大学读完博士的同学也都跟我一样，取得学位，找到稳定的工作，技术专业保证了饭碗，也就失去了追求探索的勇气和热情。"徐莉莉很吃惊，也只是短暂的惊诧，也只是对异域好奇心的破灭而已。徐莉莉后来写了一篇文章，《创造力的衰退——全球性危机》，把创造力危机跟能源危机、环境危机、水资源危机相提并论。当然不会提马亮亮。

徐莉莉就转个话题，问他的生活，在国外过得惯吗？洋媳妇满意你吗？马亮亮就喜欢谈这个话题，似乎这是他的强项，他这个中国丈夫能做饭能做家务，脾气又好，没有欧洲男人个性倔强的毛病，更不会移情别恋，死心塌地地热爱妻子，以泉水变溪流、溪流变大河、大河入海洋的毅力保持着对妻子长久不衰的吸引力，意大利妻子把他当作上帝恩赐的礼物，可以说是心满意足。有自己的房子，有自己的车，关键是家庭观念强到宗教的高度。徐莉莉就问："接下来就是生一堆孩子。""你说对了，我们快乐得够长了，该给孩子留一些了，我出来时妻子刚刚怀孕。"这个新生命简直成了他们唯一的幸福所在。后来这个孩子活下来了，妻子大病一场，不到半年就离开人世，那才是一场真正的灾难。马亮亮太眷恋妻子和这个家了。这是后话。此时此刻他很兴奋，谈到妻子他就兴奋，话就多得不得了，徐莉莉都插不上话。他们是在一家茶坊闲聊。徐莉莉笑眯眯地看着这个小弟弟眉飞色舞地谈自己的妻子，这么热爱妻子的男人真是难得。徐莉莉不断地听到泉水溪流大河海洋，还有自由个人空间这些字眼，徐莉莉忍不住问马亮亮："你哪学来的，一套一套的，以前咋看不出来呀？"马亮亮就提到大名鼎鼎的陈辉。徐莉莉好多年前在大漠深处采访过陈辉的妻子王蓝蓝，那时王蓝蓝就跟丈夫处于冷战状态。徐莉莉就说："你这个化学老师猜高考题有一套，还能猜测女人心理呀。"马亮亮就拿出红皮日记本，在扉页上有陈辉的一段话："一年级读书，二年级找女朋友，三年级上升为爱情，四年级持续上升，直到把她娶进门，永远热爱你的妻子。"下边的日期正好是王蓝蓝下乡支教那一年。"你这个老师很有意思。""你应该报道一下他嘛，他是全国特级教师，自治区也没出几个。"

徐莉莉真的萌发了采访陈辉的念头。这时候马亮亮的手机响了，来的是短信，是外甥王星火从塔里木河边发来的，王星火在石河子大学学植物学，此时此刻正在塔里木河边考察胡杨树，这小子给舅舅的短信里说：我对你的航天动力学没兴趣，世界上最值得研究的是胡杨树。马亮亮让徐莉莉也看了短信，马亮亮说："我打算让他去欧洲最好的大学读研究生，这小子说欧洲美国又没有胡杨树，要出国考察的话他最想去的是埃及，他想考察尼罗河两岸的沙漠植物。这小子从小喜欢树，简直就是树生的。"徐莉莉就说："生命树就是他用望远镜发现的。"生命树从发现到长成一棵大树，马亮亮一直忙着考大学，考研究生，一直没工夫看那棵生命树，马亮亮大概是马来新家族唯一没亲眼见到生命树的人。徐莉莉说："以前是传说中的树，现在真的长出来了，就在乌苏南边的戈壁滩上，不用望远镜都能看见，跟一座宫殿一样，每片叶子都有灵魂。"徐莉莉说着说着就动情了："去看看吧，至少能讨个吉祥。"

马亮亮已经定好机票了，马亮亮犹豫了一下就说："下次吧，下次我一定去看生命树。"马亮亮就这样放弃了生命树给他以及妻儿的吉祥。此时此刻妻子已经怀孕了，胎儿已经成形了，无论是西方的文明还是东方的文明，成形的胎儿已经有灵魂了。半年后，这个生命力极强的孩子冲出母亲身体的时候那么凶猛，把母亲的身体给毁了，母亲很快就离开了人世。马亮亮想起这些就后悔得要死。

卷十五

徐莉莉采访完马亮亮就对记者生活产生了厌倦心理。不能不承认马亮亮私下所谈到的他自己供职的研究机构的内幕刺激了她，她当时仅仅愣了一下，并没有什么激烈反应。离开马亮亮以后，她才发现她受的刺激有多么大，以至于对自己的职业都产生了怀疑。徐莉莉就产生了写小说的念头。目前她只能发泄一下，她就写了《创造力的衰退——全球性危机》，在副刊以随笔杂文发表，这也是主编应付她的办法，火药味太浓，冷处理，却在全国众多报刊的显要位置转载，网上就更热闹了。主编以及同事就开玩笑："你还这么激情这么青春，我们都老啦。"就建议她应该当作家，她故作惊讶，大家就纷纷证明许多作家都是从记者生涯开始的。她就以玩笑的方式掩饰内心的震撼，她就告诉大家："我就算了，让我儿子干吧。"有关创造力衰退的全球性话题告一段落。

徐莉莉下一个采访目标锁定陈辉。陈辉正好来乌鲁木齐参加表彰大会，自治区劳模，全国特级教师，高考预测大王，这都是极有新闻热点的话题。采访完就把录音交给助手去处理，自己请陈辉去喝咖啡，边喝边闲聊。这种方式是从采访王蓝蓝开始的，正式采访结束后，徐莉莉总是意犹未尽，还想跟采访对象聊聊天，这比较费时间，记者就是个大忙人，一般记者有这心情也没这工夫，徐莉莉硬是挤出这个工夫，跟采访对象拉闲话。没有主题，没有预设的方案，随心所欲，只有一个妙处，采访对象会在这个时候袒露心声，甚至说出许多不为他人所知的秘密，已经牵涉个人隐私了。不录音不照相，关键是徐莉莉不再是记者，是贴心的朋友了。徐莉莉跟这些闲聊过的人一直保持联系，彼此信任，人家不会担心她外传这些话。徐莉莉也信守这个规则。每次闲聊结束，徐莉莉就把这些内容写进日记。她有记日记的习惯。她当天的日记就很长，差不多是一个短篇小说了，有故事有人物有细节。她萌发写小说的念头是有道理的。

徐莉莉跟陈辉闲聊了两次。第一次主要聊教育，教师嘛，三句话不离本行，因为不公开，纯属聊天，就很尖锐，实话实说。陈辉首先嘲笑自己头上那顶高考预测大王的帽子，应试教育的弊病谈了好多年，像陈辉这种拿自己开刀的人还不多。陈辉告诉徐莉莉，来乌鲁木齐开会前他拒绝了县领导让他当中学校长的任命，已经内定了，跟陈辉通通气，有个思想准备坐第一把交椅，遭到拒绝，领导很不高兴，这是组织决定。陈辉一向温文尔雅，这件事上就不君子了，就给领导来一句：那我调走好了，或者我自己走人。领导就没辙了。看来陈辉同志不好这一口，当副校长六七年，当上瘾了，革命到头了，固步自封不想进步了。这又不是什么原则性问题，值得跟大名人、特级教师闹翻吗？徐莉莉就笑："副校长跟正校长都是校长，你这是何必呢？"陈辉就说："几年前就传得沸沸扬扬，好几个中学校长联名上书县委县政府，要让我当教育局局长，提高全县的高考升学率，同时吸引油田和农场的生源，政协会上也是这种呼声，我成摇钱树啦。校长只是过渡，顶多干一年，就会把全县的中小学校交给我，我能干吗？""你为什么不利用权力实现你的教育理念？""话是这样说，实际操作起来是行不通的，给你这样说吧，学校、出版社、考试已经形成利益共同体，跟食物链一样，断哪一环节都不行，出考题编教材，出版社再到学校，你是记者你想想，我一个人能扭过来吗？这些年我基本上是消极怠工，勉强应付，我只能发现问题，拿不出解决的办法。"

陈辉还是有办法的，就拿马亮亮说事。陈辉不少学生考到北大清华复旦，但这些学生都不如马亮亮，马亮亮拿了中国的博士，又拿了欧洲名校的博士，双博士，就职于国外一流研究机构，在地球上空飞来飞去，更牛皮的是娶了洋博士做太太，马亮亮成为成功的楷模，家长们的梦想，学生就不用说了。陈辉拿马亮亮说事没有炫耀的意思。陈辉保存了马亮亮高中时的所有试卷，连作业本都保存着，陈辉每学期总是抽出一周时间，给尖子生分析马亮亮的试卷与作业，从中挑出典型试卷。陈辉告诉学生：这道题全分20分，马亮亮只得了18分，马亮亮在作业里做过这种题型，老师教的三种解题办法他早都会了，为什么州上竞赛的时候他不拿全分，能拿冠军却拿了个亚军？当时我批评他了，说话很重，他就告诉我他答题的时候脑子里灵光一闪，闪出一个新的解题方法，其实不是新方法，大学一年级学生才用这种方法，中学老师没讲，我没讲啊，马亮亮就用这种方法解了，没有拿全分，扣了两分，对马亮亮来说这个方法应该是一个大发现，老师没讲嘛。这才是学习的真正目的，学到一定程度，不追求分数了，兴趣转到探索发现上去了，这才是科学精神。我都能想象出马亮亮的高考试卷，狗日的，相当一部分试题是按自己的方法解答的。

陈辉告诉徐莉莉：那年高考，学校专门请考上北大清华复旦西工大这些名牌大学的考生给全校学生作报告，陈辉授意马亮亮重点讲如何用自己的方法解题。效果可想而知，大家不感兴趣，甚至怀疑马亮亮嫉妒那些考上北大清华的同学。好多年以后，马亮亮越来越优秀，拿上双博士以后，陈辉就旧话重提，甚至搬出马亮亮的考卷和作业本作为示范，志在培养学生的创造精神。那是看在他副校长和特级教师的分上，校长私下说了：实验一下可以，不宜推广，高考别说一分，差零点一分都不行，不是害学生嘛。陈辉说着说着就激动起来了："中学生应该提前具备大学生的素质，应该提前懂得放弃一些东西，应该知道如何收势，控制使用力气。"陈辉不由自主地赞美马亮亮，"多好的学生啊，一生培养这么一个学生我心满意足了。"

徐莉莉闷头喝咖啡，尽量不让陈辉看出她脸上怪诞的表情。陈辉要是知道他引以为豪的马亮亮已经丧失创造的精神与勇气，该做何感想。徐莉莉不想把这个残酷的消息泄露出去。事情很快就变得滑稽起来了，陈辉提到了徐莉莉的那篇雄文《创造力的衰退——全球性危机》，陈辉把这篇文章剪贴在本子上，陈辉不是语文教师，陈辉却给学生发这种课外资料，跟化学没多大关系。陈辉还在全校师生大会上介绍这篇文章，自然而然以马亮亮为榜样，甚至提出马亮亮将是遏制人类创造力衰退的有生力量。徐莉莉手里的杯子差点掉地上，掉下去的只是匙子，就像三国戏里青梅煮酒论英雄的刘备。其实这不属于误读,在徐莉莉之外没有人会把这篇文章跟马亮亮联系起来。徐莉莉就平静下来,继续听陈辉老师慷慨陈词,一边听一边在心里感慨:马亮亮是有创造意识创造精神创造勇气的呀,什么原因改变了他?徐莉莉太心急了,还没想明白就脱口而出:"你真有意思,你给学生写那样的赠言。"陈辉没反应过来,徐莉莉就把那段程序性格言背出来了,大一干什么,大二干什么,大三大四干什么,跟《建国大纲》似的。陈辉就明白了,陈辉很沉痛地告诉徐莉莉:"王蓝蓝是你的班主任,我们俩的婚姻是先甜后苦,这个教训太沉痛了,我不想让我最喜欢的学生重蹈覆辙。你要明白,这不是老师对学生说的话,是父亲对儿子的良苦用心啊。"徐莉莉就说:"你总想救别人,最后发现救的是你自己。"陈辉没有听出徐莉莉的弦外之音,陈辉沉浸在自己的思路里:"鲁迅说救救孩子,一代人应该比一代人过得好,否则怎么做老师呢。"

第二次闲聊已经是一年后了,还是在乌鲁木齐,喝茶不喝咖啡。真正的私人话题。徐莉莉问陈辉:"你跟王老师之间到底有什么解不开呢?"陈辉苦笑一下说:"你肯定跟王老师接触很久了,也听她讲过不少事情。我相信她讲的都是真的。她的事情我就不讲了,我只讲我自己。"他们谈了差不多一个礼拜,陈辉白天开教研会,晚上就出来跟徐莉莉闲聊。陈辉简直在回忆他的一生。还是有重点的,他知道问题出在什么地方。就从他曾经引以为豪的知青生活开始吧。

1966年陈辉高中毕业就投入"文化大革命",从伊犁大串联到乌鲁木齐,许多同学的理想就是乌鲁木齐,伊犁老同学全都回去了,陈辉在乌鲁木齐新结识几个伙伴,他们志趣相投,就往口里发展。他们去了延安,去了井冈山,最后抵达伟大的首都北京,很荣幸地加入百万红卫兵接受毛主席检阅的行列,他们就兴高采烈地回来了。陈辉意犹未尽,又漫游天山南北。回到家乡伊犁霍城已经是1968年秋天了。他的高中学业是在自治州最好的中学伊宁四中完成的。"上山下乡"运动已经开始了,他就到特克斯县插队接受贫下中农再教育。

走遍祖国大地走遍天山南北的陈辉确实累了,就像从战场回来的老兵,疲惫不堪来到水草丰美土地肥沃的特克斯河谷。伊犁是中亚的一块沃土,新疆最好的地方,来到这里的知青,有上海的、天津的、武汉的、乌鲁木齐的、伊犁本地的。陈辉属于土著知青，可他在内地走了一圈，都从天安门走过了，都看见毛主席向他挥了手嘛。这在知青点上是独一无二的，至少那些上海、天津、武汉来的知青不敢小看他，本地知青觉得他给新疆争面子，也敬佩他。在广大贫下中农眼里，陈辉完全耗尽了力气，懒洋洋的，需要休息，农民认为乡村是最能养人的地方，陈辉到谁家，谁家就高兴，不挑食，就吃农民的家常便饭，肚子饿了就直奔厨房揭锅揭蒸笼揭盆盆罐罐。但有一条，在人家屋子里，坐人家床上，陈辉绝不乱动人家东西。陈辉虽然是吃商品粮的公家人，但父亲是养路工，母亲是小学教师，一直租住在农村，太了解农村的习惯了，农民在吃喝上是很大方很慷慨的，但对钱财甚至一个小小的家什都毫不含糊，也忌讳别人乱翻乱动，会以为你手脚不干净。同样是吃的东西，你去老乡家，果园瓜地摘个瓜果吃，没人骂你，你要动庄稼就麻烦了。鸡呀狗呀羊呀，老乡宰杀做成熟肉，你尽可以吃，你去厨房随便拿也没事，可你抓活鸡活羊活狗，你就是一个贼，贼娃子。好多知青不懂乡俗，就偷鸡摸狗，成了老乡眼里的日本鬼子侵略者，这是时髦说法，最重的是贼娃子，这是民间说法，千万不要小看这个贼娃子，这可是流传了千百年的一个民间观念，各族人民都痛恨贼娃子，伊斯兰教的习惯，抓住贼娃子要砍掉一只手。你想想当年全中国知青偷过多少老乡的鸡和狗，牛羊就不算了，更不要说欺骗过的农村姑娘。

"你不要急着问我跟姑娘们的关系，刚下乡那大半年，我几乎什么都不干，谁都能看出来我需要休息。我的主要任务就是睡觉吃饭。我不在知青点吃，不干活吃白饭大家有意见。去老乡家里爱吃多少吃多少，逮着什么吃什么，这一手就把知青点的人给震了，他们不行，把握不好分寸。"陈辉干的第一桩工作就是在树荫底下呼呼大睡，羊群围上来，舔他的脸，衔住他的头发往肚子里咽，羊把头发当草了。陈辉就起来了，陈辉就从放羊老汉手里接过鞭子："大爷，我来放。"老汉往树荫里一躺，百事不管只管睡觉。

陈辉告诉徐莉莉："老实说，我吃过羊肉可没放过羊，对放牧一窍不通。大半年时间我逛来逛去就是暗中观察老汉咋放羊的，串门子的时候就听老乡说放羊的名堂很多。别的知青又是问又是拿本子记，太小儿科了。长着一双眼睛干啥用呢，往草滩上一躺，睡一会儿看一会儿，大半年呢，傻瓜都看会了。早午晚，草的干湿度不一样，就要顺着地势顺着日头让羊吃草。我头一天就掌握了。我把羊群赶回来的时候，老大爷高兴得直点头，你猜他咋说：'这大半年你娃没白睡么，你娃是个有心人，世界不是有权人的，不是有钱人的，是有心人的。'"徐莉莉就说："这不是毛主席说的话吗，世界是你们的，也是我们的，归根到底是你们的。"陈辉就说："你该明白我为啥爱跟老农民待，不爱跟知青待，知青一点意思都没有，我走遍大江南北，见识过全国各地的红卫兵，可以说是失望至极。就是没有'上山下乡'这个运动，我都打算自己到农村去锻炼锻炼，跟底层老百姓在一起可以学到真正的东西，采铜民间，人民身上有生活的秘密，当时我就是这样认为的。我看惯了别人言不由衷的虚假誓言和激情表演，都是一些外在的投机行为，缺乏内在的热忱。"

陈辉请求领导让他跟老汉一起放羊，领导跟看苕子一样看他半天，还摸了摸他的额头："跟蔫老汉待一搭？"陈辉就说："他就是我师傅。"领导说："牧业队多好呀，都是年轻人，朝气蓬勃，还有枪，清一色的基干民兵，待遇又好。"领导真喜欢陈辉领导才肯这么说："那个蔫老汉可不是贫下中农，他当过国民党的兵，是个老兵痞，你拜他为师你可要想好。"陈辉就说："我看上他那群羊了，我拜羊为师行了吧？"领导开始犹豫，陈辉可是见过大世面的人，陈辉运用"文革"话语比领导更出色，陈辉就说："这么好的一群羊应该掌握在革命群众手里，阶级异己分子可以暂时利用他们，绝不能信任他们。"这也是陈辉下乡以来第一次用严肃的语调说话，领导都愣了："你小子政策水平挺高的嘛。那群羊呀可不是啥好羊，都是牧业队淘汰下来的，扔不掉，就交给这个蔫老汉，爱咋放就咋放，冬天能吃肉就行。"陈辉就说："草原上有句老话：歪马在牧人手里能变成骏马，牛羊在牧人手里能变得肥壮，关键看怎么放。"这已经是内行说的话了。所谓外行看热闹，内行看门道。领导就咂几口烟，慢慢地吐出烟团，遮着烟雾打量这个洋学生，打量够了就说："党和人民信任你，好好干吧。"陈辉根正苗红，当地土著，三代甚至十几代都是贫民，领导这么说是有道理的。

陈辉就跟蔫老汉去放羊了。那是物资贫乏的年代，什么都凭票证购买，农民没有票证，农民更苦，伊犁自古就是西域粮仓，农民也仅仅能吃饱肚子，基本上都是粗粮，每年都有很重的征粮指标，一点点细粮过年过节享受一下。知青就不同了，细粮比一般农民多，还有各种补贴，家里还不断地寄粮票寄各种生活用品。陈辉把自己的细粮让蔫老汉吃了，自己吃玉米面烤的馕，又干又硬。放羊人有时候三四天一个礼拜回不来，就带玉米面烤馕和生洋芋，饿了就架一堆火烤洋芋喝白开水把馕泡在开水里，砖茶很少。陈辉就从家里带砖茶，砖茶便宜能长时间放。陈辉从家里带少量的奶粉，加在茶水里就接近真正的奶茶了，奶茶泡馕从来都是一道美味。蔫老汉吃上了麦面烤馕，喝上了真正的奶茶。陈辉还买了一个小收音机，在那个年代是很稀罕的。大队书记公社书记主任家里才有收音机。知青家境好的也有。陈辉的小收音机差不多在蔫老汉手里，蔫老汉听样板戏，听中央人民广播电台新疆人民广播电台伊犁州人民广播电台的各种节目。老汉把这洋玩意儿叫戏匣子、话匣子。过去老毛子有这玩意。老毛子就是十月革命后在新疆避难的白俄，好多白俄入中国籍成为归化族，新中国成立后就恢复为俄罗斯族，中苏关系恶化，人数就少了，都生活在伊犁塔城这些城镇里。伊宁市还有个俄罗斯中学。伊犁人对洋玩意儿不新鲜，但缺少这些洋玩意儿。蔫老汉这么熟练地摆弄收音机，陈辉当时就看出来蔫老汉用过这玩意。

　　蔫老汉听了两个月话匣子，就打开了自己的话匣子。蔫老汉是东北黑龙江人，马占山手下的一个排长，参加过江桥抗战，然后连同家眷步行穿越西伯利亚。回到新疆在伊犁陆军第八师张培元的部队当小排长。陆八师惨败，蔫老汉就成了盛世才的兵。盛世才的岳父邱宗浚当伊犁屯垦使，邱宗浚为了守住伊犁，就在特克斯河谷建八卦城，也就是后来的特克斯县城。八卦城建起来后，蔫老汉离开军队，跟当地一位汉族姑娘结婚，几年后又发生战乱，妻儿死于战火，家破人亡。夜深人静的时候，他就在八卦城址上走八卦，他喜欢上这个神秘的图案，就像命运让人无法捉摸又无法摆脱。走八卦的结果让他明白他不能在城里落脚，他属于旷野，他就在离城四五十里的村庄安身，一间土房子一群脏兮兮的羊他就心满意足了。

　　蔫老汉说:"你跟我不一样，你是阵法里的人，走，跟师傅走阵去。"蔫老汉破天荒地以师傅自居，立马就带陈辉去见识八卦阵。天山南北不要说县城，地州政府所在的中等城市也有牧人常常赶着畜群穿城而过。乌鲁木齐郊区也能见到畜群。上个世纪七十年代的特克斯县城相当简陋也相当宽敞。蔫老汉带着徒弟赶着羊群很容易进了城。羊群在路边吃草，蔫老汉带着陈辉走街串巷。县城中心花园显然是太极阴阳图，由此辐射出八条主要大街，也就是乾、坤、坎、离、震、巽、艮、兑八个卦符，把它们构连成一体的那些小巷相当于由八卦衍生出来的六十四个卦相。"文革"破四旧不讲这些封建玩意了，城中居民也意识不到他们居住在八卦上。蔫老汉告诉陈辉："要在飞机上看，要在山上用望远镜看，进来就看不见了。"跟上蔫老汉走了大半天，蔫老汉说："不用眼睛用心看。"

他们每天都去城里走八卦。走完了，羊也吃饱了。有一次陈辉恶作剧赶羊群进去，蔫老汉吓坏了，把羊轰开，小声对陈辉说："你乾坤倒转呀？你让畜生文化大革命呀？"陈辉听不明白："你念啥咒哩，我听不懂。"蔫老汉脸上怪怪的："人走弯弯羊走滩，明白了吗？还不明白？羊走弯弯人走滩乾坤就倒转了。"陈辉与蔫老汉相伴三年，蔫老汉离开了人世。陈辉像待父亲一样安葬蔫老汉。

徐莉莉就说："你这种经历应该成为一个作家。你简直就是中国的高尔基。"陈辉就说："你抬举我啦。高尔基漫游了整个俄罗斯，见识了许许多多民间高人，用他们的智慧来丰富自己的精神世界，我把这种珍贵的经历全都转化成了生存智慧。"

1973年，陈辉招工进州皮革厂。师傅的女儿一下子被吸引了。大串联到北京，下乡五年，会拉手风琴会唱忧伤的《伏尔加船夫曲》，就成为一种资本，常常让对方垂下眼皮。师傅也是岳父，把他叫到一边，告诉他："你要不是我女婿我不会说这话，你记住，这个世界上受过磨难的人很多。"师傅是经受过大苦大难的人，师傅用了一个磨难，让陈辉好多年都不自在。这种不自在让他耿耿于怀，当它成为离婚的原因时，陈辉才发现他是一个心气很高的人。表面上他对师傅兼岳父的忠告心悦诚服，不再张扬不再争强好胜不再拿插队五年说事。

1977年恢复高考，陈辉考上了大学。那时的大学校园才是真正张扬个性的地方，每天都在过节，人人都很亢奋。陈辉活而不跃。参加各种聚会，总是最后发言，言简意赅，没有废话。文艺表演就拉手风琴，很快成为学院的文艺骨干，毕业前学院跟州文工团联合搞一个大型庆典活动，提前半年做准备。刚开始州文工团那个漂亮的女歌手并没有注意沉默寡言的陈辉。女歌手身边总是围着许多男士，有文工团的有学校的，大家争先恐后展示自己的才华，不是给这次活动，是给女歌手。排练就很活跃，快两个月了，陈辉根本轮不上。陈辉就躲在角落里冷眼旁观。两个月了，终于出现一点点缝隙，有位同志已经上去表演三四回了，拉肚子，吃手抓羊肉又吃西瓜就得往厕所跑，生活总会出现漏洞，生活真好。领导发现了角落里的陈辉，以为他偷懒："怎么才来，快上快上。"有人就嘀咕：这节目是多余的。大家知道陈辉的手风琴是怎么回事，有心人就提前把这个节目表演了，还不止一次，每天都有。拉肚子出现了空档，领导喊陈辉，人家就急，顾不上面子了，这节目已经有了嘛。陈辉不等领导发话，拎上手风琴就往外走，领导要不吭声就永远也不会发生后来的事，领导都准备不吭声了，可领导看着陈辉的背影以及挎在肩上的手风琴，领导就改变了主意，领导就说："回来，你回来。"陈辉就懒洋洋地回来了。

领导示意让他拉，陈辉就拉开了。陈辉拉开的时候，男士们配合默契唧唧喳喳顷刻成了娘儿们。也就唧唧喳喳三十秒，音乐的力量让他们闭上了嘴，排练的大教室里静悄悄，女歌手的目光落在陈辉身上久久不能移开。领导意犹未尽，问陈辉："你能不能唱一下？"陈辉就笑了："重复了嘛，多此一举嘛。"领导就说："凭我的直觉，你的嗓子绝不亚于乐器。"陈辉就唱了一遍《伏尔加船夫曲》，多少有点夏里亚宾的味道。这回不是领导问陈辉了，女歌手过来了，女歌手问陈辉："你跟谁学的？"陈辉就告诉她："跟收音机。"女歌手就说："光凭收音机唱不出这种味道，一定还有高人指点。"陈辉就说："我下乡五年，走遍了特克斯河谷，收音机在山坡上才能收到讯号。"领导善于说实话，领导一语中的："唱这首歌要有阅历，阅历很重要。"女歌手就说："怪不得有那么重的沧桑感。"在场的许多人都有过下乡插队的经历，都不会利用这种经历。

陈辉有一种找到知音的感觉，领导权衡再三，决定让他唱《伏尔加船夫曲》，就不用手风琴表演了。演出效果非常好，观众都喊起来了：再来一个，再来一个。领导就把手风琴拎上来了，女歌手也跟孩子一样手扬得高高的，在舞台后边向他示意拉手风琴，他把手风琴还给领导：

"还是用我的嗓子吧，我不想借用任何辅助手段来报答观众的热情。"陈辉就看见女歌手的手放下去了，女歌手的眼睛里闪烁出一种异样的光芒。陈辉是熟悉这种眼神的，插队时交往过的五个姑娘，有三个闪烁过这种光芒。女歌手显然超过了她们，陈辉得到鼓励后就非同寻常。陈辉没有唱歌，陈辉朗诵了刚刚轰动文坛的自由诗《我是青年》："人们还叫我青年/哈……我是青年，我年轻啊，我的上帝！……"伊犁人还记得那天的场面，朗诵完了，没有掌声，人们静静地坐着，好像在回味着什么，然后站起来，没有拥挤，静静地走出大礼堂。

1981年春天，热恋与离婚同时进行，陈辉都做好打持久战的准备，陈辉把对付的重点放在妻子的娘家，也就是师傅以及师傅的儿子和徒弟们身上。妻子他是了解的，这个善良的女人除过哭不会别的。妻子确实哭了，只流泪，不停地擦眼泪，没有哭出声，让陈辉想不到的是师傅一家人根本没有动静，完全是他们夫妻间的事情。离婚就很顺利。

接着就是跟女歌手确立关系，同样很顺利。女歌手母亲几年前就去世了，唯一的亲人就是父亲。女歌手说："你不要紧张，我跟父亲关系很淡，带你去见他完全是出于礼节。"女歌手不想隐瞒家庭矛盾，女歌手告诉陈辉："打动我的不是你的才华，是你的生活信念，观众让你加一个节目的时候，你不用任何辅助手段就用自己的嗓子，你不讨好巴结任何人，我欣赏你这一点。"女歌手告诉陈辉："我父亲身上可利用的资源太多了，母亲跟他吵闹一辈子，我做梦都想过普普通通的平常日子。"女歌手就说出她父亲的名字，那是一个在新疆如雷贯耳的名字，陈辉就笑了："跟你待在一起就很幸福了，其他都是多余的。"

他们就去见父亲，礼拜天，再请两天假，他们在父亲那里待了三天。仅仅三天，陈辉就把自己完成了。重要人物是没有假期的。父亲见到女儿很高兴，女儿带未婚夫来，父亲简直是心花怒放，完全放下了领导架子，很欣赏地看着陈辉，又频频朝女儿点头。陈辉就觉得女歌手把父女关系说得太糟，夸大其词了。整整一天父亲陪着他们，秘书进来两次，父亲就不让秘书再打扰他。今天完全属于自己，父亲说完就笑："我也有我的权利，我家人的权利。"再也没有电话响了。他们到后边院子里，有花有树，有藤椅，父亲让陈辉放松放松再放松。陈辉就不再拘束了。父亲就问陈辉的个人情况，一句话是个好青年，有阅历有知识，搞现代化就要这样的人。很自然地谈到了男人们最爱谈的国际问题国内问题。女人不会感兴趣，女歌手就看电视去了。父亲跟未婚夫已经熟悉起来了，她就不用操心了。她在屋内看电视，还能听见院子里时而爆发的争论时而爆发的笑声，她就忍不住往外边看看。她希望争论多一点，顺从父亲的人太多了，父亲很威严，有气势，跟父亲争论的都是他的上级或同僚。女儿很得意。刚吃过晚饭，被阻挡了一天的谈工作的人又来了，秘书也很为难。父亲就说，每人十五分钟，让他们一个个来。陈辉和女歌手就进父亲的书房。有许多外边看不到的书，陈辉抓起来就不放手。也不知过了多长时间，人家喊他，他才反应过来。

第二天父亲提议举行一个小型的订婚仪式，女歌手原打算在父亲这里待两三天，跟陈辉见个面，就行了。父亲说："这怎么行，一个农民给女儿订婚也要摆一桌酒席，咱们又不大操大办，就近叫几个能来的人凑凑热闹，让大家知道我女儿有对象了。"下班后就在家里搞一桌菜，都是父亲最信赖的几个人，五六个吧。父亲好像知道女儿的心病，有意不介绍这些人的身份，只说张叔叔、王叔叔、李叔叔，这些叔叔们也是三三两两赶来的。第一个叔叔进来后，陈辉点烟端茶，问候几句。第二个叔叔来的时候，陈辉就到门口去接了。秘书基本上插不上手，陈辉做得贴切得体。几个叔叔同时进来，陈辉左右逢源，头脑灵活，动作敏捷。客人来齐了，先要闲聊一会儿。陈辉基本上不说话，人家问他，也是问一句答一句。叔叔们都很满意，从他们看女歌手的眼神就能看出来。菜上来了，少而精，父亲从柜子里拿出两瓶伊犁特曲，对大家说："今天只喝两瓶，多了没有。"叔叔们抗议了："就这么应付女儿呀，不拿茅台五粮液，拿伊犁特曲，也不整箱整箱拿，老啬皮。"父亲说："这是女儿参加工作用第一个月工资给我买的，伙计，十年啦。"女歌手十四岁进文工团。叔叔们一下子感到了这两瓶酒的分量："这是女儿的一片孝心嘛，老首长真舍得呀。"父亲就说："今天不分上下级，今天都是朋友，跟朋友喝好酒，喝高兴。"叔叔们的表情都变了，那是一种被人高度信任后的感动与自豪。

陈辉站起来把手伸向父亲手里的酒瓶子："我来敬酒。"父亲愣一下，叔叔们反应过来了："应该这样，这个先例开得好，有创造性。"陈辉先给父亲倒上酒："感谢伯父养育了一个好女儿，我才有希望去追求她。"给叔叔们倒上酒,陈辉就说:"感谢各位叔叔,你们是长辈,你们曾帮助鼓励过陈静,陈静才这么优秀。"给女歌手陈静倒上酒,陈辉就说:"世界因为有了你,才让我感到生活的美好。"谁也想不到陈辉给自己倒上酒以后也有说法:"今天最幸福的人是我。"酒过三巡,叔叔们就跟陈辉熟悉了,就交谈起来,越谈越投机,越谈话题越多,而陈辉的话并不多,却能掌握主动。两三个叔叔喝茶抽烟的空当,向父亲道喜:"老首长,这是一个千里马,好好培养。""老领导,你自己说,咱们那些县长局长啥眼光啥见识啥视野,这才叫眼光这才叫见识这才叫视野,人才难得呀。"那天晚上陈辉就像喝了雄黄酒的白娘子身不由己了。女歌手不停地暗示,陈辉视若无睹,喜庆场面客人在场,女歌手又不能发作。叔叔们误以为女歌手爱未婚夫爱疯了,都坐立不安了。叔叔们就开她玩笑,她笑得很勉强。叔叔们知道女人就是啥事反着来,就更相信她是另一种方式的心花怒放。叔叔们就不管她了,就跟陈辉高谈阔论。父亲就有必要提醒女儿给叔叔们倒茶。秘书保姆都可以用,但今天情况特别,自己的女儿亲自端茶倒水清理烟灰缸是对客人的尊重。

女歌手开始还有点僵硬,很快就熟练了。女歌手每出去一次,从外边往里看,看得更清楚了,陈辉已经完全了解了叔叔们的真实身份,陈辉脸上不惊不乍,那双眼睛神光闪闪,看见大救星似的,仿佛改变命运的时刻到了。陈辉很有分寸地与每一位交锋,局面控制得很好,他面对的都是经验阅历关键是资历比他高比他深比他强几倍甚至几十倍的重要部门的负责人,他什么时候练就了这种与他年龄极不相称的本领?女歌手已经没有愤怒了,静观其变吧。最后一次出去倒烟灰,女歌手在院子透透气,看天上的星星,星星一闪一闪,跟蝌蚪一样开始游动,女歌手就想起小时候听过的故事,小蝌蚪找妈妈,那个幼儿园老师讲故事的声音还在耳边回响,小蝌蚪们全游到天上去了,成了星星,而不是青蛙。在另一个故事里,妈妈的孩子走失了,妈妈到处找找不见,妈妈把整个世界都找遍了,还是找不见她的孩子,妈妈还是相信能找到孩子,有了这个信念,妈妈的奶水一下子就流在地上,越流越多,在妈妈的身后形成一条河,妈妈从大地都走到天上了,奶水还源源不断地流啊,天上全都成了妈妈的孩子。女歌手都哭了,靠着走廊小声地哭,边哭边在心里叫妈妈,妈妈就是幼儿园老师,爸爸总说幼儿教师跟小孩一样单纯天真，不可理喻，妈妈的想法很简单很朴素，就是过平平常常的日子，怎么这样难。女歌手就听到了妈妈在另一个世界对她的赞扬："孩子过你想过的日子，不要委屈自己。"

女歌手就不哭了，又站一会儿，情绪稳定了，就去卫生间洗一下脸，对着镜子看了看，就回到大家跟前。女歌手进去的时候，叔叔们就说："陈静啊，叔叔今天高兴啊，比你爸爸还高兴啊，你给我们大家的女儿们做了榜样做了表率，我们那些女儿让我们失望得要死，正在成长的女儿们要找陈辉这样的女婿，年轻有为，目光远大。"叔叔们不由自主地背起毛主席语录："你们年轻人朝气蓬勃，就像早晨八九点的太阳，世界是你们的，也是我们的，归根结底是你们的。"客人们要离开时，那个当秘书长的叔叔很不经意地问了一句："分配去向定了吗？""学校正在摸底。"秘书长叔叔意味深长地笑了，陈辉马上说："您慢走，您慢走。"

离开家之前，女歌手单独跟父亲谈了一次，明确表示不想让陈辉从政，只想过平淡的日子。父亲就说："我原来也是你这种想法，我跟你妈妈闹了一辈子，何必呢。可跟这个年轻人一见面，聊上几句，就知道让他当个中学老师大材小用啊。我怕自己看走眼，让这些叔叔们观察观察，情况你也看到了，他们比我还兴奋，这个陈辉，有极强的预见能力，做行政这点很重要。还有他控制局面的能力，田叔叔是秘书长，田叔叔服过谁呀，控制局面的能力不是一般人能具备的。在他的身上我看到了我的影子，不是一家人不进一家门，缘分呀，孩子，不要胡思乱想啦，哪个女人不想让自己的丈夫有出息有作为？说出去人家会笑话你。"

回去的路上，女歌手问陈辉："你不是说要当中学老师吗？"陈辉就说："分配方案还没最后决定嘛。"就静下来了，静了好长时间，女歌手就说："我真是服了你了，你是人见人爱呀，你的适应能力，不，不简单是适应，是迎合，你能迎合任何人，放羊老汉把你当亲儿子，皮革厂的师傅也把你当亲儿子，我父亲跟你见面不到两天也把你当亲儿子了，你太了不起了。""你什么意思？""没什么意思，这个世界都是你的了，你真是个有心人。"女歌手就另外打车走了。

陈辉的心就凉了，凉下来以后，就冷了，就苦笑，简直就像设好了套,让他自我暴露。半个月后,系主任找他征求意见,班主任也在场,大家都按捺不住地兴奋啊,某核心部门点名要陈辉,应该说是当年应届毕业生中最好的单位了。大家这才明白陈辉为什么闪电般离婚,跟女歌手结合,女歌手是有家庭背景的,大家对陈辉只有钦佩的份了。什么叫高人?这才是高人啊。陈辉把大家看半天,都安静下来了,陈辉就说:"这是别人一厢情愿,我的梦想就是中学教师。"大家还愣着,陈辉就好像对自己说:"己所不欲,勿施于人,己所欲,更不能施于人。"

陈辉又成为热点人物,陈辉把这场轰轰烈烈的爱情失败的责任推给女歌手的家庭,家庭反对,女歌手被迫中断关系。其中隐情没人知道,直到好多年以后,跟徐莉莉的这次长谈才揭开谜底。"知道我为什么来乌苏教书吗?""我们乌苏什么地方吸引你了?""我是清水河子人,乌苏的全称是库库喀喇乌苏,又清又黑的水,比清水河还要清还要深。我喜欢这个地方。"

在乌苏工作第二年,陈辉接到一个电话,打到办公室,校长喊他,他就听到了女歌手的声音,女歌手在内地学习,路过乌苏。陈辉就跟女歌手见了一面。陈辉在一个小饭馆里请女歌手吃饭,一人一碗揪片子,还上了一盘煮洋芋,可以蘸盐吃。女歌手只吃了鸽子蛋那么大一个洋芋,四个拳头大的洋芋让陈辉全吃下去了,还舔了舔手指,陈辉告诉女歌手:"我是吃洋芋长大的。"陈辉把女歌手送上班车,一直看着车子上了乌伊公路。他们的关系彻底结束了。

徐莉莉不带采访任务更不会当说客,就这样去看望大漠深处的王蓝蓝老师。住上几天,聊聊天,去沙漠里散步。骆驼刺挂住了裙子,四脚蛇跳到脚面,徐莉莉又跳又叫,王蓝蓝跟逗孩子一样让四脚蛇卧在自己的手上,四脚蛇就像手上多出来的小指头,翘起脑袋,眼睛小而亮。王蓝蓝就说:"它不咬人不用怕,沙石再烫,它的身体是凉的。它调节体温的能力太厉害了,大漠里没有它,石头沙子可真寂寞到家了。"王蓝蓝蹲下来,徐莉莉也蹲下来,于是就听见四脚蛇刷刷的蹿动声,像学生写字的声音,徐莉莉差点叫出声来,最出色的作文也只是把写字的声音比作春蚕刷刷刷吃桑叶。

王蓝蓝每年假期都带儿子到这里过。徐莉莉就说:"我以前以为你太不近人情，人家都带孩子参加各种培训班，你却把孩子往荒漠里带，我没想到荒凉的地方也有生命的奇观。"王蓝蓝就说："你要待上几个月，你还能见到一些植物，就长在石头上，不，不是苔藓，也不是石花，没有水分，一点点水分都没有，就靠昼夜温差产生的湿气来生长。它自己中和冷热空气，全靠自己来完成，然后生长，跟石头一个颜色，青石上就是青的，白石上就是白的，红石上就是红的，不用心看看不出来，我告诉你呀，这个世界是有心人的。"徐莉莉可真吃惊了，王蓝蓝说："怎么？我说得不对吗？""你说得真好，真的。"徐莉莉望着天空，鼻子发酸，眼泪还是流下来了，一边抹眼泪一边说，"我没事，我经常这样，经常莫名其妙地流眼泪。"

徐莉莉该回和田了。这些年，儿子杜波放暑假就搭长途汽车去和田跟爷爷奶奶待一起，不要妈妈送，十岁就能出远门，当时徐莉莉紧张死了，又紧张又后悔，儿子第五天到达和田，下车就在车站电话亭给妈妈报平安。爷爷奶奶也跟徐莉莉说：莫事，莫事，把宝宝送来啦，好得很。开学前儿子杜波自己返回乌鲁木齐。寒假就在徐莉莉身边，春节有时在乌苏外婆家，有时在和田奶奶家。徐莉莉基本上是两到三年回一次和田跟老人一起过春节。三年多没回和田了，徐莉莉就回去了，八月份回去的。

徐莉莉印象中婆婆家没有那么多亲戚呀。徐莉莉跟杜玉浦当年结婚的时候也就来了十几桌客人，在和田就算很一般的婚礼了。徐莉莉没有想到公公婆婆年纪越大人缘越好，交情越多，整整一个礼拜，一来一大群，都是赞美祝福的话。从公公婆婆到媳妇徐莉莉再到儿子杜波，最后是去世的杜玉浦。这种热闹的场面只有在达官贵人家才有，所谓宾客盈门车水马龙，来婆婆家都是平头百姓。这也是徐莉莉感到高兴的。大家都来坐坐，喝喝茶，嗑嗑瓜子，吃吃蔬果，新疆又不缺这些东西，不少人还不空着手，拎一袋子瓜果，或一袋子油葵，或一箱子鸡蛋，或几只鸡，还有提羊腿来的，小姑和老二媳妇就立马去做羊肉拉条子。客人们都很随意，聊到吃饭的时候就留下吃饭。若是半中午半下午，就喝茶吃瓜果，再嗑嗑瓜子，乘兴而来尽兴而去。杜玉浦的弟弟和媳妇忙出忙进，小姑子出嫁了，也来帮忙。徐莉莉进了几次厨房，插不上手，她的任务就是跟公公婆婆一起陪客人说话，最有意思的是那些老太太们，手往徐莉莉肩膀上一搭,左看右看,还一个劲问婆婆:"是你媳妇吗?你能有这么好的媳妇,你不会是做梦吧。"婆婆就说:"在你手里攥着你还问人家,老不死的,就是不服气,不服气不行,这是我前世修下的。""好好好,你福大命大,我从今儿起也修炼呀,不信还修不出个正果来。"老太太们就喝茶吃西瓜,老太太不嗑瓜子,中年妇女年轻女人爱嗑瓜子。大多都是女人。也有男人来,有亲戚,有杜玉浦以前的同学朋友,男人们进来就严肃一些,问问工作情况,问问孩子情况,抽一根烟,喝两口茶,再吃一两块瓜,就告辞了。有个干部模样的男人对公公说:"你屋里好的,人气旺的。"街坊邻居、公公婆婆原来的老同事老朋友,来了去,去了来,他们是最高兴的,每次来都要拿上些家里的好东西。公公说:"关键是近,方便,抬腿就到。"

儿子杜波踏上和田的地面就不见人影了。吃饭不见人,晚上也不见回来,徐莉莉就很着急,婆婆说:"这是咱家里,你就别操心了,到了和田还怕娃没吃住的地方?"第三天还是第四天,儿子杜波跟一帮孩子玩累了,满满挤一院子,五六十个半大小子,汉族维族都有,都渴坏了,眨眼间几麻袋西瓜哈密瓜吃个精光,葡萄梨子苹果也拿光了,瓜皮果核都没乱扔都堆在墙角,呼啦一下,院子里空了,跟鸟似的。后来就不见人了。儿子杜波这些年在和田算扎下根了,可他乌鲁木齐的朋友也不少,他不会跟他父亲杜玉浦一样木讷内向。在和田疯上一个假期,回到乌鲁木齐的杜波就相当安静,甚至可以用文静来形容。

从人们的谈话中徐莉莉发现她竟然成了和田人心目中的好媳妇,人们对她的交口称赞已经有好多年了。刚开始她以为是开玩笑,她甚至认为是胡闹。最早是和田记者站的一位熟人在电话里告诉她的,说她成了和田的名人。她没在意,她的知名度一直很高,不亚于报社社长和总编,许多大文章都出自她手,她还获过韬奋新闻奖,她对她的业务相当自信。其他赞美之词她万万不能领受,她不是那种捡到筐子里都是菜的人。她就让和田记者站的朋友说仔细一点,人家就说你是个好媳妇。她就把电话挂了。当时杜玉浦刚刚去世,她开始反思自己这些年是否对得起杜玉浦的感情,她整天都在翻阅杜玉浦的藏书,接到这种电话,她肯定无话可说。

她还记得安葬完杜玉浦后,她去和田看望两位老人,婆婆刚刚从农机厂退休，公公最多也只能干两三年。婆婆只有一个要求，每年暑假让孙子在他们老两口身边待几天。那时杜波八岁，上小学三年级，徐莉莉就答应老人的要求，暑假亲自送儿子杜波回和田老家。开学前，还没等徐莉莉去接，儿子杜波就已经在碾子沟长途汽车站了，打电话叫妈妈去接他，徐莉莉赶过去了，杜波跟一个陌生男人在一起，陌生男人是公公单位的，这么小的孩子真放心呀。第二年暑假，徐莉莉就不打算送儿子杜波去那么遥远的地方了。放假才一个礼拜，儿子杜波闹得不行，甚至偷偷往碾子沟长途汽车站跑。报社太忙走不开，她又怕孩子乱跑，她就硬着头皮带孩子去碾子沟长途汽车站，买好票买好吃的喝的，把钱分别装在孩子身上几个地方。她不敢委托旅客，她给司机一条红雪莲，司机拦腰一折，只取两盒，多了不要，不就关照一下孩子嘛，就把孩子拉走了。十岁那年儿子杜波就不再需要找委托人了。

徐莉莉知道她与婆婆家与和田这座城市的感情是儿子杜波建立起来的，徐莉莉多少有点母以子贵的意思了。也不至于把她夸张成整个和田地区的"好媳妇"，她认为绝对是夸张了。这回是她主动给和田记者站打电话，人家记者站的同志听到她的名字就说："都传好多年了，有名的好媳妇嘛，我们准备给你写一个专稿，我们已经收集了好多材料，你最好过来一下。"徐莉莉就过去了。打出租不到二十分钟就到记者站。徐莉莉就告诉人家，我什么都没做，我只是每年让儿子去陪一下爷爷奶奶，隔一两年回来陪老人过个年，都是一般家庭的正常生活，写成文章大肆宣传就不必了。记者站的同志就说："我们也是实事求是，调查得来的。"徐莉莉就说："那就尊重我的意见，到此为止。"

徐莉莉步行回家，走小巷子，碰到几个老太太，徐莉莉就问人家，"古丽巴克路有个好媳妇知道吗？"人家就说："知道知道，农机厂老杜家的儿媳妇嘛，在乌鲁木齐当大记者嘛。""有传说的那么好吗？""有呢有呢。""说说看有什么呢？""有三条：一条呢，人家长得漂亮长得美，肯嫁给老杜家一般般的儿子，要有很大的勇气。一条呢，人家是报社大记者，工作又浩（好），能力又强，老杜的儿子呢，干一个小小的不起眼的工作，人家大记者肯跟他过日子，也要很大很大的勇气，勇气，明白吗？不是随便就有的。一条呢，老杜的儿子死了，人家媳妇还每年给公公婆婆寄钱，农机厂退休金那么一点点，有了媳妇的钱日子就比别人浩（好）。这还不够吗？"另一个老太太说："你这么聪明你这么漂亮，你要浩（好）浩（好）学人家呢。"徐莉莉点点头赶快走。老太太还在喊："前边前边，往右拐往右拐。"徐莉莉戴副墨镜就像个特务。徐莉莉幸亏没有跟老二媳妇小姑子她们去逛街，由她们陪着，就等于上电视上报纸，大家都会来观赏她。她的名字和文章人人都知道，她的相片从未公开过，在乌鲁木齐也没人会认出她。

坐在家里陪客人闲聊的时光快结束了，郊区维吾尔人举行盛大的"玖宛托依"仪式，邀请好媳妇徐莉莉参加，女主人，一个美丽的维吾尔族少妇，也就是公公婆婆单位农机厂维族同事的儿媳妇，亲自登门邀请。维族少妇古丽巴哈提拉拉徐莉莉的手："礼拜天我们两个好媳妇在婚礼上见。"古丽巴哈提就像银叶金果的沙枣树，身上散发出沙枣花浓浓的芳香，维吾尔少妇都有这种芳香，而她们的面容都是玫瑰的颜色。徐莉莉忍不住亲一下古丽巴哈提的额头，小声说："你太美了。""今天嘛，马马虎虎，礼拜天嘛，就是盛开的玫瑰了，你来你也就开了。"汉族人一般不会受到邀请，人家把徐莉莉和徐莉莉的婆婆作为贵宾，认为会给婚礼增色。婆婆高兴坏了。

徐莉莉在房子里待太久了，来拜访的人也少了。徐莉莉就出去散散心。老二媳妇与小姑子要陪她，她就说："丢不了。"就一个人出去了，往郊外走。新疆就是这种地方，没有人的地方什么都没有，只有石头沙子，有人的地方就有树有花，树肯定是高大的白杨，厚墩墩黑乎乎的榆树，银叶金果的沙枣，花肯定是玫瑰花，有伊犁玫瑰，有库车玫瑰，有吐鲁番哈密玫瑰，有阿克苏玫瑰，有喀什噶尔玫瑰，有和田玫瑰。徐莉莉太熟悉这些土生土长的玫瑰花了，新疆女人身上特有的花香她也有，乌苏长大的女人应该是沙枣花的芳香。她在乌苏县城长大，她跟乌苏大漠里长大的农家姑娘、牧区林区姑娘一样也有沙枣花的芳香。她离开乌苏去乌鲁木齐上学，乌鲁木齐人一下子就闻到她身上的沙枣花香。她在乌鲁木齐上学工作，她成了乌鲁木齐人，她就有了乌鲁木齐玫瑰的香味，再仔细闻就会闻到她身上的沙枣花的香味，两种花香交替出现。

她走在和田郊外的田野上，她就看见种田的人、放羊的人、走路的人，那些男人，无论小伙子、中年人还是老年人，耳朵上都夹一枝玫瑰，都很神气。人熟悉了，太平常了，司空见惯了，为什么今天在和田这地方这么吸引她的目光？徐莉莉的眼睛就亮了，徐莉莉就看见那些男人们耳畔的玫瑰花娇艳无比充满无限的生机，香气从花瓣深处从花蕊里一圈圈冒出来，就仿佛轻盈的呼吸。男人们这么神气是有道理的。有玫瑰花的男人们都有了爱情，或者曾经有过爱情，他们才这么自豪这么神气。她的杜玉浦有过玫瑰花吗？徐莉莉自然而然就想到礼拜天那个维吾尔女人的盛会。那是贤妻良母的聚会，那是好媳妇们的庆典，和田人毫不犹豫地诚心实意把这个桂冠戴在徐莉莉头上了。这个高帽子压得她心慌意乱喘不过气来。和田郊外维吾尔男人们夹在耳朵上的玫瑰花无疑成为压垮骆驼的最后一根稻草。徐莉莉好像真的被压垮了，跟跟跄跄走到一棵高大笔直的白杨树跟前，靠在树上，幸亏穿的旅游鞋，要是高跟鞋早崴脚脖子了。徐莉莉摸出手机，找和田电视台的朋友，对方马上明白她的意思。

礼拜天，电视台的朋友扛着摄像机来家里先跟徐莉莉汇合，这是个三十出头的职业女性，也是个漂亮少妇，来给徐莉莉当助手。徐莉莉的身份就模糊了，既是媳妇也是记者，徐莉莉的婆婆当然不明白媳妇的心思，看到记者扛着大炮，婆婆就高兴得不得了："要上电视？对！对！应该上电视！"人家是打出租来的，去的时候也打出租。女记者没穿工作装，女记者是女人们的盛装，跟徐莉莉一样，参加婚礼才如此打扮。按照维吾尔人的礼节，她们带了三份礼物，每一份都是九个油馕、一手帕苹果石榴。司机要放后备箱，婆婆不让，吃的东西嘛，我自己看着，就放座位上，满满当当占了一个座位。婆婆知道地方，婆婆坐司机旁边指挥司机走。

车子出了城，跑了一个多小时，也只有这样偏远的地方人们还保留着盛典和仪式。徐莉莉给女记者说这件事的时候，女记者都不敢相信，麦西莱甫到处都有，像这种古老的少妇麦西莱甫、也叫玖宛依托的盛会已经很少见到了。女记者当时在手机里就说："先不给领导打招呼，这么珍贵的资料不能让别人抢了先。"女记者凭着媒体人的职业敏感，知道这个机会有多重要，节目做好了可以上中央电视台，她就借了台里最好的摄像机，借口自己家里用就把台里蒙住了。为了保证效果，女记者提前练了好几天。

村庄有五十多户人家，原来有荒地闲地，现在全都开发完了。村子里出出进进的有古老的毛驴车，也有小拖拉机和摩托车。地里长着玉米葡萄棉花。大家经常去的地方是乡镇的巴扎，去和田的人就不多了。婆婆的老同事退休后就回到村里居住，一年才来和田一两次，有时候几年来一次，大概是村里进城次数最多的人。家家有电视，但看电视的时间也就几个小时，这让电视台的女记者大吃一惊，离和田市五六十里的村庄电视势力就微弱到如此地步，根本就不是城里人或者文化人痛心疾首的电视如何强势。

女记者录制的这套节目在中央电视台播放后，新疆电视台就增加了一个"麦西莱甫"栏目，不但新疆人爱看，北京上海这些内地大城市人也爱看，甚至传到国外。麦西莱甫有几十种，维吾尔人把世界上的事情全都歌舞化喜庆化了，有初雪麦西莱甫、老人麦西莱甫、播种麦西莱甫、丰收麦西莱甫、婚礼麦西莱甫，婚礼麦西莱甫又分初婚麦西莱甫、玖宛托依麦西莱甫，玖宛是少妇，托依是喜庆婚礼，玖宛托依就是少妇的喜庆婚礼。全世界的姑娘出嫁时都要哭，都要流泪，都忧伤至极，新疆许多民族都有《怨嫁歌》《劝嫁歌》《哭嫁歌》，徐莉莉就见过哈萨克柯尔克孜蒙古等草原民族的婚礼，姑娘离开娘家唱《哭嫁歌》，凄凉哀叹悲伤。维吾尔人还保留着游牧时期的歌舞习惯，姑娘出嫁时也有《怨嫁歌》《劝嫁歌》《哭嫁歌》，内容跟哈萨克人柯尔克孜人差不多。但维吾尔人有玖宛托依少妇的婚礼，出嫁后姑娘生第一胎成为少妇，成为操持一家事务的女主人，进入生命中美好成熟的成年期，真正体会到做女人的自豪与喜悦，就用玖宛托依这种庆典来祝贺。

出租车在离村子几百米的地方停下，她们步行进村，以示庄重。有人迎接她们，见到摄像机就知道要上电视，就介绍村子的情况。女记者就从村口开始录像。好半天才走到办喜事人家的门口，女记者赶快收起摄像机，从徐莉莉手里接过礼品，三个女人，婆婆在前，徐莉莉居中，女记者随后，很庄重地托着礼品在女主人的引导下走进院子。女琴师女歌手们已经坐好。婆婆是长者，被迎接到老年人的席位，也就是戴白头巾的维吾尔老太太中间。大家自然而然地以好媳妇的美誉迎接徐莉莉和女记者。她们两个都是已婚妇女，都有了孩子，相比之下女记者更接近这个喜庆盛会。女记者跟大多数汉族职业女性一样过了三十岁才要孩子，女记者的孩子不到一岁，七八个月吧，还保留着初为人母的喜悦与丰满，玖宛托依少妇婚礼都是在第一个孩子出生三四个月以后举行。女记者的身上还有奶香味呢，少妇们都把她围起来互相闻一闻，就开心地笑起来，就发现了女记者随身带的摄像机，全都惊喜地叫起来，知道要上电视了，知道来的这个汉族好媳妇也是大记者。大家的目光又落在徐莉莉身上，这个好媳妇肯定是女记者的领导了，大家看徐莉莉的目光就端庄而严肃，大家不由自主地整理一下自己，女琴师女歌手们连手鼓艾捷克热瓦甫这些乐器都不放过，上电视在她们看来太庄重了。这本来就是一个既庄重又热烈的民族，愈是庄重庄严高贵愈能激发其赤热的激情。

徐莉莉跟中年妇女坐在一起。有几个戴眼镜的妇女当过老师，其中有一个是和田师范教古典文学的。这位女教师就有必要给乌鲁木齐来的汉族大记者介绍玖宛托依少妇婚礼的历史，包含了相当浓烈的文学色彩。徐莉莉就把它当作传说来听。在这个古典文学老师的故事里，玖宛托依少妇的婚礼肯定要跟成吉思汗联系在一起。维吾尔人曾生活在蒙古高原鄂尔浑河畔，与后起的蒙古人有同乡情谊，成吉思汗就邀请天山南部的畏兀儿人回到故乡不儿罕山下鄂尔浑河畔，"幸福之主"巴而术给成吉思汗敬献了西域的奇珍异宝，谢绝了成吉思汗的美意。巴而术告诉大汗，畏兀儿人已经把塔里木吐鲁番哈密当作故乡了，大汗不明白在这个世界上异乡如何能成为故乡，在这个世界上还有比不儿罕山下斡难河土拉河鄂尔浑河相交的三河之地更美好的地方？大汗久久地打量着"幸福之主"巴而术，大汗的目光可是草原雄鹰的目光，可以洞察天地间无穷的奥秘和岁月流转变化的踪迹，正是眼前这位神志安详的"幸福之主"激起了大汗走出草原走向世界的雄心。

大汗征服花剌子模，一直征服到欧洲，征服到印度，翻越喜马拉雅山，在地球上绕个大圈子来到塔里木，来到吐鲁番，也就是幸福之主亦都护巴而术给他描述过的畏兀儿人最后的故乡。大汗请畏兀儿最有学问的学者塔塔统阿做皇子们的师傅，大汗把他的女儿阿勒屯公主嫁给幸福之主亦都护巴而术，跟世界上所有的父亲一样，只有一个朴素的愿望，不求权势不求财富只求幸福。大汗就告诉女儿，一个妻子心里有三个丈夫，一个是丈夫的父母，一个是丈夫自己，一个是与丈夫生养的子女。大汗还用老虎作比喻，大汗告诉女儿，当老虎出现的时候，只有好猎手才能看见老虎的真身，老虎有三个影子，中间那个是老虎的真身，左右两边是老虎的魂魄。好女人要认准中间那个是丈夫的真身，左右两侧是丈夫的亲人和子女，好女人热爱丈夫，同时要热爱丈夫的魂魄，好女人总是给丈夫带来声望和尊严。大汗本人就是个好猎手，射过大雕，大汗就以猎手的口气告诉女儿：老虎被射中以后，就一动不动地盯着地面，直到魂魄入地才合上眼睛。一年后，那个地方就会出现稀世珍宝琥珀，你给你的父亲争光吧，成为畏兀儿人的琥珀吧。阿勒屯公主就成为我们畏兀儿人的母亲。

　　好多年以后阿勒屯公主嫁女儿的时候，就把当年父亲告诉她的话讲给女儿听，要女儿成为丈夫的魂魄。阿勒屯公主在女儿出嫁生了孩子成为母亲的时候，亲手给女儿缝制少妇裙，裙子上绣有九条斜纹，象征塔里木盆地的九条大河，女人应该像大河一样哺育滋养生命万物，还有一个精美的塔里贴克小圆帽，象征光芒四射的太阳，还有一个银发饰，阿勒屯公主亲手插在女儿的头发上。当年成吉思汗给幸福之主巴而术金子，给新婚的女儿阿勒屯公主银子，成吉思汗说：男人高贵给他们金子，女人纯洁就给你银子。畏兀儿工匠就用这银子打造出精美的首饰，阿勒屯公主就给女儿亲手把银发饰插在头上，把小圆帽戴上，把饰有九条河流的少妇裙穿上，刚生养了头胎孩子的女儿就成了一个好少妇。大家都唱起赞美少妇的歌曲，都拍起手鼓弹起热瓦甫拉起艾捷克，相传当时在场的全是女人，连琴师和歌手都是女人，女人们自己的麦西莱甫诞生了。"我们维吾尔人就把阿勒屯公主当做我们伟大的祖先乌古斯汗迎娶的蓝光里的少女和树洞里美丽的少女了。"

　　后来徐莉莉从王星火那里知道，此时此刻生命树已经长大了，其标志就是生命树的两个枝杈跟公牛的两个大角一样，不是顶住地球不让地球坠入深渊，而是从地球两侧像胳膊一样抱住了地球。生命树本来就是公牛的变种，是公牛的另一种生命，生命树长起来了，长大了，两个枝杈间的树窟窿跟一座房子一样宽敞，端坐其中的蓝光少女已经长成大姑娘了，已经成为真正的女天神，女天神已经走出生命树，来到了人间。徐莉莉刚刚意识到女天神走下生命树的时候，女琴师们的手鼓艾捷克和热瓦甫开始舒缓下来，女歌手引吭高歌：

小树苗已变成葱郁的树林，
尽情欢歌的时候到了；
在那棵生命树下，
我的心充满幸福沉醉了。

　　少妇们开始献诗对诗，献歌对歌，美妙的声音和玫瑰花一样的面容都在显示女天神已经降临，从少女成长为少妇就是女天神诞生的标志。徐莉莉和女教师的交谈又开始了。这也是和田麦西莱甫的特色，阿以旺式的大宅子里，人们欢聚围着大土炕，炕上展开餐布，摆着清香的药茶，鲜果干果，各种点心，有人吃饭有人对诗有人交谈有人欢舞。舞蹈还没有开始，正在对诗高歌。艺人们在大土炕的另一侧。女教师在艾捷克悠扬的琴声中继续讲述阿勒屯公主的伟大业绩。
　　开始跳舞了，女主人先跳，再一一邀请善舞者对舞。徐莉莉是中间加进去的，她先观看，达甫手鼓的声音就像心跳，她就加入进去了。少妇们中年妇女们老年妇女们是分开跳的，一位戴白头巾的老妈妈已经观察徐莉莉很久了，老妈妈舞姿缓慢而庄重，就像风中宫殿似的老榆树，老妈妈靠近徐莉莉，老妈妈举着双臂，看着徐莉莉。老妈妈说：你的忧伤沉得太深，好好地跳啊，孩子，把心里的忧伤发出来啊孩子，忧伤不能放那么久那么深，心的底下嘛是家园，塔克拉玛干知道吗？进去出不来，忧伤进去了就不是忧伤了，就是幸福就是欢乐，幸福欢乐在心的底下，越久越深，幸福快乐就越多，忧伤死亡的地方嘛，就是生命开始的地方。艾捷克弱下去了，达甫手鼓和热瓦甫越来越响越响越快，如同暴雨，如同汹涌澎湃奔流而来的河水。中年妇女和老年妇女只剩下一对，少妇们还没有一个退场，少妇跳得正欢，完全成了一团火焰。徐莉莉听见自己的歌声从心底升起，那歌声跟喜庆跟盛会是那么不相称，那是刀郎麦西莱甫的唱词，那是她在阿瓦提男女混舞的时候听到的，那么苍凉那么悲壮：

命，上苍让我们暂时享受，
有一天总要把它拿走；
留下了爱和家园，

这件事把我的心伤透。

徐莉莉在内心的歌声中流下喜悦的泪水,一本书的构思在她心里已经成熟了,就像初婚的女人刚刚有了身孕,生命周期中的高潮就这样来临了。那个和田师范学校的女老师移动舞步靠过来,告诉徐莉莉:你已经有琥珀了。歌舞达到高潮时,身穿饰有九条大河的少妇裙的好媳妇接受宾客们的贺词,母亲把银首饰戴在女儿头上,女歌手的歌声再次高亢起来:

马儿的孩子小马驹,
长成了一匹美骏马;
戴上长长的银发饰,
成了一位好少妇。

临走前去看望舅舅。舅舅两年多不出门了。院子里有一个当菜窖用的地窝子,舅舅就把自己关在里边。两三天出来一次,不是放风,是上厕所。每天吃少量的素食,基本上是牛奶稀饭,或一块酸奶疙瘩,就像古代的苦行僧或者修行的高人。舅舅还真是一位高人。他的功力达到这种地步,早年因为执著于美玉,走遍了昆仑山,走遍了喀拉喀什河,走遍了玉龙喀什河,采玉雕玉,而且养玉,尤其是退休以后,对玉的盘养达到炉火纯青的地步。此时此刻玉矿已经濒临灭绝,绵延八千多年的玉将绝种,矿老板们急红了眼拼死一搏,在玉矿告罄之前捞最后一把。寻找最后矿源的难度也达到了极限,仪器不管用了,完全靠高人指点迷津。舅舅是高人里的高人,舅舅喜欢户外活动,常常走到郊外走到干枯的河床,大漠的河流都是季节河,枯水期几乎断流,即使有水,也是宽阔河床中央细细的一股子浅水,就像大地眯着眼睛在呼呼大睡。舅舅走到乱石流滚的河床上就着魔了,舅舅的脚走遍了大漠瀚海与昆仑神山,舅舅的脚是识玉的,连他自己都不知道他走过的地方全是玉矿的穴位。开天辟地以后,玉矿石都顺着河流滚滚而下,一层一层积起一条玉石带,从群山腹地伸向大漠瀚海,采玉人的首选就是河床以及河两岸。舅舅进入河床,舅舅就跟传说中的龙凤龟麟一样,一会儿龙行一会儿凤翔一会儿龟爬一会儿麒麟纵跃，刚开始给人感觉这老头在练鹤旋桩，在练八卦太极拳，这些年这种怪模怪样神神道道的老头老太太很多，很快就有人发现了其中的奥秘。多少年来和田的大小河流两岸以及群山深处全是采玉的人，全是梦想发财的人，已经不是古老的手工作业了，都带着大型小型机械甚至微型仪器，都有一双贪婪的狼眼睛和一只敏锐的狗鼻子。他们很快就发现了舅舅足迹所到之处就是玉矿的所在，那地方马上浓烟滚滚，伤痕累累。玉矿连着舅舅的神经，玉矿被开膛挖肚大卸八块的时候，舅舅痛苦万状，不停地抽搐，就像被斩首的人，血流干气已绝，神经还在挣扎还在抽搐，抽完之后，舅舅就失魂落魄了，舅舅就钻进地窝子不出来了。

徐莉莉进去的时候，舅舅就讲老虎的魂魄如何沉入地下变成琥珀，徐莉莉已经听过这个故事了，徐莉莉知道琥珀是魂魄的谐音，是汉语一种古老的修辞手法。舅舅哆嗦着摸出一个巴掌大的羊皮袋子，徐莉莉认出这是杜玉浦的。杜玉浦上大学时舅舅把自己盘养几十年的羊脂玉分出一半送给外甥杜玉浦，这个精致的羊皮袋子也是舅舅送的，装羊脂玉的，配套的，杜玉浦死前还给舅舅。舅舅告诉徐莉莉："我只能给你一个空袋子，我知道这么好的东西放我这不合适，我就把这好东西带到山里，挖个洞还给昆仑山了。原本就是山上的东西，好东西啊，可好东西快挖完了，昆仑山没玉就等于昆仑山失魂魄了，我就把这好东西还给昆仑山。"徐莉莉就想起杜玉浦最喜欢的契诃夫，契诃夫在《草原》这部书里就写过隐藏在地底下的珍宝，幸福就埋在地底下，可是没那个本事找着它。杜玉浦在书页上还写了一句话：没有这种内部的光辉，宇宙是一堆垃圾。可以想象徐莉莉从舅舅手里接过空羊皮袋子时有多么伤感。

所幸的是好多年以后，儿子杜波考上大学，舅舅也不久于人世了，老人把自己盘养了一辈子的羊脂玉从脖子上解下来，亲手套在杜波的脖子上，老人还亲手把玉坠从杜波的T恤衫领口放进去，挂在胸口，老人放心了，眼睛亮亮的，望着杜波。杜波胸口的羊脂玉有一半埋在昆仑山腹地某一块岩石里边，老人说那是鹰才能飞上去的地方，没有人能找到的。埋在山坡或山脚就有可能被冰雪化开带入河床形成矿脉，矿迟早会被开采。老人不想让这块玉成为矿。老人的自信是有道理的。老人进山后就有人跟踪，老人三拐两拐把这帮家伙甩在八卦迷魂阵里，老人从容不迫地攀上悬崖，那是老鹰落脚的地方，确切地说是悬崖上一个天然形成的窟窿，就像一个独眼巨人。老人用钢钎在石窟里掏一阵子，凿得再深一点，盘养过的带着体温和生命气息的羊脂玉放进去，含了玉的石窟窿成了昆仑山的眼睛。

那个羊皮袋子并不是空的。徐莉莉返回乌鲁木齐的漫漫长途中，一直攥着那个羊皮袋子。那么柔软跟绸子一样，好像还保留着杜玉浦的体温。徐莉莉终于平静下来了，放松了，就心平气和地观赏这个精美的羊皮袋子，羊皮袋子出自和田最好的匠人之手。喀什和田的手工艺人都有一千多年的家传绝活，现代工艺是没法比的。徐莉莉很快就翻到里边，皮袋里边有字，是杜玉浦录下的和田民歌：

> 爱情激动了我，
> 思念涌向了我；
> 我的心萦注于她，
> 我的面庞枯黄了。
> ……
> 我经历了多少困苦，
> 硬石为之变软。
> ……

长途汽车正穿越塔克拉玛干沙漠，沙漠公路两侧波涛滚滚，无论沙漠还是戈壁，无论沙子还是石头，全都变软了，全都在一遍一遍反复回旋于心底的歌声中化开了，变软了，九条大河也容不下那么汹涌澎湃的大水，那一刻，沙漠成了海洋。这里本来就是瀚海，比真正的海洋更接近生命之火。

卷十六

母亲去世后的第七天，也就是安葬完母亲的当天，刚刚离开墓地牛禄喜就听见了《劝奶歌》。是从心底传出来的。牛禄喜就感觉到他的两只耳朵跟蝙蝠一样飞起来了，飞得歪歪扭扭。据说老鼠吃了盐就变成蝙蝠，专门捉苍蝇蚊子。牛禄喜的耳朵飞起来以后，很快就逮住了他刚刚哭过的声音，确确实实是牛叫唤，牛找不见小牛犊了，牛眼睛就模糊了，牛眼睛看任何东西都是大的，比原型大好多倍。这种对事物的过分谦卑让牛吃尽苦头，可牛脾性难改，悲痛的时候也是这样。世界在悲伤中无限扩大，就只有天空和大地了，牛以为这样就能找到它的孩子，牛走遍大地，走了好几遍，跟犁地一样一道一道梳理，就是找不见孩子。我们也就知道了世界的变化有多么大，公牛吃了灵芝草已经变成生命树了，女天神已经在生命树的窟窿里长大了，女天神来到大地开始新的生活了。牛禄喜听见的牛叫就成了母牛的声音，那是真正的奶歌，不是劝奶歌，不是在羊羔头上牛犊头上马驹子头上涂上奶汁，边涂抹奶汁边唱起没有旋律没有歌词的无边无际的奶……奶……上下起伏，左右回旋，前后相涌，混沌一团，黏稠醇厚……涂抹奶汁就是唤醒母亲对孩子的母爱；不涂抹奶汁，直接去找孩子，就是真正的奶歌。

在古老的传说里，母亲把孩子弄丢了，孩子还没断奶，母亲的奶水流出来了，走一路，奶水流一路，母亲走过的地方成了一条奶路，比河水稠，翻卷着沉重的波涛，波涛发出的声音就是奶歌，低沉哀伤的奶……奶……那一刻牛禄喜脊梁发冷，他突然想起在遥远的伊犁他还有一个儿子牛超，牛超快上初中一年级了。

牛禄喜回到西安检查他的存款，一分钱都没有了。他记得不错的话，他好久没给儿子寄抚养费了。他记得很清楚李爱琴在电话里只关心婆婆的病情，叫他不要操心儿子牛超。后来电话就少了。母亲去世的消息都没有告诉李爱琴，更不可能让牛超回来给奶奶奔丧。他跟李爱琴已经不是夫妻了，但跟牛超还是父子。葬礼期间没有人提醒他。后来他在电话里抱怨李爱琴："别人不提醒我，你也不提醒我，咱俩还夫妻一场。"李爱琴就在电话那头说："我怕你伤心。超超大一点，再回去给他奶奶上坟也不迟。孙子跟儿子不一样，你是儿子，你把你的事料理好。"

李爱琴说的不错，还有二七三七四七五七六七停七，还有百日，还要念经，这一摊子事情也不好弄。牛禄喜好歹是个副经理，还能在单位预支几千元，会计一边取现款一边："安葬完了嘛，弟兄三个哩嘛，你可别当冤大头。"牛副经理就说："给老人尽孝哩，有啥冤不冤的，有你这么说话的吗？"牛副经理出去了，会计就对办公室的人说："我对他好，他还对我这么说话，下半年他每月只能领生活费了。"那天跟李爱琴通电话时，李爱琴还问牛禄喜："钱够不够？我给你寄一点。"牛禄喜就说："你瓤我哩，讽刺我哩。"

李爱琴还是寄了两千块钱，不是寄给牛禄喜的，是以媳妇与孙子牛超的名义吊唁老人家的，汇款单上写得清清楚楚牛禄喜代收，附言上写明吊唁老人，落款媳李爱琴孙牛超。大概在三七前收到的。他大伯是家族的长辈，他大伯就说："还是新疆人厚道大方，离婚夫妻嘛，顶多以孙子名义寄上一两百元，人家还以婆媳相待，一出手就是两千块。"老三牛禄棋就说："老人给她管过娃娃给她养过鸡养过羊，寄些钱也是应该的。"老二牛禄喜不跟老三计较，一门心思在葬礼上，就说："用这笔钱请经师念经，请好经师。"就请了法门寺的经师。他大伯私下对牛禄喜说："你个大笨熊，钱寄你手上你拿出两三百就行了啦，你咋这么实诚，有多少拿多少。"牛禄喜半天反应不过来，他大伯就说："新疆当兵把你娃当瓜了，牛羊肉把你娃塞住了，你要吃芒硝大黄哩。"几年后牛禄喜还真吃了大把大把的芒硝，这是后话。

三七上坟，牛禄喜又听见了《劝奶歌》，这回他的耳朵没有像蝙蝠那么飞，他的耳朵忽闪两下他就听见了《劝奶歌》，他就直起了腰，咳嗽起来，哐哐哐把喉咙眼都要咳炸了。坟地上的人都听见了，都互相看一眼，都戴着孝帽，穿着孝服，太臃肿，面孔也不大清楚，只亮个眼睛，眼睛里的意思很多。当天下午老二牛禄喜就返回西安，其他人没走，大家还要把这事商量商量。

叫了家族的长辈。舅家姨家的亲戚也没走，都是自己人，天大的事情也好商量。就商量老二牛禄喜，大家都见了嘛，老二牛禄喜怪拉拉地叫了两声。上坟的都是孝子，亲戚家族里的人都在家里，都不相信这是真的。他大伯他舅都站起来了："这事可不能胡说。"去坟地的有老大一家子，老三一家子，出嫁的两个女儿一家子，关键还有几个碎娃证明老二牛禄喜学牛叫唤，碎娃们不绕弯子，就说是牛叫唤，还学了两声，不像，声太脆像驴叫唤，但他大伯他舅是听明白了。他大伯拍拍后脑勺："咳，咱村二十年前出过这号事，想起来寒碜人得很。老二禄喜四十多不到五十岁么，太早了嘛。"他舅也说："人作孽呀，难受得很，得想个办法。"大家商量来商量去就一个办法：戴高帽子，给老二禄喜戴高帽子。老三禄棋就说："我二哥一直是高帽子嘛，还要多高哩，高到天上去呀。"他舅就说："你娃年轻，你娃没见过上年纪的人学牛叫唤那凄惶，你娃见上一回你娃就酥心了。"老大禄成就说："老三，你想看你二哥学牛叫唤呀？"老三禄棋就狗子松了："我不是这意思，高帽子么，要戴就戴去，我又不稀罕。"

老三禄棋说得没错，他二哥禄喜好多年前就是有名的大孝子。大家还记得禄喜去新疆当兵，每月津贴七八块钱，到年底就给家里寄了七十二块钱，上个世纪七十年代，工人一月工资才十几块钱，一个鸡蛋五分钱，一碗臊子面五分钱，七十多块钱是一笔大收入。那时村里人就把老二禄喜当孝子了，娃在外地当兵，家里有父母，娃才往家里寄钱，家里没老人娃能狠劲攒钱吗？过了几年，娃当了军官，村里人就说，忠孝节义，孝子不当官奸臣当官呀。再过几年，娃领了没花钱的乖媳妇回家，媳妇还是教师，挣工资的，村里人就更有理由了，乖媳妇不跟孝子跟逛山跟混混呀。再后来，老二禄喜把老婆娃撇到新疆，孤身回老家侍候老母亲，村里人就说："这事只有禄喜能做，别人做不出来。"在新疆当兵的又不是禄喜一个，全县好几百人，光伊犁就去了七八十，战友们带回来的消息更让人吃惊，媳妇娃租房子住，禄喜带全部家产单独调回西安。村里人就不说话了，就等着看热闹呀。邻村的人还在议论这个大孝子，风暴的中心反而静悄悄的，事情没那么简单。

老大禄成家在西安，安顿过前边的老人，一副无所谓的样子。

老三禄棋压力很大，他大伯他舅要在老二禄喜的高帽子上再糊上一层，老三禄棋就不依了，老三禄棋一家子在村子里，一辈子要活在这个地方，老三禄棋就很紧张。老三禄棋就跟媳妇商量，媳妇的意见竟然跟他大伯他舅一样，给老二禄喜继续戴高帽子。老三禄棋就说："戴到啥时候？你说啥时候是个完？"媳妇春梅就说："总得十年八年，你别瞪眼睛，没听人家说吗，学牛叫唤的都是五六十岁六七十岁的老汉，到那个年纪学牛叫唤就没人理识了，叫破天也没人说啥，一辈子算完了，后悔来不及了，大家看一场热闹罢了。二哥四十多不到五十，叫唤起来可不得了，你就省点事。啥事不会弄，糊高帽子那事情咱会弄，走，打浆子。"

四七时老二禄喜一进村子就感觉到一股子热浪迎面扑来，弄得他不好意思，一个劲地说："这没有啥嘛，这没有啥嘛，咋这么说话哩。"从坟地回来吃完饭，大家劝老二禄喜不要急着回西安，在家里待上两天。老二禄喜就待了两天，大多时间在他大伯他叔辈兄弟家，不知不觉中把高帽子给老二禄喜稳稳当当地戴上了。话说得很策略："你娘这后事好得很，方圆几十里，近十年二十年都没有这么好的事情。"不说以前的事情，只说丧事，范围严格控制在丧事上，贵贱不要往远里扯，不要刺激老二禄喜，更不能提醒老二禄喜。上坟前就巧妙地让老二禄喜感受到赞扬和钦佩。在坟地上点香点蜡烧纸女孝子哭坟的时候，大家都盯着禄喜，老二禄喜抹眼泪，没出声，嘴唇都没动弹。老二禄喜就没意识到他的前后左右多少只耳朵跟雷达一样高度紧张，连他的呼吸他的心跳都没放过。这回老二禄喜很安静，没听到《劝奶歌》，也就是没想儿子牛超，更不可能想李爱琴。

回到西安，半夜三更，牛禄喜在梦中听到《劝奶歌》，还梦见一个女人捧着奶头满世界找她丢失的娃娃，娃娃没断奶，女人的奶头跟牛奶头一样奶多得不用挤就流出来了，流了一地，都流成河了。河流似海，就是找不见娃，奶水都把整个世界淹没了，还是找不见娃，女人就吼吼地哭开了，跟牛叫唤一样，一声连一声，一声长一声短，满世界全是奶……奶……奶……奶也是牛叫唤，牛叫唤也是奶。有人敲窗户有人砸门，牛禄喜就醒来了，外边有人喊叫："老牛，老牛，鬼把你捏住了吗，啊？"牛禄喜不吭声，牛禄喜揪住头发在使劲地回忆刚才的梦，一心想揪住梦尾巴，要是没有人敲窗户砸门，他的梦稍微往下延伸一点点，他就会梦见儿子牛超。好多年以后他知道那个丢失的孩子就是儿子牛超，那个到处奔跑找娃的女人就是他牛禄喜。梦是反的，娃在李爱琴跟前，没在他跟前。这是几年后才能明白的事情。目前他还糊涂着，又有那么一点点清醒，似醒非醒，弄得他很难受。过完四七回来就这样，五七六七一直到停七都是这样恶性循环。

　　停七到百日中间有一段空闲，孝子们可以松一口气。老二禄喜就不用往回赶，就可以在西安待上一阵子，就可以完整地梦上一回，直到儿子牛超出现。这个时候，公司经营不下去了，上边来人清理账目，该走的走该留的留。老大禄成已经预见到老二禄喜后边的日子有多么艰难，老大禄成动用所有的关系，费尽心血把老二禄喜的编制留在银行，好歹是个国家干部，正科级，副经理，工作算是保下来了，也没啥事，等候安排。再活动活动也能弄个好位置，这就是老二禄喜的事情了，得自己去办。老大禄成已经尽力了。老二禄喜还往老家跑，老大禄成就说："老二，你要利用这段时间操心自己的事情哩，你还往回跑啥哩？"老二禄喜就说："我想娘哩，我回到西安就想娘，天天晚上都梦见娘，娘把娃丢了，到处找娃哩，不是找我哩吗？我还没断奶，我还是个碎娃。"老大禄成是银行学校毕业的中专生，不可能懂心理学，更不可能知道解梦之类。老大禄成就说："你心惶得很，还是好好休息，不要乱跑啦，百日再回去嘛。"老二禄喜就休息了几天，不到一礼拜又回去了。

　　老三禄棋就烦二哥禄喜，好像天下就你一个是大孝子，给你个高帽子你当帐篷住下了，你当火箭上天了。媳妇春梅就骂老三禄棋没耐心，还不如个女人。春梅一口一个二哥，又是扯面又是油泼面，把二哥当大爷一样敬着。老三禄棋气恨恨地黑风罩脸。他大伯看不惯，就把老三禄棋叫到家里："你娃年轻，你二哥十七岁当兵离家又早，你兄弟俩都没亲眼见过老年人学牛叫唤。"老三禄棋还嘴硬："大伯，你不要把我当娃娃，人老了死呀才学牛叫唤哩，我二哥又没老，我二哥又没死。"他大伯就抽了老三禄棋一巴掌，老三禄棋要跑被大伯揪住了，大伯的手跟钳子一样："你给我乖乖坐哈（下）。"老三禄棋就乖乖坐下，揉耳朵。他大伯就说："这话不该我说，你挨尿的把伯逼得没办法么，伯今儿说了这话折伯的阳寿哩，你挨尿的害你伯哩。简单给你说，人啊，瞎了一辈子，瞎事做了一河滩，上年纪就变了，就维人呀就成善人了，你娃见那些好老汉，你就知道老汉大半辈子都没弄啥好事情。你娃是聪明人，你娃就想嘛，人做了一辈子善事，吃了一辈子亏，吃的亏比吃的麦还多，上了年纪，身体垮了，精神也垮了，后悔都来不及了，就学牛叫唤就折腾人呀作孽呀，人见人躲，人人眼黑。你娃这哈（下）想起来了，十年二十年前咱村上那几个人鬼不像的蔫老汉，那些老汉五十岁以前都是大善人，积德行善，没享过一天福，没占过一点点便宜，老天爷亏人也不能这么亏。人这东西，要吃亏哩，但不能没完没了地吃下去，吃到五六十岁，牙都没了，舌头都不软和了，还吃亏，就伤人伤到心里去了。你知道你媳妇春梅为啥比你娃鬼大？你脑子稍微转一下，你老丈人年轻的时候就把父母哄得团团转，就把他大哥二哥三哥的便宜占了一辈子，他大哥亏得最厉害，过了五十就学牛叫唤，惨得很。你印象中的春梅他大伯就是个老怪物，没眉没眼，得是？你丈人好得很，当然好得很，你丈人就不是好东西么。你二哥禄喜单身一人，我想起来头就大。"老三禄棋离开时给他大伯鞠三躬。

老三禄棋老远看见二哥禄喜就有点害怕，长这么大还没怕过谁，老小都是翅膀底下捂大的，都是天不怕地不怕的主儿。这回老三禄棋有点害怕，叫二哥的时候声音都颤巍巍的。媳妇春梅以为他病了，他也没瞒媳妇，把大伯的话学说一遍，隐去了对老丈人的议论。春梅肯定了大伯。禄棋就知道大伯没骗他，同时也知道老丈人是个啥东西。媳妇春梅就说："你咋这么看我？"禄棋赶紧把眼睛闭上，大声咳嗽，捂着肚子咳嗽，说是大伯的烟过期了还叫人抽，就掩饰过去了。两口子就商量让二哥高兴，让二哥舒服，一句话就是延缓二哥学牛叫唤的时间。尽量延长么，长不到十年八年，长个两年三年问题不大。老三禄棋还是害怕媳妇春梅骂他没耐心，他也不解说，春梅再精明也觉察不到丈夫禄棋不是没耐心是害怕。禄棋都说了么，咱批宅基地，搬出去，搬到村西头，不在一个院子，眼不见心不烦，大门一关，谁爱闹叫他闹去，老屋院子就三间房，老大老二住，咱的房子拆了搬过去。媳妇春梅就说：好是好也不能太急，过了一周年，明年批地基，后年往出搬。禄棋就说：咱一次到位，盖小洋楼，盖三层。他们有这个能力，老娘去世前那两三年，三天两头住院，基本上把二哥禄喜的二十多万元诈光了，盖栋三层楼没问题。还是媳妇春梅有远见：先盖三间大房，村里人早都议论纷纷，都什么年月了，没有瞎子，像二哥禄喜，大概叫猪油蒙住心了，趁这层厚厚的肥油没化开，咱做生意，哪怕赚上几千块，有个说法了嘛，到那时候再盖楼房也不迟。

方案已定，夫妻就分头行动。春梅回娘家商量做生意，春梅的一个哥哥就是生意人，原先当中学教师，一边教书一边做生意，后来干脆辞职，利用专业知识，做文化生意，很红火，亲妹子来求，就让出一条线，前期投资不少，一年后才能见效。具体说就是仿制文物，青铜器，陶俑，做好埋地下，至少得一年。小两口一次投资六万，让大舅哥保密，对外就说借大舅哥的钱，安葬老人花费太大，不借钱做点小生意日子没法过么。传到村子里，跟真的一样，看来老三两口子也是出了钱的。这种一举两得的诀窍也只有能媳妇春梅想得出。他大伯望着老三禄棋笑，笑得很怪，意思很多。

百日过了，老二禄喜还一个劲地从西安往回跑。禄喜还在梦那个找不到娃娃的女人，一边找娃一边流着奶水，禄喜还以为那个可怜的女人是他妈，他妈入土都不放心他，还到处找他。牛禄喜这个时候还意识不到梦中找不见的孩子是儿子牛超。他在梦中的叫声是曾经唱过千遍万遍的《劝奶歌》。这么动人的歌子在内地就不好听了，就统统称为牛叫唤。好多年以后牛禄喜给徐莉莉讲牛叫唤的来历时，他才明白内地的牛叫唤就是《劝奶歌》，五六十岁上了年纪，几乎全是付出，没有回报，一点都没有，年老体弱，耗尽了生命，就急需增补，但感受到的是世界的冷，死亡提前来临，就本能地发出愤怒的吼声，这种吼声俗称牛叫唤。

生意的事情需要跟文化馆打交道。老三禄棋在文化馆碰到二哥禄喜的中学同学马奋棋，马奋棋吊唁过牛禄喜的母亲，还行了一百块钱的礼。马奋棋就问了一些老同学牛禄喜的情况，很感动，马奋棋是耍笔杆子的，就写了一篇文章，《母子情深》，发在西安的报纸上，以文字的形式把牛禄喜的孝名固定下来了。这个很重要。马奋棋专门留一份报纸叫老三禄棋捎给老二禄喜。人家马奋棋说了：我母亲去世我那么难受我都没写文章，我比不上你二哥。

老二禄喜拿到报纸手都发抖，看了好几遍，当时就要去县文化馆找老同学马奋棋，老三禄棋就说："你老同学到宝鸡开会去啦，下一回你从西安回来去找他也不迟。"老三禄棋跑了几趟生意，比原来更鬼大了，他不能让他二哥这么快去见老同学，他自己买一条好猫烟，当天下午就送给马奋棋，"我哥上了报高兴得不得了，过一段时间要来看你，到时候你俩好好聊。兄弟有个小小的建议，我哥安埋完老人以后，噩梦不断，我哥十七岁当兵离家太早，又是六十年代'四人帮'时期，对咱家乡历史上的周文王周武王周公姬旦知道得少，你给我哥多讲些这方面的故事，人把好事做哈（下）啦，意志不坚定也是个麻烦事。"马奋棋就说："我要给他好好讲哩，咱这地方是啥地方，孔子周游列国都不敢来，没办法来，孔子讲的仁义道德，根在咱这搭哩，孔子心目中的圣人周公姬旦就埋在咱这搭。他老汉站潼关外边，遥拜周公，拧狗子回家，算是取了真经见了真神悟了道了，朝闻道夕死足矣，老汉回去就死了，死得安然死得放心呀。这些道理我要好好给牛禄喜讲哩。"

牛禄喜跟马奋棋是老同学，多少还有点交情。牛禄喜1967年当兵，1975年探亲，已是连级干部了，有点衣锦还乡的意思。当时马奋棋在县文化馆参加学习班，马奋棋犯了错误，也是个笑话。马奋棋给公社宣传队编的节目是当时流行的三句半，那时候的马奋棋刚刚从水利工地上下来，拿起笔杆子编节目，满肚子都是西府地区的民间故事民间传说。西府历史上是周秦龙兴之地，几千年来也是褒周贬秦，评法批儒也很矛盾，大批孔老二，却把周文王周武王周公召公姜太公这些开创周王朝周文化的明君贤相列为法家。初中毕业的马奋棋就理所当然地分不清当时的革命形势，在三句半里头就出现一段："秦始皇他压（娘）——能养娃！——皮大！"公社干部全在冯家山工地上，留守的干部也忙得顾不上，没审查，直接去会演，群众笑破了天，领导吓破了胆，赶紧开会批斗马奋棋，也给马奋棋留下一个外号"儒家"，马儒家。牛禄喜在街上碰见马奋棋的时候，批斗会刚刚结束，马奋棋可以出去透透气，满大街没人理识马奋棋，一身军装的牛禄喜追着喊马奋棋，马奋棋以为要逮捕他，差点撒腿跑，腿发软。追他的人就到他跟前，不但跟他说了话，还到商店买了一包饼干一瓶太白酒叫他拿上，犯了错误就改，改了还是好同志。牛禄喜把马奋棋送到文化馆，那些批斗了马奋棋的人眼睁睁看着一个年轻军官跟马奋棋又说又笑，军官走后，领导就问马奋棋："这人是干啥的？"马奋棋就说："伊犁边防上的连长，你赶紧打电话就说我往苏联跑呀。""把你压（娘）给日的。"领导也笑。几十年后牛禄喜再次进文化馆，马奋棋还记得那些往事。县上人现在叫他马儒家。

两人吃了饭喝了酒，回到马奋棋的办公室，边喝茶边聊天。马奋棋就讲开故事了。周文王周武王周公召公姜太公甚至更远的后稷种庄稼，牛禄喜全都知道，马奋棋就讲他刚刚搜集的故事。陕西关中西部也就是西府地区，生活着一支金人的后代，有人甚至说他们是金兀术的后人，他们生前姓王，死后恢复祖姓完颜。每年都有祭祖活动。据说祭祀祖先时有金兀术的像，画像上的金兀术没有头，是个无头英雄。在《说岳全传》里，金兀术的头被岳飞的大将牛皋给砍了。这还不算，牛皋的后人也生活在关中西府地区，与金兀术后人世代为邻。历史就这么捉弄人。牛禄喜插上一句："老同学，你大概怀疑我是牛皋的后代吧。"马奋棋就说："你才知道呀，金牛两姓世代为邻，总得男婚女嫁，不就成亲戚了吗？金中有牛，牛中有金，金牛，金牛，日子就这么过下来。"

"你想嘛，当年周文王是咋兴起的？就是心善，积德行善，感化四邻，不用武力，用德行折服了大半天下。申公豹爱日弄是非，给纣王进谗言，说：西伯侯善养老，积善累德，天下归心，诸侯归顺，对大王不利。纣王就把西伯侯关在牢里。秦国刚开始也是个行善的国家，民风纯朴，很善良，很仁义，秦穆公与晋惠公交战，都是以德报怨，秦晋之好就是那时候结下的。秦国强大到关键时候来了个商鞅，这是个瞎熊，这个小人把秦国的风气全变了，君子仁义之国从此变成了虎狼之国，发明上首功，用首级捞实惠，全国上下贵诈力贱仁义，人民免而无耻。父子兄弟之间都是赤裸裸的功利关系，再也没有父慈子孝的伦理意识了。秦统一了天下，却没有殷周的文明与文化。潜伏在西岐周原的金兵在关键时刻没有出现商鞅这种无耻之徒真是他们的大幸，他们没有成为虎狼之师，没有成为一群禽兽，想成为秦人却成了周人，成了善人。老同学，我娘去世我都没写文章，我给你写文章，你把我给感动了，你是孝子。《史记》上讲：西伯善养老，天下归心。你对老人这么好，你不要后悔，你做得对。"牛禄喜就说："你讽刺我哩瓤我哩，我又不是瓜子。"马奋棋就说："我是为你好。"牛禄喜就说："我知道，我心里有数哈（下）。"

　　老三禄棋的生意越来越好，就开始单干了，把大舅哥撇开了，大舅哥带上老丈人来吵架，把老三禄棋挟持老人连哄带骗诈走老二牛禄喜二十多万元的家丑都揭出来了。看热闹的人越围越多，大家都怪眉怪眼看热闹呀。一直是老三牛禄棋跟大舅哥老丈人在大门外吵闹。闹够了，闹不下去了，大门吱扭一声开了，春梅出来了。大家都很吃惊，不唧唧喳喳乱说话了，静下来了。女婿跟娘家人闹矛盾，媳妇就躲开了，不受这夹板气，大家不知道这个歪媳妇春梅弄啥呀；大舅哥老丈人老三禄棋三个大男人也面面相觑，不知道这个碎妖精弄啥呀。碎妖精春梅拉住丈夫禄棋给老丈人大舅哥鞠三躬，鞠完躬，春梅就说："我跟禄棋感谢爸爸和大哥在我两口子最困难的时候帮助我们，给我俩借钱，给我俩找门子找关系。大哥你不要不承认，钱是我从你手里拿的，借娘家钱女要出面哩，女婿不行，咱是自家人没立字据，该还的都还你了。"大舅哥让妹子给蒙住了，没反应过来，妹子话锋一转："禄棋也就是个中学毕业没啥本事，不像大哥你师范大学的高材生，还当过重点中学的老师，你学问大本事大你也不能不让我家烟囱冒烟嘛。"妹子从袖筒里哗啦展开一张合同，耍魔术一样在众人跟前展一圈："大家都看清楚了，这是我那不争气的死鬼禄棋刚刚跟人家眉县签下的合同，人家先期支付十五万，货交齐六十万。这是我死鬼禄棋凭本事挣哈（下）的，不是偷的抢的，我印象里大哥你做生意这么多年好像还没签哈（下）这么大的买卖，签不哈（下）不要紧，努力嘛，学习嘛，磕头下跪取经嘛，拉上老父亲污蔑自己妹夫妹子算啥哩嘛，啊？算啥嘛，啊？"歪媳妇春梅撇下大哥，去搀老父亲："爸爸，都是你那不要脸的儿子弄哈（下）的瞎事情，你老人家千万不要生气。"老父亲不停地揉心口，说不出话，大舅哥滔滔不绝越说越乱越说越糊涂，人群里发出阵阵笑声，大舅哥总算灵醒了，赶紧拨手机叫出租车，一刻钟后出租车才到。大舅哥扶老父亲上车，妹子帮着搀父亲，妹子给司机一张百元人民币，不用找，大哥气糊涂了，说不出话，车子就动起来了，妹子还招招手：爸，大哥，走好。大家看得是目瞪口呆。

这笔生意确实是老三禄棋自己争取来的。眉县就是古代的郿坞，出过秦国大将白起、宋朝哲学家张载。张载提出过有名的"为天地立心，为生民立命，为往圣继绝学，为万世开太平"。有关张载的纪念活动已经搞了好多。近几年，眉县人又发现了大将白起，历史上有"人屠"恶名，但白起在秦王扫平六国统一天下的战争中立下汗马功劳，又死得很冤，大家还是立了庙，修了纪念馆，很快就发掘白起将军一系列战例中的经典之作长平之战，由民间发起，集资修建长平之战纪念馆。长平之战白起将军坑杀赵卒四十万，那些仿制古董的私人作坊纷纷前来竞争，按设计好的图案制作，拿样品来验收。大舅哥在最后关头被淘汰出局，老三禄棋被选中。被选中的有六家，每家分摊七八万个小陶俑。

大舅哥当时脸都气白了，都失态了，去质问人家，人家就拿两家的货做比较，打眼一看，大舅哥的工艺精湛，造型匀称，但禄棋的陶俑有一股子杀伐之气，是从神态上体现出来的。人家就教训大舅哥："你输在心上，心狠就能出绝活，秦始皇凭啥灭六国？凭的就是一股子狠劲，狠在心里狠在骨头缝缝里。"大舅哥只好退而求其次，私下跟妹夫禄棋商量分出一部分订单给他，禄棋肯定不愿意干，禄棋又不是瓜子，合同是人家跟禄棋签下的，禄棋就说："他舅你别生气，亲兄弟明算账，商场没父子，这话咱说不成。"大舅哥就拉老父亲打上门来。娘家人一直以为春梅把丈夫攥着，禄棋天不怕地不怕不能不怕春梅这个碎妖精歪媳妇。娘家人却忘了老传统，嫁出去的女泼出去的水，水倒流就要房倒墙塌闹水灾。

老三禄棋两口子趁热打铁新批一处院宅基地，圈上墙，先拆掉老屋的旧房，在新院子盖起三间大房。有六十万元的合同在手里，禄棋说话口气就不一样了。禄棋也没否认二哥禄喜的功劳，"我二哥这份孝心是我用尽手段挤出来的，跟挤牙膏一样。"禄棋越说水平越高，竟然说出这样的话，"我跟我哥都是孝子，我是法家，我二哥是儒家。"大家都觉得这话有道理，就传开了。

老二禄喜在文化馆的老同学马奋棋那里听到有关法家儒家的说法。

马奋棋就说:"咱俩都成儒家了,儒家好,心善。"牛禄喜就说:"我只想对我娘好,没想过啥儒家法家。"马奋棋就说:"你老三禄棋苕得很,把他大舅哥弄下去啦。"牛禄喜就说:"弄假古董也能挣钱?这不是造假吗?"马奋棋说:"这叫文化产业,不是造假。真文物真古董不能随便卖,仿制品可以叫旅游纪念品,可以振兴地方经济,又不污染环境。"牛禄喜就说:"你懂这么多生意经,你比生意人还厉害。"马奋棋就说:"你千万不要看不起生意人,就说我这文化人,我写文章用的这些字,最早是甲骨文,你知道甲骨文是谁发现的?不是我们这些文化人,是清朝末年一个叫范潍卿的古董商,用今天的话说就是文物贩子。这个叫范潍卿的古董商从河南弄一批古董,带到北京去见大清王朝的国子监祭酒王懿荣,国子监祭酒相当于教育部长,大学问家,还是个金石学家。王大人也没见过这些古董,甲骨文第一次出现在文化人面前,把文化人给截住了。要是古董商范潍卿不说出河南安阳洹水南岸的小屯村,《史记》上记载的殷墟就永远是纸上的东西,甲骨出土了,都写成书了,生意人在它们之间来回窜,赚足了银子,才吐出实情。中国历史向前推进到殷商。你千万不要小看你兄弟禄棋,这家伙厉害着呢。仿制的文物我见过,那神态太逼真了。老同学我告诉你,秦始皇那个时代就是这样子,那是个大争之世,凡有血气,都要去争,贪狠好利无耻不识礼义在那个时候都是很正常的。秦始皇他爷秦昭王听说民间有人为他祈祷,老汉不但不高兴,还惩罚祈祷的人,大臣就不理解,老汉就说:老百姓之所以能为我所用,不是因为我爱他们,是因为我有君王的权势。要想得天下,必须杜绝仁爱仁慈,心慈手软弄不成事。"

牛禄喜就说:"我还是喜欢周公,我不喜欢秦始皇,你都编过三句半么,说秦始皇他娘能养娃。一个女人敢这么养娃娃,一个吕不韦,奇货可居,心那么贪,把人当东西卖,卖那么大价钱,再加上一个嫪毐,长那么硬个锤子,据说能当车轴,能撑起大车轮子,给太后当场表演,太后乐不可支。他妈这德行,他婆宣太后也是这德行,不顾国母的身份,死了都要面首给她陪葬。"马奋棋就说:"陕西就是中国的希腊,周秦都在陕西。周就是雅典,产生文明产生文化,哲学家思想家文学家啥都有,孔子说了嘛,郁郁乎吾从周。秦就是斯巴达,斯巴达人只有军功只有军国主义,没有任何文化建设,跟雅典没法比。后人提希腊文明实际上就是雅典文明,连奥运会都是雅典人搞起来,跟波斯人打了一仗,人家就演化成体育竞赛。"牛禄喜就说:"我看你都成我兄弟禄棋的吹鼓手了,你这些作家文人咋都是墙头草随风倒。"

马奋棋就干咳嗽不说话。马奋棋刚刚给老三禄棋写了一篇报告文学,一家发行量可观的报纸满满排了一版,五千字,除过版面费,马奋棋净落一万五千块。马奋棋从文以来就没拿过千元以上的稿费,上百元都很少,大多都是十块二十块的毛毛雨。马奋棋对生意人商人的仇恨顷刻间瓦解,原来恨就是爱,爱就是恨,这就是辩证法,马奋棋在一本书上读过这句话:中国人是辩证逻辑,不是形式逻辑。马奋棋一下子领悟了辩证逻辑的精髓,一下子抓住了事物的本质。时间不长,马奋棋就排泄困难,接着就文思枯竭,经高人指点,去西安南郊终南医院找闻名天下的神医张万银治病,竟然与老同学牛禄喜相逢,两人都吃了神医的大剂量芒硝,立马上吐下泻,病情好转。这是后话。妙的是现在牛禄喜就提到了芒硝。

牛禄喜说:"你别干咳嗽,我知道你不爱听,不爱听也得听,你挨屎的耍笔杆子心也这么贪,你挨屎的得吃些芒硝败败火,小心把你塞住。"马奋棋就说:"文人也是人,文人也得生存,伤天害理的事情咱不弄,打死咱都不弄。给钱说了两句好话么,以后咱再不说了,咱再说咱跳崖栽死去。"牛禄喜就心软了,就把老同学原谅了,牛禄喜就说:"周朝是咱的好先人,从小就听老人们讲周文王周武王周公召公姜太公,积德行善,天下归心,兄弟和睦,父慈子孝,从后稷公刘古公亶父太伯太姜季历至西伯侯姬昌,都能娶到贤惠的女人做老婆,都能善待老人,西伯侯就以善养老闻名天下。"马奋棋就说:"你啥都知道么,我的爷爷。"牛禄喜就说:"世界上没有瓜子,瓜子心里有数不那么做罢了。"

牛禄喜说着说着又说到陕西人的好先人周朝,一直说到那个教民稼穑的农业神后稷:"姜嫄生下后稷,自己的娃么咋就忍心撇下不管,丢在巷道里,牛马都躲着走,怕把娃伤了;丢在树林里,野兽也护着这娃;又丢在冰块上,鸟儿怕娃冻着鸟儿就用翅膀护着娃。这些飞禽走兽感动了姜嫄,姜嫄有了母爱之心,开始抚养这个娃娃,为了提醒自己鞭策自己,还给娃起个名字叫弃,弃了又弃,丢了又丢,撇了又撇,实在撇不下，就一心一意养大，女人就是这么成为母亲的。在新疆就有这么一个传说：母亲把娃丢了，娃还没断奶，母亲就到处找，满世界找，奶水淌了一地，女人走的地方就淌出一条奶河。"牛禄喜说着说着就唱开了，就是那首唱了千遍万遍的《劝奶歌》。马奋棋吓坏了："老同学，你咋学牛叫唤哩。"牛禄喜就说："这是一首歌，母子情深，你们这些作家文人，连母爱都不知道还写哩，写屁哩。"

牛禄喜就唱着《劝奶歌》回西安，把车上人吵得，劝又劝不住，司机就放歌带，都是狼哭鬼嚎的时髦歌手连蹦带跳还不停地翻跟斗，就把牛禄喜的牛叫唤压住了。压是压住了，可压不断，牛禄喜在心里头咕噜，跟打搅团一样跟岩浆一样。

牛禄喜整天痴呆呆的。连牛禄喜自己都没想到儿子牛超会突然出现在他面前。放暑假了，李爱琴有当司机的学生，跑长途，沿着三一二国道从伊犁霍尔果斯口岸往连云港跑，路过西安，就捎上牛超来西安看望父亲牛禄喜。牛超十二岁了，上初中一年级了，娃晒得黑红黑红，身上的肉跟生铁疙瘩一样，不用问就知道娘儿俩吃了多少苦。牛禄喜把娃搂在怀里，牛禄喜就啥都明白了，还不用说娃手上的老茧。牛禄喜就问："你妈弄啥哩？"牛超就说："我妈卖面皮哩。""你妈不教书啦？""开学教书，礼拜天假期就卖面皮。"李爱琴做面皮的手艺是从婆婆跟前学下的，婆婆做陕西小吃招待客人，没想到成了李爱琴做小生意的绝活。司机话很少，但司机还是说了一句："单位集资盖房，李老师已经错过几次机会了。最后一次福利房抓不住就没机会了。"

儿子牛超第二天就走了。牛禄喜就把握不住自己了，逢人就讲那个老掉牙的新疆故事，母亲把娃丢了，奶多得没人吃，奶流成了河。车轱辘话把人烦死了，人家就说："怕是你把娃弄丢了。""对！对！你说得对！"牛禄喜终于明白梦里边找孩子的女人、故事里边找孩子的女人就是他自己，牛禄喜身边就响起《劝奶歌》，不是他唱的，是从地底下渗上来的，是从天上落下来的，是从四面八方传过来的，他想唱没声音，他就这么疯了。

在精神病医院牛禄喜反反复复就一句话：我有二十万我有二十万。牛禄喜这种对金钱的执著赢得了所有精神病患者的尊重，也赢得广大医护人员的尊重。两年后，马来新带儿子马亮亮来西安上大学，顺便来看望他，他还是那句话：我有二十万我有二十万。马来新就告诉儿子马亮亮："你安顿下来就找个名医给你牛叔叔看看病，你牛叔叔就不是个爱钱的人，爱钱的人从来不吃亏。"又过了好几年，牛禄喜康复出院，领百分之八十工资提前病退，也不急着回新疆。忙着跑传销，一会儿螺旋藻一会儿芦荟，还是念念不忘那二十万。

徐莉莉来西安参加西北五省区新闻工作会议，找到牛禄喜，在徐莉莉构思的这本书里牛禄喜是个相当重要的角色，徐莉莉当然要找他谈谈。撇开小说不谈，就谈他的生活。他已经康复，应该回去跟李爱琴复婚，应该有一个完整的家，应该有真正的生活。牛禄喜就说："李爱琴要的是一个丈夫一个成熟的男人，我还没长大，我刚刚断奶，中国男人大多数都没断奶。你别瞪眼睛，你千万别把我当疯子，我灵醒得很，太灵醒了人家就把你放精神病院里，你就装糊涂，装二尿二百五，人家反而以为你正常了康复了，就把你放出来了。"徐莉莉就顺着竿子往上爬："你刚刚断奶了，说明你长大了，成熟了。"

在徐莉莉反复鼓励下，牛禄喜翻了半天取出一个银发夹，牛禄喜他娘在伊犁买的，临终前留给媳妇李爱琴，牛禄喜托徐莉莉捎给李爱琴。徐莉莉来西安前刚刚在和田参加了一场真正的玖宛托依少妇婚礼，徐莉莉知道银首饰是一个好儿媳的标志，母亲亲手戴在女儿头上，女儿从少女成长为一个成熟的好少妇。徐莉莉含着泪抚摸这个银发饰。离开牛禄喜她马上给陈辉发短信：一个热爱小蜥蜴和孩子的女人是会爱丈夫的。

徐莉莉回乌苏看望父母，徐莉莉还看了马燕红。乌苏刚刚撤县设市，马燕红住在郊区村庄的小院子里，站在土房子顶上，能看见大街，也能看见戈壁滩和天山。马燕红正跟婆婆制作洋芋泥。婆婆老家是甘肃人，洋芋是甘肃人的主食，也成了甘肃人的代称，统统都叫洋芋蛋。洋芋蛋婆婆在给媳妇传授她的绝活，甘肃女人都会做，但水平高低差别就大了。就是在大铁锅里把洋芋煮熟，凉下来剥皮，再用碗铲子压成洋芋泥，和上熬制好的大油，再撒上葱花，入口即化，香得让人浑身发颤。徐莉莉刚刚在家里吃了饺子，到马燕红家里又吃掉一大碗土豆泥。徐莉莉就问马燕红："你这么高兴，有啥好事情？"马燕红就说："老人是宝，谁抢到手谁就有好日子过。老人跟我过。"

兄弟几个争这唯一一个老人，关键时候老人偏向了马燕红，老人跟马燕红待得久，老人更爱孙子王星火。老人还有一肚子故事：相传古时候，连年征战，逃难的时候顾不上老年人，就撇下不管，结果越逃灾难越多。有个年轻人心软，悄悄地在口袋里装了一个老人，遇到灾难的时候老人就悄悄地指点这个年轻人，年轻人就用老人的智慧战胜了一个又一个困难，不管是天灾人祸还是战争，都躲过去了。年轻人威信越来越高，就成了首领，新首领就下命令，以后再也不许撇下老人。他们的部落就有一个新名称叫周，周周全全、圆圆满满的意思。从那时候，周人就成了文明人。战乱不断，他们总能找到好地方。有老人的智慧，他们最早懂得了种庄稼。因为他们总是生活在肥沃的土地上，他们的人民就脾性温和，父慈子孝，兄弟友爱，团结和睦。

徐莉莉离开的时候，马燕红正在擦窗户，玻璃一晃一晃，跟蓝色海洋一样，太阳被淹没了，太阳成了鱼，一大群鱼，在蓝色波涛里跳跃翻滚，突然分叉了，鹿角一样，珊瑚一样，越长越高，终于长成了一棵树，树上有仙鹤，有松鼠，有猴子捧鲜桃，有人面鹿角。马燕红贴上了窗花。不用说是婆婆的手艺，据说老太太剪的窗花才是真正的吉祥如意，牛禄喜给徐莉莉描述他母亲在伊犁那段生活时提到过母亲剪的"生命树"。

徐莉莉是在春末夏初一个傍晚去找李爱琴的，正是玫瑰花初开的季节，伊犁河谷芳香无比。徐莉莉仔细查看了房子的每一个角落，徐莉莉没有看到牛禄喜母亲剪的"生命树"，墙上的照片里有老太太与胡杨树的合影。暂且把胡杨树当作生命树吧。在李爱琴的叙述里，徐莉莉知道一个女人带着孩子，还要照料自己的父母该有多么艰难。"就在这个时候我伤害了一个男人。他死心塌地地帮我，就是想跟我结婚，我用他的钱给父母治病，给单位交盖房的集资款，我们都把结婚证领了，都把请帖发出去了，第二天就要举行婚礼了，我发现我心里放不下牛超的爸爸，牛禄喜还在我心里，我不能骗一个好人，我就躲起来了。我现在唯一的想法就是把孩子养大，把欠那个男人的钱一分不少地还清。"徐莉莉很兴奋："你正好跟老牛复婚呀，两个人就不那么困难了。"李爱琴望着徐莉莉，她们已经到了村口，好多年了，李爱琴还租住在伊宁市郊外的土房子里,徐莉莉永远也忘不了李爱琴看她的目光,凄惨迷离悲伤,是,好像又不是,根本无法用语言来形容,李爱琴就这么看着徐莉莉,李爱琴就说:"我怕我伤害他,他受不了的。"

  天刚刚黑下来,还不太黑,李爱琴的面孔一下子就消失在夜幕里,就像一块黑布轻轻一裹就把李爱琴带走了……还能听见她的脚步声,走了很久脚步声那么清晰,可夜幕刚刚升起来,轻轻一卷,李爱琴的面容就消失了。银首饰不知道什么时候到了徐莉莉手上,还热乎乎的,还保持着李爱琴的体温,她们说话的时候李爱琴还在不停地抚摸这个银发饰,这个玖宛托侬少妇婚礼上好媳妇们不可缺少的银首饰。

2008 年 11 月至 2009 年 6 月 22 日

图书在版编目（CIP）数据

生命树/红柯著. -- 上海:上海文艺出版社,2023
(红柯作品系列)
ISBN 978-7-5321-8449-1
Ⅰ.①生… Ⅱ.①红… Ⅲ.①长篇小说－中国－当代
Ⅳ.①I247.5
中国版本图书馆CIP数据核字(2023)第018646号

发 行 人：毕　胜
责任编辑：江　晔
特约编辑：谢　锦
装帧设计：周伟伟

书　　名：生命树
作　　者：红　柯
出　　版：上海世纪出版集团　上海文艺出版社
地　　址：上海市闵行区号景路159弄A座2楼 201101
发　　行：上海文艺出版社发行中心
　　　　　上海市闵行区号景路159弄A座2楼206室　201101　www.ewen.co
印　　刷：上海昌鑫龙印务有限公司
开　　本：710×1000　1/16
印　　张：21.5
插　　页：3
字　　数：331,000
印　　次：2023年3月第1版　2023年3月第1次印刷
Ｉ Ｓ Ｂ Ｎ：978-7-5321-8449-1/I · 6667
定　　价：78.00元
告 读 者：如发现本书有质量问题请与印刷厂质量科联系　T:021-52830308